中国专业作家作品典藏文库

中国专业作家作品典藏文库
石钟山卷

激情燃烧的岁月

石钟山 著

中国文史出版社

目　　录

父亲进城

1950 年 8 月，父亲骑着一匹高头大马，满怀亲情地走进了沈阳城，身后是警卫员小伍子，以及源源不断的队伍。此时，父亲走在沈阳城著名的中街上，他的眼前是数百人组成的欢迎解放军进城的秧歌队。背景音乐是数人用数只唢呐吹奏出的《解放区的天》，曲调欢快而又明亮。扭秧歌的人们，个个喜气洋洋。

父亲本想打马扬鞭在欢迎的人群中穿过，当他举起马鞭正准备策马疾驰时，目光偶然落在了琴的脸上。那一年，琴风华正茂，刚满二十岁。一条鲜红的绸巾被她舞弄得上下翻飞，一条又粗又长的大辫子，在她的身后欢蹦乱跳。青春的红晕挂满了她的眼角眉梢，她正在和姐妹们真心实意、欢天喜地地迎接解放军的又一次进城。三年前，辽沈战役之后，国民党溃退了，那时的解放军就进城了，很快又南下了。这次解放军又回来了。和以往不同，他们要在这里长久地住下去，守卫着新中国的北大门。于是，沈阳城里的百姓，真心实意地走出家门，来欢迎亲人解放军。

琴怎么也不会想到，这一天对她来说是人生的一个转折点。可她一点预感也没有，她在欢迎的人群里，用青春年少的身体尽情地扭摆着欢乐的激情。

父亲望见琴的那一刻，他强健的心脏暂时停止了跳动，扬起马鞭的右手僵在半空，他张大嘴巴定格在那里。此时，用目瞪口呆形容父亲一点也不过分。年轻貌美的琴出现在父亲的视线里，父亲不能不目瞪口呆。那一年，父亲已经三十有六了。三十六岁的父亲以前一直忙于打仗，他甚至都没有和年轻漂亮的女人说过话。这么多年，是生生死死的战争伴随着他。好半晌，父亲才醒悟过来。他顿时感到口干舌燥，一时间，神情恍惚，举着马鞭的手不知道该落下还是就这么举着。琴这时也看见了父亲，她甚至冲父亲嫣然笑了一下，展露了一次自己的唇红齿白。父亲完了，他的眼前闪过一道亮光，耳畔响起一片雷鸣。在以后的日子里，他无论如何也放不下琴了，他被爱情击中了。

父亲的老家在东北的大兴安岭脚下，参军前父亲一直住在那里。爷爷奶奶在早年闯关东时便把家扎在了大兴安岭脚下的一个窝棚里。父亲是在冰天雪地里出生的，他睁开眼睛，看到这个世界的第一眼就是冰天厚雪、深山老林。于是胡天胡地的关东便成了父亲一生中难以割舍的情结，走遍天涯海角他也无法忘记关东的冰天雪地。经历了十几年的风风雨雨打打杀杀之后，父亲又回到了关东。走进沈阳城，骑在马上的父亲流下了两行激动的泪水。琴的身影在父亲的泪眼里挥之不去。父亲挥手抽了一下马屁股，在心里咬牙切齿地说：老子这辈子娶定你了！

父亲三十有六，身边仍没个女人，这在战争岁月中纯属正常。父亲十三岁那一年参加了抗联的队伍。十三岁的父亲，其实已经走投无路了。父亲的父母不远万里闯关东来到东北大兴安岭脚下的靠山屯，生活并没有得到实际意义上的改变。靠山屯大都是猎户，以打猎为生。父亲的父母一来到靠山屯就想学会打猎这种谋生手段，可惜的是，一直到他们冻死在古老的林子里，也没能完全学会在胡天胡地里生存下去的手段。父亲的父母在一个大雪漫天的清晨走进了深山老林，结果他们迷路了，林深雪厚，他们无法找到回家的路了。三天之后，靠山屯的人们才发现了他们的尸体，他们的尸体已经如石头般坚硬了。那一年，父亲八岁。八岁的父亲在靠山屯举目无亲，是靠山屯的人们养大了父亲，父亲是吃百家饭长大的。父亲从八岁到十三岁这段时间里，吃遍了靠山屯所有猎户。在凄风苦雨中，父亲慢慢长大了。十三岁那一年，父亲参加了抗联。抗联的队伍里有这样一批娃娃兵，他们连枪都拖不动，手里只是拄了根棍子，那是他们行军时的帮手。

那一年，在冬季又一次来临，日本人尚未封山之前，抗联总部做出决定，为了保存抗联的后备力量，将这批娃娃兵送到延安去学习。

父亲永远也无法忘记在陕北的日子。那里的天空是那么的蓝，生活是那么的火热，父亲在陕北第一次听见那首著名的歌曲——《解放区的天》。父亲和那批娃娃兵一起进了陕北的少年干训队。陕北的红军在陕北闹了两年大生产之后，终于走出了陕北。一部分被改编成了八路军，另一部分直抵东北，插入到了敌后，走进了抗日的最前沿。

父亲那一年已年满十八岁了，他在一纵当排长。当他又一次踏上东北的土地之后，心里多了许多说不清的滋味。他又想起了在抗联时的岁月，还有在靠山屯吃百家饭的日子。现在的抗联，仍艰苦卓绝地和日本人在老林子里周旋着，他们拖住了一部分日本人的力量，支援着八路军、新四军的抗日。

又是几年之后，日本人终于投降了。父亲本以为不会打仗了，他第二次回到东北后，更加想念靠山屯的父老乡亲。靠山屯是生他养他的地方，他日夜都在思念着靠山屯，可他却一直也没有机会回去。日本人投降了，不打仗了，这时父亲已是一纵的一名连长了。他不仅学会了打仗，而且枪法也练得百发百中了，他回到靠山屯完全可以靠打猎为生了。他要当一个好猎人，为不能自食其力的父母挽回面子，同时也报答靠山屯父老乡亲的养育之恩。父亲的理想没有得到实现，日本人投降不久，国民党为了争夺胜利果实再一次掀起了内战。他们在东北投入了大量兵力，和东北纵队展开了新的一轮较量。中国伟人毛泽东远见卓识，早就派人深入到东北指挥作战。争争夺夺拼拼杀杀之后，解放军的队伍滚雪球似的壮大起来。在中国伟人们的调度下，东北打响了著名的辽沈战役。那一年，父亲已经是一名很年轻的营长了。年轻的父亲明白了一条真理，要想安心踏实地回到靠山屯过猎人的日子，首先要把眼前的国民党部队彻底消灭，否则猎人将无宁日。于是，父亲热情高涨地投入辽沈战役。在这样你死我活的敌我较量中，父亲无论如何想不到女人，他也没有工夫去想。虽然父亲那时年轻气盛，血气方刚，但他早已把过剩的精力转移到了战争中。老年的父亲曾这样形容战争：战争打的是精血。老年的父亲对战争的形容精辟而又深刻。辽沈战役以解放军大获全胜而告终，国民党队伍节节败退，固守北平和天津，企图扼守住通往中原的这条要道。这是有着许多精血的解放军们不能答应的，他们雄赳赳地走过山海关又打响了平津战役。这之后，父亲随着百万大军一直南下，追着国民党的队伍一直往南。国民党的队伍没有喘息的时间，追赶的父亲也没有喘息的机会。在这种追着赶着中，一年年过去了，父亲的年龄也一年大似一年了。年轻力壮的父亲，无数次地想过女人，却一直和女人无缘。父亲的队伍一直把国民党追到了海南岛，最后又把国民党赶往台湾才暂时罢休。这时共和国已经一岁了，全国形势一片大好，只是边远地区仍有国民党在负隅顽抗，但已是秋后蚂蚱，没有几天蹦跶了。于是，父亲的部队又挥师北上，进驻东北沈阳城，建立更加巩固的大后方。

父亲在进驻沈阳的路上，一眼就看见了琴。琴的身影仿佛是一粒炙热的火星儿溅在父亲堆满干柴的心间，父亲心中的大火便不可遏止地熊熊燃烧起来。

沈阳的第一夜，父亲无法入睡，他睁眼闭眼都是琴的身影，这就注定了父亲和琴之间将会发生故事。

沈阳军区的前身叫东北军区，父亲那时在东北军区沈阳城内当师长。大军入城不久，马上掀起了搞对象的热潮。这些出生入死的泥腿子们，在战火纷飞的年月里苦熬着岁月，他们的年龄都大了。错过青春年少的不止父亲一人，而是一批人。东北军区的领导考虑到这一实际问题，采取了相应的紧急措施。于是一个联欢活动诞生了。

大军刚刚入城，全国上下前所未有的国泰民安，组织一些军民联欢的庆祝活动是得民心合军意的。联欢活动在原国民党驻沈阳总部的一间大会议室里举行。这间会议室足能装下一百对男女在这里谋面，谈情说爱。参加联欢是有条件的，那就是男人必须是团职以上的军官；女人的条件则既单一又苛刻，那就是必须年轻漂亮。胜利了，解放了，泥腿子们有千条万条的理由把自己的婚姻放在头等重要的地位。

经过一番精心准备，联欢活动如期进行。急如火煎的大龄军官们和一群年轻漂亮的女人被集中在偌大的会议室里。当时的景象极为有趣，男女两大阵营是极为分明的，男左女右，他们分左右坐在两排，中间一片空荡。年轻貌美的女人们尚未见过这样的阵势，她们一律不好意思地低垂下头，脸早就红了。她们不时地捏弄着自己的辫梢或衣角，心脏如鼓地撞击着美丽丰满的胸膛。男人们挺胸而坐，他们的眼里灼灼地放光，热辣辣地在她们的脸上搜寻。父亲也坐在人群中，他的心里有一股说不清的滋味正在泛滥。自从入城那天见到琴，他无论如何也放不下她了。眼前这样的阵势，并没有让他有多么激动。此时此刻，面对着眼前这么多年轻貌美的女人他并没有动心，他的眼前仍不时地浮现出琴的身影。琴已融入到他的血液中了。

组织这次联欢活动的是东北军区政治部的一位首长。这位首长曾去过苏联，在苏联喝过洋墨水，而且还娶了一位苏联姑娘做老婆。这位苏联老婆此时已同首长来到了沈阳城里。见多识广的首长觉得这样干坐下去，就是坐到天亮也不会有什么结果，于是命人打开了留声机。留声机是从国民党总部缴获来的。留声机里响起一支舞曲，政治部首长就站在男女的空地中央大着声音说：跳吧，跳吧。大家都跳起来吧！他这么说过了，人们都一脸茫然地望着他，不知道留声机里传出来的声音，和搞对象有什么关系。人们一脸迷惘、困惑之色。这位首长终于醒悟过来，命人用最快的速度把自己的苏联老婆找到联欢的现场，两人在乐曲的伴奏下当场示范起来。首长的一只手握着苏联女人的手，另一只手搂着女人的腰，两人不知是走还是跳。总之，在这群从没开过洋荤的男人眼里这就足够了。他们的身体热了起来，手心里也有汗水渗出。政治部首长一边示范一边鼓动道：跳吧，跳吧！大家都像我这样。他的话音还没落地早就有人按捺不住了，红头涨脸地冲将过去，顺手拉起对面的一个姑娘，学着政治部首长的样子踉踉跄跄地向中间的空地上走去。一时间，所有的军官们一哄而起，争先恐后地向女人们扑过去。他们此时的样子，似乎不是邀女人跳舞，而是去堵敌人的枪眼。男人们起来了，女人们也被拉了起来。男人们早就忘了手放在何处，总之拉起来再说。拉起来之后，双手死死地把女人的腰搂定了，似乎一不小心女人会在他们的眼前飞走。舞是不会跳的，搂定女人再说。意识清醒的，仍不失风度地学着政治部首长的样子走上一走，趔趔趄趄，踉踉跄跄。女人这时仍是被动着，她们认定自己无疑是被抢了。虽然甘愿被抢，但天生羞涩使她们仍装出几分不情愿。于是别别扭扭、半推半就地让男人搂了。几十对男女在这样一种氛围中，艰难踉跄地踏出了他们爱情之旅的第一步。

男人们蜂拥着扑向女人时，父亲没有动，他仍坐在原处，他仍在想着琴。他觉得眼前的女人没法和琴相比，他要在沈阳城里找到琴。从见到琴的那一刻起，父亲已做出非琴不娶的决定了。当男人们各自搂定女人，女人们同时也被搂定时，父亲发现在对面的角落里仍坐着一位姑娘。她谁也不看，垂着头，似乎在想什么心事，仿佛眼前的一切都与自己无关。正因为这位姑娘的独特，她吸引了父亲。父亲看她一眼，又看了一眼。这一眼让父亲张大了嘴巴，瞪圆了眼睛。眼前的姑娘分明是琴无疑！他揉了一次自己的眼睛，又狠掐了一次自己的大腿，才相信不是梦，机会再一次光临了父亲。他猛地站起身，大步流星地向琴走去。他站在琴的面前，一时口干舌燥，他不知说什么是好。琴发现了眼前站着的人，她抬了一次头，发现了眼前的父亲，她很快地认出了父亲，那天进城时，她曾认真地看过父亲。琴一时不知如何是好，她本能地站了起来，紧张惶惑地望着父亲。父亲觉得眼前这一切是天赐良机，他不能再失去琴了。他一把捉住琴的小手，琴的小手在他粗糙的大手中挣扎了一下。琴说：啊，不！声音以及周围的男人、女人统统地都不存在了，这个世界只剩下了他和琴。他捉住琴的一只小手后，另一只手很快地把琴的腰搂住了。他和那些大龄军官一样，笨拙但有力地把眼前的女人搂住了。接下来发生的事，连父亲也不记得了，直到琴在他怀里发出一声又一声惊叫，他才醒悟过来，原来他踩了琴的脚。早在这之前，不少女人都惊叫过了。他们这些大龄军官，今天一律穿了皮鞋，这是他们的战利品。坚硬的皮鞋不时地踩在年轻貌美的姑娘们娇小柔软的小脚上，她们此起彼伏地不时发出一声声惊叫：眼前的场面似乎不是在联欢，而是变成了屠宰场。

缓过神来的父亲，呼吸开始变得急促，眼神变得迷离蒙眬，琴在他的怀里变得实实在在。他做梦也没有想到，此时此刻会搂着琴在梦样的情境中度过这美好的时光。这是天赐的机会，他要把握住这样的机会。清醒后的父亲，用发抖的声音问：你叫啥？

琴不答，低着头，提防着父亲的双脚。

家在哪旮瘩住？

你今年多大了？

琴无言相对。但这并没有影响父亲的积极性，琴回不回答这都无所谓，反正他此刻已紧紧地把琴搂定了。自己搂定的女人，难道还会跑了？

琴不说，父亲仍说：我叫石光荣，三十二师的师长。

父亲望着怀里的琴。琴的头一直低垂着，她的身子一直很别扭地在父亲的面前斜侧着，力量不是投向父亲的怀中，而是自始至终一直向外挣扎着。这让父亲很不舒服，也很累，他的手臂一直在和琴的身子较着劲。但父亲不计较这些，琴越向外用劲，他越感到琴的身体的实实在在。他觉得有义务把自己向琴介绍得更详细些，便又说：

我老家在靠山屯，爹娘都冻死在老林子里了。

父亲说到这里，琴抬了一次头，很快地望了父亲一眼，又把头低下了。

父亲闻见了从琴头发里散发出的桂花油味，这气味让父亲心里甜滋滋的。

父亲还说：我受了十八次伤。

父亲说完这话，感到琴的身子颤抖了一下。父亲没有多想，琴的一言不发让他有些着急，于是他又说：我都三十六岁了！

说完之后，琴仍没有什么反应，她的头更低了，身体仍向外撑着，头垂在父亲胸前，那样子似在和父亲顶架。

父亲说：我都三十六了！这些年一直打仗，打完小日本，又打老蒋！

父亲还说：现在不打仗了，我都三十六了！

那天晚上，成双的男女，撕撕扯扯地半推半就地在留声机的伴奏下联欢了两个多小时。在这两个多小时中，他们不时地相互踩在对方的脚上，留下了一片女人的叫声。从一开始，他们把女人搂定，再也没有放开过一会儿，他们就那么艰难地、很累地、不时地迈动着自己的双腿，仿佛是在行军。最后他们个个都大汗淋漓，胳膊发麻，腿发酸。在深夜到来之前，终于结束了累人的联欢。

父亲这时显得很有心计，在政治部首长宣布今天的联欢到此结束时，他已经没有理由再搂着琴不放了。他一放开琴，琴便像一只出了笼的小鸟很快从他身边逃脱了。父亲毫不犹豫地追了出去，那时父亲已经想好了，琴就是走到天涯海角他也要把她的行踪搞清楚。令父亲大感意外的是，琴并没有离开军区大院，三转两转走进了一幢楼里便消失了。父亲觉得已经没有必要再跟踪下去了。

父亲很快就弄清楚了，那幢楼是军区文工团的驻地，而琴就是军区文工团的一名团员。父亲真是心花怒放了。他觉得日后娶琴那是板上钉钉一样的容易。父亲万没料到，求爱之路是那么的艰辛和坎坷。

那天晚上联欢会之后，父亲已经死心塌地地爱上了琴。在以后的日子里，他只要一有时间，便直奔文工团那幢楼而去。他去文工团时，不是一个人，而是带着警卫员小伍子。小伍子二十岁不到，很机灵，已经随父亲出生入死好几个年头了。

父亲来到文工团后，他总是很容易地见到琴。那时琴有许多演出任务。共和国刚成立不久，古老的沈阳城内百废待兴，各种团体、机关如雨后春笋纷纷诞生，于是就有许多要庆祝的事。庆祝时自然少不了演出，身为文工团团员的琴在白天的时候，就要不断地排练新节目。父亲见到琴时，大都是在琴排练的时间里。那天晚上的事情之后，琴似乎已经不认识父亲了。父亲每次出现在文工团的训练场里，琴连眼皮都不抬，仿佛从来没有见过父亲。父亲对这些并不计较，他站在那里，很痴情很专心地看着琴在唱歌或跳舞。警卫员小伍子已经看出父亲和琴之间的一些苗头了，他殷勤地为父亲搬来一把椅子，他希望父亲能更舒服地看琴。他的愿望没能得到父亲的理解，父亲不坐椅子，而是抬起一只脚踩在椅子上，手里摇晃着马鞭。父亲进城后很长一段时间里仍然骑马。

琴不理父亲那一套，仍专注地唱歌或者跳舞。琴的歌声异常悦耳动听，琴排练时的歌声，是父亲一生中听过的最美妙的声音。琴跳舞时，在父亲的眼前展示出了美好的身段，女人的曲线暴露无遗。土包子似的父亲，以前哪见过这些。他痴了，他呆了，他走火入魔了。他恨不能马上张灯结彩把琴娶过来。

中午开饭的时间到了，排练暂时停了下来。琴和那些文工团团员收拾道具，准备吃饭了。父亲觉得时机到了，他转过身冲身后的小伍子说：去，把那丫头请到咱们师去吃饭！

聪明的小伍子早就知道那丫头指的是谁了。得令之后，很快来到琴的面前。小伍子冲琴说：哎，我们师长要请你去吃饭！

琴瞅了眼小伍子，理都没理，背过身去把自己的辫子散开，让一头浓黑的秀发披散下来。小伍子又凑上去说：哎，说你哪！听见没有？我们师长说了，中午他要请你吃饭！

琴仍是不理，她在快速地重新把辫子梳起来，冲几个女伴说：等等我，马上就来！

小伍子受到了挫折，他跑过来冲父亲说：师长，这丫头不理我，就像没听见我说话一样。

父亲不满地斥了句小伍子：笨蛋，你就不会别的招了！

小伍子一拍脑门，冲父亲说：瞧好吧，师长！说完转身冲琴追去。琴正在随同伴往外走了。小伍子几步就追上了，他大声道：站住！他这一声喊，不只让琴站住了，同时也让琴的同伴站住了。她们吃惊的是，这个小兵敢在这里撒野。

小伍子不理那些，他单刀直入地冲琴大声命令道：走，跟我走！说完就拉住琴的一只胳膊。琴愤怒了，也大着声音说：滚开！我不认识你。

其实琴的同伴早就看见父亲和小伍子了。起初她们以为父亲和小伍子只是单纯地看她们排练，后来她们发现父亲盯着琴的眼神已经不对了，她们以为又遇到了一个单相思。没想到这个单相思还要动手抢人，她们这下不干了，七嘴八舌地冲小伍子嚷开了：干啥，干啥？想抢人咋的？抢人也不看看这是啥地方！她们把话说给小伍子，却瞥着父亲。她们知道，抢人的主意是父亲出的。

小伍子也不甘示弱，他还从没办砸过父亲交给他的任务。把琴抢到手是他的任务，完不成任务就对不起师长。于是小伍子和她们对吼了起来：抢人咋的？就抢了！说完拉着琴就走。琴不干了，挥手打了小伍子一个耳光。那耳光被琴扇出一声脆响。小伍子没料到琴会来这一手，他望了眼父亲。父亲也恼怒了，他挥着马鞭的手在颤抖。小伍子理解父亲，师长要发火了。果然父亲很响地甩了一下马鞭，大喝一声：把她给我拖回去！

父亲说完转身就走了。小伍子不顾脸上热辣辣的疼，一躬身子便把琴背了起来。他不顾琴劈头打来的巴掌，更不管那些丫头的乱叫乱喊，他背着琴一阵风似的跑出了文工团，一直跑回三十二师。路人不明白发生了什么事，都驻足观望小伍子背着琴飞奔的身影。琴已经没有力气再打小伍子了，她闭上眼睛，任凭小伍子狂奔。

父亲骑着马已先小伍子一步回到了师里，他命令炊事班加菜上酒。小伍子赶到时，父亲已在自己的宿舍里等候多时了。菜已经上来了，是大块红烧肉，还有韭菜炒鸡蛋。酒是东北的高粱烧。来到三十二师的琴一言不发，她站在父亲的对面仇恨地盯着父亲。

父亲的气还没有消，他喝了几口酒，吃了块肉，嚼巴嚼巴咕噜一声就咽下去了。他仍用一只脚踩在椅子上，指着琴身旁的一把椅子说：你坐！

琴不坐，仍仇恨地望着父亲。父亲大怒，高声断喝：让你坐你就坐！

许是父亲的狂暴一时震住了琴，琴一屁股坐在椅子上。第一回合父亲胜利了，他的怒气消了一些。父亲又说：你吃！

琴不吃，低着头，目光恨恨地盯着别处。父亲不理琴了，他大口地喝酒，大块地吃肉。他吃了一气，喝了一气，酒就有些上头了。于是父亲就前不着村后不着店地乱说一气：没见过你这样的丫头，还打人！我都三十六了，你能咋的？日本鬼子都让老子干回东洋了，老蒋不也是让我们弄到台湾去了？！我都三十六了，你这丫头能咋的？

父亲又喝下一碗酒，然后就醉了。在醉前，父亲又喊来了小伍子，他冲小伍子说：让她吃，吃完把她送回去。看这丫头能咋的！说完一头栽在床上，呼呼地睡去了。

那天，琴临离开父亲房间时扔下一句冷冰冰的话：胡子！

小伍子听完琴这句话，没有生气，反而笑了。小伍子笑着说：小心我们师长一枪崩了你。

有了这一次之后，父亲以为离娶琴的日子不远了。他没有料到事情发生了意外。

军区的参谋长胡麻子也看上了琴。胡麻子是外号，因为脸上生满了麻子而被人称为胡麻子。胡麻子在长征时就已经是团长了，那时胡麻子就已经结婚了。长征开始时，老婆就已经怀孕了，走到草地时，老婆早产了。他把老婆背到一个避风的柳丛后，准备亲自为老婆接生。不幸的是，早产的孩子无论如何也不能顺利地生产，疼得他老婆爹一声娘一声地叫。他背着老婆行军时，已经掉队了，走在茫茫草原连个人影也看不见。他冲老婆喊：使劲，你快使劲！老婆哪里还有什么劲，一路上的行军，吃没吃喝没喝，万里征程早就耗去了她的力气。老婆已经不行了，胡麻子急得团团转，正在这时，他又发现了敌人的追兵。敌人呈扇形向他们包围过来，子弹在他的头顶飞过。胡麻子知道，再这样下去被敌人俘虏是在所难免了。这时，老婆也清醒过来，用尽最后的力气冲胡麻子说：你快跑……等革命胜利了，你再找一个女人……说完便咽气了。胡麻子给老婆跪下了，撕心裂肺地喊了一声：等革命胜利了，我来给你收尸！胡麻子满眼泪花地跳起来，一边向敌人射击，一边向自己的队伍追去……

胡麻子一直牢记着老婆的话：等革命胜利了再找一个女人。在风雨飘摇的战争岁月中，他一直没有勇气再找个女人。现在革命胜利了，胡麻子也已经四十出头了，也就是说，这辈子的好时光都快过完了。胡麻子有千万条理由找一个称心如意的女人，享受一次生活。他在文工团看演出时，看上了琴。他觉得只有琴才能陪他走完后半生。

于是，他乘坐的那辆美式吉普车经常停在文工团的楼下。父亲那匹高头大马也时常拴在文工团楼下的树上。这就引发了一场不可避免的冲突。

父亲和胡麻子两人同时出现在文工团的排练厅里，惊动了文工团所有的人，包括年过半百的文工团团长。这是位在延安时期参加革命的老文艺工作者。他命人给胡麻子和父亲端茶倒水，一边意义不明地说：欢迎领导来检查工作。

胡麻子就挥手说：去吧，我们就是看看，忙你的去吧！

文工团这位老团长也就退下了。

不用说，胡麻子知道父亲的心思，父亲也知道胡麻子的心思。但两个人却不知道他们是一对情敌，父亲以为胡麻子看上了别的丫头，胡麻子也这么认为。两人嘻嘻哈哈地坐在一起喝茶看女人时，胡麻子冲父亲打了一拳说：你这小石头，还年轻嘛，急啥子嘛！父亲说：我都三十六了！兴你急就不许我急了？两个人一边说笑一边打着哈哈。父亲在胡麻子眼里是年轻的，也是最受器重的一名师长。胡麻子在父亲的眼里是位能征惯战的首长，两人趣味相投，感情非同一般。

当两个人发现自己都喜欢琴时，胡麻子的脸色不好看了，父亲的脸也沉了下来。胡麻子先站了起来，他冲父亲说：石光荣同志，你出来一下，我有话对你说！

父亲也站了起来，正色道：参谋长同志，我也有话对你说！两个人一本正经地来到外面走廊上。胡麻子一拍父亲的肩膀说：我说小石头，你算了吧。看上谁你说，我给你做媒！

父亲觉得事情麻烦了，但他无论如何也不能把琴拱手让给别人。是他先发现的琴，他已经抢占了这块高地，要是有人胆敢来夺，那只能是一场殊死决战了。父亲见胡麻子这么说，也不甘退步地说：参谋长，这人是我先看中的，你再换一个吧。到了你结婚时，我给你当伴郎！

少扯，还是你换一个！胡麻子说。

你少扯，你换一个！父亲说。

小石头，老子算瞎眼了，让你当师长。胡麻子被激怒了。

父亲也当仁不让，他见胡麻子不肯退步，也急了道：我看你不配找那丫头，你这是老牛吃嫩草！

王八蛋，老子毙了你个小石头！说到这，胡麻子掏出了枪。父亲的话大大地刺伤了胡麻子的自尊心。

父亲见胡麻子真的急了，也冲不远处的小伍子喊：抄家伙！父亲的枪一直在小伍子身上背着。小伍子听见父亲让他抄家伙，几步就蹿了过来。他掏出枪“哗啦”一声顶上了子弹，虎视眈眈地冲着胡麻子。在他的眼里首长只有一个，那就是父亲，他才不管什么参谋长不参谋长呢。

胡麻子被眼前的情景气坏了，脸上的肌肉颤动着，握枪的手也在抖着。他语不成声地说：好你个小石头！好小子，看老子毙不毙你！

说完“哗啦”一声，也把子弹上了膛，一场血腥的战斗即将爆发了。早就在暗中观察动静的老文工团长冲了出来。其实文工团团长早就明白了两个人的来意，他知道两个人同时看上了琴，他没料到的是，两个人会为琴舞刀弄枪动真家伙。他在心里惊呼一声，要出人命了！于是奋不顾身地冲出来，用身体挡在父亲和胡参谋长之间。文工团团长先劝父亲，他说：这位首长，息怒哇！有话好说，好好说嘛！

父亲用鼻子哼了一声道：胡麻子你休想老牛吃嫩草！那丫头是老子的，你别想动一根手指头！

胡麻子也说：你也不是牛犊子！比我小不了几岁！那丫头是老子的，你休想动她一指头！

文工团团长又劝胡参谋长道：首长，别生那么大的气嘛！咱文工团的姑娘多的是，要是你们愿意我给你们做媒，保证你们未来的夫人个个漂亮。

父亲和胡麻子真刀真枪地在文工团的走廊上较量时，周围聚满了看热闹的人，有文工团的演员，也有来文工团办事的人。他们都不明白，两位首长为什么要拔枪相对。胡参谋长首先考虑到了自己的身份，他哼了一声，收起枪，冲父亲道：小石头，你小子！父亲也不甘示弱道：胡麻子，谁怕谁呀！

胡参谋长走了！父亲也走了！出了文工团的楼，胡参谋长坐进了那辆美式吉普，父亲骑上了他那匹高头大马。父亲冲着吉普车的后屁股说：老牛，呸！

父亲和胡参谋长为争一个女人而吵架的事，很快得到了军区领导的重视。他们首先批评了胡麻子，批评他不该为一个女人而失去了参谋长的身份，同时指出要找老婆可以通过组织嘛。

胡参谋长也怕事情不好收场，他了解父亲是个说得出也做得出的主。他便没再提琴，而是又看上了一位叫柳的姑娘。柳姑娘不太情愿，只有军区首长亲自出面做柳姑娘的工作了。

父亲经过这一场风波之后，他和琴的关系不想再拖下去了，他要快刀斩乱麻了。

警卫员小伍子很快便从文工团团长那里打听到了琴父母的住址，父亲的意思是要拜上一拜未来的岳父岳母。父亲在自己的婚姻大事上显得老谋深算，他从琴的眼睛中已经看出她并不喜欢自己，要想赢得琴的爱情还有漫漫的长路在等着他。父亲三十六岁了，他不能再等下去了。于是，在沈阳初秋的一天，父亲骑着高头大马，在小伍子的引领下，找到了琴的家。琴的家位于沈阳城内著名的中街上。琴的父母已有六十开外了，老两口老年得子生下了琴。琴的一家是世代开金店的，生意最火爆时，还要数琴的爷爷当家的时候。那时，世道还算太平，在国泰民安的环境中生意也最好做，琴的一家在爷爷那一辈把生意做到了高峰，沈阳城内金店就开了好几家。待爷爷望着越聚越多的金山银山不愿意离开这个世界而又不得不离开时，琴的父亲当上了金店的掌柜。起初的买卖仍顺风顺水，接下来就不行了，先是日本人侵占了东北。一时间，东北大地狼烟四起，逃荒要饭的百姓不计其数。琴的父亲是极聪明的人，他们似乎看到了将来的日子并不好过，能平安地活命是比眼前什么都要紧的事情，于是狠下心来，卖掉了金店。即使不卖金店生意也不好做了，人们连饭都吃不上，还有谁买金货呢？这是琴的父母的非常明智之举。琴的一家，在沈阳城内是很有名气的，汉奸、日本人经常不断地来找琴一家的麻烦。琴的父母只能花钱买平安了，于是把不少黄灿灿的金货源源不断地送给日本人和汉奸。他们在日本人的眼里是大大的良民，琴的父母花钱买来了平安的日子。日本人投降，国民党占据了沈阳城，琴的父母又用同样的办法买通了国民党。后来国民党溃败到关内，解放军进驻沈阳城，这时琴父母的家族已没有什么了。但在大军南下时，父母仍搜罗出最后一点积蓄送给了解放军，沈阳市政府仍记着这笔账。

现在琴的父母已经是一贫如洗了。琴的父亲在家门口开了一个小门脸，靠加工金、银首饰度日。当父亲来到琴家时，琴的父亲戴着老花镜，正在加工一只银手镯。父亲的马蹄声使琴的父亲抬起了头，他看见了父亲，心里莫名其妙地紧了一下。

父亲从马上跳了下来，他手里提着马鞭，表情是舒展的，他要给未来的岳父岳母一个良好的印象。他走过去就说：这位大叔，你可是琴的父亲？父亲已经知道琴的名字了。

老金匠忙答：正是，正是！这位首长请屋里坐吧。

父亲要的就是这样的效果。他把马鞭递给小伍子，跟在老金匠的身后走进琴家。父亲面对着琴的父母一时不知从何说起，老金匠忙前忙后，又是点烟又是倒茶。他们一家对解放军并不陌生，琴还在文工团里当着演员。当初琴参军时，文工团团长就曾到家里坐过。那一次，文工团团长给琴的父母留下了很好的印象，他们才同意让琴参军。父亲的出现，他们差不多把父亲当成一家人了。琴的母亲又热情地拿出瓜子招待父亲，父亲仍然不知如何开口。他紧张而又有些羞怯地望着琴的父母，一时竟不知如何是好。后来，他干脆眼一闭心一横，"扑通"一声就跪在了琴的父母面前，干裂生硬地叫了声：爹、娘——

父亲这一叫，可叫傻了琴的父母，他们一时没回过味来。他们对望一眼，很快又把目光集中在了父亲的身上。父亲的决心已定，一不做二不休了，他又说：我要娶你们家的琴！

这下琴的父母听明白了，他们搓着手，忐忑不安地绕着父亲转了三圈。最后还是琴的父亲先醒悟过来，他用手扶起父亲，一边扶一边说：这怎么说话的？快起来，快起来，你看你这孩子！

琴的父亲居然称父亲为孩子，这令父亲大为感动。在那一瞬间，父亲想起了记忆中的父母，他的眼圈红了一下。在站起来的过程中，哽着声音又说了句：我是非琴不娶了！你们就是我日后的爹娘了！

父亲字字血、声声泪的表白，着实感动了琴的父母。他们再一次仔细地打量着父亲，父亲的身材孔武有力，面相粗糙，却也浓眉大眼，自己的女婿能长成这样也算不容易了。这两位饱经战争磨难的老人第一次经历这样的事，在他们的记忆里，日本人还有国民党，他们要看上哪家女人，才没有这么多好话可说呢，拉走就是了。父亲的举动，对他们来说简直是抬举，两位老人还有啥话好说？女儿都是解放军了，嫁给解放军的首长那是天经地义顺理成章的事情。

琴的父亲扯着父亲的手一遍遍地说：好，好，好哇！

琴的母亲咧着嘴，她心里很乱，不知是哭好还是笑好。她一时无法说清，女儿嫁给眼前这个男人是放心还是不放心。她是该说同意还是该说不同意。最后，她还是冲父亲咧着嘴笑了。

父亲眼见着自己大功告成了，看着眼前琴的父母已经把他当成一家人了，于是很豪气地说：爹、娘，你们放心！日后有我吃的，就有你们吃的，我吃干的，决不让你们喝稀的！

哎，哎——琴的父母答。

父亲不再恋战了，他冲未来的岳父岳母拱了拱手，一转身走了。父亲兴奋地喊：小伍子，牵马来！

父亲走后，琴的父母有这样一番对话：

母亲：她爸，这小伙子长得咋有点老呢？

父亲：老啥老！你没见浓眉大眼的，这就中了！

母亲：不知他当的是啥官。

父亲：我看不小了，挎枪骑马的，不是这个长，也是那个长！

母亲：琴日后嫁了他，能行？

父亲：咋不行？嫁给带长的，以后咱们也算有个靠山了。

父亲悬在心里的一块石头总算落了地。

父亲走后，琴的父母便把琴找了回来。琴一见父母的神色就什么都明白了，她哭了，爹一声娘一声地叫，受了多大委屈似的，一边哭一边说：我不干呢！我不想嫁人呢！

母亲以女人之心理解着女儿也宽慰着女儿，母亲一边劝琴一边说：哭啥哭！你也不小了，都二十了，女人早晚不得嫁人。父亲对娘俩的婆婆妈妈甚感不满，他冲女儿吼了一声：别哭！这是你的福气哩！

女儿仍哭，哭得悲恸欲绝、死去活来的样子。没有人知道，琴自己正在恋爱，父亲的插足，使她的爱情夭折了。琴在哭自己夭折的爱情。

琴在这边哭得死去活来，母亲掰馍馍说馅地劝着琴，父亲已经在那边大张旗鼓地开始张罗婚事了。结婚对于刚进城的部队来讲，已经习以为常了。就像起初的恋爱一样，集体上阵，一个冲锋下来，就有一连人结婚了。父亲的婚礼算是迟到的。父亲很快从机关里开出了结婚证明。一个电话打到文工团，文工团团长不敢怠慢也开出了琴的结婚证明。两个证明放在一起，交给地方政府，由政府出具一张证明，就算结婚了。

琴还在家哭闹时，父亲在那边已办完了所有的手续。办完手续的父亲，派小伍子牵着马，另外又派出一连战士来接新娘子琴了。一连人马浩浩荡荡地开到琴的家门前。父亲那匹高头大马披红挂绿，它还是第一次经历这样的事情，显得很兴奋，站在琴家门前引颈长嘶。小伍子就喊：请新娘子上马喽！一连战士也齐声呐喊：请新娘子上马喽！喊声惊天动地。

琴的父母连拉带扯地把琴从屋里拖了出来。琴仍然在哭，一边哭一边喊：不呀，不呀——琴一被交到一连人马手里，那就由不得琴了。不管她是哭是喊，往马背上一掼，打马便跑。整齐的脚步声，伴着琴无力的哭泣声，终于远去了。

父亲结婚那天，三十二师像过年一样的热闹，猪杀了，羊宰了，全师放假一天。在一个操场上，摆出了上百桌酒席，黑压压的一片，父亲的战友、首长都前来祝贺，那些日子部队几乎天天像过年一样，因为天天有人结婚。琴一被接到三十二师，全师上下沸腾了，全师上下齐声呐喊：新娘子，新娘子！喊声如滚过的一片雷鸣。

进了新房的琴仍在哭闹，父亲不管她闹不闹，心想：你都是我的人了，哭有啥用，闹有啥用！看老子喝足了酒，怎么收拾你！

父亲命令小伍子看好新娘子，自己便来到操场上喝酒了。酒是大碗装的，肉是大盆盛的。父亲就亮起嗓门说：今天我结婚了，是三十二师大喜的日子。来，干！父亲带头干了。

干！几千人一起呐喊。

正吃着、喊着、喝着，胡麻子来了。他不是一个人来的，还带来了新夫人。新夫人果然年轻漂亮，喜滋滋地随在胡麻子身后。他一下车就大着嗓门喊：小石头，老子来喝你喜酒来了！

父亲已有些酒意了，他没想到胡麻子会来。父亲高兴了，举着酒碗就冲胡参谋长走去，一边走一边说：你这条老公牛，先干了这一碗！参谋长就干了。喝光了酒，他没看见琴，就问父亲：新娘子呢？

父亲不好意思地说：奶奶的，在屋里哭哪。胡参谋长也就哈哈大笑，笑过了，把嘴凑到父亲的耳边说：我刚结婚时也这样，女人就得收拾！收拾完了，她就不哭了。

说完就看身旁的新夫人，新夫人正满面潮红地望着他。他就又笑了。

参谋长临走时，拍着父亲的肩膀大声地说：你这个小牛犊子，好好干吧！

说完大笑着走了，他还要到别的师去祝贺。那些日子，他们有祝贺不完的婚礼。

父亲又端起酒碗向将士们走去，他要让全师官兵喝好、吃好，然后他才能去收拾琴。

很晚了，酒宴才结束。

父亲东摇西晃地向新房走去。那天晚上，他用三十六年积攒下来的力气，收拾了琴。琴已经没有力气再哭泣了。

父亲婚后的第二天，文工团出了一件事。一名男文工团团员，企图用上吊的方式结束自己年轻的生命。幸亏人们发现得及时，七手八脚地把他从绳子上解了下来，才幸免了一场灾难的发生。那名男文工团团员叫枫，后来父亲有幸见到了枫。枫长得很白，并有一双忧郁的眼睛，的确很年轻，也就是二十刚出头的样子，唇上的绒毛刚刚冒芽。父亲在看完枫之后，在心里说：哼，一个小毛孩子！父亲没有把枫放在眼里。

在起初的日子里，婚后的父亲并没有享受到家庭带给他的乐趣。琴从进到父亲这个门，一直没有和父亲说过一句话。琴在婚后的第三天，便又回到了文工团。文工团有许多演出在等待着琴。琴上班的第一天晚上，又如婚前一样准备睡到自己曾住过的宿舍里，被老文工团团长发现了。他怕琴不回家，半夜三更父亲来找，那会使文工团乱七八糟的。所以，文工团团长死活不依，并亲自把琴送了回来。父亲看着回来的琴，一声不吭，只是笑，琴不理父亲，穿着衣服就躺下了。父亲也不在乎，这些天，都是父亲为琴脱衣服。父亲为琴脱衣服时，心里充满了激情和快感。父亲一边为琴脱衣服，一边在心里恶狠狠地说：看老子今夜怎么收拾你！

琴无法在文工团住下去，演出之后，她便径直回到住在中街的父母家中。琴在夜深人静时突然出现在家中，这可惊坏了父母。他们在女儿婚后才知道父亲是一位师长，师长对他们老两口来说，已经是个了不得的大官了。老实本分的百姓，别说是官，就是兵他们也会吓得腿肚子发抖。他们在女儿婚后，曾暗自庆幸老天有眼，让他们的女儿攀上了高枝。那几日老两口激动得整夜无法入睡，不仅女儿日后有享受不完的清福，他们也会跟着沾光的。女儿的突然而至，老两口的心境可想而知了，新婚没几天，女儿就跑回来，这成了啥事！老两口从炕上爬起来，穿戴整齐，不由分说，齐心协力地把琴又送到了父亲的门下。父亲仍不说话，其实他的心里乐开了花，心想：看这个丫头能整出多大动静，还不得乖乖地回到老子的怀里！这一夜，自然是父亲又一次为琴脱衣服，琴不推不拒，闭着眼睛，死了似的任凭父亲摆布。

从那以后，琴没处可去了。每当演出完她只能回到父亲身边。琴一日三餐吃食堂，父亲也吃食堂，只有晚上，父亲才和琴双双躺在床上，干一些一家人才能干的事情。父亲对这一切满不在乎，他已经习惯了吃食堂的日子，他觉得这没什么不好。让父亲不满的是，琴从结婚到现在还没有和他说过一句话，甚至连正眼都没有看过他一次，这使父亲很烦恼。在烦恼中，父亲想起了小白脸枫，琴不理父亲也就是说琴仍没忘记枫。枫仍在文工团里，琴天天去文工团和枫在一起，他们之间会不会发生点别的事情？父亲一想到这，更警觉起来，他胡思乱想了一夜。

第二天一早，他把警卫员小伍子叫到了自己的办公室，如此这般地交代给小伍子一个任务，小伍子得令而去。

从那以后，在文工团的院子里，经常可以看见小伍子活动的身影：有时他趴在门缝里看琴和一帮青年男女练功；有时他趴在食堂的窗子上看琴吃饭；就连演出，小伍子也不放过，前台后台地转悠。总之，只要琴的身影在哪里出现，哪里就有小伍子活动的足迹。直到演出结束，琴走在前面，小伍子随在后面，一直等琴走进父亲的房间，小伍子才肯离去。

第二天一早，小伍子向父亲报告道：报告师长，一切正常！

父亲指示：继续侦察！

小伍子又开始了新的一天的工作，一直持续到琴怀上了林。起初琴不知道自己怀孕了，有一天她又呕又吐，才知道自己怀孕了。

一天夜晚，父亲又想再一次收拾琴，琴一把推开父亲道：别碰我，我怀孕了！这是琴第一次和父亲说话。当父亲得知琴怀孕的那一刻，他乐疯了，一直从床上滚到地下，在地下又滚了三次之后，躺在那儿手舞足蹈地大喊大叫：我小石头有儿子了，有儿子了！

父亲悬着的一颗心也就落下了，他高兴的不仅是自己有孩子了，更让他高兴的是，这个孩子是他和琴共同拥有的。也就是说，他和琴之间的关系被一颗钉子钉死了，琴想跑也跑不了。

从那以后，他撤回了小伍子。但在琴演出之后，他会让小伍子去接琴，他怕天黑路远，琴有什么闪失。那时父亲不再骑马了，那匹高头大马换成了美式吉普车。

晚上，父亲一听到吉普车响，便开始张罗着为琴加夜餐，锅碗瓢盆结婚那天父亲就预备好了，可惜一直没有派上用场。这下用上了。父亲忙碌着这些，心甘情愿，他觉得这不是在为琴一个人劳碌，还有他尚未出世的儿子。从琴怀孕那天开始，他就坚信，一定是个儿子。后来的事实应验了他的预感。

琴进门后的第一件事，就是要坐在床上喘息一阵子，琴的肚子已经很明显了，她走起路来也有几分吃力了。但她仍然要去文工团上班，演出是无法进行了，她只能帮助其他演员进行排练。琴坐在床上，父亲便嬉皮笑脸地走过来，用极温柔的声音说：丫头，想吃酸的还是辣的？自从结婚后，他一直称琴为丫头。丫头琴的口味没谱，今天想吃酸的，也许明天就想吃辣的，弄得父亲一直很惶惑。有一阵，他也吃不准琴到底怀的是男孩，还是女孩。

辣的！辣的！琴不耐烦地说，同时舞动双脚，把鞋踢飞出去，顺势躺在床上。

父亲这时一点脾气也没有，他搓着手走到灶台旁，冲小伍子说：生火，生火！

小伍子很快把火生了起来，父亲笨手笨脚地开始下面了。小伍子看着父亲的样子于心不忍地说：师长，我来吧！

父亲说：我来，我来！还是我来！

吃完面的琴，便开始脱衣服睡觉了。自从怀孕之后，琴再也没让父亲脱过衣服，但她仍然不理父亲。睡觉的时候，她时常把后背冲着父亲。父亲不计较这些，他在心里笑一笑，心想：一切都会好起来的。从琴自己不主动脱衣服到主动脱衣服，从不说话到说话，琴已经有了显著的变化。父亲相信，这种变化还会继续下去的，一直到他们完全融合在一起。父亲错误地估计了琴，虽然在以后的生活中，琴接纳了父亲，但直到父亲生命结束，也没能和琴融合在一起。

琴的确在慢慢地承认着眼前发生的事实，但她的心里仍无法接受父亲。她仍在缅怀她夭折的爱情，那才是她真正的爱情。琴一生都在刻骨铭心地怀念着她的爱情，是父亲毁了她的爱情，这是她无法和父亲融为一体的关键所在。

父亲对琴没有太多的挑剔和不满，他已经感到很知足了。一个吃百家饭长大的野孩子，不仅进了城，又讨了一位如花似玉的姑娘，马上又要有儿子，他能不满足高兴吗？就是梦中他也是笑着的。

琴的父母虽然胆小怕事，但在琴的身上所做的努力，可谓远见卓识。琴的家庭虽不是书香门第，但文化的基础源远流长。早几辈他们就意识到了文化与生意的关系，他们一边做生意，一边对子女的教育进行大量的投资。琴是个受益者。琴在七八岁的年纪，家里便为她请来了先生，教她识文认字。那时，金店的生意已经开始败落了，但琴的父母仍然坚信，金、银都是身外之物，唯有文化才属于自己。文化是打开聪明之门的钥匙，人要是聪明起来，还愁日子过不富裕？琴在十五岁那一年，以优异的成绩考取了沈阳城内唯一一家私立女子师范学校。琴在这所学校里，不仅学了许多知识，同时还学会了唱歌跳舞。琴是个很聪明的人，家族中优秀的基因遗传给了她，她没有理由不聪明、漂亮。琴在唱歌跳舞方面又极具天赋。沈阳城一解放，东北军区的留守处去学校招文艺兵时，很快便挑中了琴。于是琴顺理成章地成了一名解放军的文工团员。

琴来到文工团不久，她就认识了枫。枫是从上海千里迢迢投奔延安的知识青年。枫没去延安之前，在一所艺术学校里学习作曲。枫经过延安的洗礼，很快就成为了一名合格的共产主义文艺战士，后来他又随大军开赴到了东北。于是他就在东北扎根了。枫是文工团的创始人之一，文工团老团长是他的恩师。枫和所有搞艺术的人一样，情感丰富又多愁善感，也脆弱也坚强，这是所有搞艺术的人无法摆脱的情结。

按理说，枫这样的性格，不太会讨女孩子的喜欢，但他很快赢得了琴的爱情。因为枫的性情已经赢得了琴的理解，况且，枫又是那么的才华横溢。枫创作的歌曲广泛地在部队里流传，枫骨子里固有的气质赢得了琴的欢心。琴在演唱枫的歌曲时，可以说是全身心地投入，这时她身体里的每一个细胞都是含欢带笑的，唱到高潮处，琴会流下激动幸福的眼泪。

琴的一往情深也很快打动了枫，枫在那些美好难忘的日子里坚定不移地认为，琴就是他理想中的佳人。青年男女的两颗心在艺术的氛围中，终于紧紧贴在了一起。练功房里、宿舍中留下了他们美好而又感人的一幕又一幕。

如果没有父亲的胡搅蛮缠，琴和枫在以后的岁月中，肯定会成为一对模范恩爱的革命伴侣。他们料想不到的是，这时，父亲出现了。

其实在父亲出现后，他们仍然是有机会的。如果这时枫再果决一些，三下五除二地和琴结婚，父亲也会一点脾气也没有。正是枫的优柔寡断，葬送了他们的爱情。

琴也曾提出快刀斩乱麻地结婚算了，枫一时显得犹豫不决，搞艺术的人的劣根性在此时暴露无遗。枫彷徨无助地说：革命刚刚胜利，有许多大事还没有干，咱们都年纪轻轻，这时结婚怕不好吧。

琴在枫的优柔面前一点脾气也没有了。

就在琴被父亲强行抢到三十二师去吃饭那一次，琴已经清楚地看见自己的末日就要来到了。那天晚上演出之后，她找到了枫。枫一筹莫展，他在琴的面前流下了软弱的泪水。琴在绝望中颤抖着身体说：那你就一枪把那个浑蛋师长崩了。

说完从枫的腰中掏出手枪塞在枫的手里，那时，文工团男团员都配有武器。枫握住了枪，他握枪的手似被蛇咬了一下似的一哆嗦，枫自从参加革命后，还从来没有杀过人。他不知如何杀人，更不知道如何才能杀死同在一个战壕里战斗着的一位战功卓著的师长。枫害怕了，他抖颤着身子，用颤抖的声音说：让我想一想，让我想一想吧！

琴绝望地搂抱住枫，枫在琴的拥抱中“当啷”一声把枪扔在了地上。琴这时，是又爱枫又恨枫。那时她就想，要是枫的身上有一点点父亲的豪气，她就是死也不会让父亲得逞。琴哭了，她一边哭，一边紧紧地拥抱着枫，枫是她的梦。枫在琴热烈温暖的拥抱中，终于回过神来，他小声地说：那我就杀了他！

在以后的日子里，琴多想听到那一声清脆的枪声啊，结果什么也没有。琴彻底绝望了，在她的面前，是一副更加苍白的脸，还有一双无助迷离的眼睛，那是枫痛苦无奈的形象。

就在这时，父亲先下手为强了，他几乎是把琴抢进了洞房，在新婚之夜，狠狠地收拾了琴。

软弱无助的枫终于失去了琴，失去了他的初恋。他绝望了，迷惘了，最后他只能选择死亡了，却没有死成。活转过来的枫，觉得活着还是件挺有意思的事，他不再寻死觅活了，只是他显得更加苍白，更加少言寡语了。

琴虽然生活在父亲身边，又怀上了孩子，但她仍然在怀念着自己的初恋。

琴在用沉默和不情愿与父亲对抗着，她生下了林。在以后的生活中她理所当然地成了林、晶、海的母亲。

正如父亲预感的那样，林果然是个儿子。林一落地，便嘹亮地大哭，乐得父亲大着嗓门，冲所有的人高喊：我有儿子了！我石光荣也有儿子了！嗬嗬——

伴随着林落地时的号哭，著名的抗美援朝战争爆发了。

在没有战争的岁月里，父亲就像没有地种的农民一样无着无落。在父亲进城后，这短暂的和平岁月里，如果没有母亲琴的出现，他会憋疯的。好在生理的饥渴和生活的愿望暂时填补了父亲生活的空白。现在，他老婆也有了，儿子也有了，他啥都不怕了。于是，在一个月黑风高的夜晚，他率领三十二师雄壮有力地跨过了鸭绿江。

母亲生了林，在文工团里请了长假，她只能一心一意地坐她的月子了。

父亲的部队出师大捷，杀得美国鬼子抱头鼠窜。第一战役结束后，双方都在调兵遣将，准备迎接下一轮的拼杀。在这间隙中，父亲想起了母亲和刚刚出生的林。此时此刻，他无比地思念远在沈阳城内的琴和林。这是他以前从没有过的，从那以后，父亲有了对家的无限牵挂。有了牵挂便觉得有许多话要对琴和儿子说，于是他唤来了小伍子。

他冲小伍子说：我要写信！

父亲说他要写信，并不是他要亲自写信，而是让小伍子替他写。在延安学习时，父亲是学过一些文化的。在学文化方面，父亲天生有些愚笨，往往是这耳朵听，那耳朵出了。他承认自己天生是打仗的料，对学文化并没有什么兴趣。好在，在那个年代，对一位将军在文化方面没有什么苛刻的要求。

小伍子很快找来了纸笔。以前父亲有什么事要对上级汇报，都是父亲口述，小伍子执笔。父亲就说：老婆、儿子，你们好！

小伍子抬头看着父亲，建议道：师长，这么称呼不好吧？

父亲不满地道：我说啥你就写啥，别啰唆！

于是小伍子就写。

父亲又说：离别两个多月了，真想死你们了！第一战打赢了，我一根毛都没少，就是想你们哪！

小伍子边写边笑，又不敢大笑，就那么难受地忍着。

父亲不管小伍子笑不笑，仍一本正经地说：老婆你要把儿子给我带好喽，要是儿子有半点差错，我不饶你！

父亲说到这就吸烟，红晕慢慢地在父亲粗糙的脸颊上扩散。他又想起了和母亲的新婚岁月，此刻，他真的思念母亲了。

小伍子这时提醒道：师长，写完了吗？

父亲挥了一下手，仍红着脸说：老婆，我真想你呀！等打败了美国鬼子，看我回去怎么收拾你！

小伍子一脸不解地问：师长，“收拾”是什么意思？你是要打她吗？

少废话，让你写你就写！父亲红头涨脸地斥小伍子一句。小伍子就听话地把他不理解的“收拾”二字也写进了信中。

就在父亲在遥远的朝鲜战场上，牵肠挂肚地思念妻子和儿子时，家里发生了一件事。这件事和枫有关。

枫所在的文工团，并没有随第一批入朝的将士开赴朝鲜，仍在沈阳城内待命，他们在忙着排练一批新节目。他们知道，这些节目迟早会派上用场的。

满月之后的母亲，在家里待得实在是没什么意思了，她就抱着林来到了文工团。文工团是她战斗过的地方，这里不仅有她的初恋，同时还有她的青春和欢乐，她无法忘却这里。她抱着林一出现在文工团，便看到了枫，枫正用一双忧郁的眼睛望着她。

母亲一见到枫，心里便说不清是什么滋味，她期期艾艾地冲枫说：你为什么不去看我？

枫垂下了头，脚尖搓着地板，低低地说：我，我，我——他一时不知说什么好。

母亲的到来，很快引起了战友们的注意。他们团团将母亲围住了，七嘴八舌地问母亲这呀那的，他们还轮流着把林抱在怀里，他们异口同声地夸奖着林。唯有枫站在远处，一往情深地望着母亲。枫的目光，让母亲的心在流血。

母亲很快又回到了自己家中。枫的目光，已使她无法承受了。回家后的母亲流下了伤感的泪水。

就在那天晚上，枫轻声地敲开了母亲的房门。此时三十二师营院，人去屋空，只有少数一些和母亲一样的女人留在家中。这样一个宁静的夜晚，使昔日的恋人有了一个美好的约会氛围。这时，林已经睡着了。母亲和枫相对而坐，他们彼此望着对方的眼睛，说着昔日早已说过的情话。说着说着双方都动了感情，母亲再一次把自己的身体投入到枫的怀中，枫像被烫了似的哆嗦着。母亲在没有嫁给父亲之前，她对枫的爱情朦胧而又迷惘。在和父亲生活了一段时间后，她对男女之间的事情有了清醒而又深刻的认识。以前，她和枫只是相互拥抱而已，并没有实质性的接触。再一次和枫缠绵在一起，她的欲火被点燃了。在这寂静美好的夜晚，她的目光直接而又明确，那就是，她要把身体献给自己所爱的人，哪怕就一次，她也知足了。母亲一边亲吻着枫，一边脱掉了自己的衣服。她躺在床上，目光迷离地望着枫，喃喃道：枫，你来吧。今天我是你的了！

母亲没有料到的是，枫突然蹲下，双手抱住自己的头。他哭了，一边哭一边说：不哇，我怕！我不能呀！

母亲在等待着枫，她在等待着与自己所爱过的人相互占有，结果却等来了枫的哭声。母亲的身体冷却下来，心也冷了。她开始默默地穿衣服，穿好衣服后的母亲说：枫，你走吧！

枫已经停止了哭泣，慢慢站了起来，泪眼蒙眬地望着母亲。枫可怜巴巴地说：那我就走了。母亲点点头，枫真的就走了。

从此，枫在母亲心中死了。活在母亲心中的只是梦中的枫，母亲仍一往情深地爱着梦中的枫。

父亲不知道这些。

不久，枫入朝了。在一次去前线演出时，被一颗流弹击中，枫便再也没有回来。

其实母亲也很想随文工团入朝的。没结婚前她是文工团的台柱子，她年轻的梦想和激情已经和舞台连在了一起。当她面对台下的观众时，她喜欢那一双双真诚热烈的目光，还有那一阵又一阵经久不息的掌声。这一切构筑了她青春的梦想。

母亲在一天天盼着林长大一点，再长大一点，那时她就可以把林寄养在父母家里，然后她就可以一身轻松地入朝去寻找属于她的舞台了。是父亲没能使母亲的梦想成真。在这期间，父亲回国休整了一段时间。在这一段时间里，母亲再一次怀孕了。不久，晶出世了。晶是个女孩，但她的哭声一点也不亚于林。晶呱呱落地时，父亲在朝鲜正艰苦卓绝地打着第四次战役，他没能听见晶的哭声。

在这期间，父亲的职务也有所变动，他由师长晋升为军长。他的部队在三八线附近和美国鬼子展开了一场旷日持久的拉锯战。

母亲在晶出生之后，入朝的梦想终于破灭了。那时林已经会走了，晶还在吃奶，母亲年轻的生命，在哺育孩子的过程中，一点点地消损着。母亲的父母在这段时间里，也忠实地成了母亲的帮手，他们差不多每天都要过来，帮助母亲照料林和晶。随着林和晶一天天长大，母亲因爱情夭折而失落的心，又重新找到了寄托。她可以不爱父亲，但她不能不爱自己的孩子，况且林和晶在她的眼里是那么的可爱，招人欢喜招人疼。母亲原本愁眉不展的额头，终于舒展了。

朝鲜战争进入到第五次战役之后，双方便僵持住了。又过了不久，双方签订了停战协议，战争结束了。这件事，父亲一直耿耿于怀，他是个主战派，但他又不能不服从毛主席的指示，最后他还是班师回到了国内。在那些日子里，他逢人就说：妈了个巴子！仗要是再打下去，老子两个月肯定把美国鬼子赶回老家！

父亲回国不久再次荣升。胡麻子参谋长当上了副司令，在胡麻子的力荐下，父亲接替了他的职务。

随着朝鲜战争的结束，全国人民的所有精力都转移到大建社会主义上来了，部队也随之稳定下来。在这样的大背景下，父亲的小家也安稳了下来。

在晶蹒跚学步时，母亲又生下了海。海是个男孩，海出生时的哭声一点也不响亮。等在产房外的父亲听到海有气无力的哭声时说：这小子一点也不像我。

母亲一口气生了林、晶、海三个孩子，家里一下子就热闹了起来。那一年母亲二十六岁。二十六岁的母亲只能一心一意地照顾三个孩子了。

父亲当上参谋长之后，有许多事情需要他忙。现在虽说不打仗了，但身为军区参谋长的父亲却每天都在为打仗做着准备。他和下属们商量作战计划，一遍又一遍地琢磨着假想敌，跟真事似的在沙盘和地图上圈圈点点。总之，父亲满脑子都是战争。

回到家以后，他仍不能从虚幻的战争中走出来。这时林、晶、海不停息地哭闹，从这个房间跑到另外一个房间，他们发动一场战争似的，把家里的一切都搞得天翻地覆。母亲天天守着孩子，对这一切都已经习惯了，况且她也照顾不过来。她有许多事要做，洗洗涮涮、缝缝补补，还要一日三餐，为孩子为父亲做饭。父亲对这一切是不习惯的，林和晶出生时，他正在朝鲜打仗，孩子的哭闹离他很遥远，可现在不行了，他只能面对这些哭闹的场面了。一会儿林把晶推倒了，晶就扯开喉咙没命地哭闹，等晶不哭了，海和林又一起哭了起来。原因是林打了海的屁股，晶又把林的耳朵咬了，一时间鸡犬不宁。父亲生气了，他站起来，来到三个孩子面前，大吼一声：都给我住嘴！再哭，老子把你们统统都毙了！父亲真的拿出了自己的枪，乌黑的枪洞冲着三个孩子。果然，他们不再敢哭了，他们迷惘、惶惑地望着父亲及黑黑的枪口。

父亲的敲山震虎，换来了片刻的安宁。待父亲离开他们，只一会儿工夫又和之前一样了。这时，父亲真的被激怒了，他不分青红皂白地每人都打了屁股。刚开始，他们在挨打之后哭得愈发响亮了，他们越哭父亲打得越起劲。父亲是真打，而不是恫吓，有几次打得他们的小屁股无法坐下了。后来，他们真的害怕了，在父亲吆喝一声之后，他们果然大气也不敢出了。

父亲打孩子时，起初母亲在冷眼观看。这八年中，母亲仍很少和父亲说话。母亲用无言抗拒着父亲。父亲不在乎这些，他有老婆了，有孩子了，他就啥也不怕了。父亲狠命打孩子时，母亲心疼了。这些孩子都是她身上掉下的肉，平时，她舍不得动他们一根指头。她会出现在孩子和父亲中间，指着父亲的鼻子说：你算什么父亲，你给哪个孩子擦过一回屎把过一回尿？你没权利打孩子！母亲说的千真万确，这三个孩子他的确没有尽过心。但父亲毕竟是父亲，他冲母亲嚷：你懂个屁！棍棒出孝子，不打不成材！再不打，他们都反了！

母亲仍然不躲，冷着脸看着父亲。母亲站出来为三个孩子撑腰，三个孩子就理直气壮呜里哇啦地又乱叫起来。父亲眼见着自己的计划要前功尽弃，也急了，他冲母亲吼：你给我滚开！孩子是我的，打死了我愿意，你管不着！惹急了，老子连你一块揍！说完把母亲搡到一旁，他不管三七二十一揪住一个就打。

母亲有理说不清，躲在一旁痛哭流涕，她暗自想：这都是命啊！怎么嫁给了这么一个粗暴野蛮的家伙？

三个孩子终于在父亲的淫威下屈服了。在以后的日子里，他们只要一听见父亲回家时的脚步声，不管当时玩的有多开心，也会马上扔掉手里的玩具，龟缩在一个房间里，大气都不敢出。他们之间的交流，也换成了挤眉弄眼，还有一些意义不明的手势。

在父亲又一次离开家门后，三个孩子集体找到母亲说：妈妈，以后不要让这个人回来了！自从父亲残暴地打过他们之后，他们便不再称父亲爸爸了，而是改成了“这个人”。

母亲叹口气说：他是你们的爸爸呀！

三个孩子异口同声地说：我们不要爸爸！

父亲对孩子虽然残暴得不近情理，但对母亲的父母，也就是他的岳父岳母却孝顺异常。父亲很小就失去了父母，他没有尝到父爱和母爱。于是，他把对父母所有的感情都集中在了对岳父岳母的爱上。

每到星期日，他会派出自己的司机（那时父亲已有了一辆华沙牌轿车了），去接岳父岳母来到自己家中。同时让炊事班长过来掌勺，做一顿可口的饭菜。那时，虽说不上富裕，但身为军区参谋长的父亲，养活一家老小还是绰绰有余的。每个星期日，是一家人最和美最幸福的时光。饭桌上，年迈的岳父岳母仍不时地夸奖着父亲，夸父亲的战功卓著和前程似锦，同时也夸母亲的眼力和眼前这美好的生活。岳父岳母说这些时，母亲一声不吭，她不停地为父母夹菜，劝吃劝喝，就是不搭父母的话茬。

父亲此时的心里洋溢着无比的温暖和幸福，就是三个孩子放肆一些，他在这时也不会管教的，任他们放肆和疯狂。父亲对眼前的生活无疑是满意的，能有今天，他把这一切都记在了岳父岳母的账上。要是没有当初岳父岳母对自己婚姻的支持，哪里会有他美好的今天？父亲的心里，真心实意地感激着岳父岳母。

时间过得很快，一转眼，林开始上学了，晶和海也分别上了幼儿园的大班、中班。母亲在孩子身上终于熬出了头，她又重新回到了文工团，但她再也无法唱歌跳舞了。文工团经过朝鲜战争的洗礼以及和平年代的成长壮大，演员的队伍有了质的飞跃。况且由于母亲连续地生养孩子，她的身材比起以前有了显著的变化，清脆甜美的嗓子也大不如从前。母亲重新回到了文工团以后，她只能管一管服装和道具了，在遇到有大型演出需要大合唱的时候，她才会再一次走到前台，站在合唱的人群中，充一回数。母亲过早地结束了艺术生涯，她把怨和恨都记在了父亲的账上，是父亲让她失去了这一切。那时母亲仍然很年轻，刚刚二十九岁，母亲仍然有许多理想和对生活的追求。

父亲仍然很忙，他除了激动地研究那些假想敌外，工作上还要有许多应酬，父亲回家吃饭的次数便明显地减少了。父亲每次回来，都是一嘴的酒气。父亲是有酒量的，在外面应酬喝这点小酒不在话下。父亲回来时，母亲早就安顿好了三个孩子上床睡觉，她躺在床上，借着台灯的光亮正在研读《红楼梦》。母亲早已被《红楼梦》的氛围感染得一塌糊涂，她正在为宝玉和黛玉的爱情伤心不已。在母亲这样一种心情下，父亲满嘴酒气地回来了。回来后的父亲，坐在床沿，眼里很有内容地望了望母亲。这时，他仍然不急于上床，他要让这个美好的过程延长，他要吸支烟。父亲吸的不是纸烟，而是喇叭筒。父亲吸不惯纸烟，他吸自己卷的喇叭筒才过瘾。父亲的喇叭筒冲劲十足，很快房间里便乌烟瘴气了。这是母亲无法忍受的。不管是冬夏，也不管是什么时间，母亲无论如何都要爬起来，乒乒乓乓地把门窗打开。父亲不理解母亲这一系列举动，他仍满眼内容地瞅着母亲。虽然母亲一口气为他生了三个孩子，体态已有所改变，但母亲的形象在父亲的心中仍是完美的。父亲终于吸完了他的喇叭筒，这时他站起身开始宽衣解带了。父亲一边动作，一边满怀内容地微笑，父亲迫不及待地钻进了母亲的被窝。母亲是要反抗的，父亲这时就可怜巴巴地央求母亲道：丫头，整一招吧！我都两天没整了！母亲道：你这头猪，滚一边去！父亲这才想起，自己还没有洗脚、刷牙。随着生活的稳定，母亲对父亲的要求也苛刻起来，父亲不洗脚不刷牙是无法和母亲亲近的。但父亲无论如何也养不成洗脚、刷牙的习惯，这是父亲的前半生养成的无法改变的陋习。在战争岁月中，别说洗脚刷牙，就是脸也有一连十几天不洗的纪录，行军打仗哪有那么多讲究。

父亲在万般无奈的情况下，只好不情愿地爬起来，把脚伸到水龙头下冲一冲，拿着牙膏胡乱地漱一漱口，然后火烧火燎地跑回来，关掉台灯，死乞白赖地往母亲身旁凑。母亲无法抗拒父亲的要求，忙乱一阵之后，父亲倒头就睡，并不时地伴以响亮的鼾声。父亲睡觉的毛病很多，不仅打鼾，而且还伴以咬牙放屁吧唧嘴。

母亲无法入睡，她在这臭气熏天、鼾声如雷的环境中怎么能睡着呢？她隐忍着父亲的恶行，一遍又一遍地想象着《红楼梦》里的情景，落红、残雪、吟诗作赋，那才叫生活。母亲对《红楼梦》里讲述的生活一往情深，男男女女极有情致的爱情生活，真是太美妙了。然而，现实又使母亲的幻想变得支离破碎了。她怎么能不痛苦不失眠呢？

由身边的父亲，她又想到了枫，梦想中的枫。要是和枫结合在一起，眼前的日子会是这样一番景象吗？不，绝不会！母亲毫不犹豫地断定，枫绝不会像父亲这个样子。枫是多么缠绵和有情致的人啊！她和他躺在床上，一起读《红楼梦》，谈枫创作的歌曲。枫的脚自然是认真洗过的，牙也是刷过的，他的嘴里会飘出一阵又一阵中华牙膏的气味。他们在床上、台灯下说说笑笑，相亲相爱，那将是一番什么样的景象呀！母亲在无法入眠的夜晚再一次想起了她梦中的枫。对母亲来说，无法得到的，才是最美好的。

母亲除了看《红楼梦》，还看别的书，古今中外的名著，以及其他书，拿到什么就看什么。母亲爱好看书，父亲一直不以为然。

母亲还无法忍受父亲的吃相。父亲每次吃饭，食欲都极好。吃饭时，父亲异常地专注，大碗盛饭、大块吃肉自不必说。父亲吃饭时，总是要节奏有力地吧唧嘴，父亲吧唧嘴的声音一点也不亚于快板打起来的声音。父亲在吞咽食物时，也总是咕噜有声，喉头上下那么一滑动，一口食物就咽下去了。每次吃饭时，母亲总不忍心看父亲这种饿死鬼的样子，她每次都在碗里夹一些菜，躲到别处去吃饭。父亲一直没弄明白，母亲在吃饭时为什么总是躲着他。有几次，孩子们也想躲开他，他及时发现了，用仍在咀嚼食物的嘴大喝一声：站住！

孩子们就站住了，他们也常常被父亲的吃相惊呆，而忘记了自己吃饭，呆呆地望着父亲。父亲发现了，不明白发生了什么，斥一声：看啥看？你们的老子也不认识了？孩子们马上埋下头，真真假假地吃，等父亲一离饭桌，他们终于忍不住，“轰”的一声笑了，他们交头接耳，小声地说：饿死鬼，饿死鬼！

孩子们的话是母亲冲他们说的，母亲说：瞧你们的爸爸，那饿死鬼的样！孩子们记住了，他们小声说“饿死鬼”时，心里面充满了快感。

许多年之后，大起来的孩子们，斥责父亲的吃相时，父亲听了，久久没有言语，他的神情有些黯然。许久父亲才说：你们没挨过饿，知道个屁！父亲说到这，便再也不说话了。他的目光，透过窗子望着极远处的天边。这时，他又回想起了吃百家饭时的童年，那是怎样的一段岁月呀！在这家吃了上顿，还不知何时在另外一家吃到下顿呢。父亲一想起童年，心酸无比。

三个孩子中，父亲最喜欢的还要数晶。晶虽说是女孩子，但胆子比林和海都大。星期天，父亲没有什么大事，总要带上三个孩子去打靶。他一个星期不听枪声，浑身上下就不舒服。每次打靶，林和海都躲得远远的，还用双手捂住耳朵。唯有晶不捂耳朵，她随在父亲身后，睁圆了眼睛，看着父亲手里的枪，一张小脸激动得通红。父亲先是让林来打，林不敢。在父亲的强迫下，他双手握住了枪，闭着眼睛，扣动了扳机。随着枪响，他把枪扔了转身就跑。父亲大骂：没用的东西！

海更是胆小如鼠，他还没摸到枪，就尿了裤子，气得父亲一脚把他踢出老远。轮到晶时，她不慌不忙，拿起来就射，她一边射击一边呀呀地喊着什么。

从此以后，父亲再去打靶，便只带晶一个人了。晶的枪法在父亲的调教下，差不多每次都能射在靶子上。父亲对林和海失望的同时，对晶燃起了希望之火。

一转眼，父亲就五十岁了。

五十岁的父亲想起了老家靠山屯。在这之前，父亲曾无数次地想起过老家，但只是匆匆而过的一个念想而已。五十岁的父亲心情却不一样了，靠山屯一旦从他的脑海里冒出来，便再也挥之不去了。

于是父亲决定回一趟老家。父亲回老家时，是坐着自己的专车走的。父亲原来那辆华沙牌轿车，已经换成了上海牌。父亲带着警卫员还有秘书便匆匆上路了。父亲先到了家乡所在地的省军区，省军区早就接到了父亲要来的通知。他们热情地接待了父亲，并一再要求父亲要有所指示。父亲心不在焉地在省军区的院里走了走看了看，胡乱地指示了两条，便归心似箭了。以前，父亲回老家的心情从没有这么迫切过，马上就要到家门口了，父亲实在无法忍受思乡的煎熬了。当天父亲就奔靠山屯而去。省军区为了使父亲高兴，做了周密的安排。除派出一个警卫排外，另外又派出了两辆卡车，车上装满了大米，还有猪肉粉条子。省军区的领导也亲自陪同，于是，一个车队，浩浩荡荡地开到了靠山屯。

靠山屯的父老乡亲做梦也没想到，当年的小石头还活着，他们以为，父亲早就被冻死在了深山老林里。因为当年，那些抗联战士，没有几个活着走出深山的，他们不是被日本人打死就是冻死饿死在山沟里了。父亲却奇迹般地回来了，而且还这么大的排场。全屯老少都拥出家门，一睹父亲的风采。当年的老人大都不在了，父亲的同龄人大都健在，他们站在父亲的面前不敢认了，父亲也认不出他们了。于是，他们相互启发着回忆着，终于想起来了，然后他们的手握在一起，眼泪横流。父亲又一次想起当年掏鸟蛋、骑牛背的种种细节，唏嘘不止。在父亲的眼里，靠山屯还是靠山屯，只不过现在的靠山屯人更加兴旺了。此时的靠山屯比过年还热闹，孩娃们呼爹喊娘地走出家门，围在父亲的身旁，看车队，看亲人解放军。

父亲为了酬谢靠山屯所有的父老乡亲，命人在屯中心搭了两个大灶，焖了一锅又一锅白米饭，烧了一锅又一锅猪肉炖粉条。父亲少年的梦想就是有朝一日能吃上猪肉炖粉条。这不仅是他的梦想，同时也是所有靠山屯人的梦想，父亲今天就要向人们还这个愿了。

父亲的壮举一连持续了三天。这三天，不仅惊动了公社领导，就连县里的领导也来了，他们都想亲眼见识一下从家乡走出的大人物。他们一律称父亲为首长，一时间，小小的靠山屯热闹异常。

三天以后，父亲恋恋不舍地告别了父老乡亲，告别了他的家乡靠山屯，又回到了沈阳城。在这几天中，父亲的心情波澜难平，他一家家坐过了。每到一家，他都会想起一串童年的往事，李家曾给过他一个饼子，张家曾送过他一碗高粱米饭……这一切的一切，使父亲感到既伤心又亲切。回到家中许多天，父亲仍然处在亢奋中。

父亲回老家不久，乡亲们便带着老家的特产成群结队地开始回访父亲了。他们没想到父亲会当这么大的官，在他们的眼里，军区的参谋长和军委主席已经没有多大的区别了。乡亲们的心是热的，情是真的。

乡亲们坐满了家里的大小房间，他们一边和父亲抽着家乡烟，一边谈天说地，叙说着靠山屯这些年的变化，以及询问着部队及城里的大事小事。此时的父亲是高兴的，他盘着腿坐在屋地中央，乡亲们也这么坐了，他们坐不惯城里人的沙发和椅子、板凳，他们盘腿坐在地上，就像坐在自家炕头上那么从容不迫，顺理成章。一时间家里乌烟瘴气，臭气熏天。

母亲早就无法忍受这一切了，白天的时候，她还能躲到单位里眼不见心不烦，可下班之后，她没处躲藏，只能回到家中。平时，父亲一个人她都无法忍受，一下子来了这么多人，把她都快逼疯了。家里每个房间都混乱一团，她更无法忍受的是乡亲们的粗鄙。见到母亲那一刻，乡亲们都惊呆了，他们万万没有想到的是，母亲会这么年轻，又这么漂亮。他们亲切地称母亲为嫂子，虽然，母亲比他们还要小。在父亲的家乡，凡是被称为嫂子的女人，是可以打闹取乐的。虽然他们在母亲面前不能放肆，但他们对母亲却真诚地热情着，他们掏出大把大把的核桃往母亲手里塞。有人卷好一根纸烟让母亲吸，父亲家乡的女人是有吸烟这一习惯的，他们以为母亲也会吸烟。母亲终于无法忍受了，她躲到厕所里，此时家中唯有厕所是最后一片净土了，因为乡亲们用不惯抽水马桶。每天有乡亲们上厕所时，父亲都让公务员小李子引领着他们去院内的公共厕所。母亲躲在厕所里，她第一次感受到，厕所里是这么安宁，这么洁净，香皂散发出淡淡的幽香笼罩着母亲，笼罩着厕所。母亲的眼泪也随之流了出来。

父亲叫来了炊事班长，让炊事班长做了一大锅猪肉炖粉条，然后父亲就陪着这些童年的伙伴，大碗地喝酒了。父亲一边大口地喝酒一边大声地让酒让菜，父亲说：二哥，整酒！父亲还说：三弟，整酒！

于是，众人就整，整来整去就都整高了，乡亲们说话也不那么规矩了，每句话都带着脏话了。他们大呼小叫地向父亲提议，让母亲来敬酒。父亲这时也有些喝高了，他大着嗓门喊母亲：丫头，来来来，敬酒，敬酒哇！

母亲听到了，她不动。父亲喊了一气见母亲没动静，然后起来敲厕所的门，一边敲一边喊：敬酒，敬酒！这些都是我光腚的朋友。母亲不能不出来了，她出现在乡亲们面前，这时已有人为母亲倒上了酒，然后碰杯，然后干杯。母亲不喝，她从来没喝过酒，别说让她喝酒，眼前狼藉的场面早就让她作呕了。趁着酒劲的乡亲们，七手八脚地把一碗酒倒进母亲的嘴里，母亲一头撞开厕所的门，她翻江倒海地呕吐起来。

父亲还在说：大哥整酒！小弟整肉！

从那以后，只要农闲时节，乡亲们总要前呼后拥地来到家里。他们来看望父亲，顺便走一走，到靠山屯外的世界开开眼。每次来人，都是父亲车接车送的，他们平生还是第一次坐上轿车，仅凭这一点，就够他们在家乡人面前说上半年的了。

母亲再也无法忍受了，她警告父亲说：不要再让那些人来了，要是再来，我就和你离婚！“离婚”这个词对父亲来说既新鲜又陌生，他以为母亲只是说说而已。在又一次老家来人时，母亲真的搬到文工团去住了。后来乡亲们走后，父亲亲自跑到文工团好说歹说，母亲才回来。

以后，再有乡亲们来找父亲，父亲就不往家领了，而是把他们安排在招待所里。在那几年中，只要在军区大院里看到手提蘑菇、肩扛核桃，在招待所食堂里大碗喝酒大块整肉的乡下人，十有八九是父亲的家乡人。

乡亲们来过一阵之后，便明显地稀少下去了。相反地，老家再来人，就换成了公社和县一级的干部。他们不再单纯地来看父亲，而是有求于父亲。在计划经济下，什么都紧张，例如，农机、化肥、种子、布匹……都是农村基层紧缺的，他们来求父亲，想购买这些紧俏商品。父亲对家乡是有求必应。父亲虽身在部队，不管地方上的事，但父亲有许多老战友、老下级，不少人都已转业到了地方，在各条战线上战斗着。这些对父亲来说并不是什么大事，只一个电话一张条子，家乡人无法解决的问题，在父亲这迎刃而解了。这些东西到手后，父亲并没有完成任务，他还要想办法帮助乡亲们把这些东西运回去，有时父亲要到铁路局为他们申请车皮，车皮紧张的时候，父亲就直接命令部队的军车为他们送回老家。

那些年，父亲为老家办了许多大事。

父亲在陪县委书记喝酒时说：老家以后有求我老石的就说，没有老家那些乡亲，我老石早就饿死了。我老石死后也要埋在家乡。父亲说的是实话，他万没有想到的是，正是他的实话，给他埋下了一个祸根。后来父亲犯错误了，正是他这一席话引起的。

父亲十三岁来到了部队。从他参军那天起，便把自己的一生交给了部队。几十年的戎马生涯，让父亲的生命已完全和部队这个大家庭融在了一起。父亲认为军人这个职业，是世界上最光荣的职业。

父亲这一看法，体现在他对三个孩子的安排上。林首先高中毕业，他毫不犹豫地把林送到了部队。父亲对待子女体现出了他的大公无私，他没有把林留在身边，而是送到了边远的哨卡，那里是冰天雪国。父亲的人生观是：温室里的花草成不了什么气候，只有在大风大浪里才能百炼成钢。

他十三岁参加抗联，这么多年不就是这么摸爬滚打过来的吗？

一年以后，林就无法适应边防哨卡单调艰苦的生活了。于是他一封封地言辞委婉地给父亲写信，希望父亲看在他们父子的情面上，拉他一把，把他调到条件稍好一点的环境下为祖国守好北大门。父亲接到林的信并不为所动，他一根火柴把林的求救信化为了灰烬。

林对父亲失望了，他又求助于母亲。母亲早就对父亲的做法存有异议，当初让林去边防哨卡，母亲就曾和父亲争论过，最后还是父亲大手一挥道：孩子是我的，就这么定了！父亲一直把三个孩子看成是自己的，甚至连母亲都没有份。在感情上，他把三个孩子已经据为己有了。

母亲毕竟是母亲，母亲无法忍受林的受苦受难。她通过熟人的关系，为林开好了调令。那时母亲已经是文工团的团长了，母亲还是有一些号召力的。这件事被父亲发现了，他生气了，当即打电话撤销了林的调令，使母亲和林的希望落空了。

这件事之后，林曾给父亲来过一封信。林在信中说：我没你这个父亲，你也没我这个儿子！父亲接到信后，好长一段时间情绪都不稳定，在家里他无端地大骂晶和海。晶和海都在读高中，已经算是个大人了。他们无端地受到了父亲的辱骂，他们只能向母亲哭诉。母亲就说：忍一忍吧，等你们毕业了就离开这个家！你们走了，我也离开他，让他自己冲自己骂去！

林从那以后，再也没有给父亲来过信，这是父亲无法理解的。1979年，南线那场战事，身为营长的林也参加了局部战争。结果林再也没有回来，他永远地留在了南方的丛林里。在林的遗物中有一封写给父亲的信，后来那封信辗转地送到了父亲的手里。林在信中说：爸爸，你见到这封信时，我已经牺牲了。以前我恨你，但现在不恨了，因为你是我的父亲……

父亲读着林的信，老泪纵横。他小心地把这封信珍藏起来，隔一段时间，他就要拿出来看一看。每次看林的信，他都泪眼模糊。

三个孩子中，晶的性格最像父亲。她从小就天不怕地不怕的，而且脾气暴躁。父亲不在场时，她生起气来，会摔东西会骂人。气得母亲就骂她：看你那德行，跟你父亲一样！所以父亲异常喜欢晶。

在晶高中毕业以后，关于晶未来的前程父亲征求了晶的意见，晶不假思索地说：我要当骑兵！谁也说不清晶为什么会有这样的想法，在她的意识里，骑马驰骋，也许是最高的人生境界吧。

她的这一想法，却使父亲为难了。军区不是没有骑兵，而是骑兵部队中没有女兵。但这事难不住父亲，晶还是很快地被送到了内蒙古草原上一支骑兵部队中。

于是从那以后，骑兵部队里多了一个晶，多了唯一的一名女骑兵。当时，这在部队里成了新闻。

晶不像林那样叫苦叫累，她在给父母的每封来信中都是满足的幸福的，她在一封信中还提到，她要征服那匹脾气暴烈叫黑子的马，那匹马已经摔残了两名骑手了。

一天夜里，晶偷偷地把那匹黑马牵了出来，结果不幸就发生了。晶从马背上重重地掉了下来，小腿骨折了。为这，晶住了一个多月的医院。这一切，父亲并不知道，她自己没有告诉父亲，同时也不让她的领导告诉父亲。她在住院的三十多天里因行动不便而吃尽了苦头，因此，她恨死了那匹黑马。她出院以后，当她再次接近那匹黑马时，它似乎对她有了深仇大恨，冲她龇牙咧嘴，并不时地伴以蹦跳啸叫。这下就惹急了晶，在又一个夜里，晶气愤地用刺刀把黑马捅残了，从此黑马从军马的序列里消失了。

晶受到了记过处分。她不服，为这事还和领导大吵大闹了两年，她摔碎了团长的杯子，同时也把团长家窗子上的玻璃砸了。晶在骑兵部队里，像那匹黑马一样难以驯服。后来，这样的事又发生了几起，骑兵部队没有办法，在征求了父亲的意见后，把晶送了回来。就此，晶结束了她短暂的骑兵生涯。

退伍回来的晶，又一次向父亲提出了要求。骑兵当不成了，她要去开火车，当一名女火车司机。不知道为什么，父亲对晶的要求会百依百顺，他真的成全了晶的梦想。那时，父亲以前的警卫员小伍子正在铁路上当着一名不大不小的领导。晶很快成为了铁路局中唯一的一名女火车司机。这件事，又一次成了新闻。晶驾驶着火车，飞驰在祖国的大江南北，那份感受一点也不亚于在草原上骑马奔驰。晶对自己能成为一名火车司机感到心满意足。

不知为什么，晶都二十八九了，还没有找到男朋友。这可急坏了母亲，她开始求熟人托朋友广泛地为晶张罗对象。不是男方看不上晶，就是晶看不上男方。最后终于在公安局为晶找到了一位民警，两人结婚还不到一年，又离婚了。原因是两人刚结婚就吵架。有一次，晶把民警的枪缴了下来，还把民警绑在了床上，然后就拿着民警的枪把玩，还扬言要把这支枪带到火车上去，说这枪带在民警的身上简直就是个装饰……民警无论如何也没法和晶再生活下去了，于是提出了离婚。离就离，谁怕谁呀！晶干净利落地办完了离婚手续，然后又潇洒地开上火车，大江南北地飞奔了。从那以后，晶再也没有提结婚的事，一直到现在，她仍一个人快乐地生活着。

海是最令父亲头疼的一个孩子，他生性怯懦，多愁善感，为一片落叶、一点残红也会伤心不已。他时常泪水涟涟，郁郁寡欢。海喜欢读书，经常可以看见海躲在自己的房间里，读一些中外爱情故事，他时常一边读书一边抹眼泪。气得父亲不止一次地骂他：没出息的货！就连母亲也为海这种样子不停地叹气。她知道海的性格很像自己，如果海是个女孩也没什么不好，可他偏偏是个男人。母亲明白这其中的道理。因此，母亲为海的性格长吁短叹。

海高中毕业，当父亲提出要送海去当一名海军时，母亲没有提出异议，她也以为把海送出去锻炼锻炼对改变海的性格会有好处。父亲认为让海去当海军，那才是真正意义上的到大风大浪里去磨炼。于是，海别无选择地当上了一名海军。海当的是潜艇兵，训练时潜艇在海底一待就是一个月，有时甚至几个月，真正的是海底世界。一艘艇上干部战士也就是十几个人，在狭窄的空间里大部分时间是在洞穴一样的空间里生存，别说是海，就是有二十几年兵龄的潜艇长也吃不消。海又生性孤独，无法排遣。于是，不满一年，海的精神就出现了问题。后来，海被送到了精神病医院。从那以后，只要有人当着海的面提起海军和大海，海便会浑身发抖目光呆滞。从此以后，家里没人再说有关海军的事了。海出院以后，被母亲调到了自己的身边，在文工团里当上了一名文艺兵。

父亲对不争气的海也死了心，他不相信海以后还会有什么出息。他曾对母亲说：就当我没这个儿子吧！他对母亲如何安置海也听之任之了。

海来到文工团以后，却如鱼得水，他先是写歌词，后来就学会了作曲。时间到了20世纪80年代，海创作的爱情歌曲曾风靡全国，倾倒了许许多多的少男少女。一时间海红了起来，报纸上、电视里都称海是天才作曲家。于是，海频频地在电视上抛头露面。向海求爱的年轻漂亮女孩子多得不计其数。认识的不认识的，海每天都能收到几封求爱信，可海却一个也没看上。一晃，海都三十岁了，仍没找到合适的女朋友。

后来母亲急迫地问海：你到底想找个啥样的？

海的回答让母亲吃惊，海说：我要找像姐那样的女朋友！海这么说，不能不让母亲吃惊。母亲曾掏心挖肺地开导海：你姐晶那样的女孩有什么好？没心没肺的，还不会过日子。

海这回坚定地说：找不到晶那样的女孩，我就不找了！

父亲叹气，母亲也摇头。他们又想起海是得过病的，对一个得过精神病的人，他们还能说什么呢？

晶隔三岔五地总要在家住上一阵子，然后又出车了。晶每次回来，都是海最愉快的日子，他总要找理由待在晶的房间里，和姐说说笑笑。晶一走，海就没了笑声，他把晶用过的东西，老鼠搬家似的运到自己的房间里，然后关上房门创作他的爱情歌曲。

父亲在五十六岁那一年，被一纸命令宣布提前离休了。像父亲这一级别的军人，正常情况下是可以干到六十岁的，并且还有荣升的可能。但父亲却在军区参谋长的职位上提前离休了。

父亲被宣布提前离休，和两件大事有关系，也就是说这两件事成了父亲一生中最大的错误。一件是，他把部队装备的军车卖给了老家的县里。父亲卖军车不是一辆两辆，而是一批！在这之前，老家的县里领导几次三番地找到父亲，让父亲帮助买一些能够运输的卡车。父亲的老家很偏僻，一直没有能够通上火车，交通运输的任务只能由汽车来完成。由于交通的不发达，直接导致了父亲老家所在县的落后。这是件大事，父亲也在为老家的落后贫穷而着急。当时的经济情形是，一切都在计划经济下运作。一汽生产的解放牌汽车，由国家统一分配，别说父亲老家所在的县，就是省里一年也得不到几台这样的汽车。

老家的人为交通着急，父亲更急。终于有了机会，军委为父亲所在的部队配备了一批军车。文件落在了父亲手里，父亲眼睛一亮，他想都没想，便大笔一挥，在文件上批示这批军车支援给地方。地方当然就是父亲老家所在的县。在老家县内的每条公路上，都可以看到染着草绿色的军车在忙碌地奔驰。

父亲没想到的是，这会是个错误。他了解部队的装备，此时部队的装备比几十年前有了翻天覆地的变化，这令父亲感到很满意。他盼望着新的一轮战争打响，可他等了十几年也不见有什么战争，于是父亲失望了。没有战争的部队，要那么好的装备干什么？简直是浪费！还不如让这批装备去支援地方建设。父亲理由充分地把这批军车卖给了老家。这是父亲的想法。

一波未平，一波又起。父亲老家所在的县，为了感谢父亲多年来的厚爱和关怀，在父亲老家选了一块风水宝地，为父亲建了一座宽大豪华的墓地。父亲对这块墓地却一无所知，这是县里领导背着父亲做的。原因是，父亲曾不止一次地说过，将来死后要安葬在老家，而不去什么火葬场。这又是父亲思想的一种局限。那块墓地一切准备就绪，就等着父亲“叶落归根”了。按照县领导的想法这也没啥，家乡出了一位将军，这是几百年没遇到的大事。将军死后回到家乡，这也是人之常情。况且，将军又为家乡谋了那么多的好处，为将军修块墓地又算得了啥？

纸里包不住火，两件事加起来，事情就闹大了。先是军区领导知道了，军区领导觉得这件事情非同一般，又上报了军委。军委在派出工作组调查了两件事之后，在铁证如山的情况下，一个命令将父亲召到了北京，由总部领导亲自找父亲谈了话。在事实面前，父亲哑口无言，但父亲不明白的是，这怎么能算是错误?！父亲从北京回来不久，便被宣布离休了。

离休后的父亲一下子就苍老了。他闲在家里一时竟无所事事，他不知该干些什么才好。更年期综合征降临到父亲身上，他开始不停地发脾气，冲母亲，冲孩子。

那时，林和晶都已参军，家里只剩下海一人在读书。那一年，母亲四十刚出头，她已春风得意地当上了文工团的团长。孩子们都大了，家里也没有什么需要她操心的了，她就满怀热情地把自己的生命投入到事业之中，她要把年轻时耽误的时光补回来。

父亲在家里经常一个人发脾气，他先是摔碎了自己喝水的杯子，然后又揪扯自己过早花白了的头发，他的火气因没有发泄对象而不得不偃旗息鼓。然后他就从这个房间窜到那个房间，嘴里不停地骂骂咧咧，并一遍遍地说：等你们回来，看老子不收拾你们！他看什么都不顺眼了，包括母亲收拾好的房间。结果是，他谁也收拾不动了，他真的老了，关键是他的心老了。

之后的每一天，他只能不停地抽他的喇叭筒烟，喝高粱烧。他的酒量也大不如以前了，他看着酒，力不从心了，喝了几口酒就醉了的父亲流下了英雄泪。然后，天还不黑，倒头就睡，屁照放，牙照咬，脚不洗，牙不刷。母亲对父亲这一切，已经受够了，她无法再忍受了。于是，母亲提出了和父亲分居的想法。令母亲大感意外的是，她这一想法，得到了父亲热烈的响应。其实，他也早就受够了母亲的管束，这么多年他也被管够了。他要翻身求解放，他要畅快地呼吸自由的空气。很快，父亲便和母亲正式分居了。那时，家里的房子多的是，随便找一间，父亲便逃离了母亲。

父亲在职时，最愉快的工作是站在沙盘前或者作战地图前，研究假想敌。他把假想敌已经研究得烂熟于心了，包括我军的部署。可这一切一直没有派上用场，不过这并没有影响他这一爱好。他想，现在用不上，迟早有一天会用上的。说不定到那时，军委领导会再次请他出山，让他指挥千军万马和真正的敌人大干一场。他一想起这些，便热血沸腾。

于是，父亲把所有的时间和精力，都用在制作沙盘和绘制作战地图上了。他对沙盘和地图早已了如指掌，做这些对父亲来说轻车熟路。很快父亲的房间便被一个又一个沙盘和一张又一张作战地图占据了，父亲在拥挤中得到了安慰。父亲在他的假想中独自激动着。他长时间地沉浸在自己的亢奋中，只有吃饭的时候才走出自己的房间。母亲对父亲所做的一切一直采取不闻不问的态度，这正合父亲的心意。那一阵子，父亲和母亲一直和睦相处。

后来，军区文工团精简整编，母亲也过早地退休了，母亲一时也闲在了家中。父亲和母亲同时闲在家中，大部分时间里，他们各自干着自己的事情。母亲仍然爱读书。不读书的时候．母亲就望着春夏秋冬的窗外发呆。她一次又一次想起了她梦想中的枫，这时母亲的内心感慨万分。她时常会看到窗外的路上，一对又一对老年夫妇相扶相携地在黄昏中走过。这时她多么希望枫在身旁，陪伴着她在黄昏中走一走哇。

有一天，父亲又喝得醉醺醺地回来。看见母亲坐在窗前发呆垂泪，父亲的酒一下子醒了，很惊讶地问：丫头，你怎么哭了？母亲没理他，突然问：你闹革命为的什么？父亲很奇怪，随口答道：要解放，要过上好日子呗。母亲凄然地一笑：讨一个好老婆，生孩子传宗接代，对不对？父亲怒不可遏，他想起了枫：你还不是为了他！……母亲眼里泛起了泪光，默默地低下了头……

不知道是这一次的谈话刺激了父亲呢，还是父亲自己领悟到了什么，他一下子苍老了，不仅头发全白了，动作也开始变得迟缓了。他有许多事情需要求助于母亲了。他有求于母亲时，就尴尬地，讪讪地喊道：丫头，过来帮帮我……

母亲听到父亲的喊声，总要擦净自己的泪水才走过去，帮助父亲这样或那样。不管母亲的态度好或不好，父亲一点脾气也没有了。因为他知道，自己离不开母亲的帮助了。

晚年的母亲，不再和父亲有什么摩擦了，她彻底地认命了。

这就是命运，这就是历史呀！

父母大人

父亲被宣布离休那天，正是共和国的将士们被授衔之日。

父亲离休前是本城守备区的司令，早在他离休前，守备区已被宣布撤销了，大批将士转业回到了地方。那段日子，父亲度日如年。昔日热闹的营区一下子冷清下来，父亲独自一人站在偌大的操场上，一时间显得形单影只。蝉们躲在远处的树后，凄凉而又热闹地鸣唱着，一个光头小男孩站在树影下，喊着一二一的口令，模拟军人操练着自己。父亲痴痴地望着那光头小男孩，恍惚地记起，以前操练将士们的时候，就是这个光头小男孩躲在树下偷偷地学着。此时，父亲看着光头小男孩眼睛潮湿了。

父亲抬起头，看到了头顶那方天空，昔日的天空在父亲眼里无比辉煌，而此时的天空在父亲的心中空空荡荡。父亲在心里喟叹一声，三两滴清泪终于流下了面颊。父亲那时已经预感到，以后自己将不再是司令了。

父亲的预感很快得到了证实。在全军将士们被宣布授衔那天，父亲离休了。也就是说，父亲被结束了戎马生涯。早在这之前，父亲已明白了一条真理：铁打的营盘流水的兵。脱下军装，过平常百姓的日子那是迟早的事。父亲虽然有这种心理准备，但他仍然觉得自己的离休来得太突然了。父亲很惶惑，父亲很不安。

不管怎么说，父亲说离休就离休了，离得父亲心不甘情不愿。其实父亲是很想戴一次少将军衔的，如果父亲不离休，被授个少将军衔当不成问题。离休，使父亲苍茫的脑海里浮现出一片乌云。父亲的日子黑了，父亲辉煌的梦想完蛋了。

父亲不知道离休的日子将怎么打发，更不知道不当司令的生活将怎么过。父亲在心里悲哀地喊了一声：我老石完蛋了！

父亲当兵的时候还不满十三岁。按他自己的话说，那时还没有枪高。

父亲当兵的初衷异常简单而又明了，那就是吃饱肚子。

父亲当兵时是个冬天。在这个季节里父亲感受到了前所未有的饥饿，饥饿感像老鼠一样在他的五脏六腑里乱窜乱跳。其实父亲本不应该这么饿的，那时父亲家是有一亩二分地的，一年到头打下的粮食，虽不够一家人填饱肚子，糠菜半年粮的日子也还过得下去。但爷爷奶奶这对夫妻却是两个赌徒。在这大雪封路漫漫无边的冬季里，爷爷奶奶已赌红了眼睛。他们不仅在本村里赌，而且还要跋山涉雪到遥远的外村去赌。他们的肩上各扛着半口袋粮食，那是他们的赌金。这样赌来赌去，家里便四壁皆空了。

在那个漫长的冬季里，父亲一家只能喝西北风了。爷爷奶奶双双噤在炕上，他们盘算着用什么当赌金再去赌一次，赌博已占据了他们整个身心。冰凉的火炕已一连几天没有点燃人间的烟火了，他们感受到了寒冷。于是他们就瑟缩着身体偎在陈年棉絮做的棉被里。他们一时为找不到合适的赌金而长吁短叹。饥饿同时折磨着夫妻二人，他们不时地感受到因饥饿而产生的眼冒金星的幻觉。押赌的心理在这幻觉里疯长，奶奶终于说：他爸，不行咱就去陈二家借两斗米。爷爷半晌没有说话，陈二是什么东西他心里一清二楚。陈二不仅是赌徒，且又是个老光棍，见到女人口水都能流出一碗。前两天在一次赌博中，爷爷曾输给过陈二两斗米。陈二曾厚颜无耻地说：不给米也行呀，让弟妹陪我一宿。爷爷当时就翻脸了，挥起一只空碗砸在陈二的脑门上。陈二的脑门立时青紫一块。爷爷心里同时也清楚，为赌博去借米，好人家是不会借的，也只能去找陈二了。爷爷咬了咬牙，终于点了点头。

于是夫妻俩便盼星星盼月亮地等父亲。他们知道，父亲一大早就外出讨饭去了。他们不敢奢求儿子能讨回一座金山银山来，他们盼望的是儿子讨回一碗半碗的米来，到那时他们要做半锅热热的粥喝下去，好有力气去支撑他们继续那漫漫的赌博之路。

父亲在寒冷的天气里并没有讨到什么，他拿着一只空碗，趿拉着一双前露脚趾、后露脚跟的棉鞋，艰难地走在这寒冷的雪季里。那时父亲早已是饥肠辘辘，父亲就想：谁要是给一口吃的，就喊他一声爹，不，叫他祖宗也行。父亲吸溜着鼻子，手托空碗，蹒跚地走在雪地里，当时他在心里绝望地想：我要饿死了。

就在这时，父亲碰到了一支过路的队伍。队伍在村外的一片林地里休息，一群人围了一口大锅，锅里冒着热气，随着热气蒸腾出一阵又一阵米香。父亲闻到米香，便在心里喊了一声：天哪，我的祖宗。

父亲不敢靠近，他便手托了空碗站在一棵落满积雪的树下，遥望着那口飘着米香的大锅。

锅里的米终于熟了，于是围坐在大锅周围的兵们一个个走近那口大锅，由一个脸上长满胡子的老兵把他们的空碗盛满热气腾腾的米粥。接着那些兵们手托粥碗，有声有色地吸溜着碗里的粥。那声音在父亲的耳朵里不啻山呼海啸，那口粥锅像一个巨大的磁场深深地吸引着父亲。父亲在心里喊了一声：天哪！他便梦游似的向那口粥锅走去。那时，父亲只有一个想法，就是：我要喝粥。我要吃饭。他终于来到了锅旁，他的腿一弯便给满脸长满胡子的兵跪下了。跪下之后他喊了一声：爹，祖宗！

父亲终于如愿以偿地吃到了一碗粥。不多一会儿，吃饭的部队就出发了。他们背起那口大锅，踩着没膝的积雪“吱吱嘎嘎”地向远方走去。父亲的脑海里突然冒出一个想法：我要喝粥，我要喝粥……远去的队伍无疑是有粥喝的。父亲慌慌张张地舔净了碗里最后一粒米，歪扭着身子，踩着那队人马留下的脚印，向前追去。

那一年冬天，父亲还差三个月零两天满十三岁。

父亲从此便和部队结下了不解之缘。

从此以后，父亲参加了著名的三大战役。

三大战役连连告捷，这是在以后和平日子里，父亲所津津乐道的。

十三岁参军的父亲，从此过上了能吃饱饭的日子。其实在战争岁月中，父亲也曾有吃不上饭或吃不饱饭的时候，但那样的日子很少。因此，父亲已经心满意足了。于是父亲就很踏实地一口气当了四十多年的兵，将大半辈子都献给了军队。父亲对自己选择的道路从没有过半点悔意，如果说当初父亲是为吃饱饭而走进部队，那么在以后的日子里，父亲的觉悟和使命感已远远超过了当初。

父亲曾参加过无数次战斗，除著名的三大战役之外，父亲还参加过抗美援朝战争、珍宝岛自卫反击战等。在众多的战役中，父亲大难不死，这就注定了他必有后福。在战斗中，排长、连长、营长、团长……父亲是一步步走过来的。他每晋升一级都付出了血的代价，他身上三十八处伤疤可以做证。最后在和平生活中，他的职务达到了他一生的顶峰：守备区司令。在中国部队的建制里，能叫上司令的也不是一般人物了。

父亲终于是个官了。父亲是个官的优越感，在母亲的身上得到了充分的体现。

母亲是父亲在战火纷飞的年代认识的，确切地说，父亲是在参加淮海战役时认识的母亲。那个年代战火纷飞，兵荒马乱，首先受到劫难的自然是老百姓。那时淮海战役已接近尾声，国民党军队穷途末路，见鸡抢鸡，见狗杀狗。一时间闹得鸡犬不宁，百姓不见宁日，逃难的人遍地皆是。那一年母亲十七岁，裹挟在遭难的人群中仓皇北撤。母亲不是一个人逃出来的，刚逃离家乡时，有一大家子人，有父母，也有兄弟姐妹。在这期间，逃难的队伍被蒋介石的空军部队错当成红军而遭到疯狂的轰炸。之后母亲便和家人失散了。父亲见到母亲的时候，母亲正盲目地寻找着她失散多日的亲人。当时已近傍晚，已经三天没有吃到东西的母亲正躲在一个破败小村外的一片小树林里，她打算在这里躲过这个难挨的夜晚，如果明天还活着的话，她就继续去寻找失散的亲人。正在这时，父亲的部队来到了这片树林旁，父亲发现了母亲。那一刻，父亲吃惊不小，母亲的眉眼使父亲想到了他的妹妹。父亲是有过妹妹的，妹妹在七岁那一年的冬天冻死在了雪壳子里。妹妹是在寻找赌博的爷爷和奶奶时掉进雪壳子里的。她死前是挣扎过的，周围的雪地被她那双小手抓挠得面目全非，结果她没能挣扎出来，就那么伸着一双小手被冻死了。

于是妹妹的形象永远定格在父亲的记忆深处，不论是在夜深人静的夜晚，还是在闲暇时明媚的阳光中，父亲总要想起妹妹。母亲命运的改变完全因为她长得很像父亲的妹妹。父亲发现这一点后直直向母亲走去。母亲在她十七岁的生命中没见过多大世面，她本能地对挂枪的人有一种恐惧。她盯着走过来的父亲本能地哆嗦着身子，脸色因而变得苍白，毫无血色。母亲这种神色愈加像父亲死去的妹妹，父亲妹妹死时脸色也是这样的苍白。在那一瞬，父亲觉得自己恍似走在梦中。他差一点喊出妹妹的小名——小丫。当他回了一次头，看到本连的战士们正目光复杂地注视他的时候，他才从似梦似幻的感觉中走出来。于是他张开的嘴里喊出一句：老乡，别怕，我们是人民解放军。母亲一直居住在敌占区，以前听说过解放军，但对解放军并没有本质上的认识。她听了父亲的话，仍浑身打着哆嗦。

当父亲站在母亲面前时，母亲突然就给父亲跪下了，她哆嗦着说：长官，你可怜可怜俺吧，俺都三天没吃东西了。

在母亲的潜意识中，父亲是要非礼她的。在敌占区和逃难的路上，她曾亲眼见过许多年轻的姐妹被蒋军轮奸、杀戮。她跪在地上想求父亲放过她。

那一刻，父亲的心疼了一下，又疼了一下。他觉得不是母亲在求他，而是妹妹在求他。他恍如听到妹妹在他身旁说：哥，我饿。父亲几乎不假思索地把身上的干粮一股脑儿地放在了母亲面前。母亲在突如其来的变故中惊得不知所措，她不敢相信眼前的一切竟会是真的。母亲太饿了，她来不及多想，便抓起了地上的食物。那时她只有一个想法，就是死也要做一个饱死鬼，她想：身遭不测是在所难免了。

父亲一直看着母亲狼吞虎咽，他深知饥饿的滋味，在那一瞬父亲下了决心——我要救她。在母亲狼吞虎咽吃完父亲所有的食物后，父亲把母亲带到了残破的小村里。在小村里，父亲为母亲找到了一间同样残破的小屋，小屋的主人不知是逃荒去了，还是死了。父亲一直看着母亲走进小屋，那一刻，他的心里充满了柔情。父亲又一次想到了自己的妹妹，如果妹妹还活着的话，大概也这么大了。

于是父亲问母亲：老乡，你多大了？

母亲又一次给父亲跪下了，她颤着声答：长官，俺刚十六岁，你就饶了俺吧。母亲又一次误会了，她有意把自己说小一岁，表情也是一副可怜巴巴的样子，想以此来唤醒父亲的同情心。

要是小丫活着，今年刚好十七。父亲似在自言自语。

母亲忙说：不，长官，俺十六。

父亲叹了口长气，他弯下腰伸手把母亲从地上扶了起来，然后问：你叫什么？

母亲说：俺叫桔梗。你饶了俺吧，长官。

父亲从兜里掏出几块银圆，那是他一年的军饷，父亲一直没舍得花。他把这几块银圆放到母亲的手里，望着母亲那双惊魂未定的眼睛说：听着桔梗，这钱你拿着，以后就待在这里，哪也不要去，等打完仗我就来接你。

说完这些父亲就走了，走在母亲疑惑重重的目光中。

父亲一直牢记着自己的话，母亲也同样牢记着父亲的话。

母亲惊讶自己碰到了天底下的大好人了，不仅给自己吃的，而且还给了自己这么多钱，她从来没有见过这么多钱。这个人还口口声声让自己等着他。母亲以为自己是在梦里了。待她清醒之后，走出残破的小屋望着父亲远去的身影时，她又一次跪下了。这一次她跪得心甘情愿，地久天长，直到父亲的部队消失在村外的夜色中。

母亲在以后等待父亲的岁月中，等得坚贞不渝，等得海枯石烂。她坚信父亲是个好人，她没有理由不等待父亲。

几年以后母亲终于等来了父亲，那时父亲已经是营长了。淮海战役结束不久，共和国便诞生了，蒋介石逃到了台湾，父亲的部队驻扎在北方的一座城市里。当时抗美援朝战争还没有爆发，边远地区剿匪工作仍在继续，全国形势一片大好。在这大好形势里，父亲刻骨铭心地想起了母亲。他没有忘记自己说过的话，他一想起母亲，便联想到了七岁的妹妹，举着一双冻得红肿的小手在雪地里挣扎的情景。当了营长的父亲仍然光棍一条。许多将士在战争年代没有时间也没有机会找对象，现在全国解放了，在一片国泰民安的气氛中掀起了搞对象的热潮。父亲离开了部队，离开了北方那座城市，千里迢迢地找到了母亲。

母亲嫁给父亲以后一直没有工作，母亲从农村进城以后是很想工作的，但阴差阳错，母亲的想法一直没能实现。母亲嫁给父亲不久，抗美援朝战争便爆发了。父亲成了志愿军，在一个有风的夜晚跨过了鸭绿江，走上了抗美援朝的战场。

那一年母亲刚刚二十出头。母亲已怀孕在身，她和参战的家属一样被安排在部队的留守处。母亲一边孕育腹中的孩子，一边牵肠挂肚地思念朝鲜战场上的父亲。她相信父亲会活着回来的。她自从见过父亲第一面之后，便鬼使神差地等待父亲，一等就是几年，直到她又一次看见父亲出现在她面前。那一瞬间，她大叫了一声，差点儿晕倒过去。事后她想起等待父亲这事有些荒诞，她第一次见到父亲，甚至都不知道父亲的姓名。父亲又一次出现在她面前时，她坚信父亲就是她的救世主。父亲的形象便灯塔一样地燃在了她的心里，她更相信父亲是个好人。好人会一生平安的，父亲不论走到哪里，最终都会平安地回到她的身边。

母亲在等待父亲平安归来的日月中，生下了敏。母亲本想为父亲生个儿子的，她知道父亲喜欢男孩，父亲的意愿便是她的意愿。没想到第一个孩子却是个女孩，这使得母亲的情绪有些低落，低落的情绪又很快在母亲的心中烟消云散了。她想，只要能生女孩，男孩也一定会有的。只要父亲愿意，她甘愿为父亲生一个排、一个连。那时她生活中最大的目标便是一边抚养敏，一边期待父亲平安地从战场上回来。

又是几年以后，父亲又一次出其不意地出现在母亲面前。父亲平安归来，这在母亲的意料之中。当时父亲已经是团长了，母亲见到父亲的第一句话便是：下一次俺一准给你生个儿子！父亲望望母亲，又看一眼躲在母亲身后偷眼打量着自己的敏，他笑了。

母亲很快便又一次怀孕了，没多久权便出生了。权果然是个儿子。产房里的母亲虚弱地冲父亲笑笑说：俺说过一准给你生个儿子。母亲从父亲的表情里看不出高兴也看不出失落，母亲便又说，俺还会生的。下一次一准还是个儿子。

父亲看着权，看着母亲，然后闷头吸烟。他考虑的不是男孩、女孩，他考虑着以后的生活。那时父亲已从部队节约开支中觉察到将来会有紧日子过了。

果然，在权不满两岁的那一年，三年困难时期开始了。父亲、母亲、敏、权一家四口和全国人民一样过起了忍饥挨饿的日子。

起初部队比地方好一些，能定量地向军人及家属发放一些粮油及副食，到最后这些定量的东西也被取消了。定量的补助只对基层官兵，家属及子女户口在地方上的只能和普通百姓一样了。母亲没有工作，敏和权正长身体，嗷嗷待哺的两个孩子围绕着母亲叫苦连天。父亲的日子要比母亲及家里的孩子好过一些，他每日三餐吃食堂。后来三餐也改成两餐了。父亲每天把属于自己的那一份饭菜偷偷地带回来，他舍不得吃，母亲也舍不得吃，他们看着敏和权如狼似虎地分吃着那份饭菜。母亲这时会背过身去擦眼泪，父亲勾着头吸烟，他极力地控制着自己不去看敏和权。阵阵袭来的饥饿感，使父亲又一次想起了十三岁以前的生活。敏因吃得太急，一口饭噎在了嗓子眼，她的喉咙呕呕作响，一张小脸憋得通红。父亲伸出手在敏的背上轻捶了两下。敏使他想起了自己的妹妹，他三两滴泪水落在敏的头上。

父亲那时有许多大事需要操心。全团一千多号人马，在吃不饱饭的情况下并不能放松训练。美帝苏修正虎视眈眈地盯着中国，蒋介石在台湾也趁火打劫，时时刻刻想颠覆大陆。父亲不仅忧国忧民，还要操心全团人马因忍饥挨饿开始涣散的军心。前几日，有两个新兵因无法忍受饥饿开了小差，准备跑回老家，还没有到火车站便被抓了回来，气得父亲扇了两个逃兵每人一个耳光。那两个兵就给父亲跪下，他们一边哭一边说：求求您了团长，我们饿得实在受不了。让我们走吧。

父亲拍着桌子大吼：混账，放你们回家就不饿了吗？

两个兵又说：要死就让我们一家人死在一块吧。

那时，饿死人已不足为奇了。

父亲气得团团乱转，两个兵被带走后，父亲找来了后勤处长。他命令后勤处长一定想办法让战士们吃饱。后勤处长神情为难，不是他不想努力，而是实在没有办法。后勤处长还是搓着手走了。

秋天的时候，后勤处长终于弄来了半卡车白菜，却搭上了一条战士的命。白菜是在一个山沟里买的，后勤处长带着几个战士几乎跑了一天的路，找到后勤处长昔日的战友，战友正当着生产队长。其实山沟里的人们也正在忍受着饥饿，但战友念及战友的情分，以及军民鱼水情，还是动员每户社员都匀出几棵白菜，支援亲人解放军。后勤处长带着卡车拉着白菜连夜往回赶，结果在路上就发生了车祸，车翻到了沟里，车上的一个战士便牺牲了。

白菜拉回那天，全团官兵的心情极为沉重，他们列队站在半卡车白菜旁向战友告别。后勤处长哭肿了眼睛。后来那半卡车白菜就晾晒在食堂门前的空地上，由炊事班长日夜看护。那些日子，人们经常可以看到一个老兵坐在马扎上守望着那些白菜。经日守护使炊事班长困顿异常，他的头一点一点地向前垂落着。这时事情就发生了。母亲已经无数次光顾过晾着白菜的空地了，她被那些白菜诱惑得已经神不守舍了。她心里异常清楚这白菜不能拿，但敏和权因饥饿而发出的哭号声又使她下定决心非拿一棵白菜不可。于是她数次徘徊在晾着白菜的空地上，心里经过反复斗争后，她终于趁炊事班长的头又一次垂荡在胸前时，向白菜伸出了双手。

炊事班长还是看见了母亲怀抱白菜匆匆而去的背影。起初那一瞬他是惊愕和气愤的，但当他发现那是母亲而不是别人时，善良的老班长把一双眼睛死死闭上了，他在心里重重叹了一声，不知为谁。

那棵白菜被晚上下班回来的父亲发现了。那已经不是一棵完整的白菜了，确切地说是半棵，另外一半被母亲迫不及待地做成了汤，又被敏和权狼吞虎咽地吃到肚子里。父亲发现那棵白菜后脸就白了，他声色俱厉地问了几遍母亲。母亲被逼无奈，终于从实招来。母亲的话还没有说完，脸上便挨了一记重重的耳光。这是父亲第一次打母亲，也是最后一次打母亲。父亲打完母亲，拿起那半棵白菜便走出了家门，他的身后传来敏和权尖厉的哭声。

父亲把半棵白菜和十元钱交给后勤处长。待后勤处长明白过来之后，孩子似的“哇”地哭出了声。他边哭边说：团长哇，我这个后勤处长没有当好呀——

父亲摘下帽子说：是我这个团长没有当好！

当天晚上全团点名时，父亲宣布给炊事班长警告一次，原因是没有恪尽职守看守好白菜。父亲又在全团官兵面前做了深刻检查，理由是自己没有教育好家属。

白菜事件给母亲带来了极深刻的教训，同时她的自尊心也受到了刻骨铭心的伤害。那次之后，她好长一段时间不再理父亲，她已下定决心，要靠自己的力量养活自己和两个孩子。她是这么想的，也是这么做的。一大早，她便把敏和权叫起床了，父亲前脚走出家门，她便后脚带着两个孩子上路了。她背着权，领着敏，他们向郊区走去。

秋收已过，田野里空旷无边。母亲拉着敏背着权一直走向空旷的田野。秋收后的田野，早已被无数人翻找过几遍了，一个豆荚，一粒苞谷都已很难发现了，但母亲坚信会有收获的。于是她勤奋仔细地在田野里寻找着，落叶下，脚印中，母亲总能寻找到一星半点的颗粒，点点滴滴地把这些颗粒聚在一起，终于有一些收获了。回到家后，这些颗粒成了三个人的口粮。母亲总能把这些粗糙的颗粒加工成很细致的食物，敏和权吃上这些食物便不再哭闹了。父亲端回的饭菜，母亲不再让敏和权动一口。父亲一次次规劝推让都没有成功，最后无滋无味地自己吃了。

这件事被母亲在以后的生活中抓到了把柄，她对父亲经常说的一句话就是：别看你当个官，俺娘仨可没借着你的光。

母亲这么说，父亲总是沉默。

那时的母亲已过了中年，敏和权都大了，日子虽不富裕，但吃喝是不愁了。于是母亲就很有心情地照料父亲，照料这个家。

母亲是一位家庭妇女。她没工作过一天，这就给她成为一个合格的家庭妇女提供了充足的条件。那时，还不时兴家里请保姆，家里一切细枝末节的事，便都由母亲一人操持了。母亲吃完早饭后的第一件事，便是擦地抹桌子。等家里的陈设都明亮起来后，她便开始梳头换衣服，然后气度不凡地走出家门。看她的样子像是上街买菜，但她又不急于走出营院。从走出家门到走出营院大门，她从容不迫地尽量使这个过程延长。原因是，在这过程中，她总能碰到许多熟悉的或不熟悉的面孔，熟悉的大都是一些军官及没有工作的家属们，不熟悉的大都是一些战士。不管熟悉或不熟悉的，他们一律热情又谦恭地和母亲打着招呼，年龄大一些的称母亲为嫂子，年轻的则称阿姨。这时的母亲，表情是晴朗的，神态是慈祥的。她一边应答着一声声问候，一边款款地向前走去。母亲每天出门，买不买菜都无关紧要，但走出家门享受一声声问候是少不了的。她走出大门时，门卫总要向她敬礼，进门的时候自然也一样。在守备区里，母亲和父亲一样著名。母亲往往从外面回来时，手里都会提几棵葱，或一捆小白菜。其实这些东西可买可不买，但这些东西是母亲每天出一次门的由头。

接下来的时间里，母亲开始做饭。母亲当了一辈子家庭妇女，做了一辈子饭，做饭这个差事早就对她失去了吸引力，因此她在做饭上有些不思进取。于是一年四季的饭菜大都是一个味道。敏和权就经常反抗，言辞委婉地提一些意见。这时，母亲的态度是明朗的，她说：不满意就自己做，不爱吃就下馆子去。

敏和权不可能不吃饭，又不可能每日去下馆子，听了母亲的话，表情讪讪的。

父亲就说：你妈做的菜很好，我爱吃！

父亲这句话等于给母亲画圈了，定论了，任何人也无法翻案了。父亲说的不是假话，他吃母亲做的饭菜总是食欲极好，吃罢饭总是一副意犹未尽的样子。随着时代的变化，父亲的社交活动明显多了起来，在外面吃饭的机会也多了起来。父亲每次酒宴之后，都要回来再吃一次，他总是说酒宴的饭菜不如母亲做的好吃。时间长了，父亲再去吃酒宴不能在吃饭时间准时回来时，母亲就给父亲留一份饭。父亲这一做法，极大地鼓舞了母亲，她更加不思进取了。她不仅不思进取，还多了些沾沾自喜。每当看到父亲酒宴回来之后，重温她的饭菜时，她的眼角眉梢都透着发自肺腑的喜气。敏和权见此也懒得多嘴，直到他们成家另过日子后，才结束了这一段无法忘却的历史。

父亲不识几个大字，母亲也几乎不识什么字。父亲在十三岁参军前一个字也不认得，到部队后曾参加过部队组织的文化学习班。有时刚认得几个字，就打仗了。等打完仗下来，刚认得的几个字又忘了。就这样断断续续的，父亲总算认识了几个字。母亲没上过一天学，小时候家里穷，又是女人，认字的机会自然是没有了。母亲认识的几个字大都是父亲教的，所以说，母亲认字的数量绝超不过父亲。字识得太少，给父亲的工作带来了极大的不便。父亲最认得的几个字是自己的名字。当然父亲的名字也是参军后领导给起的，叫石光荣。在以后的岁月中，父亲会经常遇到诸如签字这样的麻烦事。父亲是会写自己的名字的，但经常会把这三个字的顺序弄乱了，比如石荣光或者光荣石等，看见父亲签错字的下级，想笑又不敢笑，于是就忍着。父亲端详着自己乱了顺序的名字认真地琢磨着，半晌之后，把签完字的文件或者收据之类的东西递给下级道：写个名字也怪累人的。以后我就画圈吧。

于是父亲以后就开始画圈了。父亲的圈也总是画不圆，歪七扭八的，有时像只梨，有时像只桃。父亲看着自己画的圈安慰似的说：好赖就是它了。

下级就笑，隐忍的那一种。

父亲也笑，很开心的样子。

父母虽识字不多，但报纸是要看的。父亲的办公室里定着几种报纸。白天工作忙，父亲没有时间看报纸，便晚上带回家来看。早些时候，家里还没有电视机，只有收音机。父亲看报纸时，总要把收音机的音量开得很大，他一边听收音机一边看报纸。这时父亲的耳朵和眼睛都异常地专注，眼睛落在报纸他认得的一个字上便凝神不动了，耳朵却十二分认真地听着收音机播报的新闻。他相信，报纸印出来的事就是收音机里说的。父亲虽认字不多，记忆力却惊人，只要收音机里播报过的新闻，他总能过耳不忘。于是在会上，父亲总能一套套地讲出一些国内外的大事来。因为父亲认字不多，他每次讲话时自然不会有什么讲稿，但每次讲话父亲总能说出一二三四来。父亲极有演讲的才能。

母亲在一般情况下是不看报纸的，母亲看报纸的时间是来客人的时候。客人大都是父亲的一些下级或者其他部队的老战友出差路过此地，来家里坐一坐。母亲在为客人泡完茶后，基本上就没什么事可干了，但她也并不想离开，于是便看报纸。她看报纸先看图片，把一二三四版的图片看过之后，她的目光便定在报纸的第一版上不动了。她在认真地听父亲和客人或者下级讲话，因此，母亲就了解了许多父亲单位上的事。父亲在工作中，母亲以妇人之见影响着他，使父亲的水平打了些折扣。当然这都是后话了。

敏和权在流逝的岁月中渐渐地长大成人了，那时中学毕业后还不时兴考大学，参军是部队干部子女最时髦的出路。当兵也不会在父亲本单位当，而是采取走出去、请进来的办法。父亲有许多老战友，都在本城驻军中担任着重要角色，于是父亲便把敏和权分别送到战友的门下去当兵。战友的子女自然也会很放心地被送到父亲的门下，这种战友之间相互帮忙的例子在当时极为普通，也最为常见。

先当兵的自然是敏。敏先是在本城某集团军里当卫生兵，后来就提干了。敏提干是很自然的事情，提干后的敏仍然是在医院里工作。在部队医院工作敏自然认识了许多前来住院的干部和战士。部队医院里前来住院的病号都没什么大病，单调的连队生活使人乏味了，便纷纷流动着到医院里“泡”上一段时间。这些青年男人来医院最大的愿望就是看一看同样青春的女兵们。年轻女兵们在他们眼里个个都是那么漂亮，于是有事没事总爱和这些女兵们瞎“贫”。“贫”来“贫”去，青年男女就会“贫”出点事端。敏和一个排长就“贫”出了事端的苗头。

敏很漂亮，敏的身上集中了父母所有的优点。父亲是北方人，母亲是南方人；父亲耿直豪放，母亲细腻柔弱，这就结合出了敏的长相和特点。和敏犯“贫”的人多得数不清，但敏一个也没看上，敏单单看上了姓王的排长。王排长和敏同岁，个头足有一米八，是团部球队的中锋。敏和王排长“贫”上之后，相互都有舍不得的苗头了。每当机关组织篮球赛事，敏不管是否值班，总要想办法去看王比赛的。场地旁最热情的观众可能就是敏了，一场比赛完事之后，敏总会红了手掌，哑了嗓子。这是敏痴情的结果。王也会不失时机地频频来到医院里和敏约会，能遮挡住人的晾衣场上、小树林里都留下了敏和王出双入对的身影。无疑，在那时刻，敏和王走火入魔地恋爱了。

首先发现这一苗头的当属母亲。

以前敏没恋爱时，在不值班的时间里总要回家。她和母亲的关系也亲密无间。自从敏走火入魔之后，情况发生了逆转。敏十天半月的不回家一次，就是回来了也待不多长时间又匆匆地走了。那时的敏浑身上下笼罩着爱情的光芒。敏为爱情而变得消瘦了，但脸颊上却挂满了红晕，始终处在神情亢奋发烧发热的状态。这一切都使母亲疑窦丛生。母亲便计上心来。

那一日是个星期天，敏照例打电话说今天加班就不回来了。敏放下电话不久，母亲就给敏的科室打了一个电话说有事找敏，接电话的人说：敏今天不值班。

母亲说：噢——

原来如此。母亲并不声张，她开始包饺子，这是母亲一生中做饭水平有质的飞跃的一次。母亲终于包好了饺子，她打发权去给敏送饺子。起初权不太情愿，后来母亲偷偷把父亲的一盒烟塞到权的兜里，权才高兴离去。那时权快高中毕业了，已经开始偷偷学着抽烟了，这事母亲知道，父亲并不知道。母亲对权学抽烟的事一直睁眼闭眼地佯装不知，在她的观念中，男人吸烟、喝酒那是很自然的事。

权受到了母亲的奖励，情绪高涨地来到敏的宿舍。敏的宿舍平时住好几个人，今天是星期天，不值班的回家了，值班的便都到科里去了。因此，敏在这大好的时光中，正如火如荼地和王谈情说爱。权费了好大的劲才敲开敏的门。权就看到了王，王面色潮红，头发蓬乱。权也快算是大人了，一看什么都明了了，把装着饺子的饭盒递到敏的手上，便逃也似的离开了。

刚开始权并不想对母亲说出真相，母亲就说：权你说实话，以后俺还帮你偷你爸的烟。权经不住母亲的诱惑便把看到的一切都说了。母亲就笑得意味深长。

晚上，敏终于回来了。母亲召集了父亲、权一起讨伐敏。敏觉得躲是躲不过了，招不招那是早晚的事，于是便把什么都招了。

父亲和母亲并没有说什么。第二日上班的时候，父亲就给老战友的下级打了一个电话，说是要调查一下王。调查结果很快就有了，王出身贫农，根红苗正，只是家境贫寒。

晚上睡觉的时候，父亲和母亲通了个气。父母一致认为这门亲事不合适。父亲母亲在晚上睡觉时经常商量家里家外的大事，有许多著名和不著名的大事都是在床上研究决定的。父母否定了王，很快就肯定了何。何是父亲一位老战友的儿子，老战友在另一个守备区当着司令。父母认为司令的儿子娶另一位司令的女儿才是水到渠成的事情。

父亲又一个电话打到当司令的老战友那里。两人先是扯了一通陈芝麻烂谷子的陈年往事，然后话题很快便转到何和敏的身上。两个司令心有灵犀，很快就达成了意向，让何娶敏。这是最合适的一对了，还费那么多口舌干吗！娶就是了，嫁就是了。

这是敏的末日，也是敏的开始。

敏和何在父母的精心安排下谈起了“恋爱”。起初敏死也不同意，父母便把敏和何反锁在屋子里。敏哭泣，何吸烟，两人不说一句话。何找话和敏搭讪，敏不理，一个劲儿地哭。

这样坚持了一段时间，效果并不理想。敏仍抽空和王见面。

父亲母亲又在床上商议了一次，后来母亲就说：把王调走，看她谈不谈。

父亲觉得这个办法可行，便又定下了一个事。次日，父亲就又打了个电话。没两天，王便被调走了，调到离城市有几百里的一个哨所当排长去了。

敏在现实面前不得不低下自信的头颅，于是她只能和何成双入对了。

不久敏和何便结婚了。

何在父亲的手下先是当参谋，后来当科长。何对敏百依百顺，何对父母更是唯命是从，何是个聪明人。就在父母认定敏和何是最适合的一对恩爱夫妻时，敏和何离婚了。当然这都是父亲离休以后的事了。

权的婚姻几乎遭到了和敏同样的下场。

权中学毕业后自然也是当兵，自然也在父亲老战友的门下，父亲这位老战友在省军区。权当的是文艺兵，权很有些文艺天赋，这一点，一点也不像父母。在学校的时候，权就在文艺宣传队干过，演过洪常青，也演过杨子荣。权上学时还看过许多书，权看的书都是一些在当时认为有毒的爱情小说。因此，权感情细腻，多愁善感，又有些早熟，这一点很像母亲。

权当兵一直在省军区文艺宣传队。宣传队里有男兵也有女兵，一天到晚唱唱跳跳，男男女女在一起嘻嘻哈哈，很快乐。有男女的地方就会产生爱情，这一点也不奇怪，权就有了爱情。和权产生爱情的是一位拉小提琴的女兵，叫斐。斐很不一般，父母都是搞音乐的教授，因此她在父母的影响下很小就拉琴，斐在琴声中长大，显得苍白而又端庄。斐文静而又忧郁，这和她拉琴不无关系。斐爱拉古典音乐，也拉外国名曲，那些名曲大都和爱情有关，于是斐就显得与众不同，非同凡响。按理说斐是不会来当兵的，原因是父母搞音乐搞出了问题，被人说成是封资修，于是斐的父母被发配到偏远的农村去改造了。正巧，斐的一个什么亲戚和部队某位领导沾亲带故，这么着斐便来到了部队。

斐除拉琴外并没有其他特长，既不会唱也不会跳。文艺宣传队演出的大都是样板戏，或者是自编自演的有关干部、战士的小节目，斐的小提琴就很少派上用场。斐就显得比较孤独，这和她有些忧郁的性格完全相符。斐的孤独显得与众不同，很快便博得了权的喜爱。权在到宣传队一年三个月后，便顺利地提干了，提干后的权职务是正排级宣传队创作员。权除编排一些小节目外，也客串着演洪常青和杨子荣，权干的都是一些很光荣的事情，引起女孩子们的注目这很合情理。唯一对权不冷不热的女孩便是斐，斐便深深吸引了权。权很快就爱上了斐，斐这种女孩子是外冷里热那一种，最好征服也最不好征服。权在文艺宣传队里多才多艺，又这么快就提干，博得斐心动也不是件太难的事情。

两人的爱情之花便奇异地开放了。权不是敏，敏的教训权时刻深深牢记，权多愁善感，但又很有心计。权在爱情问题上显得老到而又沉稳，无疑那些外国爱情小说对权的影响很大。权不像敏那样张牙舞爪，权自认为自己是干大事的人，连一个小小的爱情都搞不成功，还能成就什么大事！权不显山不露水的，跟斐那个了。有了初一就有十五，这在爱情男女中几乎成了规律。那一年权二十一，斐十九。权在爱情问题上是要先斩后奏的。

如果事情这么发展下去也没什么，权是父母的宝贝儿子，权在父母的心目中要比敏重得多。在权偷偷吸烟、喝酒的问题上，父母都睁一只眼闭一只眼，给他们找一个儿媳，又是斐这样的儿媳，他们理应不会难为权。

结果不应该发生的事情却发生了。事情的起因是父亲的一个老战友荣升到军区当上了参谋长，这对父亲和老战友都是一件大好事。在老战友荣升参谋长不久，给父亲来了一个电话，说了许多关于友谊的话题，这令父亲大为感动。参谋长话锋一转就提到了自己的女儿，参谋长的女儿叫静。静正在父亲手下当一名机要秘书，刚二十就转干了。这在那个年代，或当今这个年代，将门虎子（女）一点也不奇怪。参谋长在说到静时是轻描淡写的，他在着重说权，权他是见过的，于是在电话里他把权表扬得无以复加。最后军区参谋长就总结地说：要不就让两个孩子那啥吧，老石你看呢？

父亲就什么都明白了，当即在电话里向老战友表态：就让两个孩子那啥，参谋长你放心吧，哈哈哈哈……

又是在晚上睡觉时，父亲把这一重大喜讯传达给了母亲。母亲就说：这事好哇，其实俺早就琢磨过这事，还怕人家不愿意呢。

接下来父母又分析了一通眼下的局势，老战友如今当上了参谋长，老战友的年龄比父亲还要小两岁，今天能当上参谋长，谁敢说以后不能当上军区的司令？要是和老战友能攀上亲家，这就是亲上加亲了，以后诸多问题还有啥说的？

那一晚，父母盘算着将来，激动得几乎一夜没睡觉。

第二日，由母亲打电话把权召了回来，语重心长地把人生大事说了。权当时想，终于来了，但权没乱了方寸，他也一五一十地把和斐的关系说了。母亲的脸色就有些发白，母亲毕竟是母亲，母亲很快镇定下来说：只要你和斐断绝关系，斐的事怎么都好说，以后入党、提干就包在咱家身上了。

权说：那是不可能的！

敏的那一幕又出现了。权毕竟不是敏，权要显得坚强而又果敢。被反锁在家里时，他一边吹笛子一边思念斐。这样权和母亲坚持了足有半个月，仍分不出胜负。权觉得自己迟早会胜利的，他认为主动权在自己手里。他已快刀斩乱麻让斐怀上了自己的孩子，也就是说生米早已做成了熟饭，别说母亲就是老石也没辙。权在被母亲“囚禁”了半个月后，扬扬得意地把最后的王牌亮了出来。他原以为亮出这张王牌父母就没招了，没想到一连两天没见动静。

在这两天中，母亲采取了行动。她把斐带到了医院，先是做了检查，随后就把斐肚里的孩子做掉了。斐的工作异常好做，三言两语之后，斐只剩下了无助的哭泣。权不在她的身边，斐的主意和勇气便都烟消云散了。母亲轻而易举地处理了斐肚里的孩子，同时也把这一消息告诉了权。权确信之后，疯狂了。他开始哭闹，几乎失去了理智，要死要活。他一边痛哭一边发誓：非斐不娶，宁死不屈。

母亲在几乎失望的情况下，采取了果断措施。她开始绝食，用生命与权的一意孤行进行最后的较量。那几日，不论是白天和夜晚，她把自己和权锁在一间屋子里。权起初不理，躺在床上蒙上被子。母亲不仅绝食，而且还给权下跪，长跪不起。她用她的隐忍和脆弱的权抗争着。权起初不理，后来权就哭。母亲闭着眼睛几乎匍匐在了地上。母亲开始呼吸短促，三天以后母亲真真假假地躺在了地上，面如死灰。权真的害怕了，他跳下床抱住了母亲大哭不止地说："妈，我答应你了。妈——"

母亲也哭了，为了自己的胜利。权哭得伤心无比，为了自己的失败。权提出了最后的条件：让斐入党，提干，然后调她回自己的老家去。

父亲答应了，用最快的速度给斐办理完所有的手续。

又过了不久，权便和静举行了婚礼。

权和静结婚后，权调出了文艺宣传队，告别了那个令他伤心落泪的地方。后来权开始写小说了。

他和静不吵不闹，一副恩恩爱爱的样子，后来也生了一个孩子。权经常独自一人吹笛子，笛声缠缠绵绵，在母亲听来像南方的雨季。

80 年代末，权和静终于离婚了。离婚之后的权去了南方，不久他就和斐结婚了。斐一直在等权，斐已成了音乐学院的一名老师。权却成了自由撰稿人，权一心一意写爱情小说，权的爱情小说红遍了南方也红遍了北方。

权写小说用的是另外一个名字，就是用真实姓名，父亲母亲也不会知道权会写小说，因为他们从来不看小说。最主要的是，他们认不全那些字。

在父亲离休之后，敏和权双双离婚。这给父母的心灵带来很重的创伤，他们到死也不会明白，他们为两个孩子精心编织的生活，到底哪出现了问题。他们一直在苦苦思索着这个问题，这成了他们晚年一个主要的话题，他们明白了吗？理解了吗？

父亲的婚姻观是：男人在女人的帮助下过日子。

母亲的婚姻观是：女人一旦嫁给男人，就应是嫁鸡随鸡，嫁狗随狗，生死与共。

父亲所在的守备区撤销前，他是听到了一些消息的。父亲的消息当然来自老战友们的关怀和叮咛。那些日子父亲的心里很苦闷也很彷徨。父亲在得到守备区撤销的消息的同时，也得到了另外一个消息，部队将士要恢复军衔制。军衔对父亲来说无疑是一个巨大的诱惑。父亲还记得抗美援朝回国后，部队也授过一次衔。那时他是少校团长。父亲雄心勃勃，今天是少校，以后就会是中校、上校……这样一路晋升下去，成为将军那是迟早的事。没想到，几年之后军衔又一次被取消了。父亲和所有的干部战士一样，换上了一颗红星头上戴，革命红旗挂两边了。父亲就很失望，做将军的梦成了泡影。父亲在成为守备区司令之后，对成为少将仍耿耿于怀。他做梦都梦见自己已是少将了，少将已是真正的将军了。

父亲得到了守备区即将撤销的消息，守备区在裁军百万之列。父亲不仅知道这些，他还同时清醒地意识到，他这个守备区司令将成为光杆司令，没有部队的将军还会是将军吗？换句话说，父亲的守备区司令做到头了。

那些日子，父亲似被霜打过一般，整个人萎靡到了极点。但父亲并没有放弃最后的努力和挣扎，他想起了那些老战友，至今父亲的老战友大部分仍在各条战线上战斗着。

父亲给这些老战友打电话时都在家里，时间也选在晚上。父亲和这些老战友通话时，灯是黑着的。黑暗中父亲和老战友讲话有一种亲近感，同时也有一份实实在在的安全感。父亲一次次和老战友接通电话，简单的寒暄过后，很快便进入正题。父亲讲话的中心思想只有一个，那就是：据可靠消息，我们守备区要撤销了，我老石也要完蛋了，快拉兄弟一把吧……父亲可怜兮兮地讲完这些话之后，他在老战友那里得到的消息是：弟兄们都处在水深火热、风雨飘摇之中，都已自顾不暇了……父亲一次次把电话打出去，得到的大多是同样的消息。放下电话，父亲便长时间地沉默。他在黑暗中一支接一支地吸烟，烟头在他脸前一明一灭。母亲这时会很小心地在暗处陪坐着，父亲在打电话时，母亲大气也不出。她在屏声静气地等待着柳暗花明又一村的消息，结果她和父亲一样失望。

父亲在打完又一个电话之后，他诉了苦，也听了老战友诉完苦之后，愤然地把电话挂断了。他站起身，悲愤地长叹一声。他望着很酣的黑暗，感叹道：怎么会这样？现在不打仗了，用不着我们这些老家伙了是不是？想把我们一脚踢开是不是？

父亲冲着黑暗质问着，他每说一句，母亲就在暗处哆嗦一次，仿佛父亲是在质问她。

于是母亲就很没有底气地安慰父亲道：老石，咱们再想一想，看看还有没有别的办法。

父亲就突然打开了灯。突然而至的光明把父亲、母亲都吓得一哆嗦。父亲在光明中干干地说：我要给军委写信，我不服！

父亲真的就要写信了。他坐在桌前，纸和笔都是现成的。于是父亲提笔写信，父亲直到这时才发现自己原来眼前竟是一片黑暗。以前费劲巴力认识的那些字，此时都烟消云散地落在了他的脑后。父亲写出一两个字之后，便把那张纸撕烂了，他始终找不到一种流畅的表述方式。

母亲这时是极殷勤的，小心地为父亲倒满茶水，立在父亲一侧，既紧张又兴奋地注视着父亲握笔的手。她多么希望父亲的笔落在纸上就那么源源不断地写下去呀，把想说的话都说出来，以引起军委领导的重视和同情。守备区是重要的，比守备区还要重要的是像父亲这些老战士，怎么说不要就不要了呢？可惜，在父亲写出几个鸡爪子似的字之后，父亲就停住了，茫然地望着前方。母亲就鼓励着：老石你写吧，一会儿俺给你下面去。

父亲三把两把又把刚写出的几个字撕掉了。父亲觉得有许多话要说，可不知该怎么说，冲谁说。

那些日子，父亲在梦中也会长吁短叹。和父亲同样悲哀的自然是母亲，她在父亲的叹息声中久久不能入眠，在大部分夜晚里她睁眼迎来了天明。这么多年了，她一直把父亲当成一棵大树，大树倒下了，她这棵小草能不难过吗？母亲凭着一颗女人心，觉察到眼前即将发生的变化。

守备区上上下下自然也都知道守备区即将撤销的消息。昔日宁静的军营一下子热闹了起来，各种传说和消息像乌云一样笼罩了军营。

母亲发现自己的家里冷清了许多，以前在那些宁静的日子里，客人总是盈门的。这些天来家里的客人选择的时机大都是父亲不在的时间，因为在这种时候，客人们是自由的。这是客人们在实践中总结出的经验。

在守备区父亲是司令，是这方水土的衣食父母，下级有些困难都希望能找到父亲倾诉一番。办公室的父亲很忙，历来也是公事公办的样子，因此有困难的下级总愿意找到家里来向父亲倾诉。为了表示亲近和诚意，客人们总要带些东西，例如老家的一些土特产，或者两瓶酒两条烟什么的，这些东西当然随客人的困难大小、职务高低而定。父亲从不拒绝这些客人上门，也很有耐心地倾听下级诉苦，但想把带来的东西留在家里是万万不能的。

客人走的时候，会故意地把带来的东西像遗忘了似的放在某个角落里，父亲总是说：同志，请你把东西带走！

同志就一脸尴尬，努力笑着，说一些不成敬意的话。父亲不听，仍说：同志，请把东西带走！

父亲说这些话时是一脸严肃的，也是毫无商量余地的，同志便只好沮丧地把这些东西带走了。父亲不收这些人的礼品，但该办的事还是要为下级办的，结果弄得下级就很感动。在父亲不在家时，又偷偷把东西带过来了，和母亲寒暄一阵便把东西留下走了。这时，母亲也会像父亲似的说：同志，请把东西带走！母亲说了这话，神情和语气全没了父亲的威严和决绝。同志便真诚地笑一笑，说了热忱又感激的话，然后就走了。母亲觉得没有理由不收下这些东西了，就收下了。母亲收下这些东西后，从不向父亲言说，而是把这些东西先放起来，放在父亲看不到的地方。家里柴米油盐的这些事父亲从来不过问的。父亲要喝酒也要抽烟，这些东西都是母亲张罗！过一段时间，父亲烟酒断顿时，母亲便把客人的东西拿出来，父亲也不问是从哪里来的，就抽就喝。

时间长了，客人们便都在父亲不在家时来拜访母亲。有事的客人自然都不是空手的，他们向母亲倾诉自己的难处和不公，希望得到父亲正义的指示。来人说得很动真情，声声血、句句泪的，母亲听得也很投入，不时也陪来人叹气或流泪。来人倾诉完了，便告辞了，母亲仍会说：同志，请把东西拿走吧！母亲自然说得并不果决，甚至语调里充满了柔情，来人的东西自然也是不会拿走的。

母亲收了来人的东西，心里自然对来人的困难充满了同情，在晚上和父亲躺在床上时，总是要向父亲传达一番的。母亲在传达父亲下级困难时，总要增加一些发挥和创造，发挥创造的程度要依据来人礼物的轻重而定。礼物重些的，发挥的余地自然要大一些，而且要反复强调，直到引起父亲的重视答应母亲在这件事情上过问一下，母亲才住口。于是安然地和父亲一起进入了梦乡。

渐渐地，在守备区干部、战士的眼里，母亲变得和父亲同等重要起来，私下里在守备区干部战士中流传开来一句民谚：有困难找老邱。老邱就是母亲。母亲的威望在守备区直线上升，母亲走在守备区营院里，认识不认识的人，都要向母亲恭敬地问候，她迎接一个又一个虔诚的军礼。母亲只是父亲的家属，享受如此的待遇这是守备区非军人中独一无二的。于是，母亲有十二分的理由在营区里昂首走路，面带自信的微笑，这种心态使母亲愈发显得年轻而慈祥。

父亲对母亲私收下级礼品的事是有些察觉的，证据也是有的。于是父亲就在床上批评母亲道：老邱你不要这样，这样下去是要犯错误的。父亲也一直称母亲为老邱，虽然他比母亲要大上几岁。

父亲这么批评母亲，母亲总是口服心不服地说：下次注意就是了。父亲不再说什么，停了停母亲又说：现在社会就是这个样子，谁不送礼？又谁不收礼？礼又不是你收的，俺一个家庭妇女又有啥错误可犯！

父亲心平气和地说：别人是别人，咱们是咱们。

母亲说：不送礼你就不给下级办事了？

父亲想想也是，下级有困难，只要合情合理的，他总是帮忙解决。当然这种合情合理每次都少不了母亲发挥创造的成分。但父亲还是说：办事归办事，收礼归收礼，这是两回事。

母亲说：知道了，俺不会犯错误的！

母亲虽这么说，礼照旧收，错误照旧犯。

父亲对待这件事，也采取了睁一只眼闭一只眼的态度。母亲便觉得自己的做法已经合法化了，因此，母亲如鱼得水。

在守备区即将被撤销，人心惶惶之际，父亲这里一下子变得门前冷落车马稀了。母亲坐在空荡荡的客厅里，体会到了前所未有的失落和不安。

她多么希望有人再一次敲响家门呀！

父亲在绝望的时候就想到了他的亲家，原军区参谋长。正如当年父母预料的那样，他们的亲家早已是军区的副司令了。这证明了，父母同样具有远见卓识，他们在关键时刻想起了自己的亲家。其实他们早就想到了，只是父亲在有意回避着亲家，因为权正在和静闹着分居。早在这几年前，权和静就双双离开了部队，他们一离开部队，原本貌似平静的小家便爆发了种种矛盾。权和静的矛盾引起了父母的高度重视，他们几次召见权，仔细询问矛盾的过程。权是什么也不说，在沉默中听着父母用高高低低的声音批评自己。父母在婚姻问题上都没有什么理论可以依据，有的是做父母的那份责任和威严。很快父母的批评就显得苍白无力了，最后终于偃旗息鼓。权从始至终不说一句话，待父母平息下来，他摁灭手中一直燃着的烟说：那我就走了。

权就走了。权和静的矛盾依旧存在，隔三岔五地爆发。每次爆发，静便投奔自己父母的家，扔下权和孩子，权便把孩子送到父母这里。每到这时，父母便知道权和静又爆发矛盾了，于是又引起父母更加严厉的批评。权很乖顺地听，听完就走了，并不见吸取教训的样子，这就使得父母异常气愤。

到后来，权和静终于分居了。分居的局面一直持续着。权和静从闹矛盾那天起，父亲就觉得很对不住自己的亲家、已当上了军区副司令的老上级。父亲总想找个机会把权和静的事向亲家汇报一下，但又想到权如今闹成这样，自己是有责任的，很难启齿，于是便一直拖着。

在这关键时刻，父亲知道躲是躲不过了，只能硬着头皮上了。父亲在床上和母亲反复商量研究决定，向亲家求救。

父亲终于打通了亲家的电话，亲家一如既往的热络。亲家甚至在电话中怪罪父母为什么这么长时间不给自己打电话，还说要找个时间老哥俩小酌一次，畅叙一下心曲。父亲被亲家的真诚感动了，同时也为自己的小肚鸡肠而感到脸红。在这种真诚的气氛之中，父亲似乎看到了一点希望的曙光，在不远的地方闪烁着。父亲和亲家绕了一个大弯子之后，终于说到了守备区和自己的命运，亲家果然直言不讳地说：裁军这是军委定下的事，咱们都一把年纪了，听从党的安排吧……

父亲听到这心里就凉了半截，刚开始那点热乎劲也随之消失得无影无踪，但还是委婉地把自己的心愿说给亲家听。这引起了亲家强烈的共鸣，其实亲家的心愿是和父亲一样的，他们何尝不想就这么一路风光地干下去呢？就这样，父亲和亲家在电话里沟通了两个小时，才放下电话。放下电话的父亲冷静了下来，然后他就明白了，原来亲家也在被“裁”之列，也就是说身为军区副司令的亲家也已是自身难保了。他又想到了，亲家在电话里说过的话：咱们都找一找吧，分别跟领导谈谈，也许有希望，但估计用处不大……

父亲想起亲家这前后矛盾的话，彻底失去了信心和斗志。那一刻，父亲似乎老了十几岁。但他不想就这样失败，他要努力，他还要争取。那些日子，父亲回到家的第一件事便是频繁地向军区各位领导家打电话，父亲动用了这么多年所有的关系，他想起了战友，想起了同乡，想起了对自己不错的领导……父亲给这些人打电话时是低声下气的，可怜巴巴的。父亲说：首长，我小石还小呢，身体也没什么毛病。我还可以干一干的……

那一年，父亲五十六岁。五十六岁的父亲在说自己还小时，心里充满了一种悲壮感。母亲在一旁小心翼翼地听着，听得她也眼泪汪汪。

父亲又说：老张，看在咱们十几年交情的分儿上关照一下吧。我并不大，才五十六岁，还小呢……

父亲还说：老首长，您是看着我成长起来的，我还小呢……

那些日子，父亲绝望得要死要活。他时常在办公的时间里偷偷地溜到办公楼的最顶层，凝望着营区。看着那里熟悉的一草一木，心里充满了悲凉，在那里一站就是几个小时。父亲想什么呢？没有人能说得清。

母亲独自守在家里，辗转于一个又一个空空落落的房间，心里充盈着前所未有的荒凉和忧伤。她已经没有心情更没有良好的状态出入家门了，即便出门她还能找到昔日良好的感觉吗？茶几旁那叠报纸已落满了灰尘。家里已很久没有客人来了，报纸自然是不需要看了。一个人在家，看那些报纸给谁看？寂寞忧伤的母亲回想起这个家昔日的辉煌。

大约从父亲当上团长那一年开始，老家的人已经把父亲看成是很大的一个“官”了。这在老家频频来人的次数中可见端倪。来人初始于母亲的老家，其实母亲老家没有什么亲人了，自从母亲在逃难的路上和家人走散以后，她的家人便再没有下落了。父亲把母亲从小村接走后，曾专门为寻找母亲的亲人，双双回过一次“家”，可仍然没有母亲亲人的下落。可以想象，在那个战火纷飞的年代，母亲的亲人不是饿死了就是被国民党的飞机炸死了。母亲对寻找自己的亲人失去了信心。起初的日子，她还曾为亲人的下场伤心地哭泣，可随着时间的流逝，便渐渐地淡忘了。

父亲十三岁离家参军后，再也没有回去过。对父母——那两个赌徒他没有什么眷恋的，父亲已料定了他们的结局，不是死在赌桌上，就是饿死在千疮百孔的小屋里。令父亲伤心落泪的仍然是妹妹，他一想起老家，首先想到的便是妹妹被冻死时的样子。妹妹在雪地里举着一双小手，眼睛望着远方。父亲一想起这个场面，恍惚间总觉得妹妹在呼唤他，等着他去救她。每当这时，父亲的心就像被刀戳了似的痛。父亲恨自己的父母，由父母扩展到恨自己的家乡。他离开家乡后，便铁了心再也没有回去过。好长时间，父亲和家乡断了往来。

母亲却和自己的家乡有着千丝万缕的联系。在母亲一个人等待父亲的日子里，她得到过无数小村人的接济照料，这一点她没有忘，父亲也没忘。因此，母亲有理由和家乡人来往。终于，村人们千里迢迢从南方来到北方，找到了母亲的门下。因时间久远，母亲对那些乡亲的面容已经淡忘了，但熟悉的乡音，使母亲很快便和乡亲们亲热起来。乡亲来的不是一人，而是一伙，他们在家里住下来。他们来到这里并没有明确的目的，他们知道母亲嫁给了一个"官"，作为接济过母亲的村人便有理由来这里看一看，走一走。他们久居乡下，对城市早就有了一种仰慕，他们起初把母亲当成了沟通城市的桥梁。

那时，困难时期刚刚过去，父亲只是个团长，家里的条件并不好，住房也紧张。来的人之中，有男乡人也有女乡人，他们是搭帮结伴来的。因此，住宿便成了问题。最后，父亲带着权和男乡人们住在一间房里，母亲带着敏和女乡人们住在一起。那些日子，家里热闹而又混乱。乡人们大声地讲话，大声地吐痰，大声地在厕所里大小便，一副鸡犬不宁的样子。白天的时候，父亲去上班，母亲打发走敏和权去上学之后，便带领男乡人女乡人们去逛街。城市永远都对农村人有着一种深深的吸引力。他们在母亲的引领下如饥似渴地在城市里漫游着。采购是谈不上的，他们的腰包里没有那么多的闲钱，他们来到这里是来看望城市的。出发前，母亲已把干粮备下了，带着馒头和咸鸡蛋，馒头是母亲自己做的，咸鸡蛋是母亲腌的。一直到傍晚时分，乡人们在母亲的引领下才拖着疲惫的身躯走回来。一进门，村人们便一屁股坐在地上了（凳子不够用），母亲还要为一家人和乡人们准备晚饭。母亲在做饭的过程中，乡人们抽了支烟，又喝完了一壶茶，精神慢慢地回转过来。然后他们兴奋地议论城里的一切，像坐在田间地头议论收成似的。

就这样，母亲老家的乡人们在家里住了几日之后，城市也逛得差不多了，城里的饭也吃了（他们一直称母亲做的饭为城里饭），但并没有人提出要走。乡人们的介入，已使父母的正常家庭生活受到了影响。母亲虽心存对乡人们的感激，但也不能这么无限期地随乡人们住下去。在母亲和父亲简短地商量后，在吃饭的时候，由母亲说：地里的庄稼收了吧？乡人答：收过了。母亲说：二遍麦该种了吧？乡人们：就这几天。母亲说：各位表婶表叔，俺小邱不是不想留你们，你们都太忙，还要种二茬麦，俺就不留你们了。等明年庄稼收了，再来住。于是表婶表叔们便异口同声地说：该回了，该回了。并一致决定，明日就回。父亲、母亲便吁口气，看着即将要走的乡人，觉得这几日也没啥。晚饭后，父亲陪着乡人说了许多话。

第二日，吃过早饭并不见乡人们走，他们也不提议去逛街，而是照旧坐在地上床下说一些关于种二茬麦的话题。母亲也不好说什么，一旁陪着。直到父亲晚上回来，看到这些乡人们仍没走，便问母亲怎么回事。母亲也正疑惑，两人琢磨一下，才明白车票还没有给人家买。母亲吸取了教训，第二日，一吃过早饭，母亲便带着乡人直奔火车站。买过火车票，一直把家乡人送到车上，母亲才真正吁口长气。

接下来的两三个月里，一家人过起了紧张日子。家里的米面吃空了。那时部队的粮食也都是定量，家里也只有父亲一个人挣工资，买完车票后自然也要紧张一阵子。

在连续两三个月的时间里，一家人要连续地喝粥。父亲、母亲能忍受紧张的日子，敏和权一坐到桌前，端起粥便往碗里掉眼泪。父亲就说：没啥，这比我小时候强多了。你们的爸爸小时候是靠要饭长大的。

敏和权这时就哭出了声，原因是他们刚被老师批评过。批评两人的理由是：在上课的时间里要不停地请假上厕所。敏和权都感到委屈，他们不能在老师面前哭，便在父母面前哭，把泪水流进稀薄的粥碗里。

父亲当团长时，老家来人其实只是一个开始。随着父亲职务的升迁，来人的次数便愈来愈频繁了。当然首先仍是母亲老家来人，他们不再单纯地亲近城市和向往城市了，再来家里时，是有事求父亲。在当时的年代里，当兵很时髦，当兵不仅暂时可以离开农村，在部队里还有希望入党、提干，那就意味着光宗耀祖了。最不济的，找个对象，也比平时好找了许多。

聪明起来的乡人也不再单纯地和母亲攀同乡关系了，他们绕来拐去的总能和母亲套上一层亲戚关系。于是在那些日子里，家里经常出现一群喊母亲姑、姨或奶的适龄青年男女。他们在父亲或者其他长辈的带领下，前赴后继地来到家里。他们的目的简单而又明朗，那就是当兵。

他们住了下来，吵吵嚷嚷，不住地呼唤父亲，亲切地叫着母亲，然后阐述着自己当兵的理想。

那时家里仍不富裕，敏和权仍在上学。三五人一伙来到家里，一副不把自己当外人的样子，弄得父亲有些心烦意乱。

母亲在这种大呼小叫中，似乎寻找到了某种尊严。那些日子，她虽累虽苦，但心情是快乐的，她喜欢听这些乡人们说着那些肉麻的恭维话，更喜欢当救世主那份感觉。她真心希望，把家乡那片土地连同乡人一起搬到部队，搬到城市里来。

让几个青年男女当兵对父亲来说不是太困难。他们很快被父亲接收了下来，并打发他们的父母或长辈离开，这些乡人终于满意地离开了。车票自然又是父母给买的。

父亲便在夜晚的床上叹气，母亲仍沉浸在乡人们的喜悦里。母亲不知不觉已经和那些乡人又一次融合在了一起，乡人们的快乐，就是母亲的快乐。母亲就在床上冲父亲说：这些当兵的孩子不容易哩。父亲又叹口气。

随着这些青年男女当兵，更艰巨的任务落到了父亲的肩上。这些青年男女不简单地满足于当兵，他们还要在部队发展。于是便接二连三地在星期日或某一天的晚上，一次又一次出入家门。他们在家里不称父亲为首长，而是称姑父或姨父，这样显得亲切，和一家人似的。他们在亲切地称呼完之后，便一个个提出了自己远大的理想。有的想当汽车兵，有的想入党，有的想提干。父亲毕竟是首长，对于他们父亲还能应付，有的三言两语就打发走了。父亲更多的时候是对他们提出些希望，诸如艰苦奋斗、学习雷锋什么的，他们还是走了。

父亲应付不了的是那些乡人。他们把自己的孩子留在部队，并不觉得自己的孩娃单枪匹马在部队能闯出什么名堂来。于是他们又三三两两结伴来到家里，来看望自己的孩娃，还要和父母深入地商量自己孩娃将来在部队的前程。父亲很忙，一天到晚很少有时间回家。乡人们并不急于见父亲，他们和母亲商量。母亲的语言在乡人们面前总是轻描淡写，把一些紧要的事情说得轻飘飘的。母亲说：小宝在部队干得不错，俺看入个党当个干部啥的没问题。

乡人就很感动，谦卑地笑着说：他姑，孩子可交给你了。日后孩娃有个出息，俺一辈子忘不了你的大恩德哩！

母亲说：小三干得不错。现在开车的技术学得不赖，等日后给他姨父开车、给首长开车，日后还会有啥说的。

乡人的笑在脸上灿烂着说：他姨，小三可就仰仗你了。

母亲和乡人们在勾画着美好的蓝图，他们等待着父亲来填写这张美丽的蓝图。

父亲有不尽的蓝图需要填写，他刚解决一批便又来了一茬。母亲家乡的孩娃们在一茬一茬地成长起来，他们像一群蜜蜂似的向家里飞来。渐渐地，父亲的态度变得冷淡下来，他有许多事情要忙。而母亲却乐此不疲，她热情而又频繁地接待着老家来人，她在老家乡人面前极有成就感。

老家一来人，她照例是要看报的。这就使乡人不住地咂舌，说着一些表扬母亲的话，目光里写满了神圣和尊敬。母亲不仅看报纸，时不时地要给这些乡人们上一课，讲国际、国内的一些大事……母亲在乡人们的眼里，俨然成了一个政治家。

母亲老家的事情，越来越使父亲感到麻烦。一批一茬的青年男女，父亲没理由也不可能都安排在自己的守备区，在母亲的鼓动下还是要办。按母亲的话说，不给他们办，对不住这些亲戚哩！在母亲的情感里，已接纳这些乡人为亲戚了。父亲无法回避母亲，母亲和父亲说这些事时，地点仍选择在床上。父亲无法回避床上的母亲。

好在父亲有许多战友，父亲在四面楚歌中向战友们求救。

父亲在电话中说：老张，帮帮忙吧。老区的后代找上门来了，你给安排几个吧。多谢了！

父亲在电话里还说：老李，老区的后代找上门来了，你给安排几个吧。求求你了，拜托了……

父亲一提起母亲的老家总称老区，他知道这些战友们，对老区人们是有感情的。

就这样，在母亲的策划下，由父亲亲手安置的青年男女们，一茬一批地在部队茁壮成长。每逢年节时，这些青年男女们结着伴，三三两两地来到家里，给父亲拜年或问好。母亲这时便极有成就感。这种盛况，一直持续到父亲离休。虽然，有一些成长起来的孩娃们仍战斗在部队，有的已经是营团一级干部了。可随着父亲的离休，他们对父母的热情也随即冷淡下来了。有几次碰到这些已成长起来的孩娃在自己身边走过，却没人再称母亲姑或姨了，而是称她为老邱。他们说：老邱还好吧！问候一声老邱的还算是好的，有的干脆点点头，有的连头都不点了。

这种结局，使母亲感慨万分，伤心不已。在那一时刻，母亲真希望时光能倒转。晚年的母亲，似乎才理解了人情冷暖。

父亲在十三岁那年离开老家，离开那间四面漏风的小屋，便再也没有回去过。这很符合父亲的性格。父亲的亲人和家乡，令他伤心、难过，往事不堪回首。

即使这样，父亲老家的乡亲还是来过几次。父亲的老家在北方，父亲的部队也在北方，父亲的老家距离部队并没有太远的路，坐火车再坐汽车，也就不足十个小时的路程。

那一年夏天，父亲的老家发了一场罕见的洪水。这一消息父亲是在收音机里听到的。因为老家太平常了，于是老家的名字很少出现在报纸或收音机里。父亲还是第一次在收音机里听到这阔别已久的名字，第一次听到，便伴着这样的不幸。

那些日子，父亲的心情很不好。没人知道他为什么不好。在家里他很少说话，收音机的声音开得大大的，他一边听收音机，一边闷头吸烟。母亲几次想把收音机的音量调小一点，都被他阻止了。父亲的心情不好，还体现在他骂人上。父亲身为一方首领，以前是很少骂人的。在那一阵子，父亲骂了一回后勤部长，骂了一回军需部长。父亲骂后勤部长的理由是：后勤部一间粮食仓库闹了鼠灾。只一个月工夫，存在库里的粮食被老鼠糟蹋了几百斤。父亲知道后，劈头盖脸地大骂后勤部长：龟孙子，那粮食不是你家的是不是?!

这个后勤部长就是父亲当团长时当后勤处长那位。现在生活好了，为了几百斤粮食父亲骂了他，这使他内心无法接受。在父亲早就忘了这事时，他却向父亲打了一纸转业报告。后来那纸转业报告被父亲撕得粉碎扔在他的脸上。

父亲骂军需部长的理由是：军需仓库不慎失了一次火，烧坏了不少军用服装。父亲不仅骂了军需部长，还差点儿要扇军需部长的耳光，这一点也使军需部长无法接受。原因是，前一阵营区盖礼堂，礼堂马上就要盖好了，因一个民工吸烟，而引起一场大火，把价值几十万元的礼堂烧毁了。那一次，父亲也没有骂人，更没有要扇人的耳光。

这一切，自然和家乡的大水灾有关系。当然没有人知道这些，他们都感到父亲有些不可理喻。

父亲老家来人是在家乡受灾的那一年深秋时节。营院里的树叶已经落光了，北风刮得正紧，看样子第一场雪说来就要来了。就在这时，父亲的老家来人了。父亲老家来了两个人，一个是队长，另一个是会计。

他们来家时并没有急于进家门，因为是白天，父亲还没有回来。他们便一直在门口徘徊。这使母亲很疑惑，她探出头向外张望了几次。队长和会计便很小心地冲母亲微笑，这使母亲觉得这两个人不正常，于是关紧房门。

傍晚的时候，父亲回来了。他们看见了父亲，父亲也同时看见了他们。父亲一眼就认出了眼前站着的两个人是老家的人，他们的装束和举止使父亲很快相信了这一点。虽然父亲有几十年没回过老家了，但老家人的一切包括气味仍在他的心头徘徊不散。父亲看到两个老家人，心里就一颤，他的步子便慢了下来。队长就冲父亲喊了一声：老石？是老石吧？

父亲就立住了，他借着朦胧的亮光打量着来人，队长就先说：我是二蛋哪，刘二蛋。

父亲想起来了。刘二蛋，童年和父亲一起要饭的那个刘二蛋。父亲急切地向前走了两步又停住了。队长刘二蛋以为父亲上前要和他握手，手伸出去了，就那么双手迎着，结果父亲却没有向他伸出手，父亲立住了。刘二蛋手回收在胸前搓着，刘二蛋干干地说：老石，我们来看看你，别的也没啥事！

父亲立了一会儿，很冷地说：那就屋里坐吧。

队长和会计就很小心地随父亲进了家门。母亲正在做饭，看了父亲身后的来人，一时什么都明白了。母亲历来对父亲的家乡不感兴趣，父亲十三岁前的事，母亲是知道一些的，她比父亲还要恨父亲的老家，在父亲老家人面前自然没有什么好脸色。队长自然看出来了，会计也看出来了，于是他们坐下的屁股便不自然了。父亲的声音也是冷的，父亲说：你们找我有事吗？

队长和会计就对视一眼，最后刘二蛋说：老石，咱们老家遭灾了。

父亲说：知道啦。

队长和会计就没话可说了，他们低着头，搓着手，一副难为情的样子。

父亲又说：现在是新社会了，有政府，有党！

队长和会计说：那是，那是！

父亲还说：就这样吧，我晚上还有个会，要不你们在家吃顿饭？

队长和会计忙看母亲，母亲冷着脸在翻看报纸，只要家里一来人母亲自然是要看报纸的。队长和会计看完母亲之后便说：不啦，不啦，我们吃过了。

两人便站起身，队长冲父亲说：老石你忙吧，那我们就走了。

队长和会计就走了。

那一次，父亲一夜也没有睡踏实，他又想起和刘二蛋一起讨饭的童年。刘二蛋走在前面，他随在后面，他们顶风冒雪一个村落一个村落地讨下去。后来他们就遇见了狗。狗追着两个人，父亲屁滚尿流地向前跑，刘二蛋在后面喊：石头，别怕，有我哪。父亲的小名叫石头。狗终于被二蛋打跑了。

父亲想起往事，无法入眠。

第二天一早，父亲去上班。路过楼下自行车棚又看见了队长和会计。看样子他们昨夜是躲在车棚里过的夜。此时，他们正在啃着自己带来的干馒头。

父亲生气了，立在他们面前气愤地说：你们这是干啥？是在丢我的人！

队长刘二蛋就哭了，一边哭一边说：老石，我们遭灾哩。村子里的乡亲，没吃没穿的。眼看就冬至了，要冻死人哩。

父亲半晌没说话，他想起了妹妹在雪里伸出的两只小手。他站了一会儿，又站了一会儿，长长地叹了口气，最后带上队长刘二蛋向办公楼走去。

那一次，父亲批给老家一百件旧军用棉衣，还有五百斤粮食。他吩咐后勤部长一直把这些东西送到火车站，并帮助托运到老家车站。

刘二蛋和会计眼泪哗哗地走了。

在父亲的记忆里，老家的乡亲们还求他办过一件事。那是家乡发水灾几年后的事，队长刘二蛋又一次出现在他的面前。第一次见到刘二蛋时，便发现他已经有白头发了，几年不见，刘二蛋的头发差不多全白了，不到五十岁的人腰也弯了，但刘二蛋的气色要比几年前受灾时好了。

父亲在心里同情着家乡，同时也在拒绝着家乡，家乡留给他太多有关童年酸楚的记忆。刘二蛋虽说是父亲童年的伙伴，又有了上一次的接触，但父亲仍对他很冷淡。刘二蛋这次开门见山，向父亲说起了村里要建一个小型水库，一来可以防洪水，二来可以种稻米。只因修水库要开山放炮，缺少些炸药。炸药不是每个人都能买出来的，刘二蛋公社、县里都跑过了，都没弄到炸药。后来乡亲们便想起了父亲，便又一致推荐他来找父亲。

父亲想起家乡后山沟里流淌着一条小河，父亲还知道家乡一年四季只能吃粗粮。这次刘二蛋来，便给父亲背了大半口袋高粱米，说这是乡亲们的一点心意。等水库修好了，种上稻米一定给父亲送点尝尝。在父亲的记忆里，家乡的高粱米异常好吃。新米碾过了，焖着晶亮晶亮的米饭，别说吃，闻着都让人流口水。父亲在离开家乡以后，也吃过无数次高粱米饭，但他从没吃过像家乡那么香的高粱米饭。父亲很感谢刘二蛋为他带来了高粱米，于是他便对刘二蛋说：你在这里等一下，炸药的事我去联系。

父亲走时又对母亲说：晚上做两个菜，喝杯酒吧！

刘二蛋坐在家忐忐忑忑地等父亲，母亲不和他搭讪，看报纸。母亲看报纸时把报纸翻得很响，刘二蛋便如坐针毡，他试图打破和母亲的这种僵局，巴巴地笑着想和母亲说几句家长里短，母亲都用一副冷面孔回绝了。刘二蛋度时如年。

好不容易挨到了晚上，父亲终于回来了。父亲告诉刘二蛋炸药的事为他联系好了，是守备区一个施工点的炸药，那个施工点就在距老家不到百里的一个山沟里。

父亲把这消息告诉刘二蛋时，刘二蛋高兴地摇着父亲的手一遍遍地说：谢谢你了老石噢！

父亲又问：介绍信带来了吗？

刘二蛋忙从怀里掏出了介绍信。父亲便在介绍信上先是画了个圈，想了想又签上了自己的名字，这次父亲写的是“石荣光”。看了看觉得不对，又画掉重写，这次写对了。父亲做这些时，刘二蛋一直虔诚地望着父亲。在他的眼里，父亲俨然是一位大得了不得的官。

父亲把介绍信交给刘二蛋说：你拿着信去吧。

刘二蛋仔细地把签有父亲名字的介绍信揣了，便要走。

父亲说：上次来没让你们吃上一口饭，这次一定要吃了饭再走。今晚咱俩喝一杯。

刘二蛋便不好再走了，然而酒是没能喝上。原因是，母亲并没有做菜，而是做了一锅面条，面条和菜一起煮的，很稠的样子。

吃饭的时候，父亲不知为什么情绪不高，不想说一句话。刘二蛋低着头，完成任务似的把一碗面吃下去了，放下碗便告辞了。他说连夜去车站，坐最早一班车回去。村民们正等着炸药开工呢。

父亲没有送刘二蛋，刘二蛋冲父亲摆了摆手便推门走了。父亲望着门，久久，一动没动。

刘二蛋带来的那半口袋高粱米父亲也没能吃上，让母亲偷偷地卖了。那时家里的生活比以前好了许多，大米、白面基本够吃。母亲的理由是：有细粮谁还吃粗粮。结果就让母亲给卖了。父亲没说什么，却有一股说不清的东西一直在心里梗着。

这么多年，父亲一直对母亲很宽容，能将就就将就。父亲很忙，很少着家，他自然不会把一些鸡毛蒜皮的小事放在心上。

母亲对自己老家人和父亲老家人的态度形成了鲜明的对比。敏和权身为局外人印象深刻。有一度，母亲对自己老家人，那些所谓的侄、孙等人过分热络，而忽视敏和权。这令敏和权在感情上有意地疏远了母亲，后来又因为两人各自的婚姻，使敏和权对这个家的感情一直很淡，也就是说，他们对待父母的情感很一般。

许多年以后，敏和权关于父母有一段对话。

敏说：父亲太宽容母亲了。

权说：父亲是个没出息的男人。

敏说：母亲没文化，活得太浅。

权说：父亲也一样。

父亲对母亲宽容，能和母亲相濡以沫一直到老，有一个重要的原因敏和权都忽略了，那就是，父亲一直把母亲当成了自己的妹妹。那位夭折在风雪之夜的妹妹，对父亲影响太深了。因为母亲使父亲想起了妹妹，而最后才娶了母亲。因此，母亲所有的缺点父亲都能忍受，包括母亲那些所谓的亲人。

父亲所有的努力都化为了泡影，政策就是政策，父亲终于被宣布离休了。那些老战友没能保住他，包括自己的亲家，他们也同时被宣布离休了。父亲离休那一年，刚好五十有六。父亲觉得五十六岁正是干事业的大好时节，可就这么让他离了，离得他心不甘情不愿。他最不愿意的是住进干休所，但他还是别无选择地住进了干休所。

以前他曾无数次地来过干休所，那时他还是守备区的司令，他来干休所是来慰问的。这个干休所里住着一些老资格，他们有的是参加过长征的红军老战士，最差的也和日本人拼过刺刀。父亲来到他们中间，自然属于小一辈。他们不称父亲司令，而称父亲为小石，父亲并不在乎这些。父亲每次来干休所都把这些老前辈集中起来慰问，父亲照例是要讲话的，父亲一讲话便找到了优越感。他冲这些老前辈说着一些很像司令的话，父亲讲话时是站在高处的，于是父亲的优越感便显出来了。

终于父亲也和这些老前辈为伍了，他别无选择。父亲一出现在干休所里，那些老前辈便围了过来。他们为自己又来了新伙伴而显得神情亢奋，每当干休所来了新成员时他们都要这么亢奋一阵子。这种心理很复杂，无法言说，外人又是无法体会的。

他们七七八八地把父亲围了，然后又乱糟糟地冲父亲说：小石，离了？

离了，离了。父亲说。

你咋没整个少将就离了？

离了，离了。父亲一味地这么说。

离了也好，早离晚离都是要离的。老前辈似乎在安慰着。

离了，我老石离了！父亲更大声地宣布着，他似乎在发泄着心中的怒气。

咋就是老石了，是小石。一个人纠正着。

老石！父亲说。

是小石！

就是老石！老石！老石……父亲一迭声地说。

众人就幸灾乐祸地冲父亲笑。父亲不笑，冲众人一本正经地说：我是老石！

其中一个人就说：小石都离了，老石就老石吧。

众人觉得有理，便一起点头。从此，众人便又都一律称父亲为老石了。

从此，父亲真正的离休生活开始了。

起初的日子，父亲和干休所的生活总是格格不入。一大早，干休所的一些老头老太太便起床了，他们总是要比父亲早起一些。年龄越大觉越少，这一点说明，父亲与他们相比还比较年轻。父亲起床的时候，那些老头老太太活动已有些时候了。他们仍在活动着，做气功，打太极拳或练练剑。父亲是不做这些的，他也不会，他只会跑步。战争年代他跑步冲锋抢山头，和平年代他跑步出操。于是他就跑步。在众目睽睽之下他绕着干休所的院子似磨道上的驴一样，跑了一圈又一圈。老前辈们看着就很新鲜，目光随着父亲的身影一圈又一圈地转。他们有人就说：老石别跑了，这么大岁数了，别跑坏了胳膊腿。

父亲不理，仍跑。

又有人说：老石，来打拳吧。

父亲仍不理，跑得呼吸粗一声短一声的。

还有人说：老石，来练剑吧。

父亲继续跑，跑得气喘如牛。

终于有人忍不住道：这老石，让他跑去。看他能跑到啥时辰。

父亲没跑到什么时辰，毕竟是五十有六的人了。以前出操也就是做做样子，真跑起来也跑不上多远。父亲便不跑了。其他人仍没有收招的意思，仍在甩臂踢腿的。父亲自然不与这些人为伍，便匆匆回家了。

母亲已准时地把饭做好了，早饭依然是稀饭馒头。父亲就吃饭，匆匆忙忙的样子。以前父亲吃饭总是很匆忙，吃完饭他还要去上班，部队上下有许多事等待他去做指示。

父亲匆忙地吃完饭，习惯地站起身，这时他才意识到自己并不需要去上班了。一时间他很茫然，手脚一时没处放的样子。母亲瞪大眼睛望着他，于是父亲冲窗外说，这天还真不赖呢！

父亲不上班也无法在屋里待下去，最后他还是走了出去。这时，外面的阳光的确很好，父亲站在很好的阳光下一时竟不知自己在哪。他望着其他人，有的去送孙子上幼儿园，有的提着网兜不紧不慢，呼朋引伴地去买菜，一切都显得那么悠闲而又有条理。

路过父亲身边的人就说：老石站着干啥，还不买菜去?

又有人说：过来老石，咱们去打门球吧。

还有人说：走老石，咱们去杀两盘。

父亲恍恍惚惚，仿佛是在梦里。他觉得自己迈步向前走去，他不知自己为什么要迈步向前，也不知其中什么声音在召唤着他。鬼使神差，他又来到了昔日的军营。此时这里已变成了施工现场，推土机、砸夯机、吊车轰鸣着，忙碌着，昔日庄严宁静的军营一下子热闹起来。随着守备区的撤销，父亲的离休，这里便再也不是军营了，而变成了施工现场。在不远的将来，这里将矗立起无数座写字楼、商场和花园。父亲仍恍如梦中，直到他被施工安全员吆喝出去，他才清醒地意识到，他的军旅生涯已经结束了。施工的人群中有人认出了父亲，他们指指戳戳地说：以前他是这儿的司令！众人便朝父亲张望。

父亲转身往回走时，眼角潮湿了，三两滴泪水砸在他的脚面上。

干休所里很宁静，一伙人在玩着门球，还有一伙人围在花坛旁的凉亭下观战一盘棋的局势。

有人说：老朱，跳马呀，跳马呀。

另一个说：老王支士，支士，你支士看他能咋样。

阅报室的门是开着的，有几个老头老太太戴着老花镜正在费力地读报。父亲向那里走过去。以前他也是要看一看报的。那时看报是为了休息，很多事忙完之后，喝口茶，吸支烟，顺手翻一翻报纸。其实报纸上写的什么并不重要，重要的他也认不全那上面的字，他看报纸都是选择标题和图片看一看，反正上面写的事他都知道了。收音机、电视他是雷打不动要听要看的，那里播放的新闻都是一些要紧或不要紧的事，报纸上写的也是一些要紧或不要紧的事。既然这样，父亲觉得这些报纸是可有可无的。他看报纸是为了休息，另外，坐在办公室里翻翻报纸，也是一位司令的身份体现。

此时，父亲坐在老头老太太中翻看报纸心情是别样的。没翻几张便不翻了，他无处可去，孤独地在院子里站了一会儿，又站了一会儿，最后他别无选择地向家走去。

母亲坐在屋子里也是一副魂不守舍的样子，她竟不知自己该干点什么好。屋子收拾过了，菜也买过了，接下来还应该干点什么呢？她的心里空落得无依无傍。以前她喜欢出去买菜，或者随便在营区里走一走，迎接她的是尊敬的目光，或一声又一声亲切的问候，出入营门，卫兵总要给她敬礼，因为她是司令的夫人。回到家里仍显得很忙乱，电话几乎不停歇地响起，有找父亲的，也有找她的。不管是找父亲的，还是找她的，总要和她说上几句，甚至说一些部队上的大事。她总要对这些事情进行品评，打电话的人一律恭敬地听着。

那时，每到晚上或者星期天，家里的客人总是络绎不绝，有老家的那些侄儿、外甥……有父亲的下级，也有友邻单位的人，那时的母亲显得忙乱而又充实。有客人在的时候，报纸是要看的。现在她不必看报纸了，就是看也没有了，以前她看的都是父亲带回的报纸。电话沉默着，电话曾经响起过两次，有一次是打错号的，有一次是干休所通知去领苍蝇药的。

父亲敲门的时候，母亲很快把门打开了。母亲看见是父亲显出很失望的样子，随口说了声：是你呀！

父亲也反唇相讥道：不是我是谁?！

父亲一下子显得老了十岁。

离休后的父亲开始找碴儿和母亲吵架了，起因是吃饭。这么多年了，都是母亲做饭父亲吃，母亲做啥，父亲吃啥。父亲从没在吃上说过一句不满意的话，现在父亲觉得吃啥都不对胃口、都没有滋味。父亲终于把碗重重地放在桌子上，冲母亲大声地说：这哪里是饭，是猪食！

父亲这是第一次对母亲做饭的水平挑三拣四。母亲被这突然而来的打击弄得不知所措，她张口结舌了半晌才说：这饭怎么了，不是好好的吗？以前不也是这样做吗？

父亲咆哮了一声：猪食，呸，猪都不吃！

说完重重地躺在了床上，不再理母亲。

母亲望着桌上被父亲称为猪食的饭菜流下了眼泪。这是有史以来，父亲第二次这样粗暴地对待她。第一次是因为母亲在饥饿的年代偷拿了食堂的一棵白菜，而遭到了父亲一记耳光。这是第二次，母亲无法忍受，于是她就哭。

从此，父母经常为一些鸡毛蒜皮的小事吵架，每次吵架他们就相互揭短，以此来击中对方的要害。

父亲指责母亲：你好，你看你老家那些亲戚！你那些侄子咋都不来看你了，连个电话也没有。

早在父亲的守备区风雨飘摇前，母亲那些侄子纷纷找上门来，要求把他们调离守备区，因为他们都年轻，在部队还有前程。于是父亲在母亲的劝说下，也秉着对下一代负责的态度，纷纷满足了他们的要求。有的被父亲推荐到了上级机关，有的被推荐到了友邻部队。守备区撤销了，父亲离休了，母亲的那些侄子便没了消息，没了踪影。

母亲被揭了短，心里自然难过，但她也不甘示弱，于是揭父亲的短：你也不比俺好哪去，以前围前围后的那些部长、处长都哪去了？他们咋都当缩头乌龟了！

父亲、母亲用最致命的招数打击着对方。他们吵累了，吵够了，便望着对方咻咻地喘气。

父亲说：不是我说你，你瞧瞧你们老家那些人。

母亲说：俺老家人是不行，你老家人也不咋的，给他们办完事了，连个影也没有。

父亲突然感到了一阵深深的悲哀，他不再和母亲吵了，面窗而立，泪流满面。

母亲也在哭，嘤嘤的。他们一时都显得很脆弱。

父亲不仅和母亲吵，和干休所的工作人员也吵。

干休所在外地买来一车西瓜。干休所一发东西总像过年一样热闹，车刚回来，一群老头老太太便把车围了。李所长便亲自为每家每户分西瓜。

唯有父亲和母亲没有去。母亲想去，她说：你不去俺去，去晚了怕没好的了！

父亲说：不准你去，我不吃西瓜。

父亲不让母亲去，母亲就不好去了。

西瓜终于热热闹闹地分完了，这时李所长才想起父亲。这时的大瓜已经被挑走了，李所长感到很为难，但还是让两个战士抱了几个瓜，自己也亲自抱了两个瓜向楼上走来。

李所长敲门，一边敲一边说：首长，给您送瓜来了。

父亲不开门，也不让母亲开门。父亲冲门外说：我不吃瓜。

李所长听见父亲的语气是生气的，便检讨地说：这次对不起，首长。瓜是小了点，下次一定给您补上。

李所长把话说到这个份儿上了，母亲过意不去，便把门打开了。李所长带两个战士趁机把瓜送了进来。李所长一边赔着不是，一边说：首长，都怪我糊涂，一忙就把您忘了，下次一定补上。

父亲大声训斥道：告诉你小李子，我不吃瓜！

李所长以前给父亲当过勤务员。

李所长检讨再三，父亲不理。李所长最后讪讪地走了。

李所长前脚一走，父亲便抱起西瓜一个又一个地从窗子扔了出去，像当年扔手榴弹一样，母亲拦也拦不住。

这就惊动了干休所里所有的人，他们聚在父亲窗下，仰头向上望着。李所长惶惑无助地望着大家。大家就仰着头，冲父亲的窗口说：这老石，脾气还不小！

参加过长征的一个人就说：小石这就是你的不对了！瓜是小点，可都是好瓜。你看看这瓤有多红，熟透了。

这人一边指着地下摔碎的西瓜一边说。

另一个参加过抗战的人说：我说老石呀，你也太小心眼了！几个瓜算啥，不给你也不算啥。

另一个也说：我说老石，你现在不是司令了，和我们一样了，你这样做让李所长以后还咋工作？

父亲听了这些话想骂人，走到窗前又忍住了。他明白，这些人都是老资格了，骂是不能骂的，于是站在窗前大声地说：我告诉你们，我老石不吃瓜！

说完“嘭嘭”地把所有窗子都关上了。

底下的人便摇着头劝慰李所长道：这老石还不习惯哩。没啥，没啥。

说说劝劝，众人便都散了。

李所长便指挥战士清理地下摔碎的西瓜。

父亲觉得处处憋气，他想吵架，他想骂人。母亲无可奈何，她只能叹气抹眼泪。

一晃，半年就过去了。父亲在干休所里仍显得很孤独，他与那些买菜的、打门球的、下棋的人格格不入。

母亲似乎已经习惯了，适应了。她先是熟悉了干休所里那些老太太，接下来，她和那帮老太太学着练气功，然后又跳舞、扭秧歌。适应了的母亲反倒劝父亲：老石哇，咱走啥路穿啥鞋吧。这样也没啥不好。

父亲不理母亲，更不与母亲同流合污。

每天吃过早饭，母亲都要动员父亲和自己一道去买菜。父亲便说：荒唐！让我去买菜，休想！

母亲不计较父亲买菜不买菜，她拿起兜子随那些干休所的老头老太太集体去买菜了。

父亲孤独地站在干休所的院子里，远望着昔日军营的方向。那里的施工仍在继续，一座又一座大楼已显出了轮廓，工地上热闹非凡，于是父亲就郁郁寡欢，他在费劲地想着什么。

事情的转机是父亲老家又一次来人。

那一天，父亲的老家突然就来人了，来人就是刘二蛋。刘二蛋父亲是认得的，不认识的是刘二蛋身后那些年轻后生。

父亲开门看见了眼前的刘二蛋便愣住了。刘二蛋一如以前的谦恭，他叫了声老石哇，便说不出话了。他在仔细打量着父亲，父亲老了，白头发多黑头发少。父亲一脸孤独的神情吓了刘二蛋一跳。在刘二蛋的记忆里，父亲满头黑发，满面红光，一双目光虎虎有威。

半晌，刘二蛋说：老石哇，我们给你送大米来了。水库早就修好了，咱家乡人也吃上大米了。

刘二蛋说完，便有几个年轻后生把一整袋大米抬了进来。父亲不知是感激还是惶惑，他从口袋里抓出一把家乡的大米，久久地摸着、看着，最后他拿起几粒大米放在嘴里嚼着，最后他竟咽了。

父亲这才从恍惚中回过神来，冲仍站在他面前的刘二蛋和几个年轻后生说：这次来有啥事？我老石可离休了！

刘二蛋忙说：没事，没事，现在家乡可不像从前了。

父亲就点头，然后吩咐母亲去炒菜。母亲就热情地去了厨房。

刘二蛋忙说：不打扰了，不打扰了。我们该走了。

父亲动了感情说：吃了饭再走，饭是一定要吃的。

于是，两个童年一同讨过饭的朋友终于有机会坐在了一起。喝了两杯酒之后，父亲才知道，刘二蛋他们这次是来城里观光的。老家富了，不再为吃穿发愁了，于是他们便集体出来旅游。父亲这才察觉到，刘二蛋的精神比前些年可有了很大的改观。在父亲面前，刘二蛋仍然谦恭，精神却极好。

刘二蛋就说：老石哇，村子里都念着你的好哇。那年发大水，要不是你支援衣服和粮食，是要冻死、饿死人的哩。你要不批炸药给我们，村人咋能吃上大米……

说到这，刘二蛋的眼睛湿润了。

父亲不语，只是一杯又一杯地喝酒。

半晌，刘二蛋又说：村人们没忘下你，在后山上还给你修了碑哪！

修碑？父亲迷惑地望着刘二蛋。

咋能不修个碑哩？你是咱们村里出去的将军，又给村里办了那么大件好事，村人们修个碑算啥！刘二蛋说到这已是眼泪哗哗的了。

父亲终于放下酒杯，呆愣愣地望着眼前的乡亲们。

刘二蛋又说：村人们都想来看看你，我说你工作忙，才只来我们几个。

停了停刘二蛋又说：老石哇，这么多年你没回一趟老家，以前你工作忙，乡亲们理解。这次你退了，就回老家瞅瞅吧。

年轻后生们也一齐说：回老家看看吧，看看吧！

回家？父亲喃喃着。

一座三面环山的小村，村后有一条淙淙而流的小河，小村贫穷而又破败。这就是留在父亲记忆里的家乡。

母亲也在一旁说：回去一趟吧，开开心，别整日愁眉苦脸的。

刘二蛋和众后生们也一起说：回吧，回吧。

刘二蛋向后生们使了个眼色，那几个人便齐齐地给父亲跪下了。父亲又一口喝干了一杯酒，下定决心似的说：回家！

结果父亲就回了一趟老家。

老家的一切在父亲的眼里自然是陌生的了。最后他来到了后山，山下就是村里人修好的水库，水库清澈见底，鱼们欢畅地在水底游着。后山上他看见了村人们为自己修的那座将军碑，父亲执意要把碑扒了。

刘二蛋和众乡亲不依，刘二蛋说：咋能扒了呢，这不是你一个人的碑，是全村人的光荣哩。

父亲就在那座石碑前跪下了。山下就是家乡的村落，那里早已是一片欣欣向荣的景象了。父亲冲那碑和村落磕了三个响头，父亲抬起头时，早已是泪流满面了。

刘二蛋冲父亲大声地说：老石哇，看看今天咱们的老家吧！

父亲悲泣地冲乡亲们说：老乡们，我老石不是人哪，没给家乡帮上啥忙啊。

刘二蛋说：老石，你这是咋说的哩！你老石是咱们村的光荣哩。

说完，刘二蛋和父亲便抱在了一起，他们痛哭失声。

半个月后，父亲回到了干休所。半个月不见，父亲似换了一个人。他一进院门，便大声地冲每一位他碰到的人说：我老石回家了，我老石回家了……

然后父亲便向花坛旁那围了一圈的人群走去。他一边走一边说：来，来，来，谁跟我老石杀一盘？

众人抬起头，疑惑地望着父亲。

接下来，他们一起冲父亲笑了。

父亲的爱情生活

父亲是十六岁那一年离开老家靠山屯的。戎马生涯二十年之后父亲终于带着自己的队伍，进驻到了沈阳城里。那一年父亲三十六岁。在已逝的二十年岁月中，父亲差不多天天都在打仗，枪林弹雨，生生死死，不能不让父亲的神经紧绷着。先是打日本人，后来又和老蒋开仗，东跑西奔。那时父亲梦里都想找一个热乎乎的火炕睡上一大觉。这回老蒋被赶到了台湾，父亲以及他的部队，却倒在了沈阳城内诸多的火炕上。他们一边咬牙放屁，一边扯着长短不一、粗细不均的鼾声在沈阳城内睡了三天三夜。

三天以后，父亲醒转过来。打了一连串哈欠，伸了一个冗长的懒腰。然后吃了一海碗猪肉炖粉条，喝了一瓶高粱烧。父亲这才清醒过来。

父亲看着同样睡眼惺忪的队伍，又抬头望了一眼沈阳城清澈宁静的天空，心里想：日他娘，这仗终于不打了。父亲一时显得无所事事，父亲在酒足饭饱神经松弛下来之后，想到了杜军医。杜军医那一年二十有三，她齐耳短发，有一双秋雨过后天空一样的眼睛。一想起杜军医，父亲的心里便涌荡起前无古人后无来者的柔情，浑身上下每个细胞都通泰熨帖。在那一瞬间，他在心里豪放地说：老子要结婚了，老子要过日子了！

在战争岁月中，父亲不是没有想过要成家过日子。然而，那只是一瞬间的想法，战争如火如荼，一战下来，谁知自己的死活呢。那时父亲成家过日子的想法遥远而又朦胧。此时，父亲成家过日子的想法逼真而又具体。

父亲要和年方二十有三的杜军医结婚，父亲早就盼着这一天，杜军医也早就盼着这一天了。父亲和杜军医的爱情种子播撒在烽烟四起的战争岁月。在和平的日子里，他们的爱情之花就要结果了。想到这里，父亲抬起头冲着宁静高远的和平天空五味俱全地感叹：嗬嗬——狗×的岁月呀！

杜军医别看年龄不大，其实参军已有些年头了。红军到陕北之后，在陕北高坡上越闹越红火。那时的青年学生，还有一些知名人士，冒着生命危险，通过层层封锁线投奔到陕北，投身到陕北晴朗的天空下。

杜军医就是在那时随一批青年学生历尽千辛万苦投奔到陕北的。那一年，杜军医还是一个小丫头，睁着一双惊奇的眼睛打量着陕北的天空和陕北正在发生的一切。就在陕北的一孔窑洞里，中国伟人毛泽东决定把这些娃娃兵送到敌后的大城市里去学习，以便在日后部队壮大起来的时候派上大用场。于是杜军医这批娃娃兵便被送到了上海。

杜军医自然学的是医药专业。在父亲的记忆里，杜军医这个黄毛丫头在得知要把她送到陕北以外的地方去时，又哭又闹。她觉得只有解放区的空气才是新鲜自由的，她的父母被鬼子的飞机炸死了，她是走投无路才投奔到解放区的。现在又让她回到鬼子的铁蹄之下去受蹂躏，她无论如何想不通。

父亲那时是名连长，接受了将这批娃娃兵送到交通站的任务。于是父亲在接受了这项任务的那天早晨认识了杜军医。父亲那时血气方刚，满脸的胡子又浓又密，一把驳壳枪别在腰上，身后还别着一把带着红缨子的鬼头大刀。父亲带着十几名战士来到了这批娃娃兵面前，挥着手说：出发！

杜军医正在人群里抹眼泪。几天前有关领导已经找他们这批娃娃兵谈过话了，但他们还是想不开，哭着喊着要留下来。父亲一出现在他们面前，他们便知道一切都无法更改了。但杜军医还是从人群中跑出来，一下子抱住了父亲的大腿，满怀希望地喊：叔叔同志，我不想走，让我留下吧。父亲低下头看着满脸泪花的杜军医，又怜又爱地说道：丫头，胡宗南要来了，你们快些走吧。等你长大了，扛得动枪了，再回来跟俺老石杀胡宗南。

当时的背景是胡宗南的队伍已里三层外三层把小小的陕北解放区围住了，他们要把这股从井冈山逃到陕北的红军消灭在宝塔山下。

父亲不由分说拽起杜军医的小手，催赶着这群娃娃兵深一脚浅一脚地向敌人的封锁线冲去。那一次，父亲护送着这群娃娃兵昼夜兼程连闯敌人的三道封锁线，把这群娃娃兵送到了交通站。交通站的地下工作者又接力似的一站又一站把他们送到了上海。

父亲一直到交通站才长吁了口气。杜军医已经不哭不闹了，她对把他们送出去学习的不解和怨恨都记在了父亲头上。因为她认为这位满脸长着胡子的叔叔是那么的不近人情，这种情绪和怨恨直到许多年以后才化解。当上军医的杜军医已经是个大姑娘了，那时她对父亲的情绪很快转化成了铺天盖地滔滔而来的爱情。当然，这一切都是若干年以后的事了。当时父亲自然没有把杜军医这个娃娃放在心上。

确切地说，父亲和杜军医重逢应是在辽沈战役打响之前。那时父亲已经是团长了，解放军的队伍已滚雪球似的壮大起来，他们在辽沈战场上摆好了和蒋介石决战的阵势。就在这时，杜军医出现在父亲的面前。

那时候杜军医已经出落成一个大姑娘了，并且已经成为一名合格的军医。杜军医以前一直在后方医院，辽沈战役打响前，才被调到了前线。世界说起来很大，其实也很小，绕了一圈之后，父亲又和杜军医在辽沈大地重逢了。父亲见到杜军医那一刻一双目光便瓷了。父亲不是被年轻貌美的杜军医弄得云里雾里，他是觉得杜军医眼熟，可一时就是想不起来在哪里见过她。父亲就拍着头，瓷着一双目光盯着杜军医说：咦，是你。咦，是你。父亲说这话时，仍没想起杜军医是谁。

杜军医一到父亲的团里报到，见到父亲的第一眼便认出了父亲。这么多年过去了，父亲还是老样子，满脸的胡子，说话高声大嗓。这次杜军医不再叫父亲叔叔同志了，几年的锻炼使她已成长为一名合格的军人了。她向父亲敬了一个军礼，然后用清脆的声音向父亲报告：团长同志，军医杜梅向你报到。

父亲仍迷糊着，一边拍头一边说：咦，是你。

杜军医就说：是我。那年就是你送我们过的封锁线。

父亲终于恍然大悟了，他狠拍了一下脑门，哈哈大笑起来，然后又拍了一下大腿道：俺说哪，咋就想不起来了。你就是那个丫头哇！

说完父亲拉过杜军医的手摇晃了两下，疼得杜军医哭也不是笑也不是。

从此，父亲和杜军医便揭开了爱情的序幕。这是一场旷日持久的爱情，艰难曲折，如歌如泣。当然，这一切都是后话，那时两人都没意识到，痛苦的情感将跟随他们一生。

父亲与杜军医在特定的战争年代产生爱情，在当今人们的眼里也不会感到奇怪。虽说父亲要比杜军医大上十几岁，可年龄的差距并不能阻止两个人相爱。父亲在前方冲锋陷阵，杜军医在后方的战地医院里为流血流汗的将士医治创伤，他们干的事不同，目标却是一致的。同志加爱情便是那个特定年代特定的爱情。

父亲的部队在新中国诞生不久，便进驻了沈阳城。在战火纷飞的岁月中，父亲的爱情也乱得没有一点头绪。此时烟消云散，和平的天空宁静高远，父亲在和平到来的日子里想到了自己的爱情。确切地说，他想到了杜梅军医，父亲抽象的思念一下子变得具体了。父亲那天睡醒后，一骨碌从炕上爬起来，拍着脑门说：俺要结婚。

住在外间的警卫员小伍子，没听清父亲说什么，他以为父亲有什么任务要布置，忙从外间闯进来道：师长，有任务？

父亲就冲小伍子说：老子要结婚。

小伍子还没有反应过来便答：是！说完就条件反射地向外跑，跑了几步才醒过神来。他停下脚步，一时不知如何是好。

父亲就笑着骂小伍子：你这小崽子，老子结婚你急啥。父亲一高兴就骂小伍子为小崽子，小伍子从来不生气，他知道这是首长喜欢他呢。

父亲干什么事都是急脾气，打起仗来说冲就冲，说撤就撤，从不拖泥带水，在爱情问题上父亲也要快刀斩乱麻。父亲这时理清了思绪冲小伍子下了命令：伍子，你火速把杜军医叫来。

小伍子这次听清了，应了声：是！便急如星火地飞奔而去。

自从辽沈战役以后，杜军医一直跟随着父亲这支部队。后来杜军医所在的医院已经成为父亲部队的正规建制，成为三十二师医院，杜军医自然也成了三十二师的人。父亲的部队进驻沈阳城之后，杜军医所在的医院自然也随父亲的部队进了城，就在离师部不远的地方。

小伍子跑出去没多久，便风风火火地跑回来了。父亲就喜欢这种风风火火的兵，父亲一点也不喜欢蔫头耷脑的兵。从当连长那天开始，他身边的通信员到后来的警卫员，都和他一个脾气，风风火火。小伍子一回来就粗声大气地报告：师长，杜军医来了。

父亲已经听到了杜军医那熟悉的脚步声，然后冲小伍子挥挥手。小伍子便知趣地躲到一边凉快去了。父亲一见到杜军医就嘿嘿地傻笑。他每次见杜军医总是要嘿嘿地傻笑一气，似乎是一个淘气的孩子做错了什么事，在取得大人的谅解。父亲没对杜梅军医说过什么风花雪月的话，父亲是真的不会说。就是会说他也不能说，他认为那些话只有老娘们儿才能说得出口。杜军医见父亲笑，就知道父亲又有什么主意了。杜军医亭亭地立在父亲面前，红着脸道：你又要干什么？

父亲被识破把戏似的局促起来，这还是他第一次忸怩。杜军医陌生而又新鲜地注视着父亲。父亲抓着自己的头发，红着脸说：俺要结婚！父亲的声音虽有些小但很坚定，只一遍杜军医就听清楚了，这句话是杜军医日思夜想的。自从父亲和杜军医相爱到现在，杜军医还是第一次听到父亲说这样的话。以前他们不是不想说，而是没那个条件，战争一场接着一场，他们就是有那个想法，也没那个条件。十天半月的，父亲和杜军医匆匆地见上一面，也只是用劲地把对方看上几眼，就是说上几句话，也是和战斗有关。父亲说：战斗胜利了，这次又活捉了六七百。

杜军医说：又有三个战士牺牲了。

父亲叹息一声，为牺牲的战士。杜军医也叹一声，为两人匆匆的见面。

杜军医听了父亲要结婚的话，哭了。二十三岁的杜军医憧憬了无数回自己结婚时的样子，年轻的姑娘又有谁没做过那种玫瑰色的梦呢。

父亲似吟似唤地说：俺要结婚。杜军医哽着声音答：哎——说完这声，便再也支撑不住了，像一株被风刮倒的柳树，轰然一声倒入了父亲的怀中。

父亲说：嘀嘀——

父亲还说：嘀嘀——老子要结婚了。

说干就干，父亲大张旗鼓地张罗起了自己的婚事。

部队进城的那些日子，摆在军官面前的大事，首先是成家立业。在战争岁月中，他们没有时间考虑自己的婚事，就是想到了也没那个条件。于是，他们只能忍饥挨饿地干熬着，把自己的精力奉献给了战争。现在终于迎来了全国解放，他们再也熬不住了，急三火四地张罗起了自己的婚事。那一阵子，进驻到城里的部队中，经常可以听到猪叫枪响。每个部队的首长结婚，都要买一头猪，血淋淋地杀了，全体人员大碗喝酒、大块吃肉地整上一顿，以示庆贺。鞭炮脱销了，全体官兵就冲天空放一阵子枪代替鞭炮。那一段时间里，只要听到沈阳城内猪叫枪响，准是有部队首长结婚了。

父亲也要杀猪，也要放枪。父亲在杀猪放枪前还有些工作要做，他一面派人收拾新房，一面给上级打报告。要等到上级批准了报告才能杀猪放枪。

报告打上去没有多久，军里的组织部门例行公事地来了个干部。他笑着冲父亲说：老石没结过婚吧？

父亲就翻着眼皮道：俺倒是想结，跟谁呀。

众人就笑，组织干部也笑。笑过了就从怀里掏出父亲的报告说：老石呀，这是报告。军长亲自批的，到时候别忘了请军长来喝你的喜酒。

父亲一把夺过报告嘿嘿笑着说：来吧，到时候都来喝俺老石的喜酒。

父亲回过头就冲警卫员小伍子喊：小崽子，买猪去。挑最大的买。老子明天就要杀猪放枪。

小伍子应声而去。

父亲一摇三晃喝醉了酒似的向自己的新房走去，他要亲自看一眼自己的新房收拾得咋样了。

出营门买猪的小伍子，没有买回猪就风风火火地跑回来了。他跑得兴奋异常气喘吁吁，一头撞到父亲面前结结巴巴道：师……师长，你妈来了！

父亲怒斥小伍子：胡说八道！

小伍子说：真的，在门口哪。是个小脚老太太。

父亲拍了一下头，脸白了一些，在小伍子的引领下风风火火地向门口走去。

还没有到门口，便见一个小脚女人背着一个碎花包袱一扭一扭地迎过来，她的身边还跟一个挺高的小伙子。

父亲一见到这个女人，脚步立马就停住了。女人眯了眼手搭凉棚，一迭声地喊道：小石头，小石头，俺娘俩可找到你了。二十年了，让俺娘俩找得好苦哇。

父亲面色如土地站在原地，他做梦也没有想到，桔梗会找到沈阳城。

来到父亲面前的女人叫桔梗。桔梗一见到父亲眼泪就哗哗地流了下来。她颠着一双小脚，摇摇欲倒地向父亲奔来。女人没忘了叫身后的小伙子，她叫道：权，权，这就是你爹。

小伙子来到了父亲面前，桔梗又说道：还不跪下叫爹。

权就“嗵”的一声跪下了，清清脆脆地叫了一声：爹，俺的亲爹！

父亲怔了半晌，一拍脑袋：咦，这是咋回事？

桔梗就哽着声音一屁股坐在了地上，拍手打掌地道：小石头哇，你让俺娘俩想死了。俺以为这辈子再也见不到你了哪。

很多干部战士围了过来，他们不明白眼前发生了什么。父亲也不明白，他一屁股蹲在地上如梦如幻地冲眼前的女人叫道：你真是桔梗啊？

可不咋的，俺不是桔梗是谁！女人说。

咦——父亲狠拍了一下自己的头，糊涂了。

父亲和桔梗的一切，在父亲的记忆里，仿佛已经是上辈子的事情了，残留的那一点记忆遥远而又朦胧。

父亲和爷爷奶奶是关内闹蝗虫那一年离开家乡逃到关外的。那时父亲还小，在他的记忆中那年的饥荒已经模糊不清了。他只记得到处都是饿死的人，爷爷挑了一副担子，前面的筐里坐着父亲，后面的筐里装着全部的家当。奶奶的脚小走不快，就扯着爷爷的担子气喘吁吁地跟在爷爷的身后。他们不知走了多久，不知走了多远，最后落脚在靠山屯。

父亲十三岁那一年，桔梗走进了他的生活。关内又一次遭灾，这次不是蝗虫，而是发了一场罕见的大水。水深火热之中的关内灾民，如蝇如蚁地逃往关外。那一年，桔梗随父亲逃到了靠山屯。一到靠山屯桔梗的父亲就不行了，他一边吐血一边喘息着。他背靠一棵柳树，面如死灰地冲路过他面前的每一个靠山屯人哀求：老乡哇，救救俺闺女吧。他知道自己快不行了，善良的父亲此时只想着自己的亲生骨肉。

贫穷的靠山屯人对这一切都已经见怪不怪了，那些日子从关内涌来的难民走了一拨又来一拨。靠山屯人想起了当年自己闯关东时的凄凉景象，他们同情这些晚到的同乡，他们端出水，拿出半块饼子。他们只能做这些了。面对桔梗父亲的求救，不是他们不想救，他们是真的没有办法了，他们只能硬下心肠，低着头从父女俩面前走过。桔梗一头又黄又枯的头发披散在额前，她哭干了泪水，用尽了力气，她只能哑着声音冲过往的行人求救：叔叔大爷，大娘大婶，俺求你们，救救俺爹吧。

那一天爷爷从山上砍柴回来，路过村头恰巧碰上了桔梗父女俩。他是被桔梗父女俩的乡音吸引而停住脚步的。爷爷逃荒来到关外已经好几年了，可他仍然日思夜想着关内的家乡。他从口音上断定桔梗父女俩的故乡离自己的故乡不会超过二十里路，那一带的乡音爷爷太熟悉了。爷爷扔掉肩上的柴火，拥住桔梗父亲那双骨瘦如柴的手问：老乡，老家是哪搭人哪？

桔梗哽咽着答应：大叔，俺老家在王集。

王集距爷爷的老家李村真的不过二十里，每次办货买东西爷爷都去王集。那是方圆几十里的大集镇，人来人往热闹非常。爷爷在靠山屯遇到了故乡人，动了感情：老乡哪，啥都不用说了，有俺一口吃的就有你父女俩吃的。当即，爷爷右手搀桔梗父亲，左手搀着桔梗，磕磕绊绊地向家里走去。还没进家门就喊：石头他娘，快做饭，看谁来了。

没过两日，桔梗的父亲终于不行了。临去前他躺在炕上冲爷爷奶奶说：大哥大嫂，俺就要去了，闺女就托付给你们了。这是个好闺女，听话，叫干啥就干啥。你们就收下她吧，当个啥都行。说完这些话就撒手而去了。

爷爷是个仗义之人，他把桔梗父亲安葬到了后山。爷爷冲着坟头说：老哥，你放心走吧。你闺女就是俺闺女，有俺干的就不让她喝稀的。

从此，桔梗就成了家里人。

爷爷和十三岁的父亲下田做活路，上山砍柴；奶奶和桔梗养鸡做饭，日子不富有但也还过得去。春去秋来，一晃三年过去了。

那年父亲十六岁，桔梗十九。

在这之前，爷爷和奶奶早就把父亲和桔梗的事琢磨过了。

奶奶说：桔梗这丫头不错，一双小脚比俺的还小，是个听话的孩子。

爷爷说：桔梗比石头大三岁哩。

奶奶说：那怕啥？女大三抱金砖，有福哩。

爷爷说：有福哩。

桔梗果然是个听话懂事的闺女。自从进了家门，什么活都是抢着干，颠着一双小脚，屋里屋外，洗洗涮涮。有时爷爷奶奶和父亲都躺下了，桔梗仍在油灯下缝缝补补。

奶奶就瞅着隔壁的灯影说：这闺女勤快哩。

爷爷说：等石头十六了就让他们圆房。

父亲听到了，那时他还不知道什么叫圆房。他对这一切不感兴趣，也没精力去问个究竟。他劳累一天就是困，还没听清爷爷奶奶说出什么名堂就睡着了。

父亲终于满十六了，他别无选择地和桔梗圆房了。

圆房其实是件很简单的事情。奶奶把父亲的被子抱到桔梗的炕上，爷爷到集市上扯了几尺花布给桔梗做了件花衣服，这就圆房了。穷人家的喜事简单。

长话短说。就在父亲和桔梗圆房不到三个月，奉天城里闹起了军阀。两股军阀不和，不知谁给谁打了。总之，死了不少人，吓得城里人往乡下跑，军阀队伍里那些散兵们也到处乱跑。那天爷爷和父亲正在地里锄地，远远地就来了一股队伍，他们吆五喝六地来到近前。刚开始他们要讨水喝，后来他们就看见了父亲。十六岁的父亲长得结实而又干练。队伍领头的就冲父亲说：小伙子，当兵吧，扛枪打仗吃遍天下。

父亲不理。那领头的一挥手，就上来三五个当兵的，不由分说拉起父亲就走。爷爷急了，他知道这是在抓壮丁，爷爷就哀求：老总们哪，行行好，俺可就这么一个儿呀。

爷爷的话还没说完，就被几个当兵的推倒在地，拉起父亲就走。爷爷欲上去讲理，被一枪托砸晕了。那次，父亲被拉到了城里。不久，父亲逃跑，被押回去打了个半死。那时，军阀之间今天一大仗，明天一小仗，生生死死，不明不白。

父亲没能逃成，只能心不在焉地扛枪打仗。时间长了，他才发现，这些当兵的大都是被抓来的，他们家里也都有妻儿老小。那些当官的从不把他们当人看，非打即骂，还想方设法克扣军饷。很多人早就不想在这样的队伍里干了。

终于，父亲他们在一个有风无月的夜晚，杀死作恶多端的连长，逃出了奉天城。父亲知道，家是不能回了。他们这样回家，无疑会连累家人。一个老兵出主意：要跑就跑远点，被抓回去那就是死路一条了。于是他们昼夜兼程，一直往南，过了山海关，又过了黄河。他们逃出来才发现，天地虽大，可却没有他们立脚的地方。最后他们投奔鄂豫皖根据地，参加了红军。

父亲离开家乡一转眼就是二十年。刚开始他无时无刻不在思念家乡，思念父母，思念桔梗。一年又一年，一场战斗接着一场战斗，你死我活，风风雨雨，父亲的思念淡了远了，他甚至都没有时间去想念亲人了。二十年里，父亲和家乡从没联系过，他也无法联系，家乡的一切已远离了父亲，包括桔梗。也就是说，父亲早就把和桔梗圆房的事忘记了。就是在圆房之后他仍不明白什么是圆房，一个炕上他和桔梗睡，尚没体会到男女间的真正滋味，一切便都结束了。

父亲做梦也没想到的是，桔梗又活生生地出现在他面前。令父亲吃惊的是，被桔梗称为权的一个大小伙子，实实在在地跪在了他的面前，一声又一声叫爹。

父亲拍了下头，仰头望着沈阳城的天空，在心里叫着：天哪，这是场梦吧！

父亲真切地认出了桔梗，他知道这不是梦。父亲一时竟不知如何是好，脸孔一阵白一阵红。他背着手绕着桔梗和权一圈圈地走。这时父亲周围聚了许多干部战士，他们一时不明白眼前到底发生了什么。

父亲似头磨道驴似的转了几圈，终于清醒了过来。他停止了转圈，立在权的面前，异常冷峻地说：抬起头来！

权不明真相地就抬起了头。这一抬头不要紧，权真真实实地吓了父亲一跳，父亲又看到了二十岁的自己。周围的人顺着父亲的目光望去，他们也同样看到了师长的青春年少时代。他们确信眼前这个小伙子就是师长的儿子，下属们一时不知该为父亲高兴，还是悲哀，他们都茫然地望着父亲。

父亲在惊愕之后越发地清醒了，他知道眼前的一切不是三言两语就能解决的。他心里一时很乱，什么滋味都有。他抬起头冲周围的人挥一下手道：都撤回去！

师长这么说了，没有一个人再敢驻足。他们向后转，然后跑步离开了。小伍子跑了几步又立住了。他是首长的警卫员，不管什么时候，没有首长命令他都不应该离开首长左右。他停住了，但又不敢靠前，就那么不远不近地立在那里，随时听候师长的调动。

父亲望着桔梗和权无可奈何地说：有啥话屋里说吧。

哎——桔梗爽快地应了。

权不失时机地从地上爬起来，搀着母亲随父亲向新房走去。

父亲的宿舍早已装扮成了新房。其实也没什么，一张并不新的双人床上铺上了新床单，窗子上贴上了杜军医亲手铰出的双喜字。屋子里里外外都是打扫过的，一角放着父亲在战场上缴获的两只牛皮箱，那里面装着他的全部家当。一张桌子，一把椅子，还有一只脸盆架，上面放着两条白毛巾，那是杜军医亲手置办的。父亲带着桔梗和权向新房里走，小伍子早就看出了师长的意图，风风火火地跑过去把门打开。

桔梗远远地见了新房，早已生了皱纹的脸上出现了少有的红晕。她和父亲圆房之夜也没有过这样的礼遇，于是她羞涩起来，一双小脚越发迈得轻飘摇晃起来。这就给权带来了极大的不便，一路上权就是这么半拖半搀地带着娘，一路打探着来到沈阳城的。

桔梗此时的心里洋溢着汪洋似的快乐，这一瞬间，二十年的苦楚和艰辛就这么一扫而光了。她半嗔半喜地冲父亲道：小石头哇，咱们都这么大岁数了，还整这个干啥呢。

桔梗一进屋似乎再也支撑不住了，她一屁股坐在父亲的新床上，便絮絮叨叨地说开了：石头哇，你让俺娘俩找得好苦哇。都好几年了，一来队伍俺就带着权来找你。别人都说你早就不在了，可俺不信，俺知道你一准还活着。咋的，这不就让俺娘俩找着了。

桔梗似乎很高兴又似乎很伤心，说到这竟抹开了眼泪。权偷偷地看一眼父亲，他发现父亲的脸色很难看，便叫了声娘，桔梗就止住了哭，吁口长气，硬着声音道：这下好了，俺苦等了二十年，终于盼到了团聚的日子。

父亲突然蹲在了地上，他点燃一支纸烟，一口口地吸。这时他想起了杜军医，杜军医的一双目光一直在他心里闪着，那双目光里饱含了期待、执着和爱情，他不能辜负那女人的目光。父亲这时抬起头冲桔梗叫了声：桔梗，你回去吧。

桔梗就怔住了，她瞅着父亲的表情，发觉了异样，她仍不解地问：咋，石头，你是让俺娘俩回去？俺娘俩好不容易才找到你。靠山屯也没啥亲人了，爹娘两年前就去了，你让俺娘俩回去？

父亲把一个烟头踩了，硬下心肠说：你们回去吧，日后俺会养活你们娘俩。

桔梗就傻在那里。过了半晌，她打量着新房，左一眼，右一眼。她这才知道，原来这新房并不是为自己准备的。她堆在心间的幸福感轰然倒塌了。女人的直觉告诉她，除她以外，父亲还有一个女人。桔梗在这时苏醒过来，她在床上一点点地挪下身子，早已走得肿胀的一双小脚让她疼得倒抽了一口冷气，她突然带着哭音说：石头哇，你可对不住俺娘俩呀。桔梗悲切地大哭了起来，她一边哭一边诉说着这二十年的含辛茹苦：父亲从家里走了，她拖着身孕帮助爷爷种地、收割。爷爷病了，家里没了进款，她又带着三岁的权去讨饭。雪花那个飘，北风那个吹，富人家的狗追出来好远，咬破了她的裤子。爹娘双双故去，她和权跪在二老的坟前一声声哭，一声声唤，叫天天不应，叫地地不灵。他们怕部队又盼部队，不管来了什么部队，他们都要来找父亲。她知道父亲是被队伍抓走的，她一声声喊着父亲的名字……桔梗一边哭一边说，她哭肿了眼睛，哭哑了嗓子，字字血，声声泪。权也在一旁不住地抹着眼泪，娘的悲伤不可能不使他想起那些艰辛的日子，他有许多理由流泪。他的眼泪流下了，但他不知冲父亲说什么好，他便一遍遍地冲父亲说：爹，你就别让俺娘走了。

父亲是个坚强的男人，二十年的血雨腥风练就了他的铁石心肠。每次战斗都会有许多熟悉的面孔在他眼前消失，还没等他来得及悲伤又一次战斗打响了，有的战士他还没有来得及记住名字便永远地在他的视野里消失了。父亲在这生生死死中，练硬了自己的情感。再坚强的男人也有自己最软弱的地方，那就是亲情。桔梗的哭诉击中了父亲最柔弱的地方。在早些年，父亲一直都在思念着家乡的父母和桔梗。十六岁的父亲，虽说和桔梗在一起圆房还不到三个月，也没有精通男女情事，一切都是在糊里糊涂中过去的，但桔梗毕竟进了他家门已经三年多了，他在心里早把桔梗当成一家人看了。那时他无法和家里通消息，天南地北，音信皆无，家里发生的一切他自然不会知道。他更不知道仅圆房三个月，桔梗便会怀上孩子，那时他不知，桔梗也不懂。后来时间长了，他便认为父母也许不在了，或许桔梗早就另嫁他人了。

部队进驻沈阳后，他曾想过回老家靠山屯去看一看，即便父母不在，哪怕在坟头烧回纸也算了却他多年的思念和牵挂。就在这时，他万万没想到的是，桔梗会找上门来，还带着他做梦也没想到的权。

父亲的眼角滚下两滴又圆又大的泪珠，他望着桔梗和权。在这种时刻，感情的天平已经发生了倾斜，他不知道在自己的人生面前，应该选择爱情还是道义。他清楚，他和杜军医是有爱情的，桔梗这边，更多的是道义。他没有爱过桔梗，命运如此，他只能如此。如果他现在仍生活在老家靠山屯，他也许会有许多孩子，他也许会感到日子就是日子，这一切也没有什么。可他现在是师长了，又有了如花似玉的杜军医，他已经放不下杜军医了。父亲在心里哀叫一声：老天爷呀——

杜军医正在自己的宿舍里，和几个女友比试一套新婚礼服。那是几位要好的女友从沈阳城内的中街上凑钱为杜军医买来的。战友们既羡慕又嫉妒地瞧着杜军医在试穿那套结婚礼服。杜军医的脸上洋溢着空前的幸福，这套衣服是她有生以来穿过的最昂贵最漂亮的。她做梦也不会想到，她和父亲期待已久的婚礼已经成为泡影。这时小伍子慌慌张张地推开门，他上气不接下气地喘息着，目光复杂地望着杜军医，一时不知说什么好。父亲并没有让他来向杜军医通报什么，但他觉得有责任和义务把这一变故告诉杜军医。

杜军医不明真相的战友取笑小伍子道：是不是石师长等不及了，让你来抢新娘？

小伍子此时的眼泪差点儿没流下来，从心里他是希望杜军医和父亲结婚的。小伍子崇拜父亲，他觉得只有杜军医这么漂亮的女人才能配得上父亲。当看到那位又老又丑的小脚母亲时，他宁愿相信她是父亲的母亲。小伍子左右为难不知如何是好，他摘下帽子，一下子蹲在了地上。人们这才发现了小伍子神情的异样。杜军医问：小伍子，出什么事啦？

小伍子终于说：师长他……他有老婆。

什么？众人都不敢相信小伍子的话，以为自己听错了。

小伍子又重复了一遍刚才说过的话，并简单地把刚发生的一幕说了。

杜军医听了这话，如五雷轰顶，一时竟不知自己在哪。以前父亲从来也没有提过老家还有妻子的话，她一直觉得自己是父亲的唯一，父亲也是她的唯一。怎么又突然冒出了另外一个女人？她不愿相信小伍子的话，但又不能不信，但她还是说：小伍子，你说的可是真的？

小伍子便道：要不你自己去看看吧。

杜军医此时什么也顾不上了，她都没有来得及脱掉刚穿在身上的那套新衣。她疯了似的向父亲的住处狂奔而去。

杜军医闯进父亲住处的一瞬间，她看到了仍蹲在地上的父亲。父亲的面前一地的烟头，母亲仍坐在新床的一角字字血、声声泪地叙述这二十年的艰辛和不易。权立在一旁证人似的一边不住地点头，一边抹眼泪。

杜军医突然闯了进来，父亲条件反射般地站了起来，他痛苦而又绝望地望着杜军医。杜军医在父亲的目光中验证了所有的一切。杜军医脸色苍白，嘴唇颤抖，她不知说什么，也不知该干什么，茫然地望着眼前这一幕。

小脚母亲凭着女人的直觉，在杜军医进来的那一刻，她就知道这个女人和父亲的关系了。她暗自庆幸自己早来了一步，要是晚来几天，生米做成熟饭，那她就啥都没有了。此时她坐在父亲和杜军医共同准备的婚床上，突然涌上来一种优越感。起初她还是小心翼翼地坐在床沿上，现在她已经很踏实地坐了下去，并把套在三寸金莲上的鞋子脱在一旁，一双因长途跋涉而走得发烂的小脚也挪到床上去。她做这一切时，动作连贯，心安理得，仿佛坐在自家的炕上，招呼着客人或坐或站。许多年以后，母亲仍为当时一连串的举动感到骄傲。

母亲做完这一切之后，心突然踏实了下来，仿佛一个落水的人突然站在了岸上，用一种过来人的目光望着仍在河水里挣扎的杜军医说：闺女，站着干啥。来，炕上坐。

在以后的岁月里，母亲一直把床称为炕。母亲俨然摆出了一副主人公的架势。

杜军医当然没有动，她愤怒、羞辱的眼泪夺眶而出。她把目光落在父亲的身上，很文气地说：这，这是怎么一回事？

父亲想解释点什么，又不知从何说起。母亲却不失时机地说：这闺女长得真俊，水灵灵的，跟小葱似的。快来炕上坐。

父亲的家乡对漂亮女人的形容一直和葱联系在一起，所以，母亲当时表扬杜军医的话一点挖苦的意思也没有，她是由衷地夸杜军医长得漂亮。

杜军医没有理会母亲这一套，自然她也没听清自己会和葱扯到一块，不知她听清了会有何感想。她一直在注视着父亲。

父亲终于说：杜梅，以后你再听俺解释。

我不听！杜军医扔下这句话，又跟来时似的疯跑出去。

父亲犹豫一下，看了眼母亲，又看了眼权，最后还是义无反顾地追了出去。

母亲就在屋里一惊一乍地说：小石头你跑啥，别摔了。

母亲比父亲大三岁，自从进了石家的门，她在父亲面前一直以姐姐的形象出现。小时候，她怕父亲摔着、饿着、冻着。

杜军医头也不回，径直跑回自己的宿舍。那些女伴早就散了，她们到处打探着这突然变故的来龙去脉。杜军医跑回到宿舍便把门反插上了，追到的父亲怎么也叫不开杜军医的门。父亲靠在杜军医的门上，无力地缓缓蹲下身子。此时父亲的大脑空茫一片，他似乎想了许多，又似乎什么也没想。他机械地敲着杜军医的门，一边敲一边说：开门哪，你听俺说两句吧。

杜军医自然不予理会，趴在床上很悲切地哭。父亲听着杜军医的哭声，他的心仿佛在流血，柔肠寸断。父亲受伤时也没有这么难受过。

父亲就在杜军医的门前那么无力地蹲着，他真实地听着杜军医的哭声。他还从来没有听到杜军医哭过，以前他的耳畔全是杜军医的笑声。父亲的心情不管多么灰暗，只要一听到杜军医的笑声，便会晴空万里。

父亲蹲在那里，蹲得地久天长。父亲一下子就老了，他似乎听见脸上的胡子疯长的声音，听见了自己的骨头在呻吟。父亲蹲在杜军医门前的形象被全师的官兵瞻仰着，他们还是第一次看见父亲的另一面，以前留在他们脑海里的是位叱咤风云说一不二的师长。在那一瞬他们觉得师长有那么一丝可亲，也有那么一点可怜。

父亲不知在杜军医门前蹲了有多久，他的耳畔似乎又响起桔梗姐的一声声呼唤：小石头，回家了。

父亲恍惚地站起来。父亲似乎又回到了十三岁，他听见了桔梗的呼唤。他扛着锄头从田地里向家走去，家里有桔梗早就做好的饭菜，在热乎乎地等着他。

父亲没什么文化，他的生活经历又注定了他不是一个感情丰富的人，甚至可以说他在感情方面还有些麻木。儿女情长，风花雪月的事情发生在他身上那是不可能的。但是和杜军医之间的爱情，让他尝到了苦痛。父亲在战场上经常受伤，战争结束时他的身上已经有了大小十几处的伤疤。那时，他在鲜血和伤痛面前，显得无所畏惧，一往无前，仍能和敌人拼刺刀，直到晕倒在阵地上而一声不吭。现在让他离开杜军医，这种疼痛是他以前从没有体会过的。只两天时间，父亲就瘦了一圈，脸黑了，胡子长了。面对着小伍子打来的饭菜他一口也不想吃。以前父亲的食欲总是那么旺盛，谈笑间，碗盆皆光。而此时此刻，他食不甘味，一支接一支地吸烟。

小伍子在一旁就小心地劝慰：师长，吃点吧。你都两天没吃东西了。

父亲头也不抬地答：俺不饿，你快端回去吧，放这俺心烦。

小伍子就无可奈何地把碗盘端走了。父亲知道自己无论如何也离不开杜军医了。杜军医的笑，杜军医甜甜的说话声，以及杜军医身上散发出的气息，已经浸入到父亲的血液中。父亲在和杜军医相处的岁月中，不管遇到多大的事，只要杜军医在他身边，再大的事也都不算什么了，父亲觉得自己能上天能入地。父亲当然不知道这就是爱情，其实又有多少人能说清爱情呢？

回过头再说父亲和母亲桔梗的爱情。父亲十三岁那一年，桔梗来到家里。那时的父亲对桔梗的感觉确切地说应该是弟弟对姐姐的那一种。桔梗比父亲大三岁，在生活中处处呵护父亲。父亲很小就随爷爷下地了，土里来泥里去，他在泥土中长大，从身体到心里都像泥土那么坚实，也像泥土那么粗糙、单纯。桔梗既然进了这个家，就是姐姐，就是一家人。他们的信念简单明了，那就是生存，吃饱穿暖就是他们的理想。于是，日复一日，他们在田地里辛勤耕作着。满十六岁的父亲和桔梗圆房了，父亲也觉得和以前没有什么不同，就是一铺炕上同睡而已，其他的以前咋样还是咋样。况且这种感觉父亲还没有来得及体会，便被抓了丁。父亲在离家这二十多年里，他思念过家乡，思念过父母以及桔梗。这种思念虽然牵肠挂肚，却远远不是那种失恋的痛苦。

父亲在与杜军医的相处中，终于触摸到了爱情的影子。当然，他不知道那就是爱情，说复杂则深邃无边，说简单则一目了然。那就是，有了杜军医的日子，父亲是踏实的，欢乐的。没了杜军医的日子，父亲的天塌了，地陷了。

桔梗带着权走进父亲新房那一刻起，便把自己提拔到了主人公的位置上。先是坐在床上，后来干脆就躺下了。一个小脚女人，跋山涉水，步履维艰地走到沈阳城，按权的话讲那就是：俺娘为了找俺爹吃老苦了。母亲桔梗起初是想等父亲回来的，但左等不来，右等也不来。后来她终于坚持不住了，一头躺在父亲的新床上呼呼大睡。在即将睡着那一瞬，她没忘了招呼权：儿呀，躺到这儿来。

权比桔梗还辛苦，这一路权是半搀半背地把母亲拖到沈阳城。渴了喝口河沟水，饿了进村讨口吃的。他早就又累又乏了，他一躺在母亲身边很快就睡着了。

桔梗不知睡了多长时间，她记得天亮了，又黑了，黑了，又亮了，这回她终于醒了。她醒来的第一句话就是：儿呀，这炕咋一点也不热乎？

这时小伍子进来了，小伍子端来了饭菜。在这期间小伍子已经来过几次了，每次都看着娘俩在昏天黑地地睡。

桔梗和权看见了饭菜，才发现自己真饿了。娘俩齐心协力地不一会儿就把饭菜一扫而光。母亲桔梗肚里有粮心里不慌地问小伍子：这孩子，小石头呢？他咋不来看俺娘俩？

小伍子自然知道母亲说的小石头是谁，想笑又不好笑，就忍着说：首长忙，在开会呢。这是父亲让小伍子说的话。

首长开会和他有啥关系，他咋不回家吃饭？母亲一直没整明白首长和父亲的关系。

桔梗和权的出现惊动了军长。军长姓吴，这么多年一直和父亲在一起，生生死死的，于是两人的关系非同一般。但在对待桔梗的问题上，两人吵了起来。

吴军长见父亲的第一句话就是：石头哇，你都有婆娘呢，还弄啥结婚报告哩。

父亲正因爱情而疼痛，就没好气地说：都二十年了，谁知她是死是活哩，俺早就忘了。

屁话，这事咋能忘哩。吴军长不高兴了。

俺不想要她了，俺要和杜军医结婚。父亲梗着脖子。

这不中，咋的也有个先来后到吧。况且你们都有一个那么大的孩子了，一日夫妻百日恩嘛。吴军长念着和父亲的关系，仍平和地和父亲说话。

俺忘了，早忘了。俺没这个老婆。父亲在疼痛中说。

石头，你没良心呀。这不中。你是干部，是党员，咋能胡来呢？吴军长拍了桌子。部队刚进城不久，已出现许多起干部结了婚，老家的原配女人又找上门来的事情。那一阵子，部队大院上上下下，一时间闹得鸡犬不宁。各级干部们愁眉不展，像消防队员似的，扑灭了一起，又着了一起。吴军长在父亲的问题上要快刀斩乱麻，他庆幸父亲还没和杜军医举行婚礼，要是结婚了那可就麻烦了。

父亲见吴军长这么说话，也来劲了，狠狠地拍了下桌子道：反正这个女人俺不要，愿意要你要去。

小石头，你王八蛋！老子要撤你的职。吴军长真的生气了。

父亲也不含糊，他扔下句话：要撤你就撤去，老子这就回家种地去。说完头也不回地走了。

父亲又站在杜军医门前，杜军医的门仍牢牢地插着，于是父亲就在那里长长地守望。

到了第三天桔梗仍不见父亲，她终于忍不住让权领她出来找父亲，这次她轻而易举地找到了父亲。父亲的样子让她吃了一惊，她冲父亲说：这是咋了，站这干吗？咱回家。

父亲不语，如石如碑地站在那里。

桔梗这时听到了杜军医的哭声，桔梗就什么都明白了。她醒悟到自己处境的艰难和危险，桔梗毕竟是桔梗，她毫不犹豫便跪在了父亲面前，权见母亲这样，也跪下了。

桔梗说：小石头，咱回家吧。

权说：爹，咱回家。

父亲不理，仍站在那里。

桔梗又说：咱回家吧，桔梗求你了。

权说：爹，咱回家吧，俺和娘求你了。

父亲仍无动于衷。

桔梗就哭了，她边哭边诉，似歌似吟。桔梗的哭诉一点也不空洞，很有内容。她首先从进石家门那天哭诉起，哭自己的爹娘，又哭十六岁到十九岁这段时间的生活，然后哭到了圆房那天，一铺炕，一床被，接下来她又哭自己和公爹公婆如何日也念父亲夜也念父亲，悲悲惨惨，艰艰难难二十年，上有老下有小，逃饥荒躲战乱，千里寻夫，一双小脚走烂了……桔梗哭诉得情真意切，她的眼泪真实可信。她的哭声吸引了全师的官兵，他们黑压压站了一片。后来不知是谁带头跪下了，接下来所有的官兵都跪下了。桔梗的哭诉打动了所有的官兵，官兵们一起帮桔梗喊：

师长，咱回家吧！

父亲看到这一幕，他闭上了眼睛，眼角滚过两串泪水。他回过头，跪在了杜军医门前，哽着声音说：小梅子，俺老石对不住你了。父亲一直称杜军医为小梅子。

然后父亲站了起来，头也不回地向“家”走去。

桔梗爬起来，在权的搀扶下紧跟而去。

母亲初战告捷，她把已经走得很远很久的父亲又拉到了自己的身边。可是父亲人在，心却走了。起初父亲并没有真正接纳桔梗，他一直和桔梗分床而居。桔梗和权住在大床上。父亲让小伍子在外间又支了一张小床，父亲就睡在外间的小床上。桔梗求过几次父亲，让父亲和她一起睡到大床上去。父亲自然是不同意，桔梗也就暂时不再坚持了。她觉得自己已经和父亲共同生活在一个屋檐下了，离同房的日子还会遥远吗？她都等父亲二十年了，还怕这种暂时分居？桔梗没多少见识，更没什么思想，但在对待父亲的问题上，她却大智大勇，该放的放，该收的就收，这是女人天生的智慧。

杜军医婚嫁未遂，人就变了个样。首先表现的是，人又苍白了许多，有时一天一句话也不说，一双秀丽的眼睛越发忧郁。她变成了一个影子，飘来又飘去。全师的人都知道了杜军医的事，人们都觉得欠着杜军医什么似的。于是，都小心谦让地对待着她。杜军医总是远远地躲着父亲，她不仅躲着父亲，还躲着父亲的名字，如果有人提到师长或石光荣什么的，她都忍不住，悲从中来，大哭一场。人们就尽力在杜军医面前不提父亲的名字或师长之类的字眼。

父亲似乎也怕见到杜军医，好在部队刚进城还有许多事情要做，帮助工厂恢复生产，安顿部队，维护城内的治安等等。父亲在百忙中，仍能感受到心里面隐隐地在疼。他怕别人提到医院或者医生之类的字眼，那样的话，他会好一阵子心神不宁，脾气暴躁，发火骂人。几次之后，下级就明白了父亲的心思，带医的字眼就不在父亲面前提了。

有一次父亲去三团检查工作，路过后勤大院时，他远远地看见了杜军医，杜军医正好从后勤院落里走去医院上班。父亲先是怔了一下，心里就那么刀割似的一疼，呼吸就急促起来，他不知怎样面对杜军医，他也不知见了杜军医之后，自己会做出怎样的举动。于是他慌忙钻进了一条胡同，头也不抬地向前走去，正好撞在一根电线杆上。顿时一个鸡蛋大小的血包从父亲的头上鼓胀起来，待父亲捂着头清醒过来时，杜军医的身影早就没有了。显然，她也发现了父亲。跟在父亲身后的警卫员小伍子，早就发现了这其中的蹊跷，见父亲撞在电线杆上，昏头晕脑的样子，想笑又不敢笑，便上前扶住父亲道：师长，这咋整，要不去包一包吧。小伍子不仅学会了东北话，同时也学会了如何绕开医院的字眼。

父亲推开小伍子的手道：什么咋整？走，去三团。

父亲没有把头上那个包当回事。三团领导见到父亲头上的血包，却一惊一乍起来。几天不打仗不流血，军人对血和伤便出奇地敏感起来，三团长就惊惊怪怪地说：师长，这是咋搞的了，要不去医院看一看？

“医院”这个字眼一出口就麻烦了。父亲认为三团长这是成心，火气便从心底蹿起，他朝三团长大吼：你是没打过仗咋的。

三团长这才醒过味来，忙住了口，认真严肃地说：那就请师长检查工作吧。

不管是父亲的领导还是下属都了解父亲的脾气，大着嗓门骂人说粗话是家常便饭，因此，没人计较父亲骂不骂人。

父亲忍着失恋的伤痛就这么一天天过着，父亲每过一天，都长如百年。

静中观望的桔梗正在一步步向父亲逼近。父亲虽说有了家，但父亲却没有把这个家当成家。父亲还吃食堂，每天都很晚才回家里。他回来的时候，桔梗和权都已经睡下了，父亲便一头倒在外间的小床上。自从父亲失恋以后，他多了失眠的毛病，闭着眼睛就是睡不着，睁眼闭眼的都是杜军医的影子，那影子如诗如画地在父亲眼前晃荡，弄得父亲心烦意乱，苦不堪言。这是父亲以前从来没有过的，以前父亲头一挨枕鼾声就响起来，睡觉对父亲来说，是人间最大的享受。现在父亲却怕睡觉，一躺在床上不管是睁眼还是闭眼，眼前都是杜军医婀娜多姿的影子，父亲既幸福又痛苦。

桔梗行动了。

那天夜晚和所有的夜晚没有什么不同，父亲半夜三更才摸回家。在黑暗中他脱下衣服，便躺在了床上。他一躺在床上才发觉了异样，原来桔梗已经躺在了自己的床上。父亲立马又坐了起来，桔梗一下子就抱住了父亲的腿。

父亲就很愚蠢地问：你要干啥？

桔梗就柔情百结地说：俺是你的女人哩。

父亲发现桔梗的身上很热，桔梗一双粗糙的手抱着父亲。那一年，桔梗已经三十九岁了，她空等了父亲二十年，女人最好的时光都在空等中消磨掉了。桔梗知道，对自己来说，属于女人的好时光已经不多了，她不能再这么空等下去了。她是个女人，她有着女人的渴望。于是她开始行动了。

父亲说：快放开手。

桔梗不放手，她搂着父亲的手越发的坚定不移。

桔梗哽着声音说：俺是你的女人哩。

桔梗说完这话之后，泪水便打湿了父亲的大腿。父亲的心动了一下，又动了一下。父亲在没爱上杜军医前，如果桔梗出现，他会毫不犹豫地接纳桔梗，那时他会觉得这没有什么，生活就该是这样。杜军医走进了父亲的生活，父亲的生活就变了。另一方面，桔梗这二十年的生活经历也打动了父亲，他知道桔梗这么多年是多么的不易，一个女人家，还让她咋样。父亲同情桔梗，这种同情勾起了许多对少年时的怀念。这些日子，父亲就是在这种矛盾困惑中度过的。他割舍不了杜军医，同时他又同情着桔梗，虽然这两种情感不一样，但最后的结果和目的是一样的。

在这样一个夜深人静的夜晚，他无法回避桔梗，桔梗的火热令父亲同情感伤。父亲仰起头，望了眼漆黑的夜，父亲什么也没有看清，父亲就在心里喊了一声：老天爷呀。

父亲身不由己地又躺在了床上，火热的桔梗温暖着冰冷的父亲。

父亲心里说：老天爷呀。

桔梗说：小石头，俺是你女人哩。女人哩，女人……

桔梗气喘吁吁，三十九岁充满渴望的身体投向了父亲。

父亲恍怔着，他一会儿把身边的桔梗当成了杜军医，一会儿桔梗就又是桔梗了。于是，父亲的身体一会儿热一会儿冷。在冷冷热热中，他把桔梗的身体抱住了，桔梗似歌似哭地道：女人，女人，女人哩。

后来桔梗哭了，等待二十年后终于有了结果，她是幸福的。

父亲哭了，为自己夭折的爱情。从那一刻起，他知道，杜军医将永远离他而去了。再后来，父亲就沉沉地睡去了。

父亲一大早睁开眼睛，就看见了桔梗。桔梗早就起床了，她烙好了饼，煮了白米稀饭。这都是父亲以前过年才能吃到的东西，桔梗把这些东西摆在父亲面前，父亲又在心里啸叫一声：老天爷呀！

父亲无可奈何地接纳了桔梗。

在以后的日子里，桔梗很快地为父亲生下了林、晶、海三个孩子。

父亲又是父亲了，母亲又是母亲了。

这是父亲和母亲结合后发生的故事，如果父亲和杜军医永远地相亲相爱，结合成一家人，当然，那又是另外的故事。可是生活中没有如果，生活就是生活，就像父亲就是父亲，母亲就是母亲一样。

一晃，又一晃，几年就过去了。

杜军医在一晃又一晃中，年龄一年大过一年。在这期间，好心的领导、战士们，前赴后继地为杜军医介绍过许多对象。每次介绍对象时，杜军医从来不说什么，说见就见，见过了，她又一个也没有满意过。见过杜军医的那些男人，无一例外地都很喜欢杜军医，但杜军医却不喜欢他们。于是，那些男人在哀叹中相继地结婚成家了。

没有人知道杜军医到底想的是什么。她的年龄已经过了女人一生中最好的时光，别说50年代，一个二十六七岁的大龄女青年在当时是多么的扎眼，就是现在来看，这样的年龄也不能算是年轻了。于是，杜军医在三十二师愈发地出名了，不论杜军医走到哪里，凡是认识或知道杜军医的人，都在背后议论杜军医说：瞧，她就是那个杜军医。或者说：噢，她就是杜军医呀。

父亲是三十二师的师长，杜军医是三十二师的医生，他们不可能不碰面。在起初的日子里，他们都怕见到对方。后来时间长了，遇到了，他们不再回避。杜军医低着头，父亲用一双目光很虚弱地盯着杜军医。父亲一个人时，总想找一个机会和杜军医说话，可杜军医并不给他这样的机会，低着头，装作没看见似的走远了。父亲就望着远去的杜军医的背影，狠狠地咽口唾液，在心里重重地叹一声，又叹一声，然后不情愿地走了。

有一天晚上，林发烧了。林是父亲和母亲分离二十年后，来到沈阳城里生下的第一个孩子。父亲抱着林匆匆地去了医院。这是父亲这几年当中第一次去医院。父亲那时身体很好，他用不着打针吃药，就是遇到一些小病非吃药不可的时候，也是派警卫员小伍子去医院开药。他怕见到杜军医，就是不见到杜军医，也常想起那伤痛的往事。林发烧，烧得一张小脸通红，哭的力气都没有了。父亲别无选择地抱起了林匆匆向医院走去。母亲桔梗在父亲的身后喊：小石头，俺也去。母亲光着一双小脚还没穿上鞋，父亲已经走出了屋门。

那天晚上，正赶上杜军医值夜班，父亲不可避免地和杜军医相遇了。父亲见到杜军医那一瞬傻了似的立在那里，他差点儿把怀里的孩子扔到地上。杜军医见父亲这样，什么都明了，她一句话也没说，从父亲的怀里接过林。为林打了针，吃了药。父亲这才回过神来，如梦如幻地说：小——小梅子，还好吗？

杜军医身子哆嗦了一下，眼圈红了。

父亲不知说什么好，他咽了口唾液，又咽了一口，然后说：小梅子，你也该成个家了。

父亲说完这话，杜军医转过身去，肩膀一抽一抽地哭了。父亲还想说点什么，这时门又开了，母亲气喘吁吁地扭着小脚走了进去。母亲先看了眼躺在床上的林，林不哭不闹已经睡着了，红晕已从脸上退去。母亲放心了，她看一眼父亲，又看一眼背过身去的杜军医。虽然杜军医背冲着她，但她一眼就认出了杜军医。这就是女人，天生的第六感。

母亲就说：都扎完针了，还在这干啥？

说完就去抱床上的林。父亲也醒过神来，他已经没有理由在医院值班室待下去了，他从母亲的怀里接过林，因为母亲抱着林很吃力，一双小脚总是站不稳。

父亲没好气地冲母亲道：快走哇！

母亲狠狠地盯了眼杜军医的背影，回头的时候，很响地把门关上了。这时，父亲已经走远了。

那一夜，父亲没有睡好，他翻来覆去地在床上折腾。林又醒过来两次，不停地哭了一气。母亲开了灯，哼哼呀呀地哄林。父亲更是烦躁，火气更大，他冲母亲大吼：还有完没完。仿佛哭闹的不是林，而是母亲。母亲噤了声，抱着林去了厨房。其实，那一夜，母亲也没睡好。她原以为时间都过去几年了，自己又和父亲有了孩子，那就都没啥了。今天晚上这一幕使母亲又一次感到，危险远没有过去，危险就蹲伏在身旁，随时都在威胁着她。林睡下之后，母亲就说：要不咱们回家吧，你种地，俺生孩子，多多地养。

母亲知道父亲并没有睡着，但父亲不吭气，也不理母亲。

母亲就又说：仗不是打完了吗，劳神费力的有啥好。

父亲就不耐烦了，吼了一声：你还有完没完。

母亲立马噤了声，搂紧了林，躲在一旁暗自伤神去了。

从那以后，父亲会经常遇到杜军医。有了上次的接触，父亲的心里多少有了些底，再遇到杜军医时，他比以前从容了许多。

只要他轻轻叫一声小梅子，杜军医就会立住脚，但她不看父亲，就那么立在那里。

父亲向前迈一步，离杜军医近一些，然后说：你，还好吗？

杜军医不摇头也不点头，她低着头看自己的脚尖。

杜军医的身材很好，亭亭地在父亲面前立起了一道风景，这情景勾起了父亲许多回忆。以前，父亲打完仗时，总要抽出时间到医院看一看杜军医。父亲熟悉了杜军医的这种等待，杜军医自然也早就熟悉了父亲的马蹄声。父亲骑着马，只要出现在医院门前，杜军医已经站在那里等候多时了，杜军医等待父亲的身影已经成为父亲生活中一道永恒的风景。父亲跳下马，向她走去，她也会快步迎过来。接下来，他们会在草地上或小河边走一走，自然有说也有笑。往昔的情景，使父亲伤神无比。他又向前迈了一步，他差不多都能嗅到杜军医身体里散发出来的气息了，他太熟悉这种气息了。父亲的鼻子就有些酸。

父亲就叫一声：小梅子，是俺对不住你。说完这话，他看见杜军医很快地看了他一眼，接下来他就看见，杜军医那双秀目里涌出的泪水。

父亲只觉得有千言万语要向杜军医倾诉，可他又不知从何说起，父亲就又说：俺知道你老家没啥亲人了，你就把俺当成个亲人吧。

杜军医终于手捂着脸，呜咽着跑开了。

父亲又奇迹般地频繁地出现在医院里，他不是有病去看医生，而是去检查工作。那时医院正大搞施工建设，于是父亲就有了去医院的理由。父亲每次去都有人陪同，院长也跑前跑后汇报工作。父亲似乎对医院的一切很满意，没有什么更多的指示。他的一双目光不停地在搜寻，后来，他终于看见了杜军医。杜军医也似无意之间出现在父亲的视线里，两双目光就在那一瞬间相遇了。父亲的精神陡然高涨了许多，大声地讲话，有时还会大笑一声。

每次父亲去医院，都毫无例外地要重复一次这样的把戏。

有时下班以后，父亲也会到医院周围转一转，背着手，给人一种微服私访的感觉。他抬起头，看见了医院宿舍窗口里映出的杜军医的身影，然后他就一步步地向杜军医的宿舍走去。他先是敲门，里面没有反应，后来他用了些力气，门就开了。

杜军医仍面墙而立，父亲就坐在了杜军医洁白整齐的床上，一种久违的亲切、温暖的感觉顺着他的脚底一点点升起。

父亲说：小梅子，俺路过这，顺便过来看看。

杜军医仍不动，背冲着父亲。

父亲又说：这都是命呀。

杜军医的身子就转过来了。父亲站了起来，两人就那么对视着。

杜军医突然一字一顿地说：我恨你。

父亲低下头，很快又抬起来，点了点头道：俺知道。

“呜哇——”杜军医猛地哭出了声。随着这一声，杜军医投向了父亲的怀抱，她把头伏在父亲的肩上，接着泪水就浸湿了父亲的肩膀。父亲的眼睛也潮湿了，突然，杜军医又叼住父亲的肩头狠狠地咬了一口，父亲吸了口气，父亲就说：好！真好!!

那一次，父亲的肩头留下了一口深深的齿痕。许多天过去了，父亲仍能看清肩头的印痕。父亲每次望见那个痕迹，心里都充满了深深的感动和爱情的波澜。

父亲没有意识到，他这么频繁地和杜军医往来会有什么样的后果。

父亲和杜军医的爱情故事曾轰动全师，惊动了军里。当他在现实面前无可奈何地和母亲重新生活在一起时，有关父亲的种种传说渐渐平息了，父亲在官兵们的眼中又是昔日的师长了。

杜军医不嫁，人们猜测过，议论过，过去也就过去了。没料到的是，父亲和杜军医又开始往来。人们在父亲和杜军医的目光中都看到了爱情夭折后的痛苦。大家不知应该为父亲高兴呢还是担忧。

在这期间，吴军长又一次找到了父亲。

吴军长不会拐弯抹角，见了父亲的面就说：石头，你小子行啊。

父亲翻着眼皮看吴军长。

吴军长又说：你和桔梗过得咋样？

父亲吸烟，让烟雾把自己的脸罩住，然后说：过日子呗，就那么回事。

吴军长：我要去军区当参谋长了，你知道军长这个位置是留给你的。

父亲：俺今日能活下来，知足了，当不当官的都是小事。你老吴有啥就说吧。

吴军长：有人反映你和杜军医的关系很不正常，是怎么一回事？

父亲的脸涨红了，然后骂道：俺差点儿就和杜军医结婚了！婚没结成来往一下有啥了。难道让俺把杜军医当成仇人不成？

吴军长挥挥手，拍拍父亲的肩道：石头哇，咱都老大不小的了，听人劝吃饱饭。我来也没别的啥意思，就是聊聊。

说完吴军长就走了。

父亲把吸了半截的烟扔到了地上。

没过几日，吴军长就发来一份命令，调杜军医去军医院报到。

父亲什么都明白了。

杜军医去军里报到时，没有见到父亲。那时父亲正躲在自己办公室里苦思冥想，他一会儿想自己，一会儿又想杜军医。他知道让自己娶杜军医是不可能的事情了，杜军医还很年轻，以后她还会结婚，过日子，时间长着呢。这么多人为杜军医介绍男人，杜军医一个也没看上，都是因为他。杜军医这次调走，换一个环境，也许会好些。父亲这么想。

杜军医走了，父亲的心里空了。父亲以为空一阵就会好起来，该干啥还干啥。没想到的是，这一空，空得父亲抓心挠肝，无着无落。他发脾气，骂人，看什么都不顺眼。他第一个看不顺眼的就是母亲。那时林还不满一岁，正是又哭又叫的时候。林一叫，父亲的心就更乱了，父亲就冲林吼：别哭，再哭老子揍死你。

林显然还不知道怕父亲，父亲这么一吼，他哭叫得越发无法无天了。

母亲就挓挲着一双小脚奔过来哄林。林刚消停，就又挓挲着脚进了厨房。过一会儿林又哭了，母亲就一趟一趟地奔波。

父亲见母亲扭着脚走路的样子就生气：瞅你那双小脚，放个屁都能把你崩个跟头。

母亲道：当年要不是俺脚小，爹娘还看不上俺哩，俺咋能嫁给你。

别当年当年的，离俺远点。父亲挥着手，轰苍蝇似的轰母亲。

母亲躲在厨房里，一边看自己的小脚一边抹眼泪，林在她的怀里放声痛哭。

父亲在房间里吸烟想心事。父亲大部分时间想的都是杜军医，他不知道此时此刻杜军医在干些什么。父亲一静下心来想杜军医时，情绪就显得很好，脸色也柔和了许多，目光又飘又亮。

在这期间，杜军医在军医院出事了，是一起医疗事故。她在为一个军官做盲肠手术时，把一把剪子忘在了病人的腹腔中，几天以后才发现。要不是发现得及时，那个军官可能就有生命危险了。在这之前，杜军医经常出现错误，不是开错药，就是打错针。医院反映，杜军医的脑子出了问题，不再适合当医生了。因此，机关做出决定，让杜军医转业回原籍。

父亲得知这个消息时，暴跳如雷。他先是给吴军长打电话，吴军长就说：转业也不是啥坏事嘛，也许对她有好处。

父亲又说：她老家没啥亲人了，要是有亲人她当年投奔延安干啥。

吴军长叹了口气道：石头哇，俺知道你对她很了解，也有感情。可这是党委做出的决定，我一个人说了也不算。

父亲就摔了电话，冲小伍子喊：通知警卫连马上集合。

警卫连立马集合，一百多号人，全副武装，在父亲的率领下，分乘三辆卡车，气势汹汹地向军部开去。他们在路上遇到了往火车站送杜军医的汽车。

父亲从怀里掏出枪，朝天空连放了三枪，那辆车就停下了。父亲就冲那辆车上喊：小梅子，俺来接你了。

杜军医看见父亲，泪水一下子流了出来，她似见到亲人般地朝父亲奔了过来。杜军医脱去军装，人都变样了，瘦了，黑了，昔日那双黑黑亮亮的眼睛显得暗淡无神。

父亲让杜军医坐到自己的车里，倒提着枪，杀气腾腾地向送杜军医的那辆车走去。里面坐着两位送杜军医的军务参谋。父亲就说：你们回去跟吴大刀说，人俺带走了，他要是要人找俺去。吴军长的外号叫吴大刀。

那两个军务参谋大气也不敢出地答：哎，哎——

杜军医被父亲轻而易举地抢回了三十二师，杜军医就又是军医了。从那以后，杜军医没再出现过任何医疗事故。她的医术是三十二师官兵公认的，不管有什么大病小灾，人们都愿意找杜军医。

父亲仍然经常看望杜军医。在三十二师官兵的眼里，父亲的身影经常在医院里出入。父亲也不避讳什么，有时在走廊里，有时在医院值班室里，父亲和杜军医大声地说话。

在一次全师大会上，父亲讲完了话，刚想离去，似乎又想起什么似的立住脚，宣布说：今天告诉大家一个消息，医院的杜军医是俺老石的妹妹了！

父亲说完这话，全场先是一阵沉默，少顷，便响起了雷鸣般的掌声。从那天开始，大家便都私下里叫杜军医为妹妹。

不久，吴军长调到军区当参谋长去了，军长提了另外一个师长。吴军长到军区报到前来向父亲告别，父亲在家里请吴军长喝酒。两杯酒落肚之后，吴军长拍着父亲的肩膀道：石头哇，石头哇。

父亲推开吴军长的手说：吴大刀，俺告诉你，俺老石不想当官，官越大越累，没意思。

吴军长就说：不说了，来，咱喝酒。

父亲就喝，吴军长也喝。母亲在地上颠着小脚添菜倒酒。

吴军长喝多了，硬着舌头，看一眼在地下忙碌的母亲道：石头哇，娶女人不就是过日子。你还想咋。

父亲说：不咋。俺妹子也有了，女人也有了。不咋的。

那天，父亲就生出了许多感慨，似乎也想到了关于生活、人生等等许多的东西。他还没来得及想透，人就醉了。

送走吴军长，父亲就抱着头大哭了一场。没人知道他为什么要哭，他自己也说不清为什么要哭。哭过也就哭过了，转天，父亲就又是父亲了。

随着时间的推移，部队的条件也和全国人民的一样，一天天好了起来。过年过节的，家里的饭桌上也有了些内容。每到这时，父亲就让母亲去叫杜军医来家里吃饭。

母亲不说什么，一只手牵着林，颠着一双小脚一扭一扭地向医院走去。母亲见了杜军医脸上先绽了笑，言辞间也透着真诚和热情，母亲说：妹子，去家里吃饭吧。

起初杜军医显得有些不自在，时间长了也就习惯了。杜军医说：嫂子，这是干啥，我吃食堂挺好的。

母亲知道，要是不把杜军医叫到家里去，过节是过不好的，父亲不痛快，她就不痛快。母亲就十二分真诚地拉着杜军医的衣襟道：妹子，去吧，石头等你呢。

母亲一提父亲，杜军医就不能不去了。她弯下腰抱起林，随着母亲往家里走。她走两步就要停一下，她在等母亲。母亲就一扭一扭地、努力地让自己走快一些。

父亲陪杜军医吃饭，母亲从不上桌。老家的习惯就是这样，只要家里有一个客人，主妇都不入席。杜军医抱着林，吃几口就要劝几句母亲。杜军医说：嫂子，一起吃吧，又没外人。

母亲就摇头摆手道：妹子，你吃，你吃。

那时，权已经结婚另过了。父亲不喜欢权，权似乎对父亲也没什么依赖，因此，权很少来家里。

渐渐地，母亲习惯了杜军医，杜军医似乎也习惯了这个家。

有时家里做什么好吃的，不等父亲说，母亲就颠颠地去叫杜军医了。

杜军医成了家里的常客，有时母亲不去叫她，她也来。后来母亲又生了晶，家里一下子就忙乱起来。杜军医常常过来帮助带一带林，林已经学会了走路，学会了说话。林叫杜军医姨，杜军医也很喜欢林，经常带着他去医院里玩。

一切都已经习惯了，关于父亲和杜军医的种种说法，便没人再说了。没了什么新话题，再说也没什么意思了。

闲暇的时候，杜军医会来到家里和父亲聊天，母亲有许多事情需要忙碌，陪杜军医坐一会儿便忙自己的去了。然后屋里只剩下了父亲和杜军医两人。林不时跑来跑去，永远闲不住的样子。杜军医和父亲聊天，大都是聊过去的事情，那一仗是怎么打的，有了多少伤员等等。两人说起过去的话题，似乎都很愉快。说着说着两人会突然沉默下来，顺着各自的思路在沉思。父亲望着跑进跑出的林说：日子过得可真快。

杜军医答：可不是。

父亲突然想起什么似的说：你今年快三十了吧？

杜军医就低下头。

父亲再说：你真的该有个家了。

杜军医就淡笑着道：这样挺好。

父亲不再说什么，在心里叹了口气。吃饭的时间快到了，母亲就抱着晶走过来问杜军医：大妹子，今儿想吃点啥？

杜军医便道：嫂子你随便，我又不是外人。说完接过母亲怀里的晶，母亲要做饭，她要帮母亲带孩子。

母亲就迈动一双小脚向厨房走去。

吃饭的时候，母亲照例不上桌，站在一旁抱着晶，一边说话，一边逗孩子。

父亲喝酒。只要有杜军医在，父亲总要喝酒。父亲的酒量很大，一杯又一杯的，父亲的话就多了起来。父亲说：师长俺不当了，官越大人越累。

父亲还说：俺老石知足了，儿子有了，闺女也有了。

母亲抱着晶在一旁就一脸的幸福。

父亲又说：俺妹子也有了。

杜军医埋下头吃饭，不看父亲，也不看母亲。

母亲就说：大妹子，多吃点。

杜军医答：哎——

父亲再说：小梅子，找个对象吧。

母亲也不失时机地在一旁劝：大妹子，可不是咋的。找个男人有人疼哩。

杜军医就放下饭碗，谁也不看地说：吃饱了。

父亲酒劲上来了，已经看不出眉眼高低了，仍说：小梅子，这事就包在你哥身上了。

父亲终于喝多了，筷子已经夹不住菜了。

母亲说：石头哇，你就别喝了。父亲不听仍喝。

杜军医忍不住了，冲父亲说：真的别喝了。

父亲听了杜军医的话，怔了一下，果然就不喝了。母亲就感激地冲杜军医笑一笑。

父亲果然说到做到。在以后周末的日子里，家里经常会出现一些大龄军官。每次出现大龄军官时，母亲就颠颠地去医院里找杜军医。起初杜军医不明真相地来了。父亲就打着哈哈陪着他们说话，说了一气，又说了一气，大龄军官就知趣地走了。父亲就问杜军医：咋样？杜军医不说什么。

父亲便再接再厉。父亲有许多战友，在军里师里当着领导，找别的没有，大龄军官却多的是。于是家里走了一批又来了一批。最高峰时，军官们都坐满小屋子。每当杜军医出现时，他们都全体起立，行注目礼，有时父亲被眼前的场面感动了，会带头鼓掌。那些军官们见父亲鼓掌，也不明真相地跟着鼓掌，场面就很热闹。杜军医坐一会儿，有时说几句，有时一句也不说，便转身走了。

父亲再问杜军医时，口气里就带出了许多焦灼：咋样，到底咋样？

杜军医头也不抬地答：以后不要这样了。要再这样，我就不进这个门了。

后来父亲果然就不再那样了。

杜军医照旧来，哄孩子，和父亲说话。父亲一见到杜军医似乎有说不完的话，愉悦之情溢于言表。

父亲和杜军医说话时，母亲在一旁只是听。她似乎也想说点什么，可又不知说什么。父亲和杜军医说到高兴处，会放松地笑一笑，母亲也陪着笑一笑。

杜军医一走，父亲便不再说话了，哗哗啦啦地翻报纸。父亲识字不多，报纸上的字有的认识，有的不认识。他就挑那些认识的看，一看就是半晌。

有时孩子睡了，母亲就找些针线活坐到父亲面前。母亲的手永远没有停歇的时候，她要给孩子缝缝补补，给自己做鞋。母亲是小脚，商店没有卖那种小鞋的，于是母亲就拼命地给自己做鞋。母亲一边做一边说多做几双，等岁数大了，眼睛花了，就不用再做了。

母亲老得很快，四十多岁的人耳边已经出现了白发。父亲有时看母亲的样子就不住地叹气。母亲就问：石头，你咋了？

父亲不答。

母亲又说：俺又怀孕了。

父亲说：嗯。

母亲再说：这次一准儿是个小子。

父亲说：嗯。

母亲还说：俺想多给你生，让咱家人丁兴旺。

父亲打了个哈欠，躺在床上睡着了。

不久，母亲又生下了海。

家里一时就乱了，不是林打碎了窗子上的玻璃，就是晶尿湿了褥子，要不就是海嗷嗷大哭。母亲就跟消防队员似的，左冲右突，顾东又顾西。

父亲在这种环境下就显得很不耐烦，他越冲孩子们发火，孩子们越乱，于是他就冲母亲发火：生，生，就知道生，又不是猪。

父亲的话，深深伤害了母亲的自尊心。为此，母亲曾暗自掉过眼泪。

夜晚，母亲哄睡了三个孩子后，悄悄地在父亲身边躺下。父亲把身子转向另一侧，用后背对着母亲。

母亲在心里叹了口气，又叹了口气才说：石头，俺知道俺配不上你。

父亲不说话。

母亲带着哭腔说：是俺拆散了你和杜军医，这么多年了，俺知道你一直忘不了她。

父亲低声道：行了，行了。

母亲不敢再说什么了，便流着泪，让泪水洗面。她这么想一想，又那么想一想，什么也没有想透便睡着了。三个孩子缠着她，还有那么多家务，她太累了，累得她都没有精力去想点什么。

母亲一直没有工作过，一直到死，她都只是一个家庭妇女。

母亲在天气好时，会带着三个孩子出门走一走。走到营区大院时，总会遇到一些年轻的战士停下脚步打量她。她的一双小脚吸引了许多好奇的目光。解放这么多年了，女人早就不再裹脚了，整个营院里也只有她是小脚女人。战士们就在背后议论：她就是师长的老婆。

太老了，都快当师长妈了。

可不是，师长咋会找这样的女人哩。

母亲听了这话心里就很难过，她回到家后，坐在床上望着自己的小脚发呆。那些日子，母亲很少往人多的地方走了，到营区院里办事，她也是匆匆地去，匆匆地回。剩下的时间里，就在家里全心全意地带孩子。

父亲发现，母亲的生活中多了面镜子。在父亲记忆里，母亲是从来都不照镜子的。夜深人静的时候，母亲把自己关在厨房里，冲着镜子一根根地拔白头发。母亲做这事时，认真而又执着。然后就是洗脸，洗完脸之后，再往脸上擦五分钱一勺的雪花膏，然后母亲再照镜子。

父亲发现了，长叹口气道：你这是何苦。

母亲就看父亲的脸色。她看不出父亲是支持还是反对。母亲望着镜子中的自己，心里很没有主张。

母亲经过一番努力后，并没有改变自己，她便放弃了这种努力。她看着眼前的生活，看着一天天长大的孩子，她已经感到了巨大的满足。在战争年代，她苦苦等了父亲二十年，她不敢相信能找到父亲。后来竟然奇迹般地找到了。对她来说，她又迎来了第二次生命。林、晶、海相继出生，并一天天长大，人丁兴旺，她已经知足了。剩下来的事情就是用十二分的努力带孩子，照顾父亲。母亲就在这种操劳中，一天天衰老下去。

父亲也老了。三十六岁进城那一年，他就是师长。这么多年了，他仍是个师长。已经有许多师长都纷纷高就了，父亲仍然当着师长。后来父亲又有了一次转机。已经当上军区副司令的吴军长，找到了父亲。他还像当年那样称呼父亲：石头哇，你在三十二师也干这么多年了，你的位置留给年轻人，跟我到军区去吧。

父亲说：去球吧，没啥意思。

吴副司令就说：咦，石头，你当年可不是这样。老了老了，咋越活越没出息了呢。

父亲就说：现在这不挺好吗，还想咋的。

父亲说的是真心话。他能在近二十年的战争中活下来，父亲已经感到知足了，对其他荣辱浮沉已经不感兴趣了。他不想离开三十二师还有一个重要原因就是，他放心不下杜军医。他一天见不到杜军医就会感到不踏实。他不能离开三十二师。

杜军医仍一个人过，她似乎已经习惯了这种独身生活。年龄一天天地大了，现在已经再也没有人关心她的婚姻了，仿佛杜军医这个人就该独身似的。

那一次，吴副司令叹着气走了。父亲蹲在地上目送着吴副司令的轿车驶远。他又低下头看地下的一群蚂蚁，一群蚂蚁在忙碌。父亲突然觉得，人这一辈子也似一群劳碌的蚂蚁，奔来奔去的。说有意思就有意思，说没意思，也就没意思。父亲在那一瞬间，悟到了人生。这是他以前从没有过的。

孩子们都大了，再也不用母亲费劲地拉扯了。母亲在闲下的时间里，坐在床上全身心地为自己做鞋。母亲已经为自己做了许多双鞋了，她把这些鞋整齐地放在柜子里，为自己的老年预备。

父亲对母亲做鞋从来就不关心，他似乎从来也没有关心过母亲什么，母亲对这一切已经习惯了。

父亲没事的时候，仍然哗哗啦啦地翻报纸，把认识的字都看了。然后望着什么地方发呆，似乎在想着什么，又似乎什么也没想。

母亲就说：晚上做鱼，叫孩子姨来吃饭吧。

母亲已经不称杜军医了，而改成了孩子姨了。林、晶、海这三个孩子都是杜军医看着长大的。在三个孩子成长过程中，杜军医也没少在孩子身上花心思。三个孩子和杜军医感情都很好，几日不见，他们就会念叨杜军医。

父亲听了就说：嗯。

母亲就说：是你打电话，还是俺打？

父亲说：你打，你打。

母亲就很笨拙地打电话。电话接通了，母亲就说：孩子他姨，晚上来家吃饭吧，孩子们可想你了。

母亲放下电话，就放下手边的活计，到厨房里忙碌去了。

父亲起身站到了阳台上，这几年父亲的腰总是没完没了地疼，那是打仗时一块弹片伤的，至今那块弹片还留在腰里。年轻时不觉得什么，岁数大了，坐的时间长一点，父亲就觉得不对劲，总要活动一番。父亲望着楼下的小路，那条小路一直通往医院，每次杜军医都从那条小路走来。父亲嗅到了母亲做好的鱼香味，父亲想：该来了。果然，他就看到了杜军医出现在小路上的身影。他依稀地又看见了杜军医年轻时的样子。那一刻，父亲的心里涌起一股莫名的滋味。

晚上，母亲和父亲躺在床上。他们的年纪大了，瞌睡就少了。听着钟表咯噔咯噔向前走动的声音，两人都静默着，似乎把该说的话都说完了。母亲翻了一个身，把脸侧向父亲说：石头呀，林今年高中就毕业了，让他干点啥呀？

父亲不假思索地说：当兵吧。

母亲又说：晶明年也要毕业了。

父亲仍说：当兵吧。

当兵就当兵，母亲没有任何异议。在所有的事情上，母亲从来都没有说过任何反对意见，父亲说啥就是啥。

母亲劳累了一辈子，浑身的骨头都松了。她那一双小脚似乎已经撑不起她的整个身躯了，她总想找个东西靠一靠。看到孩子们一天天长大，感受着自己的身体一天天老下去，母亲想到了死亡。

母亲在一天夜深人静时对父亲说：石头哇，俺要是死了，你就和孩子他姨把事办了吧。

父亲在黑暗中瞥了母亲一眼。

母亲又说：这么多年了，她心里只有你，俺心里明镜似的。

父亲说：胡说啥哩。

母亲不说了。父亲的眼睛突然潮湿了，不知为谁。

父亲的腰伤越来越厉害了，父亲的腰一点点地弯下去。在杜军医的建议下，父亲住进了医院。

父亲的腰伤只能通过手术来解决。父亲动手术了，手术后的父亲便再也站不起来了，弹片已经割断了父亲的坐骨神经。父亲便退休了，退休后的父亲只能坐轮椅。

从此以后，人们经常可以看到，小脚母亲推着坐轮椅的父亲在营区里走。母亲浑身的骨头也松散了，她也想找个东西靠一靠。于是，她就把身子靠在轮椅上，推着父亲慢慢地走。

父亲一脸平和，有人和他打招呼，他似乎没有看见。

母亲一边走一边说：海今年也毕业了。

父亲说：当兵去。

母亲仍没什么异议。

有时推父亲的人换成了杜军医。杜军医推父亲时，走得很快，风风火火的样子。父亲似乎很喜欢杜军医的速度，像当年他走路的样子，父亲的脸上就挂着笑。

杜军医突然说：你现在最想干什么？

父亲说：俺想回到二十年前。

二十年前，是父亲进城的日子。

杜军医就不说话了，有两滴泪水滴在父亲的肩膀上。父亲感觉到了，父亲长长地叹了口气道：是俺对不住你。

杜军医没有说话，半晌才说：我知道，这么多年，你过得也挺不容易的。

父亲摇摇头说：我挺好，还想咋的。

两人说着，父亲的轮椅便来到了楼下。

母亲站在门口，望着两人正一点点走近。

父亲的脸上一直挂着幸福的微笑。

父亲和他的儿女们

一

父亲经过那一场劫难之后，终于又活了过来，这对父亲来说是一个奇迹。也许是母亲在病床前一声又一声的呼喊打动了父亲，也许父亲还有许多未了的心愿还没有实现，他不想死，也不能死。于是，父亲在死亡线上挣扎，自己在梦里和自己撕巴，撕撕巴巴的结果是，父亲终于活过来了，于是就有了奇迹。

父亲大病了一场之后，犹如一棵老树被一场突然而至的霜雪袭击了，只剩下一些枯枝败叶，神情和精神大不如以前了。但是老树的根还在，盘根错节地扎在地下，吸吮着营养，于是就有了生命，有了老年的父亲。

其实父亲最放心不下的就是三个孩子。林在十几年后终于见到了，从表面上看，爷儿俩也都相互原谅了，儿子理解了父亲，父亲也理解了儿子。父亲也知道，有其父必有其子的道理，正因为林太像自己了，父亲反而对林越来越不放心起来。一生的成功，得失的体会，他积攒了一肚子，他太想对人说了，可是又能对谁说呢？林在父亲转危为安之后，带着老婆孩子又回部队了。父亲对林回部队没有任何异议，部队是林的根，他就应该回到部队去，否则父亲会觉得很不踏实。虽然父亲还有一肚子话要和林沟通交流，可现在林走了，走了也就走了，父亲知道以后还有机会，既然有机会，那就不忙，等待以后慢慢唠吧。林十几年之后不是回来了吗？有了这初一，以后就还会有十五的。父亲对以后收拾林是充满信心的，父亲和林的关系，父亲一直认为是收拾的结果。

父亲这一生是充满了雄心壮志的。他先收拾小日本，小日本投降以后，他就开始收拾老蒋，老蒋收拾完了，父亲进城了，然后就开始收拾母亲了。母亲对父亲来说是一块最难啃的骨头，他收拾了一辈子，也没把母亲收拾妥帖。父亲就觉得这一生有许多遗憾，所以父亲不能死，他要硬硬朗朗地活着。他活着，不仅要继续收拾母亲，捎带着还要把林、晶、海都收拾了。

林已经是团长了。父亲认为这是他收拾的结果，如果父亲当初不那么收拾林，能有林的今天吗？不能，绝对不能。父亲在心里这么说。林还有许多要收拾的地方，但现在父亲已经不急了。父亲此时才七十出头，他相信大难不死必有后福，他相信以后有很多时间继续收拾林。好在林现在正按照父亲预期的目标奋斗着。父亲相信，林已经当了团长，以后就还会当师长、军长，只要他不离开部队，父亲心里就会感到很踏实。

父亲暂时把林放下了，搁在那里先不管了，他又开始审视晶了。按理说，三个孩子中，父亲最喜欢晶，不仅仅因为晶是女孩子，还因为从小到大，父亲一直感觉到，晶从里到外是最像他的一个孩子。父亲为此感到骄傲和自豪，同时因为晶是个女孩，父亲也生出许多遗憾。如果晶不是女孩，他会让晶在部队一直干下去，完成自己未了的心愿，前赴后继，继往开来，父亲肯定会有收获的。因为晶是个女孩，父亲再看晶时，就有了许多局限性。在父亲的经历中，他还不知道有哪位女性在我军的历史中是一位身经百战的将军。既然晶不能成为将军，父亲也就不对晶有更高的奢求了。反正晶已经有过军人的履历了。晶复员回来后，自学成才，当上了一名法官。但晶似乎并不喜欢自己现在的法官工作，天天端坐在法庭上，有种养尊处优的感觉。于是晶就觉得现在的这个法官工作，从形式到内容，都很不适合她。她要寻找机会，离开现在的工作岗位，找到一个更能施展她才华的工作。晶早把这一想法和父亲交流了，得到了父亲的积极肯定。那时父亲就说：丫头，慢慢再看看，看干啥更适合你，人这一辈子图的就是一个痛快。

工作上的事情父亲不怎么为晶操心，他操心的是晶的情感生活。晶已经是二十大几的姑娘了，男朋友是见了一个又一个，始终没有一个她能看上眼的。那个警官成栋全是最接近晶理想的一个。从脾气到性情晶似乎已经接受了，但并不能让父亲完全满意，也不能让晶完全彻底地死心塌地。成栋全的个头还不如晶高，俩人站在一起，晶经常有一种审视他的感觉，于是晶的嘴角经常耷拉着，不是万分幸福的神情。晶的想法是，如果没有真正合适的，姓成的这小子也就将就了，但是晶仍心有不甘。她在追寻，她一直相信，天涯何处无芳草。

父亲在晶的情感问题上，专门和晶谈了一次。

父亲说：丫头哇，你也老大不小了，你要挑到啥时候哇？

晶说：爸，我没挑，只是我真正喜欢的人还没有出现。

晶在说这话时，心里又有了一种隐隐的痛，她的美好的初恋，在部队时已经发生了。就在不久前，让她牵肠挂肚、耿耿于怀的初恋终于尘埃落定了。见到昔日的初恋情人，早已物是人非，另一种结局了。在事实面前，晶还能说什么呢？她把自己的初恋在心里狠狠地画了一个句号，算是对自己的一个总结。化悲伤为力量，该干啥还干啥了。

父亲见晶这么说，便心疼地说：丫头，你到底想找啥样的？你说出来，我和你妈就是头拱地也要给你找出来。

晶又说：爸，你别说了。我找就找你这样的男人，光明磊落，敢爱敢恨。

父亲听了这番话，暂时就没有词了，心里却异常复杂，可以说是翻江倒海。晶无意当中的一句话，让父亲感动了。感动得父亲背过身去，抹了一把脸上的泪珠。这句话让父亲踏实也不踏实，踏实的是，晶长大了，在自己的心里已经有是非了，而且这种是非是坚定不移、斩钉截铁的。踏实的同时，隐隐地父亲还感到一丝骄傲，为自己也为女儿。琴和父亲结合在一起，一辈子都在抱怨父亲是胡子，把她给抢了，然后这么多年，都是在争吵中过来的。她看不惯父亲这、看不惯父亲那的，弄得父亲经常发火。虽然他们老了，磨合了一辈子，到老年的时候这种争吵少了，他们已经知道谁也离不开谁了，但毕竟他们是两种不同性情的人，要达到统一或者人们所说的那种默契，那是不可能的。日子还得疙疙瘩瘩地往下过。

父亲对晶这句话感到不踏实的理由是，晶毕竟是二十大几的姑娘了，这么拖下去肯定不是个事。父亲没有想到，自己对晶的影响会这么大，父亲不知道这是好事还是坏事。于是父亲为晶的情感大事，心便一直那么悬着。

父亲最操心最上火的应该是海了。海这个小子，父亲从小到大从来就没有喜欢过。父亲不喜欢海的理由有很多，重要的一点就是，海一点也不像个男子汉，整天把自己关在屋里，做完作业后，读小说听音乐，读着听着经常泪水涟涟的。小时候父亲曾拎着海的耳朵说：你能不能坚强点，像个男子汉一样。

说归说，做归做，一点用也没有。父亲这才相信一句老话，江山易改，本性难移。想改变一个人那是不可能的。正如父亲改变母亲，或者说母亲试图改变父亲一样，结果谁也没有改变谁，他们还是在现实生活中独立存在着。

海的性格太像母亲了，按父亲的话说，海都长成大小伙子了，还娘儿们唧唧的，很没意思，多愁善感。父亲把这一结果都归结为，海这是看闲书看的，脑子里装了许多闲事，就乱想一些不着调的事。父亲从来不看那些闲书，他想看也看不懂，那些字他都认不全。于是他只看报纸，报纸上的新闻，父亲是深信不疑的，父亲觉得那才是真实可信的，没有那么多弯弯绕儿，有一说一，有二说二，这就像父亲的为人。

父亲这种观念，影响了父亲看电视。父亲看电视时，也只看新闻联播和天气预报。什么电视片、言情剧，父亲认为那是扯犊子，瞎编的，他从来不看。如果偶尔看见父亲看电视，那他一准儿在看体育类的节目，父亲最爱看的就是足球比赛和拳击。父亲把这两种比赛比喻为男人的战争，足球比赛那是阵地战，拳击是单挑独斗，父亲喜欢这种男人之间的战斗。

父亲为海的问题大伤脑筋，父亲要把所有的精力用在收拾海上。

二

海最后去当兵，并不是心甘情愿的，他最后能去当兵，很大程度是给当兵注入了许多理想色彩。

父亲因为有了林的经验教训，对海的何去何从一点也没有难为海。海那时候想的是读大学中文系。因为上了中文系，他读小说和闲书就名正言顺了。从小受母亲的熏陶，海渐渐地热爱文学了。海从上初中便开始写日记了。到了高中的时候就开始写一些诗歌、散文投寄给报纸杂志。那时的报纸杂志办得都很红火，不管发表什么，都有几十万人看。海的作家梦就是从那时开始萌芽的。海投稿的结果，大部分都是泥牛入海，偶尔也能接到编辑部的退稿信，信的格式和口气都是相同的，冷若冰霜的同时，又把人拒之千里之外。好在海在高中毕业那一年，终于有一首小诗在这个城市的报纸上发表了，发表在最后一页的屁股上。这是海最大的收获，这收获，让海几个晚上都没有睡好觉。他拿着那张报纸，翻过来掉过去地看。白天举手投足，已经把自己当成个诗人了，甚至走在大街上也觉得自己是个名人，仿佛所有人都能认出他，或者能叫出他的名字。那些日子，海一直处于浑身发热的状态。

海的伟大成就最先告诉的自然是母亲，母亲拿着那张发表有海的作品的报纸，双手在颤抖，她一遍遍地说：我儿子行了，我儿子是个诗人了。

晶看到那张报纸的时候，显得很冷静，她很深刻地望了一眼海，哼了哼，结果什么也没说。海就一副很失望的样子，拉着晶，非让晶对这首诗发表一些感想。晶没什么感想，只是说：这也算是诗？要这样的诗能发表我一天能写出十首。

海不理会晶的话，他认为晶这是吃不到葡萄说酸话，自然不把晶的话放在心里。海在心里千遍万遍地鼓励着自己说：这个作家我是当定了。

父亲是最后一个知道海发表诗的。海发表诗的时候，根本没告诉父亲，一是没敢，他怕父亲骂他不务正业；第二个原因是他觉得说了也是白说，因为父亲根本不懂。于是，父亲是最后知道的。

父亲先是觉得这几日家里有一种氛围不对劲，母亲和海两个拿着一张报纸嘀嘀咕咕指指点点的，父亲以为那报纸上有什么重大新闻了呢，比如打仗或备战，他认为一家人都在隐瞒着他什么。直到海去上学，母亲外出买菜，父亲才得着机会，溜进海的房间，在桌子上轻而易举地发现了那张报纸。父亲以一个老军人的机敏，三两下便把报纸抓在手里，又以更加迅捷的速度溜回到自己的房间，戴上老花镜，从报纸上的第一个字看起，一直看到最后一页，也没有发现一句新鲜东西。有许多新闻他都从广播和电视里知道了，就这么一张报纸又有什么新鲜的呢？他认为这是母亲和海两人合起来在逗自己玩。父亲生气了，把那张报纸揉巴揉巴扔到了废纸篓里。

晚上的时候，海回来了。父亲没有料到的是，海一回来便开始找那张报纸，饭也顾不得吃了，楼上楼下地上蹿下跳。后来母亲知道那张报纸不见了，放下筷子，饭也不吃了，和海同心协力地一起寻找那张报纸。

父亲这时起身回到自己的房间，把那张揉成一团的报纸拿回来拍着桌子说：你们就找这个？

母亲和海发现了那张报纸，这才长吁一口气。母亲对父亲轻视海的做法很不满意，展开报纸冲父亲说：睁开你的狗眼看看，这是咱们儿子写的诗，都发表了，容易吗？

父亲这才看见了海的诗。上午的时候，他也看了，不过看得是一目十行，没什么记忆。这回听说是海写的，就很认真地看，看了半晌也没看出什么名堂，父亲就说：净扯犊子。然后把报纸平铺在桌子上，拿出个火柴盒冲着那几行诗比画，比画来比画去父亲得出一个结论：你这报纸屁股的东西，还没有火柴盒大，也就是一个闷屁。

父亲被自己的比喻逗笑了，笑得呵呵的。父亲这种比喻和笑让海的自尊心大受打击，海脸红脖子粗地扯过报纸回自己的房间去了。母亲不干了，白着脸和父亲吵了起来。

母亲说：你这老东西，有你这么说话的吗？

父亲还没弄明白这又是哪片云彩下雨了，一脸无辜地问：咋的了？又想跟我整景是不是？

母亲觉得说什么都是废话，最后说一句：你可以无视海的存在，但你不能侮辱他的人格。

这句话让父亲听来，无疑是上纲上线，把问题严重化了，也扩大化了。父亲满脸不解地说：人格，啥人格？他净干一些扯犊子的事我还没说他呢，倒弄我一身不是了。

母亲不再理父亲了，她一头钻进海的房间，母子俩互相安慰去了。客厅里扔下父亲一个人，他看完了电视新闻，又看完了天气预报，就觉得没事可干了，倒背着手，一遍遍地在客厅里散步，一边散步一边望着海的房间，最后“哼”一声，上楼去了。

海从那时起，就把自己当成个文人看了，穿着打扮也向20世纪30年代的文人靠拢，经常弄个白围脖什么的围在脖子上，留长发，一说话还一甩一甩的。他的大部分心思都用在写那些不着调的诗上，这是父亲的话。海有时还读些数理化什么的，渐渐地就把那事淡漠了。

母亲经常把海和当年的枫进行比较，母亲总说：她在海的身上又看到了当年枫的影子。母亲的初恋对母亲来说，太深刻了。深刻得她这一生一世都忘不掉了。母亲怀着这种心态关心着海，也鼓励着海，这就给海以后的命运起到了一个推动的作用。

母亲是这样鼓励海的：儿子，当个作家多高尚啊，那么多人读你的书，幸福啊。儿子，你以后就当个作家得了，以后也写一本《红楼梦》什么的。

海在母亲的眼里无疑成为美好的化身。一半是枫，一半是自己没有实现的那份梦想。唯一的是，母亲忽略了海在这个社会上独立客观的存在。

就这样，海高中毕业了。20 世纪 80 年代，高考竞争是异常残酷的。结果便可想而知了，海高考落榜了。

这回父亲没有干预海的前途。当兵、上大学，完全随母亲一手操办。或许是海早已决定了自己的命运。海梦想着考上大学的中文系，结果是，海的高考分数离录取分数线相差几十分的距离。残酷的现实，让海和母亲都张大了嘴巴。两个人无所适从，他们把自己关在海的房间里，搂抱在一起，痛哭失声。

父亲知道这一结果后，显得很冷静，冷静背后还有一些兴奋的成分，然后他就一遍遍地说：咋样？咋样？哼，我早就料到了。整天价扯犊子，干啥啥不行，吃啥啥没够，咋样？

无路可走的海和山穷水尽的母亲就眼巴巴地望着父亲。父亲知道他们要说什么话，父亲偏不说，他一定要让海和母亲把这话说出来。父亲经过几十年和母亲的磨合，他学聪明了。海目前真的无路可走了，摆在他面前的有三条路，一是学习，参加明年的高考，但海和母亲心里清楚，照这样的水平和基础别说复习一年，再学习两年也不一定能考上中文系。第一条路算是到此为止了。第二条路是待业，让海加入到待业大军中去，什么时候有工作那是不好说的，从梦想当作家到待业青年，这种理想和现实到底相差多远，母亲和海都说不清楚。第三条路就是步林和晶的后尘，当兵去。解放军这个大家庭是一所大学校，这是毛主席说过的话，现在仍然是真理。

海和母亲经过再三权衡觉得这是一条最好的出路。况且，那时海显得很冲动，他读了不少书，记住一句话：要想当一个作家，必须破万卷书，行万里路。破万卷书还有时间，行万里路就是走得越远越好。当兵就可以离开家门，走得远远的。海还认为，当个作家不一定要上大学，像高尔基那样的文学大师，就没有上过大学，社会就是他很好的大学，海要向高尔基学习。

父亲看出了海和母亲要说什么，他们又一时难以启齿。父亲卖着关子说：你们有话就说，有屁快放，又不说又不放我可上楼睡觉去了。

说完还打了一个哈欠，真真假假地要往楼上走。

海终于憋不住了，红头涨脸地说：爸，我要当兵去。

父亲看了海一眼，又看了一眼，然后哈哈大笑道：果然被我猜中了。好！早知道今日，何必当初呢？

父亲说的后半句话就是指海点灯熬夜的那些日子。

父亲指着身后的全国地图说：你想去哪里当兵？

海这时冲动万分，他指着父亲身后的地图说：越远越好。

他一巴掌就拍到了新疆。

父亲说：新疆好！那是祖国的最前哨。就这么定了。

父亲似乎怕海反悔，马上抓起电话和新疆的战友联系，让他们想办法留一个征兵指标给海。

那些日子，征兵工作已经开始了。

海是怀着一种悲壮而又苍凉的心情走进部队的。他告别父母的那一瞬是满怀壮志的，他踏上军列，甚至连头都没有回一次，此刻他恨不能立马飞到新疆，在那里经过生活的淬火之后，马上就成一块好钢。海在那时，从理论上已经知道怎么生活才能当一个作家了。

理想总是跟现实有差距的，当海这批兵走下列车，面对着茫茫戈壁滩的时候，海傻眼了。他以前对新疆曾经有过无数次的幻想，他想得更多的是，新疆的葡萄和美丽的姑娘，以及载歌载舞的人群，甚至新疆洁白的雪山和成群的牛羊。海以前对新疆的理解仅限于书本上，在他青春年少的时候，甚至有一阵想娶一个新疆姑娘。海面对着茫茫戈壁滩的时候，才知道他理想的新疆和现实的新疆是不一样的。他们的新兵连在一座孤山脚下，那是一座真正意义上的孤山，前不着村后不着店儿的就那么一座。说是山又没有草、没有树，更确切的应该称为一个硕大的沙丘包子。只要有风，周围便是风沙四起遮天掩日。

新兵连住的是大通铺，十几个人、二十几个人住在一张大床上。新兵连的训练内容是千篇一律的：出操、跑步、站队、集合、齐步、正步。也就是说，要在新兵连这短短的三个月时间里，让海这批学生兵变成真正意义上的军人。训练单调而又残酷。茫茫戈壁滩上，留下了海他们单调而又有力的口号声和脚步声。

每当海站在队列里，重复着这种单调的军事动作时，他总是想哭、想喊、想叫。那时他的心情很复杂，压抑的青春躁动，在茫茫戈壁滩上无法发泄。

海在一天深夜站岗时，终于流下了热泪。他从热被窝里出来，背着没有了子弹的钢枪站在戈壁滩上，天上是一钩弯月，陪衬弯月的是满天的繁星，满天繁星的景色在内地是不多见的。有风吹过来，海站在那里，思维异常活跃，在这时，他想起了父亲，也想起了母亲，还有姐姐晶。林他也想了，但是并不刻骨铭心。林很小的时候就离开家了，海已经习惯了林不在身边的日子。

在戈壁滩的深夜，海从父母，一直想到自己的房间。那里一张床，一张桌，现在回想起来都是那么亲切和让人难以忘怀。想着想着，海流出了眼泪。当泪水模糊了他的视线时，他突然蹲下了，他冲着茫茫戈壁滩喊：爸、妈、姐，我想你们！

他的喊声被戈壁滩吸收了，只剩下一丝一缕的回声。他的呼喊是那么微弱，海跪下了，那杆钢枪就抱在他的怀里，此时此刻，他显得是那么孤独。然后他又扯开嗓子喊：我石海啥时候才能熬出头哇！

这时他已经忘记了破万卷书，行万里路，当个作家的想法了。那天夜晚，海交了岗，躲在水房里给母亲写了一封信。信的内容满是思念和孤独，当然也把戈壁滩的苍凉写进信中，他在信的结尾处，千呼万唤地对母亲说：妈，救救我吧，这里我一天也待不下去了。

他的这种想法和林当初的想法如出一辙，不同的是，这是十几年以后发生的事了。母亲接到信，又一次受不了了，孩子不管走到哪儿，都是妈的心头肉，十指连心哪。这回母亲没有背着父亲，而是老泪纵横地拿着信找到父亲。父亲一看到母亲的样子就什么都明白了。

父亲“哼”一声：咋的？你儿子又诉苦了，受不了了，想调回来？

母亲这回用很低声下气的语气说：老石呀，海和林不一样，我看他这封信，孩子是真的受不了了。

父亲没说什么，接过海的信，自然没有忘记戴上老花镜，耐着性子把海的信读完了。父亲读完信后什么也没说，而是长久地望着墙上的全国地图，盯着新疆维吾尔自治区。

母亲站在父亲身后也在望着那张地图。她似乎透过地图，正在看着海在戈壁滩上吃苦受累。

良久，父亲转过头，一板一眼地问母亲：你说我要是不同意让他调回来，他会不会像林一样记恨我那么多年？

母亲说：林是林，海是海。我不怕他恨你，我是怕他憋疯了。

父亲听了这话，摘下帽子，狠狠地把帽子摔在桌子上。父亲仰天长叹了口气，无奈地道：我老石咋养了这么一个孬种！

父亲知道，海是和林不一样的，海从小到大浑身上下都是女人气，动不动就掉眼泪，哭，成了海的一大法宝。以前父亲总是恨铁不成钢地拎着海的耳朵说：你这“秧子”，是水做的呀！那时父亲就想，三个孩子咋就不一样呢，在林和晶的身上，父亲看到了自己的影子，而在海的身上父亲看到的更多的是母亲的影子。父亲甚至怀疑，海根本就不是自己的孩子。

想到这里，父亲回头冲母亲没好气地说：这个不争气的东西是你生的，你说咋办吧？

父亲随着年龄的增大，似乎也看透了一些事情。离休之后，办事说话没有以前那么武断了，这回他把海这个难踢的球又踢给了母亲。母亲望着父亲，试着说：要不把海调回来，离家近一点就行。

父亲终于忍不住了，拍着桌子说：调调调，你就知道调，我看海这一辈子算是完了。

听父亲这么说，母亲流泪了，她是真心实意地思念海。老年的母亲和所有的母亲一样，恨不能把所有的孩子都护卫在自己的羽翼之下，像老鹰抢小鸡似的。

父亲没有想好怎么解决海的问题，说是父亲没有想好不太确切，是父亲期待着奇迹发生，也许过上几个月之后，海会突然来一封信，说自己已经爱上了戈壁，再也不想走了。父亲的想法永远是父亲的想法，现实和父亲的想法永远是存在差距的。

海那边出事了。

新兵连结束之后，海和几个新兵一起被分到了某边防哨所。海这批兵是边防兵，新兵连结束之后，无一例外的所有人都分到哨所中去了。

一辆卡车载着他们这批新兵，驶向了边境线，途经一个哨所时连长便拿出名单宣读几个新兵的名字，那几个新兵便下车了。一路下来，车上的新兵就越来越少了，最后剩下海这几个人了。

这辆卡车，在边防线上已经转悠两天了，车越往前走景色越凄凉，有时几个小时都不见人烟，偶尔只能看见路旁荒草中跑过的野兔子。

海真的是害怕了，他看不到前途。景色越荒凉，他就越紧张，车在一个垭口转弯时，海终于忍不住，大叫一声从车上跳下去。海跳车的结果是，他的左腿骨折了。海终于如愿以偿了，他没能去成哨所，而是住进了边防团的医院。新兵连刚结束，海就出了这样的事，在边防团来讲也是一件大事。不管怎么说，海的这种行为，已经明白无误地告诉人们他是个逃兵了。于是一级又一级地把海的问题汇报了上去。

那天中午，母亲午睡时做了个梦，她梦见自己在爬一座山，那座山很高，最后她从山上摔了下来。她大叫一声从梦中醒了过来。

父亲醒了，正在听收音机，母亲的大叫让父亲一哆嗦，见母亲在做梦，才说：干啥呢，一惊一乍的，咋的了？

母亲手抚着胸，仍心有余悸地说：吓死我了，做了个梦，别是有不好的事吧。

就在这时，电话响了。父亲去接电话。电话是新疆打来的，海的事在电话那端传过来，父亲的脸就黑了，他还没有听完电话那端的话便把电话挂了。

母亲一下子就想到了海，她跳下了床，望着父亲，一脸没底的样子说：是不是海出事了？

父亲没好气地说：不是他是谁。

母亲：海咋的了？

父亲：他当了逃兵，没出息的东西。

父亲站了起来，他背着手开始走步，走来走去。

母亲不知深浅，望着父亲走过来又走过去，她心乱如麻，就冲着父亲吼：你就别走了，走得我头晕。

父亲立住了，指着母亲的鼻子在吼：这就是你生的儿子！

父亲此时的脸在发烧。父亲光荣了一生，他作为一个军人一直是挺直腰杆儿在生活，没有一个人说过石光荣的坏话。没想到，老了反而让子女把脸给打了。他的腰杆儿一点点地弯了下去，最后坐下了，冲母亲有气无力地说：他要回来就让他回来吧，别在外面丢人了。

母亲听了这句话，犹如打了一针强心剂，一下子站了起来，冲着父亲说：那你咋还不打电话？

父亲伸出手，刚摸到电话，他又改变了主意，冲着母亲说：这兔崽子我收拾不动他了，那就让林去收拾他。

母亲不知父亲这句话是何用意，茫然地望着父亲。于是父亲就当着母亲的面打电话，父亲的电话是打给林的。林已经当师长了，父亲简单地把海的情况说了，然后心有余力不足地说：这个东西，我就交给你了。他要是不成材，你们以后谁也别回来见我。

父亲说完放下电话。也就是说，父亲把海这个难踢的球，又踢给了林。他收拾不动海了，让林继承他去收拾海。

不管怎么说，海的结局对母亲来说是圆满的，虽然没把海调到身边，毕竟调到林的身边了，兄弟俩在一起，也是不会错的，这是母亲的一厢情愿。接下来，林和海又有了故事。

三

海终于离开了遥远的新疆来到了林的身边。这是父亲向海的妥协，也是向母亲的妥协，老年的父亲已经学会了向生活妥协。换句话说，父亲已经不把海这个豆包当干粮了。因为在父亲的潜意识里，从来没把海这个“秧子”想象成一个合格的军人。最后父亲同意海调到林的部队去，完全是给自己留下最后一丝幻想，他希望林能把海收拾出个人样来。

林把当年父亲收拾他那一套办法拿出来，他想用这套办法收拾海。林和海刚见面的时候，并没有表现出兄弟情谊来，而完全是公事公办的样子。海站在他面前，他坐着。

林冷冷地说：新疆让你受不了了？

海不说话，低着头，此时此刻他的腿伤已经好了。

林又说：你这是逃兵你知道不知道？

海这回说话了，他说话的时候，满嘴的文人腔。他说：我孤独，在那个地方我压抑。

林又说：别人不孤独不压抑？你怎么那么些毛病。你是个军人，是个男人。男人，懂吗?!

海梗着脖子，不望林而是望着林背后的地图说：别人是别人，我是我。

海在那一瞬间，有了一种强烈的感应，此时坐在他面前的不是林，而是父亲。林此时的态度，还有说话的语气，太像父亲了，或者就是父亲的翻版。在那一瞬，海对自己的现状不抱任何幻想了。他想：我这是离开狼窝又入虎穴了，他觉得自己没什么前途了。

林为了斩断海的幻想，甚至都没有让海到家吃上一顿饭。他认为如果把海看成自己的弟弟，那海未来的工作就难做了。林要完成父亲交给他的任务，把海收拾成一名合格的兵，林只能硬下心肠付诸他的行动了。

林把海安排到警卫连，他认为警卫连是锻炼一名士兵最好的地方。为此，林还和妻子吵了一架。妻子是个贤惠的女人，同时也是个善良的人。按她的意思是，海来到这里了，一定要表达一下亲人的情分。来家吃顿饭，认认门。然后，周末的时候，不时地让海过来，吃吃饭，说说家常什么的。按照妻子的意思海的衣服自己也不用洗了，随时随地拿家里来，由她代洗。

林很快粉碎了妻子的幻想，不仅不让海来家里，就是妻子提出要去警卫连看海，林也没同意。侄子石小林已经上小学了，他嚷着要去见叔叔，也被林大声呵斥住了。妻子难过又伤心，和林吵了一架之后，躲到一边抹眼泪去了。林决心已下，他要完成好父亲交给他的光荣使命，因为他太了解父亲了。

林所有的设想，都和事实背道而驰。海并不珍惜眼前的机会，当他走进部队这个大家庭时，才发现自己并不是这个家庭中的一员。以前，他对部队不能说是陌生，应该说是很熟悉，生在部队，长在部队。他以为自己很快就能适应连队的生活。结果，海发现自己想错了。首先他不能适应的是部队按部就班的作息时间，早睡早起，半夜的时候，还有一班岗等着他。这就给海带来了许多不便。他要当作家，当作家就要读书写作，部队的时间安排得满满当当的，属于自己的时间少得可怜。海只能在熄灯后，打着手电筒躲在被窝里看书、写诗。这就大大影响了海的积极性，有时，他刚睡着，值班班长便叫他起床接岗去了。他万般无奈地站在哨位上，这时才发现自己困得要死。他的身后就是岗楼，有门有桌子有电话。此时是夜晚，四周静悄悄的，那时海就想，这站岗纯属多余，没有敌人，破坏分子就是借给他一个胆也不敢到部队破坏。既然什么事都不会发生，那站岗还有什么用呢？完全是聋子耳朵——摆设。这么想过之后，海认为站岗真的没什么必要了，他转身钻到岗楼里，那里比哨位上舒服多了。海坐在椅子上，把枪立在身边，不一会儿，便睡着了。他睡得很舒服，还打起了呼噜。不知什么时候，海醒了。他一时不知自己在哪儿，半晌他终于弄明白自己的职责，起身去摸枪，发现枪没了。他有些慌乱，推开岗楼的门，发现哨位上站着一个人，走到近前，才发现林站在那里。他不知林为什么替自己站岗。

他说：师长，你这是干啥？

自从林对他冷若冰霜，公事公办以来，他一直称林为师长，不管是公开场合还是私下里都这么叫，他觉得这么叫比较解气。

林站在哨位上，像一名真正的士兵。

海这么叫他，他一句话也没有说，从哨位上走下来，把枪掼到海的怀里，低声又严厉地：你给我站到哨位上去。

海怔了一下，最后还是老老实实地站到哨位上去了。

林说：这要是打仗，你擅离岗位，我会一枪崩了你。

海不说话，他觉得林这是在整景，在上纲上线，这一套都是跟石光荣学的。石光荣经常在家这么整景，海嘴上不说，心里想，我才不理你那一套呢。

林说：罚你站满一夜的岗，我陪你。

林果然说到做到，他站到海对面那个哨位上去了，站得一丝不苟。

接岗的士兵来了，不知这里发生了什么，看了一眼师长，又看一眼海。林下命令：你回去吧，告诉接岗的人，今晚，石海站到天亮了。

士兵不敢多问，颠颠地跑回去了。传达师长的命令去了。

夜里，只有海和林对视着。

海说：你这是整景，小题大做。

林说：等你成为一名真正的士兵，你就会懂得哨位的重要性了。

海又说：你这是替石光荣在整我。

林不说什么，狠狠地在黑暗中瞪着海，海甚至不想叫父亲了而是直呼父亲的名字。

海还说：整吧，我不怕，越狠越好，只要不整死我……哼！

最后一句话，海还把调门提高了。

那一刻，林真想走下哨位抽海一个耳光，最后他还是忍住了。

经过那一夜兄弟俩的对峙，海还是有些害怕了，他怕林望着他时的眼神。从那以后，海没再敢漏岗，但他也绝不是个合格的兵。

海在当满一年兵之后，林为海报了士兵高考补习班，林希望海能考上军校，如果那样的话，海就会成为一名军官了，也就有理由在部队长期干下去了，也算是了却了父亲的夙愿。林这么一厢情愿地想着。

海也接受了上补习班的事实，因为部队有规定，凡是上补习班的战士，每天有两个小时可以自己支配复习文化课。可以说在补习班那两个月的时间里，海一天也没有复习文化课，他把那两个小时的时间用来看小说，写诗了。然后一封又一封地把他写的诗寄向全国各地的报纸杂志。

考试的时候海也去了，可以想象，海是不会认真答题的。他坐在那里，把卷子的空白处都写满了诗，然后恭恭敬敬地又把卷子交上去。监考的军官用不解的目光望着海，海无所谓的样子，吹着口哨大摇大摆地走出考场，引来众人的侧目。

这件事还是被林知道了。林把海叫到一个没人的地方，什么没说上来狠狠抽了海两个耳光。海怔住了，他没有想到林会打他。半晌他才缓过神来，捂着热辣辣的脸说：你，怎么打人！

林说：今天我打你，第一我不是以师长的身份，也不是以哥的身份，我是以父亲的名义打你。

海说：你就打死我吧！

林对海真的失去信心了。他真的气急了，用手指着海说：我，我，我怎么会有你这么个弟弟！

林竟结结巴巴的，说完就走了。

海冲着林的背影突然喊了一句：我也没有你这个哥！

喊完了，捂着脸呜呜地哭了起来。

为这事，林给父亲打了一个电话，把海的近况通报给了父亲。父亲听完林的汇报，沉默良久，在那一瞬，父亲对海最后一丝幻想也破灭了。他冲电话那端的林说：人各有志，你的心尽到了。我不怪你，任他去吧。

海平平淡淡地当了三年兵，当满三年兵后，他复员了。

复员前，嫂子带着石小林找到了海，死说活说要海去家里吃顿饭再走。海不想见林，他死活不去。最后嫂子妥协了，同意在外面一家酒楼为海送行，海才答应。

吃饭的时候，懂事的嫂子没有提林，一顿饭吃完，嫂子终于忍不住哭了。

海轻描淡写地说：哭啥，我以后没哥了，但还有嫂子。

石小林见母亲哭了，也拉着海的手，叔长叔短地叫着。

海最后抬起头冲嫂子悲壮地说：明天我就复员了，回去后我也不想住在家里，我要自食其力，干出个人样来，给石光荣看看。

嫂子看了海半晌才说：你和林真是一个父亲养的，怎么都这么倔呢！

海回到了他离开的那座城市。果然，他没有回家。工作被安排在文化厅，他不想坐机关，又要求来到文化厅下属的一家文学刊物当起了编务。就是打扫个卫生，帮着拆拆稿子，给作者回个信什么的。

海白天在编辑部上班，晚上打开折叠床就住在编辑部的办公室里。好在编辑部的人下班都很早，整个编辑部就是海的天下了。他看书写诗，折腾到半夜也没有人管他了。按他自己的话说：活到这份儿上，总算自由了。

四

海复员回来不进家门，而是一下扎到了单位去。其实海的心里挺复杂的，高考落榜，心血来潮地去当兵；当了三年兵，应该说是混了三年，结果灰头土脸地回来了。父亲嘴上没说什么，但他在父亲的目光中看到了许多内容。海读懂了父亲脸上的内容，也就是说，父亲已经不把他当成人物了，甚至把他当成了一堆垃圾，就那样了，爱咋样就咋样吧。

正因为父亲的目光，让海生出了许多的自尊。他发誓要混出个人样来，否则他不会登这个家门的，他受不了父亲的目光。海就是在这种复杂的心情下，开始了自己的作家梦。

父亲在海的问题上永远是不会说什么的，母亲受不了了。她背着父亲偷偷去看海，时间是在晚上。办公室里早已是人去楼空，只有海在那儿挑灯夜战，一个碗里泡着方便面，海把自己的脸埋在稿纸上，他在奋笔疾书。现在海已经不再写诗了，而是改写小说了。他觉得有好多话要说，用诗的形式已经不能把他要说的话表达出来了。于是就写小说，洋洋洒洒的，一落笔就千言万语。

母亲出现的时候，海在稿纸上激战正酣。母亲见海这样子，受不了了，大颗大颗的泪水流了出来，滴在海的头上。海这才发现母亲，他抬起头叫了一声：妈。

母亲扯起海的手道：走，咱们回家吧。

海说：妈，我不，我在这里挺好的。

海的目光和眼神是坚定的，母亲知道，现在的海是十头牛也休想拉回来了。母亲不再说什么了，拿出衣服、被褥给海留下。海毕竟是母亲的心头肉，十指连心哪！

从那以后，母亲隔三岔五地就来看海，每次都不空手，把做好的饺子、煮的排骨源源不断地给海送来。海面对着强大的诱惑也不说什么，送来就吃，不送也不要。他把心思都用在实现当作家的梦想上了。他要出人头地，让父亲看一看，让所有认识海的人都看一看，海也不是一般战士。

母亲回到家后，在父亲面前从来不提海，她知道那是在往父亲伤口上撒盐。但母亲会不由自主地叹气。她一叹气，父亲就不高兴。父亲用拐棍敲着地，“当当”的，母亲知道了，抹一把脸上的泪花，该干啥就干啥去了。

父亲有了一个拐棍，那是他的生日晶送给他的。父亲觉得自己还用不上拐棍，但晶送给他什么他都喜欢。后来他拿着拐棍就适应了，就像战士习惯了拿枪。

现在父亲每天出门时，都要拿着拐棍。他不是拄着它，而是扛着它，或夹着它，就像扛着一杆枪似的。父亲的样子就让人觉得好笑。

李满屯等人看见父亲这样就笑着说：老石呀，你这是整的啥景，有拐棍不拄着扛着它。

父亲说：你们不懂，这是枪。

说完还用拐棍比画了一下，李满屯等人就往后退，唯恐父亲的拐棍伤了自己。

晶现在是公安局刑警大队的一名刑警，早出晚归的，有时有任务，晚上根本就不回来了。她和那些男刑警一起，昼伏夜出的，扫黄打非，也抓赌什么的。晶的工作显得惊心动魄，这是晶的理想。

母亲刚开始并不理解晶的工作，以为晶穿着警察的衣服，坐在办公室里写写画画的。母亲去过派出所，看到的警察大都是这样的。后来有一天，母亲看到了一个电视剧，说的就是警察。警察们在破一个案子，弄得惊心动魄的，看得母亲一惊一乍的。在一旁的晶看到了，不屑地冲电视里说：这算什么呀，竟瞎编。那么多人和一个警察枪战，哪有不死的！瞎编。

此时，电视画面正有一个警察和一帮坏人对射，警察自然英勇无比，一枪一个把坏人给放倒了，自己只伤了点皮毛，所以晶很不屑。

这句话提醒了母亲，母亲望着晶，担心地冲晶说：咋，你们工作比电视上还可怕？晶从来不说自己的工作，每次晚上有行动，她总会给家打个电话说：我晚上加班就不回去了。

母亲对加班的理解仍然是在办公室里写写画画。母亲从来不多想，这回母亲又看到了晶在她面前弄枪弄铐的，母亲的心就缩紧了。从那以后，每逢晶打电话说自己加班，母亲就再也睡不着了，也经常做噩梦，大呼小叫的。从梦中醒来之后，仍喊着晶的名字。母亲这样折腾，弄得父亲就很不安生，父亲就冲母亲吼：你能不能消停一会儿，我睡觉呢！

母亲坐起来，她仍没从睡梦中醒过神儿来，心有余悸地说：晶正和一大帮坏人开战呢，你倒睡得踏实，我可睡不着。

父亲就说：那是晶的工作。

父亲从来不为晶担心，从小到大，父亲一直认为晶就是一块当兵的材料，就跟他一样，晶会成为一名合格的职业军人。晶生在和平时期，没有用武之地，和平时期的女兵，完全是部队的点缀，接个电话打个针，没有什么大作为。后来晶复员了，复员就复员了，父亲没有觉得遗憾。就是后来，晶当了名法官，父亲觉得不过瘾，犯人已经抓到了，还审来审去的，有什么好审的，拉出去，崩了就是了。这是父亲对犯人的理解。再后来晶去了公安局的刑侦大队，父亲这才觉得，晶有了用武之地。父亲的心一下子就安定下来了，他吃得香睡得着了。

父亲认为，人要是这一辈子干一件自己不愿意干的事，那是最痛苦的。比如说，他还没有到退休年龄就让他退下来，那滋味是别人无法想象的。

父亲从不为晶担心。父亲相信晶，什么样的坏人她都能制服并抓回来。他为了晶的工作感到骄傲。所以他对母亲的惊惊乍乍一点也不以为然。

晶此时此刻正和自己的搭档、刑侦大队的副大队长高扬向一个贩毒团伙的老窝摸去。这个点儿，她和高扬已经跟踪了有一个半月了，他们曾扮演过恋人，接近贩毒窝点；也曾扮演过毒贩子在窝点里进进出出。终于，他们掌握了大量的罪证。今天晚上，他们要全力出击一举端掉这个贩毒窝点。

几个贩毒分子，做梦也没有想到，他们周围已布下了天罗地网，晶和搭档高扬正在接近他们。

当晶一脚踹开他们的房门，他们在惊慌中还是射出了罪恶的子弹，子弹顺着晶的肩胛骨穿了出去，晶叫了一声，枪也响了。埋伏在周围的干警同时出现了。

当高扬把晶扶出来的时候，人们才发现晶负伤了。晶的伤并不重，但也足以让她休养个十天半月的。晶不愿意住院，她受不了医院的约束；她又不能回家，如果母亲发现她受伤了，哭哭啼啼的，日子可就没法过了。说不定，母亲从此不让她干这份工作了。

她就和副大队长高扬商量，商量的结果是她住进了高扬的家里。高扬的家就他一个人了。以前高扬也是有妻子的，后来妻子看上了一个商人，就离开了高扬。高扬三十多岁了，仍是一个人过着，日子就有些别样。

晶给母亲打了一个电话，她在电话里说要去出差，要十天半月才能回来。

母亲相信晶出差了，但她整日仍在提心吊胆。

刚开始父亲也相信晶出差了，后来他就看出了晶的马脚。晶在养伤的日子里没事可干，她为了安慰母亲每天都打一个电话。每次晶在电话里都说一些无关紧要的话，有时还能说上十几分钟。电话这边的母亲，总是问寒问暖的，那头的晶也显得很有耐心的样子。

父亲是职业军人，他敏锐地觉察到，晶没有离开这座城市。否则外出执行任务，是没有时间也没这么好的条件闲扯淡的。

有一次母亲外出买菜，晶又打电话来，父亲就问：晶，你在哪里？

那时晶还在扯谎道：爸，我在南方出差。父亲说：拉倒吧，晶，到底发生什么了？你告诉我。

晶看瞒不住父亲了，最后还是实话实说了。父亲就在电话里哈哈大笑，父亲说：丫头，你等着，明天我就去看你，你是英雄呀！

五

父亲去看晶当然是瞒着母亲的，他甚至都没向干休所要车，而是坐公共汽车。父亲有个毛病，一坐小轿车就头晕，这毛病这辈子是改不了了。父亲坐公共汽车，咣咣当当，摇摇晃晃的却不晕。按父亲自己的话说：他就是穷命。

父亲出现在晶的身边时，高扬正在悉心地照料着晶。高扬并不像人们想象中的五大三粗，如果高扬不穿警服的话，人们很难把高扬和警察联系起来，人们更多的会想起机关的公务员，或者大学老师。单纯从外表看，高扬的气质很文弱。但高扬的经历却很传奇，警官大学毕业，当警员时干过一年的卧底，一举粉碎了本市最大的一个犯罪集团。也曾孤闯一个绑架团伙，用自己换回人质，最后里应外合，同样粉碎了绑架团伙的阴谋。在东辽城，高扬是一个传奇人物。犯罪分子一听高扬的名字便闻风丧胆；平民百姓一听高扬的名字自然是举双手欢呼。人们不认识高扬，但是都知道高扬。高扬的名字口口相传，越传越神，在百姓心里高扬就是个神了。

父亲敲门的时候，自然是高扬来开的门。父亲和高扬对视了一下，父亲在高扬的眼神里一下子就相互走近了。

父亲说：你是高扬？

高扬说：石伯伯你好。

这是两个男人的第一次见面。在这之前，父亲曾无数次地听晶说过高扬，在晶的描述中父亲熟悉了高扬也想象了高扬。

高扬自然也听过父亲的经历，父亲是这座城市上个世纪的传奇人物，两人一见竟有了惺惺相惜的感觉。

晶并没有像父亲想的那样躺在床上，她坐在沙发上正在看电视。她的伤在肩部，胳膊吊在胸前，让人一看便想到了英雄。

父亲见晶这样便笑了，晶也笑了。

父亲说：咋样，丫头，疼不疼？

晶说：这得问你，你受过十八次伤，你说疼不疼！

父亲听了这话，呵呵地笑了，笑着笑着泪水就模糊了眼睛。父亲不是那种婆婆妈妈的人，他不是为晶这点小伤难过得哭了，而是他在晶的身上看到了自己当年的影子。自己老了，年轻的晶，也就是年轻的自己又站在自己的面前，他能不高兴吗？那时父亲就想，如果晶是个男人，一定比现在更轰轰烈烈。想到这儿的父亲冲晶说：闺女行，是爸的种。

父亲觉得有千言万语要对晶说，此时他只说了一句话。

晶沉静地望着他。

高扬站在一旁望着两个人，他没想到父亲和晶会以这种方式相见。

父亲坐下后就看着高扬，进门的那一瞬他就喜欢上了这个年轻人。他此时看见高扬身上背着的枪，想试一试高扬的身手，不经意间靠近了高扬，以迅雷不及掩耳的速度，突然伸出了手，也就在这时，高扬一下抓住了父亲的手。那一瞬，两人的动作都是下意识的，两人相互抓着手才明白过来，突然哈哈大笑起来。

父亲说：你小子行，果然名不虚传。

高扬说：石伯伯，你要年轻十岁，我这枪肯定让你拿下去了。

然后两人就说到了枪。父亲太喜欢枪了，他玩了一辈子的枪，长枪、短枪什么没见过，可他还是喜欢。最后，他从高扬手里接过枪，像美国西部枪手似的玩起了枪。父亲一抓起枪便把什么都忘了，掏枪、出枪的动作，已经到了出神入化的境地了。

高扬在一旁咂着舌头说：石伯伯，行，你真行。

父亲三两下就把枪拆了，又三两下，把枪给装上了，看得高扬和晶都一愣一愣的。父亲后来把枪还给了高扬起身向外走去，他走到门口的时候，回头对高扬说：我闺女交给你了，要是有个三长两短的，我找你算账。

高扬不说什么，只是冲着父亲笑。高扬本想送父亲一程，父亲一出门，便把门“咣”的一声带上了。

海也来看了一次晶。虽然海现在很少回家，但从小到大海最爱跟晶在一起。有时晶值班，海就会去找晶，听晶讲一些破案的事。海来看晶的时候，高扬不在，但海还是敏锐地感受到这是一个单身男人的房子。以前海也见过高扬，不知为什么，海并不喜欢高扬这个人，他和高扬在一起，总是有一种危机感。

海坐下后，便冲晶说：姐，你住的是谁的房子，是不是高扬的？

晶不说话，眼睛望着墙上，海顺着晶的目光望去，便看见了墙上挂着高扬的照片，那是一张高扬的艺术照，此时的高扬正含蓄地冲着他们微笑。

海就明显不悦了，他沉着脸冲着晶说：姐，那么多男人你不喜欢，你为什么喜欢他？

晶也开玩笑地冲海说：怎么了，你是不是希望姐永远嫁不出去呀？

海就不说什么了，他的心情很沉痛，他也说不清为什么沉痛。海复员回来后，也老大不小了，有好多热心人帮着海张罗女朋友，母亲也托人拉关系地帮海找过，可海一个也没看上。气得母亲拍手打掌地说：你个死东西，到底要找啥样的？

海不说找啥样的，其实他心里的目标很明确，要找就找姐这样的，不论从长相还是从性格，海从小到大，可以说受晶的影响很大，他最欣赏的女人就是晶。无形中，晶成了海衡量其他女人的一把尺子。海以这种标准去寻找未来的女朋友，说简单就简单，说复杂就复杂。

海给晶带来很多吃的用的东西，一大堆放在晶的面前。

晶望着那一大堆的东西道：海，你不怕把我撑着哇？

海不说什么，梗着脖子不看晶。晶就又说：得了，我不是还没嫁人吗，以后我找男朋友先请你过目，你同意，姐再跟人家谈。

晶这么说完，海的情绪才有所好转，然后想起什么似的，从包里拿出一本杂志，那本杂志上发表了海的一篇小说。

晶看着杂志就真心实意地说：海，你真快成为一个作家了。

两人又说了一阵桃红李白的话，海便告辞了。他看晶没什么大事儿，也就放心了。海走到门口回过头来冲晶说：姐，你早点回家去住吧。

晶站在他的身后不说什么，只是笑着。

只有晶离开这栋房子，海才会感到心里踏实。其实海这种敏感是有道理的，晶确实被高扬吸引着。

高扬吸引晶的原因很复杂，一方面她在感受着高扬浑身上下的男人气，另一方面高扬身上让她感受到一种熟悉的东西，那种她熟悉的东西就是父亲身上的，这种东西让她感到既亲切又美好。

晶从小到大一直很崇敬父亲，在她情窦初开的时候，甚至想过未来的白马王子应该是父亲这种人。在她的眼里，父亲浑身上下都是优点。当母亲不停地唠叨父亲这不好那有毛病时，晶一点也不想苟同，她甚至认为这是母亲没事找事，鸡蛋里挑骨头。后来晶大了，明白了男人女人该是一种什么感情时，她仍然崇敬父亲，欣赏别的男人时就多了一把尺子。

晶到刑警队报到的第一天，第一次见到高扬时，高扬没有给她留下什么印象。后来搭班了，她被分到高扬的这个组，在工作中，她才了解高扬到底是个什么样的人，高扬的那份冷静、果敢，让她一下捕捉到了那种熟悉的东西，这种熟悉的东西不是每个男人都具备的。晶在草原当兵时，经历了她的初恋，她的初恋在她的心里留下了刻骨铭心的记忆。初恋的情人吸引她的东西就是这种熟悉的东西。后来初恋被现实击得粉碎，偶尔回想起往事来，晶的心里仍隐隐作痛。

这次她别无选择地住到了单身的高扬家里，迫使高扬把所有的夜班都接了下来。她在无意中发现了一本高扬和前妻留下的影集。高扬的前妻从照片上看，应该是一个很精致的女人。她不明白，这个女人为什么离高扬而去。高扬和商人比是很穷，难道钱比任何东西都重要吗？这是晶迷惑和不解的一点。

晶知道自己真正的爱情又一次来了，这股力量正长驱直入，先是撞开了她的心，后又浸渍着她的全身。

她只要看见高扬便觉得愉悦，哪怕是听到高扬的声音。在高扬不在身边的时间里，她会望着高扬墙上的照片发呆。在养伤的日子里，晶的爱情之火，已成了燎原之势。

六

晶的伤在爱情的滋润下很快就好了。伤好后过了许久，母亲才知道晶受伤的事。那次母亲扒开晶的衣领，看着晶肩头留下的伤痕，号啕大哭了一场。从那以后，她更担心晶。晶的昼伏夜出，让母亲提心吊胆。母亲经常在夜里醒来，趴在窗前听着外面的动静。父亲见了后就冲母亲说：你有毛病呀，晶又没有到干休所来抓坏人。

父亲这么说，仍没能改变母亲对晶的提心吊胆。那时，母亲就一门心思巴望晶早日结婚，她是过来人，知道女人一成家，有了孩子，再野的心也该收了。如果晶收了心，不再昼伏夜出了，那她的一颗心也就安生了。母亲在睡不着觉时就感慨：做女人不易，做个好母亲更不容易。

但晶似乎一点也没有要结婚的迹象，昼伏夜出不说，每次回到家里，只要母亲一提结婚的事，晶就嘻嘻哈哈没个正形，弄得母亲说也不是想也不是。晶每次一离开家，母亲就开始为晶祈祷，她双手合十，闭着眼睛，嘴里念念有词。父亲看见了，曾训斥母亲：你还是老兵呢，给军人丢脸。

父亲这么说了，母亲还照样这么做，反正在家里，关起门来谁也看不见，也影响不到哪里去。做个母亲不容易，父亲这么一想之后，也就随母亲去了。

母亲不仅要为晶操心，更为海操心。她现在仍隔三岔五地去看海，每次去，海都伏在桌子上奋战着。海说在写小说，海已经奋战了几个昼夜了，头发乱了，眼睛也红了。那一次母亲看见海正把头扎在水龙头下冲洗着，海光着膀子，一副赤膊上阵的样子。母亲发现海瘦了，也就是那一次，母亲在海面前哀求着哭了。老年的母亲愈发地变得多愁善感，动不动就流眼泪，跟个小姑娘似的。母亲一边哭一边央求海，希望海能跟她回家。他写小说就写，半夜母亲端个汤送个水也方便。海听了母亲的话，把脖子梗了，没好气地说：我当不成作家，就不回家，不能让人家小瞧了。

海说的“人家”自然指的是父亲，还有林。母亲千劝万劝的也不起一丝一毫的作用，无奈的母亲一步三回头地走了。母亲一边走一边在心里想：这辈子怎么碰上这么一群不知好歹的人呢？父亲就不用说了，母亲已经领教过了，都一辈子了，吵了一辈子争了一辈子，结果父亲还是父亲。林当年当兵，为了和父亲争个曲直，一口气十几年没有回家，现在娶妻生子了，当上了师长才回来。经常给家打个电话，问询一下父母的身体，偶尔也打听一下弟、妹的近况。在母亲的心里，林已经正常化了。

母亲认为晶会让她省心一些，女孩子嘛，没想到的是，晶更不让人省心，扎在一堆男人中间，舞枪弄棒的，弄得母亲的心一抖一抖的。三十来岁的大姑娘了，也不结婚，整日没白没黑地在外面疯着，让母亲一点也不省心。

海从小到大都是女孩性格，自尊心比谁都强。按理说，他学习不好，没父亲什么责任，兵没当好更没父亲什么责任。他这没当好那没当好的，在一般人的眼里，海这个人就废了。现在又要当什么作家，说什么混不出个人样来就不回家了，看样子，海这种一意孤行要进行到底了。

母亲受不了了，她无论如何要拯救海。在她的印象里，只要有个姑娘能拴住海的心，这孩子还是可以救的。那么又有哪个姑娘能走进海的心灵呢？母亲吸取了前几次失败的教训，这次，她要为海张罗一个知根知底的。

那一年，干休所李满屯的姑娘大学毕业了。李满屯给父亲当过后勤部长，现在也住进了干休所。李满屯的姑娘叫李纹，学的就是中文。海当年梦想着学中文，结果没考上，后来当兵去了。李纹毕业后在一家中学当老师，也是老大不小了，高不成低不就的，介绍了无数的男朋友，她愣是没有一个看上眼的，让父母也跟着操碎了心。

那天在干休所里，母亲和李满屯说起了各自的儿子和女儿，都是一脸的愁容。后来李满屯一拍大腿说：小时候，你们家的海和我家的小纹是不错的，还不如让他们那个呢。

李满屯这么一说，母亲眼前呼啦一下子就亮了，她也一拍大腿，可不是咋的！就这么定了。

为了慎重，母亲和父亲要把李纹叫到家里过目一番。李纹小时候他们是有印象的，扎着两个小辫子，跟在海这些男孩子后面疯玩儿。自从住进干休所后，尤其是李纹上大学后，他们已经很难再见到李纹了。毕竟是年轻人，和老人活动的空间不一样了。

很快李纹在李满屯的安排下来家一趟，由李满屯陪着。谁都没把话说破，三个老人大着嗓门说一些山高水长的话，李纹像小猫似的这看看那瞧瞧，乖得很。后来，她在一本影集里看见了海的一张照片，她的眼睛就亮了。李纹上过四年大学，现在又是人民教师，她的情商是不低的，父亲带她到这里来，她心里是什么都明白的。这么多年她心里一直记挂着海，以前谈过那么多男朋友都没有成功，多多少少和海有一定的关系。

李满屯带着李纹走了之后，父亲和母亲有了如下对话。

母亲说：老石呀，你看这姑娘咋样？

父亲说：我看差不离，海那小子都要成了废人了，能找这样姑娘当老婆就算老石家祖坟烧高香了。

母亲也说：这姑娘乖得跟猫似的，我打心眼儿里喜欢。

父亲说：那就这么定吧。

母亲为了安排海和李纹见面也是费了一番苦心的。星期日的时候，她把父亲打发走了，然后给海打电话，她在电话里有气无力地说：海呀，妈病了，快不行了，你要是回来晚一步，就不一定见到妈了。

海对母亲的电话将信将疑的，以前母亲也骗过海。这回海就说：妈，你别骗我，你知道“狼来了”的故事吗？

母亲说：妈现在快不行了，啥都记不得了，你快回来吧。

母亲最后又说了句：你爸不在家，你不回来就没人管我了。

母亲这句话起到了作用，就是母亲骗他，只要父亲不在家，他回来一趟也是可以的。于是他暂时和他心爱的小说告别，匆匆地回来了。

海一走进家门，就发现又一次上当了。母亲正和李纹在客厅里谈笑风生呢，海一脚门里一脚门外地站在那里。

母亲就扑过去，她怕海半途缩回去，前功尽弃，以前曾经有过这样的教训。她一把把海拽进屋内。

母亲说：海，你看谁来了。

李纹也站起来了，她又乖得跟猫似的了。

海自然认识李纹，虽说几年没见了，但海对她一点都不陌生。

海没头没脑地说了句：你来干什么？

两人就怔在那里。

还是李纹有涵养，不仅没有恼反而笑着说：我来看你呀。

海别无选择，只能坐在沙发上了。母亲见势也就上楼了，但她的每根神经都没闲着，不停地引颈谛听着楼下的动静。她希望海和李纹说的时间越长越好，最好是谈着谈着就不走了。

楼下的海和李纹并没有说什么，大部分时间是李纹在说，说自己的大学生活，说当人民教师的体验。海冷着脸听，态度自然是不冷不热的。

李纹说了一气才反应过来，冲着海说：你怎么不说话？

海站起来说：你有话找我妈说吧，我还忙着呢。

然后冲楼上大声地喊：妈，没事我走了。

海真的走了。等母亲从楼上走下来，海已经没影了，只剩下形单影只的李纹站在那里。最后李纹留下一句话：你儿子怎么这样。说完也走了。母亲的心又凉了。

父亲很快就回来了，其实他并没有走多远，他一直在附近观察着动静。见海和李纹相继走出来，他就感到没戏了。一进门便冲着发呆的母亲说：我说过海这小子是扶不上墙的东西，以后他的事咱们少管。

母亲真的是欲哭无泪了。

后来这事让晶知道了，晶大大咧咧地说：你们别管了。我知道海喜欢什么样的，这事包在我身上了。

晶果然说到做到，没多久，晶便领着一个叫杨花花的女公安出现在海的面前。杨花花刚从警校毕业，正在晶的手下实习，现在晶已经是中队长了。杨花花二十有四，她长得和名字一点也不相符，身体很健壮，有点黑，经常放声笑，还能喝酒，也大块吃肉。这都是后来海了解到的。

当晶带着杨花花出现在海的面前时，海的一双眼就直了，他痴痴呆呆地望着杨花花。杨花花就笑着冲海说：你小子看啥呢？

海被爱情击中了。

从那以后，人们经常可以看到，海像个小学生似的手捧着鲜花站在公安局门口，等着杨花花的出现。

七

七老八十的父亲除了操心三个孩子，让他更加记挂的便是老家蘑菇屯儿那片土地，以及生活在那里的乡亲们。

父亲所熟悉的那帮老人大都不在了，就是健在的也已经是老眼昏花没有什么作为了。他们也同样惦念着干休所的父亲，可他们都老了，心有余而力不足了。他们对父亲的怀念只能挂在嘴上说说，他们怀念当年走进城里，来到父亲家里，大块吃肉大碗喝酒的岁月，以及他们离开城里，穿着父亲送给他们的军装，以及缝纫机什么的，那样的日子是多么美好哇。父亲的乡亲们怀念着那些美好的岁月。

现在轮到他们的孩子频繁地出入父亲的家门了。年轻那茬人找父亲的时候，是为了当兵，现在有的留在部队，有的复员回乡了。小辈儿的这茬，他们三五成群，呼朋唤友地来到了城里。现在当兵对他们已经没有什么诱惑力了，都知道当个三两年兵又回去了，以前干啥还干啥，耽误时间不说，连个老婆都讨不上。部队的干部都得上军校，他们知道自己不是上军校的料，索性他们什么也不想了，干脆断了当兵的念头。

现在他们又成群结队地来找父亲，他们要在城里找一份工作。地，早就承包给别人了，种地也用不了多少劳动力了，守着那些地，有吃的没花的，他们不满足，要进城打工，买电视，盖房子，他们对未来的幻想美好而又灿烂。

父亲对这些年轻的后生已经陌生了，但是他们成群结队，或蹲着或站在客厅里，抽自带的卷烟，大声地吐着痰。父亲啥都不说了，仿佛他又回到了蘑菇屯儿，站在村中的大柳树下，那一刻，父亲感觉到自己是名村干部。他背着手在这些后生面前走来走去，看着眼前这些壮劳力心里高兴呀。

后生们眼睛瞪得跟刚蒸出来的豆包似的，满怀希望，满怀亲情地望着父亲。父亲就开始打电话，父亲在这个城市有很多关系，以前的老上级、老部下、秘书什么的，很多人都在这个城市里担任这个长、那个长的。父亲冲电话里说：王主任哪，我是老石，有个事，老家嘛，来了几个孩子，农闲了嘛，想到城里弄几个闲钱，你那建筑工地给安排几个啊。

父亲还说：胡局长呀，有这么个事，那啥……

父亲的眼前走了一拨，又来了一拨。他就像一位派工的村长一样，把眼前的壮劳力一拨一拨地派出去。

这是刚开始的情景，后来情况就发生了变化，这些人已经不满足打工挣钱了，而是把挣钱的规模整大发了。那时城里的饭店都时兴吃野味、山珍什么的，蘑菇屯儿一帮老小一合计，这事还得找父亲。他们合伙把卖粮食的钱、打工挣来的钱凑到一起，又用报纸裹巴裹巴就来找父亲了。他们要到城里开饭店，把蘑菇屯儿的蘑菇、山鸡、粉条什么的弄到城里来，让城里人吃点新鲜。

这事可难住了父亲。父亲知道开饭店可不比打工，打工要的是力气，开饭店要的是效益，就是领导和父亲关系再熟也不可能把办得好好的饭店让蘑菇屯儿的人开。父亲打了电话，联系了两次都碰了钉子。父亲就茫然地望着眼前的这几个后生。

这几个后生不知深浅，个个都摩拳擦掌的样子，他们把报纸打开，让那一堆乱七八糟的钱露出来，大着声音说：石头叔哇，咋的呀，我们有钱，又不是没钱，这事咋还整不妥呢?

又有人说：石头大伯，家乡的人都知道你，这城里的江山都是你打下的，咋的，离休说话就不好使了？

后生们这么一将，父亲就热血撞头了，他拍着头突然想起一个事来。干休所外面有一排门面房，前几天干休所的领导研究招租的事儿，后来就没了下文。父亲对这些不感兴趣，后来他也没问。现在父亲想起了那排门面房，拍了拍脑门，把报纸里的钱裹巴裹巴夹起来就出去了。

他找到了所长，把那堆钱往所长面前一摊说：小张呀，这么的吧，墙外的那趟房归我老石用，这是租金。

张所长还想说两句什么，父亲不耐烦地挥挥手说：我知道你要说啥，什么研究研究啥的。我看你们是吃饱撑的，这就跟打仗一样，再研究你就当俘虏了，就这么定了。钱就这么多，要是不够从我工资里扣。

不等张所长说话，父亲一转身就走了出来，马上带着后生们实地考察了一番，结果是令人满意的。

没几天，一个牌子就挂出来了，上面写着：蘑菇屯饭庄。开业的那天，还放了几挂鞭，很热闹的样子。

饭店开起来了，蘑菇屯儿的蘑菇、粉条、山鸡什么的也都运来了，因为干休所处的地理位置并不理想，来吃饭的人不多。那些后生们大部分时间闲着，袖着手扒在饭店的窗口，望着街上来来往往的人，琢磨着：这些人怎么就不进饭店吃饭呢？城里人的肚子净是油水？他们真恨不得去大街上把人拉进来，着急上火地在饭店里直转悠。结果还是去找父亲了。父亲也没招了。他急得在客厅里一圈一圈地走着，后来父亲说：这么着吧，我去动员动员干休所的人，让他们到你们那儿吃饭去。

接下来父亲便开始在干休所挨家挨户、楼上楼下地去张罗了。以前父亲不串门，谁住哪楼、哪个门，他根本对不上号。这回他到张所长那儿要了一本花名册，拿着花名册，挨家挨户地去走。

他一进屋便开门见山地说：老王呀，现在生活好了，就别在家吃饭了，去蘑菇屯饭庄吃去，那里的饭菜香，可劲儿造吧，去吧，啊。

他又说：老李呀，忙啥呢，你看你烟熏火燎的，到馆子里吃得了。

他还说：小朴呀，你家也不差那两个子儿，改善改善呗，都啥时候了，自己还做饭。去下馆子，下馆子……

父亲不仅动员别人，自己也身先士卒地去吃了一次。他去之前，是想拉母亲一块去吃的，结果母亲没有同意，他就自己去吃了。他点了一大碗小鸡炖蘑菇，还有炖大豆腐。他好久没有吃家乡菜了，他是真喜欢吃，吃得汗流浃背的，心满意足。本来这顿饭二十块钱，他硬是塞给人家三十元。

父亲尝到了家乡菜，便念念不忘了。他说死活也要拉上母亲去吃一顿，母亲不搭理他，还说父亲家乡的菜像猪食，这让父亲很伤心。后来父亲就想主意，他终于想了一个主意，那就是在一个周末的晚上，父亲冲着母亲说：我要请客。

母亲就睁大眼睛说：你要请谁呀？

说完还摸摸父亲的额头，看看他是不是发烧了。

父亲一本正经地说：我没发烧，我要请孩子们吃顿饭。

母亲终于明白了，父亲不仅要请晶和海，还要请高扬和杨花花。父亲的这一提议得到了母亲的大力赞扬。母亲早就为现在儿女的这种状况伤心不已了，家不像家，孩子不像孩子的。如果孩子们能有机会坐到一起，不管吃什么，只要一家人坐在一起，母亲就感到心满意足了。

接下来母亲就开始打电话，给晶打完又给海打。海现在正跟杨花花热恋着呢，他把自尊哪、奋斗呀，都放在了一边，他全力以赴，一心一意地谈起了恋爱。因为恋爱，他已和家的关系缓和多了。在这之前，他还领着杨花花到家里来了一趟，海也爸呀、妈呀地叫了。海走后，母亲一直高兴了几天。

这次母亲在电话里一说是父亲请客的事，海痛快地答应了。一家人又坐到一起了，当然是在蘑菇屯饭庄。当一家人对着满桌子大盘、大碗的家乡菜时，边吃边说好吃。父亲越听越兴奋，解开了衣服扣子，撸起了袖子，要了一瓶家乡的“高粱烧”，自己倒了一大碗，也给每个孩子都倒了一些，母亲也高兴地来了一点。说心里话母亲最不喜欢酒味儿的。

父亲举着杯子若有所思地说：家乡好哇，你们都长大了，家乡什么样，你们没瞧见过，都该回去看看哪。

晶很理解父亲，举着酒杯说：爸，现在忙，等忙过了这段时间，我和高扬一起去老家看看。

高扬也说：石伯伯，你放心，我下次去一定带上你。

这句话说到了父亲的心窝里去了。这么多年，他一直希望回老家看看去，岁数大了，一个人是没法回去的。孩子们要是不陪他去，回去就只能是梦想了。高兴的父亲，一次一次地和高扬碰杯，喝来喝去就喝高了。

这回父亲不说家乡了，而是说这个饭馆了，命令似的冲着孩子们说：以后你们一周要到这里吃上两次。家乡好哇，你们不能忘本。

喝着吃着，父亲就哭了，一塌糊涂的样子。大家都不知道父亲这是怎么了。

结账时，晶和海都抢着去结，最后父亲大手一挥自己去结了，什么零头呀，都不要了。

从那以后，父亲便成了蘑菇屯饭庄的常客了，弄得母亲三天两头和父亲吵架。

八

晶和海相继结婚了。父亲的意思是，晶和海的婚事要好好地操办一下，地点最好在蘑菇屯饭庄。林十几年前结婚了，那是在部队上偷偷结的，父母都不知道，更谈不上到场了。按父亲的话说，通过晶和海的婚事，让蘑菇屯饭庄也喜庆喜庆。结果晶和高扬领完结婚证，便接到任务去南方缉捕逃犯去了。自然是一桩没有婚礼的婚姻。

海和杨花花结婚时，时间倒是显得很从容，俩人没有张罗亲朋好友，悄无声息地去游玩了一次，算是把婚结了。

父亲因此很失落，错过了两次让蘑菇屯饭庄轰轰烈烈的大好机会。

海和晶的婚姻，让他们似乎都找到了幸福。晶搬到高扬那儿去了。父母对晶的出嫁想得都很开，姑娘嘛，如同泼出去的水。

他们不理解的是，海结婚也没住家里，而是住进了海单位的宿舍。其实，父亲见了几次杨花花已经很喜欢这闺女了，干什么事都风风火火的，一点也不磨叽。说话大着嗓门，让父亲想起了部队的女兵。父亲望着杨花花就说：这闺女好，好哇！

究竟哪里好他并不说，只是说好。母亲望着杨花花竟有些担心，她很没底气地对父亲说：你看那丫头和咱海能长吗？

父亲说：别瞎掰，说啥呢，海那娘儿们唧唧的样子，就得有这样的姑娘收拾他。

父亲现在还没有忘记收拾。母亲所担心的是，怕海受媳妇的气。其实母亲的担心是有道理的。婚后的生活中，海基本上是处于一种被动地位，家里的大事小情都是杨花花说了算。这姑娘骨子里就有一种当领导支配人的欲望，在海的面前说话不仅粗门大嗓，还比比画画的。

海似乎早就等着这一天了，整天里在杨花花的指挥下无比受用的样子。一会儿去买酱油，又一会儿去买包子。总之，在杨花花的指挥下，海是忙得团团乱转。海却是无怨无悔，还兴高采烈的样子。

杨花花结婚之后，就被刑侦大队安排搞内勤工作了。杨花花习惯了追追打打的工作，冷不丁按一天八小时上班，下了班又没事可做，她很是不适应。晚上的时候，她在家待不住，换上便装要出去转一转，非得让海陪着她。她把海当成搭档了。让海陪着她专门往旮旯犄角钻，这是她的职业特点。海跟着杨花花也学会了"深入浅出"，看什么人可疑，什么人一看就是好人等等。海现在还在如火如荼地进行小说创作，海早就不是编务了，他已经拿到了成人文凭，学的就是中文。海现在是编辑，有中级职称。他的创作已经在圈内有一些小名气了，人们称他为青年作家。海的作品早就过了提着猪头找不到庙门的时候了，海现在的小说成了好多杂志的抢手货。

海通过杨花花的指点学会了观察什么样的是好人，哪些又是坏人，这对他的小说创作起到了积极作用。

杨花花带着海每天晚上这么转悠，终于有所收获。杨花花在海的配合下，抓住了一个企图入室盗窃的小偷，然后公安局顺藤摸瓜一举粉碎了一个盗窃团伙。杨花花在一个夏季的夜晚独自走在街上，那天海要在家里赶稿子，没能出来陪她。结果，有个色狼不知天高地厚的要打杨花花的主意，被杨花花三拳两脚给收拾了，送到派出所一审问才知道，原来此人是个奸杀惯犯，还被通缉着呢。于是，一连串无头案都迎刃而解了。为此，杨花花还受到了公安局的嘉奖。

这是杨花花业余时间的作为，她感到很不过瘾，大有英雄无用武之地的感觉。她在业余时间里整日这么溜达，大部分时间是没什么收获的。她无处发泄，便把海当成自己演练的对象。她经常把海捆起来，告诉海这是什么扣。弄得海爹一声娘一声地叫，叫归叫，海愉快高兴，他心甘情愿受这样的待遇。

杨花花折磨完海还不够，她还让海把她捆起来，要么系在椅子上，要么系在床上，总之，不管系在什么地方，杨花花总能变魔术似的，重新恢复自由，看得海一愣一愣的。由此海更加由衷地佩服杨花花了。海有时候望着杨花花情不自禁地说：花花，你都快赶上我姐了。晶是花花崇拜的女人之一，在整个公安局没人不知道晶的，晶办的案子都是大案子。晶的名字被许多黑社会团伙记录在案了，有人曾扬言，杀掉晶就会获得一百万的奖励。但现在晶仍然完好无损，并且神出鬼没地和那些犯罪分子斗争着。

杨花花佩服晶是真心真意的。她一直希望晶说一句话，把她调到一线去工作，可晶一直没有说那句话。后来晶冲海说了句实话：别以为这事是闹着玩呢。

也就是说，高扬和晶从事的工作，是把脑袋别在腰带上的工作，一不留神就有生命危险。别看晶在人前人后笑呵呵的，可就是睡觉，她的每个细胞也都是醒着的。

现在的杨花花，做梦都梦见自己还打打杀杀呢。有好多次在梦里，她一脚把海从床上踹下去，弄得海鼻青脸肿的，海到最后都不敢上床睡觉了，而是抱着被子睡在了沙发上。

这一点父亲母亲都是不知道的。

母亲一直对海结婚不住在家里耿耿于怀，她楼上楼下每个房间都看了，然后就落寞地自言自语：这个海呀，家里这么大地方不住，非得住在单位的鸽子笼里。

母亲一直把海的宿舍比喻成鸽子笼。

父亲听到了，便说：不回来更好，清静。

老年的父亲，内心深处也是希望海呀晶呀能住在身边，年轻人活蹦乱跳的样子，会让父亲想起自己年轻的时候。父亲一想起年轻岁月，总是那么神往，说起那些岁月时，父亲总是这么开头的：想当年，我二十三，在一八六团当营长……父亲的年轻岁月结束了，父亲只剩下对往事的空叹了。

晶结婚这么长时间了，一直没有要孩子，这是母亲最放心不下的一件事。偶尔地，晶和高扬在周末提袋水果或两瓶酒回到家里坐一坐。这时，是一家人最高兴的时候，母亲忙三火四地给海打电话，让海带着花花也回来，一家人要吃顿团圆饭。海接受了命令带着花花回来了。

母亲不注意别的，专看晶和花花的肚子，于是母亲就冲着两个女人的肚子说：你们哪，可真是，咋还一点动静也没有哇？

两个年轻女人自然知道母亲说的是什么，红了脸，把母亲的话头岔开了。

晶和高扬真的很忙，一副身不由己的样子，有时刚在家坐一会儿，他们腰间的呼机就响了，便匆匆地走了。这一走，十天半月的也露不了一次面。就是能在家里待到吃饭的时间，他们也很不安心的样子，不时地看表，看呼机，怀疑呼机是不是坏了。

每次吃团圆饭，父亲母亲为了争执吃饭的方式总是闹得很不愉快。父亲每次都坚持要带上一家老小去蘑菇屯饭庄吃，由他请客。大手一挥，不用找零头的做派，父亲很受用。母亲则不同意，她一直希望自己在家做饭，然后围在一起吃，这才受用，这才是个家庭。每次父亲母亲争执在哪儿吃饭时，孩子们都不好说什么。

父亲说：你们说，这饭怎么吃？

孩子们说：随便，随便。

父亲对孩子们没有立场的回答很不满意，瞪他们一眼。

母亲也说：你们说，在家吃，还是出去吃？

孩子们仍说：随便，随便。

这回该轮到母亲不高兴了。

父母争执不下，最后两人就玩起了小孩子的把戏，用剪刀、石头、布的方式分出输赢。父亲赢了，便大手一挥，将军似的说：出发，吃家乡饭去。

父亲花钱，吃家乡饭，是父亲最幸福的事情。

母亲是不高兴的，嘟着嘴说：什么家乡饭呀，跟猪食似的。

母亲要是赢了，她会像孩子似的高兴，冲晶和花花说：你们快来帮厨，咱们吃一顿大餐。于是她们兴高采烈地一头扎进了厨房。

父亲就不悦了，背着手，在房间里转来转去。这时，高扬已经把电视打开了，高扬看的是体育节目，不是拳击就是足球比赛。在这一点上，高扬和父亲保持着高度的一致。老年的父亲也喜欢上了体育节目，只要是有输赢的比赛，父亲都爱看。

母亲领着女人们做饭，父亲领着男人们看体育比赛，两个阵地上都是热火朝天的景象。

九

母亲为了这个家简直是操碎了心。先是为父亲操心，后来一边操心着父亲，还一边操心着三个孩子。现在孩子们都有了各自的归宿，父亲也就这样了，按母亲的话说：父亲是生就的骨头，长成的肉，没有办法了。这一辈子，父亲没能改变母亲，母亲也没能改变父亲，最后的结果是，两败俱伤，又相互得利。母亲酸甜苦辣地陪伴着父亲走了大半生，终于走不动了。有一天夜里，母亲突然对父亲说：老石，我不行了，活不动了。

母亲说完这话便永远地闭上了眼睛。

父亲不相信，母亲怎么就活不动了呢？他大睁着眼睛望着闭上了眼睛的母亲，如烟如云的往事就历历在目。后来，父亲终于清醒了，他明白母亲永远也不会再睁开眼睛跟他争吵了。父亲这才意识到母亲活着对这个家有多么的重要。

父亲嘀嘀地就哭了。父亲哭得情真意切，感情真挚，此时他已经顾不上周围的孩子们了，他一边哭一边说：琴，你咋整的，你还比我小那么多岁，咋就没活过我呢！你走了，扔下我和孩子们，你咋就那么狠心呢！

父亲鼻涕一把泪一把的，像个女人似的。他平时最讨厌男人流泪了，今天他流泪了，而且像女人似的流泪。

母亲没有了，父亲失去了对手，生命一下子就委顿了。在外人看来，父亲一下子老了好多岁。

林一家人为母亲奔完丧就又回去当师长了。这个城市里父亲只剩下晶和海两个亲人了。晶和海经历了失去母亲的打击，两个人似乎在短短的时间里就成熟了。

晶说：家里就剩下爸一个人了，他寂寞，要不咱们搬回去住吧。

海说：姐，你忙，工作又特殊，还是我和花花去陪父亲吧。

最后两个人找到父亲，都说自己要搬回来住，来陪晚年的父亲。父亲冲两个人挥挥手，通情达理地说：忙你们的吧，我一个人行。

他不同意他们搬回来。其实父亲知道，孩子大了都是泼出去的水，他们有自己的天地，就像自己十三岁离开蘑菇屯儿一样，小小的蘑菇屯儿已不能装下他的心了。他不想让自己束缚住孩子们飞翔的翅膀。孩子们飞得越高、越远，他就越高兴。

其实父亲是有“阴谋”的，在这之前，他早就和警卫员小伍子联系上了。小伍子也就要离休了，离休后的小伍子就要陪父亲来了。在这之前，小伍子夫人已经去世了，儿子去美国读大学了，小伍子现在是一身轻松了。

小伍子和父亲的情感，用一句形象比喻的话就是，两个人的生命中，你中有我，我中有你。

父亲终于等来了小伍子。那天傍晚，父亲正站在自家阳台上张望，小伍子就从夕阳中走来了。虽然两个人多年没见了，他们都老了，但是父亲还是一眼就认出了小伍子。父亲一瞬间就变得年轻起来，他像个小伙子似的从楼上跑下来，在自家门前和小伍子拥抱在了一起。两人激动的情景就不用细说了。

从那以后，父亲又焕发了青春。父亲已经不把这里当成家了，而是当成了宿舍，他们似乎又回到了那峥嵘岁月。父亲又是父亲，小伍子又是小伍子了。

父亲每天早晨又开始跑步了，身后随着小伍子，小伍子手里拿着父亲那两样宝贝，一个是枪，另一个是刀。这枪和刀就是父亲当年缴获的战利品。此时小伍子随在父亲身后一手握枪，一手拿刀的，说父亲是跑并不确切，更形象应该说是走，父亲七老八十了，已经跑不起来了，只是做出个跑的姿势来。

父亲和小伍子“跑”了一气之后，两人就站在一棵树下舞刀弄枪的。父亲先玩刀后玩枪，舞弄一阵子，父亲就住手了。

接下来，父亲就和小伍子一起排着队去干休所军人食堂吃早饭了。母亲去世之后，父亲便在干休所食堂入伙了。父亲吃了一辈子部队集体伙食，他已经习惯了。

偶尔，父亲会和小伍子一起到蘑菇屯饭庄吃上一顿家乡饭。那时，他和小伍子俩人每人要上二两烧酒边吃边聊，说过去，说现在，也说将来。俩人回来后，不洗脸不洗脚地倒头就睡下了。

母亲没有了，再也没人监督他洗脸、洗脚了，父亲觉得自己解放了。他要自由，也要自我。

这是母亲的悲哀。母亲嫁给父亲，一直在改变着父亲，就是睡前洗脸、洗脚这一习惯，母亲最终也没能改变父亲。父亲自从母亲去世后，就又是父亲了。

不知这是父亲的幸事，还是母亲的幸事。

总之，老年的父亲又重新找到了自我。

十

高扬发生了一件大事。高扬又一次做卧底，结果被贩毒团伙头子识破了，最后高扬抱着贩毒团伙头目从楼上跳下来，高扬便昏了过去。

高扬住进医院十几天后仍然没有醒过来。医生就断言，高扬已经是植物人了。晶听到这个消息，一时怔在那里，她望着床上似睡着的高扬，大滴大滴的泪珠滚落下来。这是她第一次在高扬面前流泪。她没想到自己心爱的人，曾并肩战斗过的战友就这样在她面前长睡不醒。那些日子，并没有让晶乱了方寸，她找来了大量有关植物人的书，她在那些书上看到了这样一条消息：爱会让植物人复苏。那上面还记录了一段外国的故事，说是外国一对三十多年的夫妻，在旅游时，妻子不幸摔下山崖，丈夫一直在病床前呼唤妻子的名字，几个月后妻子竟睁开了眼睛，恢复了意识。

于是，从那一天起，晶便坐在高扬的床前开始一声又一声地呼唤他的名字。

海和杨花花来到了病房，看到晶这个样子，海又眼泪汪汪的了，晶的嗓子已经嘶哑了，还没有停下来的意思。海为晶倒了杯水，然后哽咽道：姐，你歇一会儿吧，我们替你喊。

海也喊了起来，但晶并没有停下来，他们一起同心协力地呼喊高扬的名字。

高扬一副沉睡不醒的样子，他似乎太累了，不想醒来了。海呼唤了一气，又呼唤了一气，然后绝望地冲晶说：姐，算了吧。

海和杨花花还是走了。晶没路可退，她自己要留在爱情的阵地上坚守着，一直坚持到弹尽粮绝。

父亲来了，自然还有小伍子。父亲看了一眼躺在那里的高扬，又看了一眼声声不断呼喊着的晶，什么也没说。他又想起了当年母亲把他呼喊过来的情景，当年那场大病，要是没有母亲情真意切的呼唤，也许就没有他今天了。此时的父亲，不知为什么竟想到了母亲，想到母亲的父亲，眼睛湿润了。他没有说什么，只用一只手拍了拍晶的肩膀，这是女儿的肩膀。他知道，女儿认准的事谁说也没用，就是十头牛也拉不回来。

父亲和小伍子悄然离开了病房。

那一阵子，父亲的心情一直很忧郁，他经常望着什么地方发呆，又突然想起了什么似的冲身边的小伍子说：伍子，琴活着时，经常站在那里跟我说话。

父亲或者说：伍子，琴就是站在这儿和我吵。

说到这儿，伍子不说话，父亲也不说话了，他似乎又想到了当年和母亲吵架的情形。

想着念着，父亲的眼睛就潮湿了，然后父亲哽着声音冲小伍子说：伍子，还记得当年吗，你牵着马，把琴驮回来。

伍子也动情了，他说：首长，这怎么能忘呢？就跟昨天发生的事似的。

父亲还说：结婚那天，真热闹哇，咱们喝酒，喝着喝着我就喝高了。

小伍子说：你还不听别人劝，嫂子一声不吭，就是不理你。

父亲呵呵地笑了，笑完了就哭了，呜呜的，像个娘儿们似的。老年的父亲很脆弱，很伤怀。老年的父亲开始思念母亲了，他在怀念琴在身边的岁月。直到这时，父亲似乎才明白这一辈子和母亲的吵吵闹闹中所饱含的真情。父亲开始思念母亲以后，他就学会发呆了。

傍晚的时候，父亲坐在阳台上，望着西去的晚霞，回想着过去的岁月，有时他一两个小时也不动一动。

后来，他终于醒悟了，小伍子在楼下做好了饭，喊他去吃饭。父亲端起饭碗，这时又想起了母亲。父亲就说：琴做的饭可是真香啊，我吃了一辈子，都没有吃够，可惜再也吃不上琴做的饭了。

父亲说到这儿，又开始流泪了。小伍子知道父亲的心思，不说什么了，他又能说什么呢？

不知道是晶创造了奇迹，还是医学创造了奇迹，总之，高扬在一天夜里终于睁开了眼睛，他睁开眼睛的第一句话就是问晶：我这是在哪儿呀？

高扬很快就能下床了，他又是生龙活虎的高扬了。

林带着一家老小突然转业回来了。林的部队精简了，当了师长的林突然回来，让父亲大感意外。父亲以为林会和他一样，在部队干上一辈子，最后退休，然后老死在部队里。没想到林摘下领章帽徽又站在了父亲面前。

林回来那天，父亲又张罗着去蘑菇屯饭庄吃了顿饭。

父亲热情地冲林说：吃吧，这是家乡饭。

林望着一桌子的饭菜一点也没有战斗力。

父亲理解此时此刻林的心情。他是过来人，自己刚接到离休命令时，他比林还想不开。

父亲开始喝酒，一边喝酒一边说：林，你不是个军人了，你失落了是不是？我知道，你还转不过弯来。没啥，离开部队就不能干事业了？只要你把自己还当成个军人，你就是军人。人这一辈子，就是活着一口气，只要有气在，啥就都没啥了。

林听了父亲的话，开始吃饭了。

父亲说：吃吧，这是家乡饭。我就是吃完蘑菇屯儿的饭走出来的，一直到现在，我还浑身是劲。

父亲说完，咚咚地敲了敲自己的胸脯。

父亲又说：林，你到地方了。这也是你的阵地，你要坚守好了，像个打胜仗的军人抬起头来。

在父亲的大声吆喝中，林慢慢抬起了头，父亲看见了林眼里的泪水。

同父异母

父亲在革命前是有过婚姻的。

短暂的婚姻，在父亲的记忆里犹如过眼烟云，过去了，也就过去了。

当然，父亲参加革命也和自己的婚姻，确切地说和父亲的女人有关系。父亲十三岁那一年，父亲的母亲死了，死在数九寒天的隆冬里。父亲的父亲望着躺在炕上的女人欲哭无泪。

父亲的父亲有许多泪要流，女人死了，他的眼泪早就流完了。父亲的父亲望着已死的女人，一副不知如何是好的样子。十几年前，父亲的父亲带着女人闯关东，来到了冰天雪地的靠山屯，天寒地冻，大雪茫茫，他们不知再向何处走，也不知再向何处去，于是他们便在靠山屯扎下了脚跟。学着当地猎人的样子，在山脚下搭了一个马架子，生起了一堆火，这便是家了。含辛茹苦的日子便有了一个开头，后来在马架子里，父亲出生了。

胡天胡地，黑土白雪，有了生命便有了希望，有了根。在父亲十三岁那一年的一天清早，父亲的母亲死了。她之前常说她要死了，然而却没有死。生火做饭，刷锅、洗碗、缝缝补补，该干啥还干啥。在这一天清晨，终于就死了。空荡荡的屋子里再也没有了那干咳声，石家没有了女人，石家的日子便塌了半边天。

父亲面对着自己的母亲一直没有哭。他似乎还没有从这惊愕中醒过神来，他甚至认为自己的母亲没有死，仍躺在炕上睡着，过一会儿，母亲就会爬起来，一边咳着一边做饭，于是就有了温暖有了日子。然而父亲没等来这一切，等来的却是父亲的父亲用一床破席子把女人裹了，然后扛在肩上，趔趄着脚步，向东山沟走去。

那一刻，雪是那么大，风是那么紧。父亲袖着手，缩着头，抽着鼻涕，随在自己父亲的身后，深一脚浅一脚地向前走。这时他仍然没有醒悟过来，自己的母亲，这一去将永远不会回来了。他的心里空洞洞的，也很茫然，只是机械地跟在自己父亲的身后向前走去。

直到父亲的父亲把自己的女人从肩上放下来，又用雪埋了，父亲才彻底地醒悟过来，于是他大哭起来。父亲在那风紧雪密的清晨，哭得爹一声娘一声，鼻涕眼泪的。父亲眼前的天塌了，地陷了。父亲边哭边冲雪坟说：娘呀，你醒醒吧！你这一去，俺小石头可咋过呀？谁给俺和爹做饭，谁给俺洗衣呀，娘呀——

父亲的父亲垂着头立在雪坟前，如一株冬天的老树。

屋子空了，炕凉了。

父亲垂着头，缩在炕角抽泣着。父亲的父亲垂着头蹲在地中央。

半晌，父亲的父亲说：没有女人的家不是家。父亲不解地抬起头，仍混混沌沌地望着自己在地中央蹲着的父亲。

父亲的父亲又说：石头，该给你找个女人了。父亲仍然不明白，他一直以为自己的父亲要找一个娘一样的女人。有娘的日子真好，他想过有娘的日子。

父亲说：俺要娘。

父亲的父亲说：过两日俺到后山老邱家去一趟。他家有个闺女，十六啦。

两天以后，父亲的父亲背了一口袋苞谷，趔趄着去了后山。不久父亲的父亲就回来了。

回来后他冲父亲说：那丫头俺看了，粗腰长腿的，身板没啥毛病，俺看就中了。

父亲巴望着有一位像母亲一样的女人来到家里，挑起塌下去的日子。他一天天盼着邱家的女人早日来到。

又过了几日，父亲的父亲又卷了两张狍子皮去了后山。

这次，父亲的父亲从后山回来时，身后就随了邱家的丫头。

邱家的丫头在父亲的眼里果然粗腰长腿，她的样子似乎有些腼腆，袖着手，吸溜着鼻子。进了家门，她便东瞅瞅西望望，躲在父亲的父亲身后说：你家这里咋整的，咋这么冷呢？

父亲的父亲走出去抱了一捆干树枝丫，嘎巴嘎巴地撅折了，塞到炕下，点燃了。邱家的丫头，这才骗腿上炕。火热的大炕煎得她的屁股一定不太好受，她一边挪着屁股一边冲父亲说：你就是小石头？

父亲不语，有些失望地瞅着邱家丫头。他一直希望自己的父亲能找一个像娘一样的女人，可邱家丫头和娘相差十万八千里。父亲不能不失望，不能不茫然。

邱家丫头又说：小石头，你咋那么瘦呢？

父亲悲哀得想哭，此时他空前绝后地想娘。邱家丫头又大咧咧地说：往后，咱们就要在一起过日子了。

父亲不知道往后的日子该咋个过。

晚上睡觉的时候，父亲的父亲用一个炕桌把炕分成了两截，一边睡着自己和父亲，一边睡着邱家丫头。

父亲那天晚上莫名其妙的好久没有睡着。炕上一下子多了一个陌生的丫头，他感到不习惯，不踏实。

邱家丫头一副没心没肺的样子，躺下一会儿便睡着了，又不一会儿就打起了呼噜，呼噜声响亮曲折，还夹杂着放屁磨牙声。这会儿，父亲才真正意识到，娘一去将永远不复返了，父亲就哭了，他用粗布被子把自己蒙了，哀哀地哭了起来。

邱家丫头果然能干，生火做饭、砍柴洗衣样样都行。经过一段时间的磨合，父亲觉得日子又恢复了原样。

夏天的时候，父亲随自己的父亲种地；冬天来到的时候，父子俩便一起上山围猎。邱家丫头炕上地下地忙活。

晚上睡觉的时候，隔在他们中间的仍是那个炕桌。后来那个炕桌已经隔不开邱家丫头的长腿了。

父亲记得有许多个晚上，邱家丫头把自己的长腿从炕桌底下伸过来，一直伸到自己的被窝里。邱家丫头的一双腿和一双脚让父亲厌恶透顶。邱家丫头的脚又臭又大，那双又长又粗的腿也是火热的，炙烤着父亲久久不能入睡。邱家丫头的腿很不安分，她不时地在父亲身上探寻，先是父亲根根条条的肋骨，然后是父亲的大腿，还有父亲尚没觉醒的部位，这一切让父亲烦透了。

有几次，父亲在睡觉时要和自己的父亲调换位置，被自己的父亲大骂了一顿。父亲的父亲说：畜生！

父亲在白日里下地做活路时，冲自己的父亲说：邱家丫头真臭。

父亲的父亲不吭声。

父亲又说：咱不要邱家丫头行不？

父亲的父亲不高兴了，大声说：这丫头咋了？能干活，还想咋的？

父亲其实不想咋的，他只希望邱家丫头的一双臭脚别再熏自己，他已经习惯了邱家丫头的咬牙、放屁、打呼噜。

父亲的父亲又说：小石头，明年就给你和邱家丫头圆房。

父亲不知啥叫圆房，但他还是说：爹，俺不得意邱家丫头。

父亲的父亲不高兴了：啥得意不得意的？生孩子，过日子，这就中了！还想咋的！

父亲在艰难中过着臭气熏天的日子。他觉得这样的日子一点意思也没有。

父亲十五岁那一年秋天和邱家丫头圆房了。其实圆房的仪式很简单。在这之前，父亲的父亲在外间屋里搭了一铺炕，父亲的父亲便搬到外间去住了。那天晚上临睡前，父亲的父亲没有用炕桌把父亲和邱家丫头分开，父亲的父亲瞅着父亲说：石头哇，你也不小了，都十五了。然后又瞅着邱家丫头说：你也十八了，日子该咋过，你们都清楚了。

父亲的父亲说完这一切之后，回过头吹灭了身后的油灯。父亲的父亲便走到外间睡觉去了。屋里漆黑一片，父亲此时觉得这个夜晚和许多个夜晚没有什么不同，所不同的是，炕上少了个炕桌。父亲照旧躺在了昔日睡觉的炕上。没有了炕桌，父亲觉得心里很不踏实。他知道，邱家丫头的臭脚还会来骚扰他，于是他裹紧了被子。只有这样他才觉得安全。

让父亲料想不到的是，这次邱家丫头伸过来的不是一双臭脚，而是一双火热的臂膀。那双臂膀死死把父亲的身子搂了。

十八岁的邱家丫头已经很成熟了，浑身上下该凸的凸，该鼓的鼓了。此时，她已经严严实实地把父亲的身体覆盖了。邱家丫头一身火热地炙烤着父亲。父亲不知道这日子到底是咋了。他想喊救命，却喊不出，于是就那么大张着嘴喘息着。他觉得自己快被邱家丫头烧焦了。邱家丫头不仅脚臭，身子还沉得要死，压得父亲气喘吁吁。火热的邱家丫头热汗淋漓，父亲觉得自己快要死了。

后来邱家丫头就死睡过去，仍旧放屁咬牙打呼噜。父亲却一时半会睡不着，他觉得这样的日子一点也不美好。

第二天早晨，父亲面对着自己的父亲说，爹，俺不圆房了，圆房一点意思也没有。

父亲的父亲没有说话，他干咳了一声，半晌才道：你也是个大人了，咱们祖祖辈辈的，还不都是这么过来的。

父亲觉得这样的日子简直是没法过了。有几次，他想和父亲在外间睡，被父亲的父亲又赶回里屋。他便没办法了，他只能面对邱家丫头的火热了。

父亲的日子黑了，父亲的日子完蛋了，父亲觉得这日子简直没有出头之日了。于是，父亲怕夜晚，因为在夜晚的时候他无法面对邱家丫头。为这一点，父亲有点恨自己的父亲了，他恨自己的父亲为什么领回邱家丫头而不是别家的丫头。那些日子里，父亲异常地思念自己的母亲，要是母亲不去，就不会有邱家丫头，没有邱家丫头，就没有现在这样火烧火燎的日子。

十五岁的父亲身体还没有成熟，他还无法体会到男女之间的乐趣，他一次又一次地在被动中忍受着邱家丫头。有一次邱家丫头冲他说：咋的，你不乐意？你可真傻，没有比这事更好的了。

父亲不明白为什么邱家丫头把这事做得那么快乐。那年秋天，父亲的精神受到了前所未有的打击，不管干什么，他总是提不起精神，无精打采的，父亲觉得这日子快到尽头了。

那一年冬天，父亲终于找到了逃离邱家丫头的机会。

那一年冬天，大兴安岭里闹起了抗联。日本人侵占了东北，抗联的队伍在不断壮大。早在这之前，父亲就曾听说过抗联。那时，日本人还没有来到靠山屯，所以抗联的队伍也很少在这一带活动。

那一年冬天，雪下得特别大。日本人追剿抗联，抗联在节节后退。也就在这时，抗联队伍出现在了靠山屯。

抗联队伍第一次出现时，靠山屯的人们看新鲜，拥出家门巴望。父亲在没有看到抗联队伍之前，以为这些人都是三头六臂的神人。此时一见，却让父亲大失所望。他们是一群身穿羊皮袄，头戴狗皮帽子，和老百姓没什么区别的凡人。父亲还看到抗联队伍中有好几个和自己年龄相仿的抗联小战士，他们走过父亲面前时，还不时地冲父亲做着鬼脸。那时的父亲心就动了一下。

又过了几天，抗联队伍再一次路过靠山屯时，父亲随着抗联队伍一耸一耸地走了。

那是一天傍晚，邱家丫头正在烧炕，炕火红红地燃着。父亲知道，这个夜晚将又是一个难熬的夜晚。他愁眉不展地蹲在门前的雪地上，用树枝划着雪，父亲的父亲上山围猎还没有回来。正在这时，父亲就看见了抗联队伍，这次父亲真切地看见那几个和自己年龄相仿的抗联战士一边冲他做鬼脸，一边冲他招手。那时，父亲一门心思地想离开邱家丫头，越远越好。他再也经受不住抗联对他的诱惑了。他手忙脚乱地冲进屋里，穿上了羊皮袄，戴上了狗皮帽子。他路过邱家丫头身边时，心里涌过前所未有的快意。

邱家丫头见父亲这样出去，以为父亲是去接公爹，便满怀温存地说：快去快回呀，炕俺都烧热了。

父亲逃也似的离开了家门，离开了邱家丫头。他甚至再也没有回头，随着抗联队伍的身影一歪一歪地向前走去。

父亲没有意识到，这次和家竟是永别，包括邱家丫头和自己的父亲。

父亲参加抗联后，战争形势发生了很大变化。日本人抽调了大批兵力封山，想一举消灭抗联，抗联的队伍便化整为零，钻进了深山老林里。

在抗联的日子里，父亲没有料到会吃这么多苦，受这么大的罪。在吃苦受罪的日子里，父亲偶尔想起了自家温暖的火炕以及邱家丫头，但那只是一转念的事。

后来抗联为了保留有生力量，把父亲他们一些人送到了延安。没多久，父亲的部队又被改编成八路军，真正的战争开始了。父亲先是经历了抗战，然后又和国民党的队伍打了几年。

当伟人毛泽东在天安门城楼宣布中华人民共和国成立时，父亲仍在长江以南的山里追逐着国民党的残兵败将。

父亲一直打到海南岛，一直把国民党追到台湾，父亲望着滔滔的海水意犹未尽，再后来父亲便进城了。

父亲回到了东北沈阳城，那是东北军区所在地。父亲进城时，已经是师长了。他骑着一匹高头大马，身后是警卫员小伍子，以及源源不断的队伍。父亲一走进东北便满怀亲情，他是从东北走出去的。一晃已经十几年了，打打杀杀的战争让他明白了许多东西，记住了许多东西也忘掉了许多东西。

邱家丫头早就从他的记忆中消失了。那一段日子，父亲觉得自己是在做梦，梦醒了，便啥都没有了。

父亲三十五岁那一年结束了南征北战。父亲进城不久，便遇上了成家的热潮，战争让许多军人至今还打着光棍。像父亲这样三十多岁的老光棍在部队里比比皆是，他们进城了，有十二分的理由要找一个年轻貌美的女人做自己的婆娘。颠沛流离的战争生活早就让他们受够了，他们要开始享受生活了。

于是，父亲在成家的大潮中，看中了文工团团员琴，最后又半抢半夹地把琴抢到门下，然后开始了疙疙瘩瘩的日子。

在这个过程中，父亲一点也没有想过靠山屯的邱家丫头。邱家丫头真的在父亲的记忆中淡漠了，消隐了。当时十五岁的父亲混沌未开，他自己都整不明白和邱家丫头到底是咋样一回事。一晃二十年过去了，父亲有理由忘却邱家丫头，甚至那一段梦一样的日子。

父亲这一疏忽，就引来了后面的一些矛盾和故事。

母亲琴嫁给父亲后，一口气生下了林、晶、海三个孩子，林和海是男孩，晶是女孩。在这期间，父亲又参加了抗美援朝战争。在战争的那几年里，父亲的职务从师长晋升为军长。也就是说，父亲已经成为真正意义上的将军了。

父亲十五岁离开老家靠山屯，到现在一晃已经四十多岁了。四十多岁的父亲，早就习惯了戎马生涯，而忽略了家庭的温馨。也就是说，父亲自从生下来，到现在，没有体会到什么是家庭真正的温暖，以及大大小小的爱，生活留给父亲的是永远的苦涩和艰辛。因此，在父亲有了家庭有了孩子之后，他仍没学会用怎样的心情和态度去对待妻儿。父亲觉得家是生活中不可缺少的一个组成部分，到啥时说啥话，一旦把话说了，把事做了，剩下的一切就顺其自然好了。

在父亲不知如何对待家庭的时候，时光已一年年地过去了。时光如流水，父亲一如既往地忙碌着。抗美援朝之后，便没有什么仗可打了，父亲觉得自己成了游手好闲的人。他怀揣空落的心，一次次在部队里出入，看着那些士兵在没有目标的天空下嗷嗷叫着操练。父亲觉得这样操练一点意思也没有，后来父亲就不看了，看得他心里生烦。父亲已经学会了打仗，正如农民会种很多的地，没有土地之后，他们的心情可想而知。那些日子，父亲的心情一点也不美好，他看什么都不顺眼，回到家里也是这样。回到家里的父亲愁眉不展，咬牙切齿。这时林六岁，晶四岁，海两岁，三个孩子顺着下来，正是不知深浅讨人生厌的年龄。三个孩子在父亲心情不顺的时候，仍不知天高地厚，乱作一团，和那些没有目标而训练的士兵一样，嗷嗷乱叫，父亲大怒，高吼一声：都给俺住口！这一声喊暂时震住了孩子们，可没过多会儿，他们又忘记了，再一次掀起波浪。父亲再吼，这次便明显不如上次了。父亲还从没见过这样的孩子，于是他冲进孩子们的房间，不分黑白地乱打一气，打他们的屁股，打他们的脸。总之，把三个孩子打服了，打到不敢哭出声为止。

那些日子里，三个孩子是在父亲的暴打中度过的。父亲扼杀了他们的天性，他们弱小的天性夭折了。于是他们抽抽搭搭地找到母亲，想从母亲这里讨个说法。母亲没有说法，也就是说，在孩子的问题上，母亲一点权力也没有。此前，母亲曾为父亲暴打孩子和父亲发生过冲突，父亲断喝母亲：不用你管，孩子是俺的。俺打死也愿意！

父亲的话深深地伤害了母亲软弱的爱心，她也孩子似的抽抽搭搭地哭起来了。父亲看到母亲这样，真是气不打一处来，自从和母亲结合后，他一直瞧不起母亲身上的小浪漫，例如母亲对着镜子化个妆，爱打扫个房间，饭前便后洗手什么的，都被父亲视为小知识分子情调。父亲看不惯这些。

父亲饭前便后从不洗手，大口地抽烟，大碗地喝酒。母亲便一次次说他，试图改变父亲这些恶习。父亲不悦，怒道：费那个事干啥，俺又没用手摸屎。父亲依旧不洗手。

母亲一口气生了三个孩子，她无法在文工团唱歌跳舞了，她无可奈何地告别了心爱的舞台。母亲仍留恋着青春年少时许许多多个美好的演出时刻，于是，她在闲暇里经常对着镜子愣神。她在镜子里看着自己，回想着那些青春美好的岁月。有时，会伤感得流下几滴无奈的泪水。这都是父亲看不惯的。

孩子们在母亲面前没有讨到保护，他们无助又无奈，于是，在父亲回家那一刻，他们便像老鼠见了猫似的缩在自己的房间里，连大气也不敢出。父亲一回家，孩子们便觉得眼前的天黑了。只要父亲一离开家门，孩子们便轰地从房间里蹿出来，一片看到解放区的天的感觉。有几次，孩子们围在母亲周围议论父亲，他们一致强烈地要求：搬出这个家，远远地离开父亲。

母亲满面愁容地对孩子们说：我迟早有一天会和你们的爸爸离婚的。

孩子们不知离婚是什么意思，后来母亲又确切明了地说：我带着你们离开这个黄世仁。孩子们这回听明白了，他们热烈地拥在母亲的怀里，打听母亲何时带着他们远走高飞。

他们是一天也不想在这个家里待下去了。

从那以后，孩子们便会经常和母亲幻想离开这里的时间，他们想象着离开这个家的样子。他们一次又一次鼓励着自己，直到他们长大，才慢慢不提这个话题。

后来父亲的心情有了好转，原因是，伟大领袖毛主席发出了最高指示。指示中说：备战备荒为人民。提高警惕，保卫祖国。于是，父亲便又有许多事要做了，他一边操练着部队，一边提高着警惕。那时苏修、美帝是全国人民的假想敌，父亲在没有敌人的日子里简直没法活。现在一下子有了两个敌人，而且又是世界上最强大的敌人，父亲一下子来了精神。他整日泡在部队里向下级布置这样或那样的任务，回到办公室后，电话铃声不断，不是上级指示，就是下级请示，中心的内容自然都是围绕老人家的最高指示。父亲觉得这样的日子才是日子，他脑子里的弦一直绷得很紧。有许多个晚上他干脆不回家了，就住在值班室里，一边研究边防地图，一边接听电话。

父亲整日不着家的日子，是母亲和三个孩子最快乐的日子。母亲也有了好心情，她教三个孩子唱歌、跳舞，累了便教他们认字写字，家庭的氛围其乐融融。母亲在孩子们睡下后，还会拿起电话和昔日文工团的战友们聊聊天，了解一下外面的世界。母亲有许多话要向朋友倾诉，同时也有许多事情需要了解，母亲就聊得很晚。母亲睡下后，总要做一个色彩斑斓的梦。

在没有父亲的日子里，家才像个家。

父亲有时回来，家里的气氛一下子就变了，刚才还有说有笑的，一下子便冷清下来。父亲不知道这些，他觉得一切都很正常。忙乱的父亲回到家里是来找母亲的，正值壮年的父亲是不能没有母亲的。当然，父亲回来的时间一般都在晚上，父亲的心情似乎也很美好，嘴里哼着“大刀向鬼子们头上砍去”的歌，一边洗脸、刷牙。早在这之前，母亲就曾强迫过父亲做那事前一定要洗脸、刷牙，否则，母亲说死也不让父亲近身。干这些，也是父亲没有办法的办法。当然，父亲做这些事时也并不认真，动静弄得很大，基本也就走个过场。

和母亲做完事的父亲，很快就睡着了。父亲睡觉一边向外噗着气，一边打着响亮的鼾，这一切都是母亲无法容忍的。母亲无法容忍时，便起床来到孩子们的房间，和孩子们挤在一起睡下了。

父亲不计较这些，他在起床号声中起身，走出家门又忙他的去了。

一晃又一晃，孩子们一天天大了。大了的他们都先后上学了，母亲就不用操那么多心了，母亲又回到了文工团去上班了。由于年龄大了，由于业务的荒疏，母亲不再当演员了，她便成了一名管理干部。虽然不干业务了，但毕竟回到了这个集体，母亲还是快乐的。

忙乱的父亲一晃也五十多岁了，他已经不是军长了，而是当上了军区的参谋长。也可能是年龄的关系，或者是别的什么原因，父亲不再像以前那样把自己绷得那么紧了。吵嚷了这么多年，总说要打仗，可还是没有打起来。于是，父亲就放松了自己。

父亲下班之后，没什么大事总要回到家里。孩子们都大了，用不着他管教了，他显得无所事事，从这个房间转到那个房间，先看看林和海。两个孩子礼貌地冲父亲笑一笑，然后就低头干自己的事，看书或写作业。父亲觉得没啥意思，便来到晶的房间。晶毕竟是女孩子，不滋不润地叫一声：爸。父亲就很高兴，拍了拍晶的头，又捏弄一番晶的辫梢，说一些好好学习天天向上的话便走了。

父亲不知道这些孩子为什么和他这么疏远。

父亲没有太计较和孩子们的关系，他觉得和孩子们磨磨叽叽婆婆妈妈那是女人的事。虽说眼下没有战争，但父亲仍有许多大事小事需要他去忙碌。他现在已经习惯了和平岁月中指挥自己的部队在没有目标的情况下练习杀敌。听着士兵们在训练场上嗷嗷乱叫，他悲哀，也踏实。

父亲自从十五岁那一年冬天离开老家靠山屯便基本没有和老家有什么往来。在辽沈战役那一年，父亲已经是营长了，部队又回到了东北。他曾想起过老家靠山屯，那时他还惦念着老家的父亲，战争紧迫，他无法抽身，便派自己的通信员去靠山屯。不久，通信员回来告诉父亲，父亲的父亲已经不在了，坟就在后山坡上。父亲得到确切消息时没说什么，现在他对死人已经是见惯不惊了。每次战役下来，尸体都遍横田野。现在他得知自己的父亲已经不在了，他又感受到了失去亲人那丝隐痛。还没时间让父亲多愁善感，辽沈战役便打响了。战争是你死我活的，父亲很快淡忘了自己父亲的死，当辽沈战役结束后，父亲望着倒卧在血泊中的战友，两行热泪还是从他的脸颊上流过。然后父亲就率领部队离开了东北，入关一直南下。

这么多年过去了，老家靠山屯仍不时地出现在父亲的脑海里，那里毕竟是生他养他的地方，他没有理由不牵挂老家。有几次他甚至想起了邱家丫头，最后他淡忘了邱家丫头，不能说父亲无情无义，只能说父亲从没有承认过这桩婚姻。邱家丫头是父亲的父亲用两斗苞谷、两张狍子皮换来的，是换来让她做饭洗衣的，那时父亲还不懂什么是责任，于是，父亲真的很快就把邱家丫头给忘了。

在和平年代里，父亲的职务是军区参谋长，在一般人眼里也算是一个挺大的官了。渐渐地，老家的省里、县里的一些领导便和父亲走动，他们希望父亲能帮助他们办一些事。父亲对老家的事，总是全力以赴，只要他能办到的从不回绝。很快，父亲的名声便在老家响亮起来。人们都知道，当年靠山屯的小石头，如今在军区里当着官。父亲对这一切并不清楚，他为老家办事，不为名不为利，完全是凭着一份感情。家乡就是他的亲爹亲娘。

那一年冬天和往年的冬天并没有什么不同，那一天傍晚和所有的傍晚也没有什么不同。父亲下班走回到自己家门前，他看见楼门口蹲了一个人。那人正在吸一支纸烟。父亲先是看见了那人嘴角的烟火，然后才注意这个人。一顶狗皮帽子，一件羊皮袄。父亲的心动了一下，他对眼前这人的装束太熟悉了，他当年离开家随抗联的队伍走进大兴安岭时，穿戴就是这个样子。一种久远的亲情从父亲的心底涌出。父亲向那人走去。

那人听见了脚步声，抬起了头，一双浑浊的眼睛亮了一下。父亲也看见了这人的面孔，他觉得这张面孔是这么熟悉，可是一时又想不起到底是在哪见过。那人见父亲一点点走近，他一点点地站了起来。随着父亲走近，那人也一点点挺直了身子。当父亲站在那人面前正准备开口说话时，那人扑通就给父亲跪下了，操着父亲熟悉得不能再熟悉的家乡话说：爹，俺来了。

父亲怔住了，他以为自己是在做梦。从感觉上他已经承认眼前的汉子是家乡人无疑，但他没想到这人会给他下跪，还口口声声地叫爹。父亲糊涂了，父亲呆怔了。还没等父亲醒怔过来，跪在地上的汉子又说：爹，你不记得俺了？俺是大奎呀。

父亲彻底晕乎了，他真的不知道谁是大奎。叫大奎的人向前移动了一下自己的双膝，一下子抱住了父亲的双腿，鼻涕一把泪一把地哭开了。大奎一边哭一边说：爹，你让俺找得好苦哇！这么多年你咋就不回家看看哪？俺娘做梦都念叨着你。亲爹唉，想死俺了！

父亲这时才醒怔过来，他问：谁是你娘？

大奎仰起脸，不解地冲父亲：爹，你咋连俺娘都忘了呢，俺娘就是邱丫呀。

父亲眼前的天黑了。这么多年没有人和他提起过邱丫，他早就把邱丫忘了。大奎一声邱丫把父亲唤醒了，击中了。他惶然地看了看周围，一些首长这时也正往家走。父亲怕别人看见影响不好，忙说：你站起来，咱们进屋再说。

唉——大奎抹一把鼻涕站了起来。

父亲把大奎领进了家门。早在这之前大奎就敲过门了。开门的是母亲，大奎的样子令母亲大吃一惊，她从没见过这种人，开门后，又口口声声地要找自己的爹。母亲从口音断定这是父亲的家乡人，这一阵子找父亲的家乡人很多，但从来没有见过这种人。母亲很警惕，以为大奎是想和父亲套近乎而有求于父亲。母亲没敢让大奎进门，母亲说：这里没你爹。便把门关上了。

大奎受到了挫折，他便不再叫门了，而是蹲在门口等父亲。

父亲回来时，母亲和三个孩子早就趴着窗子向外面观看了。眼前这一幕他们谁也没有料到，当父亲领着大奎走进家门时，三个孩子和母亲谁也没有出来。

父亲让大奎坐在沙发上。进了屋的大奎眼睛就不够用了，看这一眼，又看那一眼，坐在那里就说：哎呀——爹，你就住这呀，比县长住得都好。

父亲坐在大奎的对面。他望着跟前的大奎一直没有说话，他在研究琢磨着大奎，思绪也飘到了几十年前。那年秋天他和邱家丫头圆的房，到他离开靠山屯，大约有三个多月时间。那时他真的不懂男女间的私事，更不可能知道邱家丫头是否怀孕，反正那时他义无反顾的就走了。一晃已经四十年了，想到这，父亲便问：你今年多大了？

大奎眨巴着眼睛说：爹，你的记性咋那么不好。俺都四十了，就是你离开家第二年夏天，俺出生的。父亲抱住了头，他没想到的事情发生了。前些年，父亲这批人进城后，曾有不少乡下女人，拖儿带女地找到部队。

她们来寻自己的丈夫，可这些丈夫早就另有家室了，事情就麻烦了。父亲曾亲自处理过这样的事情。父亲万没有料到的是，这样的事让自己也碰到了。于是父亲颤颤地问：你妈——

大奎就平静地说：死了，前年死的。肺气肿，老是咳。

父亲想到了自己娘的死。娘也是死于肺气肿，老家地方冷，得肺气肿的人很多。父亲得知邱家丫头已经死时，不知为什么，顿时松了口气，他望着大奎，又问：你叫啥？

大奎不解地望着父亲，坚定地强调着说：俺叫大奎，刚才在外面都告诉你了。

父亲点点头，此时他已经承认了大奎。他不能不承认大奎，从见到大奎的第一眼，他就认定眼前的人一定和自己有着某种关系。他从大奎的眉眼中看到了邱家丫头的影子，还有一些自己的影子。父亲只能承认了，他已经别无选择了。父亲站起身出去了一趟，他找到了母亲。母亲早就听清了他们的谈话，什么都明白了。母亲把后背冲着父亲。父亲立在母亲身后，他第一次觉得心里是这么没有底气。然后父亲就很没底气地说：丫头，出去见一见吧。父亲一直称母亲为丫头。母亲不理，仍旧把后背冲着父亲。父亲就又说：都四十多年了，俺早就把这事忘了。

母亲的眼泪流了出来，她觉得自己受了骗。

她从来没有真心实意地爱过父亲，但毕竟和父亲在一起生活二十年了，她在心里早就承认了这份现实。母亲二十岁嫁给父亲时就觉得委屈，说不清道不明的委屈，此时一股脑儿都涌到了母亲的心头。母亲趴在床上号啕大哭起来。父亲立在一旁，一副不知如何是好的样子。他不知所措地冲母亲说：你看这事咋整，你哭啥哩！

母亲终于止住了哭，她站了起来。母亲虽是女人，遇事还算冷静。现在她已经是文工团团长了，大事小事也见过不少，最初的委屈和惊愕过后，母亲很快平静了下来。母亲回过身冲父亲：你要我干什么？

见见吧，大老远来的，要不咋整？父亲搓着手。

母亲擦了擦脸走了出去。父亲就指着母亲说：大奎，这是你娘。

大奎扑通一声跪在地板上冲母亲热热地叫了声：娘。

当大奎从地上站起来时，揉着自己的眼睛冲母亲说：娘，没想到，你这么年轻。

后来父亲才算了一笔账，也就是说，大奎和母亲同岁，父亲比母亲大十五岁。

大奎和母亲比起来就显得老多了，农村人，风吹日晒的。但这没影响大奎一声又一声热热地喊娘。

父亲又把林、晶、海叫了出来，他冲三个孩子说：这是你们的哥。

三个孩子看着眼前的大奎谁也没有叫，也没有动，他们无法承认眼前的哥。倒是大奎很主动，学着城里人的样子，伸出双手，把弟呀妹呀的手握了，乱摇一气地叫：弟呀，妹呀，你们想死俺了。

大奎的到来，给家里的生活带来些许的变化。

大奎一进家门那一刻，便没把自己当外人。当他走到饭桌前吃饭时，俨然自己是主人，推三让四的。以前一家人吃饭的格局都是固定的，由于大奎的介入，一切都乱了秩序。他让了父亲又让母亲，然后又依次地让林、晶、海，仿佛这些人到了他家里一样。令众人惊讶的是，大奎吃饭的样子和父亲吃饭的样子如出一辙。父亲吃饭时，总是要弄出很响的声音，然后咕噜有声地把饭咽下去。这一点是母亲和孩子们极其反感的，时间长了，慢慢地也能忍受了。

那一晚，父亲特意拿出了一瓶酒，他要和从没谋面的儿子喝上几杯。

喝了几杯酒的大奎话就多了起来，大奎说：爹呀，咱爷儿俩喝了这杯吧。

父亲就喝了，大奎也喝了。

大奎又说：爹呀，咱那疙瘩都知道你当了大官。俺要来找你，县里的领导还不高兴哩，他们说俺影响你工作哩。爹呀，你都想死俺了。

父亲听大奎这么说，想起这么多年，大奎和邱家丫头风里雨里的，也不容易。虽说他对邱家丫头没有什么感情可言，但毕竟邱家丫头是进了石家门，现在又知道邱家丫头和自己有了眼前的儿子，一日夫妻百日恩。父亲想到这些就动了感情，由于酒精的缘故，父亲的话也多了起来。父亲说：大奎呀，这么多年了，俺对不住你，对不住你娘。父亲说的是实话，母亲听了，却从心里往外觉得不是滋味，她看了孩子们一眼，三个孩子也在看她。

父亲和大奎在酒精的掩护下竟有些得寸进尺了。父子俩同心协力地吧唧着嘴，又目标一致地把食物咕噜有声地咽下去，整个饭桌都是两人弄出的声音。

大奎就说：爹呀，这下可好了，俺可找着亲爹了。俺要尽孝，为你养老送终。

母亲吃不下去了，孩子们也吃不下去了，纷纷离桌，悄然离开了。

大奎不知深浅地冲众人说：咋吃那么少，吃嘛。

没有人搭理他，他也觉得没有啥，亲爹都找了，还怕啥。

那天晚上，父亲和大奎说了许多话。大奎说到爷爷的死，娘的死，还说到了许多邻居，许多父亲都不知道的人。但父亲爱听，在大奎的描述下，老家的一山一水、一草一木又回到了父亲的眼前。

大奎一支接一支地抽着卷烟，把客厅里弄得乌烟瘴气。

大奎的眼前就放着烟灰缸，但他却没有往里弹烟灰的习惯，任烟灰掉在地板上。吸完烟，把烟屁股扔在地上又用脚踩了，然后大声地吐痰。

大奎后来就睡在了客厅里。大奎继承了父亲和邱家丫头身上的许多缺点，睡觉的时候咬牙放屁，一双大脚丫子更是臭气熏天。按照晶的话说就是：我家都变成猪窝了。那些日子，三个孩子没人再去客厅了。母亲没有办法，每天早晨，等大奎起床后，她都要捏着鼻子，忍着恶心去收拾客厅，她怕万一有客人来。

早晨醒来之后，大奎急着找茅房。那样子显得很急迫和痛苦，他捂着肚子，弯着腰，冲父亲说：爹呀，咱家茅房在哪呀？

晶听了这话就想笑，但又笑不出，于是隐忍着望着大奎。父亲便打开厕所的门。大奎进去了，一会儿又出来了，苦着脸冲父亲说：爹，这样的茅房俺屙不出。父亲理解了。父亲刚进城时也用不惯这样的厕所，于是父亲便满怀同情地冲林说：领你哥去外面。

林便不情愿地引领着大奎去了院里的公厕。从那以后，大奎一直去公厕。公厕在营院的西南角上，离家里还有一段路。大奎每次去公厕时，总是慌里慌张小跑着去，轻松地回。

白天的时候，父母都去上班了，林、晶、海也都去上学了。大奎一个人闲在家里没事可做，于是他就蹲在门外等大家回来。他先等来的是母亲。母亲从外面回来时，手里总要提些菜。大奎这时就会远远地跑过去，热络地冲母亲叫：娘，你下班了。看把你累的。母亲这时是不搭腔的，她有些难为情，也有些不情愿。大奎和自己同岁，长得又老相，娘长娘短地这么叫，她心里很不舒服。

进屋后，母亲就冲他说：你以后不要叫我了。

大奎不解：那咋行？俺娘没了，你今生今世就是俺娘了。

母亲是个善良的人，听大奎这么说，也不知说什么好了，长长地在心里叹了口气。母亲不习惯大奎，但又有些同情他。总之，母亲对待大奎心情极复杂。

大奎想和林、晶、海套近乎，可他又不知怎样套。三个孩子不论从哪方面讲都无法接受眼前这个哥。

当林、晶、海在自己的房间里读书学习的时候，大奎就手提暖瓶挨个地给他们杯子里倒水，一边倒一边说：喝点吧，学习累脑子，不喝点水咋行。

有一次他来林的房间冲林说：大兄弟，你今年多大啦？

林答：十八。

大奎就说：哎呀——你比俺家的老大，就是你大侄子还小两岁哟。

他这么一说林不知如何回答，陌生地看着大奎。

大奎见林这样就说：兄弟，好好学吧。你一准有出息！不像你大侄子，他这辈子就是修理地球的命了。过了年该给他结婚了，女方就是后山老李家的。

林不知道后山老李是何许人，茫然困惑地望着大奎。他想说点什么，又不知说什么好，就那么望着这位陌生的同父异母的哥哥。

大奎又来到晶的房间。大奎说：小妹呀，喝点水吧。俺家大丫头，就是你大侄女，比你还大两岁哪，前一阵给张罗了个婆家，就是前屯老马家。等明年秋收了，就让她结婚了。孩子大了不能留，出去一个是一个。

晶就听天书似的听大奎说。

大奎又冲海说：老兄弟，喝点水吧。俺家的老三，就是你三侄子今年读高中了。识字好哇。你大哥这辈子是不行了，就是种地的命了。

大奎身穿羊皮袄，头戴狗皮帽子在家里进进出出，引起了许多人的议论，后来人们都知道这是老石的儿子。林见大奎这样，脸上有些挂不住，便把自己的一件军大衣和一顶棉军帽，送给了大奎。大奎把这些东西穿在身上，照着镜子说：哎呀——真精神！等俺回到屯子里，他们一准不认识俺了。

大奎又被林带到理发室理了发，刮了脸。回来的路上，大奎走到前面，林随在后面。林不愿意和大奎同出同进的，他怕别人看见，究竟为什么，他自己也说不清。回来的时候，还是被林的同学碰上了。同学就问：这是谁呀？林就小声说：父亲老家的。

林说完这话脸红了。

大奎回过头冲林道：兄弟快些来，爹在家还等着咱们吃饭哪。

林此时真想找个地缝钻进去。大奎呼呼地向前走去。

大奎来家里已有些日子了，母亲似乎已经容忍了大奎的存在。前些年，像父亲和母亲这样组织起来的家庭中，大都出现过老家的妻儿老小，背着抱着地找到部队，找到昔日的丈夫。在现实面前，他们只能大哭小叫了，他们说着各式各样的家乡话，乞求昔日的丈夫收留他们。现在当了大官的丈夫们在这件事情上也是一筹莫展，一点办法也没有，只能硬下心肠不承认眼前这桩事，那些人只能一步三叹着走了。虽说走了，留给父亲们的却是良心的煎熬，他们背着众人独自唏嘘，也是良心使他们对家乡的“孤儿寡母”伸出了一次次援助之手。这些找上门来的母亲们，知道她们再也配不上昔日的丈夫了，但她们希求心里的那份平衡。早年，丈夫们离开家门，参加了队伍，她们带着孩子苦守家中，一年又一年，她们不知道自己的丈夫是死是活，但她们的信念却异常坚定，那就是活下去，把丈夫给自己留下的孩子养大成人，这是对丈夫的责任，于是在那些含辛茹苦的日子里她们坚持了下来。后来她们知道自己的丈夫还活着，并且做了大官，于是拖儿带女地找到了部队。眼前的一切让她们清醒了，她们知道，无论如何自己再也不配和昔日的男人同床共枕了。她们只希望得到一点点感情，让昔日的丈夫承认这既成的事实，她们的心也就踏实了，才觉得那些苦没有白受，泪没有白流。这些丈夫们在事实面前却没有勇气承认，在大是大非面前他们害怕了、战栗了。在战争岁月中他们没有退缩没有倒下，现在他们却倒下了。“孤儿寡母”们只能伤心欲绝地离开部队，离开绝情绝义的昔日丈夫了，她们伤心的哭声笼罩在部队大院上空。

这些当了大官的男人们的年轻貌美的妻子们，此时心里明镜般地清楚。她们更不愿承认眼前的现实，她们在枕边鼓励自己丈夫咬牙挺住。丈夫们就挺，死活不认账了。母亲曾为那些伤心的“孤儿寡母”们流下过许多泪水，她瞧不起这些男人，同情那些受苦受难的女人。

现在这样的事又轮到了自己的家里，当她看到大奎那一刻，心里便什么都明白了。那一刻，母亲的心情异常复杂，一方面她不愿意承认现实，那样的话她觉得自己受到了伤害；同时她又惧怕父亲会走那些当了大官的人的路。总之，这种矛盾的心情让母亲备受煎熬。

让母亲没想到的是，父亲在这件事情上一点也没有推拒的意思。在大奎的启发下，父亲终于想起了往事，然后，父亲长驱直入地把大奎带进家中。

母亲无疑受到了伤害，但她同时也在心底敬佩着父亲：她觉得父亲处理这件事情很男人，母亲喜欢这样的男人。

在父亲没出现前，母亲在文工团里和一个叫枫的男演员谈恋爱。枫眉清目秀，脸色苍白，多愁善感。枫表面上这一切很符合母亲小情调的心理需求。就在两个人缠缠绵绵、脸热心跳的当口，父亲出现了。父亲一眼就看中了母亲。不管母亲愿意不愿意，父亲按照自己的计划，强硬地把母亲娶到了家中。母亲便只能是母亲了。在这一过程中，母亲一直希望枫像个男人一样冲将出来，把她从父亲手里夺回去。哪怕枫为自己和父亲进行决斗，不管结局如何，她也会死心塌地地随枫生或死。然而，这一切都没有发生。

母亲盼望着在枫身上发生的男人壮举没有发生，却在父亲身上发生了。父亲为了母亲，曾和另外一个人，那个人还是父亲的上级，拔枪相向，你死我活的样子。最后还是那个上级改弦易辙，事情才不了了之。母亲便只能跟随父亲了。

她在父亲身上得到了她以前不曾得到的东西，同时也失去了枫身上的小情调。于是她便一遍遍回忆温习过去曾经有过的浪漫情怀，得不到的永远是珍贵的。在现实生活中，母亲矛盾着，困惑着。

母亲毕竟是母亲，她和天底下所有母亲一样，有着最人性的一面。这一点，在母亲对待大奎的态度上，体现得淋漓尽致。她一方面无法容忍大奎许多生活习性，例如睡觉前不刷牙不洗脸，放屁、咬牙、打呼噜，随地吐痰扔烟头等等。大奎身上的毛病也就是父亲身上的毛病，她这么多年都无法习惯和容忍父亲身上的这些缺点。现在家里又多了一个大奎，这是母亲永远无法接受的。但同时，她又深深同情着大奎。大奎在她面前娘长娘短地叫。大奎和母亲同岁，但大奎长的样子，说是母亲的父亲也有人相信。母亲受不了这些，人心都是肉长的，大奎的谦卑击中了母亲心中最软的地方。况且大奎对母亲的情感又是真心实意的，没有半点做戏的地方。

在大奎来家里的那些日子，母亲每天都提前一些下班，先去菜市场采购一番，再回到家里多炒两个菜，让大奎吃饱吃好。大奎吃饭时狼吞虎咽的样子，让母亲知道了大奎从前过的是怎样的日子。在交谈过程中，母亲知道大奎的三个孩子比林、晶、海都要大。大奎也是做父亲的人了，也许在不远的将来就做爷爷了。这样一个人，在母亲面前表现得低三下四，不笑不说话，这令母亲心里难过异常。

每次吃饭时，母亲都真心实意地说：大奎，你多吃菜。

大奎听了这话就很感动，一脸感激地冲母亲说：娘，你也吃。说完颤颤抖抖地为母亲夹了一块排骨放到母亲的碗里，然后又用劲地吮一下自己的筷子头。母亲不习惯这些，但她还是坚持着把大奎为她夹的那块排骨吃下去了。

母亲没事的时候也和大奎聊天。他们没有多少共同语言，大奎向母亲打听城里的事，部队上的事，向母亲不厌其烦地叙说生产队里的家长里短，然后说自家养的猪呀鸡呀什么的。这都是母亲没法关心的。最后他们把话题转移到孩子身上：这是他们的共通之处，不管贫贱、富贵，他们对待孩子的情感，永远是一样的。大奎谈到自己孩子时，很是动情，张罗着给老大找媳妇，给二丫头寻婆家。这次是大奎离开家时间最长的一次，他还真的有些想念那些孩娃了。因此，大奎说到这些时，充满了十二分的感情。母亲认真仔细地听着大奎的说话，大奎说到动情处，母亲不时地点头，她就想到了自己的三个孩子。她虽说天天能看见三个孩子，但她仍有许多柔情需要向孩子们表述，流露。每次说到这，大奎都要说一句：娘，俺们让你操心了。母亲听了，不知为什么红了眼圈，然后长长地叹口气。

父亲无法走进林、晶、海三个孩子的心里，他却轻而易举地走进了大奎的心里，同时大奎也走进了父亲的心里。

当大奎第一次跪在父亲面前，叫第一声“爹”时，父亲便被击中了。他从没想过自己不承认眼前的大奎，大奎是他年少时和邱家丫头的产物。年少懵懂的父亲做梦也不会想到，靠山屯还留着他的骨血，大奎就像一株野荆棘树，在父亲的视野之外悄然长大。

过惯了农村生活的大奎没有贪睡的习惯，天刚放亮便醒了，父亲这时也起床了。起床后的父亲有早晨跑步的习惯，起初大奎不知道父亲这么早出门去干什么，后来他知道了，便心甘情愿地随在父亲身后，父亲在前面跑，他在后面紧跟着。父亲跑了一辈子步了，从十五岁参加抗联开始，便用跑步的方式和鬼子兜圈子，后来就一路跑步追杀敌人，一直把小日本追出中国，又把国民党追到台湾。因此父亲在战争岁月中练就了一副好脚板，和平年代中的父亲把跑步又发扬光大了。轻装跑步，对父亲来说如鱼得水。

庄稼汉大奎虽说比父亲年轻十五岁，但他种了大半辈子庄稼，腿脚都种硬了，跑不动路了。他跟在父亲身后，跑了不久，便上气不接下气了，然后就喊：爹，慢点跑吧。这路滑呀，摔个跤啥的可咋整。

父亲不理大奎的话，仍风风火火地在前面跑。好在父亲是绕着家属院跑圈，不一会儿就追上了大奎。父亲此时已是跑得热气腾腾，满脸流汗。然后父亲把帽子、棉衣什么的脱下来让大奎抱着。大奎就抱着这些东西跑，他怕父亲把他落下，他不放心父亲，觉得父亲随时都有摔倒的可能。况且父亲的棉衣又在他的怀中，要是父亲冷了他不能及时把棉衣塞到父亲手上，那简直是他的不孝。于是，大奎就在后面硬胳膊硬腿地猛追。追了一气，又追了一气。大奎跟不上，大奎就又叫：爹呀，慢点跑吧，那么大岁数了，有个好歹的可咋整。

这时，天渐渐亮了，不少首长都走出家门晨练了。他们看到一副有趣的景象，父亲在前面跑，大奎在后面很狼狈地追，知道的是父子关系，不知道的还以为是一对哥们儿在吵架。庄稼人大奎长得的确有些老相，生活的操劳，日子的艰辛，使四十多岁的大奎过早地衰老了，不知内情的人，说他是父亲的哥哥也有人相信。

在大奎起初来家的日子里，父亲那些老战友还真的以为是父亲的哥哥来串门了。胡副司令就问父亲：老石呀，以前也没听说你有个哥呀？

父亲就不高兴了，沉一会儿脸道：老胡你别瞎扯，你把眼睛睁大点，这是俺儿子，叫大奎。说完父亲又叫过大奎，冲大奎说：叫叔叔。

大奎就听话地冲胡副司令喊：叔叔首长。

大奎知道，这些人都当着大官，于是他在叔叔后面就加了“首长”。

胡副司令就惊愕，喃喃着道：没想到，没想到！你小石头还有这两下子。

以前，别人家哭爹喊娘有老家的前妻找上门来时，父亲的门前一直很清静。那时，父亲觉得自己是个很干净的人。这种事，一度成为棘手的大事，于是，大家就推举父亲处理这些棘手的事。父亲处理这些事时，很干脆，也很有原则，那就是要保护老战友眼前的利益，不能因为老家的什么事而破坏了老战友的幸福，枪林弹雨的能活到现在已经很不容易了。但同时也不能伤害那些“孤儿寡母”，虽然这些老战友不承认过去发生的事，但父亲心里却明镜似的。他也不把话说破，一方面安排这些“孤儿寡母”好吃好喝，另一方面和他们谈条件，只要部队能办到的，父亲一定答应下来。那些母亲没什么大的奢望，她们把所有希望都寄托在孩子身上。她们有求父亲让孩子当兵的，有求帮助孩子找工作的，父亲一一答应了。然后派人买好车票送这些他们回家。孩子们合格的，当场就留下了，发一身军装当兵去了。年龄大的不能当兵的，父亲便派出参谋、干事们去这些人的老家联系安排工作的事。那时部队很有威信，办起这些事来并不难。

父亲的儿子找上门来的消息很快便在部队首长中传开了。他们找出这样或那样的借口来家里一坐，说一些和父亲在办公室都已经说过的工作。他们一面来看大奎，一面来摸父亲的底细。以前是父亲帮助他们摆平了那么大的麻烦，现在他们要来帮助父亲了。这些首长每次来，都冲大奎说：孩子呀，有啥困难你就说，叔叔伯伯们帮你解决。

大奎就很感动，哽着声音，眼泪汪汪地说：没啥，啥也没有。俺这次来，是看爹的。

首长们就走了。

父亲也想过大奎以后的事，并含蓄地向大奎提过。大奎就实话实说：俺都活了大半辈子的人了。现在种地，以后俺还种地。种不动了，还有孩子们。大奎大有一辈一辈把地种下去的决心和勇气，他认为种地没啥不好，要是没人种地了，人们吃啥？

这一点父亲没有提出异议。

父亲还和大奎数次站在家门口那片空地上讨论种庄稼的事。每个首长门前都有一块这样的空地，所以管理局的人每到春天都要派出战士们在这片空地上种上花花草草。后来不知哪位首长带头，拔掉了这些花草，种上了黄瓜、茄子、西红柿。一时间，许多首长纷纷仿效，花地都变成菜地了。

此时，大奎和父亲一同站在门前那块空地上。大奎说：爹，等开春，种高粱吧。咱老家的高粱好哇，粒大，成色也好。

父亲的眼前又闪现出家乡的高粱地，红红的一片。父亲站在冬季里，对秋天的景象一往情深，父亲就说：那就种高粱。

大奎说：嗯。等春天俺再来，带上咱老家的高粱种，帮你种地。

父亲和大奎在一起觉得有说不完的话。大奎想的就是他想的，他想的，有时也是大奎想的。父亲觉得大奎离自己是那么近，那么亲。

在许多次晚饭后，父亲和大奎坐在客厅的地板上。盘腿而坐，就像坐在老家的火炕上一样，抽着自卷的叶子烟，一边喝茶一边聊天，那样子不像是父与子，而是老哥俩，说老家的事。家乡的一草一木都让父亲激动亲切。几十年没有回过老家了，老家是父亲的根，是父亲的血脉。

父亲向大奎讲自己小时候的事，大奎也向父亲讲自己小时候的事。后来他们发现，他们的童年是那么的相似。父亲也恍惚地觉得大奎不应该是自己的儿子，而是自己的兄弟。

大奎不可能不提到自己的母亲——邱家丫头。大奎告诉父亲，邱家丫头生下他后，便一边带大奎，一边照料爷爷。后来爷爷死了。爷爷死之前曾劝过邱家丫头改嫁，邱家丫头没那么做。她一直在痴等着父亲，她坚信父亲就像一个走丢的孩子，迟早还会找回家门的。一直到邱家丫头去世，她依然这么坚信着。父亲听了这话，心里还是难过了好一阵子。虽说他和邱家丫头没什么感情，但邱家丫头的所作所为还是感动了父亲。父亲在心里隐隐地觉得有些对不住她。

大奎就说：爹，你抽空回老家去看看吧。俺娘都等你一辈子了。

父亲的眼睛潮湿了，半晌才说：大奎呀，现在俺忙，等以后离休了，俺一准同你回家去看看。

大奎说：嗯哪，俺来接你。

爷俩说着聊着就到了深夜，父亲就说：时候不早了，睡下吧。

大奎也说：爹，你睡去吧，明早还得跑步哪。

父亲说完这话并不急着走，他要等大奎躺下，又为大奎掖掖被角，然后才一步三回头地离去。

大奎冲父亲的背影深深地叫一声：爹，你睡去吧。

林、晶、海三个孩子，对大奎的态度却显得有些复杂。他们还从来没有看过父亲这么和蔼可亲过，父亲望大奎的眼神让他们嫉妒。在他们的印象里，父亲从来没有用这样的目光望过自己，一个土包子似的大奎就让父亲换了一个人似的。他们不懂，也不明白。在三个孩子的印象里，父亲对待他们非打即骂。别说有什么笑脸，就是一句好话，他们也不曾听过。

父亲对待大奎的态度，直接影响了三个孩子对待大奎的态度。大奎对这一切似乎一直没有察觉，他仍一如既往地用朴素的情感对待着弟弟妹妹们。

吃过早饭，三个孩子便陆续走出家门去上学了。大奎这时会立在门旁冲走出去的三个孩子说：兄弟，今天风大，多穿点衣服呀。小妹，放学早点回家，哥等你。大奎殷勤地依次把弟弟妹妹送走。弟弟妹妹们对大奎无动于衷，他们不说话，仿佛眼前就没大奎这么个人。

有一次，母亲看不过去了，偷偷把他们叫到自己的房间里对他们说：他是你们的哥，你们咋能用这种态度对待他呢？

三个孩子不说话，低垂着头。半晌海抬起头说：妈，我们没有他这个哥。你看他长得那个土样。

母亲打了海一掌道：别胡说八道。

晶说：我们不明白，爸咋只对他一个人好，平时爸连正眼看我们都懒得看。

母亲叹了口气，她在孩子面前真的无话可说了。她也不明白父亲为什么这样，仿佛眼前的三个孩子不是父亲生的似的。

林似乎懂事一些，他马上就要高中毕业了，于是他说：父亲怪咱们没出息，等以后咱们大了做出大事来让父亲瞅瞅。林说这话时已经很像男子汉了，上唇的绒毛已经又浓又密了。

晶和海听了哥的话就用劲地点点头。

每天晚上，父亲和大奎总有说不完的话。父亲似乎是怕别人打扰，每次说话时，总是把客厅的门虚掩上，然后和大奎在烟熏火燎中说话。

先是林走出自己的房间。他动作很轻地在客厅前停了一会儿，他手里端了个杯子，样子似乎是要去加水。他就听见了大奎说：爹，等你岁数大了就回老家吧，俺孝敬你。

林就走了，轻手轻脚的。

不一会儿，晶出来了。她的样子似乎是要去厕所。她走出来，路过客厅门口时，也停下了步子。她听见父亲说：爹见了你，这几天高兴哇。

后来晶也走了，轻手轻脚的。

最后出来的是海。他似乎对客厅两个人的说话不感兴趣，在别的房间找一件什么东西，没找到，回自己房间时，路过客厅门口。他学着哥和姐的样子听了一会儿。他听见父亲说：老家好哇，落叶还要归根哩。

那些日子，林、晶、海说不清为什么，在屋里怎么也待不踏实。他们频繁地走出自己的房间，不厌其烦地在客厅门前走一走，停一停。

后来他们就聚到母亲的房间里压低声音说话。其实他们不压低声音也没啥，他们说的都是学校里的一些事。母亲也说，说部队大院里最近发生的新鲜事。他们似乎从来也没说得这么投机、亲近过。

日子一天天就过去了。

父亲似乎也发现了三个孩子对待大奎的态度不够友好。有一天他当着大奎的面把三个孩子叫到客厅里。三个孩子低着头，不看父亲也不看大奎，只看自己的脚尖。

父亲的目光先是从大奎的脸上掠过，大奎一往情深地和父亲的目光对视了。然后父亲又看向林，然后是晶和海。他看到的是他们的脑袋。父亲此时说话的口气是温存的，他说：你们都是俺的孩子，手心手背都是肉。虽说你们不是一个娘生的，但在俺心里都是一样的。

父亲说到这似乎动了感情，顿了顿又说：你们都要争气。以后要互相帮助。大奎就说：俺是老大，以后你们有用得着大哥的地方就说一声。大哥没别的本事，会种地，能吃苦。

一说完他就冲弟弟妹妹们笑，没得到回应，便把一脸憨笑冲父亲绽放了。父亲背着手在空地上踱了两步，布置工作似的冲三个孩子说：大奎是你们哥，以后别像个哑巴似的，该叫哥就叫哥。

三个孩子仍不说话，仍旧看自己的脚尖。大奎说：叫不叫也没啥，都是一家人，心里有数就行了。

父亲挥挥手，三个孩子鱼贯着离开客厅，从父亲眼前走开了。

春节快到了，大奎待不住了。他张罗着要回家了，他知道一大家子人还等他回家过年呢。母亲想得很周到，到商店里买了不少吃的穿的。装了满满两提包让大奎带上。大奎就又感动了，他哽着喉头，一连叫了几声娘。

大奎走的那天，父亲专门派出了自己的专车去送大奎。车票早就买好了。父亲走到楼下送大奎。在屋里时，大奎向弟弟妹妹们已经道过别了，三个孩子似乎谁也没有走出屋门送一送的意思。还是母亲不由分说连拖带拽地把他们弄到楼下，轿车已经开来了，就停在楼下。

父亲说：大奎呀，你走吧。到家后你来个信。

嗯哪！大奎此时已经泪流满面了。住了这些日子，他对这个家已经有感情了。临走，他的心空落得无际无边的。

大奎先走到弟弟妹妹们面前。林、晶、海站在那里很不情愿的样子，表情也是一脸麻木。大奎试图去和弟弟妹妹们握手道别，他已经学会了握手。可三个孩子谁也没有伸出手的意思。他就依次捉了他们的手臂乱摇一气，说道：哥走了。哥开春还来。哥会想你们的！大奎说完再走到父母面前，扑通一声又跪下了，哽声叫道：爹、娘，俺就走了。叫完站起身，笨拙地钻进车里。林送给他的那件军大衣，此时已被他换下来了，他又穿上了那件羊皮袄。他说要把那件军大衣送给大儿子，那顶军棉帽送给老二。

大奎钻进车里后，隔着车窗冲父亲招着手说：爹，等来年春天俺一准来，帮你种高粱。

他这句话已不知说了多少遍了。

轿车就开走了，人们看见父亲背过身去，用手指弹掉了眼角两滴老泪。

林、晶、海在大奎临走时也没叫一声哥，不知为什么，父亲没有再提这件事。

直到那一年，林高中毕业，被父亲送到大兴安岭的边境哨卡去当兵，林才叫了一次哥。

林当兵去边防哨卡的事被大奎知道了。就在那一年冬天，大奎坐了一天一夜的汽车，又走了一大天的雪路，找到了在哨卡当兵的林。他是来给林送狗皮褥子的。大奎知道大兴安岭的冬天冷，狗皮褥子隔潮，防冷。

大奎找到林时，林愣住了。他做梦也没想到大奎会来看他。大奎的胡子和眉毛都被霜凝白了。他亲自把狗皮褥子铺在林的床上，然后才说：弟呀，你受苦了。说到这，大奎的眼圈又红了，但很快又说，罪是人受的，咬咬牙就挺过来了。

那一次，大奎没有停留，他还要走到山下等明天早晨的长途汽车。大奎踏着雪路“吱吱嘎嘎”地走了。林送大奎走出边防哨卡，大奎回过头冲林说：弟呀，快回去吧，外面冷，别冻着。说完头也不回地走了。

林望着渐渐远去的大奎背影颤颤地叫了声：哥——

大奎的身影在林的视线里一点点地小下去，最后就消失在雪地的尽头。

这是林叫的第一声哥，也是最后一声。阴差阳错，大奎再也没有见过林。后来林离开了边防哨卡，他当了营长，再后来林就参加了南线那场战事，林便永远地留在了南方丛林里。

大奎走后，父亲一连许多天闷闷不乐的，仿佛是丢了魂。

春节刚过，父亲便开始翻日历牌，他翻到立春那一天便不动了。立春那天日历，被他折了又折。

父亲剩下的时间里会长时间地伫立在门前那片空地旁，呆呆地望着那片空地出神。在他的眼前，一粒粒饱满的高粱被埋到土里，然后生芽，破土，最后就是一片火红的高粱了。

这是家乡的高粱。

是父亲和大奎一起亲手种下的。

从那一天开始，不知为什么，父亲似乎一下子就老了，有时会为一件小事叨叨个没完，像女人似的。母亲说：父亲到更年期了。

早到大奎出现之前，父亲老家的人就曾无数次地找过父亲。他们找父亲有许多事要办。在当时的特定情况下，亲人解放军在社会中的地位是极高的。况且父亲又是解放军中的首长，许多地方上的领导都是和父亲一同战斗过的战友，不说别的，单说父亲不同时期的警卫员就有好几位在地方上担任着很重要的角色。

老家的人有许多事需要求助父亲：大到求父亲买汽车、拖拉机、化肥、水泥，小到求父亲允许他们当兵。在老家人面前，父亲总是有求必应。父亲体谅着乡亲，理解着家乡。虽说父亲已有几十年没回过老家了，但老家的一缕乡音，都能勾起他许多少年的情结。那时他对待老家的一切还是理智的。

大奎出现以后，便把他和老家又一次千丝万缕地联系到了一起。抽象的老家一下子具体了。

从那以后，大奎不时地出现在家中。

那年春天，大奎带着高粱种如约而至。他和父亲日夜奋战，终于把高粱种种在了军区大院父亲家门前。直到高粱从地里钻出了绿绿的芽茎，大奎才放心地离去。

剩下来的日子里，便是父亲守着一天大似一天的高粱苗在期盼了。他在等待收获的季节。在没有战争的岁月中，守望高粱是父亲最大的快乐。

大奎又一次出现时，带来了许多礼物，有家乡的高粱米，还有玉米糁子。他肩上驮着这些家乡特产，风尘仆仆地来到家中。他到家的时候，父母仍在上班，弟弟妹妹们还没放学。大奎便把东西放在家门前的台阶上，一边抽烟一边等着家人的归来。

大奎不时热络地冲每个路过家门前的人说：俺大奎回来了，晚上到家来玩吧。他已经不把自己当外人了。那些路过的干部、战士并不认识大奎，他们冲大奎茫然地点着头。大奎就很满足。

母亲第一个走进大奎的视线。大奎发现了母亲，惊惊诧诧地叫一声：娘，可想死俺了。

说完便孩子似的奔过去。

母亲仍然不习惯大奎这么大呼小叫，但母亲又不能说什么，快步走到家门前，掏出钥匙道：大奎来了，快进家吧。

大奎就脆脆地应了：哎——

大奎进屋后便变戏法似的为母亲拿出一双老棉布鞋，鞋底细细密密地纳了。大奎捧着鞋递给母亲穿：这是儿媳妇孝敬您的，穿上可暖和了。

母亲把鞋接过了。母亲早年穿过这种千层底的老棉布鞋。母亲小时候还学着做过，一针针，一线线，母亲作为一个女人理解做一双鞋的辛苦。小时候的母亲曾在灯下看着自己的母亲一针针一线线为一家老小做鞋。这双鞋触动了母亲温馨的回忆，母亲愉快地把鞋收下了。大奎就显得很高兴。大奎就说：娘，以后用啥你说一声。你儿媳妇手可巧了，啥都能做得出。

在母亲的眼前就出现了一位和自己年龄相仿的女人在灯下飞针走线的样子。母亲想说点什么，又什么也没说出来。她走进厨房里，她要生火做饭，她对大奎有种说不出的感觉，不知是怜悯还是亲情，总之，母亲的心里很复杂。

不一会儿，父亲就回来了。大奎见了父亲一副不知如何是好的样子，他搓着手，一迭声地叫：爹，爹。

父亲就说：俺知道今天一准有好事，左眼皮都跳一天了。父亲说完又冲厨房里忙碌的母亲道：今晚多整俩菜，咱爷俩要喝两杯。

大奎为父亲带来了一个烟袋。这个烟袋似乎有些年头了，烟熏火燎的。大奎小心地拿出来递到父亲面前说：爹，这是俺爷留下的。俺娘临死前给的俺。

父亲望着眼前既熟悉又陌生的烟袋，他想起了许多童年的往事。父亲的眼圈红了。父亲一句话没说，他一口气用那个烟袋抽了好一阵大奎从家里带来的叶子烟。一时间，家里便被那叶子烟的味道笼罩了。

大奎这次来给家里人都带来了礼物。来之前大奎是经过精心准备的。家里那头猪卖了，一部分做路费，另一部分给弟弟妹妹们买了礼物。他为林买了一件羊皮袄，他记着林送给他的那件大衣。又为晶买了一条红纱巾，为海买了一条羊皮裤。后来，他一一把这些礼物送到弟弟妹妹们手里。许多年过去了，弟弟妹妹们从来没有用过大奎送给他们的东西，一直放在屋里的一角尘封着。这一点大奎不知道。弟弟妹妹们不是嫌大奎的礼物轻了，而是因为这些东西早就过时了。

后来，大奎来家里的次数便愈发地多了。他再来的时候，便不是一个人了，随同他来的还有一群年轻人。他们是来求父亲的，他们想要当兵。那阵子，当兵是很时髦的职业。入党、提干自然是光宗耀祖，就是入不了党，提不了干，回乡务农也算长过见识，人前人后，也可以风光一阵了。

不说别的，找个对象都容易多了。想当兵的人多了，当兵便是一件很难的事情了。在家乡人人都知道父亲，知道了父亲便知道了大奎。因此，大奎在家乡一下子也出名了。不时有人手提两瓶散装白酒，找到大奎，他们希望大奎能助他们一臂之力，实现他们的梦想。大奎在真心实意面前还有啥说的，他已经啥说的也没有了。然后带着这帮成群结队的年轻人，如蜂如蚁地来到家里。

大奎在这些年轻人面前显得高贵而又快乐，他向父亲介绍眼前这些孩子，大奎说：这是张哥家的老二。

大奎还说：这是李嫂家的老大。

大奎又说：这是老王家的二丫。

父亲不知道张家，也不知道李家，但他知道这都是老家乡亲的孩子。凭着这些，啥都没啥了。

然后父亲就频繁地四处打电话，归他管辖的有许多守备区，还有军分区，在那里当首长的都是父亲的老部下。

于是，父亲就在电话里说：小李呀，帮助解决几个兵吧。老家的子弟，去找你了。

父亲又说：小范吗，老家的孩子，要当兵，帮助解决几个吧。

父亲就这样，安排了一批，又安排了一批。在父亲的心里，这算不上搞特殊化。当兵光荣，战争年代要是没有那么多踊跃参军的年轻人，能打跑小日本？能把老蒋赶到台湾去吗？因此，父亲觉得有义务把老家的年轻人一批一批地送到部队中，让他们扛枪保卫祖国。

父亲的态度直接影响了大奎的积极性。他乐此不疲地往返奔波于老家和军区之间，那样子，仿佛他自己是个运输大队长，把一批又一批年轻人运往部队。有一次，他冲父亲得意地说：爹，公社书记都找俺了。他说，俺对家乡贡献大，还说让俺当生产队长哩。

大奎从来没当过什么干部，在他的眼里生产队长俨然是个很大的官了。

父亲望着大奎久久没有说话，后来他把一只手放在了大奎的肩上。大奎感受到父亲那只手又热又沉。父亲说：大奎好好干，以后有啥困难就来找爹。

嗯哪！大奎高兴地应了。

不久，大奎果然当上了生产队长。

当上了生产队长的大奎，就更有责任和义务一次次往沈阳城里跑了。每次来，他都领受了许多任务，公社书记给他开了一张条子，上面写满了农村紧缺物资。大奎觉得责任重大，急如星火地来找父亲。

大奎带着一批一批的乡下人，大呼小叫地来到家里。最不习惯最不能接受的还是晶和海。那时，林高中已经毕业，被父亲送到边防哨卡当兵去了。晶和海仍在读高中，他们从小到大从来没有经历过这样混乱的景象。一群一拨的乡下人，坐满了房间，他们有沙发不坐，却盘腿坐在地上，就像坐在田间地头。然后不停地抽烟，吐痰。烟是家乡的叶子烟，味道又臭又辣，他们围绕着父亲，父亲在他们的心中就是伟大的救星。

父亲说：当兵好。

他们说：保卫祖国。

父亲还说：打仗亲兄弟，上阵父子兵。

他们说：俺们都是你的孩子，你下命令吧。让俺们干啥就干啥。

父亲望着眼前满怀希望的下一代，他是真心实意地高兴，他似乎看到了部队的未来。有这么多家乡的热血男儿踊跃当兵，还怕啥苏修和美帝！

父亲兴高采烈地为家乡的孩子们勾画美好的蓝图时，晶和海正躲在自己的房间里，忍受着这种臭气熏天的煎熬。门虽说关上了，烟是挡不住的，一阵又一阵烟浪和哄笑，顽强地钻进门缝，侵袭着他们娇嫩的神经。功课是无法复习了，书本散乱地扔在桌子上，他们把头扎在被子里，试图通过这种办法躲避臭气对他们的熏染。

最让他们无法忍受的是吃饭。他们不想去吃饭，但父亲不让，一定要全家都坐在桌前陪着老家的乡亲。父亲觉得只有这样才能完美地表达他的高兴心情。

家乡的年轻人，尚没有走进部队这所大学校，他们还没有经历过革命的洗礼，有些举动还不那么文明得体。他们一边吃饭，一边说话，还不时地夹着菜往父母碗里放，也往晶和海的碗里放，有痰有鼻涕也不避人，站起来吐就是了。

母亲吃不下去了，晶和海也吃不下去了。他们从来没见过这种阵势，但他们又不好走，就在那里坐着，象征性地，味同嚼蜡地吃上几口，便借口说自己吃饱了。乡亲们不解，便劝：再吃些，咋就吃那一点点呢，还不如俺家的花猫吃得多呢。

他们用猫的食量和晶、海对比着，他们一点恶意也没有。

晶和海终于忍不住，他们奔回自己的房间，一头扎在床上，他们难受得哭了。最后他们一致提议不在家住了，去住校。母亲左右为难，最后还是同意了。

父亲得知这一消息时，自然也是满心欢喜。他不知道，晶和海为什么要去住校，他以为孩子大了，成熟了，要去锻炼自己。父亲的观念是：好男儿要志在四方。他当然同意自己的孩子要在外面经风雨见世面。在以后，对待三个孩子的安排上，父亲也做得大公无私。晶和海高中毕业之后，都分别考上了大学，父亲却没让他们去上大学，而是送到了部队让他们当上普通兵。晶和海不同意，又哭又闹的，母亲也反对。父亲说：哭啥哭，当兵才是最光荣的职业。你们到了部队有本事去考军校，当一辈子兵。

在家里父亲向来是说一不二的，没有人能改变他的决定。晶和海便双双去当兵了，他们果然考了军校，毕业以后成了很年轻的军官。晶和海没能像父亲希望的那样当一辈子兵，在父亲离休后不久，他们双双离开了部队，这是父亲没有料到的。老年的父亲无法左右这一切了，好在部队里仍有家乡的青年们在战斗着，这是父亲晚年最大的安慰。

大奎再一次来家里时，没见到已经住校的晶和海。家里少了两个人，大奎觉得有些空落。他不知道晶和海对他这个同父异母的哥哥的态度，他却无法和他们从感情上分开来。那天晚上母亲包饺子，大奎在一旁笨手笨脚地帮忙。大奎冲母亲说：娘，你多包些，俺给小妹、小弟送饺子去。饺子包好了，大奎没吃一个，便把煮好的饺子装在饭盒里，东打听西问地找到晶和海的学校。晚饭的时间已过，学生们正在上晚自习。大奎不敢去打扰上自习的晶和海，便把饭盒抱在胸前坐在台阶上等晶和海。很晚了，学生们才下课，晶和海挺远就看见了大奎，他们清楚大奎是来找他们的。他们怕同学知道他们还有这么个乡下哥哥，他们从来没有在同学面前提过。晶和海发现大奎之后，便偷偷地溜走了。那一晚，大奎自然没有见到晶和海，他又把早就凉了的饺子抱了回来。

大奎觉得没有尽到自己的义务，那天晚上他没睡好，长吁短叹了一夜。

第二天，他又去学校找晶和海。他觉得来家里一次见不到小妹小弟是一件挺遗憾的事，几个月没见了，不知他们是胖了还是瘦了。在他的心里，一家人永远是一家人，不是情也不是义，而是血脉的相融。他一次次去学校，自然又是一次次失望而归。

最后，他要走的那一天，还是见到了晶和海。是父亲派警卫员把晶和海叫回来了，父亲觉得大奎来一趟见不到晶和海也不是个事。

大奎见了他们，眼泪都下来了，他是真心惦念这两个人。他抓住了他们的手，晶和海不看大奎，拧着脖子望着别处，大奎就说：小妹你晒黑了，哥给你买的纱巾咋不戴呢？又冲海说：小海，你又长高了。好好长吧，等你们放假了，去大哥家。大哥让你嫂子天天给包饺子。

大奎说完便一步三回头地走了。

直到许多年以后，晶和海都长大成人了，明白了世上许多亲情和事理，他们才从感情上接纳这位同父异母的哥哥。

父亲一年老似一年了，老年的父亲越来越多地说到家乡。父亲十五岁离开家乡，以前忙着打仗，后来又忙着军区的工作，他一直没有抽时间回一次老家，有关老家的一切，一次又一次都是大奎带来的。

父亲在梦里时时梦见自己的家乡，一个四面环山的小村里，鸡鸣狗吠，炊烟袅袅，天是那么蓝，水是那么清，那是一幅怎样的人间景象呀。在这种人间景象中，有他的儿子大奎，还有他那些孙子孙女们，一大家子人。大奎一次次带着乡亲们求父亲办这办那的，唯独没有给自己办过一件事。他甚至没有带自己的孩子来过城里。父亲每次问，他都说：爹你放心，家里啥都不缺，你孙子孙女们过得都挺好的。大奎不时地拿出一张最近的全家福指给父亲看，老大又生了一个儿子，二丫又添了一个闺女。父亲看着儿孙满堂的照片，心里的滋味一时说不清。

大奎第一次来家时，和全家合过影，父母坐在中间，周围站着他和林、晶、海。林、晶、海的样子显得有些别扭，他们都侧着身，似乎是要躲开大奎。大奎冲前方笑着，笑得一脸真诚和幸福。大奎把这张全家合影带回了家里。

大奎心满意足，他有条件，也有理由求助于父亲，但他从来没求助过父亲什么。他觉得自己是个农民，一家人也都应该是农民，这样没什么不好，一家平安，不愁吃，不愁喝，这日子就行了，还想咋的。

大奎真的不想咋的，他最大的愿望就是希望父亲有生之年回一次老家靠山屯，看一看老家，看一看他的孙子们。

父亲和大奎说的话自然也是离不开老家，大奎一次次向父亲描述着老家的变化，父亲一遍遍地听。每次听完，父亲都感叹：还是老家好哇。大奎说：那可不是咋的。爹，你就抽空回老家看看去吧。现在老家的日子过得可好了。

父亲在大奎的描述中，心一次次飞回了老家。

父亲在离休前几个月终于回了一趟老家。父亲原本不想惊动任何人，回老家嘛，完全是私事，走一走，看一看，了却一桩几十年的心事。但父亲的行踪还是被省军区知道了，父亲刚下车，过去的老部下、老战友便拥过来，不由分说让父亲上了车，于是一个车队浩浩荡荡地向父亲老家靠山屯开去。

父亲真的不高兴了，怒道：你们这是干啥，你们是成心不让俺老石舒心呢。

最后父亲和老部下们达成协议，车开到村口就回去，过几天来接父亲就是了。车队开到村口时真的就停住了，父亲打发走随行的车队，一个人向村里走去。

大奎早就知道父亲要回来了，他在村口已经等候有些时候了。大奎终于见到了父亲，大奎喊了一声爹，便说不出话来了。

父亲回到阔别了几十年的靠山屯，他显得很激动，看什么都是新鲜的，一切景物在他眼里既熟悉又陌生。

大奎引领着父亲向村里走去。靠山屯和几十年前相比发展壮大了许多倍，昔日破破烂烂的马架子，早就被亮亮堂堂的新房取代了。大奎终于领父亲来到自家门前，大奎劈着声音说：爹，咱到家了。

这时屋里拥出十几口子人，大奎就亮着声音说：你们的爷爷回来了，还不快跪下。

十几口子人，仿佛听到了口令，黑压压齐斩斩地就跪下了，他们一律喊着：爷爷到家了。

父亲先是吃惊，接着他的心里一热。他望着眼前这一大家子人，都是他的骨血，通过大奎繁衍出来的。也就是说，在靠山屯，石家的骨血和生命将一代代地繁衍下去，子子孙孙，源远流长。虽说父亲是第一次见到这些亲人们，但他一眼就能看出那熟悉的、久违了的亲情，就像他第一次见到大奎时一样。

父亲热泪横流。

父亲自语着：到家了？

儿孙们跪地答：到家了。

父亲觉得眼前这一切如梦如幻。

那一次，父亲在老家住了三天。

他看了父亲的坟，母亲的坟，后来大奎指着一处坟说：爹，那就是俺娘。

父亲伫立在邱家丫头坟前。几十年过去了，如烟如梦。父亲又想起了滚热的火炕上，邱家丫头一次次把脚隔着炕桌伸到自己怀里的情形。几十年的往事了，仿佛就在昨天。他又回头望了一眼一大家子十几口人，他竟有些不敢相信，身后的这些生命竟是他和邱家丫头无意间繁衍出来的。

父亲伫立在邱家丫头坟前，似乎想了许多，又似乎什么也没想，他就那么呆呆地立着。

晚上，他终于又一次睡上了火炕。炕还是那么热，散发着泥土的气息。他此时觉得是那么舒坦，每个关节都放松了，身边挨着他的是大奎。

大奎就问：爹，咋样？

父亲说：老家好哇。

父亲躺在老家的火炕上，又一次流下了幸福的泪水。

窗外的天空有星儿一闪一烁，有蛙声、虫声一阵阵地传来，父亲恍若又回到了童年。父亲很快便进入梦乡了。

父亲从老家回来不久，就离休了。

离休后的父亲更加思念起家乡了，好在有大奎不时地从老家匆匆地赶来，带来老家的小米和高粱米，父亲对家乡生产的粮食百吃不厌。父亲老了，大奎也老了。但他仍坚持着每年来两次，捎来家乡的特产。大奎的身体大不如以前，他每次背着家乡的粮食出现在干休所院里时，都能看到父亲坐在干休所的石凳上向他这里张望，仿佛父亲在那里已经等了许久许久了。

大奎一望见父亲的身影，就显得很激动，大声喊：爹呀，俺来看你了。

父亲看见大奎艰难前行的脚步，眼睛便湿润了。

夜晚，父亲和大奎坐在干休所院子里，两人时断时续地说话。父亲有一次望着天空就问：咱老家是不是在那颗星星底下？

大奎答：可不是咋的，在老家望那颗星星可亮了。

父亲便把目光凝在那里，大奎也把目光凝在了那里。

大奎来了又走了，走了又来了。

大奎一走，父亲便计算着大奎下次来的日期。这次早就过了大奎来的时期，可大奎还是没有出现。

终于有一天，大奎没有来，却等来了大奎的儿子老大。

他一见到父亲便说：爷，俺来看你来了。

父亲就愣住了。老大风尘仆仆的，像大奎一样背着老家的粮食。

父亲问：你爹呢？

老大的眼圈红了，他嗫嚅着说：俺爹去了。

从那以后，父亲在夜晚来临的时候，便望着远方那颗星星，久久地凝望。

父亲和他的草原青

将军的坐骑倒下了，将军的一条腿折了。

——父亲语录

一

老年的父亲，在傍晚时分，长久地伫立在自家阳台上，望着西天如火的晚霞，磨磨叨叨地经常说着一句话——将军的坐骑倒下了，将军的一条腿折了。这话听起来文绉绉的，和他的身份一点也不相符。这话在父亲的嘴里说长了，就显得很不搭调。虽然不搭调，但是父亲仍然一遍遍地说，父亲这个人就显得很磨叽了。了解父亲的人都知道埋在父亲心里的“结”，这么多年了，父亲一直没有解开心里这个“结”，这个“结”缠绕在父亲心里已经许多年了。

按照胡师长的话说父亲：参军时还没有枪高，你这个小崽子打仗肯定不好使，你就当我的警卫员算了。于是父亲就成了胡师长的警卫员。

胡师长有匹战马，枣红色，绰号飞火流星。飞火流星战马，不是一般的马，救过师长的命。

有一次，部队和日本小鬼子在榆树沟打了一场遭遇战。原本部队是想和小鬼子兜圈子的，把小鬼子整迷糊了，拖垮了，再来收拾小鬼子。结果情报有误，没等把小鬼子整迷糊，先把自己整迷糊了。和小鬼子遭遇上了，没办法，打吧，于是就乱哄哄地打上了。因为是遭遇战，双方都没有准备，胡师长都没来得及布置部队，更别说建个指挥部什么的了，于是双方就乱哄哄地纠缠到了一起。

胡师长骑着飞火流星，那一年飞火流星刚满三岁，在马的寿命中，三岁的马正值青春期。在这之前，飞火流星陪着胡师长大小战役打过无数次了。因此，它见多识广，一点也不怯场，说打就打。飞火流星是匹公马，青春期的它很容易激动，子弹、炮弹什么的在它和胡师长身边飞来绕去。它和胡师长一样，一听到枪炮声就激动得浑身乱颤，什么就都没有什么了。

胡师长刚开始用枪射击，抬手一个，挥手又一个。结果，子弹没了。胡师长就用刀，飞火流星很有眼力，也是训练有素。它知道什么时候飞奔，什么时候停下，胡师长骑在马上，就在飞奔和停下之间砍杀着小鬼子。这仗打来打去，就拉长了战线。胡师长飞砍了一个小鬼子的脑袋，喘口气抬起头的时候，才发现，自己和部队脱节了。自己身边左右都没了自己人，他和飞火流星太兴奋了。就在他愣神的当口，一颗子弹击中了胡师长，他都没来得及叫一声便一头栽了下来。

那时激战正酣，部队一面寻找着自己的指挥员，一边拼杀着。因为双方实力悬殊，无奈之下，部队只能撤出战斗了。那时，他们都没看见自己的师长，他们一口气撤进了深山老林里才发现少了他们的师长。官兵急了，他们不能丢下师长不管，他们要杀回去，救出自己的师长。他们翻过一座山头时，便看见了感人的一幕。飞火流星踉跄着回来了，它的脖子上挂着师长，嘴里紧紧叼着师长的衣服，师长因流血过多，已经昏死过去了。飞火流星也受了伤，它的伤口在后腿上，血正滴滴答答地流着，因此它的脚步有些踉跄。它一看到自己的人，才立住脚步，轻轻地把胡师长放下，然后自己也一头栽倒了。

师长的战马——飞火流星，救师长的故事被传为佳话，在部队里广泛流传。那时，父亲还没有参军。父亲当上了胡师长的警卫员后，也被这段故事感动了。

父亲给师长当上警卫员后，严格地讲，他并没有履行警卫员的义务，更多的时候，他是在照看飞火流星。胡师长打仗的时候不希望有警卫员在身边，那样的话会很碍事。他想到阵地的最前沿，警卫员会为了首长的安全考虑，死活不让往前沿靠。胡师长有过这方面的教训，但身边又不能没有警卫员，于是他就选中了瘦小的父亲给他当警卫员。

父亲经常牵着飞火流星随在师长的后头，飞火流星自从救过了师长，它在师长眼里从一匹战马一下子变成了伙计。师长是山东人，他称飞火流星伙计的时候，舌头打着弯，声音一颤一颤的，听起来亲切温暖。平时行军的时候，胡师长很少骑马，而是由父亲牵着。场面就有些可笑，遇到急事的时候，胡师长呼哧带喘地在前面飞奔，父亲牵着马在后面跟头把式地追，飞火流星随在后面就有一种英雄无用武之地的感觉。知道内情的人都知道，胡师长舍不得骑马，飞火流星救过师长的命。

但打仗的时候却是个例外，冲锋陷阵，胡师长总要和飞火流星在一起。那时，马随人的指挥，奔腾躲闪，人马合一。只要胡师长的战刀一举，飞火流星顿时亢奋地嘶鸣一声，指哪打哪，没有半点犹豫。

每次战役结束后，胡师长总要慰劳一下飞火流星。有时从战场上缴获来的黄豆、鸡蛋什么的，胡师长从来都舍不得自己吃，他要把这些补养品送给飞火流星。那时的胡师长显得很温存，一声又一声地叫着伙计，眼神里满是温情和骄傲。

照料飞火流星便成了父亲责无旁贷的责任和义务。每天半夜，他都要起来，为飞火流星添草加料。父亲对这一切并不陌生，他在参军前给东家放牛，东家共有三头牛，两公一母。那年春天，两头公牛发情了，为了争夺母牛，两头公牛展开了一场殊死搏斗，在山坡上顶了起来。父亲干着急，拉不开，打不散，眼见着两头公牛双双滚下了悬崖，只剩下那头母牛，落寞地在山坡上叫。父亲眼前的天黑了，地陷了，他没法向东家交代。牛他是赔不起的，就是他一生的血汗钱也不一定能值两头牛钱。他蹲在山坡上，守着那头形单影只的母牛哭了起来。哭了一会儿，又哭了一会儿，父亲还没有想出办法。

这时，山下正在过队伍，是胡师长的队伍。在那一刻，他仿佛看到了救星。他从山坡上跳了起来，耸着瘦小的身子向队伍跑去。

父亲和牛呀马呀的打交道是很有经验的，他知道，马无夜草不肥的道理。每夜父亲都要起来数次，为飞火流星添草拌料。在父亲的照料下，飞火流星越来越膘肥体壮，茁壮成长。飞火流星有着一双大眼睛，它经常水汪汪地望着父亲，望得父亲心里一颤一颤的。马是通人性的，你对它好，它会加倍地报答你。

夜半时分，借着月光，父亲为飞火流星添完草料之后，经常蹲在地上和它凝视。

父亲说：吃吧，多吃点，打仗时好有劲驮着师长。

父亲还说：飞火流星，你要照顾好师长，不能让师长在打仗时有半点闪失。

马似乎听懂了，很响地打着响鼻，回应着父亲。

后来父亲不仅能扛动枪了，他还参加了无数次大大小小的战斗。胡师长不忍心让父亲待在自己身边了，便让父亲下到营里当了名排长。父亲离开胡师长时，对接自己班的警卫员，千叮咛万嘱托要照顾好飞火流星和师长。先说师长的脾气爱好，又说到了飞火流星喜欢吃什么，有什么习性等等，直到新警卫员点着头，一一记下了，父亲才给师长敬了个礼，上前又拍了拍飞火流星的头，然后一步三回头地走了。几年的时间，父亲和师长、飞火流星的感情已经很深了。他离开的时候，流下了眼泪。

胡师长说：小石头，好好干。

飞火流星睁着一双温情的大眼睛，一直目送着父亲的身影消失在山冈后面。

父亲离开师长不久，就发生了一件大事。飞火流星被炮弹炸死了。那是一次说不上很大的战斗，一颗炮弹呼啸而来，飞火流星出生入死，已经很训练有素了，师长正在指挥战斗，忽略了头顶上呼啸而至的炸弹。飞火流星跳了起来，把师长摔了出去，这时炸弹落地，飞火流星就这样死了。

飞火流星死后，给胡师长配了好几匹战马，胡师长一匹也没有看上。他在怀念他的飞火流星。从此，师长形单影只，只有警卫员伴随他左右。少了飞火流星，那一阵子，师长没精打采的。

又是一个不久，在一次小规模的战斗中，胡师长被一颗流弹击中了心脏牺牲了。父亲那时已经是连长了。他蹲在师长的墓前，热泪长流。他说：师长，要是飞火流星在，你就不会死。

父亲还说：师长，你和飞火流星我这辈子都不会忘。

二

父亲在辽沈战役打响前，拥有了自己的马。那时父亲是一八三团的团长了。父亲的马叫草原青。蒙古马，个儿不高，但浑身结实，见骨见肉。

父亲是在和平解放长春那一年拥有草原青的。那时的部队主要任务是救济灾民，因此，部队进了长春城后不久便沿街架了一溜大锅，锅里煮着热气腾腾的高粱米粥，战士们把这些粥分给饿蓝了眼睛的人民。父亲望着这一排排一列列面色饥黄的群众，眼圈红了。他又想起小时候逃荒要饭时的情景，父亲明白，要消灭敌人，就会有牺牲。眼前饥饿至极的群众就是为了革命做出了牺牲。父亲不断督促战士，把粥熬得干一些，碗里盛得满一些。

就在这时，父亲看见了草原青。它和别的马一起在战士们的牵引下，正从大街上走过。这是师里后勤的人从军里领回的几匹马。那时父亲已经是团长了，按规定他是可以配备一匹马的。前一阵部队一直忙于打仗，没来得及休整。于是，父亲一直没有马。刚打完一场胜仗，军里从内蒙古买来了一批马，又分给各师来装备部队。父亲在众多的马匹中一眼看中了草原青。父亲是个行家，他有放牛的经验，也有给胡师长养了几年马的经验，他一眼就认定草原青是一匹好马。草原青似乎也看见了父亲，四目相视，草原青仰起头，很响地打了个响鼻。父亲在草原青的响鼻中，一激灵打了个冷战，有一种想畅快地撒一泡尿的感觉，父亲的呼吸开始急促了。草原青在街头消失好久了，父亲才醒悟过来。他冲警卫员小伍子喊：快，跟我去师里。

父亲来到师里，找到了分管后勤的李满屯，李满屯一见父亲就知道父亲是打什么主意来了，他冲父亲说：石头，说吧，看上哪一匹了，挑吧。

父亲嘿嘿一笑，指着草原青说：就是它了。

李满屯的脸立马就黑了，他压着嗓子说：这匹马可是给师长选的，你咋就看上它了呢，换一匹吧，除了这匹哪一匹都行。

父亲一听这话心里顿时凉了半截，他拉长了脸，回身冲小伍子说：走，这马咱不挑了。说完转身就要走。

门这时开了，师长披着大衣走了出来，他一眼就看见了父亲，响亮又亲切地叫着：石头，挑马来了。

不挑了，有啥挑头，都让人挑完了。父亲气哼哼的样子，把后背冲向了师长。

师长喜欢父亲，父亲的一八三团是师里的尖刀团，所有大的任务都交给一八三团。师长把父亲看成了自己的左膀右臂。

师长看出父亲不高兴了，走过来，冲父亲的后背给了一拳说：看上哪匹了，我做主，给你了。

父亲转过身冲师长说：真的？

师长说：不就是几匹马吗，我当然做得了主。

父亲指着草原青说：就是它。

师长说：那你就牵走。

这时李满屯走过来，冲师长说：师长，这匹马可是专门给你选的。

师长说：不都是马吗，我要哪匹都行。

师长这么一说，李满屯就不好说什么了。

父亲撸胳膊挽袖子地说：那这匹马是我的了。

师长也很干脆地一挥手：牵走吧。

父亲冲小伍子一挥手，小伍子早就一个箭步冲了过去，一把抓过草原青，头也不回地走了。

草原青被牵回一八三团的当天，引来了众多干部战士的围观。他们七嘴八舌，指指点点地议论着这匹青马，草原青浑身上下没有一点杂色，浑身上下“青”彻透底。

有人就说：团长，给马起个名字吧。

父亲早就在琢磨名字了，他背着手，绕着马转了一圈又转了一圈，然后就说：我看就叫草原青吧。

从此，草原青就有了自己的名字。

父亲为了显摆自己的骑技，也是为了拥有草原青，当众就骑上了草原青的脊背，这个猝不及防的动作，把草原青吓了一跳。

草原青从内蒙古运来之前，还是匹没有调教过来的马，从来没有人骑过它。在这之前，它和它的同类，在茫茫的草原上，左冲右突，任意驰骋。父亲突然出现在它的后背上，它本能地开始反抗，它先是立起身子。这一点，父亲早有准备，他夹紧双腿，身子伏在马背上，紧紧抓住缰绳。草原青第一招，没能把父亲摔下去，自尊心仿佛受到了极大的伤害，加上众人拍掌叫好，在这之前，草原青还没有见过这么多人，它一下子恼羞成怒了。四蹄落地之后，飞也似的蹿出去，它的突发动作，引来了众人一片惊呼。

草原青一边跑一边上蹿下跳，它想一下子把父亲甩掉，让它回归到无拘无束的草原生活中去。父亲却不上它的当，不管草原青怎么蹦、跳，他像块狗皮膏药似的贴在了草原青的背上。

父亲是兴奋的，他想，自己没有看错草原青。以前他无数次地想过，自己就该有这样一匹马。烈性、暴躁，甚至还有些不讲理。父亲就喜欢这样的士兵，打仗的时候，就是靠这样的士兵才能啃下最硬的骨头。他喜欢的马自然也是这样的。父亲在那一刻，激动得坐在草原青的后背上嗷嗷乱叫。父亲的胡言乱语，更加刺激了草原青。它下定决心要把自己后背上的这块狗皮膏药掀掉。它以加速的方式向前狂奔，父亲感受到了两耳呼啸而过的风声，他激动得面色潮红，双股打战，他又有了要撒尿的感觉。就在这时，草原青突然来了一个马失前蹄，这是父亲做梦也没想到的。他顺着惯性一头栽了下去，结果是，父亲的头上起了一个包，左手也戳了一下，红肿了起来。草原青的阴谋得逞了，它又蹦又跳地向前跑去。全团的人分成了两拨，一拨向草原青围追过去，另一拨人奔向了父亲。

第一个奔到父亲面前的自然是警卫员小伍子，他大呼小叫地把父亲扶了起来，父亲很不满小伍子的大呼小叫，他一从地上站起来，便说：咋呼个啥，我不是没事吗。

父亲站起来没摸头上的包，也没去捂戳了的左手，而是冲着草原青狂奔的身影说：这马，老子要定了。

草原青自然是被众人抓住了，然后被牵了回去拴在柱子上。

照顾草原青的任务自然落在了小伍子的身上，他围着草原青一边转一边运气。它把团长给摔了，可以说摔得鼻青脸肿，这对警卫员小伍子来说，没有照顾好首长的安全，是他的渎职。他想踹草原青一脚，更想打它一巴掌。可他一直找不到下手的机会，草原青一直用机警戒备的目光望着小伍子，望得小伍子一直没有下脚和下手的机会。

这时父亲出现了，他头上的伤在卫生所包扎上了，左手腕子也缠上了。食堂送给父亲三个生鸡蛋，那是为了给父亲补身体的，父亲揣着三个鸡蛋大步流星地从外面赶回来。他一眼就看出了小伍子的动机，马上大声地制止道：小伍子，你想干啥？你要是敢动它一下，看我怎么收拾你。

小伍子听父亲这么一说，立马蔫了下来，委屈地说：团长，这马太野了，要不咱们去换一匹吧。

父亲冲小伍子很粗鲁地说：你放屁，我就喜欢这样的烈马、好马。

小伍子早就习惯了父亲这种粗鲁，立马就不吱声了，立在一旁。

父亲走过来，从兜里掏出一个鸡蛋，在拴马柱子上磕碎，用手接住蛋黄和蛋清，把手伸到草原青的鼻子下，父亲用柔情似水的声音说：吃吧，伙计。

父亲也把草原青称为伙计了，这时，他想起了胡师长和飞火流星，那是怎样的一副人与马的情感图画呀。父亲一声“伙计”，勾起了他无尽的思念，这时，父亲的眼圈红了。

草原青似乎看出了父亲并没有恶意，先是把头探过来，在父亲手里闻了闻，后来又用唇碰了碰，马上就吃了起来。父亲一口气把三个生鸡蛋都喂给了草原青。草原青潮湿、温热的双唇在父亲的手心游走着，让父亲感到了无比舒畅，一种亲情顺着父亲的手臂流进了父亲的心里。

那时，父亲用柔和的声音说：马这东西通人性，只有你对它好，它才对你好。

这句话，似乎是对小伍子说的，又似乎是对自己说的。

长春和平解放后，部队进行了短暂的休整。这给父亲驯服草原青提供了一个大好的机会。

每天，部队训练的操场上都会出现一个有趣的现象，那边，战士们以班为单位，训练得喊杀连天。这一边，父亲骑着草原青打马飞奔，小伍子为了保护父亲的安全，随着草原青快步飞跑。

这时的草原青并没有完全接纳父亲，它的心里还在抵抗着父亲，排斥着父亲。它想出各种花样想把父亲从后背上甩下去，不过它的花活一一被父亲识破。

草原青又气又急，只能没命地奔跑，发泄着胸中的不满。这可就苦了小伍子，小伍子和草原青一样，已跑得通身是汗了，只要草原青跑下去，他就要跑下去。父亲对小伍子的做法很不高兴，他冲小伍子喊：你拉倒吧，一边歇着去。小伍子不能歇着，要是父亲有啥好歹的，他没法交代。

父亲说了几遍之后，小伍子无动于衷，仍亦步亦趋地跟着草原青疯跑。父亲就想：爱跑，你就跑，看你们能跑到啥时候。

草原青首先放缓了奔跑的速度。它累了，它也有些认命了，心想：就让后背上这个家伙骑着吧，看他能骑到啥时候。

草原青放慢了速度，小伍子这才放下心来，他一屁股坐在地上，张大嘴气咻咻地喘。

父亲望一眼草原青又望一眼小伍子，他咧着嘴笑了。

三

草原青果然是一匹野马，虽然父亲可以自如地骑在它的身上了，但它骨子里仍野性未泯。说不定什么时候，便咆哮、蹦跳，同时，它又像一个没见过世面的小伙子，做出一些荒唐又无知的事情来。

在初始的那一段时间里，父亲行军打仗草原青并没有派上什么用场。父亲凭着对马的经验，知道草原青是匹好马，但也需要好的主人来调教。现在的草原青还没有调教出来，它既野性又没见过世面，它还是一个生坯子，离一匹训练有素的好马还相差遥远。

草原青似乎习惯了人，尤其是身穿黄军装的这些人。在草原的时候，它做梦也不会想到今生今世会见到这么多人。刚开始，它一见到人便全身紧张，焦灼不安。后来它觉察出，这些身穿黄军装的军人虽然舞枪弄炮，但对它是很友好的。有的战士跑过它身旁的时候，还会伸出手拍拍它的头，或者是梳理一下它的鬃毛，这一切都令草原青感受到了友好和亲切，甚至，它已经习惯了他们身上的气味。但草原青听不惯军号声，每次军号声响起，它的神情都焦灼异常，总是想甩脱警卫员小伍子的牵扯。自从有了草原青，管理草原青的任务便落到了小伍子身上。

一次部队行军，休息的时候，司号兵吹响了军号。军号突然响起，吓着了草原青。这一点小伍子没有料到，草原青一下子就从小伍子手里挣脱了缰绳，没命地奔跑起来。

队伍行走在山里，休息的时候部队散落着坐在山坡上，炊事班还要埋锅造饭，草原青突然的惊乍，也使部队惊乍了起来。

小伍子冲草原青的背影喊：抓住它，别让团长的马跑喽。

部队于是展开了一场惊心动魄的拦马比赛，一千多号人，漫山遍野地奔跑着，草原青似乎受到了刺激，它越加地亢奋。它把山坡当成了草原，左冲右突。有的战士被它撞倒，有的被它踏伤。

父亲看着眼前的情形也急了，战士都是他的左膀右臂，他见不得战士们流血受伤，但他也太喜欢草原青了，更不希望它有什么闪失。父亲一着急便拔出手枪，冲天空连放了三声空枪，嘴里还不停地喊：你给我站住，再不站住老子毙了你。草原青自然是不会听父亲的，一是它听不懂，就是听懂了，它也不会停下的。现在它正兴奋异常，情不自禁，蹦跳奔逃。它毕竟是匹马，有一千多人围追，最后它还是被捉住了，被小伍子牢牢地拴在一棵树上。这次，父亲对草原青真的动气了，也许他错把草原青当士兵了，他开口就冲草原青大骂：再不听话，老子立刻毙了你。他还拔出枪来，冲草原青比画了一下。直到这时，父亲才发现它是一匹马，很不好意思地把枪又收了回去。但他仍冲草原青发着脾气。

父亲说：你现在不是一般的马了，你是匹军马了。是军马就应该一切服从命令听指挥。

父亲还说：你不是人，你要是人我就给你处分。

父亲又说：草原青你是一个逃兵，我石光荣最恨逃兵了，你要是再犯错误，我就派人把你送回草原去，让你继续当野马。

父亲那次足足训了草原青一顿饭工夫，小伍子给父亲打来了饭，父亲气得也没吃。刚开始草原青还是一副无所畏惧的样子，扬着头，竖着耳朵，目中无人地看这望那，随着父亲的话语层层深入，草原青似乎听懂了，它垂下了头，眼睛也不时地乜一眼父亲，那样子像一个犯了严重错误的战士，任凭父亲发落。

后来父亲训得口干舌燥，一甩手不理草原青了，蹲在一棵树下深一口重一口地吸烟，扔下草原青独自在那里反思。

在草原青的精神世界里，它还没见过自己的主人发过这么大的脾气，它似乎害怕了，开始反思自己不着调的举动了。

从那以后，父亲有意识地让草原青经风雨见世面。他有时下达命令的时候，有意让司号员站在自己和草原青面前，很嘹亮地吹号。草原青果然对号声处变不惊了。后来，它甚至都能听懂各种号声了。休歇号吹响的时候，它会停止前进的脚步；行军号吹响的时候，它又会马上迈动双脚。

打仗的时候，父亲故意把它往阵地上带，刚开始，它感到畏惧，身子往后缩，父亲就用马鞭抽它的屁股，骂道：你还想临阵脱逃咋的。

后来，它不怕枪炮声了，相反，它一听到枪炮声马上就兴奋，浑身上下的毛孔都立了起来，血脉偾张，可以看到它的血液在它浑身上下奔突。

父亲觉得自己没有看错草原青，果然是匹好马。父亲见人就夸奖草原青，父亲的话果然得到了应验。

队伍打锦州的时候，草原青立了一功。那时锦州战役刚刚打响，战斗只在外围展开。黑山屯是锦州东大门的一个门户，那里有敌人一个加强营的重兵把守，因为地形有利，父亲一个团的兵力，三个营轮番进攻也没能冲破敌人设置的火力网。战斗已经打了两个时辰了，在和国民党军队的作战中，父亲还从来没遇到过这么难啃的对手。于是父亲在指挥部里坐不住了，他丢掉望远镜，让小伍子去牵马。小伍子不动，拿眼睛看父亲。父亲急了，冲小伍子吼：你白我干啥，让你牵马你就牵马。

小伍子不是有意违背父亲的命令，他是父亲的警卫员，保卫首长的安全是他的责任。他了解父亲，父亲一打仗就不要命，经常抱着冲锋枪冲到尖刀班的前头去。为了这，父亲挨了不少批评，小伍子也经常让师长训得鼻涕一把泪一把的。不让父亲到战场上去，这是师长的命令，师长同时还给小伍子一条特权，那就是拖也要把父亲从前沿拖回来。父亲让小伍子牵马，小伍子自然知道父亲要干什么，所以他不执行父亲的命令。

父亲一连下了两道命令，小伍子都没动窝，父亲正要发火，马上就想到了师长对自己的约束，他也冷静下来了，立刻换了副口气说：把马牵来，我不上去，这里太低，骑在马上能看得高一些。

小伍子信以为真，果然把马牵来了。但小伍子有一个条件，那就是，他要为父亲牵马。父亲没办法，只好同意了。这时，一营正在冲锋，父亲亲眼看见二连长挥舞着一把大刀，还没等冲到敌人阵地前，便被流弹击中了。二连长正拖着一条受伤的腿，一点点地向敌人阵地爬去。看到这里，父亲脑门喷火，他感受到身下的草原青浑身的血液也在哗哗啦啦地流淌。父亲早就按捺不住了。他想冲上去，雪亮的马刀就插在背上，腰里的二十响盒子枪早已经上膛了。但小伍子手里紧紧抓着马的缰绳，仿佛是一棵树似的立在父亲的面前。情急的父亲突然想出一计，他冲小伍子说：伍子，我的望远镜。

小伍子疑心上当，回望了一眼父亲，父亲果然没拿望远镜，他正手搭凉棚向战场上望。小伍子这回不敢怠慢，应声放下马绳，向掩蔽指挥部跑去。机会可来了，父亲用双脚一踢草原青的肚子，草原青早就等着这一踢了，立马箭一样地射了出去，父亲只听到小伍子在身后喊：团长，你骗人。

草原青带着父亲一眨眼的工夫便冲到了前沿，父亲左手握刀右手握枪，喊了一声：冲啊，杀呀！

冲锋的队伍显然受到了父亲的鼓舞，他们呐喊着向黑山屯冲去。可是敌人的火力太猛，他们只向前冲击了几十米，便又被敌人的火力压制住了。只有父亲单枪匹马地杀了进去。他的子弹很快射光了，就挥舞着马刀在敌营中乱砍一气。

也许是在敌营中，敌人不敢胡乱射击，怕伤着自己人。总之，父亲只感到头顶上的子弹嗖嗖飞过，但没有伤着父亲一根汗毛。父亲单枪匹马正杀得畅快，可急坏了指挥部的参谋长老尚。他在望远镜里看着父亲已杀入敌穴，他明白好汉难敌众手。他急了，下达了冲锋的命令，冲锋号吹响了，一营和二营一起喊杀着打响了冲锋。由于正面部队攻得猛烈，国民党部队顾不上父亲的单挑独斗了，他们全力以赴阻击正面的进攻。

父亲没了子弹，觉得只用马刀乱砍乱劈很不过瘾，他又指挥着草原青冲了出来，他在机枪手手里接过挺机枪，正想反身杀入敌阵地，突然，草原青身子一抖，一屁股坐在了地上。草原青受伤了，屁股上中了一枪，血正从草原青的屁股上汩汩流出。父亲顾不上草原青了，和官兵们呐喊着又向敌阵地冲去。父亲一个劲猛冲猛杀，自己又一次突了进去，身后的部队又被敌人的火力压住了。杀红了眼的父亲已经顾不了许多了，他在一块石头后架起了机枪一阵突突，但很快枪里便没子弹了。父亲又抽出了马刀，这回没有草原青了，父亲就短了半截，敌人的一个指挥官发现父亲是个当官的，马上就乐了：哈哈，当官的，活捉他，去领赏钱。

敌人停止了射击，端着刺刀冲父亲杀了过来。父亲挥舞着马刀和扑上来的敌人展开了肉搏。外面的部队干着急，杀不进来，父亲也意识到了危险，但他打定主意，就是战死也不让敌人活捉，只要还有一口气，就是把马刀捅进自己的肚子里，也不让敌人近身。父亲越战越吃力，他在不断后退，就在这时，敌人的包围圈闪开了一个缺口。草原青又蹦又跳地冲了进来，在那一瞬间，敌人傻了，他们不明白，这匹马怎么就冲进来了，一定是这匹马疯了。草原青的身后是一片血迹，在这一瞬间，草原青冲到了父亲身边，父亲一跃便骑在了马上，草原青留下一声嘶鸣，转瞬冲出了敌人的包围圈。

那场战斗结束后，父亲让医生给草原青做了一次手术，从马屁股里取出三粒子弹。父亲和他的部队立功了，父亲没有把应该系在自己胸前的绸子花系在自己身上，而是系在了草原青的脖子上。

父亲拍着草原青的头说：伙计，是你救了我，我一辈子都不会忘记。

草原青正温顺地望着父亲。

四

父亲与草原青的友情建立在血与火的战场上，父亲真心实意地把草原青当成了自己的战友，乃至自己的生命。

关于草原青神勇的故事已经传遍了整个部队，没仗打的时候，有很多人借故来看父亲，他们并不是真正来看父亲的，而是来看草原青的。他们一边跟父亲说着桃红李白的话，眼睛一边瞄着草原青。那一次一八六团的王团长，借着和父亲是老熟人，又提来了一只烧鸡和一瓶白酒，他说要请父亲喝酒，父亲对于喝酒历来是来者不拒的，喝就喝吃就吃。一瓶白酒下去了，王团长才大着舌头，厚着脸说：我说老石呀，你这马好哇，通人性。

父亲这样的话已经听得很多了，因此也没往心里去，他笑眯眯地瞅着眼前的草原青说：还行吧。

王团长又把那把日本指挥刀拿出来了，这是一把真正的日本刀，是王团长当连长时，在一次战役中从一位日军少佐手里缴获的。那一次，日本人被包围，穷途末路了，那个日军少佐拉开架式要用这把刀剖腹自杀。那时还是王连长的王团长手疾眼快，“当”的一枪，把日军少佐拿刀的手射中了，刀就掉在了地上。日军少佐成了俘虏，刀自然成了战利品。那时胡师长还没有牺牲，胡师长做主，把刀奖给了王连长。父亲一直羡慕王团长身上的那把日本战刀，钢是好钢，白灿灿的晃人眼睛，比父亲那把马刀强多了。父亲也曾厚着脸皮无数次地软磨硬泡，要换王团长的刀。王团长自然是一百个不愿意，父亲关于刀的情结便一直梗在心里，平时他一般不爱搭理王团长，觉得一八六团的王团长一点也不通融，死老抠。

今天王团长又把那把日本战刀亮出来了，在父亲的眼前比画，父亲的一双眼睛自然被王团长手里那把刀给勾迷了。

王团长意味深长地笑着说：老石呀，你看这把刀咋样？

父亲红头涨脸地说：当然是把好刀。

王团长这时不笑了，抬起头很贪地望着在父亲眼前溜达的草原青。草原青的伤早好了，它又能膘肥体壮地引颈长啸了。只不过它的屁股上留下了一个“十”字形的刀痕，医生从那里取出了三粒子弹。父亲的目光一望见草原青身上的刀痕，心里便阴晴雨雪的不是个滋味。那时他就在心里发誓，以后再也不让草原青受这么大的罪了。那时父亲还想，要是自己骑着草原青，手里挥舞着王团长手里那把日本战刀，应该能杀遍天下无敌手。

父亲这么想着时，目光下意识地又瞥了一眼王团长手里那把战刀。

王团长很暧昧地一笑，冲父亲说：老石呀，我看咱们这么的吧。

父亲不解，冲王团长：你说怎么的？

王团长这才说出实话：老石，我用我的刀换你的马咋样？

父亲直到这时才醒悟过来，原来王团长今天来是打他草原青的主意，父亲腾一下就站了起来，脸红脖子粗地说：老王，你想啥呢，别说你用一把刀，就是十把刀，我石光荣也不会跟你换，你想啥呢?!

王团长没想到一和父亲提马的事他就这么急赤白脸，话又说得很绝，让他很没面子。王团长腾一下也站起来了，也脸红脖子粗地说：老石，你别不识抬举，不就是匹破马吗，有啥了不起。你我都是打仗的人，脑袋可都别在裤腰带上，你敢保证草原青以后不会有个三长两短？

父亲也火了。冲王团长吼起来：老王，你别吃不着鱼就说腥话，啥三长两短的，这话我不爱听，别说你拿个破刀来和我换马，就是师长、军长来换，我也不换，除非他要了我石光荣的脑袋。

王团长那一次气哼哼，身子一歪一歪地走了，虽然他们说的都是酒话，可他们当时心里都清楚，心里明镜似的，都记着这事呢。好长一段时间了，他们都不再理对方，跟一对冤家似的。

果然，不久，王团长的话应验了。

事情发生在平津战役，部队从山海关向天津运动，就在秦皇岛附近，父亲那个师和一伙顽敌遭遇了。敌人似乎了解了我军的意图，他们拼命抵抗，还不停地打冲锋，企图阻止解放军向天津靠拢。

刚开始，是一八六团王团长那个团打敌人的阻击。辽沈战役敌人失利，这次他们红了眼，誓死要保卫北平和天津这两个门户。敌人发了狠，飞机、大炮啥的都用上了，在秦皇岛一带和解放军纠缠上了。一天一夜，一八六团死伤惨重。一八六团快支撑不住了，这时一八三团正向秦皇岛一带转移，父亲接到了师部的命令，连夜接管一八六团的阻击阵地。为了轻装上阵，所有的物资、马匹、后勤人员，仍向天津进发。当时师里考虑的是轻装阻击敌人，轻装后撤，别让敌人纠缠上。

就在这样的条件下，父亲和草原青告别了。父亲那时还潇洒地拍了一下草原青的头说：伙计，咱们天津卫见。说完便把草原青交给了分管后勤的李满屯，让他带着一个排的兵力连夜赶往天津。

父亲带着一八三团大部队潜进一八六团阵地时已是午夜。一八六团打得很苦，王团长都挂彩了，他头上缠着绷带，左手握枪，右手握着那把战刀。父亲一上来，王团长显得很激动。他还没说什么，父亲先说话了，他还记着和王团长用刀换马的事，于是话就说得不冷不热：老王咋样，有刀也不行吧？咋的，也挂彩了吧？

王团长也说：老石，你少来这套，老子还不下去了呢。

父亲说：下不下去是你自己的事，师里的命令你不服咋的。

王团长一听这话就没脾气了，他气鼓鼓地望着父亲。父亲看着王团长的样子，心也软了，上前拍了一下王团长的肩膀说：老王，下去吧，这里有我呢。

王团长借着夜色撤下去了。撤下去前，他庄重地给父亲敬了个礼，父亲还礼。从那时开始，阵地便是一八三团的了。

黎明时分，敌人又发动了进攻，那真是一场恶仗，天上的飞机蝗虫似的往下俯冲，扔炸弹，扫射；地面的敌人，张牙舞爪，穷凶极恶地向一八三团阵地扑来。

在那一天时间里，父亲不知打退了多少次敌人成营成团的进攻。傍晚时分，父亲才接到撤退的命令。

父亲赶到天津城外和大部队会合时，已经是第二天中午时分了。

先期赶到的李满屯一见到父亲就哭了，他一边哭一边说：团长，我对不起你呀。

父亲说：咋的了，你哭成这样？

李满屯说：草原青，我把草原青丢了。

父亲一下子就傻在那里：啥，你说啥？

他在定睛巡看的时候，四周果然没有草原青的影子。

父亲一下子火了，他不分青红皂白，抡起胳膊就给了李满屯一个耳光。这是父亲第一次打下级。以前他也发火，但他只是骂人，还没动手打过人。

原来李满屯带着一个排押着后勤的家当往天津赶的时候，遭到了小股敌人的偷袭，天黑路又不熟，部队被打散了。他们再一次凑在一起的时候，发现草原青没有了。当时黑灯瞎火的，也不知周围的情况，他们只简单找了找，周围根本没有发现草原青的影子。他们为了赶在规定的时间内到达天津，没敢耽误，一路上，李满屯无数遍地骂自己，他知道，草原青和父亲的感情非同一般，就是丢了自己的脑袋也不能把草原青给丢了哇。父亲一怒之下给了他一耳光，他一句话也没说，他感到父亲把他打轻了。

那几日，父亲跟丢了魂似的。

此时，仍有部队源源不断地向天津郊区集结，一天到晚都可以看到源源开来的部队，人喊马嘶的。

刚开始，父亲怀疑草原青一定是被后面的部队给收容了。每一次来部队，父亲都要带着小伍子前去询问，上来便说：老张，看见我的草原青了吗？

老张就说：咋了，草原青丢了？

那时，在整个军里，草原青和父亲一样著名。认识父亲的人，都认识草原青。认识草原青的人，也都认识父亲。

父亲问完了，还不放心，房前屋后地还转悠两圈。老张就说：咋的老石，还不放心呀，那就再看看。

父亲不好再看了，他带着小伍子又去别的部队了。自然是毫无收获。

那些日子，父亲火气很大，动不动就发火，骂人，部队在天津城外操练，随时准备解放天津。父亲以往这时，正是嗷嗷乱叫的时候，现在他却愁眉苦脸的。

在这期间，李满屯带着警卫排也不停地去寻找草原青，当然也一无所获。

师长知道了草原青的事，连夜写了一张启事，启事是这样写的：

一八三团团长石光荣同志的战马丢了，有拾到或发现线索者，请速与一八三团的石光荣联系。

师长不仅写了启事，还把父亲丢马的消息报告到了军里。军长对父亲也是很赏识的，连夜把师长写的那则启事发往全军。

这一下可轰动了，全军都知道父亲的马丢了，训练之余，便不断地有熟人来安慰父亲。

他们说：老石呀，别上火。

他们还说：不就是匹马吗，丢了就丢了，等解放了天津再整匹好的。

父亲嘴上的火泡一个劲儿地往外长。

他们又说：老石你看你，不让你上火，你还真上火了。

……

父亲做梦都梦见草原青回来了，他每天夜里都要惊醒几次，他冲小伍子说：伍子，草原青回来了，快，快。

小伍子刚开始还信以为真，立马往外头跑，哪里有什么草原青呢。

几天下来之后，小伍子再也不听父亲咋呼了，父亲喊自己的，小伍子仍死睡，清醒后的父亲也就不咋呼了。

那一夜，父亲又做梦了，他又一次醒来，他喊：马，草原青。他从炕上坐起来时，果然看见窗户纸外，月光下，一匹马的影子，那匹马还咴咴地叫着。父亲揉了揉眼睛，待确信无疑后，他大叫一声，冲了出去。

果然是草原青，几日不见，它瘦了。但它一眼就认出了父亲，伸出头，用舌头一下下轻舔着父亲抱住它脖子的手臂。

父亲说：伙计，你可回来了。

父亲又说：伙计，你可想死我了。

那一夜，小伍子端着马灯，父亲就那么痴痴呆呆地看了草原青一夜。

草原青失而复归的消息很快传遍了全军，全军上下都震惊了。他们更加确信，草原青是匹神马，通人性的马。

谁也不知道，草原青是怎么找到部队，又找到父亲的。都说这是个奇迹。但父亲一直坚信，他和草原青上辈子就结了缘。

五

草原青的失而复归，使父亲与草原青的情义又向更深和更广迈进了一大步。从此以后，父亲和草原青形影不离。人们经常可以看到，父亲走在前面，草原青随在后面，草原青身后又跟着警卫员小伍子。父亲走到哪里，草原青便跟到哪里，这种场面很有趣。一些和父亲比较熟的军官就和父亲开玩笑，说：老石，你的马都成了你的影子了。

父亲听到这话，只是浅浅地笑一笑。

有人还说：老石，配给你的马不骑，你想让它骑你呀。

这回父亲严肃了起来，正色道：它也是个通人性的动物，你对它好，它才对你友善。

那人又说：那它不成了你兄弟了。

这话说到父亲心坎里了，父亲把草原青看得比自己的亲弟兄还亲。每天夜里，父亲都要起床数次，去看他亲如兄弟的草原青，有时还亲手喂草喂料。部队打了胜仗，缴获了一些黄豆、鸡蛋什么的，分给父亲的那一份，父亲也从来舍不得吃，把这些东西都给了草原青。

夜晚的时候，父亲有时睡不着，他便披衣起来，走到草原青身旁，拍着草原青的头，和草原青絮絮叨叨地说上一些掏心窝子的话。父亲冲草原青说小时候讨饭的事，也说打仗的事，那神情一点也没把草原青当畜生，仿佛在向一个知心的亲人叙说着这一切。

这时天边的星星一闪一闪的，草原青嚼草料的声音在父亲听来，像动听的音乐，清脆悦耳。

站在一旁的小伍子一边打着哈欠一边说：团长，拉倒吧，咱回去睡觉吧。

父亲不满地白了一眼站在身后的小伍子，没好气地说：爱睡你就回去睡去，你就知道睡觉。

小伍子就不吭声了，原先站着，现在改成坐着了。他不能离开父亲，这是纪律。小伍子年轻觉大，没多一会儿坐在那里就睡着了，还打着小呼噜。父亲在小伍子的鼾声陪伴下，继续和草原青絮叨着陈年往事。草原青似乎也听懂了，它温顺动情地望着父亲，眼睛还一眨一眨的。

父亲只有在冲锋陷阵的时候才舍得骑上草原青，按照父亲的话说，草原青为他多长了两条腿。

草原青果然没辜负父亲对它的厚爱，它驮着父亲，第一个冲进了天津城，后来又走进了北平城，青石板路在草原青的蹄下发出一串脆响。平津战役的战斗结束后，他们又加入了淮海战役的战斗中。

在淮海战役那次著名的大王庄战斗中，父亲和草原青各自发生了一件永生难忘的大事。

大王庄是徐州的门户，淮海战役拿下徐州是我军重要的一步棋，正如辽沈战役前，拿下交通要塞四平一样的重要。国民党自然也看到了这一步关键的棋，他们一方面在徐州投以重兵，同时为了保卫徐州，他们又在大王庄配备了两个师又一个加强团的兵力，以期阻止我军前进。

大王庄一役在解放徐州的战斗中显得尤为关键，战斗打得有多么残酷就不用说了。父亲骑在马上，左手握刀，右手握枪，指挥着全团发动了一次又一次冲锋。一次冲锋，阵地夺下来了，还没等喘口气，敌人又来了一次反冲锋，阵地又丢失了。反反复复，敌我双方展开了一场你死我活的拉锯战。

在一次放弃阵地的后撤中，一发炮弹落在了父亲的左侧，小伍子就随在父亲的身后，那时的枪炮声已经听不清楚有多少了。他们谁也没料到这时会落下炮弹，炮弹的气浪一下子把父亲从马上掀翻在地上，草原青在地上打了一个滚。

敌人就在身后，他们蜂拥着跑上来，小伍子这时已经顾不上草原青了，他奔向了父亲。背起昏死过去的父亲就往后撤，部队在掩护。小伍子总算把父亲完好无损地抢救下来了。草原青却被敌人俘虏了。

父亲并没有受伤，他只是被近在咫尺的爆炸声震昏了，估计草原青的情况和父亲类似，它是在晕头涨脑、分不清东南西北的情况下，误跑到敌人阵地上，被敌人捕获的。

父亲很快就清醒了过来，他醒来的第一件事便是问：小伍子，我的草原青呢？

众人不好回答，犯了天大错误似的在父亲面前低下了头。

父亲活不见马，死不见尸，一切便都明白了，他一下子跳将起来，舞着手枪喊着：冲啊，把草原青夺回来。

在父亲的引领下，新的一轮冲锋又开始了。阵地是夺下来了，可他们连草原青的毛也没看到。敌人撤下阵地的时候，把缴获的草原青牵走了。他们没能俘获共产党的军官，但缴获了军官的战马，同样可以去向他们的上司邀功领赏。

果然，草原青落到了一位姓沈的国民党师长手里。沈师长正为没有坐骑而懊恼不已，以前他也骑马，后来就改坐美式吉普车了。前一阵子和解放军打了一仗，吉普车被炸翻了，自己侥幸捡回了一条命，车却没了。后来改乘轿子，由四名士兵抬着。坐轿子的滋味一点也不好受，慢不说，一点也不威风。行伍出身的沈师长还是喜欢骑马，或坐美式吉普。

当手下把草原青交到沈师长手里时，他一眼就认出了这是一匹好马，那蹄口，那神气。沈师长一高兴，果然赏了那位连长二十块大洋。接下来，沈师长背着手在草原青面前转来转去，他太喜欢草原青了。他按捺不住，便骑到了草原青的后背上，草原青对沈师长早有防备，它不允许陌生人骑上它的后背，在沈师长还没有坐稳的时候，它突然抬起前蹄，一声长啸，便把沈师长摔了下去。

沈师长从地上爬起来，一边拍打身上的土一边冲着那些拥过来的参谋人员说：好马，果然是好马。

他有些没面子，但军人出身的他，骨子里有一股征服欲，如果一匹马谁骑都可以的话，那就不是什么好马了。这一点沈师长懂。他整了整衣冠，又一次飞身上马了。这回草原青没有把他摔下来，沈师长也是名好骑手。接下来草原青便开始狂奔了，师部所在地是一个打谷场，场地很宽，足够草原青狂奔了。沈师长在马上领略到了军人的豪气，他听着耳边呼呼的风声，激动得还做了几个拔枪射击的动作。那群围观的参谋人员，还一起为师长叫好。想不到叫好声还没消失，草原青突然来了一个马失前蹄，沈师长猝不及防，一头便从马上栽了下去。这次沈师长摔得很惨，那些下属们跑上前来把沈师长搀了起来。沈师长一手捂着腰，一手捂着头，哼唧了一会儿道：好马，真是好马。

有人建议：师长，共产党的马都姓共，我看还不如一枪崩了它算了。

沈师长大喝一声：混账，这是匹好马，早晚我会调教出来。

接下来，沈师长做出了调教草原青的一个计划，他让人弄来了好草好料，亲自放到草原青面前，草原青连看都不看，歪过头，敌视地望着沈师长。沈师长心里一怔，但嘴上仍说：好马，烈性。

按沈师长的想法，草原青还是不饿，加上环境不熟，他想过上一两天之后，草原青就会吃草吃料的。

没想到的是，三天之后，草原青仍没有吃喝的意思，它趴在那里，昂着头，一副视死如归的神情。

沈师长这才明白，原来他啃上了一块硬骨头。他打心眼里喜欢这匹马，贞洁、烈性。他为了征服草原青，让手下人用皮鞭子抽打草原青，软的不行，只能动硬的了。

每一鞭子抽在草原青的身上，都引来草原青的啸叫。打了一顿，草原青仍然不吃不喝，三天下来，草原青已经瘦了一圈。它在思念着父亲，思念着部队。

那些日子，父亲如热锅上的蚂蚁一样，团团乱转，他吃不好睡不着，两眼里布满了血丝。他为草原青动了真情。他不知草原青是死是活，更不知它是否受苦受罪。那几日，父亲带着部队玩命似的冲锋，恨不能一口气就把敌人冲垮了，把草原青找到。

敌人两个师又一个加强团，双方都在玩命，想一口吃个胖子没那么容易。夜晚是双方休战时间，白天拼杀了无数次，双方都借着夜晚这一点时间喘口气。静静的夜里，父亲站在阵地最前沿，谛听着敌人的动静，他似乎听见了草原青的啸叫。

他冲小伍子说：你听，是草原青在叫呢。

小伍子听了一会儿，什么也没听到，摇了摇头说：团长，你一定听错了，我咋啥也没听到。

父亲又说：草原青真的在叫。

那几日，父亲惦念草原青，神经几乎崩溃了。第五天晚上，父亲终于忍不住了。这几日小伍子怕父亲有什么唐突的举动，一直看着父亲。现在他终于熬不住了，不知不觉地睡了过去。父亲趁小伍子睡熟之际，又在动寻找草原青的心思。

父亲并没有鲁莽行事，他爬到阵地前沿，把敌人的一具死尸搬过来，把衣服扒下，穿在了自己身上。左手握枪，右手提刀地向敌人摸去。

沈师长一直等到了第五天，仍没见草原青吃喝一口，他彻底失望了。他知道，如果这样下去，用不上两天草原青就会被活活饿死。他不想把它放了，那样的话等于让对手如虎添翼。这些日子接连打仗，没改善伙食，他下命令把草原青杀了，让师指挥部的人改善伙食。他下完命令便回去睡觉了，更重要的一点是，他不想看到这么优秀的一匹马死亡的过程。

打谷场上架了一口大锅，水都烧开了。几个士兵在一个连长的带领下，提着一把锋利的刀，准备向草原青下手。就在这时，父亲出现了，他现在已经红眼了，顾不了许多了。他一抬手，先把连长干倒了，又一挥手用刀劈死了提刀的那个士兵。那几个人愣了，他们不明白，自己人为什么冲自己人连开枪又用刀的，他们还没明白怎么一回事，转眼便成了刀下鬼。

草原青一眼就认出了父亲，这个身影它太熟悉了，不知哪来的气力，它腾的一下从地上站了起来，父亲上前一挥刀便割断了系在桩上的缰绳。

草原青叫了一声，父亲一纵身便骑到了草原青的背上，大喊了一声：走，咱们回家。

马快风疾，一闪身，草原青和父亲便冲进了夜幕。回过神来的敌人，喊杀着冲了过来，他们一边叫喊，一边开枪，子弹嗖嗖地在父亲头顶身边掠过。他已经顾不了许多了，他只有一个念头，那就是回到自己阵地上去。

小伍子这时也带着人迎了上来，他醒来后发现父亲没有了，便什么都明白了。于是他带着尖刀连，潜进敌人的腹地，和追上来的敌人交上了火。

草原青驮着父亲一口气跑回了阵地，父亲从草原青身上跳下来，草原青扑通一声也倒下了，父亲扑过去，一把抱住了草原青的头，大滴大滴的泪水夺眶而出，草原青的泪水也汩汩欢畅地流了下来。

草原青得救了，父亲为此受了一次党内警告处分。理由是，身为指挥员，私自闯敌营，这是无组织无纪律的表现。

从那以后，受了处分的父亲仍乐呵呵的。关于父亲和草原青的这段故事从此传遍了军营，成为一个时期以来的佳话。

六

草原青陪伴着父亲迅捷地打完了淮海战役，又马不停蹄地踏上了“天涯海角”，然后父亲骑着草原青便班师回朝了。父亲和草原青都披红挂绿的，在一大群欢迎解放军进城的秧歌队的夹迎下，父亲打马扬鞭从欢迎他们的秧歌队中看中了母亲，于是又有了父亲和母亲的故事。

父亲在进城以后的日子里，和草原青一样，神情落寞，无所适从。那一阵子，父亲提着马鞭，在部队的营院里进进出出，一副不知如何是好的样子。父亲习惯了打仗，突然没仗可打了，仿佛农民离开了田地，袖着手，仰着头，不知该干什么了。

草原青进城以后，精神也不怎么振作，这些年来，它随着父亲东打西杀，听惯了枪炮声，听惯了让它热血沸腾的军号声，现在一切都戛然而止了，它不习惯，真的不习惯。

父亲更不习惯，那时父亲已经是师长了，部队没仗可打，他这个师长当得便无滋无味。父亲来到草原青的身旁，两个老伙计，磨磨叽叽地说了这番话，当然是父亲说，草原青听。

父亲说：伙计，这些日子我咋老觉得空空落落的呢。

草原青理解地望着父亲。

父亲又说：这日子过的，真是的，想想咱们在战场上那些日子，三进三出杀进敌人阵地，那才叫畅快。

草原青啸叫了一声，算是应和了父亲。

父亲还说：伙计，咱俩现在没啥事干了，难受哇。

草原青英雄所见略同地望着父亲，目光里流露着情和义。

父亲再说：待得皮子都紧了，咱们出去遛遛吧。

接下来，父亲顺手解下了草原青的缰绳，翻身上马。从那以后，人们经常可以看到这样的场景，父亲端坐在草原青的背上，草原青毫无朝气地走在城里的大街上。街面是青石板铺成的，草原青有些不习惯，甚至忘记了该先迈哪条腿，但还是小跑起来了，在青石板上留下了“嗒嗒嗒嗒”一串脆响。警卫员小伍子远远地随在后面，这组画面在一段时间里，显得从容不迫，一点也没有激情，有些百无聊赖的样子。

这样的场面并没有持续多久，解放后的城市到处都在大兴土木，整顿市容。部队在这时，给师以上的干部配备了美式吉普，那是在战场上缴获的战利品，也是未来的需要。

城市部队里的马是不能养了，部队决定要把这些立过功的战马送到草原上的骑兵部队去，让它们在骑兵部队起到传帮带的作用，在那里发光发热。

消息传来的时候，父亲并没把这条命令当回事，他觉得这辈子不会离开草原青了，草原青是立过功的，是自己的伙计和战友，部队不养它，那他就自己养，把它牵回家去总可以了吧。

那几日，王师长和李师长都把自己的战马交出去了，他们改乘了美式吉普，也是那几日，改坐吉普车的人都觉得新鲜，坐在吉普车上，让司机一趟又一趟在营院里开进开出，属于没事找事过车瘾。父亲看不惯他们的张狂劲儿，根本不正眼看他们，骑着草原青该干啥还干啥。王师长遇到了父亲，让司机减速慢行，把窗玻璃拉开冲父亲说：我说老石，你骑个破马瞎溜达啥呢，还不快去坐车。

父亲不耐烦地冲王师长挥挥手说：你坐你的车，我骑我的马，碍你啥事了，走你的。

王师长说：你这个老石，看你能把那匹破马骑到啥时候。

父亲真没把马骑到啥时候，两天后，父亲不交战马的消息便传到了军长的耳朵里。军长一拍桌子自语道：这个小石头，还反了他了，马上把他叫来。

父亲来到军长面前，他不知发生了啥事，手里仍摇晃着马鞭子，他以为军长会交给他什么打仗的任务。他一进屋就兴冲冲地说：军长，有啥好事呀？

军长的脸就沉下来了，单刀直入地说：小石头，你为啥不交马？

父亲愣了一下，但马上说：交马干啥，部队不让养我牵家养去，碍部队啥事了。

军长火了：小石头，你以为战马是你家私人财产呢，你说咋的就咋的，草原青是部队的一员，它得听部队统一调动。

父亲一听一切行动听指挥便没词了，他可以不听别人的指挥，但不能不听部队指挥，是部队把他养大的，现在又让他当了师长。

父亲突然蹲下了，扔了马鞭，双手捂住脸，泪水就流出来了，他情真意切地说：军长，我是舍不得草原青呀，它跟了我这么多年，打了那么多胜仗，要是没有草原青我的命早就没了。

军长听父亲这么一说，也动了感情，他的战马也刚刚交出去，哪位指挥员都和自己的战马有一段生死与共的交情，他也舍不得。军长的眼圈也潮湿了，他也蹲在了地上，和父亲面对面地说：现在形势变了，以后就不打仗了，咱们都骑个马，瞎在城里转悠，这像什么话。把咱们的战马送到骑兵部队去，让他们在那里搞好传帮带，到打仗的时候，咱们再把它们领回来，你看这有多好。况且，这些战马野惯了，也不习惯城里的生活，还是让他们去草原吧。

军长的一通话，不知父亲听懂没有，反正父亲是不能违背命令的。父亲擦干眼泪，捡起地上的马鞭子，咬着牙冲军长说：我交，但我得明天交。

军长不明白父亲为什么要明天交，但还是点头同意了。

父亲在当天，让警卫员小伍子在机关食堂领了一筐鸡蛋，放在自己三楼的办公室里。那一下午，父亲一直没有离开草原青，他先把草原青牵到水房里，在龙头下彻头彻尾地给草原青洗了一次澡。然后又把它牵到太阳底下，用刷子一下下从头到尾梳理着草原青的毛发。这时父亲想起了什么似的，冲小伍子喊：快把李新闻叫来，别忘了让他拿照相那玩意儿。

父亲说的李新闻就是新闻干事小李子。不一会儿李干事手端相机就出现在父亲面前，父亲早就和草原青肩并肩地站好了，见了小李子，父亲就说：小李子，给我和草原青照一个。小李子不仅照了一个，还从不同侧面不同角度反复给父亲和草原青照了好几张照片。

那天晚上，父亲没有回家，他径直牵着草原青上了三楼，父亲把马牵到了办公楼里，又牵到了办公室里，引起许多人对父亲的侧目。他们不知父亲要干什么。

直到第二天早晨，营院里开来了一辆卡车，车厢上又用木头做成了护栏，那是装马用的。这些战马，将由卡车运送到草原骑兵部队去。直到这时，父亲才牵着草原青从楼上下来，这又引起了一群人的交头接耳。父亲的眼睛是红肿的，看样子他一夜没睡，人们都知道，父亲是在向草原青告别呢，父亲是怎样向草原青告别的，这一直是个秘密。

草原青被牵着走向卡车时，父亲一直盯着草原青，草原青也一直望着父亲。此时的父亲显得很平静，一直到汽车启动，父亲背过脸去，他不忍心看草原青一点点地远离自己。草原青的头从木格子里伸出来，它留恋地张望这熟悉的营院和人群。车快驶出营院时，草原青突然发出一声长啸，人们都看见父亲的身子一抖，眼泪哗的一下流了出来。泪眼模糊的父亲回头望了眼草原青，草原青被卡车载着便消失在父亲视线的尽头。父亲只喊了一声：伙计——

接下来的日子，是新闻干事小李子拍的那些照片陪伴父亲度过的，不管是在办公室还是在家里，父亲不时地拿出那些他和草原青的照片，每次看照片，父亲都潮湿了一双眼睛。

从那以后，父亲坐上了美式吉普车，可他在以后的大半生中，从来都不喜欢汽车。他一坐车便头晕，每次上车前，都要吃两粒晕车药，到地方后，便逃离似的离开车，有时还生气地踹一脚车轮子，嘴里骂骂咧咧地咒一句：他妈的，啥东西。

父亲的魂被草原青带走了，那时的父亲吃不香睡不好，他经常独自一人，跑到大街上，蹲在路边等着进城的马车，有时他会随着进城的马车走上好大一截子路。

按照母亲的话说：父亲魔怔了。

七

一年以后，父亲到了草原骑兵团，亲眼看了一回草原青，他的“魔怔”才有所好转。

父亲一年以后见到的草原青，比以前胖了，它又回到草原当中，看样子精力比以前更加旺盛了。父亲向它走去的时候，它远远地就认出了父亲，它亢奋地打了一个响鼻，便向父亲奔来。它跑到父亲面前一下子就立住了，四条腿并拢，它是在给父亲敬礼。草原青以前是匹野马，在父亲的调教下，已经很是训练有素了，但并不正规，来到骑兵团后，它又受到了严格的正规训练。

它向父亲敬完礼之后，便伸过脖子把头探到父亲胸前，用舌头不断亲吻父亲的脸。

父亲说：伙计，想死我了。

父亲的手在草原青的头上连拍了三下，接着两行热泪顺着父亲的脸颊流淌了下来。

父亲这时已经调到军区当参谋长了，他是到草原守备区检查工作的，他顺便来到了骑兵团。在草原停留的那几天时间里，父亲一直没有坐车，而是骑着草原青到哨所视察。

刚开始，别的人还都坐车，父亲骑着马走在前面，一列车队随在后面。这让视察队伍行驶起来很别扭，也很好笑，后来，那些人干脆也弃车改成骑马了。父亲这才说：这就对了。

从那以后，每年父亲都要找机会去草原一趟，名义上是去部队检查工作，其实是去看草原青。每次回来，他都会带回几张草原青的照片，装到影集里，没事的时候，他就翻着那些照片看。

母亲就很有意见，母亲说：我看你对那些照片比对老婆孩子都亲。

母亲的话是对的，父亲对母亲以及我的两个兄弟石林、石海的态度都不怎么友好，唯一对女儿石晶亲。石晶很小的时候，父亲就喜欢。一回到家里，自己学马趴在地板上，让石晶骑来骑去的。还学马叫，学马蹦，逗得石晶开怀大笑。

父亲喜欢石晶是有原因的，他觉得四个孩子中，性格最像他的就数石晶了。小时候的石晶，天不怕，地不怕，假小子一样，经常领着一帮男孩子玩。玩烦了，还把男孩子打得哭天抹泪的，经常有家长牵着孩子的手，向母亲告石晶的状。父亲回来，不仅不批评石晶，反而把石晶高高地举起来，笑着说：我姑娘行，以后一定有出息。

石晶就是那时候对马产生兴趣的。父亲回家之后，看草原青照片的时候，总要把石晶拉到身边，然后讲在战争岁月，自己和草原青的故事。听得石晶津津有味，入神入迷。

有一天，石晶仰起脸，神往地冲父亲说：爸，以后我长大就当骑兵去。

父亲摸着石晶的头说：好孩子，只要你愿意，我就让你去。

这是石晶小时候埋在梦想里的一粒种子，这粒种子渐渐地在她心里发芽长大。

从那以后，只要父亲一去草原，石晶便死缠活缠地要随父亲一起去。父亲被磨得没有办法只好带她去。石晶在骑兵团不仅认识了草原青，还有别的一些战马。

从草原回来后，石晶仍念念不忘那些战马，她经常对父亲说：爸，我想那些马了，昨晚我还梦见它们了。

父亲说：好，下次咱们再去看那些马。

石晶和父亲交流最多的就是那些马了，一说到马，父亲就有些神伤。草原青老了，他每次去，都能感到草原青比上一次又老了些。上次去，草原青的牙都脱落了几颗，马的寿命毕竟不如人的寿命那么长久。

父亲一出现在草原上，草原青很快认出了父亲，它想快些跑到父亲身边，可它跑的速度还不如走快，来到父亲身边后，还呼哧带喘的。

父亲看到草原青后，一阵心酸，衰老是大自然的规律，谁也无法抗拒，父亲心酸地拍着草原青的头说：伙计，你老了，我也老了。

父亲鬓边的白发也有许多了。

父亲不说什么，静静地凝望着，草原青也凝望着，父亲想起了烽火连天的往事，草原青似乎也在缅怀年轻时激战的场面。两双眼睛就那么对视着，在静静的夕阳下，一人一马的凝视在瞬间达到了一种永恒。

草原青要去了，边防团把电话打到了军区作战值班室，值班干部又把电话打到家里。父亲得知这一情况，连夜便向草原进发了。

父亲赶到草原的时候，草原青还没有最后闭上双眼，它挣扎着似乎在积蓄最后一点力气等待父亲。在最后时刻父亲赶到了。父亲蹲了下来，伸出手在草原青的脑门上轻轻地拍了三下，父亲声音哽咽地说：伙计，放心地去吧，如果有来世，咱们再一起出生入死一回。

草原青似乎听懂了父亲的话，眨了一下眼睛，流出了最后两滴泪水。父亲为它擦去泪水，草原青终于闭上了眼睛。

骑兵团的战马都是有编号的，而且都有档案。它们的出身以及经历都写在档案里。草原青是立过功的战马，死后是要立碑的。

经骑兵团政治处研究，又经父亲同意，草原青的碑上刻了这样一些字：

正面：战马草原青之墓

背面：白山黑水立战功
　　　平津城下逞英雄
　　　鹿回头处断敌魂
　　　草原青名永留存

父亲站在草原青墓前。

他说：伙计，过去的日子我忘不了哇。

他又说：过去的日子真好，我真想和你回到从前。

……

后来父亲退后一步，他举起了右手，很标准地给草原青敬了一个礼，父亲说：伙计，你太累了，歇着吧，我老石以后还会来看你的。

父亲转过身的时候，两行泪水打湿了脸颊。父亲告别草原的时候，骑手们还在操练那些战马，一个号手吹响了冲锋号，上百匹战马遮天掩日地向草原深处冲将过去，冲锋号声、喊杀声连成了一片。父亲在那一瞬，热血沸腾。

草原青去了，但它留下了一儿一女，儿子叫草原红，女儿叫草原白。一红一白两匹战马融入了冲锋的马匹中。

石晶高中毕业那一年十八岁，石晶没有食言，一毕业便嚷着要去草原当骑兵。这可真难为了父亲，不是石晶当不了兵，而是石晶是女人，骑兵团没有女兵编制。后来石晶还是被特批去了骑兵团，成为全军区唯一的女骑兵。

石晶当兵不久，便发生了一件大事。

她训练一匹名叫草原红的战马，那匹战马不认识石晶，她骑上三次，被摔下来三次，惹得一群男骑手嘻嘻哈哈地笑。石晶的自尊心受到了严重的伤害。

在一天的夜半时分，她提着马鞭摸到了马厩，照准草原红的屁股狠狠地抽打了一顿。她想以此降服草原红。石晶这回惹的麻烦大了，她不仅受了处分，还被调离了骑手的岗位。这一切，父亲都不知道。一年以后，父亲又一次去骑兵团时才听说此事。那一阵子，石晶训练草原红摔伤了左腿，她正缠着绷带躺在床上。父亲还是从床上把石晶提了起来，重重地打了她一个耳光。这是父亲第一次打石晶，也是最后一次打石晶。

石晶后来当满了四年兵，她已经成为一名真正的女骑手了。父亲从石晶的身上得到了一个启发，他想在军区创办一个女子骑兵团，他的想法还没有实施，军委的一纸命令下来了。骑兵部队在新形势下已不符合现代作战要求了，于是骑兵部队退出了历史舞台。骑兵序列，在部队里消失了。

年老的父亲，回忆起往事的时候经常热泪盈眶，他说得最多的一句话就是：将军的坐骑倒下了，将军的一条腿折了。

父母离婚记

一

父亲母亲那一年在延安认识并结了婚。

那一年，艰难的中国革命，在延安的宝塔山下出现转机，有一批又一批向往革命，向往光明的青年学生汇集到了宝塔山下。

那时，延安的天空在革命青年眼中是那么晴朗，汩汩流动的延河水是那么清澈。母亲就是在这种理想的感召下，热血沸腾地来到了延安，来到了中国革命的圣地。她抛弃了城市，告别了父母，她要为理想献出自己的青春乃至生命，她也是在这种热忱下与父亲结了婚。

父亲和母亲大相径庭。父亲在参加革命前不知道何谓革命。年老时的父亲，曾心情复杂地给自己做过总结，他说：当年我参加革命是瞎猫撞上了死老鼠。

我们都知道父亲这句话的含意。父亲是在饥寒交迫、走投无路的情况下参加红军的。那时父亲饿得眼冒金星，两眼发蓝，只要谁给他一口吃的，谁就是他的亲爹亲娘。结果那天他的眼前出现了红军队伍，他连想都没想便走进了革命队伍。如果那一天父亲的眼前经过一支别的什么队伍，他会不会想也不想地就走过去呢？当然，结果或许是另外一个样子了。

父亲参加红军那一年，家乡大旱，方圆百里颗粒无收，逃荒的人成群结队。在逃荒的队伍中，走着父亲一家老小。后来父亲就和一家人走散了。那时，父亲一连十几天没有吃到一顿像样的饭了，父亲觉得自己就快死了。结果就在那时，父亲看到了亲人红军。

随后父亲的历史便和中国革命史严丝合缝地重叠在一起。

革命根据地井冈山第一次反“围剿”的时候，父亲就参加了。一次又一次“围剿”下来，父亲不仅大难不死，身体反而越来越强壮了。在红军队伍中，虽然也经常吃了上顿没下顿，但和父亲以前逃荒的日子相比，简直是天上地下。父亲在一次又一次反“围剿”中，不仅长高了身体，还当上了一名连长。那时红军部队人员流动性非常大，一个战役下来，马上就缩编，休整一些日子又扩编。打了几仗之后，父亲也算是个老兵了。于是父亲就在缩缩扩扩中当上了连长。

父亲一点也没把自己当上连长当回事。因为那时，连长、营长什么的一点也不比那些士兵强，还操心，不管是打仗还是撤退，当官的一定要走到当兵的前面和后面。说是一个连，其实有时才十几个人，多的时候也不过有几十个。

打打藏藏，躲躲跑跑，父亲觉得也没什么，这种日子和玩一场游戏没有什么大的区别，怎么着也算能吃饱肚子。父亲那时的革命口号就是：打土豪分田地，让穷人吃饱肚子。

第五次反“围剿”失败以后，红军被迫开始长征北上，父亲才真正感受到，红军真是不好当，简直是太受罪了。

父亲在湘江打了他认为有生以来最难打的一次大仗，结果差点儿死在那里。他从死人堆里又奇迹般地钻了出来，分不清东南西北地往前赶。

父亲就是这样，被国民党逼着赶着，随着红军大部队跌跌撞撞，滚着爬着来到了陕北的延安。部队经过一段时间的休整后，轰轰烈烈地闹起了大生产。当时外界许多人都认为红军这次一准是完了，就是有点气候那也是十年以后的事了。谁也没想到的事发生了。父亲那一年当上了营长。当时他们那个连，只有父亲一个人走到了陕北。

父亲当上了营长之后，被送到陕北的军政大学进修。父亲就在那时认识了母亲，并和母亲结了婚。

二

到陕北军政大学进修是有条件的。共产党从草创初期，一直到陕北，从无到有，一直到壮大，他们认识到了革命“种子”的重要性。于是，父亲便作为革命的“种子”，被送到了军政大学。

父亲在军政大学学习的内容是政治、军事和文化。政治、军事对父亲来说并不陌生，他从一到红军的队伍中就领教了，学习政治不用费什么脑子，带个耳朵听就是了。这时，父亲已经知道什么是革命了，他不仅了解了中国的革命，还知道革命从巴黎到苏联，又从苏联到中国的演变。至于军事，从游击战到堡垒对堡垒，又从突围到长征，父亲也都领教过了，闭着眼睛也能讲出几套来。文化课却难住了父亲，父亲从来也没有上过学，就是自己的名字，也是到了红军队伍中首长现给起的，叫石光荣。以前父亲只有小名，叫小石头。

文化课可难为了军政大学的教官们，他们手把手地教，父亲他们也掰扯不清那些横横竖竖的东西。一到文化课，他们就全体打瞌睡，急得文化教官拿这些革命“种子”一点办法也没有。

这时，像母亲那样从城市里来的小知识分子们一批批地来到了陕北，缺花少绿的陕北，一时间到处莺歌燕舞。有许多作家曾把红军驻扎陕北期间描绘得令人向往难忘，我想这大约和一批又一批来到解放区的如母亲那样的年轻貌美的知识女性给陕北带来的变化是分不开的。俗语道：男女搭配，干活不累。红军能在陕北闹出那么大的动静，一定和像母亲一样的年轻知识女性分不开。

经过一段时间的酝酿，解放区的领导做出了一个非常英明的决定，那就是把大城市里来的知识女性都介绍给这些革命“种子”，种子找到了土地才能生根、发芽、开花、结果。否则，徒有种子也是白搭。也就是通过这次介绍，母亲被介绍给了父亲，母亲那时是父亲的课外文化辅导员。那时的母亲和所有投奔延安来的女青年一样，感受到了光荣与责任。她当时还没有意识到给父亲当文化教员是一个天大的误会。

父亲就是在那一刻认识了母亲，也是从那一刻，他对母亲埋下了逆反的种子。前面说过，让父亲这些人去打仗去舍生忘死，他们不会有二话，可让他们学习文化，比杀了他们还难受。他们对文化有着天生的排斥，这就注定了他和母亲一生的关系。

可刚开始，父亲看到母亲时，眼睛却是为之一亮，这是他有生以来见到过的最漂亮的女性。母亲这群人一出现，令父亲他们眼睛都不够用了，他们从眼睛到心里都写满了惊叹和新奇。可是好景不长，这种美好，几日之后，便在父亲的心中烟消云散了。

那时，母亲在不折不扣地执行着上级交给她的任务，她要当好父亲的文化辅导员。她来陕北不是为了吃小米饭的，她要为革命做出贡献。从内心讲，她很乐意这样做。她早就对这些革命者，这些心目中的英雄充满了狂热的景仰，不然她也不会不顾一些同学亲友的劝说，冲破国民党的重重封锁来到延安，来到这些抗日大英雄身旁。当上文化教员后，她便天天逼着父亲读书识字。刚开始，父亲觉得天天有母亲这样一位年轻貌美的女性督导着，还有些满足和高兴，几天之后，他觉得这是在受洋罪。那时，纸笔都奇缺，于是，只能用手指当笔，地当纸了。母亲先教父亲写自己的名字，把父亲的名字写在黄土上，然后让父亲照着写。父亲挺认真地写了几遍，第二天，他再和母亲见面时，又忘得差不多了。母亲的脸上就露出朽木不可雕也的神情，为了惩罚父亲，母亲在军政大学的操场上画出了足有半块篮球场那么大的地方，她一定要让父亲在那块空地上写满自己的名字，否则不准吃饭不准睡觉。父亲被逼无奈，打着赤膊，双手拖着足有两米长的棍子，在那里咬牙切齿地书写自己的名字。这时的母亲，在父亲的眼里一点也不美好了。他开始怨母亲了，他一边在写自己的名字，一边在心里咒母亲：小妖精。他写一遍咒一遍，最后他就把自己的名字写得颠三倒四的了。字还是那三个字，顺序却全乱了。母亲捂着嘴就笑。母亲笑起来的样子，是很好看的，可此时在父亲的眼里一点也不美好，简直就是丑八怪。父亲已经写得一身是汗了，他见母亲笑就气不打一处来，他把当作笔的棍子扔得远远的，一屁股蹲在地上说：啥鸟名字，老子不写了，写这些东西又不当饭吃！

母亲就正色道：石光荣，不写可不行。这是政治任务，你完不成任务我就报告给校长。

那时军政大学的校长是朱德，是红军中人人都敬畏的人物。父亲知道，母亲这些人也是校长派来的，完不成作业不准吃饭不准睡觉也是校长提出来的。父亲无奈，又拾起棍，锄地似的又写起了自己的名字。

许多年以后，父亲还感叹地说：当年学识字，受了老罪了。

因为母亲的认真，也因为父亲天生就不是学文化的料，渐渐地他一见母亲就感到恐惧。刚才还有说有笑的他，一见母亲向他走来，立马脸色铁青，眼前发黑。有几次，他为了逃避学文化，一到上课时间，就躲进厕所不出来，他蹲在里面，吸了一支烟，又吸了一支烟，他以为母亲肯定等得不耐烦走了，结果，他一走出来，母亲正一脸严肃地站在一棵树下望着他。他带着哭腔道：你咋还不走哇？母亲说：石光荣，你今天的文化课还没上呢！

父亲的天空就黑了。

军政大学的这段历史对父亲来说灰暗无比。

一年以后，父亲从军政大学毕业了。那些同批和父亲学习的“种子”们，在毕业没多久，有些人便和辅导教员结婚了。一时间，一间间窑洞上到处可以看到贴着红双喜字的窗棂。直到几个月之后，首长找到父亲，开门见山地说：小石头，你看小杜那人咋样？

小杜就是母亲。父亲不解其意，瞪大眼睛说：说啥，你说那个小妖精？别提她，一提她我头就痛。

首长就笑，笑过了又说：小石头哇，当初领导也是为了考虑你的终身大事，才让你和小杜在一起学习的。

父亲听到头又痛了，他睁大眼睛说：啥？你们咋不早说，要是早知道这样，我说啥也不和她学，你不知道这半年的罪是咋受的。

那时，父亲已经学会了服从组织，见首长这么一说也没话可说了，勾着头吸了两支烟才说：那啥，咱不说受罪的事，不结婚不行吗？

首长说：这是终身大事，要是以后队伍拉出去，天天打仗，想找这个机会怕是也没有了。

父亲听到这又不言语了，最后点点头说：那我就听组织的。这么多年来，父亲一直在听组织的，才有了今天，所以父亲对组织的决定总是深信不疑。那时父亲还很自私地想：小妖精，你要真嫁给我，看老子不收拾你。

首长又找到母亲。母亲也感到吃惊，当首长问到母亲对父亲的印象时，母亲只感到可笑。她一想起父亲写字像锄地的样子就感到可笑，别的，在她心里没有留下任何印象。

在首长讲了许多父亲的英雄事迹后，母亲终于答应了。当初，她从城市来到陕北是怀揣着对革命的景仰和希望的，她十分景仰这些为了民族利益不惜捐身的英雄们。她考虑再三，同意了与父亲的婚事。

在一个风和日丽的日子，父亲和母亲在宝塔山下一个普通的窑洞里结合了。父亲和母亲白天闹了一天的大生产。晚上，他们的被子被搬到了一个窑洞里。闹完大生产回来的父亲，肩扛锄头，看着母亲走进窑洞的身影，他的心里莫名地生出几分快意，他那时想：老子受了你半年的洋罪，我的老师！想到这，他扔下锄头，大步地向窑洞走去。

三

在父亲和母亲起初结合的日子里，母亲尚不到二十岁，父亲不满三十岁，父亲的精力很旺盛。以前父亲随着队伍东跑西藏，打打杀杀，过剩的精力都消耗在了战争中。到了陕北之后，队伍得到了休整。父亲的体力和精力得到了明显的改善，因此这种旺盛的气力有机会用在了年轻的母亲身上。年轻的母亲对婚姻对感情仍然准备不足，她做梦也没想到会和父亲这种人结合，她的情感更多的是让位于组织上的服从，但在心理上她却难以接纳父亲，就像父亲难以接纳母亲一样。男人和女人毕竟不同，新婚之夜，父亲在母亲身上尝到了甜头，于是父亲便乐此不疲了。母亲无法承受父亲的这种粗暴，况且，她的内心还没有对父亲的爱，每一次父亲向母亲求爱两人都像打架一样。父亲乘胜追击，母亲层层设障，围剿与反围剿便在那间小小的窑洞中展开了。

后来，母亲渐渐掌握了父亲的短处，那就是每天晚上入睡前，母亲总板起文化辅导员的面孔，教父亲识文断字，一提到识字，父亲顿时蔫了，耷拉下脑袋，低声下气地求母亲说：今晚不学行吗？

母亲是万万不会答应的，她铁着声音说：不行，今晚你不把这两个字写出来，休想睡觉。

这时，母亲和父亲的身份彻底颠倒了过来，父亲坐在油灯下愁眉不展，母亲的心情就真的和解放区的天空没有什么差别了。直到夜半，父亲仍没能完全把那两个字记住，他抬起身，“噗”的一声把油灯吹熄了，悄没声息地在母亲身边躺下了，借着窑洞外的朦胧月光，父亲望着母亲，在学习文化上，他的心里异常自卑，这一夜，自然无话。

母亲掌握了父亲的短处，差不多每天晚上都要折磨父亲一次，这是父亲最致命的要害。白天，父亲还曾雄心勃勃，可一到了晚上，父亲便一点脾气也没有了。在母亲面前，他恨不能找个地缝钻进去。他觉得母亲简直就是他的克星。父亲的新婚，灰暗又别扭。

白天，父母都忙于各自的事情，只有到了晚上他们才能相聚。父亲很怕回到母亲的身边，回到那孔属于父母的窑洞里。只要有机会，父亲一定要在外面磨时间，直到不得不回到自己的窑洞了，他才蔫头耷脑地走回来。父亲回来时，有时母亲已经睡下了，这是父亲最愿意看到的场面。这时的他会像一名地下党一样，悄悄地脱去自己的衣服，然后无声无息地在母亲身边躺下。没有母亲的折磨，父亲的心情是放松的，很快，父亲便进入了梦乡。

这种相安无事，也是母亲最愿意看到的结果。可父亲的潜意识却不安分，夜半时分，说不定什么时候，父亲便管不住自己了。又一次粗暴地把母亲压在了身下，母亲挣扎两下，终是没能挣脱成功，于是母亲就清楚地说：石光荣，今天你的任务还没有完成呢！

这一声让父亲清醒过来，刚才还豪情万丈的父亲，一下子便中弹似的从母亲身上滚下来，不言不语，理屈词穷地躺下了。

父亲觉得这样的日子过得一点意思也没有，他要摆脱母亲的束缚，只有离开母亲他才能重新树立起男人的豪情壮志，否则，父亲觉得都快把男人的颜面丢尽了。

于是，父亲盼望着快些打仗，只要一打仗，父亲又能找回昔日的自己。千军万马面前，他的眉头都不会皱一皱，他也说不清，自己为什么要在母亲面前这么自卑，能否认得母亲教的字只是一方面，并不是全部。父亲觉得这一切仿佛是老天注定的，太邪门了。

父亲没怎么太费周折，就盼来了打仗的日子。胡宗南的队伍向陕北进攻了，于是，保卫延安的战斗打响了。父亲率领自己营的士兵，理所当然地投入到了保卫延安的战斗中。

母亲在投奔解放区之前，是在南方某座城市里学医，战斗一打响，母亲也有了用武之地，母亲被调往战地医院。从此，母亲算是和父亲分开了。

接到战斗任务那一刻，父亲终于长出了一口气，他大步流星地奔回到母亲和他居住的窑洞，母亲已先父亲一步回来收拾行装了。父亲见到母亲，一点也没有分别的愁苦和伤感，他冲母亲眉飞色舞地笑着说：这下我可离开你了。母亲也一脸的灿烂。她投奔解放区是想干一番大事业，现在她也不用整日和父亲在一起了，终于如愿以偿可以干她想干的事了。于是，她给父亲留下一个空前美好的笑容。父亲看到了母亲的笑容，他又一次真正意识到母亲原来长得很美。他想说几句比较柔情的话，毕竟他们这是在分别，什么时候在什么地方见面还不好说。但父亲一想起母亲教他文化课那些灰暗的日子，他心里涌动起的那一点柔情立马四散了。

父亲和母亲第一次分别，谁都没有道一声珍重，仿佛他们是一对逃出笼子的小鸟，各自抖着翅膀一下子就飞向了自由的天空。

接着，保卫延安的战斗就打响了。父亲在战斗中又一点一滴地恢复了男人的信心。

这段时间，父亲几乎没有见过母亲，他也不愿意去想，只要母亲的形象在父亲眼前浮现，父亲一定会想到那些灰暗无比的日子，于是父亲就不再想母亲了。

母亲在后方医院，她和同伴们在一起，一边关注着前线的战事，一边忙着自己的工作，她也没有想父亲。母亲是个晚熟的女人，况且她还不懂什么是真正的爱情。最主要的一点是，父亲作为男人还没有真正开启母亲爱的心扉，女人心里没有爱便不会去牵挂去想念。夜晚的时候，母亲偶尔回忆起和父亲曾经生活的短暂岁月，她的心里没有留下任何痕迹，有的只是一点点忧伤，还有一点点伤害。

也就是说，此时的父母谁心里也没装过谁。如果命运有所改变的话，他们的情感历程到此就可以画上一个句号了。没有伤害，没有慰藉，什么也没有，他们还是他们。然而，命运却注定他们经过新的一轮分离后，又重新在一起，接着就有了下面新的故事，新的故事既老又新，说不清道不明。

四

如果说父亲和母亲在革命的岁月中，没有产生一点爱情，那是不真实的。

延安保卫战之后，蒋介石终于意识到，共产党的力量不可小视，他一时半会儿没有能力一口吃掉共产党这支神出鬼没的队伍。再加上各方面的压力，于是停止了进攻。不久，就爆发了著名的百团大战。父亲在百团大战中光荣负伤了，这也是命运的安排，父亲住进了母亲所在的医院。

在战斗中部队空前地壮大。随着队伍的壮大，后勤队伍也明显地得到了改善，大小战地医院就有几十个。著名的国际主义战士白求恩大夫就是那时候牺牲的。

在父亲负伤住进医院之前，父亲和母亲曾见过几次面，只是匆匆相见，这种情况在当时很正常，别说他们当时不在一支部队，而是一个前方，一个后方，就是同一支部队能见一次也不是一件容易的事。父母匆匆相见，他们没有什么语言。不是因为他们觉悟高，把所有精力和情感都投入到了革命中，而是因为他们的确没什么可说的。父亲一见到母亲就又勾起了他那些不堪回首的往事。母亲一见父亲，想到的是父亲可笑的粗暴。他们隔着人群，只是那么匆匆一瞥，在心里几乎没有激起重逢后的喜悦和激动。

这次因为父亲负伤，他们得以再一次重逢，也可以说，他们这次相见，使他们的感情有了质的突破，并有了结晶。

母亲是怀揣理想的小知识分子，她的梦想上不着天下不着地，色彩斑斓，也实际，也浪漫，她和一群学生结伴来到解放区，本身就说明了这一点。然而，现实毕竟是现实。现实多少粉碎了一些母亲那些过于美好的理想，实际的生活使她清醒了一些，再加上战争的考验和革命的教育，使她理解了什么是真正的革命，革命不是浪漫，而是流血牺牲。虽然母亲意识到了这些，但她仍无法改变小知识分子的天性，爱幻想，易激动，经常心潮难平的样子。经过一段战争的洗礼，她的爱、恶有了些改变，包括对父亲的感情。她明白了什么是最可爱的人，自从参加革命队伍后，父亲是她交往最深的男人。前方炮声隆隆，枪声阵阵，她看着一个又一个伤员从阵地上被抬下来，她不能不联想到父亲。想念父亲，是不具体的，是抽象的，她把对前方战士的挂念和关怀，都倾注到了父亲的身上，说白了，母亲想象中的父亲经过了母亲的理想化。随着时间、环境的改变，母亲虚弱的情感也在改变。

就在这时，母亲在众多伤员中发现了父亲。那次父亲负伤有些虚张声势，他的皮肉多处挂花，却没有伤着筋骨。父亲因失血过多，脸色显得有些苍白。

待母亲认出父亲后，她的心里动了一下，接着眼泪就流了出来，毕竟父亲和她是有些关系的，母亲就是对那些和她没关系的伤员，动情处，她也会忘记自己医生的身份，躲到无人处，伤心地流出几滴眼泪，这就是女人。

父亲看见了母亲眼里的泪水，他的心也有所动，毕竟他是个健全的人。在前方打仗的间隙里，脑子会冷不丁地冒出母亲，每次打仗前，父亲和所有人一样，把该想的也都想过了。谁知道双方一开火，还能不能活到明天呢，战争中他们平静地面对死亡，但也恐惧死亡，因为不能避免死亡。过多的死亡出现在他们的身边，他们便和一般人有着对死亡不同的理解。一想到死，就会想到今天的生，梳理自己生的时候，就会想到人生的许多遗憾，这么想时，父亲就会出其不意地想到母亲。母亲让他知道了什么是女人，他也算得到过女人了。那种感受是活生生的，挥之不去，这也是人生的一部分，虽然母亲让他有过灰暗的日子，但也有刻骨铭心的时刻。

父亲看见了母亲还有母亲脸上的眼泪，父亲就说：咱们又见面了。父亲说这话时，是有着许多感慨的。

那些日子，父亲成为母亲众多伤员中的一位，现在他们的位置又一次得到了改变。母亲是医生，父亲是伤员。

母亲照料父亲时就比平时多了些关怀、体贴。这使父亲对母亲的看法得到了空前的改变，父亲就想：这小杜要是不教文化，还是挺漂亮的。父亲把可爱归结到了漂亮这一点上。

不学文化时的父亲，在母亲的眼里也不那么愚顽了，作为男人的父亲，此时的刚强和自尊又一次得到了展现，这种展现，让母亲有所心动。

父亲的伤还没有痊愈时，一次战役已经结束了，部队进行全面休整。父亲也就不急于出院了，伤员不再增加，母亲偶得空闲时，她总要在父亲的病床前站一站，摸摸这，看看那。

父亲有一次就感慨地说：要是世界上没有那些字该多好哇。

这话说得母亲一愣，待她明白过来，她只在心里轻叹了一声。这就是她眼中的父亲，有时愚顽得像个三岁的孩子。

父亲能起来了，他可以拖着腿走来走去了。那个季节正是春天，处在山沟里的野战医院四周的山坡上到处开满了山花。父亲鬼使神差地跑到山坡上，采回了一大堆红灿灿的花来，他把这些花一直抱到母亲面前。他说：给你的。

母亲没料到父亲竟会有这样的举动，她绯红了脸，有些手足无措地接过了父亲递给她的野花。这是父亲有生以来第一次显得这么有情致，也是最后一次。这一怀抱鲜花打动了母亲那颗芳心。当时母亲又羞又嗔地望了父亲一眼，接过鲜花，低着头就匆匆地走了。

父亲望着母亲的背影，他的身子忽地一下热了起来。

这一次，父亲和母亲在战争间隙里有了一次名副其实的团聚。也就是在这一次，母亲接纳了父亲。这是一次真正意义上的新婚，父亲也领略到了真正的母亲。

就是这一次短暂的相聚，母亲怀孕了，不久，她就生下了老大——权。

年老的父母回想起往事，他们才意识到那是他们一生中情感世界里几个亮点之一。

随着环境的改变，母亲也像普通女人一样，学会了等待。因为权的出生使父亲和母亲有了一个无形的纽带。这个纽带一直把他们系在一起。

于是就演绎出了生活中的苦辣酸甜。

五

权的出世，使母亲的生活发生了变化。这一变化有别于父亲，战争年代的父亲，更像一条没有了码头的船，在风浪中飘摇着。母亲以及权只是他梦中的一个影子。只有在梦里他们才能偶尔出现。

母亲却不同了，权成了她生活的一部分。只要她看到权，就会想起父亲，想起自己和父亲的关系以及种种责任。好在母亲在后方医院，不需要她亲自去打仗，但战争年代的野战医院，作战部队走到哪里，他们就要跟到哪里。于是，年纪尚小的权和部队一样过起了颠沛流离的生活。

权出生时，父亲自然不在母亲身旁，那时他正在太行山一带和鬼子进行游击战。不久，日本鬼子投降了，父亲的部队又马不停蹄地开到了东北。

母亲所在的医院虽然也来到了东北，但她却无法见到父亲，父亲的部队正在营口一带和蒋介石的部队进进退退地进行着拉锯战。

在辽沈战役前夕，父亲和母亲终于见面了。他们见面的地点是长春郊外的一个小村里。那时解放军已经把长春城里的国民党部队团团围住了，父亲的部队就驻扎在郊外的一个小村里。那天，母亲的医院途经父亲所在的那个小村，就这样，父亲和母亲在分别五年后，又一次重逢了。在这之前，他们有几次擦肩而过的机会，但阴差阳错他们一直没能见面。

也就是说，父亲和母亲在长春郊外的村庄里见面那一年，权已经五岁了。那天晚上，父亲亲自把母亲和权接到了自己的指挥所，说是指挥所，其实就是三间民房。一间是父亲睡觉的宿舍，另一间是父亲办公的地方，还有一间是厨房。一直到现在，广大的东北农村仍保留着这种典型的房屋结构。那一年，父亲当上了团长。父亲和母亲见面并没有什么话可说，部队发生的故事就是他们共同的事。该发生的都发生了，他们你看看我，我瞅瞅你，母亲毕竟是女人，她刚见到父亲那一瞬，有一点点激动，不管怎么说，这五年里，她一时一刻也没忘了父亲。这完全是权的功劳，因为权的存在，使母亲无法忘记父亲。但她一看父亲的神态，那种永远无法退却的顽态，又使母亲那一点点感动消失了。

父亲没对母亲说什么，却对母亲身旁的权说：这是我的儿子吧，来让爸抱抱。

权不领父亲这个情，瞪着一双溜圆的眼睛说：你是我的儿子！

权不是心血来潮这么说话。战争年代的部队还谈不上文明，经常有伤员和母亲的同事逗权说：权，我是你爸爸。权当然知道这些人不是他爸爸，渐渐地他学会了反抗，别人再这么说时，他也说：你是我儿子。

权当然不知道站在他面前的是自己的亲爹，于是他不假思索地反抗着父亲。这种反抗收到了意想不到的效果，父亲先是怔了一下，马上就哈哈大笑道：好，这小兔崽子真是我儿子。

权这时就很仇视地望着父亲了，此时他站在父亲面前，不是兔崽子，而是活脱脱的一个狼崽子。那架势随时准备上前和父亲撕扯一番。

父亲接母亲和权去他那里的一路上，父亲几次想把权抱在自己的怀里，都被权愤怒地挣脱了。一路上，权一直愤怒、警惕地望着父亲。父亲无奈，大度地笑一笑，也就随权去了。

结果，那天晚上就发生了悲惨的一幕。

那天晚上自然是父亲和母亲还有权一起睡在一条炕上，在权没有睡着之前，权说死说活也不让父亲上炕，父亲没有办法，吹熄了灯，只能在暗影里坐着。后来权睡着了，父亲才宽衣解带摸到母亲身边。

父亲五年没见到母亲，当时父亲急如火煎的样子可想而知，正在父亲全心全意地把自己和母亲送到极乐世界里的时候，悲剧发生了。

当时，父母都很投入，谁也没有想到权会在这时醒来，而且爬了起来，愤怒地扑向父亲……

在以后出生的几个孩子中，父亲最喜欢的就是老大权。在权的身上他又看到了自己年轻时的影子。后来权也当兵入伍，在当上连长不久，珍宝岛自卫反击战打响，权所在的部队上了前线。结果权牺牲在了那个冬季。

父亲得知权牺牲后，他一滴眼泪也没掉，他站在办公桌前面，默默地凝望着窗外飘舞的雪花，他只自言自语地念叨着：你真是我儿子……

当然，这一切都是后话了。

战争中的父亲和母亲度过了他们人生中平静的一段夫妻岁月。随着和平年代的到来，他们的关系达到了不可调和的程度。

六

解放战争结束了，抗美援朝也取得了胜利。在一连串的战争间隙里，父母同心协力一口气又生了三个孩子，他们分别是林、晶、海。晶是他们唯一的女儿。这些孩子都是在战争中呱呱落地，父亲在战争的间隙里播下了革命的种子。

抗美援朝结束后，战争就真的结束了。成了首长的父亲从朝鲜归来，便在一个北方城市落脚生根了。这是他有生以来安顿下来的第一个家。家自然坐落在部队营院里，那是一个很大的院落，在院落的一隅又辟出了一个小院，这个小院清一色是日式的灰色水泥建筑，这是日本人投降后遗留下的建筑。日本人显然没有料到他们苦心经营的这些建筑，最后竟落到敌人手里。这些建筑异常地坚固，有点像日本人的炮楼，父亲一直在这里住到离休，那幢小楼仍风雨不透。父亲曾对着这幢小楼感叹，不知是感叹日本人，还是感叹日本人的建筑。

总之，父亲拥有了自己稳定的家——一幢日式小楼。楼不大，楼下有七八间房，这对父亲来说，以前做梦也没有想过。他已经做好了打一辈子仗的准备，没想到这么快战争就结束了，于是他拥有了这个风雨不透的家，家里面住着妻子还有四个孩子。

一下子安定下来，打惯仗的父亲还真的有些不习惯。他第一次坐在那间宽大的办公室里竟不知如何是好，站起坐下，坐下又站起，手脚都不知往哪放才合适。以前他从没有在这样的办公室里坐过，如果说是有一间房子的话，那就是他的指挥部，不管是战前，还是战斗中，指挥部里总是热闹非凡。作战参谋走马灯似的进进出出，电话铃声不断，墙上桌子上铺满了形形色色的作战地图。父亲只有在那种环境中，才显得游刃有余，心里才踏实。此时的父亲真的无所适从了。参谋人员也偶有进出，电话铃声也时而响起，这一切，远没了战争中那种紧张和忙碌。

无所适从的父亲，渐渐觉得气不那么顺了。部队面临着重新建设，各种计划和设想纷纷诞生。于是参谋秘书们不停歇地往他的案头投送各种材料和报表。父亲对那些文字天生反感，有不少不了解父亲的下级，把那些材料恭敬地放在父亲案头，说一声：首长，没事那我就先走了。

父亲就火了，他拍着桌子吼道：我是睁眼瞎，你们难道也是？这些东西放在这里管个屁用，它们又不会说话。

于是秘书就承担起了给父亲念文件的任务，每份文件都由秘书先念给父亲，再由父亲拍板定夺。父亲有时也不定夺，他听着那些文件，越听越有气，然后就打断秘书道：别念了，这么点小事也啰里吧嗦地写这么长的文件，底下那帮人是干啥吃的，他们啥事也不做主，都让我拿主意，还让不让人活了！

秘书听了父亲的话也不好说什么，只是小声解释：首长，这是程序。

父亲不管那么多程序不程序的，他觉得只有战争才关系到成败，和平年代，哪个师多了什么编制，哪个军少个师长，这都不算啥大事。

有时父亲听秘书给自己念文件，念着念着父亲竟在那叨叨声中坐在椅子上睡着了，而且打起了鼾。秘书便左右为难，走也不是留也不是，就那么难受地手捧文件站在那里，直到父亲醒来，秘书再接着念下去。

父亲被和平生活这些毫无头绪的琐事搞得心情烦乱。他上班的时候是这样，下班回到家里他的心情仍得不到缓解。

老大权那时已经上小学了，剩下的三个孩子还在幼儿园，他们吵吵闹闹，楼上楼下窜来跳去。母亲那时在一家部队医院里任职。她已经不当医生了，当上了一级领导，上班下班的，也有很多大事小情等着她去做，这些孩子她基本上也没有精力去管。在战争年代，孩子们有保育员去管，和平年代了，他们不是上学就是上幼儿园，只有晚上才回到家里。

下班后的母亲，还要给一家人做饭。这些孩子基本上就处于自由化状态。因为对父亲感情生疏，父亲出来进去的，他们根本没把父亲当回事，该吵就吵，该闹就闹。

父亲回到家，楼上待一会儿，楼下又待一会儿，他不管待在哪里都得不到清静。白天秘书已在他的耳边叨叨了一天，此时的父亲耳畔仿佛有几架敌机在不停地飞来飞去。父亲终于忍无可忍大叫一声：你们都给我住嘴！

孩子们突然遇到呵斥一时噤了声，你看看我，我看看你，轰的一声又跑到了楼下。没过多大一会儿，他们该干啥还干啥。在这期间，母亲也抽空从厨房里走出来制止过孩子们的这种胡作非为，可是只能消停一会儿。连续几次之后，父亲忍无可忍，扑向了孩子们，就像扑向了敌群，劈头盖脑地把几个孩子都揍了一遍，这下可了不得了，不但没有止住孩子们的闹，还引来了他们集体的大哭。

这时，母亲已经做好了饭，她一个接一个地哄劝孩子，让他们都止了哭，坐到饭桌前。父母也坐到了饭桌前，父亲早就没有了食欲。他吃什么都索然无味，于是，他就把火气发在家里唯一的明白人——母亲身上。他冲着一桌子的饭菜说：这哪里是吃饭，简直就是猪食。

说完狠狠放下碗，头也不回地上楼了。

母亲做菜水平的确不敢恭维。母亲是学生出身，战争年代都吃食堂，那时也不可能讲究，有吃的能吃饱就不容易了。现在冷不丁自己做起了饭菜，质量上肯定就没有了那么多的讲究。其实，父亲也不是挑肥拣瘦的人，啥苦他没吃过，在朝鲜，一把雪一口炒面他也过来了，此时他发火完全是他的心情所致。

父亲这样，母亲自然也不高兴。见父亲摔了碗，她也没心思吃饭了，眼里含了泪，径直找到父亲说：我做饭就这个水平，要想好吃，有本事你自己做。

母亲是个很独立的女性，也算从小参加革命，什么场面她都见过了，她没法忍受父亲这一套。她才不管父亲是不是首长呢，那是在外人眼里的首长。

父亲不再提伙食的问题了，他又说起了这些不听话的孩子，最后父亲竟恶毒地说：早知道这样，何必当初。

母亲听了父亲的话，一时气得脸色苍白。

父亲说完一摔门就走了。

从那以后，父亲住在办公室，吃在食堂。每天，父亲去干部灶排队买饭时，总有一些机关年轻干部冲父亲投来百思不得其解的目光，父亲于是瓮声瓮气地说：看啥看，快吃你们的饭。这些年轻干部便噤若寒蝉，大气也不敢出了。在这支部队里，父亲的名声和他的职务一样，让下级们望而生畏。

这是父亲母亲的第一次正面交锋。

七

在父亲眼里，家里乱成了一锅粥，简直不是人待的地方。换句话说，他还不适应这个家。父亲过惯了南征北战的日子，那时部队就是家。

母亲在这件事情上，觉得伤心委屈。这么多年来，父亲只管播种不问收获。父亲让母亲一口气生了四个孩子，然后他拍一拍屁股去南征北战了。然而母亲却无法躲开这种现实，她又当爹又当妈，照顾着几个孩子，四个孩子让母亲费尽了心思，她从没有抱怨过什么。现在条件好了，父亲又嫌弃这个家了，这使母亲伤心不已。母亲那时就想，父亲走就走，不回来才好呢。

父亲离家出走，吃住在部队里，不久便被各阶层的领导知道了，他们觉得这是个大事，老石家里出了这么大事，那就是部队的大事。于是分管政治的老冯找到了父亲，老冯和父亲搭班子已经很久了，父亲一直抓军事，老冯抓政治。老冯戴眼镜，一脸的知识分子气。老冯的确有水平，经常捧着马恩列的著作看。父亲看不惯他这一点，曾说：老冯，你看这些有啥用，又不管打仗，又不管吃喝。在父亲眼里，看书就是瞎耽误工夫，因为老冯读了很多书，在指挥打仗时就不管用，部队打仗都靠父亲指挥拿主意，因此，父亲不太把老冯当回事。现在不打仗了，情况就发生了变化，老冯一会儿一个方针，一会儿一个政策，听得父亲一愣一愣的，他不知道这些方针政策，是老冯自己的还是上级的。总之，搞得父亲不明不白，索性，一些鸡毛蒜皮的事父亲理都不理，他只管队伍的建设和训练，父亲认为以后打仗这些都用得上。

老冯找到父亲就说：老石呀，家里发生了什么大不了的事，值得你这样？

父亲这人处世历来不拐什么弯，有什么就说什么，于是他就说：家里太乱，不是人待的地方。

于是父亲就把家里鸡鸣狗跳墙的情况说了说，他又补充道：像咱们这样的人，就不该有啥家。

老冯推一推鼻子上的眼镜，深刻地说：这个情况的确很重要。

那时的部队刚稳定不久，后勤保障工作还没有稳定下来，一切还都没有头绪。但老冯却不明白，父亲为什么这么看待“家”。

不久，在老冯的亲自过问下，部队成立了全托幼儿园。父亲的四个孩子，除老大权之外，都被送到了全托幼儿园。这使得一批像父母这样的双军人，有了更多的精力放到工作中。

在一派大好形势下，父亲在老冯的强大政治攻势下，半推半就地回到了那幢二层小楼里。没有了孩子的家，一切都显得那么风和日丽。只有老大权进进出出，权已经上小学了，况且权天生早熟，他很少说话，没事就盯着某一个地方想自己感兴趣的问题。因此，权的存在一点也不影响父亲。

父亲的怨气得到平息。母亲却不这么认为，通过这件事，她更清楚地看清了父亲的嘴脸，她越想越觉得委屈，然后就独自生气。一天到晚，不管父亲说什么，她就是不理父亲。

父亲的情绪已经从困境中走了出来，于是他就有了过剩的精力。每天晚上，他和母亲躺在床上，他就又有了求欢的要求。母亲显得极冷漠，她严严实实地用被子把自己裹了，不管父亲如何挑衅，她总是无动于衷。父亲见软的不行，就来硬的。他动手去扒母亲裹在身上的被子。母亲就大声地说：你住手，我不想和你这个不负责任的人有什么，我怕再生个孩子没人管。

这句话说到了父亲的软处，一下子他就泄气了，吸了口气，翻个身并不舒畅地睡去了。

这样的日子持续了许久。最后还是母亲妥协了，毕竟他们共同拥有了四个孩子。在后来的岁月中，母亲一次又一次地心慈手软，使她错过了一次又一次重新寻找幸福的机会。

父亲不仅一生没有得到母亲的真爱，他甚至也没有做成一个合格的父亲。几个孩子出生时，他都不在身旁。因为他的生活习惯，使这些孩子一直对他敬而远之，他也没有兴趣走近孩子们。但在孩子们的人生大事面前，他却武断专行。后来，孩子们一个个都从中学毕业了，又一个又一个地被他送去参军了。在父亲的眼里，军人是世界上最好的职业。他甚至连孩子们的意见都不征求，因为他是孩子们的爹，他是部队的首长，他说啥就是啥，没有人能够反驳他。

因此，孩子们对父亲的感情很疏远，没有一个孩子和他说过真实想法。父亲这种脱离群众独断专行的做法，使晚年的父亲尝到了孤独的苦果。

那些日子，虽然父亲和母亲又生活在了一起，但他们相互之间并没有更深的了解。白天他们都有各自的工作，很晚才回到家里。权有时放学之后，直接去找母亲，母亲带着权吃食堂。父亲更乐于这样，他真的吃不惯母亲做的饭菜，况且回到家里，他们也没有什么可说的，于是，父亲就把所有的精力都放在了部队的建设管理上。天黑了好久，父亲才回家，大部分时间，母亲已经睡下了，有时母亲和权睡在一起，有时就睡在父母自己那间卧室里。不管母亲睡在哪，父亲从不计较什么，他觉得这种毫不相干的日子很好，在他的理想里，这大约就是最好的模式。

父母自从在延安被组织介绍结合以来，他们还从来没有认真想过一个现实的问题，那就是对方是否真的适合自己。那时，他们还不懂什么是爱情，他们觉得有了自己各自的工作就什么都有了，况且，现实又无法让他们各自警醒。但随着岁月的流逝，生活的变化，他们渐渐地意识到，他们的结合是一件多么荒唐的事情。

八

父母直到共同拥有了四个孩子，直到他们真正生活在一起，他们才清醒地意识到，原来他们是生活中的两类人。

母亲是学医的出身，洁净成了她生活中的习惯，不论是动荡年代，还是和平生活，她早就养成了洁净的习惯。这一点和父亲的习惯却大相径庭。父亲从小到大也没有饭前便后洗手的习惯，这一点是母亲无法忍受的。父亲不论干什么，不管自己有事还是没事，他总是显得匆匆忙忙。每当吃饭前，父亲总要走进卫生间。从卫生间出来的父亲，从来就不洗手，径直走到饭桌前，端起碗或抓起馒头。母亲为了父亲这种不良习惯不知费了多少口舌，父亲就是无法改变。父亲每次从卫生间里走出来，母亲就皱眉头。父亲的样子，使母亲吃也不是，不吃也不是。父亲狼吞虎咽地吃了一会儿，见母亲仍没动静，便抬头看母亲，见母亲那副难受的样子，这才想起什么似的。放下馒头，走到水龙头前，粗枝大叶地冲了冲手。一边嚼着馒头一边说：我手又没摸啥，哪来那么多的毛病。

母亲看着父亲的样子，便没了食欲，草草地吃上几口，便没滋没味地收拾桌子。父亲并没把母亲的不快放在心上，该干啥还干啥。

父亲这种状况，时间长了，母亲无法忍受，便在每次吃饭前，把饭菜单独为父亲盛出来，放在一旁，当父亲来到桌前，看到这幅景象，就长长叹口气说：你做医生做出毛病了，我的手又没摸屎，有啥不干净的。

叹完气的父亲就去草率地洗手，从那以后，父亲也条件反射地养成了洗手的习惯，说是洗手，其实就是为遮人耳目地在水龙头前意思意思。水龙头放到最大，伸出手光碰了碰手指。香皂是用不着的，他认为那纯属多余，于是每次都那么意思一下，也算是讲究卫生了。

这一切，母亲都看在眼里，她从父亲身上明白了一个道理，那就是想改变一个人比登天还难。

父亲不仅不洗手，他还没有刷牙的习惯。牙具是一应俱全地摆在那里，每天早晨，他总是例行公事地把牙刷弄湿，在嘴里搅一搅，就算是刷牙了，晚上睡觉前这样的例行之事也免掉了。

更让母亲无法忍受的是父亲还没有洗澡的习惯。有时一个月也不见父亲洗一回澡。男人汗馊味经常在父亲身上弥漫。每天睡觉的时候，母亲都把自己的身体移到床的边沿，她努力地使自己和父亲拉开一些距离。这种距离毕竟有限，母亲无法忍受父亲的臭气熏天，终于忍无可忍地说：求求你了，洗一回澡吧。

父亲理直气壮地说：咋了，两个月前我刚洗过。打仗那会儿，一年到头也洗不上一回澡。我活得照样很好。

母亲知道说这些话，对父亲来说简直是对牛弹琴，母亲便无奈地叹气。每天睡觉前，母亲总要在卧室里点燃一支印度香，那时还很少有香水。

父亲总是粗心大意，他甚至都没有发现母亲的情绪和变化。在父亲的眼里，母亲的所作所为完全是多此一举。父亲同时也看不惯母亲那一套。除了生活上他们的不习惯以外，还有母亲经常叹气，要么母亲就经常脸色苍白地望着某一个地方发呆。父亲把这一切都归结为知识分子的臭毛病。在延安的时候，父亲没有发现母亲这些，那时要发现了，说什么父亲也不会和母亲结婚。

在父亲的心目中，女人就应该风风火火。大着嗓门说话，手脚麻利，脸色永远像天空中的朝阳，这才是健康的女人。母亲的形象在父亲的眼里显然不够标准。他甚至一直在担心，说不定哪一天，一觉醒来，母亲便再也没有气力起床了。父亲在心里把母亲怜惜了。

每次母亲让父亲洗手、刷牙时，父亲就找到了反击的理由，他说：我这样没病没灾的用不着洗手、刷牙，只有有毛病的人才那么穷讲究。

他的话噎得母亲半晌回不过神来。

母亲有晚上睡觉前读书的习惯。母亲读书时，父亲就躺下了。父亲最大的好处就是，只要脑袋一挨枕头便能睡着，睡着的父亲仍然很不讲卫生，不是咬牙就是放屁。有时，父亲都睡醒一觉了，睁开眼睛见母亲仍在看书，就长叹一声说：你累不累呀。这么说完，翻个身又睡去。

母亲有时放下书，望着身边的父亲，望着望着，她经常吓出一身冷汗，他觉得父亲是那么的陌生。她就和这个陌生的人一口气生了四个孩子。母亲想到这，就真的睡不着了。她还在涉世未深时就嫁给了父亲，那时，她还不懂什么是爱情，什么是丈夫，直到现在，她才明白，她与父亲的结合是多么荒唐，多么可怕。于是母亲只能一遍又一遍地把冰冷伤心的泪水洒在无依无靠的黑夜里。

父亲对四个孩子，没有费过什么心思，却费了不少力气。他的力气都用在了暴打孩子上。

四个孩子相继上了学，母亲那时也忙，没有过多的精力教育孩子们。四个孩子继承了父亲身上许多的东西。比如说胆量，他们总是天不怕地不怕的样子，经常在外面打架，每次打完，老师总要把电话打到家里向父亲告状。父亲觉得让老师把状告到家里很没面子，便不问青红皂白，抓过来就打，一时间，孩子们的惨叫声从楼上传到楼下。父亲一边打孩子一边问：你服不服？孩子就答：服了。父亲又问：你还打不打架了？孩子又答：再也不打了。父亲仍不解气，又用力猛打几下，才住了手。

孩子毕竟是孩子，没隔几日，又和别的孩子打架了。楼外路过的人总是隔三岔五地能看到父亲跃马扬鞭暴打孩子的身影。父亲痛打孩子时的神情，一点也不亚于他对国民党的仇恨，打起来一点也不心慈手软。有时母亲看不过去，冲过来，夺下父亲手中的家什说：孩子又不是野种，打成这样你不心疼？

父亲正在气头上，声音很大地说：这帮小兔崽子，不打不成材。

母亲就和孩子们抱在一起哭成一团。有几次最小的海一边哭一边冲母亲说：妈，你把我们领走吧，我们不在这个家里待下去了。

母亲还能说什么呢，她哽咽着说：你们就当作没有他这个父亲吧。

孩子们那时还不懂什么是父亲，但在心里流露出的是对父亲的仇视。

每天父亲回来，原来还有说有笑的孩子们，立马没了声息，他们把自己关到房间里。父亲的存在，使他们感到窒息。

九

母亲和父亲生活在一起，让她看不到一点生活的曙光。她没有体会到爱和被爱，生活自然也缺滋少味，今天和明天一样，明天和后天也没什么两样。母亲的日子死水一潭。

就在这时，母亲意外地和师兄重逢了。那年，母亲投奔延安的时候，他们一起共有五个人，两男三女。其中就有这位师兄。师兄比母亲高一届，在南方那座城市的医学院里，母亲并不熟悉师兄。是延安把他们的命运联系到了一起。那次，他们一行五人，辗转了两个多月，才到达了延安。他们在延安又共同生活了一年多。百团大战前夕，他们被编入了不同的医院，后来，他们就很少见面了。那时部队调动频繁，合合分分的是家常便饭，于是，母亲就和师兄失去了联系。

这次师兄带着一些人来到母亲所在的医院取经学习，他们就这样意外地重逢了。

母亲见到师兄的那一瞬间，她以为自己是在做梦。师兄还是老样子，戴一副金丝边眼镜，脸上永远挂着微笑，他显然也认出了母亲。直到他的手和母亲的手紧紧地握在了一起，母亲才知道，这不是梦。十几年前的种种经历又雷鸣闪电般地涌到了母亲面前。

在投奔延安的路上，师兄这只手不知拉过她多少次，师兄的手是那么的温暖和有力。那时的师兄也总是面带微笑。不论他们是迷路，还是通过敌人的封锁区时，只要师兄的手拉住母亲的手，母亲就觉得眼前的困难不算什么。就是师兄这双奇特的手，一直把她带到延安。

在延安的一年多时间里，是母亲最快乐的日子。那时，他们这些投奔到延安来的青年被编在一个干训队里学习。师兄住的那孔窑洞，就在母亲窑洞的上面，母亲每天走出窑洞，一抬头，就能看到师兄正冲她点头微笑。她那时只要一见到师兄的身影，就快乐无比。

他们一起开过荒种过地，又一起学过纺织。延安的纺车，“吱吱呀呀”地响着，伴着他们的歌声和欢笑。只要有师兄在，母亲就少不了欢笑。有时，母亲一天见不到师兄的身影，心里就会空空落落的，仿佛少了什么东西。

有许多傍晚，她和师兄顺着延河，背对着夕阳一起散步。他们谈着理想以及美好的共产主义社会。那时，夕阳在他们眼里无限美好，滔滔的河水，仿佛是他们涓涓流淌的话语。他们就这么走呀说呀，天色渐晚了，有了一丝一缕的凉气。师兄把自己的外衣脱下来披在了母亲的身上。母亲真实地感受到了师兄的体温，以及师兄的气味。后来，他们就往回走了，过一个土坝，师兄又伸出了他那温暖的手，牵着母亲走过土坝，一直走到母亲的窑洞前。在微弱的光线里，师兄冲母亲温暖地笑笑，接过母亲还给他的衣服，冲母亲挥一挥手，一步步地向自己的窑洞走去。这一切，都成为母亲遥远如梦境一样的回忆。

许多年过去了，偶尔，母亲仍能想起过去的每一个细节，仅仅是回忆而已。这就是现实，这就是命运。后来母亲的神经都麻木了，她不再去回忆。过去的一切，只能让她感到痛苦。

她还清晰地记得，她和父亲成婚那天，师兄一个人坐在一个土坝上，就那么一动不动地坐着。她知道师兄想的是什么，在这之前，组织做她的思想工作，让她和父亲结婚，她曾把这一消息告诉了师兄。那时，师兄什么也没说，只冲她苦笑了一下。

那时，母亲就是怀着对革命的全部热情，才和父亲结婚的。母亲在许多年以后，仍在心里这么安慰自己——我真的是彻底把自己献给了革命。

那一次，师兄的卫生交流团，在母亲所在的医院住了三天。他们除了交流工作之外，还说了许多别的。

母亲从师兄那里了解到，师兄早已结婚生子了。师兄的爱人是人民教师，他们的孩子也已经十几岁了，也就是说，师兄已经有了一个温暖、幸福的家。

后来师兄就走了，他仍是微笑着和母亲挥手告别。这一段不经意的插曲，却使母亲久久无法平静下来。

许久之后，师兄的音容笑貌仍在母亲的心里不断浮现。每当她走回现实中的家，有许多次她幻想着是师兄的身影站在家门前迎接着她，冲她微笑，冲她招手。然而，现实就是现实，她看到的是父亲那张永无笑容的面孔。父亲大声地在厕所里小便，解完后他仍然不会去拉水箱，任由厕所的味道在整个房间里传播扩散。

母亲还能说什么呢，师兄的出现，给母亲无奈的生活带来了一份幻想，然而这份幻想，又常常让她感到痛苦。

在生活中，她经常把父亲幻想成师兄。要是父亲就是师兄会是什么样子呢？他们下班后回到家里，会有许多话要说，工作上的争论，生活上的畅想。夜深人静了，孩子们都睡去了，明亮的灯光下，他们一起读书学习，然后会为对某个问题的不同看法，争论几句，一切都是那么自然，那么亲切。

现实中的父亲轻而易举地就粉碎了母亲的幻想，匆匆走进家门的父亲，没有一句多余的话，走到餐桌前，屁股似乎还没有坐稳，一顿饭差不多就吃完了。父亲吃饭时发出的声音异常响亮而又有节奏，这是母亲无法忍受的。吃完饭的父亲又急三火四地走进厕所，尿出一泡热气腾腾的尿，然后不洗手不洗脸地打开收音机。收音机里正在播放新闻联播，美苏两个超级大国这样或那样，国内又是如何狠抓阶级斗争、反修防修等等。父亲读不懂报纸，听收音机成为他获得信息的主要来源，于是父亲总是要雷打不动地听收音机，他密切关注着国际国内的诸多大事。

听完收音机的父亲就精神很好地说：要备战了。操心完国际国内诸多大事后，父亲就困了。他照例不洗脸不洗脚地倒头便睡，不一会儿，便打起了响亮的鼾声。母亲躺在床上一边读书一边想，要是身旁躺的是师兄会如何呢？

有时母亲会被自己的想法吓出一身冷汗。

十

母亲的这些变化，父亲自然无从察觉。在父亲眼里，母亲简直一身毛病。母亲爱干净这一点就让父亲无法忍受。父亲每天回到家里，他见到的母亲总是在洗洗拆拆，并且总把家里弄得一尘不染，父亲回到家里脚没处放手没地搁，总是小心翼翼的样子。因此，父亲一回到家里，心里就很不踏实。

父亲最担心的是自己的四个孩子。他们出门进门时总要向母亲问好或打招呼，在父亲眼里这都是多此一举。还有就是，进门也学他们母亲的样子，拧开水龙头“哗哗啦啦”地洗手，然后悄无声息地各自做各自的事情（四个孩子都已经大了，他们不再打闹了）。这反弄得父亲无所适从，他无论如何也想象不出，这四个孩子的身上还流淌着他的血液。

最让父亲无法忍受的是，孩子们越来越像他们的母亲了，没事总爱想心事，一副多愁善感的样子，还一次次地叹息，这种样子和他们的母亲如出一辙。有许多时候，孩子们把自己关在房间里和母亲嘀嘀咕咕，没完没了，有时也有说有笑的，只要他一出现，他们顿时没了话语。父亲觉得孩子们没和他们的母亲学出什么好来，简直是一群叛徒。

因此，父亲在家里总是孤家寡人的，他就显得比较孤独，他就很反感家里的这种氛围。于是，父亲很热衷搞“拉练”。只有部队到农村、山区野营拉练，他才感受到什么是轻松和自由。

那一次，父亲的部队来到了河北农村，这时他想起了在朝鲜一位营长的遗言。那位营长在第三次战役中身负重伤，牺牲前他拉着父亲的手说：师长，我只求你一件事，回国后你去我家替我看看老婆孩子。父亲当时眼含热泪答应了。回国后，父亲很忙，又被家里外面许多烦人的事所纠缠，他一直没有时间兑现对烈士的承诺。这次他来到了河北，他马上就想到了那位烈士的遗言。父亲是一个很重感情的人。想到多年前的承诺，他便再也坐不住了，立马叫来自己的司机和警卫员，向那位烈士的家乡进发了。

他很容易就找到了那位烈士的妻子。那女人听说自己丈夫的部队来人了，隆重而又热烈地把父亲迎进了自己的家。这是一个普通农民的家。三间土房，猪呀，鸡呀，狗呀大模大样地在院子和房间里走来走去。女人见到父亲时，正在自家的菜园子里劳动，她用沾满泥巴的手亲自为父亲摘了几根黄瓜，女人又同样热情地把黄瓜在自己的衣襟上擦了擦。父亲接过来，毫不犹豫地就放进了自己的口中。

父亲对这一切都感到亲切和自然，他坐到女人的土炕上，直到这时他才找到了家的感觉。于是，他就跟到了自己家里一样和女人说起了家长里短。他从女人的谈话中得知女人一直没有再找男人，她自己领着孩子过日子，这一点很是让父亲感动。当然他们也都说到了那位烈士，因年代的久远，女人对这种悲伤已经淡漠了。她的情绪只低落了一会儿，便马上又眉开眼笑了，她大着声音，一边很响地朝地中央吐痰一边和父亲说笑，父亲自然也是一副乐不可支的模样。乡村的感受，女人的气派做派，又把他带回到遥远的童年。

女人自然热情地挽留父亲一起吃了饭再走，父亲感觉已经到家了，他也就不再客气了。吃饭的时候，女人又细心地为父亲烫了一壶当地的老白干。父亲坐在土炕上，喝一口白干酒，吃一口带着泥土芬芳的女人炒出的菜，他心里热了一遍又一遍。那一次，父亲破天荒地喝多了，最后，他脚高脚低地和满面红光的女人挥手道别。直到他坐进轿车里，他才意识到，他需要的是怎样的女人、怎样的家。

从那以后，父亲每年都要找这样或那样的借口到河北农村走上一趟，坐在女人的土炕上，喝一回老白干，他才心满意足。

有时，他望着母亲苦闷地想，要是自己的女人是那个河北女人该多好哇。他这么一想愈发地觉得母亲一身的“毛病”让他无法忍受了。

在家里，父亲有时一连十几天也不和母亲说上一句话，他们的确也没有什么可交谈的。有许多次，父亲在梦中又去了河北农村，他在梦里一边喝白干酒，一边和那个满面红光的女人说家常，那是一幅多么美妙动人的景象呀。每次，父亲从梦中醒来，都要失魂落魄好长一段时间。

父亲进城后职务以及环境的变化，仍没能改变父亲的心性，他的情结已经深深地植根到了他的生命中。环境无法改变他，他也无法改变现实环境。于是，父亲只能在矛盾、困惑中痛苦着。

父亲却异常热爱军人这一职业。他从十几岁就走进了队伍，打打杀杀，拼拼争争。当初，他们打仗的目的是为了过上太平日子，现在终于过上了这种太平日子，然而，父亲又感到莫名的失落。没有战争的日子，对父亲来讲是最痛苦不过的事情。好在那时部队经常备战，用备战的形式来防备“美苏”两霸的侵略。于是，父亲身体里那根战争之弦就那么绷着，他相信用不了多久第三次世界大战就会爆发。父亲对战争这种常备不懈的信念，成为他生活中的一大支柱。否则，生活中的不幸就会把他压垮。

父亲没有等到他所盼望的战争，却等来了自己的更年期。更年期过早地降临到不幸的父亲身上。那时，父亲刚五十出头，这和他常年得不到舒展的心情有关。在那一段时间里，父亲脾气暴躁，极易激动，也爱发火，哭哭笑笑，喜怒无常。他对自己性情的变化没有足够的心理准备，母亲也没有心理准备。许多年以后，母亲才发现那几年正是父亲的更年期。父亲把自己这一切完全归咎到母亲身上，那就是他看母亲什么都不顺眼。

母亲比父亲小个十来岁，四十多岁的母亲，在情感上得不到慰藉，她已经把大部分精力用在了自己的事业上。那时孩子都大了，一个又一个孩子相继被父亲送到了部队里锻炼成长，母亲也当上了一家部队医院的院长。

父亲的更年期，导致了他和母亲之间的矛盾进一步恶化。

十一

更年期导致父亲喜怒无常。在工作中，任何人也看不出父亲这种变化。父亲虽然是首长，但他却一点也没有首长的架子。他在自己的办公室里或者到部队去检查工作时，很少坐在椅子上发布讲话或听取报告，而是一只脚踩在椅子上，大口地吸烟，大声地吐痰。他讲话时还经常带出一些比较粗俗的字眼，这使得下级军官们都感到父亲这人亲切随和。不论有什么困难他们都愿意找父亲，父亲眼里，只要不是和战争有关系，就是天塌下来对他来说也是小事。因此，父亲对下级军官们总是有求必应，如此，父亲在部队下级的眼中有着极好的声誉。

在家里，尤其在母亲面前，他却一点也无法忍受。在更年期到来之际，他一回到家里看什么都不顺眼。为什么不顺眼他自己也说不清，他经常砸锅敲碗地冲母亲叫嚣道：这是啥日子，整天死气沉沉的，又不是死人了。

父亲公然地指桑骂槐，母亲当然听出了父亲的弦外之音。母亲觉得忍受父亲这么多年了，她也受够了，父亲不跳将出来，她还能忍一忍，父亲一旦跳将出来，母亲才不吃他那一套。

于是，两人就唇枪舌剑你来我往大战起来。两个人一旦撕破脸皮觉得什么都没有了。两人挖空心思地数落对方的种种不是。他们这种胸襟坦白，都使对方感到吃惊。在这之前，他们都以为自己的形象在对方眼里没有这么糟，在气头上把该说的都说了，他们才都大吃一惊。狂躁的父亲冷静了一些，然后说：都这样了，这日子还过个啥劲。

母亲也说：不过就不过，我早就受够了。

父亲的眼睛也瞪大了，他吃惊母亲竟说出这样的话来，然后像孩子似的指天发誓道：咱们离婚，谁不离就不是人。

母亲气得已经一句囫囵话也说不出来了。

第二天一上班，父亲就张张扬扬地打电话，把政治部机关的领导叫到了自己的办公室。气得昏头的父亲此时已经有些公私不分了。以前他有什么事总是把下属单位的领导叫到自己的办公室交代。这次他仍毫不例外地冲政治部领导说：你马上给我开张证明，老子要去法院。

政治部领导不明白父亲去法院干什么，便问：首长，去法院干什么？

父亲一拍桌子道：老子要离婚，老子受够了，这次非离不可。

政治部领导觉得这事闹大了，他做不了主，便把这事汇报给了冯政委。冯政委是父亲的老战友，又是平级，平时有什么事，只有冯政委的话，父亲还能听进一些。

冯政委得知父亲要离婚的消息，也觉得事态比较严重，他匆匆忙忙地来到父亲的办公室。

父亲的气仍没消，他仍然冲桌子吹胡子瞪眼，他像一头红了眼的公牛，在屋里团团乱转。

冯政委一进屋就说：老石，你不是开玩笑吧？

父亲就瞪着冯政委说：离，这次我老石说啥也得离。

冯政委的汗珠子就从头上滚下来了。他觉得事态真的严重了。这支部队的最高首长，五十多岁的人，还离婚。要是真离了，一定是近几年来部队政治工作的头等事故，也就是说，他这个分管政治工作的政委是有责任的。别说父亲这样的人物离婚，就是一般干部离婚，不脱层皮也离不成呀。如果原因出在干部身上，轻者降级，重者开除军职。冯政委的第一个念头就是，这婚说啥也不能离。当年他和父亲都是在延安时由领导做主介绍结的婚，现在那位领导仍在北京掌握着部队的大权，这么说离就离了，这不是对领导的否定吗？

冯政委做了大半辈子思想工作，头脑敏捷，思路清晰，他先做父亲的思想工作。他从延安讲到现在，又从父亲的婚姻联系到部队的稳定，从政治又讲到感情，等等。冯政委那天围着父亲讲了整整一天。

冯政委讲得滔滔不绝时，父亲并不插话，他闭着眼，不知是听还是没听，待冯政委讲得口干舌燥时，父亲睁开眼睛道：冯铁嘴，别人不知道你我还不知道？你能把死人都说活了，但想说服我老石，没门。

一句话呛得冯政委顿时没了下文。冯政委了解父亲的脾气，他并不计较父亲的抢白，在和父亲讲大道理时，他已经理清了这件事的主次。他要找到母亲，只要把母亲的思想做通了，就是父亲有天大的本事这婚也离不成。

冯政委又马不停蹄地找到了母亲。母亲已经不准备回家了，她在办公室里支起了行军床，她就要在“沙家浜”住下去了。果然，冯政委找到母亲，军内、军外，一通道理讲完后，母亲这才意识到，要想离婚比登天还难。那时的政治气候，还有国际国内的氛围，使母亲清醒了，她知道，除非自己死了，否则休想和父亲脱离关系。

父亲却坚定如铁，他一遍又一遍地叫嚣着一定要离婚。那时部队就相传，父亲有了一个相好的。年方二十出头，就在河北某地，长得如花似玉等等。父亲不知道这些传闻，他铁了心要离婚，他曾扬言，即便这个首长他不当了，也要离成这个婚。然后，他叫来秘书，由他自己口述，让秘书记录，他要给上级写一封离婚报告。

那份报告是写完了，但被冯政委偷偷地压下了。如果不是发生林彪叛逃事件，父亲肯定不会善罢甘休。结果那事情一发生，上下便开始清查林彪一小撮反革命集团了。父亲才放下了自己离婚的事。

父母这次离婚虽然未遂，但给他们的情感蒙上了一层浓重的阴影。

母亲后来在冯政委的劝说下，还是从医院的办公室搬回到了家里。但从那时开始，父亲和母亲便正式地分居了。那时，孩子们离家都到部队当兵去了，楼上是母亲，楼下是父亲。两个人关系紧张，老死不相往来的样子。从那时起，父母都养成了吃食堂的习惯，家里很少动火。日子倒也相安无事。人们都知道父母的关系，很少有人到家里来。偶有人来，父亲的客人父亲自己招待，母亲的客人母亲自己招待，要是他们共同的熟人，他们也会一起出来陪客人坐一坐，客人一走，他们又变成了陌路人，走回到自己的房间里，把门严严地关上。

孩子们有时从部队回家，他们大部分时间和母亲在一起，偶尔也到父亲这里坐一坐，父亲不稀罕他们坐不坐。好在从小就了解父母的关系，眼下父母这个样子，他们已经习惯了。

十二

那时，父母做梦都想着离婚，因为婚姻把他们束缚在一起，就像两只被绑在一起的蚂蚱。他们一边难受一边挣扎。其实，他们离婚后如何生活，他们并没有想得很多，只要能离开对方，对他们来说，就是一种最好的解脱。

父母的婚姻名存实亡。母亲住在楼上，父亲住楼下，按理说，他们这种毫不相关的样子，使他们都有了暂时解脱的机会。但他们却一点也没有得到解脱。只要看到对方在眼皮底下，他们就有了莫名其妙的火气，以及说不清道不明的难受。

那时家里有一台黑白电视机，是部队配发给首长的，就放在楼下的客厅里。母亲有时回来得比父亲早，那时电视机还很稀罕，母亲就抽空看几眼电视。只要父亲回来，母亲不管看得多么投入，马上转身上楼，把楼下让给父亲。父亲对母亲这种态度非常恼火，他一边脱去外衣，一边冲母亲上楼的背影道：有啥了不起。

母亲听了父亲这种话，自然是很生气。这时她不和父亲一般见识，把火气憋在肚子里，这样一来母亲就很难受，在楼上不论干什么事都弄出很大的动静，父亲听到了，心里也很不舒服，他在楼下也要没事找事地弄出很大声响，以示抗议。

母亲进进出出的，都要从楼下的客厅里走过，两个人便经常在客厅里不期而遇，这时两人谁也不睬谁，但他们又分明看到了对方的存在。母亲经过父亲身旁时总要“哼”一声，父亲自然也要“哼”一声。

冯政委自然没有忘记父母关系的这种危机，解决这种危机是他的责任，于是，隔三岔五他就要到父母这里坐一坐。每次，他总要先在楼下的客厅里待上一些时候。父亲这时是主人，自然是要陪坐的。两人有一搭没一搭地看着眼前的电视，老冯似乎也在有一阵没一阵地说话。他说：老石呀，转眼就几十年过去了，都不容易呀。

父亲支吾一声应付着，他知道老冯的葫芦里卖的是什么药。

冯政委又说：咱们的头发都花白了。你看看你，再看看我。

老冯说完拍一拍自己的头。父亲很少面对镜子，头发花白了多少，他心里真没什么数，但他看到老冯的头上，已经花白了大半。

于是老冯又说：老石呀，咱们清白了大半辈子，可不能晚节不保哇。你看现在的日子，是一天比一天好了。

父亲仍不说什么，只是“哼”了一声。

老冯在父亲这里寒暄了一会儿，便站起来说：我去看看小杜。

说完便上了楼，楼上是母亲，楼上的主人是母亲，母亲在楼上又陪老冯坐了一会儿。在老冯来之前，母亲正在看报纸。

老冯就说：小杜哇，最近医院的情况怎么样呀？

母亲知道老冯此时关心的不是什么医院，但她还是简单地介绍了一下情况。

老冯就笑一笑，然后半开玩笑地说：当年在延安时，你们这批学生还是红小鬼，现在都成红老鬼了。

母亲就笑一笑，她又一次感受到了时间的无情。

老冯还说：没什么大不了的事，咱们大江大河的都过来了，家庭上的这点小事算不了什么。夫妻嘛，哪有不怄气吵嘴的。前几日小王还和我吵了一架呢，也是要离要散的，过几天这不就好了吗？哈哈……

老冯的老伴也是在延安时组织介绍的，他说的小王就是延安时的文化教员。

老冯楼上楼下一通和稀泥，他觉得和得差不多了，便拍拍屁股走了。

老冯走后，楼上楼下仍是一片压抑的气氛，虽然老冯还是老调重弹，没什么新招，但老冯的话还是在父母心里起到了至关重要的作用。老冯的一些话，让他们清醒地看到了现实，那就是，他们不可能离婚，楼上楼下住着可以，就是不能离婚，否则对不起部队官兵，对不起眼前的大好形势，对不起战友，对不起老上级。一句话，就是谁也对不起，包括他们自己的晚节。

因此，父母没再为离婚的事折腾，他们都尽力地克制着自己。

后来，母亲的更年期也如约而至。她的火气也比以前大了许多，每天她都要从医院里拿回许多报纸，然后坐在阳台上高声朗读。母亲说：党中央一举粉碎了万恶的“四人帮”……

母亲还说：党的十一届三中全会隆重地在北京召开。

……

父亲听着母亲高声朗读，心想，认识几个字有啥了不起，于是他把电视的音量开到了最大。电视里正在转播十一届三中全会的盛况，此时电视机已换成彩色的了。

父亲的电视机声音干扰了母亲的高声朗读，母亲气愤地站起身，很响地把门关上了。

没滋没味的父亲，觉得电视机实在是吵得很。过一会儿，他也把电视关上了。

父亲、母亲在这种无声的对抗中，一年一年地过去了。没多久，父亲离休了。又没多久，母亲也离休了。

没几日，父亲母亲离开了部队大院，住进了干休所。干休所也是二层小楼，不是青灰的水泥楼，而是红砖楼。父母居住的格局仍没得到改变，母亲仍住楼上，父亲仍住在楼下。

十三

父亲离休后，头些日子他总是显出无所事事的样子，背着手叼着烟在楼前楼后转悠。早些进驻干休所的人们，已经形成了他们固定的群落，不是下棋就是打太极拳，要么就是练各种各样的气功。父亲对这一切都不感兴趣，他很快地便有了自己的爱好。

他先是在楼前的空地上翻出了一块地，又让当年牺牲的那位营长的儿子，从老家河北农村带来了茄子、辣椒、西红柿的种子。昔日战友的儿子，早被父亲安排到了自己的部队里。于是，父亲便在楼前种出了茄子、辣椒、西红柿，没多久，它们便在父亲的侍弄下，茁壮成长了。

父亲的大部分时间，都在这片茁壮的菜苗前驻足观望。仿佛是在视察自己的部队，父亲的目光中流露出了满足和陶醉。

父亲另一大爱好就是足球，及一切以集体形式比赛的体育节目。父亲最喜欢的还是足球，他尤其喜欢中国与外国的比赛。父亲坐在电视机前，两眼发亮，精神亢奋，不停地吸烟，喝水，然后不停地跑进卫生间很响地小解。父亲耳朵已经有些背了，他每次看体育比赛时，总是把电视的音量调得很大。背景里观众嘈杂的助威声他一定要听到。双方各十一名队员，往返着在球场上奔跑，父亲有时高兴，有时懊恼，他还不停地拍腿，每场球看下来，父亲的大腿总会红肿一块。

如果中国队赢了，他会一连高兴好几天，若是输了，父亲就会很生气，他骂那些队员无能，把中国人的脸都丢尽了。冯政委也离休了，仍经常到父亲这里坐一坐，父亲看球时，他也会乐呵呵地陪父亲看上一会儿。老冯不像父亲，不管中国队是赢是输，他都是那个样子，看到急成那样的父亲就说：友谊第一，比赛第二。父亲就说：狗屁！然后就拉着老冯的胳膊急赤白脸地说，你说咱那时怕过谁，小日本咱们也打过，国民党就不用说了，就是美国大鼻子咱也把他们干到三八线以南去了。嗯？你说怕过谁？

父亲说到这就一脸忧虑地说：这帮年轻人咋就一代不如一代了呢，韩国人算个屁呀。打他们不是小菜一碟？你说说。

老冯不说，笑一笑，就走了。留下父亲一个人在那里生闷气。中国足球队很是不让父亲省心，经常弄得父亲很不痛快。父亲不痛快的时候，就走到楼外那片菜地旁，看着那些硕果累累的茄子、辣椒，父亲的心情渐渐就开朗了。

母亲一如既往地不和父亲有什么往来，她仍然不停地读书、看报。母亲离休后，仍作为专家被医院返聘着，每逢一、三、五上午，母亲仍到医院里去坐诊。因此，母亲很充实。她从来不对父亲那些茄子、辣椒感兴趣。

父亲经常要为那些菜施肥，父亲自然不用化肥，父亲在电视里已经知道化肥不是什么好东西，会让人得癌。父亲专门买了两只水桶，隔三岔五地就去部队营区的公共厕所里打捞大粪，然后臭烘烘地挑回来。昔日的下级们看到父亲挑大粪，总是于心不忍的样子。要帮父亲挑，父亲坚决地拒绝。父亲把小楼周围环境搞得极其恶劣，母亲在家时总是门窗紧闭，然后在自己的房间里反复地喷洒空气清新剂。

母亲经过楼下时，总是用手捂了鼻子，快步走过，然后冷冷地扔下一句：土包子。

父亲自然是听到了。他不屑地瞅着母亲的背影说：臭知识分子，有啥呀？一身的毛病。

父亲最不能忍受的就是母亲流眼泪。那一阵子，母亲迷恋上了港台剧，故事里面的男欢女爱一波三折，揪着母亲的心，看到动情处，就触景生情，小姑娘似的哭。有几次，父亲在楼下都听到母亲的哭声了，他不知发生了什么，便蹑手蹑脚地上了一次楼，看见母亲正冲着电视在哭泣，父亲明白了，又原路返回，回到楼下，父亲气哼哼地说：神经病。

他们年纪大了，都离休了，但他们仍然无法忍受对方的“恶劣”行径，简直就是水火不相容，相互看一眼都觉得闹心。

又有一次，母亲经过楼下，她正准备走过去时，父亲说话了。父亲说：哎，我看咱们还是离了吧，离了就一了百了了。

母亲站住脚，认真地看了眼父亲，点了点头。

那天晚上，父母坐在一起，认真地分析了一下这次离婚的可行性，他们一致觉得，现在时机已经成熟。原因之一就是他们都不在职了，就是离婚也不会有什么不良的影响。其二是，现在离婚的政策放宽了，不用惊动法院，去一趟街道办事处就能把手续办下来。其三是，两人觉得，他们这种名存实亡的婚姻确实也没多大意思。

又一个周末，父亲给孩子们都打了电话，说有事找他们商量。于是，三个孩子相继回来了，那时老大权早就已经牺牲在珍宝岛了。这三个孩子也都不年轻了，他们都到了中年。

那天父亲就郑重其事地说：我要跟你们的妈离婚。孩子们一点也不感到吃惊，其实现在父母这个样子和离婚也没什么大的区别。

父亲见孩子们没什么反应，就又说：这房子是我和你们妈的，离婚后她住她的，我住我的。我们也都这么大岁数了，离了之后也不会再给你们找后妈后爹了。你们看咋样？

孩子们当然没有任何异议，就是给他们找后妈后爹他们也不会有什么意见。几个孩子从小情感就倾向母亲，觉得他们的母亲是一朵鲜花插在了牛粪上。母亲受了一辈子委屈，早就该解脱了。于是，全家对这一决定一致通过。

手续很简单，由干休所分别给父母开具一张证明，择个日子去一趟街道办事处就可以了。他们的离婚理由是：感情不和。

老冯还是知道了父母又一次要离婚的消息。他又一次找到了父母亲，很痛心地冲父母说：你们这样不挺好吗，干吗非得离呢？

父母不再和老冯多说什么了，他们一起去了街道办事处。

父母离婚的消息还是在干休所引起了一场不大不小的风波，但很快也就过去了。

十四

父母离婚之后，他们在外人看来还是老样子，但他们却觉得自己一下子轻松了许多，究竟为什么轻松，他们自己也说不清楚。

首先发生变化的是，他们双方相互看着不那么难受了。

每逢星期一、三、五的早晨，母亲穿戴整齐地去医院上班，父亲在楼下看到了，便和母亲打招呼：去坐诊呢？

母亲一边捂鼻子一边点点头。

父亲就说：臭着你了，真过意不去。

母亲透口气说：没什么，你忙你的。

父亲便望着母亲的身影一点点远去。

父亲再看球赛时，见母亲坐在阳台上看书的身影，便关小了音量。

周末的时候，母亲有时主动走下楼来，不管父亲同意不同意都要把父亲的床单被罩收走，拿到楼上去洗，父亲便不好意思地说：又麻烦你了。

母亲不说什么，表情明显地柔和了。

在这之前，父亲的被褥总是自己洗，好在他一年也洗不了几次。

晚上睡觉前，母亲有时也会从楼上走下来，冲父亲说：晚上就把空调关了吧，别受了凉。

父亲有时听母亲劝说，有时不听，但不管怎样，父亲一点也不对母亲的这种劝慰反感了。吃饭的时候，母亲有时会端着一两个炒好的菜送给父亲说：老石，你尝尝我做的菜。

父亲也不推拒，他就尝了尝母亲的手艺，他觉得母亲做的菜也不那么难吃了。

父亲也有礼尚往来的时候。他摘了一些自己种的茄子、辣椒送给母亲说：老杜，你尝尝我种的菜，保证没有化肥。

母亲也不推拒父亲的这种礼让，她很愉快地接纳了。

周末的时候，有时孩子们到干休所来看望他们，父母在孩子们面前又有说有笑了。

其中一个孩子就打趣道：你们还是离婚好。

父母听了，两人都怔一怔。

有时几周孩子们也没来，一到周末，母亲就走到楼下像是自言自语地说：孩子们该来了。

父亲也说：就是，他们该来了。

然后，两个人一起向窗外张望。

父　子

一

在我上小学二年级前，从没见过爷爷奶奶，甚至在父母嘴里都没听过关于爷爷奶奶的片言只语。可别人却有爷爷奶奶，比如王大头、朱革子等人，从我记事起，他们的爷爷奶奶就生活在家里，似乎与生俱来他们就是一家人。上幼儿园时，朱革子的爷爷和奶奶还成双入对地每天接送他。刚上小学那一年，我们在外面打碎了人家窗子上的一块玻璃，人家找上门来时，朱革子他爹从树上折了一根柳树条要抽朱革子，我见到他爷爷做出了黄继光堵碉堡的动作，死死抱住朱革子的爹，把朱革子隔在身后，气喘吁吁地说：要打你就打我吧，不就是块玻璃吗，我去赔人家就是了。我眼见着朱革子他爹挥舞柳树枝的那条手臂垂落下去。

从那一次开始，我非常羡慕朱革子，因为他有爷爷奶奶。因为我没爷爷奶奶，在外面闯了祸，只能直面迎击父亲雨点似的皮带落在我的身上。

有一次，趁父亲心情较好的时候，我问过父亲。原话大意是，别人家都有爷爷奶奶，我怎么没有？我问这话时，正是某天吃晚饭时，记得二哥在桌子下踢了我一脚。当时我不明就里，拿眼睛瞪了二哥几眼，他却没看我，匆匆扒拉几口饭，便离开了饭桌。父亲似乎没有看我一眼，他把酒杯里还剩一半的酒一口倒进嘴里，喉咙里发出咕噜一声响，父亲之前还算好的心情，似乎不好了，脸阴着，眉头疙瘩似的拧在一起。

记得那天晚上，父亲背着手，望着窗外，许久，动都不动一下。母亲的目光在我身上扫了几个来回，我在母亲的目光中读到了叫复杂的东西，又说不准到底是什么。总之，那晚，家里的气氛很凝重。从那以后，我没敢再提过爷爷奶奶的话题，虽然依然羡慕有爷爷奶奶的同学。

直到我上了小学二年级，记得是一个夏天，我放学回家，突然发现家里多了两位老人，确切地说是一男一女两位老人。我们那会儿，把这个年龄的老人一般会称为爷爷、奶奶。我进门时，两位老人一起把目光集中在我的脸上，那位奶奶坐在沙发上的身子似乎欠起来一些，想站起来，目光又瞥到正站在窗前背对着他们的父亲，最后终于没站起来，但我能感觉到他们投在我身上的目光是火热的。因为不知家里发生了什么，我像一只老鼠似的钻回到了我和二哥住的房间，把门留了一条缝，暗中观察着外面的动静。

许久，又是许久，我听见父亲长长叹息了一声，还听到父亲移动脚步转过身子的声音。然后听见父亲说：跟我去招待所吧，家里孩子多，没地方住。另两个人没说什么，也听见他们移动身子的声音，然后就是门响。我跑到窗边向楼下望过去，看见父亲肩上背了一个，手里提了一个，一共两个包袱。父亲在前面走，后面那两个老人小心地跟着，三个人一律低着头，向外走去。

从那天开始，我知道，那一对老人就是我的爷爷奶奶，但他们和别人家的爷爷奶奶又不太一样，父亲似乎对他们很疏远，一点也不像一家人。

爷爷奶奶刚到家里来的头几天，到家里吃过几次饭，我竟然发现奶奶是双小脚，穿在她脚上的鞋子还没有我的大。我曾经对奶奶的小脚着迷，偷偷地盯着她桌子下的小脚看了又看，奶奶的脚在桌子下扭捏又不知如何是好的样子。爷爷奶奶一律不说话，把头扎在眼前的碗里，一副没脸见人的神态。我们也都跟着父亲一脸凝重，唯有母亲把筷子伸到盘子里为爷爷奶奶夹菜，还不停地说：爹、娘，你们多吃些。爷爷奶奶总是用最简短的“嗯”“哎”应着母亲。

过了几天，听二哥说，爷爷奶奶搬到院外去住了。二哥说的院外是军区大院之外的地方，离军区不远，只隔条马路，在一条胡同里，有一片平房，是父亲为爷爷奶奶租下来的。我还看到，父亲肩上扛了米袋，手里提着面袋，在那条胡同口出入过。那会儿，大姐下乡，大哥刚参军不久。家里只剩下二姐、二哥和我三个孩子，其实凑合一下，完全有爷爷奶奶住的地方。但不知父亲为何为爷爷奶奶租了一处房子，而不让他们住到家里来。

我晚上睡不着，曾和住在上铺的二哥探讨过这样的话题。二哥刚上中学，总把自己当成大人模样，对我问他的许多问题，总是嗤之以鼻，果然，那天也是同样以不耐烦的口气对我说：你不懂。我对二哥的回答显然不满意，便又刨根问底：你懂，那你说呀。二哥在床上翻动了几次身子，鼻子里吭叽几声，似乎想回答我，终究没答上来，最后丢下一句：咱们的爷爷奶奶跟别人家的不一样。

每天放学时分，我在放学的路上，途经爷爷奶奶居住的那条胡同口，都会见到爷爷奶奶。两人小心地站在胡同口，爷爷的腰佝偻着，奶奶立在爷爷的身旁，两人看见我那一刻，爷爷用手背擦擦眼睛，奶奶抿着嘴，小声地叫道：大孙子。爷爷也把缺了门牙的嘴咧开一条缝。因为父亲对爷爷奶奶的态度，我一时拿捏不好和爷爷奶奶的关系，况且，我就和爷爷奶奶在家里见过几次面，别说有情感，连熟悉都算不上。面对爷爷奶奶的热情，我只能快步，逃也似的过了马路，一直走到军区门前时，才回头向马路对面望过去，见爷爷奶奶仍立在原地，奶奶还用一只手搭了凉棚向我这里张望着。

奶奶不仅对我这样，他们对二哥、二姐也一样热情。有两次我看见二哥途经爷爷奶奶面前时，还停了下来，离爷爷奶奶很近地站着，不知他们都说了些什么，见奶奶伸出手在二哥的脸上还摸了一把。二哥离开爷爷奶奶时，还挥舞了几次手臂，一步三回头。

晚上，我冲上铺的二哥问：今天爷爷和奶奶跟你说了什么？

二哥身子没有动，也没有说话，静了好半晌，才鼻子不通气似的说了句没头没脑的话：咋说，也是咱们的爷爷奶奶。

我对二哥故作高深的回答很不满意，伸出脚朝上铺踹了两下。

二姐那会儿上初中，有天放学我看见她照着镜子正朝头发上扎红头绳，那条红头绳很显眼，鲜艳得有点刺眼，映得二姐一张小脸也红扑扑的。二姐见我望着她，她转过身子，把那条红头绳在手里抖了抖说：你知道这是谁送给我的吗？我说：你一定是偷了妈的钱，自己买的。二姐呸了我一口，幸福地说：是奶奶送给我的。二姐的话让我心里咯噔一下，瞪大眼睛说：你见到爷爷奶奶了？二姐抿着嘴一边笑一边说：爷爷奶奶每天等在胡同口，一放学就看到了。

二哥和二姐都见了爷爷奶奶，就我像胆小的老鼠一样从他们眼皮底下溜走。又一次见到爷爷奶奶时，我大胆地走过去，显然，这有点出乎爷爷奶奶的意料之外。爷爷还把双手在裤子上蹭了蹭，奶奶又揉了揉眼睛，伸出手在我头上摩擦了一下，颤了声说了句：老孙子……我看见奶奶湿了眼睛，眼泪含在眼圈里。爷爷也咧着嘴，气从缺牙的嘴里呼出来，黏稠着扑在我的脸上。爷爷奶奶见到我高兴得无法言语。的确，他们也没对我说什么，只是一遍遍地呼唤我的小名叫着孙子。我再次离开他们时，心里想过要叫他们一声爷爷奶奶，终于没叫出口，过了马路回望时，见他们仍然是那个姿势地目送我远离。

对爷爷奶奶的到来，父亲表面上看一如既往，但他显然多了许多心事。我发现他经常走神，下班回来坐在沙发上，手里拿着报纸，目光却盯着某一处发呆。经意或不经意间，多了许多叹息声。

我见过母亲在下班时，手里提着一兜菜走进那条胡同，再出来时，她的两只手却是空的。母亲似乎没什么变化，一下班就忙着做饭，吃完饭要么忙着洗我们的衣服，要么拿着一本医学书在灯下读。母亲是医生，她的床头总是摞着几本厚厚的医学方面的书，不像父亲，总是读报纸，一目十行。父亲经常指着报纸上的某个字，问母亲读音。母亲探过身子，看一眼报纸告诉了父亲，然后又抢白父亲道：这个字我都告诉你八百遍了，怎么又忘了？不是让你抄在本上吗？父亲就一脸愧色，把手里的报纸抖得哗哗响。从二姐上了小学三年级以后，父亲读报纸再遇到不认识的字时不再麻烦母亲了，而是问二姐。刚开始二姐也是一脸瞧不起父亲的神态说：连蚂蚁的蚂你都不认识，还是大人呢。父亲见二姐这么说，从来不发火，摸着二姐的头说：爸没赶上你们这些孩子的好时候，爸从小没读过书。又过了些日子，父亲再问二姐字时，二姐不再嘲笑父亲了，总是认真地告诉父亲，还像个老师似的讲明那字的含义。二姐经常冲我叹着气说：爸小时候穷，没读过书。

这段日子，父亲好久没问过二姐报纸上的字了，似乎那些报纸他都没认真读过。爷爷奶奶的到来，让父亲多了心事。每天晚上父亲都会绕着军区大院的操场走路，以前父亲走路总是干脆利爽，挺胸抬头，走出了气势。现在，父亲仍然走路，却低着头，步子也有些杂乱，以前的气势没有了。

二

许多年以后，我才知晓造成父亲和爷爷奶奶这种紧张关系的原因。

那是爷爷去世后，父亲把爷爷的骨灰盒带回家里。按照我们当地的风俗，骨灰盒在家要放三天才可以土葬。父亲带爷爷骨灰盒回家那一瞬间，水波不兴，似乎还很平静。他翻箱倒柜地去寻找爷爷的照片，似乎没有找到，很气馁的样子。呆定地望着那只形单影只的骨灰盒，索性，把骨灰盒摆到了柜子中间。这时，母亲把一条白床单撕成两半，递到父亲手中，父亲把变成两条的床单缠绕在爷爷的骨灰盒上。二姐不知从哪弄来一束野菊花，恭敬地摆在爷爷的骨灰盒前。经过全家人的努力，爷爷的灵堂就算完成了。接下来，就是父亲的战友、母亲的同事前来吊唁，所谓的吊唁，就是这些人陪父母说会话，再说几句爷爷生前的零星片段。但来的人中，大都没见过爷爷，有的见过一两次，印象似乎也不深刻。都想把气氛弄得悲壮、伤感一些，似乎条件又不允许，他们只能陪父母说些隔靴搔痒的话，样子有些云淡风轻。父母的朋友渐渐离去，刚才还有说有笑的父亲，突然沉默起来，他死死盯着放在柜面中央爷爷的骨灰盒，身子哆嗦了一下，像中了枪。然后就软下去，瘫倒在面前的地上。眼泪顺着父亲的脸颊爬下来，先是压抑着声音啜泣，后来父亲直着嗓子喊了一声：爹……这是我记忆中父亲第二次这么称呼爷爷。这一声叫，似乎击穿了父亲心中的寒冰和块垒，他像个女人似的边哭边叙说，这是一场关于父与子的对话，虽然爷爷沉默在那里，成了一名听众。

我也是在那一刻，才知道了横在父亲和爷爷奶奶中间坚冰一样的隔膜。父亲参军前的老家在河北赵县的一户普通村庄里，爷爷奶奶的老家似乎在山东一个什么山沟里。爷爷奶奶离开山东那一年父亲才三岁，可想而知，他的记忆也是模糊的。爷爷奶奶带着父亲闯关东，结果走到河北赵县某个村落里便走不动了，不想受那个罪了。身在异乡为异客，房无一间，地无一垄。爷爷奶奶便迷恋上了赌博，当年的乡间，赌博方式也不高级，玩的项目叫牌九，也称为耍小牌，就是纸张做成的麻将。爷爷奶奶把身家性命都押到了牌桌上，那是一家人的饭碗，三岁的父亲是怎么活过来的，细思极恐。父亲一直说，自己是吃百家饭长大的。

那会儿爷爷奶奶总是输多赢少，每次输了钱爷爷袖着手，缩着脖子走在前面，奶奶扭着一双小脚，低头耷拉脑地跟在后面。头发在奶奶头上早已凌乱，一条一绺地垂在奶奶面前，有风吹过，头发便在奶奶面前乱舞着。父亲坐在门槛上，身后是冰锅冷灶，父亲看到爷爷奶奶走近，一双期望的目光渐渐冷淡下来。有几次，父亲还红了眼圈。爷爷奶奶一进门，父亲便起身向外走去，活下去的唯一出路，便是去讨饭。那会儿，父亲年纪还小，讨饭也仅限于在本村。村子里的人几乎都认识穿着开裆裤，屁股冻得红肿的父亲，叹息着把一个窝头、半块咸菜疙瘩塞到父亲手里，嘀咕一句：造孽呀。便背过身去，不忍再看父亲一眼。

爷爷奶奶也有赢钱的时候，他们把赢来的钱换成米、面，有时还会割两刀猪肉，每当此时，爷爷奶奶脸上尽是喜色。这时，父亲会在门槛上翻身进门，扎着小身子，把早就捡来的柴草放到灶膛内，温暖的火燃烤得父亲一张小脸通红。

爷爷奶奶在输输赢赢中对赌博已经着了魔，赌成了他们生命的一部分，深入到骨髓里。这是爷爷奶奶灵魂的需要，更是生命的惯性。饥一顿饱一顿的父亲，在十一岁那年，便成了放牛娃，为的就是填饱肚子。夜晚就睡在喂牛的草料中间，他与星月同伴，与牛群同眠。他几乎再也不回那个冰锅冷灶的茅草屋了。爷爷奶奶有时也会在村街上碰到跟在牛屁股后的父亲，他们总会怔一怔，甚至有些陌生地打量父亲，他们看到父亲如此这般，无助地叹口气，不知是为他们自己还是为父亲。总之，他们只能与父亲和牛群擦身而过，不如此，他们又能把父亲怎样呢？有两次，父亲扭过身子，看着自己父亲母亲如丧考妣地走过去，他还红过两次眼圈。也有几次在夜深人静时，把自己没舍得吃掉的两个窝头，偷偷地放到爷爷奶奶的窗台前，然后又蹑手蹑脚地离开了。

直到父亲十三岁那一年，碰到了一小股部队，在父亲放牛的山脚下埋锅造饭，饭香诱惑着父亲一点点向这支队伍走近。一个长满胡子的连长给父亲盛了一碗饭，那是父亲有生之年吃过最香的一顿饭。从此，父亲就成了这支队伍中的一员。后来，父亲才知道，这是支从陕北派遣到东北抗联的先遣队。从此，父亲成为一名抗联战士。在父亲晚年的回忆中，抗联吃过树皮，住过雪壳子，最艰难的一段时间里，他们还逃到苏联境内，躲避日本鬼子的追杀。在父亲吃苦受饥的日子里，他一直认为十三岁之前的日子是自己最难熬的。

父亲离开河北赵县那个小村，便再也没有回去过，也包括他的晚年。有许多父亲的老战友，也是多年没回过老家了，最后都哭着喊着由儿女们陪着荣归故里。唯有父亲从来不提及自己的老家。

也许在爷爷奶奶的印象里，父亲早就不在人世了。我想，在父亲的心里，爷爷奶奶也大抵如此吧。

我小学二年级见到爷爷奶奶是缘于父亲老家的县志。县志的一名编纂者千里迢迢赶到东北，采访赵县团级以上的军官，当然也包括父亲。他们在父亲办公室里都说了些什么，我并不知道，总之，那个县志编纂者走后不多久，就迎来了我的爷爷奶奶。

爷爷奶奶在那条胡同里住了些日子，我记得是上小学三年级开学没几天的事，我又一次在胡同口见到了爷爷奶奶，爷爷还主动迎着我向前走了两步，然后蹲下身子，双手抚在我的肩上，目光从我头上看到脚下，又从脚下看到头顶，我发现爷爷的眼睛又浑又浊，像风都刮不干净的天。爷爷呆定地看了我半晌，把一只手窸窣地伸进自己口袋，终于掏出几颗糖果，不由分说地塞到我的口袋里，还用手在我的兜上按了按。爷爷咧开没了前牙的嘴终于笑了。奶奶这时也凑了过来，弓下身子，捉了我另一只手，抬起来，放到她的脸上，笑问道：大孙子，记得奶奶不？我定着身子冲奶奶点点头。我想自己都上小学三年级了，当然会记得爷爷奶奶。奶奶笑了，又把我的手按在她的脸上摩擦几下，奶奶脸上的皮肤松弛了，感觉一点也不美好，但我记住了，奶奶的脸是温热的。

奶奶放开我的手时，我看见她还红了眼圈。我告别他们穿过马路，来到军区大院门口时，回望着他们，他们还站在原地。我看见爷爷还冲我招了招手，然后是奶奶，学了爷爷的样子，也在冲我招手。我觉得爷爷奶奶的样子有些反常，但并没有多想。

后来，再放学时，我发现胡同口不见了爷爷奶奶。自从爷爷奶奶住进这条胡同之后，我几乎每天放学之后，都会见到爷爷奶奶，就是刮风下雨，爷爷奶奶都没有落下。不知这次是怎么了，我满心欢喜地走过来，却失望地望着爷爷曾经倚过的树。树还在，可爷爷奶奶不见了。

为这事，我和二姐有过交流，二姐有些忧伤地告诉我：爷爷奶奶走了。走了？他们会去哪？他们回了老家。二姐这样对我说。那会儿我不知老家意味着什么，又离我住的城市有多远，在楼的尽头，还是云的那一边？我有些不相信二姐的话。一天母亲下班，我又这么问母亲，母亲不看我，把家门的钥匙挂在门墙上的挂钩上，一边脱衣服一边说：你们爷爷奶奶回老家了。母亲说话的样子很中立，看不出她的态度。后来，又想起什么似的补充道：你们都少惹事，别让你们的爸发火。

以前二哥经常惹事，不是打架伤了人家，就是打碎了学校的玻璃，父亲就发火，用腰带抽二哥的屁股，二哥就杀猪样地叫。有一次父亲还把二哥捆到楼下的树上，展览示众。二哥就是个滚刀肉，父亲怎么打他，他还是惹事。再大一些的二哥，还梗着脖子和父亲叫板。二哥马上就要高中毕业了，他和林小兵等人正张罗着参军，这一阵子二哥算是消停了不少。

我不知母亲不让我们惹父亲发火的具体原因。

三

爷爷奶奶走后，父亲像变了一个人。

每天晚饭后，都是父亲雷打不动的散步时间，地点几乎都在军区操场上。白天操场上总是有热火朝天训练的士兵，晚上操场便属于一些干部家属活动的天地。操场上长着草，远远望过去绿油油一片，操场上的几个角落里还摆放了一些器材，单杠、双杠、木马什么的。父亲以前到这里散步，总能碰到几个熟人，他们便吆喝着走到一起，聊天气，聊吃食，当然，最后的话题总会回到工作上。步也散了，工作也说了，每每完成此仪式回来的父亲，就很轻松的样子，洗脸、洗脚，在灯下再看会儿报纸，大约也快到熄灯号吹响的时间了。父亲从十三岁参军，早就适应了部队的节奏。但自从爷爷奶奶走后，父亲散步时总是溜着操场边走了，遇到熟人和他打招呼，他也总是心不在焉的样子，哼哼哈哈应了，身体却不响应，眼见着一拨又一拨熟人从父亲身边走过，父亲的样子就像一个孤魂野鬼。

有几次我和朱革子、刘向东等人玩完途经操场，看到父亲形单影只地默立在操场边的一棵树下，抬头望向天空，夜晚的天空在父亲的眼里一定是繁星点点。我没有心情关注什么星空，眼前父亲的变化却让我们一家压抑无比。

以前，父亲在家里虽然不太招我们这些孩子待见，因为他的脸大都是严肃的，尤其是我们在外面闯了祸事，恨不能盼父亲从家里消失，但这是不可能的，轻者一顿暴喝，重者就一顿暴打。就是我们不闯祸，看到父亲的样子，也心虚得很，总觉得有短处落到了父亲的手里。且父亲为了证明自己的存在，总是弄出些动静，比如，大声地清嗓子，或大声毫无顾忌地放屁，然后把报纸颠三倒四抖得哗哗响。

现在父亲似乎连这些声音都懒得弄出来了，他坐在沙发上经常发呆，有时报纸还从手上滑落下来。每天熄灯号吹响时，都是父亲准时关灯。有时他从卫生间出来，或者从沙发上站起来，大着声音冲我们喊一声：关灯。他在部队是首长，在家也是首长做派，为这，母亲曾和他吵过几次，让他缓一缓关灯时间。母亲说这话时，大都手里忙着一些琐碎的事情，比如，正在为我们缝补衣服，或者收拾房间。但父亲从来不管这些，鼻子里哼出一声不容置疑的声音，然后趿着拖鞋回到他和母亲的房间，在暗影里窸窣着上床，便听床铺吱吱呀呀几声，不久，便会响起父亲扯地连天的呼噜声，就是透过两扇门也能清晰地传到我们耳鼓里。

其实我们家属院和军区机关军营还隔着一段距离，一个操场，还有两个月亮门。一天几遍的军号声，那是给部队下达的命令。对我们家属院来说只是个参考。但父亲却不一样，他依据号声起床，吃饭，又上床。灯一关，我们家便黑咕隆咚的，有时我和二哥看到对面楼里，还是万家灯火的样子，二哥总是心有不甘地站在窗前，叹息着望着别人家的灯火。二哥在熄灯前正在读一本叫《连心锁》的书，熄了的灯，让二哥从故事中抽离出来，他只能无奈地上床，在被窝里打开手电继续读他的书。

此时父亲的鼾声已经响起，我便伴着父亲的鼾声和二哥窸窣翻书的声音睡去了。起床号吹响时，父亲总是一脚踢开我们的门，吆喝一句：起床了。二哥以前和我说过：爸把咱们当成军人了。

现在这些节目都没有了，有时父亲习惯地把灯关上，却没有马上回房间的打算，他站在窗前，一动不动。有几次，他还嗡着声音冲母亲说：我出去走走哇。父亲说完走到门口，门"砰"地关上，人就出去了。母亲张了张嘴，想说什么，似乎还没来得及说出来，便被一扇门挡上了。

不知父亲何时回来的，似乎也没听到他的鼾声。父亲起床时，也再没踢开我的门。二哥参军走后，家里只剩下我和二姐了。有一天早晨，在上学的路上，我冲二姐说：爸咋变得和以前不一样了？二姐听了我的话，脸色变得凝重起来，看了看周边过往的人，压低声音说：还不是因为爷爷奶奶。爷爷奶奶咋了？他们走了就走了呗。说这话时，我又想到奶奶那张松弛的脸。二姐说：你傻呀，那可是咱的爷爷奶奶，是爸的父母。二姐说这话时刚上初中二年级，我觉得她说的是废话，这点罗圈关系我还是能掰扯清楚的。多年以后，我才理解，当时二姐说的不是血缘关系，而是一种不可割舍的亲情关系。

以前，每天晚饭时，只要母亲做两个菜以上，父亲总会喝上两口的。现在父亲好久没动他的酒杯了。饭也吃得无滋无味的。放下碗，便梦游似的出去遛弯了。

有一天，父亲走后，母亲严肃地冲我和二姐说：我打算把你们爷爷奶奶接回来。母亲突然的决定，让我和二姐吃了一惊。这话是母亲一边收拾碗筷一边说的，二姐追随着母亲的脚步去了厨房，她尖着声音说：爷爷奶奶要是回来，我爸会不会高兴点？母亲叹了口气，并没有下文。

爷爷奶奶刚离开时，我的确有几天不适应，每天放学走到那条胡同口时，没了爷爷奶奶的身影，心里还空空落落的。想起爷爷塞到我口袋里的几颗水果糖，还有奶奶脸上的温热。但很快，我就忘记了他们，放学后我和朱革子等人约好要到小树林里去打鸟。头几天目光还向那条胡同口扫几眼，后来干脆就不看了。

母亲说完这句话之后，却一直没见爷爷奶奶回来，不知是不是母亲把自己说过的话又忘了。父亲似乎又回到了生活的正轨，他又按时上床、起床，熟悉的鼾声又回来了。可有一次，夜半突然被父亲给吵醒了，听见父母房间里父亲含混不清地喊着什么，半晌便听母亲说：老石，你做噩梦了。然后就又恢复平静。半晌之后，我隐隐地听到了啜泣之声，那是父亲传出来的。

第二天，我看见父亲的眼睛是半红半肿的，埋头喝完大半碗粥就匆匆上班去了。母亲的脸也不晴朗，寒淡着。二姐偷瞄了眼母亲，背上书包也满腹心事地去上学了。

过中秋节的前一天吧，母亲下班回来，带回来几块用草纸包着的月饼，油浸透了草纸，油汪汪的散发着阵阵诱人的香气。还没等母亲把月饼放稳，我伸手打开了草纸，抓起了一块，二姐瞪了我一眼，轻蔑地说：就知道吃。转脸又冲母亲说，爷爷奶奶啥时候能来？

母亲没有回头，一边换外衣一边说：你爸不让。

二姐就不说话了，我弄不明白父亲明明心里惦记着爷爷奶奶，却为何不让他们再次登门。

中秋节那天，父亲被胡部长请到家喝酒去了。母亲洗好了几串葡萄，还把昨天带回来的月饼用一个盘子装了，码放整齐地摆在茶几上。我几次想动手拿月饼，都被母亲喝住了：今天是中秋节，等你爸回来一起吃。因为月饼，晚饭我都没吃几口，那天晚上，我第一次盼父亲早点回来。

终于父亲回来了，他脚步有些踉跄，进门就坐到了沙发上。我不知趣地喊了一声：我爸回来了，可以吃月饼了。说完便飞快地从茶几上拿起一块月饼。这次母亲没有呵斥我。二姐也小心着拿起一块，还自作多情地冲父亲说：要是爷爷奶奶在就好了，我们可以一起过中秋节。

不料，她这句话刚一说完，父亲就号啕大哭起来，他用手捂住脸，泪水顺着指缝快速地流了出来。半口月饼噎在我的嗓子里。见母亲瞪了二姐一眼，二姐小心地回到自己的房间里去了。我第一次见父亲哭，又是这种哭法，他哭得撕心裂肺，伤痛欲绝，我举着剩下的半块月饼，不知如何是好。

父亲这么一哭，母亲也红了眼圈。在我很小的时候，母亲就告诉我，我的姥爷、姥姥已经不在了。我还有个叫大姨的亲人，在一个叫黑龙江的什么地方生活着。母亲说过，大姨来过我家，可惜那时我小，没什么印象，但大姨给我留下过一只用玻璃珠做成的手串我有印象。手串是五彩颜色，珠子很小，色泽鲜亮，记得上小学一年级时我还戴过，有一次爬树掏鸟窝，被树枝剐断了，珠子从树上散落下来，我只找到几颗，装在兜里，后来也不见了。母亲也很难过的样子，我不知她是为父亲还是为自己。

父亲终于止住了哭声，红着眼睛怔怔地看着我，他第一次用这种眼神看我，弄得我有些发毛，接下来我以为父亲要发火，快速地把剩下的半块月饼又放到茶几的盘子里。父亲探出身子，拿出一块完整的月饼递到我手上说：把你二姐叫出来。没等我叫，二姐已经应声从她房间里出来了，小心地望了父亲，又看了母亲。父亲冲我们俩招下手，我们从父亲的两侧向父亲小心地把步子移过去，不料，父亲突然把我和二姐抱入他的怀中，眼泪又一次流了出来，看着我手里的月饼说：爸爸二十岁之前不知道月饼是啥滋味。父亲又想起了他的童年，和漫天大雪的抗联生活。我把月饼递到父亲的鼻子底下，希望父亲咬上一口，父亲没看月饼，看了我，又看了眼二姐才说：你们都是有爸有妈的孩子。说到这，父亲又泣不成声了。

喝多酒的父亲很脆弱，他的哭声止也止不住。这是我生平第一次也是最后一次见父亲这样。

在爷爷奶奶没出现前，父亲一直认为自己是个没爹没娘的孤儿。爷爷奶奶的出现，让父亲的心里乱七八糟的，多年以后，我才体会到当时父亲的心境。也是从那天，喝多酒，哭了一鼻子的父亲，突然对我们温存了起来。

四

爷爷再次出现，是二姐参军前不久。

这次爷爷是一个人来的，爷爷来那天，我们正吃晚饭。父亲又恢复到了爷爷奶奶第一次来时的样子。吃饭时，从厨房里拿出瓶酒，酒是上次父亲喝剩下的，蹾在饭桌的一角，父亲一边吃饭一边喝酒，有时就把饭当成下酒菜。父亲这样喝酒从来不超过三杯，三杯酒喝完，一顿饭也就吃完了。父亲吃饭时，一般情况下不会说话，任凭母亲怎么唠叨，父亲就用"嗯"和"啊"来回答，似乎多说一句话，就会影响吃饭的速度。父亲吃饭可以用风卷残云来形容，有时我还没吃到一半，或是回来晚点，上个厕所洗个手的工夫，父亲已经吃完了，端着自己的碗筷走进厨房去了。父亲从来都是自己洗自己碗筷，这是他多年吃食堂养成的习惯。

那天，父亲却破例了，他喝完三杯酒之后并没离桌。二姐即将高中毕业，她的选择自然是参军。那年到我们这来征兵的部队已经确定下来了，是海军和陆军。二姐让父母帮她拿意见，母亲瞥一眼父亲道：这主意让你爸出吧，省得好了坏了的，他日后又翻小肠。父亲不耐烦地冲母亲摆了摆手，便和二姐讲起了陆军和海军的优缺点。话还没讲完，门外就响起了怯怯的敲门声，说是敲门，还不如说有一只手在门外摸索滑动。母亲看我一眼，我明白母亲的意思，以前这时有人敲门，十有八九是我的那帮"害群之马"。这是母亲形容我那些同学，比如朱革子、刘向东之流。

我打开门，被眼前的景象惊呆了，竟然是爷爷。爷爷比几年前见到时更黑更瘦了，门牙似乎又少了两颗，洞开着嘴，冲我笑着。我惊叫了声：爷！

身后不知谁的筷子掉到了地上，然后是挪动桌椅的声音。爷爷仰起一张脸，小心又讨好地冲我头顶上方咧开了嘴。父亲并没说话，侧过身一手把爷爷拉到门里，爷爷踉跄了一下，又回过身子，费力地把门口一半袋东西拽到了门里。我从爷爷的身上闻到了一股浓烈的汗酸味。

进了门里的爷爷和父亲就立在那里对视着，两人都没有说话，就陌生人似的望着。先是爷爷把目光滑开，无着无落的样子，最后落在自己的脚尖上，嘴里漏着风，含混地说道：马丫不在了，前两个月的事。后来我知道，爷爷嘴里说的马丫就是我奶奶的小名。爷爷把奶奶离世的消息用这样的口吻告诉父亲，让我至今难忘。

父亲伸出手，拉了爷爷的半只膀子，干瘦的爷爷就像一只小鸟似的落在了沙发上。爷爷坐在松软的沙发上，又像个无助的孩子，目光惊恐着从父亲脸上掠过，想哭又忍住了，但还是潮了眼圈，无辜地说道：马丫要是还在，我就不来找你了。

我听见父亲长长地叹了一声，叹息声像一条没完没了的休止符。

母亲端来一碗面条，上面还卧着一只荷包蛋，小心地递到爷爷面前。爷爷伸出手，又缩回去，在衣服上蹭了蹭手，才小心地把碗端到手里。欠起身离开沙发，想走到饭桌上，走了一半又停住，最后还是半蹲下去，埋下头，去吃那碗面。

再看父亲时，他已经站到了窗边，外面是黑的，不知他看见了什么，木桩似的一动不动。爷爷刚开始吃得很流畅，渐渐吸溜声弱下去，最后停住。再看爷爷时，他的五官扭曲着，像许多哭泣的孩童一样，先是做出哭泣动作，声音然后才喷出来。喷出来的还有嚼了一半的碎面条。爷爷就那么无助地哭着，含含混混地说着：马丫不在了，没人陪俺了。小坤子，你是俺最后的指望了。

父亲再转过头时，脸跟水洗了一样，他走过来，掐着爷爷两个膀子，这次是扶着爷爷站起来，把他轻放到沙发上。父亲的话却是狠的：上次你们离开，为啥连个招呼都不打？

爷爷的哭声止住了，只剩下抽泣，便抽搭着答道：你们都那么忙，俺和马丫商量着就回了。父亲不再说话了，他坐在饭桌旁的椅子上，把头勾下去，还用两只手的手指按在了太阳穴上。

母亲和二姐开始收拾我的房间，把我的铺盖从下铺移到了上铺，以前上铺是二哥住的地方。她们在下铺又铺了床铺，显然这是给爷爷准备的。

那天晚上，我第一次和爷爷睡到了一间房里。爷爷的身子很薄，扁扁地卧在床上。他久久没有发出一丝声音，我躺在上铺，想着床下的爷爷，却一时不知如何开口。上次见到爷爷，那会儿我上小学二年级，现在我已经是五年级了。确切地说，三年前爷爷奶奶站在胡同口等我们放学的景象我仍记忆犹新，可三年过去了，我一下子和爷爷亲近不起来了。我又想到了奶奶脸上的温热，她握着我的手，贴在她脸上的情形。想起不在的奶奶，我有些难过，但却悲伤不起来。

爷爷这时，先是小心地翻动了一下身子，冲我叫了声：三呀。

我应了。爷爷又说：你奶奶死前，她就是忘不下你和二丫，闭上眼睛那会，还念叨你们的名字。二丫是我二姐的小名。听了爷爷的话，我的眼泪唰地流了下来。仿佛此刻奶奶就站在那条胡同口，踮着一双小脚，巴望着我和二姐的身影。泪就那么默默地流着，不知何时才睡去。

爷爷又来了，连同他带来的半袋小米，一起走进了我的家门。

每天放学，爷爷就立在门洞前不远的一棵树下，两眼昏花地打量着每个走过他跟前的人，直到我离他很近了，且叫了声“爷爷”后，他才猛醒着认出我，咧开一张门户洞开的嘴巴，叫了一声：三，回来了。此刻，他的脸是灿烂着的，弓着身子，抓着我的手臂向家里走。我每天放学，成了爷爷最高兴也最愉快的一段时光。那会儿，父母还没有退休，他们随着军号吹响离开家门。家里便剩下爷爷一个人了，这一天，不知他怎么过来的。爷爷关心我最多的一句话就是：三呀，上了一天学，累不？我回房间写作业时，爷爷就静静地坐在他的床沿看着我，不知何时，他手里多了一把蒲扇，不时地冲我后背扇着。我几次目光和爷爷的目光相聚，他都在用一个姿势、一个表情望着我。

我说：爷，你歇吧。他应了，却不动，仍是那个姿势。我写完一门作业，收拾桌本的空当，爷爷终于小声地说：你爸像你这么大时，他就离开家走了。父亲说过，他十三岁时参加了抗联队伍。爷爷说到这时，有些委屈，又补充道，你爸离开家门，连个招呼也没打。一走就是三十七年。爷爷说到这又红了眼圈，头扭向窗外，一棵树长到窗子高了，几片树叶似乎触到了玻璃。

父亲和爷爷在家里仍然几乎不说话，每天吃饭时，母亲都会把饭给爷爷盛好，摆到桌上。爷爷每次都等我们坐好了，才蹭过来，小心地拿起筷子，在桌上蹾一下，让筷子整齐起来，草率地夹几口菜放到碗里，抹过身子，找一墙角蹲下去，和刚进家门吃面条时的姿势一样。最初几次，母亲走过去，立在爷爷的面前，难受地说：爹呀，你这是干什么，坐桌上吃呀。爷爷不动身子，努力把头抬起来，感激地望着母亲说：念书的，你们吃你们的。爷爷进家门后，从没称呼过母亲的名字，不知是他不知道，还是别的原因，他一直称母亲为念书的。母亲就把目光投向父亲，父亲头也不抬，似乎看到了母亲投过来的目光，有些生气地说：随他去吧。父亲说完这话，狠狠地嚼了几口饭，又用力咽下。

从那以后，爷爷每次吃饭都会蹲到客厅角落里。母亲也是从那时开始，把饭菜为爷爷另盛出来。有两次正吃饭时，家里来客人，所谓的客人，就是住在同一栋楼里的父亲战友，比如朱革子、刘向东他们的母亲，家里做红烧肉，或包饺子了，正赶吃饭时间，匆匆忙忙送过来一盘。反之，我家做好吃的了，要么母亲去送，或者打发二姐去送。有两次客人进门了，看见蹲在地上的爷爷，她们下意识地说：大叔，怎么不上桌呀？爷爷不知如何是好的样子。待客人走后，父亲剜一眼爷爷，气汹汹地道：知道的是你上桌吃饭不习惯，不知道的还以为我虐待你了。爷爷涨红了脸，手足无措的样子。再有人敲门时，爷爷不再傻蹲在地上了，而是尽可能用最快速度端起碗躲进了厨房。后来，他每次吃饭就去厨房了。

二姐后来还是选择去陆军参军了，我问她为什么不去海军，二姐抿着嘴说：我觉得吧，还是陆军的衣服好看。因为二姐喜欢陆军那身草绿色的衣服，对她的理由，我不敢苟同。

二姐参军走的那天早晨，她换上了簇新的军装，又收拾了两提包日用品，父母去单位上班了，我请了假专门送二姐。大哥走时父母送过，到二哥参军时，父母便不再送了。在父母眼里，孩子们参军，就像出了趟远门，该走走，该回回。爷爷起初躲在房间里，这时，小心地又走出来，不知如何是好地站到二姐面前。二姐看到了爷爷，伸出手，变戏法似的掏出几颗大白兔奶糖，放到爷爷的兜里，像哄孩子似的说：爷，你以后在家好好的，当兵满一年我就回家来看你。

我看见爷爷仰起的脸，又有泪要流出的样子，但他又忍住了。瘪着嘴说：二丫呀，一年有多远呢？二姐听了，怔了一下，笑答：爷，你糊涂了，一年有三百六十五天呢。二姐说完这话，高兴地提着提包就下楼了，我想跟上，冲身后的爷爷说：爷，你就别出门了，外面风大。爷爷的嘴又瘪了瘪。

一辆卡车停在军区大院门口，那是军区送新兵的卡车。我在送行的人群里还是看到了父亲母亲，我看见母亲把几张钱塞到二姐手里。父亲背着手向卡车上望着。二姐的目光和父亲的目光交汇在一起，父亲挥了下手说：石晶，就这么的吧。二姐在车上说：爸，你放心，到了部队上我不会给你丢人。父亲似乎想笑一下，咧了下嘴角，没笑出来，就又挥了下手，转过身，朝办公楼走去。父亲挺着腰板，没再回头。母亲话比父亲多一些，交代二姐穿暖吃饱，到部队来信什么的。卡车开动了，我看见二姐朝我和母亲挥动着手臂，她的样子，云淡风轻。

送走二姐，母亲也回军区门诊部上班去了，她那会儿是门诊部的一名军医。当我回过身往家走时，竟然发现了爷爷，他正蹲在一棵树后，蜷着身子，我走过去，竟然发现他在哭，压抑着不让自己发出声音来。看到我戳在他面前，他努力让自己平静下来，终是不能。不知为什么，看到爷爷的样子，想起远离家门的二姐，我也哭了起来。

从那以后，我夜半醒来去厕所，经常看见爷爷坐在床上的角落里，冲着暗夜眼巴巴地干熬着。我问：爷，你怎么不睡了？爷爷就说：夜太长了，爷睡好了呢。我上床，就听爷爷悠长地叹口气说：三呀，爷等了你爸三十七年，就在村口那棵树下，天天去等。我迷糊过去，又猛地清醒过来。三十七年是多远，爷爷的话一下子让我惊得睡不着了。我又想起叫马丫的奶奶，她一定和爷爷一起在等父亲，在一个对我来说陌生的村口老树下，眼巴巴地冲着一条小路张望着。可惜，奶奶去世，没再见我们最后一眼。

五

二姐参军了，家里就空落落的了。

每天放学，一进军区大门，看到的仍然是爷爷雷打不动地立在那儿，当看到我时，脸上的褶皱舒展开来，瘪着嘴，随我一起回家。上了初中后，似乎有写不完的作业，只能一头扎在房间里。爷爷就坐在床沿，有几次我回头和爷爷的目光相遇，发现他的目光从没离开过我的身体。

不久，二姐寄回来一张照片，被母亲随手插在墙上的相框里，有几次我看见爷爷伏在相框前，把脸凑近相框里的照片，那是大哥参军前拍的一张全家福，全家福里只缺大姐一个人。大姐下乡插队，便没回过家。父母坐在中间，我和二姐站在父母两侧，二哥和大哥站在父母身后，这是在我记忆里，家里拍过的唯一一张全家福。爷爷虽然没见过大哥和大姐，但在照片中却对他们很熟悉的样子，一次他跟我说：咱们家的大小子，长得像你爸小时候，大丫头像你奶。大小子指的是我大哥，大丫头则是大姐。爷爷这么说完还把手伸到相框上，隔着玻璃抚摸着大哥和大姐的脸，似乎他们近在眼前。

大哥前阵子，曾经来过一封信，说近期要回来休假。大哥在部队已经当上副营长了。大哥参军后，一共回来过两次，一次是他参军满两年时，最近一次也是前两年了，那会儿他还是名连长。大哥要回家探亲的消息，我告诉了爷爷，爷爷就惦记上了，三天两头问我大哥回来的确切时间，我总是冲他说：应该就这几天了。爷爷就显得焦虑不安，窗外不管有任何动静，总是急慌慌地走到窗台前向下巴望着。从窗前，能看到通往大门外那条路，他每次巴望完，都会失望地跟我说：不是咱家大小子。

爷爷没能等来大哥探亲，军区机关许多人却开拔到了前线部队。军区的前线指的是北部边陲。记得那会儿，北部边疆很紧张，我们学校经常演习原子弹袭击过来的场景。报警声响起，我们全年级的师生鱼贯着从教室里跑出来，奔向操场各年级指定位置，我们趴在地上，尽量把头伏在地上。每学期这种演习都会持续几次，我不知道这样子到底能不能躲原子弹。总之，那会儿我们学生都知道，在我们的北方有个叫苏联的国家，总想颠覆我们。

父亲和母亲是在一天夜晚出发的，母亲是被车送到了火车站，坐火车走的，父亲则是坐吉普车。他们走时，只是说有任务。那些日子，整个部队大院一下子空落下来，只有少数留守人员，形单影只地进出空荡荡的办公大楼。

父母走后没几天，著名的对越自卫反击战就打响了。那些日子，报纸电台播放的全都是南线战事。有一次我放学，爷爷依旧立在门口等候着我，我像往常一样冲他说：爷，咱回家了。他却没动，认真地盯着我的眼睛说：三呀，你说北面会不会也打起来？关于战事，我也不懂，每天上学，朱革子、刘向东我们几个人总是会讨论几次关于南方的战事。我们把各自的消息汇总到一起，战事便石破天惊地在我们心里放大了。我们关注着南方战场上的点滴，其实真正让我们担心的还是在北疆，我们的兄弟姐妹，连同我们的父母都开赴到了北方。我们家五口人，大哥、二哥、二姐还有父母，不知他们在北方的冰天雪地里是个什么样子。

爷爷这么问我，我心里一点数也没有，只是忧心地说：北面要是打起来，一定比南方的仗还要大，弄不好会丢原子弹。这是我们在学校议论的结果，我又转述给爷爷。爷爷瘪下去的嘴就咧开一个洞，久久没有合上。

那些日子，爷爷的睡眠一下子就不好了，总是在床上折腾来折腾去的，不时发出窸窣的声音。其实我也没睡着，睁眼闭眼的总是想着前线的事，思绪一会儿从南方又闪回到北方。大哥以前来信说，他们部队一直在大山里施工，挖山洞。从我小时候有记忆开始，就熟知"备战备荒"，这几个字被当成标语和口号张贴得到处都是。不知此时，父母和哥哥姐姐是否相见了，他们是住在山洞里还是在前线的战壕，越细想越手脚发凉。

爷爷在床上窸窣一阵，便坐了起来，他似乎知道我也没睡，便说：三呀，这报纸上说没说你爸他们在干啥？说完还把一张报纸递了上来。这是一张《解放军报》，我家订的，放学时，我从报箱里把报纸拿回家里。以前我很少关心报纸上的事，都是父母下班顺手从楼下把报纸拿回来。父母走后，取报纸的任务便落到了我的头上，我也真心实意地开始关注起报纸了。记得我看完这张报纸就扔到了沙发上，不知何时，被爷爷拿到了床上，刚才窸窣的声音就是这张报纸发出的。

我伸手把灯的开关拉开，爷爷还举着那张报纸，突然而至的光明，让爷爷的眼睛眯成了一条缝。我把报纸拿过来，冲他说：爷，报纸上没说我爸他们部队上的事。爷爷似乎不死心，又问：你哥、你姐的消息也没有吗？我摇了摇头。爷爷就一脸失望的样子，从胸腔里发出悠长的叹息声。

那些日子，我每天放学从报箱里拿回报纸，每天读报纸时，爷爷就安静地坐在我的一旁，不停地问：报纸上还没说你爸他们？我摇摇头。

爷爷就落寞地站起身，伏在窗前，久久不动，又是半晌之后说了句：怕是越不说越有大事呀。

爷爷担心着父母和哥哥姐姐，有一天我突然问：我爸当年离开家去抗联参军，你担心过他吗？

爷爷听了我这话，表情突然僵硬起来，似乎成了一尊雕塑，没有回答我的话，目光落到某一处，不知过了多久，爷爷的身子才动了一下，似乎对我又对着空气道：俺和马丫都以为你爸不在了。有泪从爷爷的眼里流出来，顺着褶皱弯曲地爬下来，爷爷没擦，任凭泪流着。

先是从报纸上得知，南线战事结束了，解放军班师回朝了。没几日，军区大院张灯结彩，沉寂多日的院子一下子热闹起来，先是母亲他们坐着火车回来了，轿车把母亲他们接回到营院时，还有人放起了鞭炮，比过年时还热闹。母亲回来的第二天，父亲他们坐着吉普车也回来了，浩浩荡荡的一个车队，士兵列成两队，从营门口到机关大楼都站满了人，许多家属踮起脚从士兵列队的缝隙中向他们的亲人张望着，每个人脸上都绽放着喜色。在人群中我看到了父亲，他似乎和走时没有什么两样，只是黑了些，也瘦了一些。他从车上下来，穿过人群，他看到了我，似乎冲我笑了一下，顺手把洗漱用具的小包递到我手上，我随在父亲身后向家里走去。在楼门洞我看见了爷爷，似乎他立在那有些时候了，见我们过来，揉了下眼睛，脸向前凑了一些，待认清我们之后，似乎做出奔过来的样子，终还是没动。父亲和我走到爷爷的近前，爷爷的目光从上到下把父亲打量了，似乎想说点什么，终于没说出来。父亲的脚步在爷爷面前犹豫了一下，还是走过去，又犹豫着停下来，头也不回地说了一句：回家吧。这话似乎说给爷爷，又说给我听。爷爷扭过身子，一脸喜色地跟我们向回走。

那天晚上，爷爷上床很早，我还没写完作业，便听见爷爷打起了鼾。写完作业，起身去洗手间时，看见父亲在客厅里泡脚，一只手还拿着报纸，爷爷的鼾声还是钻过门缝隐约地传出来，我冲父亲说：这是我爷这段日子睡得最好的一次。父亲看了我一眼，把报纸放到一旁的沙发上，头扭向窗外。我从洗手间回来，看见父亲还是那个姿势。关门的一瞬间，看见父亲脸上正有泪水流过。他狠狠地，又快速地用手擦去。

六

春暖花开时，院子里的人渐渐多了起来。家属院有三两个亭子，配着石桌石椅，那里从早到晚总是聚了许多老人，有退休的老干部，也有军官的父母们，他们聚在那里谈天说地，晒日头。没有内容的生活毕竟有些寡淡，先是有人在凉亭里开始下棋，棋是象棋，很普通的那种，无论有无文化，都会走上几步，一干人等热闹地聚在一起，飞炮，跳马吆五喝六，一群老人的生活就滋润了起来。人走了一拨又来了一伙，棋还是那副棋。不知哪天，又有人在另外一个凉亭里玩起了扑克牌，有退休干部，也有随子女到军营里来的父母，从早晨上班的号声响起，到熄灯号吹响前，凉亭里总是聚满了这种老人。他们一时间似乎找到了生活的新的支柱，嘈杂着，热闹着。

我发现爷爷并没有朋友，每日都是形单影只，父母上班、我上学这段时光里，不知爷爷是怎么过来的，反正，我每次放学从院外回来，总是在院内看见向大门张望着的爷爷。有几次，我还恶作剧地从院门溜进来，绕过树墙，转到爷爷身后，爷爷还是那个姿势，向大门方向巴望着，我拍下爷爷的肩头，叫了声：爷。爷爷先是半转过身子，扭着头见到我，漏风的嘴里发出一声：咦，你这个淘气小子。遂把我的袖口扯住，随着我往家走。爷爷的步子很慢，我又走得很急，他努力随上我的脚步，弄得爷爷喘息着，我只好把步子慢下来。

我一回来，是爷爷一天最高兴也是最快乐的时光，他绕前围后，一副不知如何是好的样子。上了初中之后，学业又多，总也做不完的样子，爷爷一如既往地就坐在我身后的床沿上，不论何时望到他，他总是一个姿势坐在那里，脸上流露着欣慰满足的神态。

夏天的夜晚，总是昼短夜长，许多人都很晚才睡觉。吃完晚饭，我总是会到院子里走一走，就是和朱革子、刘向东等人会个面，把作业的题碰一碰。似乎也是从上初中开始，我们的闲心和玩心少了，一下子都少年老成起来，我们脑子里大都装的是作业。这时的爷爷也会跟着我出来，见我和同学说些他听不懂的话，便被凉亭里那些形形色色的老人们吸引了。凉亭上悬吊的灯亮着，这群老人在酒足饭饱之后，把一天的欢乐推向了高潮。为一步棋争来吵去，也为出错一张牌争得急赤白脸。这时的爷爷，脚步向那两伙人面前凑了凑，又凑了凑，但一直和他们保持着距离，身子往前移了，可还是个局外人的样子。

我和朱革子、刘向东等人说完了作业，准备回家时，才想起爷爷。发现爷爷已和凉亭里的人无限接近了，但终还是有几步的距离。灯影映照在他脸上，他脸上的表情随他们的争吵程度不断地丰富着。

那会儿，我已经知道爷爷和父亲紧张关系的由来了，想起爷爷年轻那会儿，带着奶奶走东家窜西家，从前村到后村，哪里有牌场哪里都会有他们的身影出现，直到父亲随队伍走后几天，他们都没有发现父亲失踪。站在此处的爷爷，不知是又想起了往事，还是被眼前热闹的景象陶醉了。我走过去，他发现了我，一脸不好意思的样子，瘪着嘴说：三呀，咱回家呀。走了几步，我看他扭过头还向凉亭方向张望着。我就说：爷，想玩你就去呗，啥时候回家都行。爷爷听了我的话，不再回头了，默了声，死死把我袖口拉住。

回到家里，楼下凉亭热闹的声音仍不时地传过来，有几次，爷爷就伫立在窗口，眼巴巴地向外张望着。我知道爷爷眼神不好，不知他望到了什么。

有一天，吃晚饭，爷爷一天三顿饭照例把自己留在了厨房，母亲在厨房里添了一个小板凳。我冲吃饭的父亲说：我爷寂寞，想去和那些老人凑热闹，他又不敢。父亲放下碗，翻着眼皮在看着我。父亲这两年似乎也有些老态了，吃饭的速度大不如以前，气势也收敛了许多。父亲听了我的话，没有言语，把碗端起来，把最后一口饭吃掉，抹一把嘴下桌了。

我说过这话，大约是几天后吧，在放学进门后，爷爷扯住我一只手，另一只手在裤兜里掏出一副崭新的扑克牌，向我展示着。此时，爷爷的样子更像一个孩子，得到新奇礼物后那种陶醉的表情溢于言表。我问：这扑克牌在哪弄到的？爷爷瘪起嘴，几分自豪地说：你爸，你爸送给我的。我心里松了口气，把那副完好的扑克牌又塞到爷爷的裤兜里，还帮他按了按说：爷，以后你就放心和那些人一起玩吧，我爸都支持你了。

爷爷的脸色又严肃起来，有些凝重了。

爷爷从此有了一副扑克牌，我心稍安了一些。爷爷似乎还是以前的老样子，每天放学还是第一眼能够看到他，不知他白天是否参加了那些老人的游戏。

过七夕节的头两天，记得那天是个周日，父亲和母亲白天去家具市场买来一组新沙发，把老沙发抬下楼，又把新沙发布置上，吃饭时间就比平时晚了一些。天都黑透了，吃饭时，爷爷突然出现在桌前，立在那，他的出现让父母和我都感到好奇，三双眼睛盯着他。爷爷就手足无措的样子，脸似乎也涨红了，双脚还在地上搓来搓去，半晌，又是半晌之后，他把目光定在父亲的脸上，嗫嚅着：过两天就七夕了，俺想给马丫烧一刀纸。

爷爷说完这话，我发现父亲的身子震了一下，把筷子放到桌子上。母亲看了眼父亲，冲爷爷说：爹，我记下了，明天就买。爷爷把目光移到母亲脸上，牵起嘴角，笑只绽了一半，迟疑着身子向厨房走去。不知为什么，那天晚上，父亲放下去的筷子，再也没有拾起来。父亲移到新买的沙发上，报纸例行公事似的摊在他的膝头上。

七夕那天晚上，母亲果然给爷爷提回一刀纸，稻草做的黄表纸被一根麻绳系着，沉甸甸的。爷爷拿过那捆纸，便一张张地叠起来，他的样子一丝不苟，似乎在做着件神圣的事。爷爷把一捆纸叠完，叠了几摞，成果丰硕地摆在他的床上。我作业也写得差不多了，爷爷目光盯着那几摞黄表纸，不看我却说：三呀，陪爷爷给你奶奶送去吧。我把几摞黄表纸抱在怀里，陪爷爷下楼。

院外的十字路口，已经有好多人在那里烧纸了，火光和燃烧过的黄表纸气味混杂在街角。爷爷拉着我来到了一个僻静处，身子坐下来，又颤抖着从怀里掏出一盒火柴。第一扎纸是爷爷划火，我举着，待纸燃烧起来，爷爷就把身子背过去，独自往火苗里续纸了。爷爷说：马丫呀，给你送钱了。你手脚麻利点，抓紧收好。爷爷还说，马丫呀，也不知你在那面过得好不好，天凉了，要想着添衣服……

爷爷的话，又让我想起奶奶，那个扭着小脚的老太太，她曾攥着我的手贴在她的脸上，我手上似乎又流过奶奶的温度。我把头抬起来望着天，人们都说，人死后会到天上去。每一颗星星代表一个逝去的亲人，天上的星星此时正闪烁着，又是哪一颗星星属于奶奶呢。

爷爷把最后一沓纸烧尽了，他又冲最后一缕火苗说：马丫呀，我迟早也会找你去的，今年给你烧纸，明年还不知能不能烧成了，记得给我留门呀……

我扶着爷爷往回走时，发现他脸上有泪痕，那天晚上，回到家里的爷爷显得很平静，完成了某种心愿似的，早早地上了床。我洗漱完回到房间时，爷爷已经一脸安详地睡着了。

七

我参军走那年，爷爷说自己七十八岁了。在这之前，我无数次问过爷爷的年龄，每次他都掰着指头，算了半天，然后很无助地冲我说，他记不清了。看见我不可思议的眼神，又佯装轻描淡写地说：爷爷活着就是浪费粮食，活得越久越作孽。我也问过爷爷的生日，二哥参军走后，爷爷和我在一个房间里睡了三年，全家人我和他说的话最多，当然，他和我说得也最多。我一直想给爷爷过一次生日，爷爷见我问他生日，同样也怔一下，瘪着嘴一边漏风一边说：三呀，爷爷三岁就没了娘，哪还记得生日。爷爷的脸皱纹叠在一起，做出苦笑状。

父亲的生日似乎也记不得了，以前从没见父亲过过生日，母亲似乎也没有。记得我小时候，哥、姐我们每次过生日，母亲都记得，有时母亲从外面匆匆忙忙回来，手里提着一个蛋糕，先是把蛋糕放到桌子上，然后就进厨房里忙碌去了。我们就围在蛋糕前，相互猜测今天是谁过生日，那会儿我们小，真不记得自己的生日，直到母亲把饭菜端上桌，才会宣布，今天是谁的生日。过生日的哥或姐理直气壮地把蛋糕摆在了自己眼前，吃蛋糕当然是吃完饭后的仪式了。母亲就是再忙，也会记得我们的生日，最差也会为我们煮个鸡蛋，我们早晨上学出发前，把一个刚煮好的滚烫的鸡蛋塞到我们过生日那个人的书包里，说一句：今天是你的生日，记得把鸡蛋吃了。

久了，我们便都记下了自己的生日。有时还差一个多月，就嚷嚷着自己要过生日了，临了，却总是记不住，能记住我们生日的还是母亲。

我们却没见过父母过生日，唯一的一次是去年，父亲过五十五岁生日。母亲为他张罗，不仅订了蛋糕，还从副食店里买了一盘父亲最爱吃的猪头肉。母亲亲自从柜子里拿出一瓶酒，摆到桌子上，冲我郑重地说：今天是你爸五十五岁的生日。父亲坐在桌前，看看酒和蛋糕，似乎一点也不高兴，许久没有动筷子。母亲冲我说：把你爷叫过来吧，今天是你爸生日，咱们一起吃。我几步来到厨房，爷爷正坐在圆凳上吃饭，他的牙越来越少了，吃得很艰难的样子。我附在爷爷的耳边把父亲过生日的事告诉了他。爷爷放下碗，又放下筷子，脑子里似乎在想什么，慢着身子从厨房里走出来，盯着父亲，父亲偏过头，目光和爷爷对视在一起。爷爷嗫嚅地说：三他爸，你的生日在正月，哪一天，俺真不记得了，马丫要是活着，兴许记得。爷爷说完这话，像做错了一件什么大事，把本来就弯下去的腰又弯了一点，挪着步子又向厨房走去。

我看见父亲把脸别过去，母亲这时已为父亲倒上了酒。后来我知道，父亲一直把自己参军的日子当成了生日。在以后的日子里，我们兄弟姐妹一直把父亲参军这一天当成他的庆生日。

那天，父亲似乎多了许多感慨，饭吃得很慢，满腹心事的样子。一小杯酒要分几次喝，在我记忆中，他从来没有把酒喝得这么仔细过。母亲把饭吃得也很慢，似乎在尽力配合着父亲的节奏。我吃完就去厨房洗碗了，爷爷还在小圆凳上坐着，把身子伏下去，一动不动，我清晰地看见，爷爷的眼泪流成了串，滴落到眼前的汤碗里。

我知道，爷爷一定是为没记住父亲的生日而感到伤心难过。那天晚上，我试图和爷爷说点什么，爷爷一直没有和我对视，没有半点交流的意思。

我参军要走的前一天晚上，收拾好东西，又把一身刚发的新军装穿在身上，莫名地就很忐忑。比我还不安的就是爷爷了，大半个晚上了他的目光一直没离开过我，就是我到其他房间拿东西，他也努力着随在身后。我明白，应该和爷爷说点什么了，算是告别吧。我坐在爷爷面前，爷爷倚在他床铺的一角，倒是爷爷先开口说话了，他伸出手，抚摸着我的领口说：三呀，你这一走，啥时才能回来呀？我知道，当兵满一年就可以探亲了，以前大哥、二姐、二哥就是这样。我告诉了爷爷。爷爷的指头动着，似乎在算计着日子，可怜巴巴地说：三呀，一年太远了，爷爷算不过来呀。一年在我十几岁的年龄里，就是春夏秋冬，低头抬头，把两本课本学完的日子。

我不知道在一个老人的眼里三百六十五天到底有多远。爷爷又颤着手，把手贴在我脸上，爷爷的手又糙又硬，我又想到了奶奶，她抓过我的手，把手放在她脸上的感觉。莫名地，我想奶奶了，虽然我和她没在一起生活过一天，从爷爷的目光中穿越到奶奶的眼神里，此时，我读懂了留恋和爱。

那天晚上，我许久没有睡着，一想起即将离开的这个家，还有爷爷，心里就不是个味。爷爷先是在床上一点动静也没有，我知道爷爷也没睡着，但我不知他在想什么。过了一会儿，听见床上有动静，爷爷坐起来，又立在床前，把下巴抵在我的床沿上，就在暗夜里眼巴巴地看着我。我凑过去，叫了声：爷。爷爷盯着我的眼睛，压低声音说：三呀，爷告诉你件事。我又往爷爷面前凑了一下，同样小声地说：爷，你说。爷爷终于说：爷今年七十八了。说完这话，爷爷用力地看我一眼，把头收回去，在床上窸窣了一会儿就又躺下了。这是爷爷第一次告诉我他的年龄，之前问过他多次，他一直没有告诉过我。我想，父亲一定也说不清爷爷的年纪。心里多了事，第二天一大早我就醒过来了。

我起床时，父亲从外面跑步回来，他站在阳台上擦汗。我凑过去，立在父亲的身后说：爸，我爷今年七十八了。我这没头没脑的一句话，让父亲停止了动作，转过身，盯着我用力地看了一眼，没有肯定也没有否定，只是说：你奶要是活着，都七十五了。

我参军走了，站在接新兵的卡车上，人群里母亲不远不近地立在那，打量着同样参军的刘向东和马志远，他们都是我同学。母亲还和他们打着招呼：到了连队，你们要多照顾小三子，他可是你们同学呢。两人拍着胸脯向母亲保证。从母亲的脸上看不出离愁别绪，也是，父母先后送走了大姐下乡，大哥、二哥、二姐参军，他们早就习惯了。父亲离开家门时，连多看我一眼都没有，拿起公文包，和平时没什么两样，带上门去上班了。

我在人群后头，看见了爷爷，此时，在我眼里爷爷是那么瘦小，佝着腰，努力地把头抬起来，还把一只手放在额前，努力地向我这里张望着，我挥了几下手，不知爷爷看没看见，他仍是刚才那个姿势。卡车启动了，快开出军区大门时，我看见人群后的爷爷往前移动了下脚步，还抬起了手，我大声地喊了句：爷，一年后我回来看你，一年不远……不知我的喊声爷爷听没听见。爷爷在我眼里小去，最后消失。爷爷手搭凉棚，张望我的样子却在我心里定格了。

我到了新兵连，就给母亲写了信，我知道父母一定按部就班地上班下班，我最放心不下的就是爷爷，不知我离开后，他睡得好不好，他不再每天迎我放学了，他会去干什么？

母亲过了两周才给我回信，她告诉我家里一切都好，爷爷还是原来的样子。我知道爷爷一定想得知我的消息，可他不会读信，更不会写信，只能从母亲给我的回信中，只言片语地了解一点爷爷的近况。新兵连结束后，我拍了一张手握钢枪的照片，随信寄给母亲，让她一定把照片转给爷爷。我想，爷爷看见我的照片后，一定会欣慰的。

八

在我参军一年半吧，我终于休假回家了。即将休假的前几天，我给母亲写了信，告诉她我即将休假的事，让她转告爷爷。这封信说是写给母亲的，还不如说是写给爷爷的。

我刚走到军区大院门外，隔着门岗就看见了爷爷。一年多没见，爷爷似乎又苍老了许多，头上稀疏的白发在风中漫舞着，腰更佝偻了，就像我小时候每次放学他迎接我那样。还是那个位置，还是那个姿势，努力把脖子伸长，不时用手背揉擦着眼睛。还是我走到他近前，他才认出我，眼睛里先是掠过一丝吃惊，然后是惊喜，颤着手把我一只手臂捉住，喉咙里咕噜两声，叫了一声：三呀，你可回来了。我扶着爷爷往家走，爷爷说不出一句话，只是流泪，还不时抬头看我，生怕一不留神我再次在他眼前消失。

回到家之后，我才知道，爷爷听说我回来，已经站在大门口等候了几天了。母亲说，爷爷早晨吃完饭就上门口站着，一直站到天黑。

那天晚上，我和爷爷又睡到了一个房间，屋里的环境，还有爷爷散发出的气味，还是原来的样子。那天晚上，爷爷似乎多了心事，不时地把一种叫巴望的目光投在我脸上，似乎对我有话要说。当我把问询的目光投到爷爷的脸上时，他又怯怯地避开我的目光，直到我回到了房间准备休息，爷爷此前已经上床了，见了我，从床上欠起身子，把枕头垫到脑后。我知道爷爷有话要说，便凑到他面前，爷爷嚅动着嘴巴，半晌说：三呀，这次你回来，能陪爷回趟老家吗？

爷爷说到老家，还是让我吃了一惊。在爷爷奶奶出现前，我压根不懂得老家是什么意思，我生在这座城市，长在这座城市，天经地义地认为这就是老家。父亲从来没说过关于老家的只言片语。奶奶当年站在胡同口那棵树下，流利地说出老家的地址时，我当时认为在河北赵县那个小村庄里的老家，是爷爷奶奶的家，和自己并没有什么关系。奶奶不在了，爷爷又来了，这几年，似乎在爷爷的嘴里第一次说起“老家”这个词。我陪爷爷在清明节、七夕节给奶奶去十字路口烧过几次纸，爷爷呼唤着奶奶的名字，在我心里，奶奶一直在天上，和老家也没有半毛钱关系。爷爷这么说完，便把浑浊又期盼的目光定在我的脸上，我一时没有反应过来。

爷爷就说：俺这是最后一次回老家了，你不陪俺，俺回不去。

此时的爷爷，就像一个孩子在祈求着我。其实这次探亲我本安排了许多事，比如和那些分别的同学聚几次会，童小雅还让我陪她去学溜旱冰。童小雅是与我一年入伍的，她在通信连当话务员，当上话务员后的童小雅说话声音很好听，我在连队时，许多人都偷偷地用连部的电话和值班的童小雅说过话。

爷爷如此这般的目光投在我的脸上，我只能点头答应了。但觉得事关重大，第二天我还是把爷爷这一决定告诉了父亲。父亲提着公文包正要去上班，在门口弯下身子穿鞋，听完我的话，父亲直起身子，看了我一眼。父亲的眼神很深，抽回目光时，想起什么似的，把手伸进口袋，掏出两张五十元钱塞到我的手上。我说：爸，我有。父亲的手用了力气，生气的样子，狠狠地把那两张钱揣到我的兜里。

我陪爷爷出发，是第二天的中午了，我扶爷爷下楼，爷爷上楼下楼都是挺费劲的一件事了，他一边扶着墙，一边摸索着把脚放到楼梯的台阶上，几层楼，被爷爷走得惊心动魄，上楼时似乎稍好一些，但喘得厉害。终于扶着爷爷下了楼，在楼门洞外，却看到了父亲的专车。司机小赵已经站到车外了，见我和爷爷过来，便迎上来说：首长吩咐，送你们去火车站。

在车上，爷爷新奇地看着车，这摸摸那看看，这是他第一次坐小汽车，又新奇，又惊恐。我又想起父亲的眼神，还有那两张五十元钱，此时硬硬地揣在我的怀里。下车时，司机小赵又拿出一个提袋，递给我说：这也是首长让你带上的。一个布袋，里面装了几块面包、几根香肠，还有几个苹果。在车上，我把这些东西递给爷爷，告诉他，这是父亲送给他路上吃的。爷爷仔细地把袋子里面的东西一件件地看了，然后就把这个布袋抱在胸前，唯恐人夺去的样子。

从东北到石家庄有十几个小时的车程，我问过爷爷饿不饿，告诉他饿了可以吃父亲带来的东西。他像没听见一样，只顾着把布袋死死抱在怀里，我只好买了盒饭，爷爷似乎一直有心事的样子，盒饭也吃得心不在焉。

从石家庄又坐了汽车，到了叫赵县的地方，又搭了两次拖拉机，还有三次牛车，终于到了叫马家沟的小山村。从县城出来的一路上，爷爷似乎换了一个人，手指戳着前方的什么地方，告诉我这是哪，叫什么。爷爷似乎年轻起来，话也多了起来。他看着眼前的沟沟岭岭、山山坡坡，目光也活泛起来。

终于辗转着来到马家沟，爷爷领着我来到村口一处破败得已面目全非的老屋前，他蹲下去，把头埋下，低声呜咽着：三呀，这就是咱的老家。在爷爷的心里，老家就是这座已经倒塌的老房子。前院后院已长满了荒草，有几只老鼠受了惊吓，吱吱地叫着，在空地上跑过。爷爷似乎哭了，抖着身子。

有几个村人认出了爷爷，凑过来，和爷爷热情地打着招呼，不知爷爷没听清，还是有意打岔，不论村人问他什么，他只对村人说两句话：这是俺孙子，俺在城里生活好着哩。

爷爷带我向一座山坡走去，在两棵树下，看见了一座坟，雨水冲刷，坟的样子已经不明显了，只剩一个小小的土包。爷爷见了坟，踉跄了一下，又瘪了嘴，喊了声：马丫……这就是埋葬奶奶的地方了。爷爷几乎匍匐着把身子贴在奶奶的坟上，这摸摸，那看看，惊惊慌慌的样子。半晌之后，想起了什么似的把一直抱在怀里的布口袋展开，把面包、香肠和苹果摆在奶奶的坟前，流着鼻涕眼泪：马丫呀，这是咱儿子给你捎来的……爷爷悲哀地哭了。

我立在一旁，一副不知如何是好的样子。父亲带的这些东西是让我和爷爷在路上吃的，还是带给奶奶的已经不重要了，此时，它们就贡献在奶奶的坟前。我又想起了最后一次见到奶奶的情形，胡同里那棵树下，奶奶捉着我的手贴在她脸上，我走过马路，爷爷奶奶仍向我这边张望着。没想到那一次，和奶奶竟是永别。我的腿弯了下去，跪在奶奶的坟前，心里石破天惊地喊了一声：奶……

当我和爷爷平静下来时，爷爷指着远处的山坡：三呀，你记着，爷爷死了，你一定把爷埋在这。

我扭过头看着爷爷，爷爷望着远处山下叫马家沟的小山村，那里已有炊烟飘起，袅袅地在半空中升腾着。爷爷又喃喃着：三呀，这是咱老家。

我的目光随爷爷的视线望到更远处，风雪交加中，一位穿着破衣烂衫的少年跟在一群牛后，在挣扎着行走，那个少年就是我的父亲。他跌倒了，又爬起来，饥肠发出鸣叫，他只能用奔跑给自己带来一丝热量，他想早些把牛群赶回到圈里，牛圈里有干草，那是他和牛取暖的地方。这是父亲和我描述过的他当年当放牛娃时的场景。我坐在山坡上，恍惚穿越到了父亲的过去。我在默默流泪，我看见爷爷也在流泪。

九

我参军后第三个年头考入了军校。记得是第二学期，快放假前的一天，我正在上课，学院大队部的通信员突然来到教室把我叫到大队部，原来是母亲把电话打到大队部，母亲在电话里说：你爷快不行了，他说要见你。这种预感我早就有，上军校前，爷爷的身体大不如以前了。他上楼下楼已极为困难，不论上楼下楼都会在楼梯上磨蹭好久，双手扶在楼梯把手上，气喘吁吁的样子。再一次和爷爷分手时，他握着我的手，久久不松开，抬起昏蒙的眼睛，盯着我的脸看了又看，许久，他才说：三呀，爷下次还能见到你不？爷爷把这话说出来，似乎把我的心思点破了。我握着爷爷的手用了些力气，用力点点头，努力不让自己的眼泪掉下来。

我赶到家时，爷爷已躺在军区总院内科的某张病床上。在我的记忆里，爷爷是第一次住院，父亲立在病房外的走廊上，面对着窗子，我走过来时，他用余光看到了我，但没有回头，仍那么立着。我进入病房，看见母亲立在爷爷的床前，床头柜上放了半碗鸡汤，已经凝了。爷爷捯着最后一口气，那口气在他喉咙口盘旋着，随时感觉要断了，却没断，丝丝缕缕的。我蹲下身，握住爷爷伸在被子外的一只手，叫了声：爷。爷爷似乎听见了我的叫声，眼帘动了动，微微欠开一条缝隙，循着声，把一点残光落在我脸上。爷爷似乎想笑一下，肌肉在脸上抽搐一下，似乎耗尽了他最后一丝力气，脸上的肉又垮塌下去。我用力攥了下爷爷的手，他小手指似乎在我掌心划动一下。眼睛却那么半睁半张着，爷爷一定感知到我在他身边。在我们家这些兄弟姐妹中，我陪在爷爷身边的时间最长，我们之间的感情也最深。母亲告诉我，哥哥姐姐，她都分别发了电报，他们都在赶回来的路上。

父亲此时从外面进来，立在爷爷的窗前，爷爷的眼神最后定在父亲的脸上，久久不肯离去，游动在他喉咙里那口气息已经很微弱了，不经意间已经听不到了。爷爷似乎和父亲还有未了的一件事，爷爷的目光固执地停顿在父亲的脸上，父亲也在盯着爷爷那张蜡黄的脸，父子俩就那么对视着。我在父亲的目光中看到了冷淡，不情愿，也有一丝悲伤。总之，父亲的目光是复杂的。两人就那么望着，僵持着。爷爷的呼吸声越来越小，看他的样子很难受，我忍不住喊了声：爷，你就去吧，闭上眼就不难受了。然而，爷爷的目光不动，就那么定在父亲的目光中。两人就像在较劲，谁也不让谁的样子。父亲的脚似乎动了一下，离爷爷的病床又近了一些，他先是牵动嘴角，终于把嘴唇欠开一条缝，不高不低的声音说：爹，你去吧。就这一声，爷爷的目光瞬间亮了一下，又转瞬即逝，眼皮也慢慢合拢在一起，身子随之就松弛下来。

父亲蹲下，手扶着床沿，身子抖颤着，然后就迸发出呜咽之声。

父亲称呼爷爷，这是我第一次听到，在我从小到大的印象里，爷爷似乎很惧怕父亲，甚至连目光两人都不对视。只要父亲在家，爷爷不论走路，还是干别的什么，他的目光从不投向父亲，而是低垂到脚前方的某一处，低眉垂眼的样子。父亲似乎也在回避着爷爷。就是和爷爷有一两句短暂的交流，也没有称谓，目光也少有交集。我不知道父亲在年少时被爷爷奶奶伤害得有多深，仅仅是有家不能回，连口父母做的饭都吃不上吗？许多年后，我似乎悟透了些父亲的心思，父亲恨爷爷奶奶不仅是他小时候受多少苦，而是恨他们太不着调了。

无论如何，爷爷还是走了。

按照爷爷的遗嘱，爷爷的骨灰要安放到马家沟奶奶的墓地旁。爷爷当年是给我交代过的，我不能辜负爷爷的愿望。在殡仪馆接到爷爷的骨灰后，我就开始为了再去一次赵县做准备，没料到，我把爷爷的骨灰抱在胸前准备出发时，父亲也随我一同走出了家门。后面还跟着哥哥姐姐，他们的样子都是默默的，我没想到，父亲带着全家老少一起回了老家。

显然，父亲老家军地领导都得知了父亲要回来的消息。车在村头停下，一批穿军装和没穿军装的领导站在那里已经迎候了，他们的身后还有马家沟的男女老少，他们像看一出戏似的看着我们这一家。不料，父亲下车谁也没理，径直穿过村子，向后山坡走去，我们只能随在父亲身后。他轻车熟路向奶奶的坟头走去，似乎他来过这里已千遍万遍那般熟悉。我陪爷爷去老家回来后，向父亲描述过奶奶的坟地。当时父亲正在读报纸，连头都没抬一下，似乎他没听见一样。

我们来到奶奶的墓地旁时，好心的村人已经把爷爷的墓穴挖好了，铁锹就立在新土旁。父亲从我手里接过爷爷的骨灰盒，弯下身子把爷爷的骨灰盒放到墓穴中，又起身抓过插在新土上的铁锹，铲第一铲土时，他低叫了一声：娘，爹来了。土便落下去。我和大哥、二哥纷纷抓起其余的铁锹，把土铲到墓穴中。土纷纷落在爷爷的骨灰盒上，一会儿工夫，一座坟茔便建好了。父亲把铁锹用力插到一旁的土里，头也不回地向山下走去。村民和一些官兵不远不近地立在那，窃窃私语地议论着什么。父亲目不斜视，越走越快，我们只能跟着。到了村口，上了车，他冲司机说：开车。车便开了。我的目光穿过车窗的玻璃，看着我第二次来的马家沟，想起爷爷第一次带我来时的情景，眼睛有些发潮。我目光努力向埋葬着爷爷奶奶的山坡上望去，山坡墓地早已远去，我猛然意识到，我把爷爷奶奶丢在这了，以后再也见不到他们了，眼泪一下子夺眶而出。

当马家沟渐渐在眼里模糊，只剩下一个轮廓时，父亲突然喊停了车。他从车上下来，我们不知父亲要干什么，随在他的身后，父亲先是立在车后向马家沟凝望着，打量着，不知他是要记住，还是要遗忘。不知过了多久，他突然跪下，冲马家沟连磕了三个响头。父亲再立起时，我们看到他脸上老泪纵横。父亲没再说一句话，坐回到座位上，再也没回过一次头。

父亲离休

一

父亲在当满了四十七个年头的军人后，终于离休了。父亲离休之后，和那些所有离休的老军人一样，住进了环境优美的干休所。

父亲从十五岁参军那天起，他就没想过有朝一日会离休，被送到一个整齐的院落里让人供养起来。父亲在十五岁那年参军后，他就一直预感到，迟早有一天，自己会战死在沙场上，死在战场上的军人才名正言顺。父亲打过无数次仗，先是和日本人打，又和国民党打，后来在朝鲜战场又和美国人打，一路拼杀过来的父亲，不仅没有战死于沙场，反而在战争中壮大了起来，后来竟当上了军区的副司令，这也是父亲从没想过的。没有献身于战争的父亲，终于老了，老了的父亲无可奈何地住进了干休所。

父亲住进干休所那天，最高兴的还要数老尚、老王和老李，他们都是和父亲一起打打杀杀了大半辈子的人，他们在几年前先父亲一步住进了干休所。三个人在迎接父亲进干休所的那一刻，神情犹如失散了多年的孩娃终于找到了自己的亲爹亲娘。

老尚说：老石哇，离了好哇，以后咱们又可以天天在一起了。

老王说：这是迟早的事，咱们革命一生，也该歇歇了。

老李说：可不是咋的，牛呀马呀的还要吃草拌料呢，何况人了。

父亲听三个人说，自己一句话也不说。父亲不说话，三个人就接着说。

老尚又说：老石哇，别想不开，我们当初来这的时候，也是长吁短叹了一阵子，最后还是觉得挺好。

老王也说：事情都是一分为二的，离了有离的好处，在职有在职的好处，不管咋样，结局都是一样的。

老李说：刀枪入库了，咱这辈子也该消停了。

老尚在职时曾当过军区的参谋长，老王当过军区的政治部主任，老李是后勤部长，也就是说，他们在位时曾是司、政、后三个要害部门的主要领导，那时父亲是军区的副司令，他们在父亲领导下工作。此时，父亲望着昔日司、政、后的一把手，心里有种说不清的滋味。

父亲终于没好气地说：你们该干啥就干啥去吧。

老尚、老王、老李就讪讪地走了。出了门的老尚说：这老石还不习惯哩。老王很含蓄地笑一笑道：会习惯的，人嘛！老李也说：想当初，哥们儿不也是这样吗，过一阵子，啥都没啥了。

三个人说说笑笑地走了。

第二天一大早，父亲在该醒的时候就醒了。父亲在醒来的那一瞬间，正是部队营区吹起床号的时间，此刻，父亲却没有听到起床号，但他还是醒了。父亲用最快的速度穿衣戴帽，然后走出楼门，直到走出楼门父亲才清醒过来。出现在他面前的，已不是列队整齐的军人，而是一些极自由化的老头老太太，在那里散漫地遛弯儿，聊天，打哈欠，父亲对眼前的一切很不满意。

接下来，父亲就开始跑步了，这么多年了，父亲似乎没有学会任何锻炼身体的招数，只学会了跑步这一项。从十五岁参军那一天起，他就学会了跑步，跑步撤退，跑步追赶敌人，跑步攻占阵地，总之，父亲这一生是跑过来的，每天他不跑出一身透汗他就不舒服，于是父亲就跑。

在自由懒散的干休所里，父亲铿锵地跑步，招惹来许多人新奇的目光。

老尚望着父亲跑步的身影就说：这老石，还是那德行。

父亲跑了一辈子步，早就练出了一套标准姿势，握拳，甩臂，两眼目视前方，表情雄赳赳，身体气昂昂，父亲就这么雄赳赳气昂昂地跑下去。父亲的样子和干休所的氛围格格不入，相差十万八千里。

正在练气功的老王、老李等人，见父亲这个样子，就收招换式，冲父亲喊：老石别跑了，老胳臂老腿的，折腾出毛病可不好。

父亲听到了，对老王的话不理不睬，仍一路跑下去。老李就说：咱别管，让他跑，看他能跑到啥时辰。

父亲绕着干休所的花坛，没能跑到啥时辰，毕竟六十岁的人了，父亲跑了一气，终于停了下来。父亲吁吁地喘着，意犹未尽的样子。

老尚、老王、老李等人就围过来，意思要嘘寒问暖一番，三个人觉得，自己毕竟是过来人了，又是父亲的下级，多年养成的习惯，使他们总要不失时机地关心一番自己的上级。他们面带微笑，样子有些嬉皮笑脸，这样显得亲切自然，他们就七嘴八舌地说：老石呀，咱们都离了，就该享受生活了，人嘛，一辈子还想咋的。

父亲面对着这些散淡的人，不知为什么就有了火气，他指着围过来的一群人道：瞅你们的样，哪还有一点军人的样子，立正，都给我站好。

老尚、老王、老李等人，在父亲的突然命令中，都下意识地站直了身子，几年的干休所生活已经让他们学会了散漫，在父亲面前，在父亲的一声命令中，散漫一下子就消失了。他们立正站在那里，望着父亲远去的身影，好半晌才回过神来，然后你望望我，我瞅瞅你，神情都有些不自然，老尚掩饰什么似的说：这老石，离休了，还整啥景？

老王、老李等人也尴尬地笑一笑。他们在那天早晨预感到，日子将要有所变化了。

二

不仅父亲一时不能适应最初离休后的日子，母亲也一时没能适应过来。早在父亲离休前，母亲就已经退休了。母亲先是在军区文工团当演员，她自从和父亲结婚后，一口气生下了林、晶、海三个子女，就过早地告别了她热爱的舞台，后来当上了文工团的团长，再后来就退休了。这时三个孩子已先后长大成人，工作结婚，另过日子去了。退休后的母亲，一心一意地服侍着父亲。

父亲跑完步，满腹惆怅地走进家门时，母亲已做好了早饭。这个时间，正是昔日部队收操的时间，进门后的父亲开始洗漱，接下来父亲坐在桌前，便开始狼吞虎咽地吃饭，父亲吃饭历来很急很快，埋下头，专心致志地吃饭，饭桌上从来不多说一句废话，为了吃饭，父亲没少和母亲发生矛盾。以前，父亲每次吃饭，母亲总在一旁唠叨：慢点，忙啥，又不是打仗。父亲不理，仍吃得飞快。时间长了，母亲的絮叨在父亲听来就有些讨厌了，他听不得自己吃饭时别人絮叨。想当年，行军打仗时，部队每次吃饭也和打仗差不多，上级一个命令，部队立马停止前进，然后埋锅造饭，吃饭是不讲究细水长流细嚼慢咽的，谁也说不准什么时候冲锋号就会吹响，那时不管你吃多吃少，饭碗一扔就要向前冲锋。父亲在战争岁月中，学会狼吞虎咽速战速决地吃饭，滋味就不去管了，生点熟点没什么，能填饱肚子，有劲行军打仗就行。父亲在以后的岁月中，从来不讲究吃，他对吃唯一的标准就是填饱肚子。这一点，他和母亲成了一对很好的伙伴，母亲从来不会做饭，也就是说，她做了一辈子饭，把饭做好的标准就是把米做成饭，把生菜炒熟，父亲在这一点上，从不挑剔母亲。不管是什么，父亲总能把饭吃得狼吞虎咽，香甜无比。

林、晶、海三个孩子在家时，没少为了自家饭菜难以下咽而和母亲发生矛盾，这时，父亲总要站在母亲一边武断地说：挑啥挑，你们妈做的饭菜不错了，想吃好的，你们就下馆子去。母亲得到了父亲的支持，立马变得理直气壮起来，说：你们打小就吃我的饭长这么大，有本事走出家门单过去。三个没有长大的孩子，在父母义正词严面前，只好忍气吞声地吃不愿吃的饭菜，吃得心不甘情不愿，终于吃得长硬了翅膀，工作、结婚，另过日子去了。

在吃饭的问题上，弄得父亲挺窝火，弄得别人也挺难堪。不打仗了，日子过得太平起来，人们的生活也在一天天好起来。部队和所有的地方单位一样，免不了有一些迎来送往、吃吃喝喝的事情，中国人都讲究个情义，在这你来我往吃吃喝喝中，情义就在加深加厚，有了情义还有啥说的。父亲一直当着领导，人情来往时，有许多场合需要父亲出面，以表示重视和尊重别人的情义。在外面吃饭，讲究个排场和气氛，方方面面的话都说了，然后再吃再喝，吃吃喝喝中才会有内容。父亲不习惯这种有内容的吃喝，每每都是，在话还没有说完、内容还没触及时，父亲已经吃完了。他是不习惯吃饭时说话的，吃饭就是吃饭，说话就是说话，也不喜欢把话说半句留半句，喝酒、吃菜，然后再说下半句话。父亲更不喜欢说一些没有内容的话，一句话一层意思，绕着弯地说，说累了，说乏了，话还没有说到点子上，父亲觉得那样很累，很不习惯，于是父亲速战速决后，站起来拍拍屁股，抹抹嘴说：你们吃，没啥，那我就走了。父亲每次这样很扫主客的兴，大家都挺尴尬，站直身，目送父亲走出去，表情都讪讪的。一来二去，大家也就了解了父亲，再有这种场合时，下级总要礼节性地让一让父亲，父亲就说：不就是吃饭吗，我就不去了，还是回家吃得饱，吃得踏实。慢慢地，再有迎来送往吃吃喝喝这类事时，下级也就不让了，除非有些场合非父亲去不可，父亲去了也不吃饭，先说话，等吃饭了，父亲抬起屁股走人了。了解父亲的人都说：老石这个领导没啥，真的没啥，就那么个人。

父亲热爱母亲做的饭菜，他和母亲磨合了这么多年，父亲吃饭时，母亲从来不和父亲说一句话，就是有天大的事也要等父亲吃完饭再说，这一点很合父亲的意。

父亲吃完早饭，当他站起身的时候，又习惯地朝写字台走去，写字台上放着那只已经磨得发亮的公文包。这只公文包跟随父亲几十年了，那还是在朝鲜战场上，父亲当师长时缴获的，他很喜欢这只牛皮公文包，便一直留到现在。吃完饭的父亲，又习惯地向那只公文包走去，昔日里，那只公文包被各类文件塞得满满的，那些文件都是等待父亲批阅的，文件里面都写着一些保密的大事情。此时，那只公文包空空荡荡地等在那里。仿佛是一个受了委屈的孩子在等待父亲去安慰。当父亲伸手摸到公文包时，才醒悟过来，他不再需要去上班了，那一瞬间，父亲的心里空荡而又茫然。母亲看到了父亲这一情绪上的变化，她在心里叹息了一声。父亲心情复杂地踱到窗前，他头也不回地说："把它收起来吧，以后别让我再看见。"母亲悄没声地把公文包从写字台上拿起来，走到另外一个房间。

昔日的父亲，此时已经奔跑在上班的路上了。

父亲当副司令时，住在家属院一幢二层小楼里，那里毗邻着有好几幢这样的小楼和小院，住着这个军区的最高首长。这里离办公区并不远，一条林荫甬路，然后绕过一个花坛，再往前走几百米就是办公区了。

别的首长去办公区上班时，总是要坐车的。各位首长在自家吃饭时，司机已将车悄然地停在首长家楼下了，只要首长一走出家门，小车马上启动，由警卫员拉开车门，再由警卫员递上公文包，关好车门，小车便轻盈地驶出甬路，绕过花坛，直奔办公区，整个过程也就是三五分钟的时间。

父亲从来不坐车，而是跑着去上班，这也成了军区大院的一景。父亲走出家门时，警卫员早就在楼下等候了，父亲把公文包往警卫员手上一递，便抬脚就跑，警卫员怀抱公文包随在后面，和父亲一直保持十米左右的距离。父亲先在甬路上跑，绕过花坛后，开始冲刺，也就是说，在这一过程中，父亲越跑越快，随在后面的警卫员也是越跑越快。这一奇妙的景象成了军区大院一处准时而又流动的风景。每当这时，父亲的样子不像去上班，而像是救火，或者别的什么。

父亲跑到办公楼前，才止住脚步，等随后就到的警卫员递上公文包，然后步履轻盈地向办公楼走去，父亲忙碌的一天开始了。此时，父亲站在干休所窗前，他心绪复杂地望着窗外。

三

干休所里的一切都是安静的，这种安静令父亲觉得快要窒息了。在整个上午的时间里，父亲焦灼不安地在屋里踱来踱去，副司令这一级别的将军离休后，住所有许多房间，父亲就在许多房间里转来转去。父亲转悠次数最多的还要数客厅，客厅的茶几上卧着一部电话，那部电话让父亲疑窦丛生，他拿起听筒，听着里面清晰的忙音，随后又把电话放下来，然后仇视地望着那部电话，电话就如处女一样，很害羞地和父亲对望着，不管父亲怎么仇视，它就是一声不吭。

昔日的父亲是多么忙碌呀，不管是在家还是在办公室，电话总是响个不停，那时父亲的办公室里有三部电话，家里也有三部电话，办公室宽大的写字台上三部电话一溜排开，它们响着不同的音乐铃声，召唤着父亲。父亲有时正接着电话，另外两部也响了起来，然后父亲就有些手忙脚乱的样子，他分别把电话拿起来，冲着话筒先大声地嚷：等一等呀，我一会儿就跟你说。打电话的人清楚地听见父亲忙碌的声音，就在电话那头笑。其实有许多事，本应该由父亲的秘书转接电话，然后汇报给父亲，再由父亲去处理，父亲却用不惯秘书，觉得秘书的角色有些多余，按父亲的话讲，那叫脱了裤子放屁，没那个必要。于是，不管大事小情都由父亲处理，父亲每天总是激情满怀、兴致高涨地冲电话里的人做着指示，只有这样他才觉得踏实，放心。那时，父亲是忙碌的，而忙碌中也让他体会到工作的乐趣。

没有乐趣的是父亲的秘书，父亲的秘书就坐在对面的另一间办公室里，别人都知道，一个秘书顶半个首长，按规矩，首长的所有大事小情都由秘书来安排，然后根据事情的轻重缓急，或大或小，分先后汇报给父亲，有些小事则干脆就由秘书直接去处理。于是，秘书的角色显得尤为重要。在父亲这里，情形刚好相反，秘书坐在办公室里，时刻等待着父亲的召唤，而父亲一忙起来，似乎就把秘书这个人忘了。父亲喜欢这样，当年在战场上指挥打仗时，他也很少听汇报，一定要到阵地上去走一走，看一看，然后再排兵布阵，不管战场上突然遇到什么样的情况，他都能准确及时地去处理。如果父亲不亲眼去看阵地，他就无法排兵布阵，像瞎子一样指挥打仗，那仗还有法打吗？在战争岁月中养成的习惯，父亲又毫无保留地带到了和平生活中，于是军区流传一句口头禅：老石是最大的首长，也是最小的兵。意思是说，父亲可以定下军区最大的事，父亲同时也管最小的事，例如花坛该锄草了、哪个警卫站姿不标准啦等等，所以说，父亲有时又充当着班长的角色。

父亲的秘书在父亲这里得不到应有的重视，于是秘书就不心甘情愿再当父亲的秘书了。然后躲在办公室里，挖空心思地写调职报告，报告的中心思想就是：本人才疏学浅，干不了秘书这样重要的工作，请求换一个工作环境等等。然后秘书就把请调报告送给父亲，父亲看了请调报告就乐了，他一边乐一边说：小李哇，早该这样了，像你这么有才气的年轻人整天坐在这里闲着，简直是浪费人才。于是父亲大笔一挥写下“同意”二字。秘书便调走了。离开父亲的秘书，调到其他岗位去工作，都有一种如鱼得水的感觉，父亲的秘书换得最勤，走马灯似的。父亲对这一切似乎从没有察觉，父亲一直认为秘书就是个写写字的角色，让谁干不是干哪。每当父亲要换新秘书时，下级总要严格挑选，专挑那些机敏灵活，讲原则，工作干练的年轻人给父亲当秘书，然后拿着物色的新秘书简历来征求父亲的意见，父亲这时显得很不耐烦，大手一挥道：行，行，行，就是他。于是新秘书就来了。来了没多长时间就又走了，走的理由和前任的理由一样。

知道父亲这一切之后，就没有人愿意给父亲当秘书了，所有当过秘书的人都知道秘书的好处，跟首长时间长了，会替许多人办许多好事，这都是人情呀，有了人情在这个世界上生存就从容自由多了。还有重要的一点就是，给首长当秘书，离首长最近，日久生情，和首长一旦有了感情，就什么都好说了，有关出路级别等等，首长都会替你考虑到前面，离开首长时，总能弄许多好处到新岗位上去工作，到了新单位也没人敢小瞧，一提到是××首长的前秘书，那就通天了，就是上级也会敬前秘书三分。所以说，给首长当秘书是一个让许多人眼热的差事。

在父亲这里，情况却正好相反。还有重要的一点父亲到死也没有悟透，那就是培养“自己的人”。一个首长在位时，免不了有恩于许多人，这些人由首长一手栽培安置，在部队茁壮成长，等首长离休了，这些人也都纷纷长成了大树。人都是有感情的，即便首长离休了，这些人还挑着大梁，前任首长有什么事说一声，那些已成大树的部下，好意思不去办吗？父亲一直不知道，也不明白这其中的许多道道，他觉得所有的下级部下都是一样的，他同等待人，有过就严惩，有功就奖。直到父亲离休，父亲还不知道谁是“自己的人”，谁又不是“自己的人”。

父亲在离休后，百无聊赖地期待着电话响，电话一响起来就是有事，不管大事小事，只要有事干，父亲才觉得日子充实。可电话就是不响，静静地卧在那里，和父亲对望着。父亲忍不住又拿起电话，他又一次清晰地听见里面的忙音，这声音也就是在明白无误地告诉父亲，电话没有坏。父亲懊恼地把电话放下，他对电话彻底失望了。

在这过程中，母亲一直很小心地望着父亲，母亲理解父亲这种落寞和不适应。以前，父亲回到家后电话是那么的多呀，卧室里、客厅里的电话会接二连三地响起，父亲接不过来时，母亲就代劳了，父亲讲完这一部，又急如火星地奔向下一部，似救火，似打仗，于是，父亲和母亲似走马灯般地在有电话的房间里交替穿梭，一副忙碌的景象。如今，这一切都已远去了，以前的一切，恍然如一场梦，梦醒了，一切都恢复到了本来的面目。

父亲在期待中，终于失去了信心，他倚在卧室的沙发上打了个盹，他不知道是睡着了，还是醒着，总之，他听见了电话铃声，他一下子跃了起来，三步并作两步地向客厅跑去，惊得母亲诧异地看着他。父亲说：电话响了。

当父亲拿起电话时，里面仍然是一片忙音，父亲生气地放下电话，冲母亲喊：为啥不接电话？

母亲不解地说：电话没响呀。

父亲说：响了，我明明听见电话铃声响了。母亲就不说什么了，她知道父亲一准是发癔症了。

父亲就不满地说：连电话都不接，你闲在家里干啥？

母亲听了父亲的话，真的觉得委屈了，她把自己的青春及后半生，都给了父亲。父亲此时却怪母亲闲在家里没用，母亲感到前所未有的委屈。

父亲发完火，便平静了些，他似乎是很大度地冲母亲挥了挥手道：算了，算了，不和你计较了。

每次父亲发完火，不管是他对，还是母亲对，他总是摆出一副高姿态，大人不计小人过的样子，他没脾气了。可是母亲呢，母亲只能把满腹委屈装在心里，怨怨艾艾地望一眼父亲，她一切都已经习惯了，只要父亲平息了，她也就啥都没啥了。

正在这时，电话铃声突然响了起来。突然而至的电话铃声，让父亲和母亲都浑身一紧，父亲有些不信任地望着电话，等他确信果然是电话铃声响起时，他有些激动，又有些迫不及待地抓起了电话，父亲冲电话里感激地“喂”了一声。电话是老尚打来的，老尚在电话里粗声大气地说：老石呀，过来下棋吧，咱们老四野的人都败在二野人面前了，你过来给咱们老四野争口气吧。

父亲万没有料到电话会是老尚打来的。又说什么下棋，还说四野下不过二野的等等，父亲从内心里关心的不是这些鸡毛蒜皮的小事，他关心的是军区里那些大事，例如某集团军演习、排兵布阵等等。他可不关心下一盘棋，谁输谁赢，父亲生气了，他冲电话里的老尚说：我没工夫，你们爱咋下就咋下。说完恶狠狠地放下电话，然后，坐在那里生闷气。

半晌母亲嗫嚅地说：老石，要不你就下楼散散心。

我不去！父亲咆哮着喊了一声。

四

父亲在离休后起初的日子里，感到前所未有的空虚和落寞，他坐卧不宁，忐忑不安。于是，父亲就如同困兽般地背着手，从这屋走到那屋，然后又从那屋到另外一个屋，父亲的脚步显得凌乱而又拖沓。父亲的血压高，说不准什么时候就高一下子，母亲不放心，不管父亲来到哪屋，母亲都跟在后面以防不测，母亲大气不敢出，样子似受气的小媳妇。虽然母亲这样，还是影响了父亲，其实不管影不影响，父亲总是要发火的，父亲心情不顺，总要无端地发火，家里又没别人，父亲只能冲小媳妇似的母亲发火。父亲突然立住脚，这一动作，吓了母亲一跳，她正全神贯注地随在父亲身后，拉出一副随时准备抢救的架势，父亲一见母亲这样便气不打一处来，父亲朝母亲吼：跟着我干啥，我又不是小偷。

母亲辩白：老石呀，我没跟着你，我是怕你的病……

父亲说：我的病咋的了，我这不是好好的吗，别说活十年，二十年也没问题，老在家待着还不得把人憋死。

母亲就忧郁地望着父亲，她真怕父亲憋出什么毛病来。母亲搓着手，一副不知所措的样子。

父亲长叹一声，几步来到客厅，又一屁股坐在沙发上，他抬眼望着窗外，此时的窗外太阳普照，一派风和日丽的景象。窗外的树上落着两只鸟，不知深浅地鸣唱着。父亲想起了在办公室时，他那套宽大的办公室窗外，也有一片茂盛的树疯长着，树上也经常落着鸟，经常高高低低地唱。那时父亲的心情是愉悦的，累了的父亲，时常伸个懒腰，踱到窗前，逗树上的鸟玩儿。那时，父亲的日子是多么的充实呀。此时，父亲已完全没有了昔日的宁静和平和，他奋力地挥舞双臂冲树上的鸟吼：滚，再叫老子毙了你们。

这是父亲的一句口头禅，父亲这句口头禅已经说了有好多年了，他当连长时就轻车熟路地说这句话了，父亲说：冲上去，把小日本拼掉，拼不掉小日本，老子就毙了你们。父亲当团长时说：一营长，限你半小时之内，把高地给我拿下来，拿不下高地老子毙了你。当师长时父亲仍说：老子毙了你。当军长时父亲仍说：老子毙了你。父亲已经“毙”了许多年了。

在林、晶、海还小的时候，三个孩子经常在家里闹得鸡犬不宁。那时的孩子没什么好玩的，只是一味地疯闹，一会儿林推倒了晶，又一会儿晶咬了林的耳朵，吱吱哇哇的，永无宁日的样子，父亲不在家里，任他们疯闹。一旦父亲回来，就无法忍受他们的疯闹了，孩子们管不住自己的天性，仍疯仍闹，父亲就吼：都住嘴，再吵再哭，老子就毙了你们。孩子们起初不怕，待父亲真的掏出手枪，把乌黑幽深的枪口对准他们时，他们都害怕了。因为他们都见识过，父亲用手枪打死过狍子，那是父亲星期天带他们去山里狩猎的结果。父亲一枪能打死一只狍子，难道一枪就毙不了他们吗？孩子们果然害怕了，在以后的日子里，只要父亲在家，他们个个都噤若寒蝉，从不敢大声说话，就连他们玩闹时，也是把拇指和食指比画成枪的模样，意思是相互提醒，不老实毙了你。三个孩子一直到长大成人，心里仍惧怕着父亲。那时，父亲也很忙，没工夫和孩子们扯那些没用的东西。父亲一直认为和孩子感情上的交流是没用的东西。很自然，三个孩子的大事小情都和母亲说，三个孩子离母亲近，离父亲远。父亲不在乎这些，那时父亲就是父亲，哪有工夫和一群孩子说长论短。父亲在没离休前，三个孩子也很少登门，即便登门，也是来看望母亲，他们每次来，父亲十有八九不在家，有很多事情等他忙。那日子，父亲觉得孩子也就那么回事，把他们养大了，尽一份责任而已。

此时，父亲却第一次想起了他的三个孩子。三个孩子长大成人后，父亲都毫无例外地让他们参了军，在父亲的观念里，龙生龙凤生凤，老鼠生儿会打洞。自己是军人，孩子自然也得是军人，于是，三个孩子别无选择地都参了军。父亲在军区当着副司令，在家里自然也说一不二，违背父亲的意愿，绝没有好下场。父亲最小的儿子海就曾试图违抗过父亲一次。海的性情不像母亲也不像父亲，海自小就有些多愁善感。上中学时，海总爱写写画画，总爱独自一人琢磨些事，经常被一片落叶、一泓秋水弄得神经兮兮，眼泪汪汪，因此，父亲很不待见海。只要他看见海，总是鼻子不是鼻子，脸不是脸的，经常咬牙切齿地说：没出息的东西，老子咋养了你这么个没出息的虫。他一直称海是虫。父亲发誓，只要海中学一毕业，就把他送到海岛部队经风雨见世面去。虽然海这样，却有自己的主意。海在上初中时，爱上了画画，快高中毕业时，海的画已经很有一些模样了。海誓死不当兵，虽然海自小生活在军队大院里，起床号声让他睁开眼睛，熄灯号声让他闭上眼睛，父母又都是军人，可他对军人这一职业却没什么好感。总之，他和军人格格不入。毕业那一年，他知道，自己不力争一下，自己的命运一定会和哥哥姐姐一样，被强行着送到部队，所以，在毕业前夕，他报名参加了市文化馆举办的一个绘画写生班去了外地的深山老林。海走的时候告诉了母亲，母亲除塞给海一些钱外，对这一做法，心里一点底也没有。果然，父亲发现海“逃”了，大骂了一通母亲后，派出侦察连几个战士分头去寻找海的行踪，训练有素的侦察战士没几天就发现海的行踪，并把这一结果报告给了父亲。父亲又派一名侦察排长带一名战士火速把海抓回来。这是父亲的原话。侦察排长不辱使命，终于把海“抓”了回来。几天后，海果然被送到了海岛连队，当上了一名守岛兵。那是个孤岛，与外界差不多完全隔绝，只有交通船，十天半月的上一次孤岛，给那里的兵送去供给和淡水。海这次真是插翅难逃了。然而，海最终还是逃了一次，那一次海差点儿被父亲打个半死，要不是母亲跪下来求父亲，海不皮开肉绽，也得在床上躺个十天半月。

世上有许多事是无法讲清的，后来随着形势的变化，林和晶先后转业到了地方，唯有海留在了部队。他早就不在海岛上了，军校毕业后，他先是当排长，后来是连长，现在他已经是副团职作战参谋了，工作地点就是父亲工作过的军区办公楼里。

父亲在此时此刻，第一次想起自己的三个孩子。他转过头冲母亲说：三个孩子好久没来了吧？

母亲不解地望着父亲，样子显得惶惑而又谨慎，她不知父亲又是哪根神经搭错了地方。

父亲说：让他们来吧，热闹热闹。

这是父亲第一次说这样极具人情味的话，为了这句话，母亲差点儿感动得流下泪来，母亲哽咽地说：老石呀，那你就打个电话吧。

你打，你打，还是你打。父亲此时的神情显得有些羞涩，他不是不想打，是还没学会给孩子们打电话，不知在电话里该冲孩子们说点什么，更重要的是，他不知道孩子们家里的电话号码。父亲红头涨脸地把电话推给母亲，于是母亲就用一双激动得发颤的手拨打电话。

五

林、晶、海三个孩子，在差不多同一时刻里，接到母亲的电话，母亲在电话里的意思明了而又简单，那就是：晚上有时间回来一趟。三个孩子接到母亲这样的邀请还是头一次，以前都是三个孩子主动来电话，每次来电话大都是母亲接，孩子们在电话那端说，母亲在这面答。父亲若在时，母亲从来不多和孩子们说什么，因为从母亲嘴里永远说不出什么大事和正经事来，母亲总是一味地冲孩子们说：天凉了，多穿点衣服，让孙子孙女们不要受冻，吃得好不好，家里最近又有什么变化之类的话。父亲每次都满脸的不高兴，认为母亲这些话纯属多余，按父亲的话说，母亲的这些话很不着调，太婆婆妈妈了。母亲每次说这些时，父亲总会在一旁挥着手说：得了，没啥事就把电话放下，别扯那些没用的。父亲一直都认为母亲的话是没用的。所以每次母亲给孩子们打电话总是很简洁，这也成了母亲的习惯了。

母亲主动请三个孩子一同来家里，这还是有史以来的第一次。三个孩子不知家里发生了什么事，天不黑便来了。

孩子们答应了，母亲自然是皆大欢喜，放下电话后，就兴高采烈地到菜市场去了一趟，买回很多东西。父亲历来对吃是无所谓的，但他同时也显得有几分激动和不安，背着手在几个房间里踱来踱去，也不时地来到厨房门口和正在择菜的母亲说上两句，父亲说：咱那几个孙子、孙女都长大些了吧？在这之前，这些话题都是父亲不足挂齿的，母亲在父亲话题的鼓舞下显得激动无比和语无伦次起来，她先说了林的儿子也就是他们的大孙子琳琳，已经上初中了；又说到晶的女儿，他们的外孙女淼淼已经上小学四年级了；还说到海的儿子，他们的小孙子小岛也快幼儿园毕业了。母亲在历数孙子外孙女的时候，话题是喋喋不休的，眉宇间洋溢着幸福和自豪。父亲破天荒地没有打断母亲的话，他不住地点头，似在听下级汇报什么大事，他听得很认真，其间不住地点头，表情上看得出父亲是满意的。父亲心里很没底，也很没经验地问：今天他们都能来吧？母亲停止了择菜，思索了片刻说：这不好说，孩子们功课都忙，要是周末还差不多。

父亲听了母亲的话，便来到书房。在日历牌上翻到周末，在周末那一页很重地画了一个圈。

傍晚临近的时候，父亲显得很不安，他在不停地照镜子，同时不停地梳理自己的头发。父亲的头发一直很好，六十岁的人了，只有鬓边出现了一些零星的白发，父亲对自己的头发一直很在意，头发是年龄的标志，父亲在离休前很愿意听到别人赞美他的身体和头发。父亲身体很好，头发也没什么问题，但他还是在满六十那一年光荣地离休了，这是父亲很不情愿也是无可奈何的事情。

孩子们上楼的脚步声响起时，父亲正稳稳地坐在沙发上，他在办公室或家里接见下级或别的什么人时，总是稳稳地坐在沙发上，看手头上的文件时连眼皮也不抬一下。起初父亲一直那么坐着，他以为自己也会那么一直坐下去，当母亲乐颠颠去开门时，父亲再也坐不住了，他站了起来，向门口走了两步，父亲的神情显得有些不知所措，然而父亲的身体已不由自主地站在了门口，摆出一副恭迎的样子。门开了，林、晶、海站在了门口，他们接到母亲的电话后，一下午都心怀忐忑，他们相互通了气，一致认为家里发生了什么事，决定以最快的速度，轻装上车。当他们进屋时，看到母亲、父亲一切都安好如初，他们都松了口气，但他们仍然显得惶惑不解，他们从来没见过父亲立在门口时的样子。

林首先叫了一声：爸、妈。

母亲答了，父亲也答了。他一时不知如何面对三个孩子，竟伸出了自己的右手，摆出一副要和孩子们握手的架势，这大出走在最前面林的想象，林一时不知如何是好，犹豫着还是把手伸了过来，别别扭扭地和父亲握了手。晶毕竟是女儿，和父亲的隔膜少一些，也心细一些，晶就说：在家里握什么手呀，又不是外人。和林握完手，父亲也觉出了不妥，晶这么说完，父亲就挥挥手道：是呀，是呀，那你们就都坐吧。

走在后面的海，仍穿着一身军装，他习惯地冲父亲敬了个礼，这是父亲所习惯的，也最容易接受的，于是父亲也习惯地向海还了礼。在军区大院，下级遇到上级总是要敬礼的，海也不例外，他每次遇到父亲，总是要敬礼的。办公区内，没有父子，只有上下级，海向父亲敬礼，父亲还礼，一切都公事公办，也从来不多说一句话。海最后能从小岛上调到军区机关工作，和父亲一点关系也没有，海调到军区机关几天后，在办公楼里父亲才碰到海，他看了一眼海，又看了眼海之后，诧异地问：咦，你怎么到这来了？海立正报告：报告副司令，作战部调我来机关工作，上班已经一个星期了。父亲愣了一下，点点头，走了。

海调回来时，母亲是知道的，海征求过母亲的意见，要不要告诉父亲。母亲说：就不要告诉他了，等过一阵再说吧。母亲是了解父亲的，他不希望自己的孩子在条件好的地方工作，他认为那样是没出息的。林、晶当兵时，也一直在条件艰苦偏僻的守备师工作，直到转业。海当年在小岛上实在忍受不住那份清苦了，在一次送给养的船上岛时，海偷偷地钻到货舱里跑了回来，海没处躲藏，回到家里向母亲求救，希望通过母亲说服父亲把他调到条件稍好一点的部队去工作，没料到父亲不仅没有答应，反而暴打了一顿海，要不是母亲及时跪在父亲面前，海那一次准被打个半死。后来还是让侦察连的排长把海送回了海岛，父亲才作罢。海最后考上了军校，毕业后又回到了海岛上，直到前一阵，军区作战部需要年轻干部，到部队挑人，选中了海，海才有幸调到机关工作。不知为什么，那次，父亲没再下令把海送到什么艰苦的环境当中去。于是海才得以在机关一直工作到现在。

海一身戎装地出现在父亲面前，父亲从来也未觉得看海这么顺眼和亲切，他还完礼之后，竟伸出手在海的肩膀上拍了一下，海受宠若惊地冲父亲咧了咧嘴。

家里没什么也不能没有女儿，晶看到父亲、林、海三个男人无话可说时，她首先打破了这种僵局，她给三个男人倒上茶之后，便跑到厨房和母亲说话去了，晶的声音有意说得很大，和母亲说话的内容无非是女人最热衷的：什么菜价贵啦，什么好吃不好吃之类。晶和母亲的声音感染了客厅里的三个男人。

林首先说：你离休了，没事了，干点自己爱干的事吧。清静下来也好。

这话父亲不怎么爱听，父亲最热爱的当然是军人生活，看着自己部队演习时的滚滚征尘，他激动豪迈，这就是他愿意干的事，现在这些东西都远离他而去了，他还有什么愿意干的事呢？

父亲不说话，用手拍着沙发。

海说：爸，有空你常到部队转转，部队还需要你这样的老首长常去指点。

海的话说中了父亲的要害，他高兴了，于是询问某集团军演习的事准备得怎么样了，某国防工程的进度如何了，等等，海都一一地做了汇报。父亲一边拍着沙发，一边说出了一、二、三等注意事项，海一边听一边点头。

林对这些不感兴趣，虽然他也曾当过军人，但毕竟离开部队已有些年头了，旧话重提，一副往事不堪回首的样子。他看着空空荡荡的客厅，冲父亲说：爸，你喜欢养鱼还是养鸟？你爱好什么，赶明我帮你置办起来。

父亲不悦的样子，使林停住了话头。父亲说：爱养你养，我不养那些玩意儿。

林仍不识时务地说：爸，你说你爱干什么，你说，我能办到的我一定帮你办。

林的话一点也不夸张，林现在已经是房地产开发公司的经理了，林要钱有钱要权有权。

父亲似乎认真琢磨了林的话，终于没想出喜欢什么，半晌父亲不耐烦地摇摇头。

海说：要不赶明儿，我把作战部一些国防工程的有关材料拿来，看还有什么需要补充和完善的，希望听听您的意见。

海还没说完，父亲就拍着大腿说：好，就这么办。

父亲对那些重大工程有感情，当年就是他自己指挥这些工程上马的，那是多么激动人心的岁月呀。其实海说的这些话，完全是想让父亲在离休后找点事干，那些工程有的早就完成了，有的早就因为不适应现代战争的需要而下马了。也就是说，那些材料和地图都是一些废纸了，没什么价值了，按理说父亲也知道这些内情，但他听了海的话，还是显得很受用。

不一会儿，晶就帮助母亲把饭做好了，然后一家人就围在一起吃。这次父亲破天荒没有把饭吃得那么快，而是一道饶有兴趣地把饭吃下去。这顿饭是晶做的，自然比母亲做的质量高出几截，没有人对晶的菜提出质疑和批评。在这期间，林的手机响了两次，父亲就指示说：在家里你把那玩意儿关了。林就关了手机，腰间的呼机一直震动，林也没有敢当着父亲的面看一眼。

总之，这次家庭聚会很成功。

父亲最后指示：星期日，都过来聚一聚，把孩子们都带来呀。

三个孩子诺诺点头。

然后就散了。客厅里又空荡冷清下来，父亲心里踏实多了，他第一次坐在沙发上和母亲饶有兴致地看了一部电视剧。

六

干休所每个月都要组织一次体检，体检的地点是军区总院老干部体检站。体检站里的医生都很权威，也很负责，每次检查差不多都能发现一两位老干部身体这样或那样了，有病的老干部便住院了，有的从医院里又活蹦乱跳地走出来，有的便再也没有走出来。因此，每个月身体检查，对老干部们来说，日子都显得有些别样。一大早，西院干休所门口便停了一辆大巴，西院是师级干部住的院落，那里人多，按规定离休后就没有专车了。东院住的都是军级以上干部，离休后仍有专车的待遇，一大早，各家门前的车便停好了，整装待发。

父亲的车那天清早也悄然开到了楼下，父亲不知道这些，仍围着花坛在一圈圈跑步，父亲跑步的姿势绝对不是四平八稳，而是一副冲锋的架势，每个动作都充满了动感，这是父亲当年打仗夺阵地时练出来的，到了老年仍然改不过来。

父亲用冲锋陷阵的架势正在跑步，老尚、老王、老李等人，从各自家中走出来，端着保温杯，样子似乎不是去检查身体，而是去开什么会。老尚见了父亲就说道：老石别跑了，检查身体去吧。

父亲立住脚好奇地打量着这几个人，父亲说：我没病检查什么身体。说完父亲又跑，为了证明自己身体很好，父亲还竭尽全力地冲刺了一段距离，几个人就羡慕地看着父亲冲锋陷阵的身影，然后坐上车，忐忑不安地去了医院。父亲来到自家门前时，看见了停在门前的车，他有些陌生地看着那辆奥迪车。司机小崔见父亲走过来，礼貌地叫了声：首长。父亲看见了小崔才想起眼前这辆奥迪车是配发给自己的那辆。父亲就不解地问：你来这里干啥？小崔忙说：首长，今天是检查身体的日子呀。父亲不耐烦地挥挥手道：我不检查身体，你回去该干啥就干啥吧。小崔还想说什么，又没敢，犹豫着关上车门把车开走了。

父亲很不喜欢坐车，当年行军打仗时，父亲一直骑马，后来部队进城后，父亲仍然骑了一段时间的马，才换成了苏式吉普。父亲很讨厌这些烧油的家伙，父亲一坐车头就晕，等下了车东南西北都分不清了，似醉了酒。再后来吉普车换成了伏尔加，还是不行，后来又换成了“上海”，也是不行，到最后奥迪也不行，因此父亲对轿车很是没有感情。他不仅上班不坐车，就是到附近部队检查工作也是走着去走着回，若是到远一些的地方去，没办法父亲不得不坐车时，他总要在上车前，吃几粒安定，按他自己的话讲：得把自己整着喽。父亲一上车就睡，到了目的地后，逃也似的离开车，看也不多看一眼。因此，父亲对自己的专车很陌生。

父亲自己不喜欢车，也不许母亲喜欢车。按规定，配了专车的首长，不仅自己可以用车，家里人也可以用车，为首长服务嘛，家庭服务好了，少分首长神，同样也是为首长服务。因此，某首长的专车，经常坐着首长家人，一趟趟在军区门前的大街小巷里奔忙，唯见不到母亲的影子。母亲曾坐过一次父亲的专车，那时母亲还没退休，突然有一天腰扭了，文工团其他人打电话向车队要车，准备送母亲去医院，不巧，车队的车都派走了。母亲这才想起父亲的专车，然后打电话要来了专车，母亲从医院回来时，正赶上父亲下班回家，看见母亲捂着腰走出来，父亲就一脸不高兴地质问母亲：谁让你坐我的车了？母亲解释道：是车队没车了，要是有车我才不会坐你的车。父亲不通人情地说：这是工作用车，以后你不许动。母亲觉得委屈，但还是说：别的首长的车也不都是首长一人坐。父亲道：别人是别人，我是我。

为这件事，父亲一连几天没理母亲，母亲果然长记性，从那以后，再也没坐过父亲的专车，实在逼急了，她就出门打车，不知父亲真的对车没有感情还是原则性强，他不喜欢轿车，同时也不喜欢母亲碰车。

父亲的司机和他的秘书一样，来的来去的去，其他首长的司机，给首长开了几年车后，都很有出息。这事也很自然，围着首长跑前忙后的，人嘛都是有感情的，首长也不例外，首长一旦对自己身边的工作人员有了感情，那一切事情都好办了，先是入党，然后送到军校去学习，以后自然提干晋级。于是给首长开车，成了战士们争先恐后的一份美差。这一切都是别的首长的事，唯独没人愿意争抢给父亲开车，有几任司机，名义上给父亲开了几年车，最后父亲连人家的名字也叫不出，别说给司机办什么事了。司机小崔的前任小李，曾主动上门找过父亲，那次父亲以为小李走错门了，差点儿没把小李轰出去。那一次司机小李委屈得差点儿流出泪来，可想而知，小李自然什么也没得到，当满四年兵后复员了。

父亲对自己的司机很陌生，对自己的勤务员兼警卫员却都很喜欢。为首长选来的勤务员都很机灵，也很有文化，自然都很可父亲的意。在战争年代，一个警卫员是首长的半条命，这话一点也不过。在朝鲜战场时，父亲的警卫员小吴救了父亲的命，自己却永远地离开了父亲。这么多年了，父亲一直没有忘记小吴，每年的清明节，父亲总要手捧鲜花来到烈士陵园，站在烈士纪念碑下默哀几分钟，待父亲抬起头时，已是满眼的泪光了。父亲临离开前，总要轻声道：小吴哇，老石来看你啦。然后，父亲一步三回头地走了。

父亲的勤务员，在和平年代里，不能再随父亲出生入死了，但他们都能随父亲跑步，在工作之外的时间里，父亲的身影出现在哪里，他们的身影就出现在哪里，他们不仅随父亲跑步，还和父亲一起种地。父亲家楼下，原来是一片种满鲜花的土地，后来那些花都被父亲拔了，种上了茄子、西红柿之类的东西。当然这里面也有父亲警卫员们的一份功劳，只要父亲做的，他们不管对错，一点也不打折扣去做。为这事，司令部管理处长大伤脑筋，他组织战士们煞费苦心地为首长服务，为首长提供一个赏心悦目的花地，没想到的是，花地却变成了菜地，整日弄得臭烘烘的。在父亲的感召下，许多首长门前的花地都变成了菜地。成了首长家门前一道独特的风景。父亲尤其喜爱会种地的警卫员，常夸他们没忘本。父亲的警卫员了解父亲的脾性，当父亲探问他们出身时，他们毫不犹豫地答：农民。于是，父亲就愈加喜爱地眯着眼看着警卫员说：农民好哇，毛主席就是农民。再次说到这时，总要补充一句：我也是农民。

父亲经常和警卫员说的话就是：农民好，咱们农民不忘本。

其实父亲的警卫员大都是城里生城里长的学生兵。父亲和自己的警卫员有了感情之后，警卫员们自然都很有出息，入党、提干，干得都很风光，父亲没忘记他们，他们也没忘记父亲，不管以后到了什么地方，是否还在部队工作，年呀节的，他们从来不忘给父亲打一个电话，然后父亲和昔日的警卫员谈笑风生，一同回忆把花地变菜地的美好时光。父亲仍说：农民好哇，农民不忘本。昔日的警卫员在电话那端也笑着说：农民好。

七

不知为什么，离休后的父亲变得多愁善感起来。

干休所自然都是老人的世界，围绕着老人便有了许多新闻。每个月检查完身体，差不多都会有一两个老人住进医院，过了一阵便有消息传来，某某老首长不行了，又过了几日，干休所门前的通知板上便会写出一条参加某某追悼会的通知。

通知刚一写出，小黑板前便聚满了人，通知写得简单而又扼要，内容千篇一律，无非是某某追悼会定于某日召开。就这几个再明白不过的字，会牵动许多老首长的目光在那条通知上驻足，他们看了一遍，又看了一遍，然后三三两两地聚在一起，话题自然说的是某某，有人就说：某某是个好人哪，百团大战时我们就在一起。另一个说：可不是，在朝鲜时，他是团长，我是政委，风风雨雨一辈子了，唉，人哪。

人似乎活到这个份儿上了，才活明白活透了。

父亲没离休前，也经常参加某某某的追悼会，每次参加追悼会都会勾起父亲一段回忆。某某某也许是父亲过去的首长，后来又变成了下级，不管怎么说，都是父亲生死与共的战友。每个战友都有不同寻常的生死经历，那时父亲很忙，在哀乐声中，他想起了一幕幕往事，眼泪盈满了他的眼眶。当他走出追悼会现场，面对阳光灿烂的真实世界时，他抹去了眼泪。当他一走进办公室，面对或大或小杂乱的公务时，他已经彻底地忘记了哀伤，全身心地投入到了工作中。

干休所的日子，使父亲的性情大变。他每次参加某某战友的追悼会，情绪几天也走不出来，他时常站在窗前发呆，一次又一次絮叨和逝者在一起的战斗岁月。父亲的记忆很清晰，几十年前的某个细节到现在仍然记忆犹新。下雪的夜晚里他们在急行军，某某走着路便睡着了，撞在一棵树上，某某冲树道歉等等。父亲向母亲絮叨这些时，满眼都充满了亲情，声音感伤而又怀念。

母亲这时一言不发，和父亲一起沉浸在对往事的回忆中。父亲就说：唉，这日子太快了，就跟昨天似的。母亲也叹口气。

这时父亲又想起了老家那片坟地，那里葬着父亲所有逝去的亲人。在父亲记忆里，那里是永远的山清水秀，山下是一条默默流淌的山溪，山上树木葱郁，绿草如茵。母亲曾随父亲回过老家，按照家乡的风俗，父亲到老家的坟地悼念过。在母亲的记忆里，老家的坟地和父亲的记忆相差遥远，母亲去时，山下那条小溪已经断流了，昔日葱茏的树木已被砍伐得面目全非了。父亲的记忆永远停留在他少小离家的时候。母亲依旧不说什么，任凭父亲在那里充满亲情地回忆。

在悼念某某战友时，父亲想起了老家，想起了老家那片坟地，离休后的父亲，叶落归根的想法强烈了起来。

父亲离休之后，母亲的身体和情绪莫名其妙地滋润起来。这是她一生当中，和父亲厮守在一起时间最长的一段日子。

母亲嫁给父亲时全国刚刚解放，林出生不久，父亲就去了朝鲜战场。一晃几年过去了，父亲回国后，职务得到了晋升，日子又忙了起来。他很少有时间在家，那时母亲也忙，她一面照料林和晶，一边还要到文工团上班。那时，她还是一名歌唱演员，全国形势大好需要搞许多的庆祝活动，母亲所在的文工团便整日里忙于庆祝活动的演出。有时父亲和母亲一天也碰不上一次面，只有晚上的时候，他们才能匆匆地看上对方一眼，他们都很累了，似乎都来不及多说一句话，转头便睡了。早晨的一切更是忙乱，父亲有时在家吃上一口，有时不吃，匆匆地又走了。后来海又出生了。母亲便更忙了。

就是孩子大了，母亲退休了，父亲也没有时间陪母亲，父亲依旧回来得很晚，因为他在外面有许多事情要办。父亲回来的第一件事就是到厨房里找吃的，父亲在外面永远吃不饱，他只有吃母亲做的饭菜，才踏实，香甜。母亲总要为父亲留饭留菜，放在锅里热着，一会儿热一次，一会儿又热一次，直到父亲回来。吃完饭的父亲便开始忙于接电话，只要父亲一到家，电话马上就会响起来，有时三部电话同时响，母亲便成了接线员。待电话声音平息了，夜已经深了，父亲哑着声音说：睡吧。便双双地和母亲躺下了。父亲的睡眠很好，说睡便真睡，一点也不含糊，他只要头一挨枕头，鼾声便起，天摇地动。年轻时就这样。起初，这是母亲无法忍受的，弄得她整夜整夜睡不着，后来就习惯了，要是父亲偶尔出差，没有了鼾声陪伴，她会整夜失眠。

后来母亲养成了习惯，不管父亲多晚回家，母亲总要等着父亲，她不等也没有办法，因为没有父亲的鼾声她无法入眠。只有父亲的鼾声响起时，她心里才踏实。

父亲离休以后，他们的生活有了规律。吃完晚饭半个小时之后，父亲照例要出去跑步，母亲这时总要相跟着。父亲跑步，同时也鼓励母亲跑，母亲见左右无人，便也试着跟父亲跑几步，没跑出十米远，母亲便被落下了，母亲喘着气说：老石，你等等我呀。父亲不等母亲，腾腾迈着大步跑远了，好在一会儿工夫，父亲又从母亲身后出现了。路是圆的，父亲又回到了母亲身边。父亲直到跑得浑身是汗才停下脚步，畅快地回来，然后打开水龙头，哗哗啦啦地冲洗。母亲这时把电视打开了，茶泡上了，水果也洗了，就等父亲坐在母亲身边看电视了。父亲看电视时，只关心新闻，关心国内国外的大事。父亲尤其关心时事新闻，美国经常派兵，不是这就是那，一会儿打，一会儿又不打。总之，哪里有战争哪里就有美国大兵出现，父亲就生气，父亲骂：龟孙子。

新闻之后，便是母亲喜欢看的电视剧了。父亲对电视剧里的那些男欢女爱凡人琐事不感兴趣，他永远也看不明白，经常把剧情弄得面目全非。母亲这时就要给父亲当讲解员，母亲乐此不疲，母亲讲得声情并茂。在这里母亲是有创造的，她把自己的人生理解和生活感悟都倾注到了自己的讲解中，有时母亲自己把自己感动得鼻涕一把泪一把的。母亲希望自己这一感召，能唤醒父亲对电视剧的热爱。母亲错了，父亲眼里看着电视，耳朵却在倾听电话铃声，电话却长久地沉默着，好在父亲已经适应了这种沉默。不一会儿，父亲歪着头，粗粗细细地扯起了鼾声，母亲瞅着电视剧，在父亲鼾声伴奏下也睡着了。不知过了多久，他们又同时醒了，你看看我，我看看你，再一起瞅电视，电视里早就换成了另外一部没头没尾的电视剧了，然后父亲说：睡觉去吧。母亲便起身去关电视，然后两人就睡下了。

八

不管父亲情愿不情愿，他还是适应了离休后的生活。离休以后的父亲，觉得时间一下子漫长无比了。早饭以后，父亲无论如何无法在屋里待下去了，便背着手踱到院子里。有几个遛鸟的老干部，在几棵树下追鸟玩，看见了父亲便说：老石呀，过来看看鸟吧。父亲碍于情面便走过去，看几眼笼子里的鸟，鸟们都很普通，大都是百灵、画眉之类，父亲家乡的山里多的是，父亲感到一点也不新鲜。父亲的目光从鸟身上移开，和过去的那些老部下扯一些天高云淡的话，父亲便离开了。

父亲走到花坛旁的凉亭下，老尚、老王、老李等人围在一起，正和另外一伙人吵吵嚷嚷地下棋，样子认真而又热烈。父亲在人群外看了一会儿，没看出什么名堂，便咳了一声，众人回过头，便看见了父亲，老尚就说：老石呀，来来来，杀一盘吧，二野这帮人太狂了，咱们四野都输两盘了。

坐在棋盘对面那几个老首长就说：你们四野的不行，棋太臭。

父亲直到这时才发现对面坐着的都是二野的人。解放以后，二野和四野的一部分人便合并在了一起，组成了现在的军区。虽说都是一个战壕里的战友，但感情上还是有些不一样的，这些出生入死的人都怀旧，在一起并肩打过仗和没打过仗感情肯定不一样。这么多年过去了，二野的人和四野的人，无形中总有些区分，在外表是看不出来的，但感情上是分得很清的。大家都在职时，工作中分不出你我，不都是工作嘛，但离休以后，这种区别就显示了出来。二野的人总爱在一起聊天，念叨那些陈芝麻烂谷子的往事，四野的人也聊，他们经历不同，就有了不同的故事和感受，话是陈年的香，感情是旧年的纯。离休之后二野和四野的老首长们，从情感到行为便有了区别。经常聚在一起谈论各自战役的辉煌，谈来说去终不能分出伯仲，也就是平分秋色，谁也不服谁，吵来争去便来到棋盘旁。其中就有一方说：来来，不服就下一盘，谁服谁呀。说来就来，抡胳膊挽袖子，跟真的似的，你来我往，互有胜负，分不出输赢就又下，争争夺夺间，就有了日子。渐渐地就有了规律，只要白天没事，二野和四野两拨人马便聚到凉亭下，吵吵嚷嚷地下棋。

父亲的到来，给四野的人带来了一缕希望，父亲没退休前就爱下两盘棋，军人嘛，在没有战争的日子里，总爱把楚河汉界当一方战场，你来我往地拼杀一番，以了英雄梦。

老尚、老王、老李这些老四野的人把父亲簇拥到棋盘旁，父亲看着对面二野的人那些不服气的架势便说：四野和二野开战？

老尚就在一旁怂恿：开战，开战，咱们四野都输了两盘了。

父亲听到这，成竹在胸地笑一笑，然后慢条斯理地摆棋。老尚、老王、老李等人甘愿退到父亲身后，为父亲擂鼓助威。父亲每走一步，都显得成竹在胸，又很民主，先听前参谋长老尚的意见，然后再听政治部主任老王的意见，最后听后勤部长老李的意见，司、政、后的意见都听完了，父亲再走棋。有时父亲采纳他们一个人或者几个人的意见；有时不采纳，走自己想走的棋路；也有时，他们的意见是一致的，每走一步，司、政、后都一致叫好，然后虎视眈眈地冲着对面二野那帮人道：该你们了，走哇，不行了吧。

两拨人吵吵嚷嚷地把一盘棋下出了许多内容。有时父亲这面赢，有时输，不管输的赢的，都没有罢休的意思。父亲在小小棋盘上终于找到了寄托，那时他竟觉得离休后的生活也不错。父亲紧锁着的眉头终于舒展了一些。

随着父亲渐渐地习惯离休后的生活，他便了解了许多他在职时不曾了解的内容。那一次，干休所分萝卜，干休所的日子和分东西紧密地联系在了一起，干休所隔三岔五总要分些东西。每家六个萝卜都已经分好，战士们挨家挨户要亲自送到门上。父亲不让送，他站在自家六个萝卜前，他要先吃为快。萝卜都是刚从地里拔出来的，带着泥土的味道，水分充足。父亲吃东西向来是生冷不忌，用刀把皮削了，抡起来就啃，满嘴的汤汁，满嘴的声音。这时老李抱个萝卜就回来了，他在那看见父亲正在生啃萝卜，老李就说：老石，你就这么吃呀。父亲正吃在兴头上，含混地说：吃，吃。老李是回来换萝卜的，他家的六个萝卜中，其中有个带了些硬伤，泥呀土呀的，不太卫生。负责分萝卜的干部很愉快地为老李换了萝卜，老李乐颠颠地抱着萝卜回去了。

就在父亲准备生吃第二个萝卜时，老李抱着另外一个萝卜又回来了，这次是因为萝卜小了些，毫无意外，老李又愉快地换了一个大的，两次换萝卜过程，父亲都看得一清二楚，就在老李转身欲走时，父亲忍不住了，他大声地吼了声：李老抠，你给我站住！老李当部长时，别人就送给他老抠的外号，在职时，父亲有什么事从来不叫他的名字，而是叫他李老抠。父亲很喜欢李部长办事的抠门精神，父亲经常拍着李部长的肩膀说：老抠哇，这样好哇，咱们都是农民出身，到啥时也不能忘本哪。李部长连连称是。

但这次父亲忍不住了，老李站住脚之后，父亲打着萝卜嗝说：李老抠，你累不累呀，为个萝卜跑来跑去，这成啥样子了。

父亲的吼叫，招来了许多人的目光，老李的脸上有些挂不住了，忙解释说：老石呀，我和老伴都爱吃这个，萝卜不好，闹心。

父亲指着脚下属于自己的萝卜说：都拿去吧，我不喜欢吃，送给你了。父亲说完转身就走了，丢下愣愣怔怔的老李抱着个萝卜在那发呆。

这事不久，父亲在一次组织生活中，没点名道姓地批评了老李这一农民性，批评得老李哑口无言红头涨脸。

母亲知道了这事，便怪父亲说：都离休了，得罪人干啥，又不是啥大不了的事，低头不见抬头见的。

父亲就说：住口！离休咋了。离休了，我们还是个老军人嘛，是军人就该有军人的觉悟。

从那以后，老李没再敢小气过，有一次他见了父亲小声说：老石呀，你以后别再叫我老抠了，都这么大岁数了，怪难听的。父亲没说什么，挤了他一眼。果然，父亲再也没有叫过老李的外号。

九

每个星期日，是父母最快乐的日子。

林、晶、海一大早便带着自己的孩子热热闹闹地来了，三个大人因为自己还有许多事要办，陪父母说会话后，先是林试探地问父亲：爸，还有什么事吗？父亲挥挥手说：没事，没事，你忙去吧，晚上别忘了来吃饭。

林就如释重负地长吁一口气走了。接下来就轮到了海，海先是看手表，看了一次，又看了一次，父亲察觉到了，便也挥一挥手说：有事你也走吧。

海就不好意思地说：部里加班，那我就先去了。

海走的时候，父亲一直目送海的身影远去。三个孩子，现在只剩下海一个人是军人了，按照他的初衷，三个孩子是一直要把兵当下去的，父业子传嘛，可是，理想终归是理想，现实也终究是现实，林和晶先后离开了部队。他们离开部队时，从来没和他商量过，他们有大事小情总是和母亲商量，这样的事，母亲又总是瞒着父亲。他们知道，这事要是先让父亲知道了，别说走不成，就是林、晶的领导也会遭到父亲的大骂。林和晶转业许久了，父亲才知道，他大骂母亲吃里爬外，骂两个孩子是一对没有出息的货色，简直就不是人养的。总之，父亲把能想到的最恶毒的词都用来咒骂孩子了。骂归骂，事已至此，也没有什么改变余地了。于是，在那一段时间里，父亲的情绪一直不好，经常发火。事也凑巧，父亲最器重的一个年轻处长，在那一年底提出了转业，父亲知道了，一个电话把这位处长叫到了办公室，把这位处长骂了个狗血喷头。那一年那位处长果然没有转业成，第二年，这位处长还是走了。处长来向父亲辞行时，父亲闭门不见，那位处长还是一步三叹地走了。

不久，就有消息传来，那位处长已经是一家公司的经理了，买了房子，买了车，神气得很。父亲听了这消息，长叹了口气，把头摇了摇。后来那位处长念着旧情，给父亲来过几次电话，父亲已没话可说了，讲几句便把电话挂了。再后来，那位处长便不来电话了。

海自小父亲就不喜欢，父亲不喜欢海的多愁善感，父亲曾说海是儿子身丫头命，只有女人才唉声叹气，泪水涟涟。没想到的是，现在只有海留在了部队，已是副团中校了。父亲常幻想，海会上校、大校一路走下去，最后成为一名真正的将军，到那时也算父业有传了。于是，父亲把希望寄托在海的身上，海的一举一动都牵着他的心。他希望海来，海每次来都能带来部队一些最新消息，诸如某某集团军演习是否成功、场面如何等等，这都是父亲最为关注的。

三个孩子把自己的孩子带到家里后，林和海便忙自己的事去了，唯有晶没走，晶毕竟是个女人，她不仅有许多私话要对母亲说，同时她还要帮助母亲做这做那的。按理说，父亲这一级别的干部，不管在职还是离休，家里是可以配备炊事员的，唯独父亲例外，他不喜欢炊事员做的饭菜，只喜欢母亲一个人做的饭菜，他吃了几十年都习惯了，于是父亲一直不同意配什么炊事员。

晶似乎也没有更多的话要和父亲说，这么多年了，没养成习惯，到大了改也难，况且父亲的注意力也不在大人身上，他把注意力都集中在了琳琳、淼淼和小岛三个孩子身上了。三个孩子起初来到爷爷、奶奶家里时，还很放不开，相互腼腆着，你推我一下，我搡你一把地愣愣新奇地打量着这里的一切。小时候，父母就很少带他们来爷爷、奶奶家，即便来也很少能看到爷爷，于是，爷爷在他们眼里是陌生的。他们只知道爷爷在部队里当着大官，和小朋友们显摆时，所有小朋友的爷爷都没有自己爷爷的官大。官虽大，可他们离爷爷的距离却很远，远得他们都无法和爷爷亲近。他们从小到大，从来没在爷爷的怀里坐一坐，在腮帮子上亲一亲，这是他们的遗憾，也是爷爷的遗憾。

爷爷毕竟是爷爷，孙子毕竟是孙子，几个回合下来，他们便很快亲密无间了。琳琳已经大了，都上初中了，和爷爷亲近的方法自然不一样了，他便大人似的和爷爷探讨有关飞船、人造卫星、外星球人类等等，这些都是能和爷爷说到一起的。淼淼是个女孩，虽说上小学四年级了，但很会撒娇，缠着爷爷讲故事，父亲没什么故事好讲，就讲一些七百年谷子、八百年糠的战斗故事，什么百团大战、上甘岭，每个故事都血淋淋的。对孩子来讲，父亲这些故事有如天方夜谭，只听一会儿，森森不爱听了，便缠着父亲唱歌。父亲不会唱什么歌，他的童年没有什么儿歌，有的只是一些鬼怪故事，长大的父亲自然不信这些故事了，他会的歌中只有《义勇军进行曲》《志愿军战歌》等，歌自然是老掉牙了，森森等孩子也不爱听，父亲没招了，便打开了老式留声机，这还是在朝鲜战场上缴获的，真正的美国货，很抗用。父亲放的是军号大集，什么熄灯号、起床号、冲锋号等等，声音长长短短、快快慢慢，三个孩子起初听着都很新鲜，时间长了，也蒙不住三个孩子了。三个孩子便缠父亲变换新花样，父亲想不出什么新花样，很累很痛苦地思索，他这才发现，原来带孩子也这么辛苦。他最喜欢的自然是小岛，因为小岛最小，才五岁，幼儿园还没毕业。况且小岛又是海在小岛上生的，于是，他便格外器重小岛，经常把小岛揽在怀里，听小岛唱儿歌，听小岛讲故事，不论小岛唱什么、讲什么他都爱听，仿佛自己又回到了童年，痴痴地笑，满身的柔情在心里漾。他还忍不住一遍遍地把自己一张粗糙的老脸贴在小岛的小脸上，享受着那缕奶香和温馨。父亲醉了。

有时林、晶、海看到眼前这一幕，不由得想到了自己的童年，他们的童年父亲从来也没有这么对待过他们，父亲那时提着枪，凶神恶煞般地冲哭闹的他们大吼：不许哭，再哭老子就毙了你们。他们对自己的童年记忆犹新。看到眼前此情此景，感叹时间的轮回，物是人非。他们有时恨不能自己再做一回孩子，坐在父亲的腿上，感受父亲的亲昵与温存，可惜时光永远不能倒流了。

和三个孩子纠缠一天，父亲感到很累，但他心里却很充实，仿佛自己又重新活了一回似的。吃完饭之后，三个孩子都被接走了。都走了，热闹一天的家又空空荡荡的了，父亲的心里也空了。他又翻开日历牌，一直翻到下一个周日，剩下来的日子里，他便巴望下一个周日能够早日到来。

天下没有不散的宴席，孩子们都走了，父亲和母亲只能面对空空荡荡一间又一间的房子了。

母亲叹息一声道：人啥也不怕，就怕老哇。父亲听了母亲的话，半晌没有言语。

十

父亲在离休后的生活中，觉得无论如何也离不开母亲了，母亲和他说话，即便不说话时，母亲仍能制造出声音，因为有了母亲的存在，父亲空落落的心里才踏实，老年的父亲，孩子似的在依恋着母亲。

年轻时的父亲，从来也没觉得母亲有多么的重要。父亲和母亲是在解放海南岛战役中认识的，百万雄师过长江之后，国民党部队便一溃千里了。父亲的部队又乘胜追击，在海南岛打了一场不大不小的战役，便顺利地解放了海南。这时全国形势一片大好，全国大部分都已经是解放区的天下了，还剩下一些边边角角的地方有国民党的散兵败将在那里阴魂不散，这一切已无伤大雅了。当了师长的父亲，此时还是光棍一条，不少上级和战友就劝父亲：小石呀，该成个家了，全国都解放了。父亲也想：是该成个家了。可他以前一直没有这个机会。

海南岛刚刚解放，军区的文工团随后就赶到了，他们要用慰问演出的形式庆贺海南岛胜利解放。演出的条件是简陋的，但盛况是空前的，在天涯海角搭起了一个台子，台下是黑压压的部队，演出就开始了。母亲那时是名歌唱演员，说是歌唱演员有些言过其实，因为母亲这些人从没受过任何有关音乐方面的训练，参军后，边说边演，那时的歌曲也少，翻来覆去的就那么几首，很快母亲便学会了这些歌曲。唱歌的方法当然是合唱，和母亲年龄相仿的女孩子排成一排，站在台中，放声高唱就是了。严格地说，母亲当时唱那些歌不是唱出来的，而是喊出来的，因为那时没有任何音响设备，台下上万人，声音小了台下听不见，于是母亲这些女孩子便齐心协力地一起喊歌，喊完一次嗓子都哑了。

那天，母亲又站在天涯海角和众姐妹一起喊歌了，母亲那天喊得情真意切，真心实意。那天，父亲坐在最前排，咧着嘴高高兴兴地听母亲她们喊歌。父亲看得专注而又激动，他一方面被歌声打动，另一方面也被台上那些涂着红脸蛋的女孩子所吸引了。坐在父亲身旁的马军长就说：小石呀，看上谁了，你就说一声，这些女孩子可都是给你们这些光棍准备的。

父亲听了马军长的话，显得有些不好意思，红着脸嘿嘿地傻笑。马军长不高兴了，说：笑什么嘛，过了这村可就没这个店了。父亲就抬起头，很认真地看了眼台上那些大同小异的女孩子，他真的说不出，哪一个更好。马军长就又鼓励说：你指一个嘛，回头这事就包在我身上。父亲就说：那就最左边这一个吧。父亲无法选择，最左边的这一个，也就是最靠近父亲这一个，父亲就像抓牌，总要从最上边的抓起。马军长当即冲身边的警卫员说：你去告诉文工团团长，演出之后，最左边这个留下来。警卫员得令而去了。

最左边的这个，无疑就是母亲。那一天，父亲轻而易举地把自己一生的大事定下来了。父亲指定完最左边的这个之后，心情就有些不一样起来，他怎么看左边的这一个都顺眼，小小的鼻子，小小的嘴巴，看得父亲心都美了。

接下来的事情既复杂也简单。马军长带着父亲来到了台后，指着母亲说：刚才在台上演出时，你就是站在最左边的那一个？

母亲不解地点头，看了一眼马军长，又看了眼父亲，她不明白，这两个首长要找自己干什么。

马军长就笑了，然后说：这是小石，我的师长，打仗一个顶十个。

母亲仍然不解，她不明白，父亲能否打仗和自己有什么关系。

马军长说完这话，挥挥手就让父亲走了，父亲有些落荒而逃，他既激动又羞涩，他不知道，母亲是否能够答应。他不敢面对现实，只能落荒而逃了。

马军长不会绕弯子，单刀直入地说：人你刚才也看到了，小石要娶你当老婆，你愿意不愿意？

那一年母亲十九岁，她还从来没见过这样的阵势。虽说，不时地有文工团一起和她唱歌的姐妹嫁给这个长那个长的，但她没想到，这么快就轮到了自己头上。她一时脸红心跳，捂着脸跑回文工团驻地。马军长怎能放过，他一直追到了文工团驻地。在一个房间里，马军长就再催，你是愿意呀，还是不愿意？

母亲不答，她也不知如何作答，那时她还不懂爱情，更没有想过嫁人的事。她红头涨脸地低垂着头，看也不敢看马军长一眼。这事惊动了许多人，有文工团团长，还有父亲的战友、上级，他们一起来做母亲的工作。

母亲真的慌了，她从没见过这么求婚的。她只看了一眼父亲，没留下什么印象，只记得父亲是个很黑很瘦的男人。她一时不知如何是好，她从心底里并不想嫁人，她一直觉得自己还很小。

文工团团长是了解母亲的，便说：这么多首长在场，你不好意思说，就摇头或点头吧。咱们来个摇头不算，点头算。

母亲没有退路了，就真的下意识地摇了摇头，马军长打着哈哈说：哪能哪，这算啥，啥也不算。

父亲那些战友也跟着起哄道：不算，不算，这不算。

母亲没招了，低着头，她不再摇头也不点头了。马军长他们已经见多识广了，并不着急，他们一边吸着烟，一边说着日后打到台湾去的事，他们一说起打仗，似乎就有了无尽的话题。母亲孤苦伶仃地坐在那里，她已经很累了，连日来的行军演出，她的嗓子早就哑了，她最大的愿望就是睡觉。眼皮打架，头一点点地向胸前垂下去，然后一点一点地打盹。在这过程中，马军长他们说话归说话，目光却一直没有离开母亲，母亲打了盹，头也算点了。马军长早就盼着这一时刻了，他一拍大腿说：中了，小石的婚事就这么定了。

父亲的战友们便一起喊：中了，中了！

母亲别无选择地嫁给了父亲。

第二天，父亲和母亲在天涯海角匆忙地举行了个仪式，就算结婚了。婚后的父亲，又去湘西剿匪了。

从那以后，父亲和母亲时聚时散。后来有了林，父亲的部队进城后不久，著名的抗美援朝战争爆发了，父亲又去了朝鲜。一去就是几年，在这期间，父亲回国休整了两次，然后就有了晶和海。

父亲从朝鲜回国后，职务一次次得到晋升，父亲官越当越大，工作越来越忙。那时广大的中国，和所有的部队，在战争刚刚结束的日子里，都一穷二白。白手起家的日子，有许多大事小情需要父亲去操劳。有时十天半月的也回不了一次家，即便回来了，早已是夜深人静了，母亲和孩子早就睡下了。一大早，还没等母亲醒来，父亲又走了。有时一走半年，父亲和母亲也说不上一句完整的话。

偶尔父亲回来了，那时的林、晶、海还小，围着父亲很新鲜地看，冲母亲说：这个人来咱家干啥？弄得母亲哭也不是笑也不是。

父亲整日里就是忙，在单位里他有这样那样的大事要办，指示这指示那的，回到家里又是电话不断，他又要冲电话无休止地说下去，如母亲当年演出一样，嗓子都喊哑了。接完电话夜已深了，他已经没有精力再和母亲说什么了，脱巴脱巴就睡下了，直睡到第二天起床号响起。

父亲在忙乱中，孩子大了，他和母亲都老了，父亲对这一切似乎都没有察觉。直到父亲离休后，他才明白，孩子真的大了，自己真的老了，母亲也老了。老年的父亲似乎才明白什么是真正的生活，什么是夫妻，什么是老伴。

十一

晚饭后看完新闻联播然后散步，是父亲雷打不动的科目。父亲没离休前，不管有多忙，步一定是要散的，按父亲的话讲，一天不散步，骨头就发紧，吃不香睡不着。

父亲走了一辈子路了，以前是行军打仗，一晚上有时一走就是百八十里路，那时是你死我活，你不走就只能等着敌人来消灭你，只能走。不打仗了，父亲不习惯坐车，仍是走。父亲散步从来不四平八稳地走，迈开大步，两个胳膊抡圆了，身子矮下去，一路风声。以前散步是警卫员陪着，这是警卫员的职责，父亲也不说什么，每次警卫员都是一副小跑的样子，屁颠屁颠地随在父亲身后，大约和父亲保持在十米左右的样子，这是警卫员的规矩，离首长太近会妨碍首长，离太远，首长万一有什么事来不及过去。每次散步回来，警卫员都满头是汗，气喘吁吁的样子，父亲的呼吸总是沉稳而又从容。父亲见警卫员这样便说：年轻人，不行呀，要是搁过去行军打仗，你一准要被敌人俘虏了去。警卫员不分辩，只是笑。

离休后的父亲，只能由母亲陪他去散步了，母亲在散步前是有心理准备的，换上宽大的外衣，找出一双既松软又合脚的鞋。当新闻联播刚一播完，母亲马上便动身了，她要先下手为强，父亲则显得沉稳老练，不慌不忙，先上一次厕所，再喝几口水，清清嗓子之后，咚咚有声地走下楼去。母亲这时已经走出了一程，父亲便挥起手臂，迈动双腿，快步地向母亲追去。很快父亲便超过了母亲，母亲为了不让父亲落得太远，急急忙忙地倒腾双腿，仍跟不上父亲的步伐。母亲就喊：老石呀，都这么大岁数了，急啥急。父亲不理，仍一往直前。他在走路中，体会到了一种乐趣。那就是风声呼呼地从耳边掠过，这便是他最大的快感。母亲跟不上，就颠起脚跑，没跑几步，母亲便岔气了，她捂着肚子叫：哎哟，你要死呀。父亲已经走远了，听不见母亲叫了。她看干休所的人散步的很多，但情形大致和父亲母亲的样子相同，母亲们在后面走，父亲们在前面走。女人们落在后面，便三三两两地聚在一起说话，她们把陪男人散步的初衷忘在了一旁，变成了名副其实的散步。

当父亲向后转的时候，碰到了往回走的母亲，于是母亲又相跟着往回走。父亲到家之后，用冷水浇完了身子，打开电视坐下来喝茶了，母亲才吁吁着走回来，又是捣腿，又是抚腰的。母亲对这一切已经习惯了，她不责怪父亲，第二天，她仍乐颠颠地随在父亲屁股后头“散步”。以前她从没享受过这样的待遇，老了有这样的待遇了，虽苦点累点，但她知足了，别的一切都没啥了。

吃完早饭以后，是母亲例行去菜市场买菜的时间。那一天，父亲看着刚要出门的母亲说：以后我陪你去买菜吧，反正闲着也是闲着。父亲能说出这样的话，大出母亲的意外，她从来没敢奢望过父亲会和她一起去买菜，这是她多年来做梦也没有想过的。她看过别人家的老夫老妻成双成对地去买菜，那时，她是多么地羡慕呀。

父亲的提议令母亲激动得走路都不知先迈哪条腿了，她的脸上洋溢着满足幸福的笑意。当走出干休所大门的时候，母亲学着别的老夫老妻的样子，试图搀着父亲不时甩动的手臂，结果自然被父亲甩开了。父亲说：买菜就买菜，单纯点，别那么婆婆妈妈的。母亲的热情受到了一定程度的影响，但她仍满怀愉悦地随父亲走向了菜市场。

父亲还是第一次走进菜市场，满眼都是土地里长出的东西，一走进这里他就觉得很亲切，久违的亲情使父亲的情绪难以自抑，仿佛他又回到了老家，站在种满庄稼的土地上，大口呼吸着谷物的气息，父亲陶醉了。他觉得什么都可买可吃，不住地指指点点，让母亲买这买那。母亲可不像父亲那样显得没有经验，她不急不慌，从这头走到那头，不住地问着价钱，比较着，然后她才拿定主意，该买什么，不该买什么，买哪家不买哪家的。父亲随在母亲身后一遍遍催促着：行了，买吧，多好的黄瓜呀。

母亲买菜时，两眼盯紧了小贩手中的秤，为了几分的零头和小贩讨价还价，最后以小贩妥协而告终。父亲就小声问母亲：钱没带够是咋的？

母亲说：你懂啥，谁买菜不讨价还价。

父亲不高兴了，冲母亲说：你把钱给我。父亲这么多年来，兜里从来没揣过一分钱，家里的事都由母亲一人操持，他要钱没用，有了钱他也不知咋花。

母亲没有办法，只好把钱袋塞给父亲，父亲大权在握，立马挺起了胸膛，从母亲手里提过菜筐，撇开母亲向前走去。他来到一个菜摊前，指着一堆黄瓜说：来二斤，来二斤。

小贩很高兴，母亲赶来了冲父亲说：买那些干啥，吃不完都蔫了。父亲不理，小贩就说：二斤半，咋样？父亲说：就是它了。然后让小贩把黄瓜往筐里装，父亲地主似的看着筐里的黄瓜。父亲付钱时，小贩找了整数，又费劲巴拉、磨磨叽叽地去找零时，父亲又一挥手说：不就是那几毛钱吗，不用找了。

小贩就一脸惊喜。

父亲和母亲走出菜市场，母亲接过父亲手提的菜筐，又要回钱袋，满脸不高兴地说：你这个败家子，哪有你这么买菜的。

父亲就说：农民都不容易，挣俩钱回家能派上大用场。

母亲说：你不当家不知柴米贵。

父亲说：咱们能吃饱喝足，可以了，还想咋的。

母亲不想咋的，但母亲仍满脸的不高兴。母亲最后说：下次你别来了。

父亲刚尝到了逛菜市场的甜头，不让他来菜市场等于堵死了他一条路，父亲只好服软道：好好，下次我不当家了，还是你当家。

母亲这才转怒为喜。

下次再来，母亲又和小贩讨价还价时，父亲在一旁仍说：农民不容易呀。母亲不理他，父亲只能一次次感叹了。

这一段时间，父亲吃饭睡觉的，总觉得缺点什么，让他心里怪别扭的。一次睡觉前他无事可干，摆弄那部老式留声机，放的自然是这样那样的号声，当他听完熄灯号时，已经困得连眼皮也睁不开了。

第二天，父亲才恍然大悟，原来好久没有听到军号声了。从那以后，他每天睡觉前都要给自己放一段熄灯号，然后踏实地睡觉，后来发展到，起床后也放一段起床号，这样一来他才觉得新的一天真正地来了。

海后来得知了父亲这一毛病，买了一只日本造的放唱机，用的是光盘，光盘里刻的都是军号，又能定时，起床放起床号，就餐放就餐号，熄灯自然放熄灯号，海把这日本货送给了父亲。从此，父亲又能准时地听到不同内容的军号声了。

起床号一响，父亲一骨碌爬起来，和当年一样，擦把脸又跑出去了。就餐号响起时，父亲便会坐到餐桌旁，冲母亲喊：我饿了，到开饭时间了。于是母亲就急煎煎地往父亲面前端饭端菜。

熄灯号响起时，不管母亲如何被电视里的连续剧吸引，父亲都要强行关灯，关电视，拉着母亲去睡觉。母亲就感叹：过了一辈子军营生活了，你还没过够哇。

父亲说：军营生活有什么不好，我一辈子都过不够。

然后就睡觉，鼾声如雷。母亲在鼾声中也很快就睡去了，一切都习惯了。

十二

父亲在房间里挂满了昔日的“军事布防挂图”，这是海在作战部的资料室里为父亲找来的，身为中校军官的海很了解父亲的心情。挂在父亲眼前的挂图，都是父亲当年的杰作，那时为了反帝防修，便在边疆沿线布置了许多兵力。现在形势早就发生了变化，当年这些兵力布防图也就失去了它当年的作用，昔日的秘密，在今天看来，早已成为历史了。

父亲看着满眼的挂图，心情却久久难以平静，仿佛又掀开了昔日的岁月，那是多么令人难忘的日日夜夜呀。那时身为军区参谋长的他，带领着作战部的部长、处长、参谋们，一次次出现在边界的大小山梁上，父亲用手指指点点，胸怀激荡。在他当年的想象中，眼前的一切不久就会变成硝烟滚滚的战场，那才是军人应该有的日子。后来就有了这些根据地形地貌绘出的兵力布防图，它们花去了和平年代里父亲所有的智慧和心血。父亲长时间站在这些挂图前，仿佛又回到了当年，炮声隆隆，枪声阵阵，这一切是多么的让人激动哇。

父亲站在挂图前，他面对的不仅仅是一些纸绘的挂图，而是一片片山川河流，还有潜伏在山川里的千军万马。父亲用一根树枝在上面指指戳戳，踱步，然后很深刻地沉思。当年的父亲一直希望这些挂图能派上用场，可他等了一年，又等了一年。那时全国上下整日里吵嚷的都是：深挖洞，广积粮，备战备荒。一直到父亲离休，也没有打起来，父亲只能在这些绘图前长久地缅怀了。父亲久久地凝望着这些挂图，仿佛在凝视着自己曾经有过的岁月，父亲的眼睛干涩了。他向窗外望去，阳光一片，一切都是那么静谧可人，一群鸽子从楼顶上飞过。父亲莫名其妙地流下了眼泪，老泪纵横的父亲，久久地凝视着窗外。

白天大部分时间里，父亲都和众人聚集在凉亭下，抡胳膊挽袖子，吵吵嚷嚷，带领着司、政、后的老尚、老王、老李等人和昔日二野的一群人下棋。小小的棋盘上，双方寸土必争，为一步棋双方常常争得面红耳赤，父亲一生气就说粗话：老曹，妈拉个巴子，你也太不像话了，明明我们的马吃了你的车，你还赖账。是不是你们当年二野的人打仗都这个德行。

老曹也毫不相让，脸红脖子粗地说：你们赖账咋不说呢。你们四野的人都是一群癞皮狗。

你们是狗，你们才是狗！老尚、老王、老李等人也一起相帮。狗狗狗地吵成一团，此时他们不像一群离了休的老人，而更像一群孩子，为芝麻大的一点事，认真较劲。在这种时候，棋是无法下了，其中一方把棋盘掀了，车呀马呀炮呀的散落一地，另一方也说：不下了，不下了。再和你们下，我们就是狗。然后两拨人气哼哼地走了，那样子像结下了血海深仇似的。

转眼之间，也许半天，最长也超不过一天，两拨人又凑在一起了，老远就招呼：老石呀，来来来，咱们再下一盘。父亲挽挽袖子道：来就来，谁怕谁呀。老尚、老王、老李伴随在父亲左右，相拥着向凉亭走去。没下几盘，又开始吵，然后，又是不欢而散。

父亲在不下棋的时间里，莫名其妙地想念孙子孙女们。他每天早晨起床的第一件事，便是翻开新的一页日历，然后他巴望着周末早一点到来。只有周末，他才能见到可爱的孙子、孙女们，那是个开心的日子。他给他们讲故事，只有孙子、孙女们在时，他才能光明正大、名正言顺地讲那些陈芝麻烂谷子的往事，是他们又一次让他温习了自己光辉灿烂的岁月。

孙子、孙女们也有如一缕清新甜蜜的风，滋润着他。

有时晚上没事，父亲实在熬不住了，就开始逐个地给孙子、孙女打电话，咿咿呀呀，孩子似的和孙子、孙女们聊上一阵子。母亲就说：行了，说一会儿就算了，孩子们要写作业哪。父亲说：不忙，不忙，再说一会儿。父亲听着淼淼和小岛在电话里奶声奶气喋喋不休的声音，脸上如盛开了一朵花。

孩子们有时也主动把电话打过来，经过这一段时间的磨合，他们发现爷爷原来也是很可爱的，便也离不开他了。电话铃响起时，父亲和母亲总要争着去接电话，一方先拿起话筒眉飞色舞讲起时，另一方在一旁就急得直搓手，不时地提醒对方道：都过五分钟了，该轮到我了。对方就是死握话筒不松手，表情依旧是眉飞色舞。

讲完之后，两个人总要理论一番，谁比谁多说了。少讲的那一方吃了多大亏似的在一旁赌气，有时一晚上也不理对方。父亲定的熄灯号吹响时，两人就睡下了，依旧是谁也不理谁。好在这样的气是怄不过夜的。当第二天起床号响起时，两人似乎都把昨晚的事忘记了。父亲跑步，母亲做饭。吃饭时，两人又商量着去菜市场。现在父亲买菜的大权已经旁落了，经过据理力争，母亲又重掌了买菜的大权，左手提筐，右手死抓钱袋。父亲只能相跟着了，他似乎是母亲的保镖。虽说这样，父亲也知足了，他嗅着带着泥土芳香的茄子土豆们，心里充满着无比的幸福。

父亲已经完全适应了离休后的生活。父亲觉得离休后的生活也没有什么不好，习惯了，一切都无所谓了，日子就又是日子了。

在又一次检查身体时，老李住院了。在以后的日子里，干休所院落里便少了老李的身影。父亲他们就议论，老尚说：老李前几天还好好的呢，咋说住院就住院了呢。

父亲也说：可不是，秋天的时候还为一个萝卜楼上楼下地跑呢。

二野和四野的人又聚在一起吵吵嚷嚷地下棋时，父亲依旧要很民主地征求司、政、后各位首长的高见，当父亲把头转向左边老李经常坐的位置时，那里已经人去位空了。父亲再次把目光停留在那里时，总要愣一下神，然后拿起一枚棋子大声地说：将！

父亲和他的警卫员

一

父亲终于老了。

七老八十的父亲，再也不活力四射了，他只能站在自家门前惆怅地望着远方。他在等一个人，这个人究竟是谁没人能够知道。

父亲离休后，便住进了这幢小楼。那时他还算得上年轻，从不与先他一步来到干休所的那些老人为伍。那一时期，他总是显得形单影只，离休后的大部分时间里，父亲总是很闲暇的。闲暇的父亲，在干休所的花园里总是舞枪弄棒，打打杀杀的，看得那帮老人也跟着一惊一乍的。给父亲当过参谋长的老尚看不惯父亲这一套，就冲父亲说：老石，拉倒吧，都这么大岁数了，歇歇吧，你以为你还年轻呀。

父亲不理老尚。老尚其实只比父亲大几岁，早离休几年，因此，老尚就显得很稳重，每日里手里端了个茶壶，走到哪喝到哪，茶壶里泡的是西洋参什么的，名曰保健。老尚等人，要么就是吵吵嚷嚷地围在一起下象棋，为输赢争得脸红脖子粗；要么就打太极拳，在父亲眼里，这都是老娘儿们干的勾当。因此，父亲和这些老人们很合不来，也不正眼瞧他们，自己该干啥还干啥。

父亲手里有两样传家宝。第一件是一把东洋刀，那是在日本人手里缴获的，刀的主人是日本的一个大佐，父亲当团长那会儿，全歼了大佐的部下，又活生生地把正准备剖腹自杀的大佐捉了。这把东洋刀自然就成了父亲的战利品。

父亲另一件宝物是一支二十响盒子枪，这是和国民党作战时缴获的。

当然也是作为战利品被领导奖给了父亲。

父亲从一名通信员，一直干到军区的副司令，用过的枪他自己都记不清了，但他唯独喜欢这支盒子枪。这枪单发、连发都能打，握在手里沉甸甸的，手感很好，更重要的原因是这支枪救过父亲的命。父亲这两件宝贝，一刀一枪伴随着父亲走过了大半生。这一刀一枪给父亲的战争岁月带来了莫大的荣誉。和平岁月里，这一刀一枪给父亲增添了无穷的快乐。

每天早晨，在干休所院内一隅，人们经常可以看到父亲舞刀弄枪的身影。父亲先舞东洋刀，那把刀被父亲保养得很好，白生生的晃人眼睛，父亲就舞着这把刀，看得人眼花缭乱。老尚一干人等在一旁就咂舌，一边咂舌一边说：这老石，把自己当成小伙子了。

众人听了老尚的话，就都一起笑。父亲不理这一干人等，该咋的还咋的，待出了一身透汗，父亲这才收刀收势，喘息两口之后，又拿出了那支盒子枪。父亲把这支枪已经把玩得出神入化了。美国西部电影经常有牛仔把玩枪的镜头，无非是拔枪，上膛，枪在手里出两个花样，然后射击。这一切在父亲眼里简直是小儿科，父亲的枪把玩得很娴熟，具有极强的审美性。枪先在盒子里装着，父亲伸手抓枪，抓枪的一瞬，完成了子弹上膛的动作，这时枪已在手，枪口在父亲跟前那么一划，他的射击面已是三百六十度了，在他的眼前绝没有射击的死角，想当年，盒子枪里装满二十发子弹，只要父亲枪口这么一晃，不出几秒钟，眼前，左右的十几个人便成了枪下鬼。

父亲玩枪玩刀玩出了艺术，玩出了快感，玩出了审美。就连老尚等不大苟同父亲玩刀弄枪的人，看了父亲的表演，都咂着舌说：这老石，嘿，还真有一手。

父亲在一片惊叹声中收势换式，这时的父亲，脸色潮红，微汗顺着鬓角在阳光下晶莹闪亮。父亲在玩刀弄枪时，外衣早就脱下来了，搭在椅子背上，父亲自从来到了部队，就没穿过一天老百姓的衣服。此时，父亲穿的是绿军裤、白衬衣，袖子挽着，很干练也很青春的样子。父亲不玩了，很随便地把外衣搭在肩上，左手握刀，右手提枪，头也不回地向自家楼门走去。父亲的背影就像一个小伙子，干练而又利索。老尚等人望着父亲的背影，不无羡慕地说：这老石还和当年一样。

父亲没离休时，就把三个孩子先后送到了部队，先是林去了边防哨卡，后来海又去了海岛，那是个孤岛，一年半年也不下来一次，就是女儿晶也去草原当了一名骑兵。犬父虎子，他相信三个孩子都会比自己有出息。父亲对待孩子，从不婆婆妈妈。父亲把孩子接二连三地送到部队，就万事大吉了，连信也不去一封，更别说和什么人打招呼了。父亲在孩子们面前说得最多的一句话就是：路是自己走出来的，想当年我十三岁参军……父亲回想起当年，总是这样做开场白。父亲一这么开场，孩子们便纷纷地逃离了父亲，孩子们不爱听父亲讲古，他们听得太多了。只有母亲无路可逃，她成为父亲忠实的听众。有时母亲也烦，就说：老石你别说了，都说过一千遍了，累不累呀。父亲正说得兴起，刚讲到二十七岁当团长，单人匹马，到土匪窝子里和土匪谈判的事。母亲的话明显地打击了父亲的积极性，因此，父亲就没好气地说：爱听不听，我又没扯你耳朵，你可以走哇。

母亲果然走了，到楼下的厨房里准备午饭去了。父亲就不说了，他还说给谁听呢？于是父亲这时就想起一个人来，那个人就是曾和他出生入死几十年的警卫员小伍子。在孤独的时候，父亲异常思念小伍子。

后来母亲就去世了。母亲死之前，拉着父亲的手说：老石呀，我比你小十几岁，原以为比你能活，没想到却要比你早走了。以后就没人听你讲古了……

父亲含着泪拉着母亲的手，欲说还休的样子，母亲又说：老石呀，我不在了，让孩子们回来吧，对你也有个照应。

父亲没说什么，两滴泪水落在母亲苍老的手上，两滴泪水似对母亲一生的总结。母亲终于闭上了眼睛，父亲站起身挥挥手，擦干眼泪，该干啥还干啥。

父亲并没有遵循母亲的遗嘱，孩子们几次要求调到父亲身边来，都被父亲拒绝了。同时也拒绝了干休所领导对父亲的关心，父亲这个级别的领导，离休后是可以配炊事员、通信员、司机的，父亲一个也没要。母亲去世后，干休所领导考虑到父亲一个人生活不方便，打算给父亲配一名炊事员，买个菜做个饭，打扫个卫生什么的，也被父亲拒绝了。父亲提出了唯一的请求，那就是要求到干休所食堂入伙，没成家的干部战士都在食堂就餐。父亲对这个食堂已羡慕好久了，现在机会终于来了。从此以后，只要听到一声哨响，那是干休所食堂开饭时间，人们就会准时地看到父亲端着碗，向食堂匆匆走去的身影。

刚开始，干休所领导考虑到父亲的级别和年龄，单独给他开设了一个雅间，每顿饭都是四菜一汤，营养搭配合理。父亲却不愿意，硬要和干部战士一起吃，每顿都是两个菜，是大锅炖出来的，父亲却吃得香甜无比，他舔着嘴唇说：俺老石就爱吃这样的汤菜。样子也是喜笑颜开的。看他那样子，盼望这样的生活已经好久了，母亲的去世在父亲身上看不到一丝一毫的阴影，相反，这种无拘无束的生活给他带来了前所未有的快乐。

父亲仍玩刀弄枪，脸色红润，腰板笔直，走起路来虎虎生风。那时父亲毕竟还算年轻。现在父亲终于老了，人们再也看不到他那生龙活虎的身影了。父亲的脸上时常写满了悲哀，站在自家的院门口，期盼着一个人，有时也回想起当年那些风光的岁月。父亲想起这些时，往事历历在目，恍似就发生在昨天，这时会看到父亲的嘴角挂着一缕微笑。

二

父亲十三岁那一年放下了放牛的鞭子，参加了革命。那天下午是决定父亲命运的时刻，如果不是遇上了革命队伍，遇到其他队伍，他也会毫不犹豫地随队伍走去。那天父亲给东家放牛，两头发情的公牛为争夺一头母牛，顶了一中午架，累死在山坡上。父亲知道无论如何没法向东家交差了，他就开始哭泣，无助地哭泣，只有牛听得见父亲的哭声。

这时山下正过队伍，无路可去的父亲，只好扔下放牛的鞭子，一耸一耸地随着队伍走了。就在这支队伍过去不到一个时辰，另外一支队伍也途经于此，那是一支国民党的部队，所以说父亲的机遇在一个时辰间就发生了天翻地覆的改变。

十三岁那一年，父亲还没有枪高，胡子连长把一杆长枪掼在父亲怀里时，那杆枪差点儿把父亲压趴下。胡子连长就笑了。他摸着父亲的头说：打仗还差点儿，当我的通信员吧。父亲就成为胡子连长的通信员。父亲当通信员时，没有武器，只有一把砍山刀，说是砍山刀，只比砍柴刀大上一号，共产党的部队有逢山开道、遇河搭桥的优良传统，砍山刀，就是遇山开道的那一种刀。于是十三岁的父亲，扛着砍山刀，不分昼夜地去营里领通知，汇报敌情，山间小路、田头地边都留下过父亲一耸一耸的身影，成为当时部队一道新奇的风景。

单说那一次，父亲的连队被鬼子包围了。连长让父亲去营里搬救兵，那时部队都化整为零，和鬼子开展游击战。那是个月黑风高的夜晚，远处有零星的枪声在身后时隐时现，那时鬼子还没弄清我方的兵力，双方只是冷不丁地打冷枪，相互试探着。

父亲爬过了一座山，面对一条河时，发现了蹲守在那里的几只狼，狼是饿狼，红了眼睛，它们原本发现了一个猎物，不料那猎物就在它们眼皮子底下消失了，几只狼正在那里气急败坏地运气，这时，它们就发现了父亲。头狼嗷叫一声，群狼立刻抖擞精神朝父亲围了过来。父亲以前并不怕狼，以前放牛时，也见到过狼，那时是白天，牛群哞吼一阵，他也会虚张声势地扔几块石头，狼就吓跑了。这次不同，没有牛群助阵，又是晚上，遇到的又是群狼，父亲就手足无措了。他刚开始并没觉得有多么恐惧，连队被鬼子包围了，几十个人的性命系在他一个人身上，如果天亮前，搬不回救兵，几十个人说不定就让鬼子包肉馅了。父亲一急，就不那么害怕了。他弯下腰，学着吓唬狗的样子捡起了一块石头，向狼群扔去，狼群不仅没有被吓跑，反而更近地包围了他。星光下，前后左右足有六七只狼团团将父亲包围住了。父亲看到了狼绿森森的眼睛，甚至闻到了狼们呼出的腥臊胃气。父亲害怕了，冷汗顺着脊梁沟嗖嗖地冒了出来，汗浸湿了前胸后背。此时的父亲一副不知如何是好的样子，他蹲在地上，冲着狼群哭了起来，他一边哭一边骂：狗日的狼，咋这时候挡我的道呀。

狼们自然听不懂父亲的话，更不理解父亲此时的心情，它们的目的单纯而又明了，那就是恨不能一口把父亲撕扯得七零八碎，来填补它们饥饿的肠胃。

远处的枪声又隐约地传来，父亲猛地清醒了过来，他想起了自己的使命，抓起了砍山刀。直到这时，他才想起一直提在手里的砍山刀，越过河，再走十几里山路，就到营部了。眼前的几只狼却拦住了他的去路。突然，父亲闭上眼睛，挥舞起手里的砍山刀，一边咒骂，一边喊叫着向前跑去，他骂：狗日的狼，跟你拼了。他喊，妈呀，咋这么多狼呀。

狼们突然被父亲的举动弄愣了，它们先看见父亲坐在地上哭，它们以为这回到嘴的肥肉不会跑了，没想到，父亲突然站起身，手舞砍山刀，疯了似的冲过来。狼们惊怔了，这一瞬间，父亲已冲出狼群，哗哗啦啦地蹚过河消失在山林中。待狼们回过味来，父亲已经一头撞开营部的门。

自那以后，父亲说死也要有属于自己的一支枪。父亲把这一希望冲胡子连长说了。胡子连长背着手在屋里转悠了半天，才说：那你就到敌人手里夺去，夺到啥样是啥样的。听了连长的话，父亲就做起了夺枪梦。

那时部队还不能正面和敌人交手，虽说三天两头地打仗，但打的都是游击战，敌追我跑，有时连敌人的面都见不到。夺敌人的枪谈何容易，整个一个没机会。父亲为此苦恼了很长时间。

机会终于来了，父亲又接到了连长的命令，让他去一个镇子里取一份情报，这个镇子被鬼子和伪军占领着，但有组织在地下活动。父亲的任务是到镇子里“老来兴”中药铺去取一封信，父亲说：有柴胡吗？有人答：有，要几两？父亲再说：要三两三钱。这暗号就算对上了，那人会交给父亲一张镇子里敌人的兵力图。父亲很顺利地找到了“老来兴”中药铺，也很顺利地拿到了情报。父亲本可以出城了。父亲那年十四岁，还是个孩子，又没有穿军装，进城出城都不会引人注意。就在父亲走在街上，准备出城时，他看到了一个伪连长，屁股后头挂着盒子枪。盒子枪在伪连长屁股后头一摇一荡的，父亲的眼睛就直了，他做梦都想有这么一支盒子枪。事后想起来，父亲当时的举动简直走火入魔了，伪连长后头有一个警卫员，背着长枪，蔫头耷脑地在伪连长身后跟着。伪连长此时想在街上打秋风，先是在一个馒头摊前立住脚，拿起一个馒头，咬了一口，又把馒头扔在脚下，嘴里骂骂咧咧的。卖馒头的汉子，咧着嘴皮笑肉不笑地冲伪连长笑着。伪连长不看那汉子，把脸瞄向一个卖香烟洋火的老头儿，伪连长就像电影里经常出现的镜头一样，拿了一包烟、一盒火走了。老头就喊：老总，你还没给钱呢。

随在伪连长身后的伪军，冲老头龇了一回牙，骂了句什么，老头才不敢吭气。这期间，父亲一直随在伪连长的身后，他眼里只剩下那支盒子枪了，盒子枪到哪，他就跟到哪。后来，伪连长钻进了一个茅厕里，半天没有出来，那个伪军踱到一个茶摊前一屁股坐下，咕噜咕噜地往肚子里灌茶水。

父亲急中生智，捂着肚子也钻进了茅厕，伪连长还在蹲坑，他一定是有便秘的毛病。父亲进去时，他还瞪着眼，攥着拳，吭吭哟哟地和自己较劲。父亲想也没想，也蹲在了伪连长一旁，伪连长缓过一口气，冲父亲吼道：小毛孩子，凑什么热闹，滚一边去。

父亲不滚，他眼睛一直盯着那支盒子枪，此时那支枪套在伪连长的脖子上，枪在他胸前晃悠着。父亲觉得机会来了，他脑子里只有一个想法，那就是把盒子枪弄到手。父亲赤手空拳，连砍山刀都没带，突然他看见了脚下的石头，那是茅坑旁的垫脚石。父亲毫不犹豫地搬起了石头，伪连长正一心一意地和肚子里一堆杂碎较劲，没想到父亲会把石头砸向自己的头。他只“嘿哟”了一声，便掉进了茅坑里，父亲顺手把盒子枪揽到自己的怀里。父亲抱着衣服里藏着的盒子枪走了出来。他看见那个伪军仍在那喝茶，吃瓜子，哔哔剥剥的，有声有色的样子，伪军连眼皮都没撩一下。

父亲一口气跑回了连队，从此父亲有枪了。父亲这种行动，受到了连长的表扬，同时也遭到了批评。批评就批评吧，反正父亲从此拥有了一把属于自己的枪。

这支枪一直随着父亲走南闯北，东打西杀。此刻，那把枪仍旧挂在父亲的床头。父亲终于老了，他再也玩不动枪了，但父亲每天都要雷打不动地擦那支枪，然后望着那支老枪，想着自己青春年少时的往事。

老年的父亲想起往事时，心头便蒙上了一层尘埃。对青春年少的向往，加深了父亲的悲凉。

父亲站在自家门前，冲朝他张望而过的年轻人的背影说：看什么，看我老了是不，你早晚也有这一天。

父亲一面怀想着青春，同时也嫉妒着青春。他更加急切地想见到一个人。

三

父亲命运的改变，是给麻子团长当警卫员时发生的。那一年父亲十五岁，他给胡子连长当了两年通信员后，个子长了半头，胳膊腿的骨节正是嘎嘎巴巴生长的时候，十五岁的父亲已出落成一个准小伙子了。一次去团部送信，麻子团长看中了父亲，于是父亲就成了麻子团长的警卫员。

警卫员有警卫员的准则，他要保证首长的安全，这是至关重要的一条。警卫连长已明确地和父亲交代过这一准则。警卫连长说：团长的命就是全团一千多号人的命，要是团长有个三长两短，我拿你的脑袋是问。

父亲知道自己的脑袋宝贵，团长的脑袋更宝贵，于是父亲一点也不敢马虎。麻子团长打仗时有个习惯，总是要到前沿阵地去，指挥部形同虚设，麻子团长有望远镜也不用，一定要用自己的眼睛看到才作数。这样一来，团长的危险性就加大了。有几次父亲随团长去前沿阵地，仗打得正激烈，子弹嗖嗖地从团长头顶和父亲头顶飞过。团长端着一把枪，一边指挥一边射击，有一次，敌人的子弹把团长的帽子都打飞了。父亲就有些着急，随在团长屁股后头喊：团长，回去吧，这也不差你一个。麻子团长一打仗，眼睛就充血，脖子上的血管一道道地努突出来。父亲的喊叫，他根本没有听到，换句话说，就是听到了，也根本没往耳朵里去。

这事之后，父亲遭到了警卫连长强烈的批评，父亲有些委屈，辩解着说：团长根本不听我的。连长就说：你是个死人呀，不会用力气呀。父亲不知怎么冲团长用力气，两眼茫然地望着连长。连长就给父亲做了个示范，他用肩膀一扛父亲，就把父亲扛倒了。然后连长拍拍手说：就这样。

接下来父亲就明白了，人都扛倒了，接下来的事还不是自己说了算，可以把团长绑起来，也可以把团长背下去，他不会管团长愿不愿意，保卫团长的安全就是他的工作。父亲心里有数了，再见到团长时他就忍不住地想乐。麻子团长不明真相地说：小石头，你笑啥？父亲不语仍笑，心说：团长你就瞧好吧。

瞧好的日子终于来临，那年代，三天两头地打仗，麻子团长冲锋陷阵的机会很多。团长又一次上阵地，父亲自然劝不住，只能尾随着团长上了前沿阵地。战斗打响的时候，父亲就冲团长吼：回去，你给我回去！这次父亲得到了制服团长的要领，喊叫起来的底气就很足。团长正忙于察看敌情，不理会父亲，父亲的身体挡住了团长的视线，团长还恼火地拨拉父亲：一边待着去。

父亲真的火了，他学着警卫连长的样子，用身体去扛团长，没料到的是，团长纹丝没动，自己倒被团长撞了个跟头。父亲有些恼羞成怒了，他爬起来，再接再厉地向团长撞去。团长也烦了，扔了手里双枪冲父亲吼：小石头你干啥，耽误了军情，老子毙了你。

父亲趴在地上就没词了，他恼怒、羞愧、委屈，眼泪在父亲眼里打着转转。他仰着头望着灯塔一样的团长，这才明白，凭自己十五岁的身体是无论如何也撞不倒团长的。警卫连长交代他的话父亲仍清楚地记得，团长的命就是全团一千多号人的命。想到这，他又向团长扑去，这次他抱住了团长的腿，一下子就把团长扑倒了，也就在这时，一颗炮弹飞了过来，在他们身边爆炸了。父亲救了团长一命，要不是父亲这一扑，那颗炮弹说不定会要了团长的命。

就这样，团长也挂彩了，两块炮弹片击中了团长的大腿，战场上的情形也很危急了，鬼子分三面包围了阵地，部队已开始后撤了。接下来，保护团长的任务，责无旁贷地落在了父亲身上。团长足有一百八十多斤，一百八十多斤的团长对于十五岁的父亲来说简直是泰山压顶。那时的父亲也说不清到底哪来的力气，总之，他背着团长，一鼓作气跑了二十多里山路，一直到接应的部队出现，父亲一头栽倒了，他从胸膛里吐出了一口鲜血，接下来，便不省人事了。

父亲醒过来的时候，第一眼便看见了团长，团长的腿上裹满了绷带，团长正不错眼珠地望着父亲。父亲见到团长，突然“哇”的一声哭了起来，他一边哭一边说：团长，我以后不给你当警卫员了。

团长含着泪，一边笑着说：小石头，以后我一定听你的。

这件事，让父亲和团长成了生死之交。在战争年代，警卫员和首长结下这种生生死死交情的动人场面，不计其数。当父亲当了团长之后，他也和警卫员小伍子谱写了一曲悲悲壮壮、轰轰烈烈的人性交响曲。

麻子团长不久就当上了师长。警卫员仍然是父亲，那年，父亲已年满十八岁了。虎背腰圆不敢说，总之，父亲浑身的肌肉条条块块的。父亲身体里经常涌动着一股燥热，他想喊、想叫、想跳，三天不急行军一次，父亲就觉得有劲没处使。五天不打仗，父亲就搬师部所在地村头放着的石碾子，他把几百斤重的石碾子搬来搬去，一直搬得满头是汗，他才平静下来。

父亲现在不用仰着头去望师长了，他现在只要轻轻一扛就能把师长灯塔样的身体扛倒了。每次打仗时，师长再也不敢和父亲耍威风了，而是赔着笑脸，央求父亲：石头，让我去看一眼吧，要不然我心里没底。父亲板着脸，一棵大树似的站在指挥部的门口，师长一看见父亲就一点脾气也没有了。然后他像一头磨道上的驴子一样，在指挥部里团团乱转。战斗打响的时候，电话早就接通了。这时，指挥所里电话铃声不断，师长不习惯冲电话发号施令，他接电话时，就冲各团各营发火：外面的情况我也不知道，你让我下啥命令。说完摔了电话，然后虎视眈眈地望着站在门口的父亲。父亲不怕师长，也和他对视着。直到师长一双目光柔和了下来，半晌又哀求地说：石头，让我去看一眼吧，就一眼，行不？

父亲见师长这样子，硬下的心也化了，便说：那你得听我的，我说回来就回来。

师长就说：行，行，听你的。

直到这时，师长又像出笼的小鸟一样自由了，他呼吸到了战场上的硝烟，于是，师长就又是师长了。在阵地上停留时间的长短，父亲会依据情况而定，有时父亲让师长撤下来，师长不听，父亲一扛就把师长扛倒了，然后抓猪似的抓起师长就走。师长就无奈地说：小石头，你跟我来这一套，你等着。

父亲不听师长那一套，等战斗结束了，师长说什么他都听，此时，师长却得听父亲的。师长和父亲两人的感情就在这种吵吵闹闹中增进着。

一晃，父亲给师长当警卫员已有五六年，父亲早就想着下到部队去了。父亲也喜欢打仗，在战争中才能成长。师长也觉得把父亲留在自己身边太屈才了，也想找个机会把父亲放到部队里锻炼锻炼。

父亲终于离开了师长，到部队当上了尖刀连的连长。

父亲又和师长见了几次面，每次见面师长都抓住父亲的手摇了又摇，说：小石头，我想死你了。一旁的警卫员就补充道：师长晚上做梦都喊你的名字。父亲听了，眼圈红了。把师长的警卫员拉到一旁，千叮咛万嘱咐，无非是师长的安全，以及师长的生活规律、喜好等等。警卫员就一脸愁容地说：石连长，别的都好说，一打仗师长就不听我的了。

父亲望了眼警卫员，警卫员又瘦又小，他想扛倒师长是不可能的，父亲就说：那你就抱师长的腿，像死狗一样地缠住他。

警卫员就点头。

父亲就又说：师长要是有个三长两短的，我拿你是问。

警卫员就一脸严肃地说：石连长你放心，我知道师长的命比我的命重要。

父亲还想说什么，忍住了没说，重重地拍了拍警卫员的肩头。

又过了不久，在一次遭遇战中，师长牺牲了，连同师长的警卫员，一块被鬼子的炮弹击中了。父亲得到这个消息后，两天没吃下去饭，他一直念叨着：要是我在就好了。

师长的墓地就草草地建在了那座秃山上，直到解放后，师长的墓地才移到烈士陵园。每年的清明节，父亲都去为师长扫墓，在师长墓前坐一会儿，上支烟，放在师长墓前，父亲说：师长，小石头来看你了。父亲望着袅袅的香烟，觉得师长的魂就在身边。

父亲说：师长，抽口烟吧。

父亲还说：师长，石头想你呀。

父亲还说：师长，还记得当年吗？

老年的父亲，回想最多的就是当年，那时父亲和他的战士们都很年轻。年轻的岁月就有了许多让人回忆一辈子的事情。

四

父亲当上团长那一年，有了自己的警卫员。第一任警卫员就是小伍子，按父亲自己的话说：这小伍子咋长的呢，跟我一个德行。

那年小伍子二十岁，长得圆头圆脑，短胳膊粗腿的，在给父亲当警卫员前，小伍子已经当满四年兵了。警卫连长给父亲选警卫员时，一眼就相中了小伍子，父亲也相中了小伍子。小伍子来到父亲身边几个月后，父亲就喜欢上了小伍子。他说小伍子和自己一个德行。

天津战役结束后，部队暂时在山海关有一个时期的休整。部队放几天假，父亲就显得没事可干，这遛遛那看看，父亲不管到哪儿，小伍子总是不离左右。

一天晚上，两人躺在炕上就说到了吃，那时部队整日打仗，饥一顿、饱一顿的，肚子里没啥油水。一说到吃，马上引起了两人的共鸣，小伍子吧唧着嘴说：要是能吃碗肥猪肉该多好哇。

小伍子来了兴致，趴在父亲身边说：团长，你能吃几碗？

父亲想了想说：大海碗，能吃两碗吧。

小伍子说：团长，我能吃三碗。

父亲说：吹牛。

小伍子说：不信咱比试比试。

父亲说：你要是输了怎么办？

小伍子说：我要是输了，打仗的时候我不管你三次，你爱去哪去哪。

父亲兴奋了，爬起来和小伍子击了掌。

第二天，部队接到了开拔的命令，因此，各部队都要改善伙食，父亲所在的团部，也买了一头猪杀了。有了猪肉，父亲就和小伍子赌了一回吃。肉是炊事班班长盛的，满满两大海碗，肉上面撒着蒜末，又浇了一层黄酱。父亲看了眼小伍子，小伍子又看了眼父亲，两个人便开吃，第一碗，两人吃得风卷残云，连头都没抬一下，而且吃出了肉的滋味。

父亲把空碗递给炊事班班长时，还抹了一下嘴说：好久没有吃到这么香的肉了。小伍子一边嚼着肉，一边在嘴里唔唔着，同时也把空碗递给了炊事班班长。

两人吃第二碗时，速度明显慢了下来，你看我一眼，我看你一眼，半晌之后，第二碗吃下去了，父亲打了个嗝，把空碗又递给炊事班班长，小伍子随后也把碗递给了炊事班班长。父亲扭头冲小伍子说：还吃不吃？

小伍子若说不吃，那就是输了。小伍子是不服输的，便梗着脖子说：说三碗就是三碗。父亲就冲炊事班班长挥挥手，炊事班班长就又去盛肉了。

第三碗肉父亲吃得异常痛苦，一边吃一边骂小伍子：你这小子，尽吹牛，你吃，你吃。父亲一边说话一边顺着嘴巴子流油。

小伍子也异常痛苦，但他却笑着，故意气父亲：团长，吃不下就算了，反正我还能吃。

第三碗吃到一半时，父亲说什么也吃不下去了，把碗推到一边，看着小伍子把自己那半碗像咽药似的吃了下去。

接下来的事情可想而知，那一晚，肥肉撑得两个人睡不着，两人托着肚子孕妇似的在院子里转着圈走。后来口渴，又喝了几碗凉水。后半夜，两个人便逃命似的往茅房里跑。父亲一边跑茅房一边在心里骂：小兔崽子，看以后怎么收拾你。

小伍子一边跑茅房一边在心里乐。

第二天，部队出发时，父亲被折腾瘦了一圈，腹泻仍没止住，队伍向前开进，父亲需要打马扬鞭地找僻静地方解决拉肚子，小伍子也是。有时父亲刚回到队伍中，小伍子又急三火四地往路旁的草丛里钻。气得父亲大骂：你蹲那拉吧，就别回来了。知道事情真相的人，就哈哈大笑。

父亲这个团是尖刀团，没走多一会儿，就和敌人遭遇了，于是开战。父亲自然奋不顾身地往第一线冲，小伍子不离父亲左右，奋不顾身地往下拉父亲，两人在阵地上撕撕巴巴争执着。

这一仗从下午一直打到晚上，敌人才开始退去。几个小时过去了，枪声一停，父亲突然想起拉肚子的事，几个小时竟没拉一次肚子。父亲这么一想，又感到内急，又慌忙地找地方方便。小伍子也似受了传染，也随着父亲方便去了。两人蹲在一个弹坑旁，父亲说：日怪，打仗时咋不拉肚子？小伍子也说：邪了，枪声一停又来了。

两人提上裤子，你看我一眼，我看你一眼，突然大笑了起来。

三大战役结束后，部队暂时没什么仗可打了，父亲的部队又被调回到了东北。东北的深山老林里仍盘踞着不少土匪，当辽沈战役打响时，捞到实惠最多的就是土匪了。当时谁也没顾上这一群一伙的土匪，当时国民党撤退时，遗弃了不少武器弹药，土匪们借着情况熟悉，捞了不少武器弹药，土匪们的武装就今非昔比了。

这些土匪都是一些亡命徒，国民党在时与国民党为敌，借着地形熟悉，又加之山高路险，国民党也对他们无可奈何。

现在他们又与共产党为敌了，因此，父亲的部队得到了收剿土匪的命令。第一仗父亲就碰上了一个钉子，一伙土匪，据说有百十号人马，占据着大孤山，土匪头子叫胡占山。山高路险，父亲的部队几次进攻都没能拿下大孤山，父亲还从来没有打过这样别扭的仗，脱光了膀子，抢了挺机枪向山上一阵狂扫。土匪们躲在暗处，父亲的进攻自然收效不大，大部队一连围困了土匪七天，也不见土匪有下山投降的迹象。急得父亲团团乱转。

正在这时，小伍子报告父亲，说是山上有一个小匪要见父亲。父亲见到了那个小匪，那小匪捎来胡占山的话，说是久闻父亲的大名，要投降可以，但有个条件，一定让父亲单枪匹马上山去谈判。

父亲当下就答应了这小匪，并放他回山上去回话。小匪一去，众人急了，说什么也不让父亲一个人上山。最着急的还是小伍子，他撸胳膊挽袖子地说：团长你不能去，要去，我自己去。

父亲知道要想说服这些土匪，自己不亲自出山是不好办的。说服众人容易，因为他是团长，他的话就是命令，可想说服小伍子那并不容易，小伍子是他的警卫员，保卫他的安全是小伍子的责任。

那天，父亲在小伍子面前没说什么。第二天一早，父亲一个人偷偷地出发了。还没来到小孤山，父亲就发现了小伍子，小伍子腰里别着双枪，手里还拿了一把砍山刀。父亲知道这样带小伍子去，一定谈不成，说不定还没走到土匪窝，就被土匪暗枪给算计了。父亲无论如何不能带小伍子去。父亲就立住脚，等小伍子走近，生气地让小伍子回去，小伍子自然不回去。

两人便仇人似的相向站在山坡上。

小伍子说：要么带上我，要么你就回去。

父亲说：我不回去，你回去。

小伍子说：团长，这帮土匪啥都干得出来，我不在咋行。

父亲说：我说一个人去就一个人去。

…………

两人互不相让，于是两人就那么仇视地对望着。父亲知道，不制服小伍子自己就不能上山，不上山，土匪就不会投降。想到这，父亲向小伍子扑去，小伍子明白了父亲的用意。他也想制服父亲，只有那样才能保证首长的安全。两人就真刀真枪地干上了，一会儿父亲把小伍子放倒了，一会儿小伍子又占了上风，两人撕巴了好长时间，父亲终于制服了小伍子，并用小伍子的腰带把小伍子的手脚捆了起来。

小伍子就绝望地喊：团长，你不能去呀。

父亲拍拍衣服走了，他回头看了眼小伍子，父亲说：等我回来。

小伍子用绝望的目光望着父亲。

胡占山早就拉好了架势等父亲了，其实父亲早就出现在小胡子们的视线里了。父亲径直被小胡子领进了一个山洞，阴森森的山洞使父亲一连打了几个冷战。

刚一进洞口，一个黑大汉一把抓住了父亲的手，亮着嗓子说：石团长，有种。俺早就想见你一面，你打蒋介石打出了名。俺佩服英雄。

父亲断定这人就是胡占山。

父亲挣脱那人的手道：不知叫我来有什么事？

胡占山一挥手，顿时有人捧着一坛子高粱烧酒走过来，还有人手里提了一只鸡。胡占山接过鸡，从腰里拔出刀，一挥手就把鸡的脖子抹下去了，然后把鸡血倒进酒坛子里，又倒出两碗白酒冲父亲说：石团长，干。

父亲只好接过酒，一饮而尽。

胡占山抹着嘴说：石团长，果然豪气。我这人就服比我强的。

父亲笑一笑，这时又有小伙子倒上了第二碗，父亲一仰脖又干了。

胡占山又说：我们降你心服口服，你能一个人来山上，说明你这人有胆量。我胡占山今天算是开了眼了。明天，我一准带人下山。

正说着，洞口一阵大乱，还没等父亲明白过来，只见小伍子光着膀子，右手握着枪，左手也握着枪，奋不顾身地冲了进来，几个把门的小匪被他冲得七零八落、东倒西歪。

小伍子看见了父亲，长吁了一口气。

胡占山也明白了什么，端着碗酒走到小伍子身旁说：这位兄弟义气，我说石团长咋老打胜仗呢，原来是好汉手下没弱兵呀。

那天晚上，父亲和小伍子就留在了山上，胡占山设宴招待了他们。父亲和胡占山两人都喝得大醉，小伍子任胡占山好话说尽，一口酒也没碰。他手持双枪一直站在父亲身边。

第二天，父亲带着胡占山和众土匪往山下走时，看见一团的人马已经把小孤山围得风雨不透了。还有一个炮营在准备试射。他们不知父亲的安危，父亲不下来，他们马上就要杀上山来了。

五

老年的父亲，一直想念的那个人就是警卫员小伍子。

当年的小伍子，一口气给父亲当了十三年警卫员，一直到战争结束。后来小伍子到营里当了名副营长，接着又当上了团长，不久，小伍子就转业回到了地方。

小伍子给父亲当警卫员的十三年时间里，他们的友谊被传为佳话，在部队里广泛流传。有些事情，许多人都不相信会是真的，但的确发生了。

父亲的部队解放天津的时候，父亲接到了一个棘手的任务，那就是让他处理那些无家可归的妓女。都新社会了，妓女这行当，伤风败俗不说，重要的是影响社会治安。那时天津大小妓院不下几十家，暗娼就不用说了。

那时父亲还没有结婚，面对着百十号老老少少的妓女，他感到头疼，也感到震惊。这些女人每日里和男人打交道，从早到晚就是床上那点事，她们看男人时，目光是麻木的，也带着挑逗。父亲一出现在妓女们面前，就有妓女说：长官，别假正经了，咱们来一把吧。父亲在生死面前毫不含糊，说冲锋就冲锋，可面对妓女，他一点脾气也没有了。听了妓女们明目张胆挑逗的话，顿时脸红脖子粗的。随在父亲身后的小伍子断喝道：不许胡说，我们首长可不是那样的长官。

又有妓女说：是男人都一样，要不你来一把也行，然后放我们走，你们该干啥干啥，我们干啥你们也别管。

小伍子在女人面前也明显的经验不足，和父亲一样红头涨脸地说：你们，你们……小伍子已经说不下去了。

回到办公室的父亲，气得把枪摔在椅子上，他一脚踩着凳子，一口气喝光了一碗白开水，然后大骂：一群猪，一群狗，要是不怕犯错误，老子真想一梭子扫了她们。

气话归气话，父亲是不能干犯错误的事的。上级也知道，这些妓女不改造好，放入社会将来还是个隐患，于是就命令父亲给这些妓女办班。父亲就给这些妓女办班，先把她们集中到一个操场上，周围是放哨的士兵，中间放了张桌子，桌子后面坐着搞宣传的干事。干事都很有文化，写了讲稿，讲稿的题目是：重新做人。宣传干事讲了一通新社会的妇女要自珍自重等话题。妓女们没人把宣传干事的话当真，她们坐在操场上，嘀嘀咕咕，冲周围的士兵挤眉弄眼，有两个年龄大的妓女，不知羞耻地亮出了自己白花花的胸部，看得士兵们低下头去。

父亲终于忍不住了，他掏出枪，冲着天空就是三枪，这下把妓女们震住了，她们一时不明白发生了什么，很惶然，也很惊悚地望着父亲。父亲说：你们别给脸不要脸，你们想咋的。妓女们不想咋的，关键是她们没有这个觉悟。

父亲在妓女们面前显得束手无策，最后他想出一个招来，那就是军管。把妓女们集合起来，像军人似的站成队，让士兵们操练她们，为了增加气氛，父亲集合起所有的部队，荷枪实弹地站在一旁。

妓女们有些害怕了，她们不知道部队要怎么处置她们。刚开始，操练她们的士兵让她们往东，她们不敢往西。一时间，妓女的队伍竟走出了几分模样，父亲觉得有些满意，掂着手里的盒子枪，冲小伍子笑了。小伍子见父亲开心，他也很愉快。

几日下来，妓女们又我行我素了。她们见部队并没拿她们怎么样，好吃好喝地供养她们，她们又放松了下来，于是把队伍走得稀里哗啦。

部队没时间和这些娘儿们磨洋工，一个命令下来，遣返这些妓女。有些妓女有家的，家在解放区的还好办，有部队出路条，给路费；那些家不在解放区的，又没有家的就不好办了。细究起来，这些妓女大都是穷苦出身，有的是为了还债，卖给妓院，有的是被人拐来的，不管出于什么原因，她们一到了妓院做起妓女的行当，就全不顾廉耻了。

妓女们被遣返了一批，还剩下一些没着没落的妓女不好处置，于是上级又来了命令，在报纸上登广告，有意娶这些妓女为妻的，政府可赠大洋五元，作为安家的费用。一时间很多人都来娶妓女。这些人，有许多想法，有的是真找不到老婆的，还有的是冲着那五块大洋来的，更多的人是抱着好奇的心理。

政府本着对妓女负责的精神，对每个前来的男人都要面试，回答几个问题，才能让他们领人。这些男人都被叫到父亲面前。

父亲问：你没老婆？

男人答：没有，真的没有。

父亲又问：你愿意娶这样的女人？

男人又答：愿意，真的愿意。

父亲还问：是真心的？

男人再答：我都打了半辈子光棍了，有个女人肯嫁我，我就是下辈子当牛做马也值了。

父亲挥挥手，有人就带着这个男人去选妻子了，男人在妓女面前走一遭，再走一遭，他们平生还没见过这么多漂亮女人。他们眼热了，心跳了，妓女在他们眼前个个赛天仙，先不说妓女们有多漂亮，单是妓女们的打扮，他们就没见过。在他们眼里，妓女们个个穿着洋气，又烫发，又戴戒指的，他们看花了眼，然后随便地指着一个妓女说：我就要她了。

那个妓女便被带了出来，又领到父亲面前。父亲说：你愿意和他成亲吗？

妓女有时点头，有时摇头。点头就算成了一对，摇头的，再让男人去挑。这些妓女对自己的未来已没有更高期望了，几年、十几年的皮肉生活，多多少少的她们都积攒了一些私房钱，有男人肯娶她们过日子，她们就心满意足了。她们一般不挑剔男人，只要觉得男人还年轻，有一把子力气，人又忠厚，就称了她们的心。

找到了合适女人的男人，一手拿着大洋，一手牵着女人，喊着“共产党万岁”的口号欢天喜地走了，过日子去了。

在处理妓女的过程中，小伍子找到了父亲。不是小伍子看上了妓女，而是他替他哥哥走个后门，看能否有希望让他哥哥也来挑一名妓女回家过日子去。

小伍子是中原人，中原闹灾时，他们一家逃荒到了河北。在逃荒的路上，父亲得瘟疫死了，就剩下他和哥哥。那年他十岁，哥哥十五岁。哥哥靠给东家打工养活着小伍子。十五岁的时候，小伍子参军了。哥哥现在还是一个人待在家里，这么多年了也没什么积蓄，讨不起老婆，三十来岁的人，还打着光棍。

父亲听完小伍子叙说，便一拍大腿说：你咋不早说，怕是好的都被人选走了。

小伍子得到了父亲的首肯，一面通知哥哥来天津领人，一面和父亲一起为哥哥选女人。

选来选去，父亲替小伍子的哥哥选了一个女人，这人叫小凤，家是南方的，今年二十一，她是被一个远房亲戚拐到天津卖到妓院里来的，她到天津已经四五年了。刚开始，父亲并没注意到小凤，她一见人就低头，不像别的妓女见到男人就说骚话，她在父亲面前知道脸红、低头。父亲觉得小凤这人行。

很快小伍子的哥哥就来了，领了小凤，领了政府发给的五块大洋欢天喜地地走了。那次，小伍子的哥哥冲父亲说了许多感激的话，当然也跟多年不曾谋面的小伍子说了许多私房话。

哥哥领着女人走了，小伍子的心也踏实了。哥哥的后半生总算有着落了。那些日子，小伍子很高兴。

没几日，父亲突然接到了一份报告，在天津不远郊区一个山洞里，发现了一具女尸，从穿着打扮上看，这女人很像是父亲部队改造过的妓女。妓女出事，父亲是有责任的，马上就派人调查此事，结果确认那妓女是小伍子哥哥领走的小凤。很容易看出，小凤是被人掐死后又扔在山洞里的。

小伍子的哥哥被带到了部队，小伍子的哥哥很快就招了，他是图财害命，杀了小凤，把小凤随身携带的细软都卷跑了。这件事影响很坏，给妓女们下一步教化工作带来了难题。上级很气愤也很震惊，下令把谋杀小凤的人枪毙以示警诫。

得到这个消息后，小伍子哥哥哭了，小伍子也哭了。小伍子最后一次去看哥哥，哥哥说了许多后悔的话，但也说出了真话，他说：小伍子，哥咋的也不能娶个妓女给你当嫂子呀，哥就是为了她的钱。有了钱，哥就能给你找一个清白的好嫂子。

小伍子一边哭一边说：哥，你好糊涂哇。

命令就是命令，小伍子的哥哥马上就要枪决了。枪毙小伍子哥哥前，小伍子突然找到父亲说：团长，让我去执行吧。

父亲怔住了，他望了小伍子半晌，小伍子也望着父亲，此时，他眼里已没有泪水，有的只是仇恨。父亲点了点头。

枪毙的现场很隆重，因为这件事惊动了整个天津，执法也自然要隆重些，以正压邪。

行刑地点就在训练过妓女的操场上，小伍子的哥哥一被带上来，他便呼天喊地地说自己后悔了，不该干这丧良心的事，可一切都已经晚了。小伍子站在哥哥的身后，举着一支枪。小伍子脸上没有表情。哥哥回头看了眼弟弟，白着脸说：弟呀，你真下得去手吗，当年我有一个饼子分你半个。

小伍子说：哥，别说这些了，这我都知道，你还有啥就说吧。

哥说：弟呀，我死了，你每年给我烧些纸吧。

小伍子点了点头。

哥又说：哥后悔呀。

小伍子望着哥的白脸。

哥还说：弟呀，我在那边等你，到时咱们还是兄弟。

父亲在一旁听着，眼睛也湿了，他担心小伍子下不了手，正准备换人。这时，小伍子手里的枪响了。

那次，小伍子和父亲抱在了一起，小伍子呼天喊地地说：团长，这世上从此没我的亲人了。

父亲打断小伍子的话说：胡说，我就是你的亲人。

从此，父亲把小伍子当成了亲人。

年老的父亲回忆起当年这一段，仍然心绪难平，他日思夜想地想见到小伍子，因为小伍子是他出生入死的战友、亲人。

六

小伍子救过父亲的命。

父亲在东北收编土匪时，真正地打了一仗。在东北九台县，有一股号称陈三虎的土匪，这股土匪，是陈姓的三个兄弟组成的，老大陈大虎，老二陈二虎，老三陈三虎，号称东北三虎，手下有几十个小土匪。陈三虎在九台一带引起极大民愤，吃大户、绑票什么事都干，最可气的是，三个兄弟经常轮奸平民百姓的女人。他们不分老幼，只要有些姿色的让他们发现了，想方设法捞到手里，三个兄弟以抓阄的形式分出先后，然后轮流强奸女人。每次抓到的女人，掳到自己的山上，待的时间长短不等，这要看三个人的情绪，玩出兴致了，就多玩些日子；没什么兴致，三两日便把女人放了。

每次陈家兄弟都不让女人空手下山，或在女人兜里装两块银圆，或背一袋米回家。这些女人的命运可想而知，有些烈性的女人，还没走到家里便向一条河跳进去，随波逐流了。也有的女人，上有老下有小，忍气吞声地活下来，整日里以泪洗面。一时间，九台县地面上鸡犬不宁，女人听到陈三虎的名字，恨得牙根儿发痒。许多年轻女人，或有些姿色的女人，头不梳脸不洗，以一副人不人鬼不鬼的形象过着生活。

父亲剿匪进入九台县之后，便有许多女人男人找到父亲的部队哭诉，字字血，声声泪，听得父亲一愣一愣的。父亲就背着手，气得直哼哼。一旁的小伍子，也把牙齿咬得咯咯响。父亲很快下了决心，要以最快的速度铲平这股土匪。

当时上级对待这些土匪有个政策，那就是团结大多数，铲除一少部分。能收编的收编，不能收编的就地解散，少数罪大恶极的可以就地正法。

陈三虎这股土匪与别的土匪有些不太一样，他们没把共产党的部队放在眼里。当年国民党的部队曾围剿过他们。他们一不跑二不逃，就驻扎在陈家大院里。那个陈家大院被这股土匪经营得像堡垒一样，有土围子，有炮楼，还有暗堡什么的，可以说一切机关暗道，陈家大院里应有尽有。

当年国民党部队用一个团的兵力，围着陈家大院打了七天，愣没把陈家大院打下来，为此还死了百十名兄弟。那一仗，陈家大院的土匪才死了三个人。

陈三虎在大院里囤积了足够吃一年的粮食，因此他们心里很有底数，自然没把父亲的部队放在眼里。他们要和父亲决一死战。

父亲的部队是在掌灯时分把陈家大院围上的，然后派人上前去喊话。说是喊话其实就是做思想工作，交代一些政策，让他们举手投降，从轻发落等。

陈三虎也轮流向外喊话，他们的话语轻蔑而又张狂。他们说：姓石的你们听着，别跟我们扯犊子，有能耐你就攻上来。要是输了给你牵马提鞋，别的，你少扯。

他们还说：不怕死的就来吧，装什么相。

…………

父亲就火了，三个营的兵力，分梯次排布在四周，父亲大小仗打过不下百次了，他不信就这一股小土匪，就这么个土围子拿不下来。父亲一挥手，喊了声：打。于是就真刀真枪地干上了。三个营的兵力，千百号人，一齐射击，枪声就听不出个数了，刮风一样，疯叫成一团，火光四起。就这样一直打到天亮，部队没能前进一步。在这期间，部队打过几次冲锋，都被胡子们给压制住了。父亲的部队射击时，他们并不还手，躲在暗道里观察动静，只要部队往前进攻，进入他们的射程，他们才还击，他们个个都是神枪手，百发百中，一夜下来，部队就死伤几十人。

父亲的汗就下来了，他知道自己遇上对手了。父亲围着土围子转了一圈又转了一圈，小伍子自然不离父亲左右，他用身体护卫着父亲。父亲用手不停地扒拉着小伍子，小伍子就用肩膀扛父亲，有几次差点儿把父亲扛倒。父亲就急赤白脸地说：都啥时候了，你还跟我整这套。小伍子不管那套，保卫父亲的安全是他的职责。好在，土匪们并没有打黑枪。转了几圈的父亲，心里有了底数，他让人准备炸药，天黑的时候，他又轮番让部队佯装进攻，另一部分人，就在脚底下挖洞子，那洞子一夜之间就往前推进了几十米。白天睡觉，晚上又一面进攻一面挖洞。几天之后，约莫那洞子挖到陈家大院下面了，父亲才让人往洞子里填炸药。填好炸药后，是某一天的凌晨，部队一下子不打了。一切都沉寂了下来，陈三虎被父亲的举动弄愣了，不知发生了什么情况。

父亲又派人开始喊话：给你们最后一次机会，快出来吧，要不然，你们就没命了。

陈三虎等土匪自然不听这一套，他们想父亲的部队一定是没招了，才说这样的话。

陈三虎等人就冷笑着说：拉倒吧，你们回家抱孩子去吧。

父亲站在清晨的微光中，冷笑了两声，他挥了挥手，部队便往下撤了，一切都按照计划行事，显得有条不紊。

陈三虎以为父亲部队真要撤了，于是又张狂地喊：别急着走哇，大爷为你们送行了。于是，从土围子里射出一排子弹，这是最后一排子弹，接着只听到惊天动地的一声巨响，陈家大院在烟尘中顿时灰飞烟灭了。

父亲的部队喊杀着冲进了残破的陈家大院。这一炸，陈家的三兄弟，老大、老二被炸上了天，唯独剩下了三虎，他从烟熏火燎的土里爬出来，当即被俘虏了。

因陈家三虎罪恶多端，父亲决定枪毙三虎。小伍子等人把三虎带到了父亲面前，父亲要亲自问话，他觉得陈家三兄弟虽作恶多端，但敢作敢为，就这么个土围子，让他打了四天，也算得上是个对手了，只要是对手，父亲就欣赏。

三虎面不改色心不跳。

父亲说：你不怕死？

三虎说：怕死有啥用，人不早晚得一死，二十年后，我还是条汉子。

父亲对三虎这种毫无惧色的样子有些惊讶。父亲欣赏这样一个不怕死的硬汉，父亲动了收下三虎的念头，要是有这样一个不怕死的汉子为自己冲锋陷阵，父亲一定会感到很快慰。父亲说：我要是不杀你，你愿不愿意参军？给你个重新做人的机会。

陈三虎刚开始还瞪着眼睛，后来他就低下了头，算是默认了。陈三虎于是成了父亲部队的一名士兵。

为此，小伍子曾提醒过父亲：团长，这人咱不能要，咱们杀死了他两个哥哥，他能跟咱们一心？

小伍子没什么证据，完全凭的是直觉。

父亲没把小伍子的话当真，他想，先让三虎在部队里锻炼一番，说不定，以后还能当个尖刀连连长什么的。

后来果然就出事了。

淮海战役的一次阵地战中，陈三虎朝父亲打了黑枪。父亲这次又到前沿阵地指挥了，敌人攻得很猛，阵地丢了几次，又重新夺了回来。父亲根本没注意到陈三虎。小伍子看到了。父亲他们路过陈三虎那个班时，陈三虎抬了一次头，小伍子一望见陈三虎的目光便打了个激灵，心里就觉得有什么地方不对劲。

陈三虎觉得时机已到，他想趁乱打死父亲，替两个哥哥报仇。那时，兵荒马乱的，没人会想到是自己人干的。

小伍子完全是下意识地在陈三虎枪响时向父亲靠了一步，结果那一枪让小伍子挨上了。小伍子在倒地的瞬间，看到了陈三虎以及陈三虎收回的枪，他手里的枪也响了。陈三虎哼都没哼一声，脑袋便开花了。

那一枪差点儿要了小伍子的命，子弹从肺叶穿了过去。小伍子住了两个月的医院。那一次，父亲抱着小伍子的头，流下了眼泪。

七

天下没有不散的宴席，给父亲当了十三年警卫员的小伍子，终于离开了父亲。在这期间，父亲动过多次让小伍子下部队的念头，他总觉得把小伍子留在身边可惜了，应该让他到大风大浪里接受锻炼。可事到临头，父亲又舍不得了，小伍子更是不放心父亲。父亲张罗着让他离开时，小伍子也试着挑了几个接自己班的人选，这些人选都是从班排连的士兵中层层挑选出来的，先在小伍子的带领下，在父亲身边干了些日子，名曰考察。可考察的结果，总不能让小伍子满意，不是话多了，就是话少了，要么就是父亲的东西放在什么地方，一时又找不到。总之，在小伍子的眼里，这些人没有一个合格的。父亲自然也感到别扭，不停地发脾气。小伍子就说：拉倒吧，我不走了。这句话正合父亲的心意，于是小伍子就不走了，几次三番之后，小伍子一直在父亲身边待了十三年。

先是打完了三大战役，最后剿匪也结束了，本以为天下太平了，那些日子小伍子准备离开父亲，父亲也准备让小伍子走，部队都找好了，让小伍子去连队当连长。正在这时，朝鲜战争爆发了，一切计划又落空了，父亲又带着小伍子去了朝鲜。风风雨雨的在朝鲜又战斗了几年，终于回国了。此时，父亲已经是军区的参谋长了。和平年代的父亲，身边一下子多了许多人，秘书、参谋、公务员。小伍子这个警卫员显得就不那么重要了，他每日里仍全副武装地出现在父亲面前，可小伍子已经是英雄无用武之地了。父亲终于意识到，该让小伍子走了。小伍子也知道，他再留在父亲身边已经不合时宜了。

那天晚上，父亲举行了一个家宴为小伍子送行，母亲特意提前一个多小时从文工团回来，为两人做了一桌酒菜，父亲特意交代母亲，一定要做两碗白肉，多切蒜末。母亲也知道小伍子和父亲的情谊，如果没有小伍子，父亲说不定已经死过几次了。

父亲和小伍子一上桌就看到了那两碗白肉，父亲说：小伍子，干吧。

两人就先埋下头稀里呼噜地吃肉，吃到一半，小伍子抬起脸来，已经是泪流满面了。白肉让他们想起了当年。

父亲也泪眼蒙眬了，父亲把两个人的杯子倒满了烧酒。父亲说：干了它。

两个人咕咚一声又把酒干了。

父亲说：伍子，你就是我老石的影子，明天你走了，我的魂就没了。

小伍子说：首长，你是我的主心骨，我走了，就没主意了。

父亲说：瞎说，你还是军人，啥时候想见我，家里的门永远向你敞开着。

小伍子就左抹一把泪，右抹一把泪地说：首长，我舍不得你呀。

父亲放下杯子，豆大的泪滴也滚落下来，两人就抱头痛哭了一回。一旁的母亲看到此情此景也泪眼婆娑了。那天晚上，小伍子就睡在了家里，他和父亲躺在了一张床上。战争年代，两个人一直这么睡过来的，那时小伍子浑身上下的每根神经都是醒着的，只要父亲一有动作，他总能及时醒来。

现在用不着小伍子这么灵醒了，两人就漫无边际地聊天。

小伍子说：等再打仗时，我随时出现在你的身边。

父亲说：伍子，我会想着你的，你放心。

小伍子说：首长，我舍不得离开你。

父亲说：你岁数也大了，也该成家过日子了。

小伍子说：首长，我会想你的。

父亲说：明天我会去送你。

…………

第二天，父亲果然送小伍子下部队了。出发是很隆重的，两辆吉普车载着父亲和小伍子走了。一个警卫员到部队任职，还从来没有这么隆重过，别说小伍子现在是位副营长，就是师长去任职，也从没有这么隆重过。小伍子任职那个部队就是父亲当年带的那个团。父亲把小伍子放在自己的老部队，心里踏实。

小伍子刚离开父亲那几日，父亲真的像丢了魂似的。上班时，公文包明明就放在茶几上，他非得去柜子里翻找，到了办公室，茶杯里的水，不是热了就是凉了。于是，他就喊：伍子。

公务员就应声进来了，父亲这才恍过神来，忙冲公务员说：小李，麻烦你，给我沏杯热茶。

公务员小李不知父亲为什么这么客气，忙倒茶去了。

那些日子，父亲真的感到很别扭。

小伍子经常来看父亲，一来就和父亲说部队的事，父亲就很感兴趣地听。有时候小伍子来不了，会把电话打到办公室或者家里和父亲谈上一会儿。说完部队的事，父亲就说：伍子你也老大不小的了，该成个家了，要不我给你张罗？

小伍子忙说：不用，不用，到时我找好了，请首长过目。

不久，小伍子果然把一个浓眉大眼的姑娘带到了家里，父亲上眼下眼地看了姑娘一眼说：中，我看就是她了。

小伍子也咧着嘴说：那就是她吧。

这姑娘是搞妇女工作的，在区里很活跃。小伍子是经人介绍认识的，有了父亲这句话，小伍子很快就结婚了。

小伍子后来又当上了团长。不久，赶上部队整编，小伍子便离开了部队，转业回了老家。那时小伍子已经有两个孩子了，手牵一个，怀抱一个，来向父亲告别。

父亲就说：伍子，到了地方上好好干。

小伍子说：首长，我舍不得离开部队，舍不得离开你。

父亲背过身去。部队整编，他也想过小伍子的出路，试图把小伍子安排到别的部队，可别的部队那些团长，资历都比小伍子老，动哪个都不合适，这时父亲后悔是自己耽误了小伍子。要不是为了自己，让小伍子早到部队摸爬滚打，也就有了资历，现在说什么都晚了，只能让小伍子走了。

小伍子终于离开部队，回了老家。

不久，小伍子就来信说，自己回到老家的县里，当上了书记。父亲得到这个消息，很高兴，吃白肉，喝烧酒，自己把自己给灌醉了一次。从那以后，小伍子三天两头给父亲来信，谈地方上的事，小伍子每前进一步，父亲都为小伍子感到高兴，每封信小伍子都说自己想念部队，想念父亲。父亲又何尝不想念小伍子呢，有时父亲做梦还喊着：小伍子，牵马来。父亲的记忆仍停留在战火纷飞的战场上。

这么想着小伍子，小伍子突然在一天夜里敲开了家门。父亲被眼前的小伍子吓坏了。小伍子人不人鬼不鬼地出现在父亲面前，他头发蓬乱，衣衫破碎。小伍子一见父亲就说：首长，救我。

从此，小伍子一家就住进了军区大院，父亲派人收拾出两间房子，小伍子一住就是几年。后来人们就有意见，父亲听见就说：伍子是咱们部队出去的，咱们不管谁管。父亲这么一说，就没人再说什么了。

直到地方局势稳定了，小伍子又可以回去当书记了，父亲才送小伍子走。小伍子走时，抱着父亲大哭了一场，一边哭一边说：首长，是你救了我，救了我一家呀。

父亲说：伍子，别说这话，当年你救我多少次你还记得吗？

从此，父亲和小伍子的感情又加深了一层。

八

许多年过去了，老年的父亲和老年的小伍子，他们的情谊没有淡化，反而又加深了。

先是父亲离休了，住进了干休所。后来小伍子也从地区专员的位置上退了下来。闲下来的两个人，长时间地泡在电话前，说一些陈芝麻烂谷子的旧事。说着说着，两个人就动了感情。

小伍子就唏嘘着说：首长，我想你，也想部队呀。

这么多年了，小伍子一直把自己当成部队的人，他的梦都留在了部队。

父亲说：伍子，现在没事了，真想和你在一起。

小伍子说：首长，孩子大了，去了国外，不需要我费啥心思了；老伴身体不好，等我一身轻了，我就去找你。

小伍子的孩子很有出息，一个去了加拿大当律师，一个去了美国加州读博士。当年那个浓眉大眼的姑娘，现在身体是一天不如一天了，先是半身瘫痪倒在了床上，后来又得了哮喘病。小伍子一心记挂的就是老伴了。

父亲在母亲去世后，一直不希望孩子们回到身边的原因就是，他在等待小伍子。老年的父亲，时常让自己的思绪在逝去的时光里荡漾。他怀念过去，怀念青春，怀念那战火纷飞的岁月，回忆和战友的情谊。只有小伍子来到父亲身边，父亲的生活才是完整的。小伍子会让父亲感到青春时光真实可信。

父亲一天天地盼着。

小伍子不时地把老伴的病情通报给父亲。

小伍子说：又去医院急救了一次。

小伍子还说：看来老伴真的是不行了。

父亲觉得小伍子就近在咫尺了。

两人这种心理，多少有些罪恶感，他们似乎都盼着小伍子老伴快点离开人间，好让他们相聚。可两个人又都没有意识到这种罪恶。

终于，小伍子老伴去了。小伍子急不可待地出现在了父亲面前。

小伍子出现在父亲面前时是一天早晨，小伍子背着一个包，一步步向父亲走来。父亲拖着拐棍立在门前，他看清了小伍子，奇迹出现了，父亲扔掉了拐棍向小伍子走去。

父亲说：伍子，真的是你，可把你盼来了。

小伍子说：首长，我来了。

四目相视，他们都泪眼模糊了。

两人跟失散多年的亲人似的，重新又聚在了一起，从此，他们掀开了生活的新篇章。

小伍子的到来，使父亲一下子年轻了起来，父亲不仅扔掉了拐棍，还让干休所的人，重又看到了他舞刀弄枪的身影。刀还是那把东洋刀，枪自然也是那二十响的盒子枪。父亲的身手明显不如以前了，但父亲毕竟又举起了刀枪。

每天早晨，小伍子背上挎着刀，手里提着枪，陪着父亲来到草地上。父亲伸出手，小伍子便把刀递给父亲，父亲看着白生生重新被小伍子擦拭一新的刀，就很满足的样子。父亲就舞刀，一会儿，又一会儿，父亲气喘了，便收了刀，小伍子接了过来，随手把枪递给父亲，父亲又眼花缭乱地玩那把枪了。

小伍子就在一旁叫好。

老尚等人也今不如昔了，身体已是江河日下，老尚拄着拐棍，老眼昏花地走了过来，看了眼父亲，又看了眼父亲，终于看清了父亲，便惊诧地说：老石，枪又舞弄上了？我看你是越活越年轻了。

父亲就说：老啦，要是早十年……

父亲的后半句话就不说了，老年的父亲也不愿提当年勇了。

小伍子毕竟比父亲年轻，父亲舞刀弄枪时，他一直在旁站着，做出随时接应父亲的准备。虽然父亲老胳膊老腿了，但还没有倒下去的意思，手脚仍利索。一直到父亲大汗淋漓了，小伍子才走过去，接过父亲的枪和刀，提在手上，挎在身上，随着父亲向家里走去。

随着小伍子的到来，父亲的身影又成了干休所的一道风景。人们纷纷对父亲侧目。后勤部李部长等人就说：老石，俺们以为你不行了，咋的，又活过来了？

父亲说：你才不行了呢，不信咱们比试比试，看谁活的时间长。

白天的时候，父亲就和小伍子坐在自家院子里，父亲躺在椅子上，眯着眼睛望着太阳，秋天的太阳照在身上暖烘烘的。小伍子坐在父亲一旁，手脚麻利地擦刀，擦完刀又擦枪。

父亲说：七城那一仗，那才叫痛快，我要上阵地，你偏不让上，结果咱俩摔了起来，咋样，你不是个儿吧。结果把你干倒了，我冲上去了，抱着机枪好一顿突突。

小伍子说：我看你都急红眼了，有意让给你的，要不我能把你摔趴下。

父亲听了这话，坐了起来，瞅着眼前的小伍子说：咋的，你还不服是不是，不服就试试。小伍子放下枪道：试试就试试。

两个老人都站了起来，他们又抱在一起。抱在一起之后，他们突然放声大笑起来。

父亲的青春又回来了。

父亲最后的军礼

一

那天晚上，父亲做了个梦，又梦见了小德子。小德子还是当年那身装束，腰里揣着两枚手榴弹，手里提着枪，背上背着那把鬼头大刀，刀把上的红绸子还是那么鲜艳，在风中一飘一飘的。小德子站在父亲的面前，满腹伤心地说：营长，你咋没吹号呢？

小德子这么问父亲，在梦里小德子已经无数次这么问过父亲了。结果父亲就醒了。醒来后的父亲便再也睡不着了。他披衣坐了起来，伍子还在睡，父亲就说：伍子。伍子就醒了。伍子似乎又回到了当年，一骨碌爬起来，很快地摸到衣服，然后问：咋的了，首长？

伍子已经来到家里一个多月了，伍子现在已经是一身轻松了。他早就退了，一双儿女，一个去了日本，一个去了英国。老伴又在两年前去了。悲伤后的伍子又无牵无挂了，他来投奔父亲。父亲何尝不想自己的警卫员小伍子呢。有时做梦，他都在喊小伍子的名字。

父亲自己也不知道为什么，这一阵子老是爱回忆过去，过去所有点点滴滴细节，记得还是那么清楚。过去的事情，仿佛就是昨天发生过的一样，父亲在思念小伍子的时候，仿佛小伍子早就知道父亲在思念他。于是在一个月前的傍晚时分，小伍子一耸一耸地出现在父亲的视线里。那时，父亲站在自家的阳台上，望着夕阳，正在回忆一次行军。那时也是夕阳西下，队伍走在长城脚下，他们要和国民党的队伍打一场阻击战。大战前的一切都很安静，队伍中只有匆匆的脚步声，还有马嘶的声音以及蜿蜒的队伍。就在这时，小伍子走进了父亲的视线，父亲似乎不敢相信自己的眼睛，他揉了揉眼睛，待确信那人真是小伍子时，父亲急三火四地从楼上走了下来，他来到楼下时，伍子已经站到了院门前。

父亲说：哈哈，伍子，是你吗？

伍子没有说话，抬起手先给父亲敬了个礼。

伍子在那一瞬间，眼里已经噙满了泪水。

伍子说：首长，是我。

父亲说：哈哈，你咋知道我这些日子正在想你？

说完，父亲把伍子抱在了怀里。

伍子的眼泪流下了两三滴，伍子在心里说：首长，我也想你呀。

父亲说：伍子，这次你不走了吧？

伍子自从转业后，曾经来过家里几次，每次，伍子待上三天两天就走了。那时伍子很忙，他在老家一个地区当着专员，他是借出差的机会来看一看父亲。那时父亲每次都说：伍子，你啥时候能不走哇？

伍子就说：等退休吧，我一退休就不走了。后来伍子终于退休了，孩子们也一个跟着一个飞走了，最后老伴也去了，这回伍子真的来了。

伍子一进门就说：首长，这回我不走了。

那天晚上，家里比过年还要热闹，母亲张罗着做饭，还打电话叫回了晶和海。

酒是一定要喝的，七十岁之后的父亲，已经很少喝酒了，不是他不想喝，是母亲不让他喝。母亲经常提着酒瓶子和父亲捉迷藏。母亲就像埋地雷一样，母亲一会儿把酒瓶子放这儿，一会儿藏那儿的。父亲就跟鬼子进村一样，这看看，那找找，经常是一无所获，然后哀叹着坐在饭桌前，没滋没味地吃饭。伍子来了，母亲破例了，拿出酒，让父亲和伍子喝，父亲喝了一杯酒说：伍子，你来了可真好。

…………

一晚上，父亲一直磨叨着这一句话。年老的父亲已经不胜酒力了，几杯之后，父亲就整高了。

也就是从那天开始，父亲又一次和母亲分居了，这次堂而皇之地，他要和伍子住在一起。那些日子，日日夜夜的，他和伍子有说不完的话，从过去说到现在，又从现在说到过去。母亲也乐得清静，一个人睡在楼上。她再也不受父亲打呼噜、磨牙、说梦话的影响了。但母亲也经常走下楼来干预父亲和伍子，半夜三更的，母亲去洗手间，仍然还能听到父亲和伍子在说。母亲就敲着门说：几点了，还不睡。

父亲就说：睡，睡，就睡。

父亲还夸张地伸手关上了灯。

母亲一走，父亲又和伍子说开了。

母亲知道父亲的这种把戏，她怕父亲的身体吃不消。几天之后，母亲放心了，父亲和伍子不仅起床早，一起床，伍子就拿着那把没有了撞针的枪，还有那把日本刀，陪父亲去干休所的小树林里舞刀弄枪去了。枪和刀都是父亲当年的战利品，现在成了父亲的营生了。父亲在伍子来了之后，人一下子年轻了，说话的底气很足，走起路来也风风火火的，像个小伙子。母亲放心了，不再干预他们了。

伍子的到来，有如给父亲注入了一支兴奋剂，父亲的生活又鲜活了。鲜活了的父亲，开始大面积地回忆了。以前他一个人的时候，回忆是一丝一缕的。伍子的到来，不仅让他年轻了，同时也激活了父亲尘封已久的记忆。

父亲说：那年队伍过黄河，是个晚上，黄河水涨了，你是拽着马尾巴过去的。

伍子说：可不是，我还喝了两口水呢，还被那匹白毛蹬了两脚。

父亲就笑，笑得哈哈的。

父亲又说：你还记不记得你吃黄豆胀肚的事？

伍子怎么能不记得呢，过黄河不久，他们在一个小村宿营，没什么干粮了，便吃炒黄豆。那天，伍子吃炒黄豆吃多了，又喝了凉水，夜半时分，伍子就胀肚了，腰都弯不下去了，自然跑不动步了。后来父亲牵来了马，不由分说让伍子趴在马背上，自己则牵着马跑，这下问题解决了。小伍子在马背上一边放屁一边打嗝，折腾了两个多小时，伍子的气才顺下去。

两人说到当年，眼泪都笑出来了。

那天晚上，父亲问伍子：伍子，你还记得部队到长城脚下那天，三排长小德子吗？

伍子看了眼父亲，没有说话，他不想提这个话茬，那是父亲的伤心处，伍子能不记得吗。那次，伍子给父亲当警卫员还不到半个月，那时父亲是营长，辽沈战役刚结束。部队开始入关，平津战役即将打响。伍子就是三排的。打锦州时，父亲的警卫员小李子，为了救父亲，牺牲了。小李子牺牲得很悲壮，那时父亲的腿挂彩了，小李子背着父亲跑，后面是追兵。

父亲冲小李子喊：李子，你放下我，你不放下我，我一枪崩了你。

小李子怎么能放下父亲呢，几百米外就是敌人的追兵。

跑着跑着小李子向前一扑，一口鲜血喷吐出来，父亲也摔倒了。那一刻，父亲以为小李子是累的。部队架起父亲和小李子，冲出了敌军包围以后，父亲才看见小李子后背的伤口，原来小李子早已中弹了，子弹从后胸进去，又从前胸穿了出来。小李子一直微笑着，小李子就那么微笑着牺牲了。

伍子是在小李子牺牲半个月后来到父亲身边的。是三排长推荐伍子来的，那时，伍子刚十八岁，比牺牲的小李子还小一岁。

又是半个月后，部队入关了，在长城脚下，发生了让父亲遗憾终生的一件大事。

这么多年了，父亲一直在考问着自己，从那以后，小德子失踪了，成了一宗谜。这宗谜埋在父亲心里已经几十年了。

二

那是一场并不著名的遭遇战，大部队接到上级的指示，向津、京进发，不承想遇上了敌人的一股部队。大部队为了甩开敌人的纠缠，不过早暴露部队的行踪，只派一小部分部队阻击敌人，大部队继续向津、京挺进。父亲那个营接到了阻击敌人的任务。那一刻，已经是傍晚了，父亲那个营，以排为单位，进入了阻击阵地。临进入阵地前，父亲召开了一次排以上干部会。因为是遭遇战，父亲也不知道这场战斗会持续多久，那要看大部队通过此地的时间。后来，父亲要各排以军号为令，一声长音，两声短音，便是撤退的命令。

部队是在仓促中进入阵地的，不多久，便和敌人接上火了。几个山头，几个排同时和敌人接上了火。

父亲带着一个班作为预备队，隐蔽在一个临时的指挥部内。伍子和司号员小马一直随在他的身旁。小马那年二十一岁，他已经当了三年司号员了。号声就是命令，在那个几乎没有通信的年代里，司号员显得尤为重要。小马把那把铜号擦得锃亮。号身上还系着一个红绸子，每次小马吹号时，都显得很威风，站在高处，号声嘹亮，那块系在号身上的绸子便随风飘荡。

父亲没想到这场小小的遭遇战会打得那么激烈和残酷，事后父亲才知道，这是一股地方势力。辽沈战役后，他们为了保持自己的地盘，是不想让东北军入关的，于是就拼命地抵抗。他们疯狂地向阵地发起一次又一次的冲锋，很快，二排长派人报告，阵地快失守了，抵挡不住了。父亲接到报告，二话没说，带着预备班，便奔上了二排阵地。二排阵地在几个阻击阵地的最前沿，仗便打得最艰苦和惨烈。父亲带着预备班奔向二排阵地的时候，二排就剩下十几个人了。敌人都用上了大炮，朝阵地狂轰滥炸，其他阵地也处在焦灼状态。父亲带着预备班打了一个反冲锋，阵地又夺了回来。就在父亲欢庆的时候，一颗炮弹飞了过来，伍子喊了一声：营长，趴下。便用身子撞了一下父亲，父亲仰面躺了下去。父亲躺倒的那一瞬间，看见那发炮弹在身后爆炸了。他还看见，司号员小马被那发炮弹击中了，小马连同那把军号顷刻间在父亲面前消失了。火光中，父亲只看见那块系在军号上的红绸布在一个树杈上悬挂着。

父亲眼红了，他抄起身旁一挺冲锋枪向敌人射击着。不知道过了多长时间，山后面升起三颗绿色信号弹，那是大部队顺利通过的信号。父亲没有看到，他已经打红眼了，小伍子看到了，他冲父亲说：营长，看，信号弹。父亲抬起头，也看见了那三颗信号弹的最后一颗。父亲吁了一口气，收起枪，冲身后说：小马，吹号。

并不见号声，父亲回了一次头，这才想起小马已经牺牲了。阵地上暂时有了片刻的宁静，父亲抬起手，朝天上放了三枪。有的阵地已经看见了那三颗信号弹，他们已经撤退了。敌人又一次蜂拥着向阵地扑来，父亲打了一梭子，喊了一声：撤！便带着队伍消失在夜色中。

天明的时候，父亲追上了大部队，这时父亲才开始清点队伍，这一场阻击战，使全营死伤了近一半。不知为什么，小德子的三排一个人也没有回来。三排在最远的一个阵地上，战斗打响时，三排同样投入了战斗。父亲在阵地上还听见了小德子率领队伍打反冲锋时的喊杀声。小德子给父亲当过通信员，那时父亲当连长。小德子很机灵，十六岁就参军了。大小仗经历过无数次了，父亲很相信小德子率领的那个排。没想到的是，小德子以及三排，没有一个人追上队伍。父亲不相信，三排会全军覆没，撤出阵地时，他还听见了三排方向的射击声。父亲马上就想到了军号。也许是没有吹响军号的缘故，三排没有及时撤出战斗。

父亲决定等一等三排的人，他带了伍子和一排剩余的士兵，一直等了两个多小时，仍不见一丝人影。昨天晚上打阻击战的方向早就听不见枪声了，要是三排的人还活着，怎么也追上来了。

父亲让一排出发了，身边只留着小伍子。小伍子似乎看出了父亲的心思，冲父亲说：三排长会找到我们的。

父亲摇摇头，快步地向回走去。父亲不一会儿又换成了跑，小伍子追上父亲，去拽父亲。父亲甩开小伍子，父亲说：你要不去，就在这等我，我们不能把三排扔下。

见父亲这么一说，伍子就不好说什么了，父亲和小伍子是在中午时分摸向三排阵地的。这里一个人影也没有了，也许昨天晚上，敌人摸上阵地后，才发觉上当了，又全部撤出了，三排阵地前，丢弃着敌人的尸体，还有一些枪支，三排的阵地上，只留下了几个坟包，父亲知道，那是三排撤出阵地前，掩埋的战友尸体。这是部队的纪律。从这一点可以证实，三排撤出阵地前是有秩序的。也就是说，小德子还活着，三排还在。

父亲那时想：说不定，自己追上队伍的时候，小德子率领三排已经回到部队了。

伍子和父亲昼夜兼程，夜半时分终于追上了部队，让他失望的是，小德子连个影子也没有。

那时，父亲有些顾不上小德子了，平津战役打响了，后来又是渡江战役，一直到解放海南岛。部队终于班师回朝了。进城后的父亲便开始结婚生子，接着抗美援朝战争就爆发了。几年之后，父亲回国了。那时，他已经是名师长了。他一直觉得，小德子会找来的，说不定什么时候，小德子会出现在他的面前。结果，小德子一直没有出现。

他不相信，小德子会是个逃兵。为了寻找小德子，父亲曾派人去了小德子家乡一趟。小德子是中原人，父亲知道小德子是个孤儿。寻找的结果让人失望，县里、公社都查了，小德子老家根本没有小德子这个人。

战后，牺牲的烈士都会由部队出具一张烈士证明，寄到烈士的原籍去，让烈士的家属享受一定的待遇。唯有小德子成了悬案，说是烈士，连个尸首都没有见到，他要是活着，又一点消息也没有。于是小德子便成了父亲心中的谜。

那一阵子，父亲很忙。不打仗了，可比打仗还累，备战、备荒，不停地操练部队，时刻防备着美、苏两霸的原子弹。父亲是守备区的司令，他肩负着保卫祖国北大门的任务，父亲肩上的担子很重。中央军委和毛主席把这么艰巨的担子交给父亲，不能不让父亲亢奋和骄傲。

那时，父亲真的一点时间都没有。他把全部的精力和智慧都贡献给了守备区。

现在父亲离休了，儿女们都大了，想操心也操不上了。只剩下了和母亲的吵架，后来吵来吵去的，发现也吵不出什么新意了，于是父亲选择了沉默。有时，母亲数落父亲十几句，父亲也不一定还一次嘴。父亲觉得那老掉牙的吵架方式，一点意思也没有，翻来覆去都是那点内容。他已经不把母亲当成对手了。母亲失去了对手也觉得没啥意思了。渐渐地，便把注意力转移到晶和海的身上了。晶和海都老大不小的了，可还没个成婚的意思，这一点，让母亲操碎了心。

父亲一不吵架，便开始做梦了。

他每次做梦都能梦到那些过去的战友，包括成为烈士的人，还有活着的人。最近，父亲梦见最多的就是小德子。每次梦见小德子，小德子都是当年的打扮，背着一口鬼头大刀，提着枪，小德子每次都说：营长，我一直等你的号声，你咋没吹号呢？

后来父亲把小德子失踪的责任全部归结到军号上了。要是小马不牺牲，军号要是吹响，小德子就不会失踪。

父亲一梦见小德子，便醒了，醒来后的父亲便一脸的泪水。然后父亲从床上坐起来，把身边的母亲捅醒说：我又梦见小德子了。

母亲就说：你做你的梦，招我干什么？

父亲说：小德子说，我没吹军号。

这样的情景父亲不知重复多少遍了，母亲都听烦了，于是母亲不耐烦地说：那你就吹去，你一吹小德子就来了。

母亲翻身又睡去了，剩下父亲在那里沉思。父亲一做梦就醒，一醒就好长时间睡不着。然后他开始叨咕那些牺牲的战友：歪把子连长、大个子、胡连长，最后叨咕到小德子时，便叨咕不下去了，在夜里怔着，眼泪不知什么时候就流了下来。

自从小伍子来，父亲找到了知音，父亲不管什么时候做梦，什么时候醒，小伍子总要和父亲回忆上一阵子。越回忆越亲切，越回忆父亲越觉得小德子一直是个谜。于是，老年的父亲就越困惑，从此，父亲就有了心事。

三

晚年的父亲不再种地了，门前那块地便又回到了母亲的怀抱。

刚开始，父亲和母亲争那块地，那是因为父亲刚离休，他还没有从巨大的失落中走出来。他热爱每一寸土地，就像热爱自己的阵地一样，地里的庄稼，就像自己的士兵一样。那时的父亲，在寻找一种寄托。

现在的父亲，早就适应了这种离休后的生活，他似乎已经没有精力去照看门前那片土地了，于是那片土地重又回到了母亲的怀抱。母亲终于实现了鲜花盛开的梦想。每年的春天，是母亲最忙碌和充满幻想的日子，她不停地打电话，她打电话的目的是向天南海北的战友要花籽，然后她隔三岔五地便会收到一包又一包的花籽。

春天的时候，母亲便播种下五彩缤纷的憧憬；夏天的时候，母亲便开始收获一个花香四溢的季节了。母亲在院子里经常流连忘返，她搬了把椅子，就坐在那些花儿前，看这，看那，目光是陶醉的，神情是幸福的。她经常叫屋里的父亲：老石，快出来吧，你闻闻这些花多香呀。

父亲不理她，正在往那把日本战刀身上抹黄油。父亲有时途经院子时，也是一副目中无人的样子，母亲见了就叫：老石，你看这些花，比你那菜地好看吧?

父亲看了母亲一眼，嘴里“嗤”一声，该忙什么，就忙什么去了。母亲撇撇嘴，叨咕道：哼，狗改不了吃屎。

晚年的父亲，似乎一下子就超脱了，家里所有的事似乎和他都没什么关系了。家似乎就是旅店，到时候吃，到时候住就是了。剩下的时间里，父亲就开始回忆那些峥嵘岁月。伍子的进入，使父亲的生活又掀开了一个新篇章。他在回忆中，伍子就是他回忆中最好的注释，每当父亲粗线条走回过去的时候，小伍子都要精工细描一番。

父亲说：那年剿匪，七道岭那个马大棒子真是个人物，都被包围了，就是不投降。

伍子就说：首长，你单枪匹马地要上山，我不同意，和你撕巴起来。

父亲就想到了当年的场景，他最后把伍子给绑上了。想到这父亲就笑了，笑得哏哏的。

伍子就红了脸说：当年我是让着你，我要是不让你，咱俩怎么也能打个平手。我看你的眼睛都红了，我就犹豫了，我一含糊你就把我绑上了。

父亲还在笑。后来伍子也就笑了。

回忆对父亲来说是他晚年生活中的头等大事，他在回忆中似乎又年轻了，在回忆中快乐着。他的眼前幻发出硝烟弥漫的阵地，还有一群一群鲜活的士兵。

父亲每次回忆到小德子时，便回忆不下去了，小德子的失踪成了父亲心中永远的痛。于是父亲的心情就很沉痛。

半晌，父亲问小伍子：你说三排长会去哪？

这样的话他不知问过有多少遍了，但是他还是要问。

伍子不知如何回答，便和父亲一起沉默着。

就在父亲大面积地回忆自己的峥嵘岁月时，母亲也没闲着。母亲更多的是关注着现实，她还没有到靠回忆打发时光的年纪。母亲一直认为自己是操心的命，年轻的时候，操心这一家子，当然也包括父亲。年老的时候，仍然操心。

在母亲眼里，石晶和石海都是老大不小的了，老大不小的两个人，一直没有成家立业的迹象。石晶的身边，似乎有许多男人在追，不知为什么，石晶就是按兵不动。一副既然饭已经晚了，就要晚到底的架势。工作从法院调到了公安局，要是公安局也就算了，又去了刑侦大队，天天神出鬼没地抓人放人、审案子。母亲就一直琢磨不透，自己怎么就生了这么一个丫头，天天疯疯癫癫，跟个假小子似的。

石海在母亲眼里一直是很乖的，她认为这三个孩子只有石海继承了她的一些品质，比如爱看书，对一些细小的事物多愁善感什么的，不知为什么，当了几年兵之后，石海变得也一根筋起来，什么事都认个死理儿，也二十大几的人了，身边连个女朋友也没有。

从部队复员回来之后，他进了一家文学刊物的编辑部。那本文学刊物只发行个几千册，都快活不下去了。主编是一个戴眼镜的老头，以前据说是本省很有名的诗人。现在诗写不出来了，便一心一意办那本文学刊物。这几年，国家也不再向每年赤字的刊物投钱了，而是把刊物推向了市场。于是，主编便提着个空包经常出去化缘，拉几个公司老板搞董事会，经常不断的，刊物便仨瓜俩枣地有些进项，于是刊物就半死不活地维系着。

石海的工作并不需要每天上班，只要每个月把稿子编齐了，就算完成任务了。主编很英明也很人道，把困难一个人扛了，让石海等这些编辑安心编稿子。有大把时间的石海，经常干一些很不着调的事。比如说，他经常背个包就出去了，没有人知道他去哪了。找也找不到，不知道什么时间，他突然又回来了，身体很疲惫，精神却很亢奋。人瘦了一圈，也黑了。

失踪几天后的石海，在母亲的眼里这是受苦受难了。于是母亲拉着石海的手，鼻涕眼泪的，母亲说：石海呀，你这是作啥呢？你要是让人绑架了咋整？

石海就低调地笑一笑说：我又没钱，谁绑我干什么。

母亲又深入地说：要是碰到老虎啥的，那可咋整？

石海又笑了，说道：妈，我又不是三岁的孩子，你就别吓唬我了。

母亲就不知说什么好了，怔着眼睛望石海。

那时母亲就想：石海这是没个女人管哪，要是有个女人，肯定不会这样了。当年石光荣咋样，有了家之后，他吵他闹，不还是让自己管老实了。母亲对父亲此时的状态很满意，她把父亲晚年的变化，归功于自己这些年的斗争结果，终于把父亲斗得没了脾气。于是，石海和石晶的婚姻大事沉甸甸地压在了母亲的心头。

四

母亲的年龄一年大似一年，她抱孙子的心情就越来越迫切。母亲早就是当了奶奶的人了，林的儿子石小林已经上小学了。可她没有过上当奶奶的瘾。现在的石林已经是副师长了，一家老小住在异地的军营里，石小林刚出生的时候，母亲去探望过，孩子刚满百天，她就回来了。那时，父亲刚离休不久，正患着严重的“离休综合征”，见谁都看不惯，摔锅砸碗的。她惦记着孙子石小林，更惦记着老同志石光荣。一晃，又一晃，石小林已经上小学了。石小林长得跟时间那么快，一眨巴眼，一年过去了，又一年过去了。现在，石林一家老小偶尔回来一次，住上个十日八天的就又走了。每次回来，母亲都跟过年似的高兴，可几日之后，一家老小走了，母亲总要“魔怔”一些日子，她似患了一场大病一样，干什么都没有心思，还不停地喊：小林，给奶奶拿双筷子。或者喊，小林，跟奶奶买菜去了。等喊过了，才发现自己失口了，怔在那里半晌，眼泪吧嗒吧嗒地往下掉。

父亲看到母亲这样，就嘬着牙花子说：你呀，你呀，真是个老娘们儿，没孙子咋的了，没孙子清静。

父亲虽然这么说，其实他心里也不好受，林一家老小刚走那几日，父亲也跟丢了魂似的，这摸摸，那看看，经常出入小林爱玩的地方，然后父亲就说：这个小调皮，将来和你爸一样。这是父亲在小林面前说得最多的一句话。

父亲终归是父亲，很快就调整过来了。偶尔地拨一个电话，和小林在电话里哼哼哈哈地聊上两句，然后把电话递给母亲，母亲就不一样了，抓过电话，就像抓住小林的手，磨磨叽叽的就没完没了，问了长又问了短，扁扁方方地说了个遍，才放下电话。

母亲放下电话后，父亲就不高兴了，父亲说：你以后打电话的时间别太长，浪费。

母亲说：浪费怕什么，军用电话又不用花钱。

父亲瞪着母亲，同时用手指着母亲说：你也当了几十年兵了，觉悟都哪去了，不用花钱就可以浪费吗？我看你还需要重新学习。

母亲说：就你觉悟高，你怕浪费国家的，从明天起，那就浪费我自己的。

第二天，母亲到电话局买了一个电话卡，然后母亲就当着父亲的面理直气壮地给小林打电话，父亲这回就不好说什么了。

母亲面对电话卡，有一个最大的难题，就是经常把密码拨错，电话卡上那一长串数字，母亲看了就头疼。母亲已经到了老眼昏花的年龄了，镜子是要戴的，不管天黑没黑，大灯、小灯也是要打开的，然后母亲就严肃认真地拨密码，打电话。有时一连几遍密码都拨错了，只能重来，终于拨通了，这回母亲有理由和孙子在电话里磨叽了。

父亲没啥好说的了，他背着手，像一头磨道上的驴似的，在母亲面前转了一圈又转了一圈，他的意思很明显，是希望引起母亲的注意，在母亲电话讲得差不多时，把电话给他。母亲根本就不理他，自己和小林长长短短地讲完了，“啪叽”便把电话扣上了。

父亲就拍着大腿说：你这人，咋这样呢。

母亲一边收起电话卡，一边说：石光荣同志，请你说清楚，我哪样了。电话卡可是花我的退休金买来的，我打电话是花我自己的钱。

父亲就没话可说了，他还能有什么可说的呢。父亲就上楼了，父亲上楼并没有什么事可干，他又看报纸了。父亲离休后，单位同时给他配发了几张报纸，像《解放军报》《人民日报》《参考消息》什么的，每天的报纸，是父亲的必读之物，从第一版，看到最后一版。父亲没有多少文化，但几十年下来，报纸文件的一直看，有时认不得的字就问秘书什么的，时间长了，看个报纸什么的已经不困难了。父亲每天都要花上大半天时间读文件似的看报纸，有的认为重要的还用红笔在报纸上圈圈点点，跟个领导干部似的，于是说起话来，头头是道的。

每天晚上七点的时候，新闻联播也是照看不误的，看完了新闻，再看天气预报，看完了天气预报，便“吧嗒”一声把电视关上了。余下的节目和他已经无关了，父亲最不欣赏的就是电视连续剧，按父亲的话说，一群男男女女，在电视里吃饱了撑的扯犊子，干一些不着调的事。父亲看电视只看新闻，别的都是扯犊子。

文艺片，父亲只看《南征北战》《上甘岭》什么的，他说那是真的，他经历过，他信。现在所有的事，都和父亲隔着一层，他没经历过，所以他不信。

这一点，父亲和母亲形成了明显的反差。母亲每天晚上重要的内容就是看电视，每天晚上的电视剧，不外乎男人、女人在电视里磨磨叽叽，今天磨叽不完，明天接着磨叽。有时母亲被电视里的情节感动得鼻涕一把泪一把的，不断地抽纸巾擦眼泪。

父亲看见了就冲着母亲说：你呀，这是老不着调，电视里的玩意儿都是骗人的你也信。

母亲还没有从剧情中走出来，哽着声音说：石光荣，你一边待着去吧。

父亲就一边待着去了。

母亲毕竟是女人，她身上有着女人共同的优点，也有着共同的缺点。白天的时候，母亲经常会看见在干休所里玩耍的孩子。那些孩子都是别人的孙子、孙女。母亲看到了，便眼馋得不行，走过去，摸摸这个，拍拍那个，跟看个稀罕物似的。

时间长了，母亲就跟那帮孩子混熟了，母亲包里经常揣着糖果什么的，这个散一颗，那个送一枚的。孩子们也甜甜地喊母亲奶奶。这一点，母亲很受用。

有时，母亲提着筐去买菜，半路上碰上孩子们了，便忘了买菜，和孩子们打成了一片，直到孩子的爷爷奶奶叫孩子们回家吃饭了，母亲才恍怔过来，一看早过了吃饭的时间，自己的菜还没买呢，然后慌慌张张地提着筐去市场买菜了。

父亲在家里等，肚子都嗷嗷乱叫了，还不见母亲回来。父亲便站在阳台上等，他一边等一边自言自语地说：看你啥时候回来，哼，有种你就别回来。

没用多少时辰，母亲慌慌地回来了，母亲知道自己理亏，什么也不说，马上进厨房做饭做菜什么的。其实，父亲早就知道母亲为什么现在才回来，便走到厨房对母亲说：有能耐抱自己的孙子，抱别人的算啥。

这句话戳到了母亲的肺管子，她不干了，舞扎着双手说：石光荣，你别站着说话不嫌腰疼，那石晶、石海是我一个人养的，他们不管你叫爸呀？栽什么树苗结什么果，他们现在这个样子，你石光荣是有责任的。

父亲听出了母亲弦外之音，那意思是自己的种没种好，才会有这样的结果。于是，在当晚，石晶、石海回来吃饭的饭桌上，父亲拉着脸说：你们妈说我没有种好你们这两个种，你们给我听好了，从明天起，你们就给我搞对象去，最晚不能超过明年这个时候，让你们妈好抱上孙子或孙女。

父亲说完，便一摔筷子走了，弄得石晶和石海你看我一眼，我瞅你一眼的，不知今天父亲又搭错了哪根神经。

母亲在一旁说：别听你爸的，他吃错药了，搞对象又不是过家家，好好找，别像我似的，找了你们爸这头犟驴。

母亲虽然这么说，但她仍然喜欢抱孩子。有一天傍晚，母亲把胡伯伯的孙子给抱回来了，这是胡伯伯最小的一个孙子，还不到三岁，父母出差了，便把孩子送到爷爷家来了。母亲把胡伯伯的孙子小虎抱回来，她是花了一番力气的，几天前就开始铺垫了，糖呀、果的自然少不了，后来跟母亲熟了，也能叫母亲奶奶了。又花了半天时间，小虎终于同意让母亲抱着回家了。胡伯伯和父亲是老战友，生生死死的几十年了，母亲要抱孙子回家过夜，胡伯伯能好意思不同意吗，于是大手一挥，做了多大决定似的说：抱走吧，别忘了明早给我送回来。

母亲就把小虎抱回来了，洗了澡，又吃了水果，母亲欢天喜地地把小虎抱上了床，然后母亲给小虎讲故事。母亲没带过孙子，不知现在的故事怎么个讲法，一会儿大老虎，一会儿大灰狼的，把带林、晶、海的经验都用上了，仍不起作用。小虎缠着母亲讲“白雪公主”和“狮子王”，母亲哪会这些呀，一着急，给小虎讲上了林黛玉和贾宝玉，总之，把小虎给弄着了。母亲这才吁口气。

半夜里，小虎尿床把母亲给尿醒了，接下来小虎也醒了，一看这环境是陌生的，便大哭大闹起来，哭着喊着要找自己的爷爷奶奶，怎么哄也哄不住，没办法，母亲半夜三更地抱着小虎又给人家送回去了。

从那时起，母亲长了一条教训，不是自己的孩子，咋的也不行。

小虎哭闹的时候，父亲正在做梦。他又梦见了小德子，他正在和小德子说话呢。

父亲说：小德子，这么多年你去哪了？

小德子说：营长，你说好吹号的，你咋没吹号呢？

正在这时，小虎子哭闹，父亲醒了。父亲醒了，才发现自己哭了，用手一摸，脸上凉冰冰、湿漉漉的。

父亲叹了口气，后半夜，父亲一直没睡着。他坐在床上，望着黑夜，他在想着小德子。

五

海刚从部队复员那会儿，他的身边是有三两个女孩围绕着的。那时的海酷得很，整日里一脸的严峻，独来独往的。

海刚复员那几天，父亲和海有过一次交谈。那天父亲刚看完天气预报，海推门回来了，双手插在裤兜里，一脸深沉地走回自己的房间。在这之前，父亲从没和海正面接触，海刚当兵那会，父亲从心里压根就没有把海当盘菜，他在心里无数次地想过，这个“秧子”是一时心血来潮呢，不过，去部队锻炼锻炼也好，省得没事在家里闲逛，看了让人心烦。

海在部队的三年时间里，父亲没有过问过。但他一直在关注着海的动向，每次海来信时，都是母亲在读。母亲一会儿说，海当上团小组长了；母亲又说，海当上班长了。

那时嘴上不说什么，心里其实高兴得要死要活。父亲知道，海要想留在部队长期干下去，必须得去军校，父亲相信海的能力。海差一年大学毕业去当的兵，在父亲眼里，海既然能考上大学，就能考上军校。

后来海来信说：部队已经准备让他考军校了。

这是海当满两年兵后发生的事，于是父亲便天天盼、夜夜等海考上军校的消息。后来，父亲等来了海的最后一封信，海在信上说：自己的部队要撤销了。不多久，海就回来了，海回来得很突然，像当兵走时一样，穿着没有领章的军装，背着打得方方正正的行李就回来了。回来后的海开始变得沉默寡言了，样子酷得很。

海回来几天后，父亲走进了海的房间。海像个军人似的站在了父亲面前，那一刻，父亲在海的身上看到了前军人海的模样。那一瞬，父亲有些感动。

父亲说：海，你回来就回来吧，爸不怪你。

海的眼圈红了，海说：爸，我知道你心里想的是什么，我想成为一个职业军人来的，可我们的部队撤销了。

父亲就想到自己刚被宣布离休那会儿，论年龄，父亲还有两年才离休呢。此时，他理解海的心情。

父亲伸出只手，拍了拍海的肩膀，父亲抬起头，看见了海墙上挂着的军用挎包，那是军人的象征，军旅的记忆。

父亲有些哽咽了，半晌他才说：海，以后你有你自己的路要走，我咋想的不重要，重要的是你自己愿意。

海望着父亲，目光直视父亲的心底，他现在有权利这样望父亲，因为他也曾是名军人。

父亲说完这句话后，便走了。以前，三个孩子中，父亲最不放心的是海，但现在他放心了。以后不管把海放到什么岗位上，海都会像军人似的，刚强、笔直地站在那里。

老年的父亲，在对待孩子的问题上，突然有了顿悟，父亲现在觉得，儿女们干什么并不重要，重要的是要教会孩子们怎么去生活。他认为三个孩子都知道自己该怎么去生活了，于是，父亲超脱了。

父亲超脱了，母亲却深陷其中。也就是说，母亲还没有活到父亲的境界，还没有超脱。那些日子，母亲一门心思地想抱孙子，当然外孙子也可以。晶就是那个样子了，整天里疯疯癫癫的，对象见了一个又一个，这个也看不上，那个也不行。总之，晶似乎觉得天底下没有适合自己的男人。母亲在晶婚姻问题上操碎了心，但仍没有个结果。就在母亲看不见一点希望的时候，海复员回来了，在那一刻，母亲仿佛又抓到了救命稻草，她又看到了幸福的彼岸。

在海回来后，初始的日子里，母亲真的看到了胜利的曙光。

海刚回来，有两个女孩，一个是海的同学，另一个是海小时候的玩伴，几乎天天来找海。

海什么也不说，来就来，去就去，桃红李白地跟人家女孩子说一些不着调的话。

每次有女孩子来找海，母亲都显得很亢奋。一会儿给女孩子倒杯水，要不一会儿端个果盘送到海的房间去。她要随时侦察阶级斗争新动向。一来二去的，她知道海那个同学叫小芳，在报社里当记者。

小芳一条大辫子，人就显得很端庄，说话总是慢声细气的，关键的是，还会脸红。海显得倒是满不在乎的样子，粗门大嗓地和人家说话。

母亲很喜欢小芳的样子，尤其是小芳那条又粗又亮的大辫子，母亲自己年轻那会儿也有这么一条大辫子的，石光荣可能就是相中了她这条大辫子，才强娶豪夺地把她拿下了。母亲一看到小芳的大辫子，就想到了自己年轻那会儿。母亲就感叹，岁月呀……

小芳一来，母亲送完了水果，倒完了茶水，就找不到更好的理由进海的房间了，母亲就六神无主地一趟又一趟在海的房间门口走来走去的，她全神贯注地谛听着海房间里的每一丝动静。可里面就是没什么动静，两个人你一句我一句的，说一些桃红李白的事，说了半天，也说不到点子上，母亲就很着急的样子。

过了一会儿，又过了一会儿，小芳终于告辞了，海不冷不热地把小芳送出来，可气的是，他只把人家送到大门口，双手插在裤兜里，对人家说：慢走，再见！还没等人家的身影消失呢，海就回来了。

一次这样，两次还这样，母亲就真的急了。在又一次小芳走后，母亲径直来到海的房间，冲海说：你觉得小芳咋样？

海说：她咋样不咋样的和我有什么关系！

母亲又说：海，你是弱智呀，还是不明白。

海就那么望着母亲。

母亲想，一定是海还没开窍呢，于是把自己年轻的时候，石光荣如何向她求婚，怎么吃饭，怎么给自己的父母下跪，又派出警卫员小伍子，生拉硬扯地把自己娶过来的经过说了一遍。她是希望，介绍石光荣的经验来激发海早日把小芳拿下。这么桃红李白地说到死也不能把人家娶到手哇。

没想到海说了句话，差点儿让母亲背过气去。

海说：妈，你要是看上小芳，你娶她得了。

母亲终于明白，海这是没看上人家。小芳再来的时候，母亲便不再亢奋了，什么倒茶水、送果盘之类的事全免了。一来二去的，人家小芳似乎也看出了什么苗头，便不再来了。

后来，干休所李满屯李部长的老姑娘小翠又经常往海这跑。可以说小翠和海是青梅竹马，一起长大的一对，海比小翠大两岁。小时候海不懂事，经常把小翠往烂泥里推，推得小翠泥猴似的来家里告状。母亲打海的屁股，海一被打就更加恨小翠，后来又做了弹弓躲在远处射人家，射得小翠想告状，都没有证据。现在的小翠出息了，在一家公司里当业务主管，整日里都是白领小姐的打扮，挣的工资说出来都吓人。

小翠的出现，让母亲又亢奋了一阵子。但只是一阵子，接下来，母亲发现小翠仍不能让海有热情。海见到小翠仍是那一成不变的表情，态度也不冷不热的。不冷不热几次后，人家小翠也不来了。

母亲忍无可忍，又一次冲进了海的房间，指着海的鼻子说：你呀，你呀，到底想找啥样的，我看人家小翠就不错了，在我眼里，你还不一定配上人家呢。

海说：不就是李老抠的姑娘吗（“李老抠”是父亲送给李部长的外

号)，她爹挺个大肚子，我看了就烦。

母亲说：她爹肚子大小碍着你什么了，又没让你去娶她爹。

海就不说什么了，样子酷得很。

母亲就只能着急上火了，她真不知道海要找个什么样的。在这种事情上，母亲又插不上手，父亲又袖手旁观。有一天，母亲冲父亲发火道：老石，海的事你管不管?

父亲正在想小德子的事，他回过头来冲母亲说：海又咋的了?

母亲说：他都二十大几了，还不张罗自己的事，你不急我还急呢。

父亲说：二十大几忙什么，我娶你的时候都三十六了，不是照样挺好。

父亲这么一说，母亲的鼻子都气出青烟来了。她还能说什么呢。

母亲为此得出一个教训，不管儿子、女儿大了都不是个东西，他们是要活活把人气死呀。

六

母亲一直闹不明白，自己的命怎么这样，年轻的时候，命运让她摊上了石光荣这么个人，老了老了又让她为老大不小的晶和海操心。

海是个男人还好一点，晶都三十出头了，又是个女孩，经常干一些不着调的事，工作换来换去的不说，男朋友也换来换去的。

晶本来在法院工作挺好的，利用业余时间，文凭也拿到了，审判员工作干得也挺好的，突然不愿意干了，说是整天的开庭没意思，结果就调到了公安局。调到公安局也罢了，又去了刑侦大队，还非要搞外勤，和一些男人一起，整天神出鬼没的去现场办案子，有时候还打打杀杀的。晶有时候穿警服回来，有时候不穿。晶有时回来还带着铐子和手枪什么的，看得母亲心里一跳一跳的。母亲曾说过晶：你把那些东西拿回来干什么，家里又没有犯人。晶轻描淡写地说：这是工作需要。

晶的工作真是没个点，有时半夜接到电话，立马就走了，有时三两天才回来一次，更有甚者十天半月的也不着家，兜里揣着铐子，腰里别着枪的。晶每次夜半三更地出去，弄得母亲总是神经兮兮的，眼皮总是跳个不停，一夜夜的睡不着觉。有时睡着了，又突然醒来了，然后冲父亲说：老石，快醒醒。

父亲翻个身问：咋的了，你一惊一乍的?

母亲说：晶正在打枪呢，她一个人面对那么多坏人。

父亲就叹口气说：半夜三更的，你发啥癔症，准是电视剧看多了。

母亲毕竟是母亲，她不能不为晶担心，因为晶干着让她操心的工作。父亲说完，转过身去又睡着了，还打着响亮的鼾声。母亲在暗夜里一边流泪，一边为晶担心着。那些日子，母亲可以说为晶操碎了心，为此，母亲患上了神经衰弱的毛病，有时整夜整夜地睡不着，眼睛里布满了血丝，脸色苍白。后来，她不得不靠“安定片”来维系睡眠了。

晶每次回来，总是父亲最高兴的日子，一老一少关在晶的房间里，两人在摆弄晶带回的枪。父亲摆弄了一辈子枪，自然对枪是行家里手，父亲玩着晶带回的枪，眯着眼看枪的射线，然后啧着嘴道：枪是好枪，可它没赶上好时代。

父亲一直把过去的战争岁月称为好时代，这么好的枪没赶上战争，父亲便认为这枪是生不逢时，可惜了。然后又拿出自己那二十响盒子枪，那是他的战利品，于是他又缅怀起过去的那段激情岁月。

晶一回来，父亲就问长问短的，晶在父亲面前总是把他们的每次行动描绘得有声有色的。怎么蹲坑，又是怎么打进犯罪分子的内部，一直到怎么把犯罪分子一网打尽。晶说得如身临其境，父亲听得有滋有味。说到高潮处，两人便开怀大笑。

在父亲眼里，晶的工作很正常，他甚至觉得自己的女儿就该干这样的工作。他认为，晶的工作没什么不好，他为晶骄傲。在没有战争的日子里，晶的工作应该是最有意思的事了。

母亲自然也是关心着晶的，每次晶回来，母亲也是东问西问的。晶对母亲说话，掌握着很好的分寸，每次晶都轻描淡写地说：不就是个工作吗，抓抓小偷，听听电话什么的。晶越这么说，母亲越不放心。虽然她没有看见过晶他们是怎么工作的，但她在电视里看到的那些警匪片总是从头打到尾，打得人心惊肉跳，心脏病都快犯了。电视剧不同于生活，这一点母亲懂，但也总要有点生活的影子呀。

晶在她的眼前，整日里乐呵呵的。晶越像个没事人似的，母亲越觉得晶有事，于是母亲越是刨根问底。晶有时在家里住，母亲干脆把被子抱到晶的床上，和晶挤在一起睡。熄了灯以后，母亲和晶紧一阵慢一阵地说话。

母亲说：晶呀，你也老大不小了，要是你结婚早，孩子都满地跑了。希望你理解当妈的心思吧。

晶抱紧了母亲说：妈，我懂，你放心，我真的没事。

母亲又说：晶呀，妈这心整日为你提着，听一声爆竹响，都扑腾老半天。

母亲说到这儿时，晶的眼睛就湿了。

在法院工作那会儿，那个小个子男人成栋全在拼命追求晶。父亲似乎也很喜欢他，母亲倒没怎么在意。晶不是没看上成栋全，主要是自己不喜欢被别人追，她喜欢追别人。这就是石晶的风格，追别人那才叫刺激过瘾。后来她一直在犹豫，那次成栋全去外地执行任务，来向她告别，两人并没说什么，只是招了招手。成栋全说：石晶，我两天后就回来。

说完就走了，这种告别方式是石晶喜欢的，看着成栋全的背影，石晶在那一刻有些感动。就为了这一声告别，成栋全竟跑了那么远的路。石晶在那一刻想：等他一回来就答应和他结婚。

结果，他再也没有回来。

成栋全就是在那一次追捕中牺牲了。公安局开追悼会时她去了，她望着成栋全放大的遗像，回忆着他的每一个细节，她觉得自己是在做一个梦。梦醒了，又剩下她一个人。她就是在成栋全的追悼会上下定决心调工作的。于是，她便一下子调到了成栋全曾经工作过的刑侦大队。

石晶也是从那时起，把自己夭折的爱情埋藏在了心底。石晶那时竟有了一种宿命感，认为自己爱的男人永远得不到。有一段时间，她甚至把自己的爱情完全封存了起来。一直到认识林莽之前，石晶甚至怀疑自己这辈子不会再爱了。

林莽是刑侦大队的副大队长，当过九年兵。当兵时，一直在军保卫处工作，林莽也是在部队精简整编时离开部队的。到了地方后，也是换了几个单位了，先是在机关里当公务员，后来又调到公安局搞内勤，最后又调到了刑侦大队。林莽是个不爱说话的人，人长得很高大，也有些黑，因为不爱说话，人就显得很冷。

石晶以前并没有注意林莽，只知道他是副大队长，当过兵，是他们的头儿，仅此而已。石晶是在射击训练房里开始注意林莽的，那时，她的靶位挨着林莽的靶位。晶在这之前，一直很骄傲自己的射击成绩，每次射击时，她总是优秀，这要归结于她小时候就开始和父亲一起出入靶场了，从那时起，她就对枪有了一种天然的亲近感。当兵时，一年打两次靶，每次她都是优秀。到公安局刑侦大队工作后，射击上又进行了一系列强化训练，她的水平应该说在整个刑侦大队算是数一数二的了。手枪射击，每次能保持在八环以上应该算是优秀的了。那天，石晶打了十枪，除了两枪九环，其余的全是十环。石晶那时就怀着一种很优越也很骄傲的心理环顾四周。她无意中看到了林莽的靶位，让她不敢相信的是，林莽枪枪都是十环。她震惊，也有些不敢相信。再看林莽时，林莽似乎谁也没看，轻描淡写地又换上了一块新靶纸，把十环全中的靶纸换下来，扔在了脚下。看林莽的射击，简直是一种享受，出枪、瞄准一气呵成，很快十发便射完了，靶纸上又清晰地告诉你都是十环。石晶那一刻就想：要是让林莽进入国家射击队一定会是奥运会的冠军。那天，石晶衷心地说：林队长，你的枪打得可真好。

林莽一边收枪一边说：别忘了我当了九年兵，要是再打不好枪，干脆回家抱孩子去算了。

林莽说完，转过身一晃一晃地在石晶的视线里消失了。

林莽就是从那一刻走进石晶的心里的。她觉得这人挺怪，也挺有意思的。这是石晶爱情的开始，是前奏，很快，石晶的一场轰轰烈烈的爱情便来临了。

七

晶刚开始并不知道对林莽这种感觉就是爱情。那一阵子，晶特别想了解林莽的过去以及现在。后来晶了解到，林莽当过侦察连长，后来又当过保卫干事，百万大裁军的时候，林莽那个军撤销了，林莽便转业到了地方。

晶还了解到，林莽曾经有过恋人，是个会拉小提琴的女孩，在省里的歌舞团工作。女孩的家境不太好，女孩上大学时，都是林莽资助的。那时林莽还在部队，后来那女孩毕业了，分配到省歌舞团，林莽也从部队转业到了地方。那一阵子是林莽最幸福的时光，两人的爱情也谈得热火朝天。林莽每天下班后都要去歌舞团接那个女孩，于是两人花前月下地畅想未来。

再后来，女孩随团去国外演出了几次，就认识了一个外国经纪人，那个经纪人说，女孩要是出国一定会更有前途。于是，女孩突然有一天留下了一封信，便出国了。刚开始的时候，还能隔三岔五地给林莽来一封信，后来信都没有了，林莽寄出去的信如石沉大海。

一晃十来年过去了，林莽再也没有谈过恋爱，以前爱说爱笑的林莽，一下子变得沉默寡言起来。

这是晶掌握的关于林莽的情况，晶从女人的视角看到了一颗男人受伤的心，那颗心正在滴血，这正好触动了晶心里那个最柔软的地方。也是从那里，晶的心里燃起了温柔的情感。她下定了决心，要拯救林莽那颗滴血的心。

晶试图接近林莽，可在林莽的眼里，晶和其他男干警没有任何区别，开会，执行任务，完全是公事公办。有一次，晶在下班时打了一次林莽的传呼，林莽很快回电话了，林莽在电话里说：什么事？

晶说：我想找你谈谈。

林莽说：公事还是私事？

晶犹豫一下道：当然是公事。

于是，晶和林莽便在一个咖啡厅见面了。两人对面坐着，晶很柔和地望着林莽，林莽一边看表一边说：什么事，说吧。

晶知道林莽的冷漠，但没想到会这么不近情理，在这样的气氛下也没能感觉出点别的什么来。

晶不好再温柔了，只能说：我想和你做搭档。

刑侦大队，经常执行特殊任务，每次执行任务，都分成若干个小组，有分有和，见机行事。

林莽没说话，就那么望着晶。

晶又说：你经验丰富，我是个女同志，又刚到刑侦大队工作，许多事情都需要经验丰富的同志带一带。

晶背台词似的一口气说完，在这之前她已经想过无数次和林莽谈话的方式了。

林莽终于说话了：为什么要和我做搭档？有经验的人多的是。

晶说：因为咱们曾经是战友。

林莽这回认真地看了一眼晶，什么也没说。站起身来，走了几步，又回头说：知道了，你的意见我会考虑的。

说完头也不回地走了。剩下晶一个人傻呆呆地坐在那里，她望着两杯仍冒着热气的咖啡，脸红了，接着又白了。她见过那么多男人，还没有见过这样无情无义、四六不懂的男人。林莽走了，她还有什么心情坐在那里呢，匆匆地结了账，一头钻出那个让她伤心又没面子的咖啡厅。一出来，晶的眼泪就下来了。她在心里一遍一遍地说：林莽，什么东西，狗都不理你。

晶想忘掉林莽，可满脑子里装的又都是林莽，不知是爱是恨，总之，林莽让晶糊涂着，也迷惘着。

也许正因为林莽如此，才大大激发了晶的斗志，仿佛晶面对的是一块难以攻克的阵地，但晶非要把它拿下来不可。她是石光荣的女儿，血液与基因在晶的体内蓬勃着。

晶和林莽谈完话后，林莽并没有什么动静。那几日晶和林莽经常见面，两人见面就如同陌路一样，谁也不理谁，连头都不点一下。晶心想：这年头，谁怕谁呀。你牛什么?! 那几日，晶在林莽面前，如同一只时刻想和人斗一斗的小公鸡。

几日之后，晶突然接到了林莽的电话，林莽在电话里说：上级同意你做我的搭档了。

晶在那一刻怔住了，她不知说什么好，于是拿着话筒就那么举着，林莽说完这话早就把电话挂断了，晶还怔着。

接下来，她不想见林莽都不行了。因为工作，他们毫无选择地走到了一起。

在工作中，林莽并没有因为晶是个女同志而对她有什么特殊照顾，每次执行任务时，林莽总是头也不回地说：检查武器。

晶习惯地摸腰，那里硬硬地别着枪，然后摸口袋，那里沉甸甸地装着铐子。然后就回答：检查完毕。

林莽说：出发。

晶就和林莽出发了。

晶和林莽在一起时，林莽一句话也不多说，仿佛他的话是金子做的，珍贵得很。

有一次，在长途汽车站，他们在守候一个犯罪嫌疑人。天很凉，能看到对方嘴里的哈气。晶一遍遍踱着。林莽坐在那里抱着手一动不动，仿佛根本没有晶这个人。晶觉得别扭死了。

晶没话找话地说：哎，你冷不冷，要是冷的话就起来活动活动。

林莽不动也不说话，还是那个姿势。

晶走过来，用脚踢了一下林莽的脚道：跟你说话呢。

林莽狠狠地看了晶一眼，压低嗓子说：少说两句，没人把你当哑巴。

这么一句话，把晶呛得一句话也没有了。

那一刻，晶的眼泪含在眼里，她决定再也不理林莽了，她站在了候车室另外一侧，她在心里千遍万遍地诅咒着林莽。在诅咒时，她发现了嫌疑犯，她甚至都没有通知林莽一声，上去一下子就把嫌疑犯抱住了，接着又给他戴上了手铐。林莽奔过来时，晶已经干净利索地完成了任务。

那天，他们从局里走出来，晶走在前面，林莽跟在后面，她已经下决心不理林莽了。林莽在后面却突然说：走，咱们去吃点饭吧。

晶不理，仍然向前走，两人路过一个饭馆时，晶想径直走过去，林莽在后面一把把她推进了饭馆。既然进来了，晶就坐下了，任凭林莽点菜点饭的。在这一过程中，林莽也一直没有说话，他一直在吸烟。

饭菜上来了，晶才发现自己真的饿了，为了执行这次任务，他们已经两顿没有吃饭了。晶狼吞虎咽地大吃起来。

林莽这时说话了，他说：别吃那么快，对身体不好。

晶白了眼林莽，林莽笑了笑，这是晶第一次发现林莽会笑。

那天，林莽喝了瓶啤酒。

他说：石晶，你在哪当兵呀？

晶头也不抬地说：在草原，原来想当骑兵了，没当上，后来只当了名通信兵。

林莽说：看不出来，真看不出来，你还真有两下子，看来你适合干公安这行。

晶没有说话，只在鼻子里哼了哼。

后来，林莽端着酒杯说：石晶，对不起，得罪你了，不说话是执行任务的纪律。

晶听了这话，突然感到一阵委屈，眼泪一下子流了下来。她别过头去，不想让林莽看见自己流眼泪。

林莽又说：在这之前，我知道你爸是部队的首长，我还以为你是走后门进来的呢。

晶突然狠狠地说：我要是走后门，就不干这个了。

林莽顿了一下才说：也是。

从那以后，林莽和晶的话一下子多了起来，他不再爱搭不理的了，他和晶一起说部队上的事，说父亲石光荣，整个军区没有不知道石光荣的。晶这才知道，林莽原来是父亲的崇拜者。

有一次林莽说：你爸还好吗？

晶说：就那样吧，一个老头，还能咋样。

林莽又说：什么时候能让我见一见吗？

晶笑了笑道：他又不是什么首长了，只是个老头，见一面又不难。

那天，林莽在晶的带领下见到了父亲。

父亲和小伍子正在擦枪，枪还是那把老掉牙的二十响。林莽见到父亲时，没想到父亲会干这个，那天林莽穿着便服，样子很普通。林莽一见父亲，便下意识地给父亲敬了个礼。

父亲看了林莽半晌道：你是谁？我不认识你。

林莽笑道：我认识你。我当新兵时，你到我们新兵营去视察过。

父亲视察过的部队多了，父亲无论如何记不得什么新兵营了。

父亲就笑着说：看你就像个当兵的，坐吧。

林莽就坐下了，他没想到此时的父亲会这么普通。在他的眼里，父亲一直是军区威风凛凛的副司令。那一次，他看到了一个普通的老人，还有那把二十响的盒子枪。

那一次，林莽离开父亲后，他冲晶说了句前不着村后不着店的话：你父亲才是真正的军人，咱们只是军人的皮。

林莽说完这句话时，眼睛望着远处，很深奥的样子。

在和林莽的交往过程中，晶恍然觉得她又看到了年轻时的父亲，儿时对父亲的记忆已恍若隔世，但被林莽一点点地激活了，父亲的一丝一缕又回到了晶的眼前，最后和眼前的林莽幻化在一起。

晶知道，父亲和林莽身上的某种东西一点一滴地契合在了一起，他们只是神似，到底怎么像，晶也说不清楚，只是感觉到，他们身上共同拥有一样东西，就是那种看不见摸不着的男人劲。

正是这股势不可挡的男人劲，让晶的心扉敞开了。火热的爱情汹涌地奔来。

八

晶正在进行着自己轰轰烈烈爱情的时候，母亲并不知道这一切，她正在为晶和海的将来长吁短叹呢。她仍一夜一夜地睡不着，即便睡着了，也会突然醒来，她醒来的时候，就听见一个婴儿的啼哭之声邈远地从夜空中传来，不知是谁家的孙子正在闹夜呢，孩子闹夜的声音在母亲听来是那么的亲切。母亲披衣起床，站在阳台上，她竖起耳朵在谛听着婴儿的啼哭之声，这时她想到了晶和海，她莫名其妙地开始流泪了。流泪过后的母亲想到了自己的孙子石小林，这种思念是那么的不可遏止，于是母亲决定，明天要去林那里，要看自己的孙子去。在电话里聆听小林的声音已不能解决她对孙子的思念了。

母亲说走就走，第二天早晨，便准备出发了。她来到了父亲的房间，父亲正和小伍子回忆一场战争，他们已经回忆到淮海战役中王集那场战斗了，王集那场战斗，让父亲那匹叫“草原青”的战马落入到了敌师长的手中。母亲进来的时候，父亲和小伍子正为“草原青”的命运百感交集。

母亲说：你们就闲扯吧，我要看孙子去了。

当时父亲没说什么，甚至他对母亲的话都没过耳朵，他正为“草原青”的大悲和大勇激动着，于是父亲有些不耐烦地挥了挥手，还挺大度地说：去吧，去吧，你爱去哪去哪。

母亲关上门就走了，她觉得自己走得孤单而又冷清。

直到中午时分，父亲和小伍子从战马“草原青”的命运中解脱出来，后来那匹战马又被父亲救了回来，冒着九死一生的危险，为此，父亲还受到了一次处分，但马终究是被救回来了。于是，父亲也从大悲到大喜，两个人觉得饿了，走出房门的时候，才想起早晨母亲说的话。

父亲傻站在那，问了一遍小伍子：伍子，琴说去哪了？

伍子说：不是说去看孙子了吗？

父亲这才恍然大悟。父亲一拍脑袋，小伍子一拍大腿。伍子说：这么说，琴去了石林那。两人这才明白，母亲扔下他们，扔下这个家走了，走了就走了，父亲说：活人还能让尿憋死。当然不能，于是，父亲让小伍子去上街买菜，中午或更长的时间里，他要亲自掌勺过幸福的生活。以前，父亲一直把母亲不在的日子称为幸福生活。因为只有那时，母亲才不跟他吵架，于是父亲感到幸福。

在母亲不在的日子里，晶又三天两头外出执行任务很少着家，海最近要准备一次大的行动，更是不回来了。

海不鸣则已，一鸣就要惊人了。

海要背着滑行伞从“虎跳崖”上跳下来。海为了这次壮举，已经准备好长时间了。海刚开始的时候，每天早晨都要爬干休所后面那座山。那座山差不多都被海当成平地了。有一次，海在山上看到了父亲和伍子。那是个星期天，海起床晚了点，然后他又习惯地去爬那座山，当他爬上山头时，看见父亲和伍子正坐在一棵树下下棋。

海看见父亲和伍子就倒吸了口气，他不明真相地问：爸，你们是怎么上来的？

父亲头都不抬地说：怎么上来的？走上来的。

父亲说完，又不紧不慢地和伍子下上了棋。

海那一刻脸在发烧，在他认为，这座山虽说不高，但想登上来，对于七十多岁的父亲来说，一定有难度。以前，他曾看见干休所的胡伯伯等人，吵吵嚷嚷的要爬山，结果还没爬到三分之一就打了退堂鼓。没想到，自己能上来的山，父亲也能上，这一点大大地挫伤了海的自尊心。从此以后，海不再爬那座山了，他把那座山称为小土丘子。

每到周末的时候，海骑着自行车去郊区，登更高的山，登来登去的，他就认识了“虎跳崖”。有一个传说，说是有两只相争的老虎在打斗，一只虎跑另一只虎追，来到了这个悬崖旁，一只虎慌不择路，想从这道悬崖上跃过去，结果从崖上摔下。从此，此地得名为“虎跳崖”。那个地方的确很险峻，这一带都成了旅游区了，但就是没人敢往“虎跳崖”前走半步，周围护着栏杆。

那时，海就突发奇想自己要从“虎跳崖”上跳下去。但这并不是一件简单的事情，他要学会使用滑翔伞。从那时开始，海便开始练习滑翔伞了。当然，这一切都是背着家里和单位做的。没有人知道，海在神出鬼没地做什么。

直到有一天，周日的上午，父亲突然接到邻居胡伯伯打来的电话，胡伯伯在电话里大着嗓门冲父亲说：石头哇，快打开你家电视，看看你儿子干什么呢。

父亲不明白胡伯伯让他打开电视干什么，便也大着声音说：大白天的我看电视干啥？胡伯伯听力已大不如前了，所有跟他说话的人都要大声吵才行。

胡伯伯就变音变调地说：看你儿子，不看拉倒，他要摔死了。

这回提醒了父亲，他弄不明白电视里的儿子怎么就摔死了。于是他打开了电视，结果就看到了海，海正拉开架式准备在“虎跳崖”上往下跳。那时滑翔伞还没有张开，只看见海的身后背着一个挺沉的大包。海在助跑，助跑的过程中，父亲闭上了眼睛，父亲想：海一定是活得不耐烦了，要么就是疯了。

父亲睁开眼睛的时候，看见海在空中翻着跟头，那一刻，父亲的心冰凉一片。但很快他就看见降落伞打开了，海飘飘悠悠地落到地面上。这时，还有个记者把话筒递到了海的面前，海说了什么，父亲没有细听，此刻，他被一种巨大的激动感染了。他搓着手，在屋里走来走去，他甚至有了想和海谈一谈的愿望。他没想到，平时不言不语的海，还能做出这样的壮举来。父亲觉得，只有不怕死的人才能做这样的事。

电视自然不是直播的，海的壮举是被电视台一个旅游栏目的记者抓拍到的。这是一个难得的画面，于是电视台就播出了。

海只身跳崖在电视台播出时，他刚收到一封信，确切地说，那是一首诗，是那天抓拍他跳崖的电视台一个女记者写来的，那天那个女记者还采访了他。

女记者叫小尉，小尉在诗里说：“你是只鹰，一只展翅的鹰，从天而降，落到我敞开的心扉，这里是你的家园，广大而又辽阔……”

海收到这首诗时，并没有意识到叫小尉的女记者会和自己有什么关系。他只轻轻笑一笑，顺手便把这首诗扔进了纸篓里。

那天晚上回家后，父亲突然推开了海的房门。父亲能走进自己的房间，这是十分罕见的事。于是，海就稀罕地望着父亲，他看见父亲手里提了瓶酒，另一只手里还拿着酒杯。

父亲什么也不说，进屋就把杯子里倒满了酒，父亲坐在海的床上，端起酒杯，冲海说：在电视里我看见你了，我以为你要摔下去了，结果你没有。从这一点上看，你像石光荣的儿子。

父亲说完，一口气把杯子里的酒喝了大半，把剩下的那一半推给了海。海陌生地望了眼父亲，又看了看那杯酒，没说什么，也一口气干了。

父亲望着海说：你这个小崽子，长大了。

父亲说完就站了起来，还爱抚地摸了摸海的脸，然后嘿嘿笑着走了出去。

海在父亲关上门的一瞬间，顿时泪流满面。在以前，父亲还没有这么对待过他。刚当兵那会儿，他想争口气，在部队里干出个人样来，像哥哥林一样，一直干到团长师长什么的，他知道，父亲喜欢这样的儿子。但人算不如天算，海所在的部队撤销了，海成为一个职业军人的梦想破灭了。于是海只能复员回家来了，他找了一个在父亲眼里陌生、在别人眼里最不起眼的工作，在杂志社当编辑。他以为，父亲从此不会拿正眼看他了。没想到，父亲还向他敬了杯酒。

海在那一刻，泪流满面。

父亲在那一刻也彻底踏实了，父亲觉得海是个男人了，不管干什么，他都放心了。从那以后，他没再为海操过心。

九

有了爱情的晶，人都变得和以前不一样了，爱说爱笑了。每次回到家里，嘴里都哼着歌。以前，粗粗拉拉，从不知道打扮自己的晶，学会打扮自己了，还买回了一大堆化妆品什么的，对着说明打扮自己。

晶的这一变化，被细心的母亲察觉到了，母亲毕竟是女人，又是过来人。晶的变化瞒不过母亲。母亲在心里为晶高兴。

那天晶破天荒地又回来了，母亲跟进了晶的房间，走进晶的房间，母亲才发现，晶的房间里多了许多小饰品，是那种象征着爱情和友谊的饰品。当然，这都是林莽送给晶的，也有晶准备送给林莽的，还没来得及送出去的。铁证如山之后，母亲的心愈加踏实了。

母亲就说：晶，你准备什么时候结婚呢？

母亲这么一问，晶就红了脸，偎在母亲的怀里撒起了娇。这是以前不常见的，因为有了爱情，使晶更像个女人了。

母亲又说：你什么时候把那个男同志领回家看看？

母亲把林莽称为同志，那时候满大街都流行先生小姐的了，母亲叫了一辈子同志，她改不过来了。

那天，晶朦胧着眼睛说：妈，你真的想看？

母亲说：想看。

晶调皮地又说：我怕你失望。

母亲说：我相信我姑娘的眼光，只要我女儿看上的，妈一定没意见。

那天，母亲和晶儿女情长地磨叽了好长时间。

那一阵子，晶被火热的爱情冲击着，使她一直处于亢奋状态。她已经和林莽有了良好的进展，也就是说，不仅林莽走进了晶的内心，晶也走进了林莽的世界。走进去晶才知道林莽的内心其实是火热的，火热得都快把她烤化了。两人甚至都约定了婚期，就在那一年的“八一”节，是军人的节日，也是他们的节日。

就在“八一”节一天天临近的时候，林莽发生了一件大事。在这之前，林莽去做卧底，打进了一个犯罪团伙的内部，就在大功告成的那一刻，那个团伙发现了林莽的身份，混战中，林莽从楼上跳了下来。林莽逃出了虎口，却昏迷不醒。

在医院里一直抢救了七天，林莽也没能醒过来，最后医生下了一个结论，林莽成为植物人了。也许这个人一生都要躺在病床上了。别人也都相信了医生的结论。唯有晶不相信这一切是真的，她一直坚信，林莽还会活过来，然后高高大大地站在她的面前，冲她微笑，用劲地拥抱她，甚至冲她发火。

所有的人都走了，晶留在林莽的床前，她望着病床上的林莽，林莽仿佛睡着了，安静而又从容。晶精心护理着林莽，一会儿给他掖掖被子，过一会儿给他擦擦脸。她觉得林莽一定很孤独，林莽是喜欢听她说话的。于是她就陪着他说话。

晶说：林莽，你累了，你就歇歇吧。

晶又说："八一"节快到了，那是咱们定下的婚礼日子，你还记得吗？

晶说这话时，泪水涌了出来，声音也哽咽了。

晶还说：你不能老是这么睡呀，你这么睡到时我们怎么结婚呢。

晶说完，伏在林莽的身上大哭起来，引来众多医生护士围观。他们理解晶的心情，可他们无能为力了。只是每天定点地为林莽输流食，过两天也输一次液。

晶一次次地去抚摸林莽，林莽的身上有温度，有呼吸也有脉搏，可他就是不睁开眼睛。那些日子，晶觉得看了一辈子林莽了，他是那么熟悉，又是那么遥远。晶那时就想，要是林莽一辈子不醒来，她就这么看他一辈子。晶认为，林莽是她爱情最后的驿站了。她再也不想走了，她也没力气走了。

"八一"节一天天临近了，那是晶和林莽的婚期。晶突然做出一个决定，婚礼如期举行。她要和躺在病床上的林莽结婚。

晶把这一决定和父母说了，也和单位的领导说了。

父母什么也没说，就那么望着她，她在父亲的目光里看到了支持，她在母亲的目光里看到了同情。

单位的领导和同事却反应不一，有人说让晶冷静；也有人说：晶，你还年轻，干吗把路走绝了呢？不管说什么的，他们都不同意晶和植物人林莽结婚。他们说是这么说，但内心里对晶这种行为都表现出了敬佩。

晶不管别人怎么说，她的决心已下，她开始着手准备了，她买了糖，又买了花，她把病房布置得跟新房似的，通知了所有的亲朋好友。

"八一"节那一天，所有的人都来到了林莽的病房，在这之前，晶为林莽精心打扮过了，洗了澡，又换上了新郎的衣服，那是他们专门去定做的，新郎的花都给戴上了。晶还细心地为林莽刮了胡子，化了妆。不知道的人，以为林莽真的睡着了。

那一天，晶也打扮得出奇的漂亮。

所有的人都来了，他们像参加所有的婚礼一样，拿着鲜花，穿着盛装，可他们却笑不出，把悲怆挂在了脸上。

晶站在林莽的床前，晶说：林莽，你看看，这么多人参加我们的婚礼，我们真幸福。

晶还说：林莽，今天是我们大喜的日子，我替你向大家伙鞠躬了。

说完冲众人鞠了一躬，所有的人都肃穆地立着。

晶又说：林莽，你感受到了吗？你笑一笑吧，这是我们大喜的日子呀。

林莽不动，还是那个样子，他似乎一直在微笑，冲着晶，冲着所有的人。

晶还说：林莽，从现在起，我就是你的新娘了，你听好了，以后你的妻子是石晶，石晶也从现在开始有丈夫了，石晶的丈夫是林莽。

石晶说到这时，回过身，打开了录音机，于是一首盛大的音乐——《婚礼进行曲》潮水似的奔涌而出。

晶含着眼泪，所有的人都为之动容。

《婚礼进行曲》一遍又一遍地在病房里响着，奇迹出现了，人们这时发现，林莽的手动了一下，又动了一下，接着就停在那里了。

晶也看到了这奇迹的发生。

婚礼结束之后，晶每天都在为林莽播放《婚礼进行曲》，那些日子，整个医院都响彻着《婚礼进行曲》。晶一直觉得林莽会站立起来的，在这期间，她翻了许多讲述奇迹的书，她坚信，林莽是会创造奇迹的。

不知是《婚礼进行曲》起到了作用，还是林莽自己战胜了自己，总之，在林莽躺在床上一个月又三天后，他终于睁开了眼睛。他睁开眼睛时，不认识似的望着晶说：你是谁呀？

晶被巨大的惊诧击中了，她站在那里颤抖得一句话也说不出来，后来她哽着声音说：我是你妻子，石晶。

就这样，林莽奇迹般地醒了过来。又过了一阵子，林莽出院了，没多久，他又回到了工作岗位。

又是一个不久，林莽和晶的孩子出世了，晶为儿子取名为林八一，纪念他们的婚礼，也为纪念林莽从死亡边缘挣扎回来。

母亲抱着外孙林八一，很动情地冲着晶说：林莽这人命硬，和你爸一样，活过来就再也没事了，好好往前奔吧。

母亲一下子就有了奔头，林八一成了她生活的重心。她再也不惦记往林那里跑了，只是抽空给石小林打个电话，然后让林八一在电话里咿咿呀呀地和哥哥石小林说上几句谁也听不明白的话。

林八一一天天地长大了，林莽后来当上了大队长，又被全省公安系统评为十大杰出青年。晶成为“三八”红旗突击手，上北京领过奖、开过会。

父亲为晶感到踏实。唯一不踏实的，他还没有找到小德子的下落。在这期间，伍子陪着父亲走了无数个地方，长城脚下，他们战斗过的地方，也是小德子失踪的地方。他们找到了许多烈士纪念碑，那是他们共同战斗过的战友。父亲和伍子，在古战场为这些烈士一次又一次举起了手，他们向烈士敬礼。然后父亲大着声音说：石头来看你们来了。歪把子连长，你安息吧；大老黑，你安息吧……

然后，泪水就溢出了父亲的眼眶。晚年的父亲，一次又一次地走出家门，在伍子的陪同下一次又一次地去寻找古战场，每一次出行都会有一串鲜活的尘封的故事又一次在父亲的记忆中被激活。过去的岁月又一次来到父亲的身边，在硝烟弥漫的记忆中，父亲又鲜活起来。

十

就在父亲在伍子的陪同下，一次又一次走向古战场，追寻过去，缅怀岁月的过程中，海和记者尉的爱情也在突飞猛进。

海和尉的爱情很奇特，也可以说是有些另类，在海和尉的记忆里，他们从没有过花前月下。海是在跳滑翔伞时认识的尉，这就注定了两人的爱情也别样起来。

那一阵子，海一次次地出游，每一次出游尉差不多都陪伴着海。海不是去旅游，而是去冒险，海尝试攀登过梅里雪山，虽然计划中途夭折了，但海毕竟尝试过了。海也去过新疆、西藏，他不是去旅游，而是去探险。人们不明白，海到底是怎么想的，按照母亲的话说：海呀，你也老大不小的了，放着好好的日子不过，瞎折腾什么呀。

海每次离家出走，母亲都不知道海去干什么，她以为海去出差，或者和众多的旅游者一样去风光秀丽的山水间散心或谈情说爱。刚开始母亲是支持海的，后来海外出的次数太频繁了，母亲便觉得海这是不务正业了。

有次她当着海和尉的面说：你们结婚吧，家里的房子多的是，想住哪间就住哪间，不比往外瞎跑强。

海冲母亲只是笑一笑，没说什么。

在海一次又一次的冒险中，尉理解了海，也了解了海。尉有一次抚着海的头说：海，你的骨子里是个不安分的男人，你的职业应该是个军人。

海望着尉，为了尉对他的彻悟，他的眼睛湿润了。表面文弱的海，其实骨子里流淌的血却很硬。这一点只有海自己知道。

海在三十岁那一年，突然理解了父亲，以前的父亲在他的眼里只是一个符号，因为血缘关系，他要叫石光荣爸爸。甚至在小的时候，父亲没有给过他更多的爱，他还因为那些粗暴的管教方式而记恨父亲。有一阵子，他甚至怀疑石光荣不是自己的亲生父亲，因为在他的眼里，父亲不应该是这个样子的，起码别的小伙伴的父亲不是这个样子的。那时，他只想躲避父亲。

三十岁的海似乎一下子理解了父亲，人都说三十而立，海不知道和自己这种而立有没有关系，总之，从那一年，海开始关注父亲了。每天，父亲站在阳台上望着西边的天空在想着什么时，他站在另一个角度望着父亲，长时间地，就那么不声不响。

有一次，父亲正在房间里擦拭那把战刀，海走了进去，他看着父亲在擦那把刀。在这期间，他自然地充当了父亲的助手，递布、擦油什么的。当父亲把刀放下来时，看了海一眼，又看了海一眼。父亲说：你知道这把刀的来历吗？

海说：知道，是你在百团大战中缴获的。

父亲又看了眼海。

父亲拿过那把二十响盒子枪，枪已经很老了，漆都脱落得差不多了，显得枪身很旧。

父亲又说：知道这把枪吗？

海说：知道，是你在抗联时，第一次参加战斗时缴获的。

海说完，父亲不说什么了，又认真地看一眼海。

不久，父亲和伍子又一次外出，他们又一次去古战场。临行前一天，父亲和伍子在准备出行的东西，海找到了父亲说：爸，带我去吧，我也想去。

父亲看了一眼海，没说什么。

第二天父亲出发的时候，海就跟在了后面，两个老人和一个年轻人，就这么出发了。那一次海随父亲去了很多地方，他看见了“草原青”的墓，“草原青”是父亲的战马，救过父亲，父亲也救过它。父亲进城后战马退役了，后来被送到了骑兵部队，最后就老死在那里。这是一匹立过战功的马，死了之后，部队为它修了这个墓。每隔几年，父亲都要到这来看看。

父亲站在“草原青”的墓前，他的身旁是伍子和海。

父亲冲着墓说：“草原青”我来看你来了，老伙计，我想你呀。还记得当年吗……

父亲说到这，声音就哽咽了。不知为什么，老年的父亲很脆弱，动不动就激动，也爱流泪了。这是海从来没有见到过的。

父亲告别“草原青”时，举起了右手，他在向“草原青”敬礼。

父亲又说：老伙计，我也老了，不知道明年能不能来看你。

父亲转过身之后，眼泪就流了下来。

在烈士陵园，父亲又找到了当年自己团长的墓地。那时父亲是连长，在老青山和日本人打了一仗，冲锋的时候，团长被流弹击中了，躺下了，便再也没有起来。团长是父亲的恩人，可以说没有团长就没有父亲。当年，父亲还是放牛娃时，那时的团长还是名连长，从父亲家乡的山下路过，父亲一狠心扔下放牛鞭子，跟上队伍走了。是团长收留了他，那时父亲还没有枪高，又小又瘦的，一杆枪都压得父亲直摇晃。是团长留下了他，给团长、当时的连长当通信员。三年后，父亲第一次参加战斗，便缴获了那个二十响的盒子枪，也是团长下令，把枪奖赏给了父亲。没想到，老青山一战，团长就永远地离开了父亲，离开了部队。

父亲坐在团长的墓前，他点了支烟，自己没有吸，把烟放在了团长的墓前。父亲说：团长，吸口烟吧。

那支烟冒着青烟，袅袅地燃着。烟燃完了，父亲又从兜里掏出一把炒熟的黄豆，放一把在团长墓前，父亲说：团长，你吃炒黄豆吧，这是你平时最爱吃的。

父亲说完，自己嘎嘣嘎嘣地嚼了起来，父亲一边很响地嚼黄豆，一边流泪。

父亲絮絮叨叨地说着一些话，说这些年自己的生活，也说过去那一场场战斗。父亲说完了，也说累了，便慢慢站起来，端端正正地站在团长墓前，又向团长敬了个礼。然后父亲说：团长，你歇着吧，石头该走了。这一走，不知啥时候还能来看你……

父亲走了，走得一步三回头，牵肠挂肚的。

父亲就这样，走了一站又一站，每到一个地方，都有关于生死的故事，父亲絮叨，流泪，敬礼，告别。

父亲的心很累。父亲回到家了，过了许久，仍不能从那种气氛中回过神来。他长时间地发愣发呆。晚上经常做梦，然后自己就醒了，醒来之后，他就会说一些前不着村后不着店的话。他的那些话，只有自己和伍子明白。

伍子就劝父亲：首长，你放宽心，明年我陪你，还看他们去。

父亲老了，他也知道自己老了，他更知道，自己有不能动的那一天，最后离开这个世界，告别那些回忆。

年老的父亲，会长时间地陷入回忆中不能自拔，有时絮絮叨叨地说点什么，有时什么也不说，但是从他的目光中，能够感受到有丰富多彩的内容。

最近，父亲叨咕最多的就是小德子，还有那没有吹响的军号。父亲不明白，小德子怎么就不明不白地失踪了呢？这么多年，小德子没有一点消息。

父亲跟小伍子说：伍子，我觉得小德子快来了，他也老了，找了咱们这么多年，他该找到了。

伍子不知说了什么，他陪父亲望着夕阳，夕阳下，是静静的一条路，父亲期待小德子说不定什么时候，会顺着那条路走来，父亲期待着。父亲在这夕阳中，仿佛真的看见了小德子，小德子还是当年那个样子，他身背鬼头大刀，大刀把上的红缨子一飘一飘的。小德子一步步走近，父亲站了起来，他冲着夕阳举起了右手，他是在向梦幻中的小德子敬礼呢。

这时的父亲，满眼都是泪花。

一天，海突然对尉说，那时，他和尉已经结婚了，并且有了孩子。

海说：我要写写父亲。

海已经不再去探险了，他一边当编辑一边写作，海已经是个作家了。

尉说：你写石光荣？

海点点头。

尉说：你写他，他会看吗？

海摇摇头说：我写他，他是不会看的，他永远都不会看。我写他是给我自己看，一部父亲留给儿子的书，一部大书。

海说完，尉点了点头。

海要写父亲了，他觉得自己已经理解了父亲，他应该能写好父亲。海决定从父亲的开始说起，那就从父亲进城开始吧。

图书在版编目(CIP)数据

激情燃烧的岁月 / 石钟山著. -- 北京 : 中国文史出版社，2023.3

(中国专业作家作品典藏文库. 石钟山卷)

ISBN 978-7-5205-3736-0

Ⅰ. ①激… Ⅱ. ①石… Ⅲ. ①中篇小说-小说集-中国-当代②短篇小说-小说集-中国-当代 Ⅳ. ①I247.7

中国版本图书馆 CIP 数据核字(2022)第 176189 号

责任编辑：薛未未

出版发行：**中国文史出版社**
社　　址：北京市海淀区西八里庄路 69 号院　邮编：100142
电　　话：010-81136606　81136602　81136603（发行部）
传　　真：010-81136655
印　　装：北京新华印刷有限公司
经　　销：全国新华书店
开　　本：720×1020　1/16
印　　张：25　　　字数：397 千字
版　　次：2023 年 3 月第 1 版
印　　次：2023 年 3 月第 1 次印刷
定　　价：69.80 元